JAMES CLAVELL

# *Taï-pan*

ROMAN

TRADUIT DE L'AMÉRICAIN
PAR FRANCE-MARIE WATKINS



STOCK

*Titre original :*
TAÏ-PAN

Atheneum, éditeur, New York

A *Tai-tai*, à Holly et à Michaela.

# NOTE DE L'AUTEUR

Je tiens à exprimer mes remerciements à tous ceux de Hong Kong qui m'ont accordé leur temps, sans compter, qui m'ont fait partager leurs connaissances et m'ont accueilli dans leur présent et leur passé.

Naturellement, cet ouvrage n'est pas un livre d'histoire mais un roman. Il est peuplé d'hommes et de femmes créés par l'imagination de l'auteur, et nulle allusion à une personne ou à une société qui fait — ou a fait — partie de Hong Kong n'est intentionnelle.

*Dick Struan monta sur le gaillard d'arrière du navire amiral H.M.S.* Vengeance, *et se dirigea vers l'échelle de coupée. Le navire de 74 canons était mouillé à un demi-mille au large de l'île. Autour de lui se trouvaient les autres bâtiments de la flotte, les transports du corps expéditionnaire, les navires marchands et les coureurs d'opium des « marchands chinois ».*

*C'était l'aube d'un mardi gris et froid, le 26 janvier 1841.*

*Tout en longeant le pont principal, Struan contemplait la terre et son cœur battait d'exaltation. La guerre contre la Chine s'était déroulée comme il l'avait voulu. La victoire était telle qu'il l'avait prévue. Le prix de la victoire — l'île — il la convoitait depuis vingt ans. Et maintenant, il allait à terre pour être témoin de la prise de possession officielle, pour voir l'île chinoise devenir une perle de la couronne de Sa Gracieuse Majesté, la reine Victoria d'Angleterre.*

*L'île s'appelait Hong Kong. Quelque quatre-vingts kilomètres carrés de montagnes rocheuses au large de la rive nord de l'immense Rivière des Perles, dans le sud de la Chine. A mille mètres de la côte. Inhospitalière. Stérile. Déserte, sauf pour un minuscule village de pêcheurs au sud. En plein sur la route des monstrueuses tempêtes qui chaque année soufflaient du Pacifique. Sans aucune utilité pour le mandarin — titre donné à n'importe quel fonctionnaire de l'empereur de Chine — dans la province de qui elle se trouvait.*

*Mais à Hong Kong il y avait la plus majestueuse rade du monde. Et c'était pour Struan le marchepied de la Chine.*

*Le jeune officier de quart cria au fusilier marin en vareuse écarlate :*

*« Le canott' de M. Struan à la coupée !*

*— Bien, lieutenant. »*

*Le fusilier marin se pencha à la lisse et répéta l'ordre.*

*« Ce ne sera pas long, monsieur, dit l'officier en maîtrisant mal la crainte respectueuse que lui inspirait ce prince du commerce dont le nom était une légende dans les mers de Chine.*

*— Nous ne sommes pas pressés, mon gars », répondit Struan avec un fort accent écossais.*

*C'était une espèce de géant, le visage buriné par mille tornades. Sa redingote bleue avait des boutons d'argent et son pantalon de nankin étroit était négligemment glissé dans des bottes de marin. Il était armé, comme à son ordinaire — un couteau au creux des reins et un autre dans la botte droite. Il avait quarante-trois ans, des cheveux roux et des yeux vert émeraude.*

*« Belle journée, dit-il.*

*— Oui, monsieur. »*

*Struan descendit l'échelle de coupée, sauta à l'avant de son canot et sourit à son jeune demi-frère, Robb, assis au milieu.*

*« Nous sommes en retard, constata Robb, avec un large sourire.*

*— Oui. Son Excellence et l'Amiral sont plutôt bavards. »*

*Struan contempla l'île, un moment. Puis il fit signe au bosco :*

*« Larguez ! Allons à terre, monsieur Mac Kay.*

*— Bien, monsieur.*

*— C'est pas trop tôt, hein, Taï-pan ? » dit Robb.*

*En chinois, « Taï-pan » voulait dire « chef suprême ». Dans une compagnie, une armée, une flotte, une nation, il ne peut exister qu'un seul de ces hommes — celui aux mains de qui se trouve la vraie puissance.*

*« Oui », murmura Struan.*

*Il était le Taï-pan de la Noble Maison.*

# LIVRE PREMIER

# 1

« Au diable cette foutue île, grogna Brock, en contemplant la plage puis les montagnes. Toute la Chine à nos pieds, et tout ce que nous prenons, c'est ce foutu rocher stérile. »

Il était debout sur la plage, avec deux de ses collègues, des marchands chinois. Tout autour d'eux, par groupes, on voyait d'autres trafiquants et des officiers du corps expéditionnaire. Une garde d'honneur de vingt fusiliers marins se tenait au garde-à-vous sur deux rangs bien droits, à côté du mât du drapeau, l'écarlate de leurs uniformes formant une flaque rutilante. Près d'eux se trouvaient les groupes désordonnés des matelots qui venaient d'enfoncer à grand-peine le mât dans le terrain rocailleux.

« Le drapeau devait être hissé piqué huit coups, dit Brock d'une voix impatiente. Ça va faire une heure de retard. Qu'est-ce qui se passe donc, putain de Dieu ?

— C'est mauvais joss de jurer un mardi, monsieur Brock, dit Jeff Cooper, un maigre Américain de Boston au nez busqué, en redingote noire, son haut-de-forme de feutre porté crânement sur le côté. Très mauvais ! »

L'associé de Cooper, Wilf Tillman, se raidit un peu en sentant la sourde irritation dans la voix nasillarde de son cadet. Il était trapu et rubicond, et natif de l'Alabama.

« Moi, je m'en vais vous dire, tout ce bon Dieu de récif est du mauvais joss, répliqua Brock. Diablement mauvais. »

*Joss* était un mot chinois qui signifiait le Sort, la Chance, Dieu et le Diable, en même temps.

« J'espère que non, monsieur, lui dit Tillman. L'avenir du commerce chinois est ici, maintenant — bon ou mauvais joss. »

Brock se tourna vers lui.

« Hong Kong n'a pas d'avenir. C'est des ports ouverts sur le continent chinois dont on a besoin, et vous le savez bien, bon Dieu !

— La rade est la meilleure de ces eaux, déclara Cooper. Toute la place qu'on veut pour caréner et radouber tous nos navires. Toute la place qu'on veut pour construire nos maisons et nos entrepôts. Et plus d'histoires avec les Chinois, enfin !

— Une colonie doit avoir de la terre arable et des paysans pour travailler la terre, monsieur Cooper. Et des impôts, dit impatiemment Brock. Je me suis promené partout et vous aussi. On ne fera jamais rien pousser ici. Pas de champs ni de ruisseaux, pas de pâturages pour le bétail. Partant, pas de viande et pas de patates. Tout ce qu'on aura besoin, faudra le faire venir par mer. Pensez à ce que ça coûtera. Même la pêche ne vaut rien. Et qui va payer l'entretien de Hong Kong, hein ? Nous et notre commerce, bon Dieu !

— Ah ! c'est donc ce genre de colonie que vous voulez, monsieur Brock ? dit Cooper. Je croyais que l'Empire britannique en avait bien assez, de ce genre de colonie ! »

Il cracha adroitement dans le vent. La main de Brock tomba sur le manche de son couteau.

« C'est-y que vous crachez pour vous éclaircir la voix, ou que vous crachez sur l'Empire ? »

Frisant la cinquantaine, Tyler Brock était un colosse borgne, aussi solide et aussi éternel que le fer qu'il avait été obligé de vendre dans sa jeunesse à Liverpool, et aussi dangereux que les navires marchands armés sur lesquels il avait embarqué et qu'il avait fini par diriger, en tant que maître de Brock et Fils. Il était richement vêtu et le manche de son couteau était incrusté de pierreries. Sa barbe grisonnait comme ses cheveux.

« La journée est fraîche, monsieur Brock », intervint vivement Tillman, furieux du manque de tact de son associé ; Brock n'était pas un homme dont on se fait un ennemi. « Le fond de l'air n'est pas chaud, pas vrai, Jeff ? »

Cooper hocha sèchement la tête, mais il ne quitta pas Brock des yeux. Il n'avait pas de couteau, mais un derringer dans sa poche. Il était aussi grand que Brock, en plus mince, et il n'avait peur de rien.

« Je m'en vais vous donner un bon conseil, monsieur Cooper, déclara Brock. Mieux vaut ne pas cracher trop souvent après avoir dit « Empire britannique ». Y en aurait des qui vous donneraient pas le bénéfice du doute.

— Merci, monsieur Brock, je ne l'oublierai pas, répondit paisiblement Cooper. Et moi je vais vous donner aussi un conseil. C'est mauvais joss de jurer un mardi. »

Brock maîtrisa sa colère. Un jour, il écraserait Cooper, Tillman et leur Compagnie, la plus importante du commerce américain. Mais pour le moment, il avait besoin d'eux comme alliés contre Dirk et Robb Struan. Brock pesta contre le joss. Le joss avait fait de Struan et Compagnie la plus grande maison d'Asie, si riche et si puissante que tous les autres commerçants de Chine l'avaient appelée, par crainte et jalousie, la Noble Maison — noble parce qu'elle était la première par la richesse, la première par les largesses, la première pour le commerce et la première par sa flotte, mais surtout parce que Dirk Struan était le Taï-pan. Le Taï-pan contre tous les taï-pans d'Asie. Et le joss avait coûté à Brock un œil, dix-sept ans plus tôt, l'année où Struan avait fondé son empire.

Cela s'était passé au large de l'île de Chushan. Chushan se trouvait au sud du grand port de Shanghai, près de l'embouchure du puissant Yang-tsé. Brock avait lutté dans la mousson avec un énorme chargement d'opium, Dirk Struan à quelques jours derrière lui, également chargé d'opium. Brock était arrivé le premier à Chushan, y avait vendu sa cargaison et il était reparti, le cœur joyeux à la pensée qu'à présent Struan serait obligé de pousser plus loin au nord et d'essayer un nouveau rivage en prenant de nouveaux risques. Brock avait mis le cap au sud sur son port d'attache, Macao, ses cales pleines d'or, vent en poupe. Et puis brusquement la grande tempête s'était abattue sur les mers de Chine. Les Chinois appelaient ces tornades *tai-fung,* les Vents Suprêmes. Les marchands les appelaient des typhons. Ils étaient la terreur même.

Le typhon s'était acharné impitoyablement sur le grand voilier, et Brock avait été cloué au pont par des espars et des mâts brisés. Une courte drisse, soulevée par le vent, l'avait giflé alors qu'il était couché là, impuissant. Ses hommes l'avaient délivré, mais pas avant que le cordage terminé par un œil métallique ne lui ait arraché l'œil gauche. Le bateau se couchait au vent et Brock avait aidé son équipage à larguer les espars et les bouts de mâts et, par miracle, la coque s'était redressée. Puis Brock avait versé du cognac dans son orbite en sang ; il se rappelait encore la douleur.

Et il se rappelait comment il était péniblement rentré au port longtemps après avoir été considéré comme perdu, son beau clipper trois-mâts réduit à l'état de ponton. Et lorsque Brock eut remplacé les mâts, les canons et la voilure, les hommes et les munitions, et qu'il eut acheté une nouvelle cargaison d'opium, tous les bénéfices de son voyage s'étaient envolés.

Struan avait traversé le même typhon avec un petit

lorcha — un navire à coque chinoise, gréé à la britannique, utilisé pour la contrebande côtière par beau temps. Mais Struan avait bien supporté la tempête et, intact et élégant selon son habitude, il avait été sur le quai pour accueillir Brock, ses curieux yeux verts pétillant d'ironie.

Dirk et son foutu joss, songeait Brock. Le joss qui permettait à Dirk de transformer son foutu lorcha en une flotte de clippers et de centaines de lorchas, des entrepôts et de l'or à ne savoir qu'en faire. En cette nom de Dieu de Noble Maison. Le joss avait repoussé Brock et Fils à la seconde place. La seconde. Et, pensait-il, le joss lui a donné l'oreille de notre nom de Dieu de foutu plénipotentiaire, l'Honorable Foutu Longstaff. Et maintenant, à eux deux, il nous ont mis en faillite. La vérole pour Hong Kong et la vérole pour Struan !

« Sans le plan de Struan, vous n'auriez jamais gagné la guerre si aisément », déclara Cooper.

La guerre avait éclaté à Canton deux ans plus tôt, alors que l'empereur de Chine, résolu à mettre à genoux les Européens, avait essayé de venir à bout du trafic d'opium qui était indispensable au commerce britannique. Le vice-roi Ling avait cerné la concession étrangère de Canton, avec l'armée, et il avait exigé, comme rançon des commerçants anglais sans défense, jusqu'à la dernière caisse d'opium d'Asie. Finalement, vingt mille caisses d'opium avaient été remises et détruites, et les Britanniques avaient obtenu l'autorisation de se retirer sur Macao. Mais la Grande-Bretagne ne pouvait considérer avec légèreté une interférence dans son commerce ou des menaces à ses ressortissants. Six mois plut tôt, le corps expéditionnaire britannique était arrivé en Extrême-Orient et avait été ostensiblement placé sous la compétence de Longstaff, le capitaine superintendant du Commerce.

Mais c'était Struan qui avait conçu le plan astucieux

de contourner Canton, où les ennuis avaient commencé, pour envoyer le corps expéditionnaire sur Chushan. Struan avait supposé que ce serait assez simple de s'emparer de cette île, car les Chinois n'étaient pas préparés et ils n'étaient pas de force à résister à une flotte ou une armée européenne et moderne. Laissant une petite force d'occupation à Chushan et quelques navires pour former un blocus du Yang-tsé, le corps expéditionnaire pouvait faire voile vers le nord jusqu'à l'embouchure du Pei-ho et menacer Pékin, la capitale de la Chine, qui n'était qu'à cent soixante kilomètres en amont. Struan savait que seule une menace aussi directe pouvait contraindre l'empereur à faire immédiatement des ouvertures de paix. L'idée était magistrale, et elle avait admirablement marché. Le corps expéditionnaire était arrivé en Extrême-Orient au mois de juin. En juillet, Chushan était prise. En août, il mouillait devant le Pei-ho. Deux semaines plus tard, l'empereur envoyait un ministre plénipotentiaire pour négocier la paix. C'était la première fois dans l'histoire qu'un empereur de Chine reconnaissait officiellement une nation européenne. Et la guerre avait pris fin sans pertes sensibles pour un camp comme pour l'autre.

« Longstaff a été très sage de suivre le plan, dit Cooper.

— N'importe quel commerçant de Chine savait comment mettre les Chinois à genoux, grogna Brock d'une voix rude. Mais pourquoi Longstaff et Struan ont-ils consenti à négocier, là-bas à Canton, hein ? Le premier imbécile venu sait bien que pour un Chinois, négocier veut dire gagner du temps. Nous aurions dû rester au nord, au Pei-ho, jusqu'à ce que la paix soit signée. Mais non, il a fallu que nous ramenions la flotte et depuis six mois nous attendons que les bougres signent les papiers. Idiot. De la folie imbécile ! Et toute cette perte de temps et d'argent pour ce foutu rocher puant. Nous aurions dû garder Chushan. Là oui, c'était une île qui en valait la peine. (Chushan avait trente kilomètres de long et seize de large, avec de la bonne terre fertile, un bon port et une grande ville nommée Tinghai.) Là-bas, un homme peut respirer, ça oui. Enfin quoi, de là-bas, trois ou quatre frégates peuvent bloquer le Yang-tsé à volonté. Et qui tient ce fleuve tient le cœur de la Chine. C'est là qu'on aurait dû s'installer, bon Dieu !

— Vous tenez toujours Chuschan, monsieur Brock.

— Ouais. Mais elle a pas été donnée par le foutu nom de Dieu de traité, ça fait qu'elle est pas à nous. »

Il tapa des pieds pour les réchauffer, dans le vent fraîchissant.

« Vous devriez peut-être en parler à Longstaff, dit Cooper. Il écoute les conseils.

— Pas les miens, il les écoute pas. Et vous le savez bien. Mais je m'en vais vous dire, quand le Parlement connaîtra le traité, ça fera des histoires, moi je vous le dis. »

Cooper alluma un mince cigare.

« Je suis enclin à partager votre opinion. C'est un ahurissant bout de papier, monsieur Brock. Pour l'époque. Alors que toutes les puissances européennes sont affamées de terres nouvelles et de pouvoir.

— Et vous allez me dire que les États-Unis ne le sont pas, peut-être ? grinça Brock. Et vos Indiens ? L'achat de la Louisiane ? La Floride espagnole ? Vous avez l'œil sur le Mexique et l'Alaska russe. Les derniers courriers racontent que vous essayez même de voler le Canada. Hein ?

— Le Canada est américain, pas anglais. Nous n'allons pas nous battre pour le Canada ; il nous rejoindra de son propre gré », assura Cooper, en dissimulant son inquiétude.

Il tira distraitement sur ses favoris et releva le col de sa redingote. Il savait qu'une guerre avec l'Empire britannique serait désastreuse, en ce moment, et ferait la ruine de Cooper-Tillman. Au diable la guerre. Malgré tout, il savait que les États-Unis seraient obligés de se battre pour le Mexique et le Canada, à moins qu'il n'y ait un arrangement. Tout comme la Grande-Bretagne avait été contrainte de faire la guerre à la Chine.

« Il n'y aura pas de guerre », affirma Tillman, pour calmer diplomatiquement Cooper.

Il soupira et regretta son Alabama. Là-bas, un homme pouvait être un gentilhomme, pensait-il. On n'avait pas besoin de traiter tous les jours avec les damnés Anglais, ni avec de la racaille forte en gueule et blasphématoire comme ce Brock, ou des diables incarnés comme Struan, ni même des associés jeunes et impétueux comme Jefferson Cooper qui s'imaginait que Boston était le nombril du monde.

« Et cette guerre est finie, ajouta-t-il, bien ou mal.

— Retenez bien ce que je vous dis, monsieur Tillman, dit Brock. Ce nom de Dieu de foutu traité ne sera pas bon pour nous et pas bon pour eux. Nous devons garder Chushan et des ports ouverts sur le continent chinois. Nous serons de nouveau en guerre dans quelques semaines. En juin, quand le vent sera mûr, que le temps sera mûr, la flotte sera obligée de retourner au Pei-ho. Et ça sera encore une fois la guerre, et comment allons-nous pouvoir acheter les soies et les thés de l'année, alors ? L'année dernière, il n'y a presque pas eu de commerce à cause de la guerre ; l'année d'avant, pas de commerce du tout et, par-dessus le marché, ils nous ont volé tout notre opium. Huit mille caisses, rien que pour moi. Deux millions de taels d'argent, ça m'a coûté. En espèces. Comptant.

— Cet argent n'est pas perdu, dit Tillman. Longstaff nous a donné l'ordre de le remettre comme rançon. Il nous a donné en échange des billets à ordre du gouvernement britannique. Et il y a des dispositions dans le traité. Six millions de taels d'argent pour rembourser. »

Brock éclata d'un rire dur.

« Vous vous figurez que le Parlement va honorer les billets de Longstaff? Enfin quoi, n'importe quel gouvernement serait renversé à l'instant même, s'il demandait de quoi rembourser de l'opium ! Et quant aux six millions, ça paiera les dommages de guerre. Je connais le Parlement mieux que vous. Mon conseil à tous les deux, c'est de dire adieu à vos six millions de taels. Et je dis que si nous sommes encore en guerre cette année, il n'y aura de nouveau plus de commerce. Et si nous faisons pas de commerce cette année, nous allons tous nous trouver en faillite. Vous, moi, tous les commerçants de Chine. Et même la nom de Dieu de foutue Noble Maison. »

Il tira brusquement sa montre de son gousset. La cérémonie aurait dû être commencée depuis une heure. Le temps passe, songea-t-il. Ouais, mais pas aux dépens de Brock et Fils, bon Dieu. Chez Dirk, ils avaient eu dix-sept ans de bon joss, il était temps que ça change.

Brock pensa avec joie à son second fils, Morgan, qui s'occupait de leurs intérêts en Angleterre, avec une habileté et un manque de scrupules remarquables. Il se demanda si Morgan avait réussi à miner l'influence de Struan au Parlement et dans les milieux bancaires. Nous allons te couler, Dirk, se dit-il, et Hong Kong avec toi.

« Enfin, qu'est-ce qu'on attend, bon dieu ? s'écria-t-il en se dirigeant à grands pas vers l'officier de marine qui allait et venait devant les fusiliers marins.

— Qu'est-ce qui te prend, Jeff? murmura Tillman. Tu sais qu'il a raison, pour Hong Kong. Tu sais très bien que tu as tort de l'exciter. »

Cooper sourit, de son mince sourire.

« Brock est trop sûr de lui. Je n'ai pas pu m'en empêcher.

— Si Brock ne se trompe pas, au sujet du demi-million de taels, nous sommes ruinés.

— Oui, mais Struan dix fois plus s'il n'y a pas de remboursement. Il se fera payer, n'aie crainte. Et nous aussi, par la même occasion. (Cooper se retourna pour suivre Brock des yeux.) Tu crois qu'il est au courant de notre marché avec Struan ? »

Tillman haussa les épaules.

« Je ne sais pas. Mais Brock a raison, pour le traité. Il est stupide. Il va nous coûter cher ! »

Depuis trois mois, Cooper-Tillman étaient en quelque sorte les agents secrets de la Noble Maison. Les bâtiments de guerre britanniques faisaient le blocus devant Canton et la Rivière des Perles, et les commerçants britanniques n'avaient pas le droit de traiter des affaires. Longstaff — à la demande de Struan — avait mis l'embargo afin d'obliger la Chine à signer le traité, sachant fort bien que les entrepôts de Canton regorgeaient de thés et de soies. Mais comme l'Amérique n'avait pas déclaré la guerre à la Chine, les navires américains pouvaient franchir le blocus sans encombre, en faisant un pied de nez aux bâtiments de guerre. Cooper-Tillman avaient donc acheté pour quatre millions de livres de thé à Chen-tse Jin Arn — ou Jin-qua, comme on l'appelait — le plus riche des marchands chinois, et l'avaient expédié à Manille, en principe pour des commerçants espagnols. Le fonctionnaire espagnol de Manille avait empoché un pot-de-vin considérable pour donner les licences d'exportation et d'importation indispensables, et le thé avait été transféré — franco de douane — sur les clippers de Struan qui l'avaient transporté aussitôt en Angleterre. Jin-qua avait été payé avec une cargaison d'opium livrée secrètement par Struan, quelque part le long de la côte, au nord.

Cooper jugeait que c'était un plan parfait. Chacun s'enrichissait et obtenait les marchandises qu'il désirait. Mais il pensait qu'ils auraient fait une fortune s'ils avaient pu, avec leurs navires, transporter eux-mêmes le thé en Angleterre. Et il maudissait la Loi Nautique britannique qui ne permettait qu'aux navires britanniques d'apporter des marchandises dans les ports anglais. Sacrés brigands, pensait-il, le monde entier leur appartient !

« Jeff ! »

Cooper suivit la direction du regard de son associé. Il ne comprit pas tout d'abord ce que Tillman voulait lui montrer dans la rade encombrée. Puis il vit le canot quitter le navire amiral et, dedans, le grand Écossais roux qui était si puissant qu'il pouvait se servir du Parlement à son gré, et contraindre à la guerre la nation la plus puissante du monde.

« Ce serait trop demander, que Struan se noie », soupira Tillman.

Cooper se mit à rire.

« Tu le juges mal, Wilf. Et d'ailleurs, la mer n'oserait jamais faire ça.

— Elle le fera peut-être un jour, Jeff. Il serait grand temps, par tout ce qu'il y a de sacré ! »

Dirk Struan se dressait à l'avant du canot, fléchissant les genoux pour conserver l'équilibre malgré le tangage. Et bien qu'il fût déjà très en retard pour la cérémonie, il ne pressait pas ses matelots aux avirons. Il savait que rien ne commencerait avant son arrivée.

Le canot était à trois cents mètres au large, et les encouragements du bosco — « Souquez comme ça ! » — se mêlaient agréablement au souffle de l'alizé de nord-est. Très haut dans le ciel, le vent prenait plus de force et chassait les cumulus pommelés de la terre vers l'île et le grand large.

La rade était encombrée de navires marchands, tous britanniques, à part quelques rares américains et portugais. Avant la guerre, les navires marchands auraient mouillé à Macao, la petite colonie portugaise au bout d'une presqu'île, sur le continent, à quarante milles au sud-ouest, de l'autre côté de l'immense embouchure de la Rivière des Perles ; ou encore au large de l'île de Whampoa, à treize milles au sud de Canton. C'était la dernière limite permise, selon la loi chinoise, aux navires européens ; ils ne pouvaient approcher plus près de Canton. Par décret impérial, tout le commerce européen était restreint à cette ville. La légende voulait que plus d'un million de Chinois habitassent dans ses murs. Mais aucun Européen ne pouvait le savoir avec certitude, car jamais aucun ne s'était promené le long de ses rues.

Depuis la plus haute antiquité, les Chinois avaient des lois formelles excluant les Européens de leur pays. La rigidité de ces lois, le manque de liberté pour les Européens d'aller où bon leur semblait et de faire du commerce à leur gré avaient causé la gerre.

Comme le canot passait près d'un navire marchand, des enfants agitèrent la main pour saluer Struan, et il leur rendit leur salut. Ce sera bon pour les moutards d'avoir enfin leur maison à eux, sur leur terre à eux, pensa-t-il. Quand la guerre avait commencé, tous les ressortissants britanniques avaient été évacués sur les navires, par mesure de sécurité. Il y avait environ cent cinquante hommes, soixante femmes et quatre-vingts enfants. Quelques familles vivaient à bord depuis presque un an.

Autour des marchands, il y avait les bâtiments de guerre du corps expéditionnaire britannique ; des vaisseaux de ligne, des 74 canons, des 44, des 22, des bricks, des frégates, une infime partie de la plus puissante marine que le monde ait jamais connue, et des dizaines de transports de troupes, avec à bord quatre mille soldats britanniques et indiens, faisant partie de l'armée la plus puissante de la terre.

Et parmi ces navires, il y avait encore les merveilleux clippers d'opium, effilés, aux mâts inclinés, les vaisseaux les plus rapides jamais construits.

Struan sentit son cœur battre en contemplant l'île, avec sa montagne à pic, qui se dressait à cinq cents mètres au-dessus de la mer.

Il n'avait encore jamais mis le pied sur l'île, bien qu'il la connût mieux que personne. Il avait juré de ne pas aller à terre tant qu'elle ne serait pas anglaise. Il lui plaisait d'être si impérieux. Mais cela ne l'avait pas empêché d'envoyer ses capitaines et son jeune frère Robb à terre pour examiner l'île. Il en connaissait les récifs et les rochers, les vallées et les collines, et il savait où il allait construire ses entrepôts et la Grande Maison, et par où passerait la route.

Il se retourna pour contempler son clipper, le *China Cloud* de 22 canons. Tous les clippers de la Compagnie Struan portaient le nom de « Cloud » en hommage à sa mère, née Mac Cloud, qui était morte bien des années plus tôt. Des matelots faisaient la peinture et briquaient le navire déjà éblouissant. Les canons étaient examinés et le gréement vérifié. L'Union Jack battait fièrement à l'arrière et le pavillon de la Compagnie au mât de misaine.

L'emblème de la Noble Maison portait le lion royal rouge d'Écosse dressé face au dragon vert impérial de la Chine. Il flottait sur vingt clippers armés dispersés sur tous les océans du monde, sur une centaine de lorchas armés rapides qui faisaient la contrebande de l'opium le long des côtes. Il battait sur trois gros navires ravitailleurs d'opium, des navires marchands transformés servant d'entrepôts et actuellement au mouillage dans la rade de Hong Kong. Et il battait sur le *Resting Cloud,* son énorme quartier général flottant, quasi stationnaire, qui contenait les chambres fortes du trésor, des bureaux, des appartements luxueux, des salons et des salles à manger.

Struan était fier de son pavillon.

Le premier navire qui l'avait arboré avait été un lorcha pirate chargé d'opium que Struan avait capturé par la force. Les pirates et les corsaires infestaient la côte et les autorités chinoises et portugaises offraient des primes en argent pour les pirates. Quand les vents avaient interdit la contrebande de l'opium, ou lorsqu'il n'en avait pas à vendre, il avait écumé les mers de Chine. Avec les trésors des pirates, il achetait de l'opium.

Foutue drogue, pensait-il. Mais il savait que sa vie était inextricablement liée à l'opium, et que sans lui, ni la Noble Maison ni l'Empire britannique ne pourraient exister.

On en trouvait la raison en remontant jusqu'en 1699, quand le premier navire britannique avait commercé pacifiquement avec la Chine et rapporté des soies et, pour la première fois, la plante incomparable appelée thé, que seule la Chine produisait en abondance et à bon marché. En échange, l'empereur n'acceptait que la monnaie d'argent et cette politique se poursuivait depuis.

En l'espace de cinquante ans, le thé était devenu le breuvage le plus apprécié dans tout le monde occidental et plus particulièrement en Grande-Bretagne, la plus importante nation commerciale du monde. En soixante-dix ans, le thé devenait la principale source de revenus du fisc anglais. En cent ans, le déversement sur la Chine des richesses britanniques avait mis le trésor anglais dans une situation critique, et le commerce thé-argent sans compensation tournait à la catastrophe nationale.

Au bout de ce siècle, la British East India Company — la gigantesque firme mi-privée, mi-publique qui possédait, par décret, le monopole total sur le commerce avec l'Inde et la Chine — avait offert tout et n'importe quoi, avec l'énergie du désespoir — du coton, des tissus de laine, même des armes et des navires — à la place de l'argent. Mais, impérialement, les empereurs refusaient. Ils estimaient que la Chine se suffisait à elle-même, méprisaient les « barbares », comme ils appelaient tout ce qui n'était pas chinois, et considéraient toutes les nations du globe comme des vassales de la Chine.

Et puis, trente ans plus tôt, un marchand britannique, le *Vagrant Star,* avait remonté la Rivière des Perles pour mouiller devant l'île de Whampoa. Il transportait une cargaison secrète d'opium, que le Bengale britannique produisait en abondance et à bon compte. Bien que l'opium fût employé en Chine depuis des siècles — mais uniquement par les personnes très riches et par les habitants du Yunnan où le pavot fleurissait aussi — c'était de la contrebande. La Compagnie des Indes britannique avait clandestinement autorisé le capitaine du *Vagrant Star* à proposer l'opium. Mais seulement contre de l'argent. La Guilde chinoise des Marchands, qui par décret impérial monopolisait tout le commerce avec l'Occident, acheta la cargaison et la revendit secrètement à gros bénéfice. Le capitaine du *Vagrant Star* remit tout aussi secrètement les lingots d'argent aux représentants de la Compagnie, à Canton, et prit son bénéfice en papier monnaie sur les banques de Londres, puis il se précipita à Calcutta pour racheter de l'opium.

Struan se rappelait bien le *Vagrant Star*. Il avait été garçon de cabines à son bord. C'était sur ce navire qu'il était devenu un homme, et qu'il avait connu l'Asie. Et il avait juré d'avoir la peau de Tyler Brock, qui à l'époque était quartier-maître du *Vagrant Star*. Struan avait douze ans, Brock dix-huit et il était très fort. Brock l'avait haï à première vue et sa joie avait été de le trouver en faute, de lui réduire ses rations, de lui faire faire toutes les corvées pénibles, de l'envoyer dans les haubans par gros temps, de le taquiner méchamment. La moindre peccadille et il faisait attacher Struan à la misaine et fouetter au chat à neuf queues.

Struan était resté deux ans à bord du *Vagrant Star*. Et puis une nuit, le navire heurta un récif dans le détroit de Malacca et coula. Struan avait gagné la terre à la nage et s'était rendu tant bien que mal à Singapour. Plus tard, il avait appris que Brock avait survécu aussi et cela lui fit grand plaisir. Il voulait se venger, à sa façon, et à son heure.

Struan s'était embarqué sur un autre navire. A ce moment, la Compagnie des Indes britannique autorisait de nombreux capitaines marchands indépendants, soigneusement triés sur le volet, à vendre à des prix avantageux leur opium du Bengale. La Compagnie se mit à faire des bénéfices énormes et à acquérir des quantités considérables d'argent en lingots. La Guilde chinoise des Marchands et les mandarins fermèrent les yeux sur le trafic illicite, car eux aussi, ils gagnaient gros. Et ces bénéfices, étant secrets, n'étaient pas soumis aux terribles impôts impériaux.

L'opium devint le commerce principal. La Compagnie eut vite fait de monopoliser le stock mondial d'opium, en dehors de la province du Yunnan et de l'Empire ottoman. En vingt ans, l'argent échangé contre l'opium de contrebande égala l'argent qui était dû pour le thé et la soie.

Enfin, la balance commerciale s'équilibrait. Puis elle pencha de l'autre côté, car il y avait vingt fois plus de clients chinois qu'occidentaux, et la Chine vit s'épuiser ses réserves monétaires. La Compagnie offrit d'autres marchandises pour endiguer le flot. Mais l'empereur restait intraitable : de l'argent contre le thé.

Struan avait alors vingt ans et il était capitaine de son propre navire pour le trafic de l'opium. Brock était son rival principal. Ils se concurrençaient sans scrupules. En six ans, Struan et Brock devinrent les maîtres de ce commerce.

On appela les trafiquants d'opium les « marchands chinois ». Ils étaient intrépides, durs, et formaient un groupe de capitaines-propriétaires individualistes — Anglais, Écossais et parfois Américains — qui pilotaient nonchalamment leurs petits navires dans des eaux inconnues et pour qui le danger était quotidien. Ils prenaient la mer pour faire du commerce pacifique, pour gagner de l'argent et non pour conquérir. Mais s'ils avaient à affronter des mers hostiles ou des agressions, leurs navires devenaient des vaisseaux de combat. Et s'ils ne se battaient pas bien, leurs navires disparaissaient et ils étaient bientôt oubliés.

Les marchands chinois ne tardèrent pas à s'apercevoir que tandis qu'ils prenaient tous les risques, la Compagnie empochait presque tous les bénéfices. De plus, ils étaient totalement exclus du commerce légal — et extrêmement lucratif — du thé et de la soie. Aussi, tout en continuant de se faire une concurrence féroce, sur les instances de Struan, ils se mirent à s'unir contre la Compagnie afin de briser son monopole. Sans le monopole, les trafiquants pouvaient convertir l'opium en argent, l'argent en thé, puis expédier le thé en Angleterre et le vendre directement aux commerçants de détail dans le monde entier. Les marchands chinois contrôleraient alors à leur tour le commerce international du thé et leurs profits deviendraient immenses.

Le Parlement devint leur forum. Le Parlement avait accordé à la Compagnie son monopole exclusif, deux siècles auparavant, et seul le Parlement pouvait le lui retirer. Les trafiquants mirent alors tout en jeu, achetèrent des voix, soutinrent les membres du Parlement qui étaient partisans de la libre entreprise et du commerce libre, firent des campagnes de presse et écrivirent à des membres du gouvernement. Ils étaient résolus, et leur puissance s'accroissait à la cadence de leurs richesses. Ils étaient patients, tenaces, indomptables, comme seuls savent l'être les gens de mer.

La Compagnie était furieuse et tenait à son monopole. Mais elle avait désespérément besoin des trafiquants pour lui fournir l'argent avec lequel elle achetait le thé, et elle était maintenant tributaire des énormes revenus que procurait la vente de l'opium du Bengale. Elle se défendit au Parlement avec prudence. Le Parlement était lui-même dans une impasse. Il réprouvait la vente de l'opium mais avait besoin du revenu du thé et de l'Empire des Indes. Le Parlement essaya d'écouter à la fois les marchands chinois et la Compagnie, et ne satisfit ni les uns ni les autres.

La Compagnie décida alors de faire un exemple avec Struan et Brock, ses principaux adversaires. Elle leur retira leur licence d'opium et les mit en faillite.

Brock resta avec son navire, Struan avec rien. Brock s'associa secrètement avec un autre marchand chinois et continua de faire de l'agitation. Struan et son équipage tombèrent sur un nid de pirates au sud de Macao, le pillèrent et s'emparèrent du lorcha le plus rapide. Struan devint alors trafiquant d'opium clandestin pour le compte d'autres marchands chinois et s'empara avec acharnement de nouveaux bateaux pirates, et gagna de plus en plus d'argent. S'entendant avec d'autres trafiquants, il misa plus gros encore, acheta des voix et continua de harceler et d'exhorter jusqu'à ce que le Parlement réclame à grands cris la destruction de la Compagnie.

Il y avait maintenant sept ans que le Parlement avait voté la loi supprimant le monopole de la Compagnie en Asie et ouvrant ces pays au commerce libre. Mais elle autorisait la Compagnie à conserver l'exclusivité du commerce avec l'Inde britannique — et le monopole international de l'opium. Le Parlement déplorait la vente de la drogue. Les marchands chinois eux-mêmes auraient préféré une marchandise autre — mais tout aussi lucrative. Mais ils savaient tous que sans l'équilibre thé-argent-opium, l'Empire s'écroulerait. C'était une loi de nature, du commerce international.

Le commerce étant libre, Struan et Brock devinrent des princes des échanges. Leurs flottes armées s'agrandirent. Et la rivalité aiguisait plus encore leur inimitié.

Pour remplacer le vide politique laissé en Asie quand le monopole de la Compagnie avait été annulé et le commerce rendu libre, le gouvernement britannique nomma un diplomate, l'Honorable William Longstaff, capitaine superintendant du Commerce, pour protéger ses intérêts. Les intérêts de la Couronne étaient un volume de commerce en expansion constante — afin de faire rentrer davantage d'impôts — et l'exclusion systématique de toutes les autres puissances européennes. Longstaff était responsable de la sécurité du commerce et des ressortissants britanniques, mais son mandat était vague et il n'avait reçu aucun pouvoir précis pour défendre cette politique.

Pauvre petit Willie, pensa Struan sans méchanceté. Malgré toutes mes patientes explications au cours des huit dernières années, notre Excellence le capitaine superintendant du Commerce n'est toujours pas foutu de voir sa main devant sa figure.

Struan contempla la terre, et le soleil, au-dessus de la montagne, qui baignait les hommes rassemblés là, amis et ennemis, tous ses rivaux. Il se tourna vers Robb :

« Dirait-on pas que c'est un comité d'accueil ? »

Ces longues années passées loin d'Écosse n'avaient pu atténuer son accent rocailleux. Robb Struan rit en tirant un peu son chapeau de feutre sur le côté.

« Je te dirais plutôt qu'ils souhaitent que tu vas te noyer, Dirk. »

Il avait trente-trois ans, des cheveux noirs, un visage lisse, des yeux enfoncés, un nez mince et une moustache se continuant en favoris. Il portait un costume tout noir, une cape de velours vert, une chemise blanche à jabot et une large cravate blanche. Ses boutons de manchettes et de chemise étaient des rubis.

« Bon Dieu, s'écria-t-il, c'est bien le capitaine Glessing que je vois ?

— Sûr, répondit Struan. J'ai trouvé adéquat que ce soit lui qui lise la proclamation.

— Qu'est-ce que Longstaff a dit, quand tu lui as suggéré ?

— Pa'ole d'honneur, Dirk, d'accord, si vous jugez que c'est sage, dit Struan en riant. Nous avons fait un sacré chemin depuis nos débuts, sacré Dieu.

— Toi, Dirk. Quand je suis arrivé ici, tout était déjà fait.

— Tu es le cerveau, Robb. Moi, je ne suis que le muscle.

— Oui, Taï-pan. Rien que le muscle. »

Robb savait bien que son demi-frère était le Taï-pan de Struan et Compagnie, et qu'en Asie, Dirk Struan était *le* Taï-pan.

« Belle journée pour hisser le drapeau, n'est-ce pas ?

— Sûr. »

Robb considéra Struan qui se retournait vers la terre. Il paraissait si grand, si puissant, là debout à l'avant, plus colossal que les montagnes, et tout aussi dur. Que j'aimerais être comme lui, songea Robb.

Robb n'avait fait qu'une fois la contrebande de l'opium, peu après son arrivée en Extrême-Orient. Leur navire avait été attaqué par des pirates chinois, et Robb avait été terrifié. Il en rougissait encore, bien que Struan lui eût assuré : « Y a pas de honte à ça, gamin. La première fois, la bataille est toujours terrible. » Mais Robb savait bien qu'il n'était pas un combattant, et qu'il n'avait pas de courage. Il servait son demi-frère en d'autres façons. En achetant les thés, les soies et l'opium. En négociant les prêts et en s'occupant de la comptabilité. En comprenant et assimilant les procédures modernes de la finance et des échanges internationaux, qui devenaient de plus en plus compliquées. En veillant sur son frère, sur la Compagnie et sur la flotte, en s'assurant de leur sécurité. En vendant les thés en Angleterre. En administrant la Compagnie. Oui, se disait Robb, mais sans Dirk tu ne serais rien.

Struan examinait les hommes sur la plage. Le canot était encore à deux cents mètres de la terre. Mais il distinguait nettement les visages. La plupart des têtes étaient tournées vers le canot. Struan sourit secrètement.

Eh oui, pensa-t-il. Nous sommes tous là, en ce jour du destin.

L'officier de marine, le capitaine Glessing, attendait patiemment que commençât la cérémonie des couleurs. Il avait vingt-six ans, il était capitaine d'un navire de la ligne, fils d'un vice-amiral, et la Royal Navy coulait dans ses veines. Il faisait de plus en plus clair sur la plage, mais sur l'horizon de l'est le ciel se couvrait de nuages.

Il va y avoir une tempête dans quelques jours, se dit Glessing et, machinalement, il vérifia le mouillage de son navire, une frégate de 22 canons. C'était pour lui une journée monumentale. Ce n'était pas souvent que de nouvelles terres étaient annexées au nom de la reine, et pour sa carrière, c'était une chance qu'il eût l'honneur de lire la proclamation. La flotte avait beaucoup de capitaines plus anciens que lui. Mais il savait qu'il avait été choisi parce qu'il avait été le premier dans ces eaux, et que son navire, le H.M.S. *Mermaid,* avait joué un rôle important au cours de la campagne. Ce n'était même pas une campagne, estimait-il avec dédain. A peine un incident. Cela aurait pu être réglé deux ans plus tôt si ce polichinelle de Longstaff avait eu deux liards de courage. Indiscutablement, si on m'avait permis d'emmener ma frégate jusqu'aux portes de Canton. Bon Dieu, j'avais coulé toute une foutue flotte de jonques de guerre et la voie était libre. J'aurais pu bombarder Canton, m'emparer de ce païen du diable, le vice-roi Ling, et le pendre à ma plus haute vergue.

Glessing donna un coup de pied irrité dans le sable. Encore que je m'en moque bien, que le païen ait volé l'opium. Il a raison de vouloir mettre un terme à la contrebande. C'est l'insulte au drapeau. Des vies anglaises rançonnées par un païen du diable ! Longstaff aurait dû me donner l'ordre de poursuivre immédiatement. Mais non. Humblement, il a battu en retraite et il a évacué tout le monde à bord de la flotte marchande, et puis il m'a coupé les jambes. A moi, qui devais protéger toute la flotte marchande, nom de Dieu ! Qu'il soit maudit ! Et Struan aussi, qui le mène par le bout du nez.

Enfin, ajouta-t-il en lui-même, tu as de la chance d'être ici, quand même. C'est la seule guerre que nous ayons en ce moment. La seule guerre en mer, tout au moins. Les autres ne sont que des incidents : une simple mainmise sur des États païens des Indes — des gens qui adorent des vaches, sacré nom, et qui brûlent les veuves et qui se prosternent devant des idoles — et puis les guerres d'Afghanistan. Une bouffée d'orgueil lui monta au visage à la pensée qu'il faisait partie de la plus puissante flotte du monde. Dieu soit loué, qui l'avait fait naître anglais !

Soudain, il aperçut Brock qui s'approchait et il fut soulagé de le voir intercepté par un petit homme tout rond, sans cou, âgé de trente-cinq ans environ, dont l'énorme bedaine débordait de son pantalon. C'était Morley Skinner, propriétaire de l'*Oriental Times,* le plus important des journaux anglais d'Orient. Glessing ne manquait pas un numéro. C'était bien écrit. Il estimait qu'il était important de posséder un bon journal. Important que les campagnes soient bien rapportées, pour la plus grande gloire de l'Angleterre. Mais Skinner était un homme reposant. Lui et tous les autres. Enfin, pas tous. Pas le vieil Aristote Quance.

Glessing regarda l'affreux petit homme, assis tout seul, à l'écart, sur une petite éminence surplombant la plage, devant un chevalet et manifestement en train de peindre avec acharnement. L'officier rit en se rappelant les bons moments passés à Macao avec le peintre.

Glessing n'aimait personne, sur cette plage, à part Quance et Horatio Sinclair. Horatio avait le même âge que lui et Glessing avait appris à bien le connaître depuis deux ans qu'il était en Orient. Horatio était aussi l'aide de camp de Longstaff, son interprète et son secrétaire — le seul Anglais d'Orient sachant parler couramment le chinois, et l'écrire — et ils avaient eu à travailler ensemble.

Le regard de Glessing balaya la plage et il vit, avec déplaisir, qu'Horatio était au bord de l'eau en train de bavarder avec un Autrichien, Wolfgang Mauss, un homme qu'il méprisait. Le révérend Mauss était le seul Européen d'Orient à parler et à écrire le chinois. C'était un colosse à barbe noire, un prêtre défroqué devenu l'interprète de Struan, et trafiquant d'opium. Il avait des pistolets à sa ceinture et les basques de son habit étaient moisies. Son nez était rouge et bulbeux et ses cheveux poivre et sel aussi embroussaillés que sa barbe. Les quelques dents qui lui restaient étaient noircies et cassées, et ses yeux au regard intense surprenaient dans le visage grossier.

Quel contraste avec Horatio, songeait Glessing. Horatio était blond, frêle et aussi propre que Nelson, en l'honneur de qui il avait été prénommé, à cause de Trafalgar et de son oncle qui y avait trouvé la mort..

Ils avaient pris dans leur conversation un grand et svelte Eurasien, un jeune homme nommé Gordon

Chen, que Glessing ne connaissait que de vue et qui était le bâtard de Struan.

Bon Dieu, grommela à part soi l'officier de marine, comment un Anglais ose-t-il exhiber si effrontément ses bâtards ? Et celui-là s'habillait comme tous les sacrés païens du diable, en longue robe, avec une fichue queue de cheveux dans le dos. Bon Dieu ! Sans ses yeux bleus et sa peau claire, on ne saurait pas du tout qu'il a du sang anglais. Pourquoi le fichu bougre ne se coupe-t-il pas les cheveux comme un homme ? Écœurant !

Glessing se détourna d'eux. Probable que le sang-mêlé n'est pas méchant, ce n'est pas sa faute. Mais le damné Mauss est de bien mauvaise compagnie. Mauvais pour Horatio et mauvais pour sa sœur, la chère Mary. Là oui, c'était une jeune demoiselle qui valait la peine d'être connue. Elle ferait une bonne épouse, bon Dieu !

Il arrêta son va-et-vient. C'était la première fois qu'il considérait Mary comme une épouse éventuelle.

Pourquoi pas ? se demanda-t-il. Ça fait deux ans que tu la connais. La perle de Macao. Elle dirige à merveille la maison Sinclair, et traite Horatio comme un prince. C'est l'endroit de la ville où l'on mange le mieux et elle mène ses serviteurs de main de maître. Elle joue de la harpe comme un ange et chante de même, par Dieu. Tu lui plais, c'est visible, sinon pourquoi serais-tu invité en permanence à dîner chaque fois que tu es à Macao avec Horatio ? Alors, pourquoi ne pas l'épouser, hein ? Seulement elle n'a jamais vécu chez nous. Elle a passé toute sa vie au milieu des païens. Elle n'a pas de dot. Les parents sont morts. Mais qu'est-ce que ça peut faire ? Le révérend Sinclair était respecté dans l'Asie tout entière, de son vivant, et Mary est belle et n'a que vingt ans. Mes espérances sont parfaites. Je touche cinq cents livres par an et j'hériterai le manoir et les terres, un jour ou l'autre.

Bon Dieu, elle pourrait bien être la femme pour moi. Nous pourrions nous marier à Macao, à l'église anglaise, et louer une maison jusqu'à la fin de mon engagement, et ensuite nous rentrerions chez nous. Le moment venu, je m'en vais dire à Horatio : « Horatio, mon vieux, j'ai à te parler... »

« Dites-moi, capitaine Glessing, qu'est-ce qu'on attend ? A huit heures, qu'on avait dit que ce serait le lever des couleurs, et ça fait une heure de ça. »

La voix rude de Brock brisa net la rêverie de l'officier. Il pivota brusquement. Il n'avait pas l'habitude qu'un autre qu'un vice-amiral s'adressât à lui sur ce ton belliqueux.

« Les couleurs seront envoyées, monsieur Brock, soit quand Son Excellence arrivera à terre, soit quand le canon du navire amiral donnera le signal.

— Et ça sera quand donc, ça ?

— Je remarque que vous n'êtes pas encore représentés au complet.

— Vous voulez dire Struan ?

— Naturellement. N'est-il pas le Taï-pan de la Noble Maison ? répliqua Glessing, exprès, sachant que cela irriterait Brock, puis il ajouta : Je vous conseille de vous armer de patience. Personne n'a donné l'ordre à vous autres commerçants de venir à terre. »

Brock rougit.

« Feriez bien d'apprendre à connaître la différence entre les commerçants et les négociants. »

Il fit passer sa chique de tabac dans son autre joue et cracha sur les galets, à côté des pieds de Glessing. Les éclaboussures du crachat gâtèrent le brillant des souliers noirs à boucle d'argent.

« Mande pardon », fit Brock avec un regret feint, et il s'éloigna.

Les traits de Glessing se figèrent. Sans le mot d'excuses, il aurait provoqué l'homme en duel. De la racaille de basse classe, pensa-t-il avec mépris.

« Capitaine, fit le maître d'équipage en saluant, un signal du navire amiral. »

Glessing cligna des yeux dans le vent fraîchissant. Les signaux battants épelaient : « Tous les capitaines au rapport à bord à deux heures. » Glessing avait été présent, la veille au soir, à une réunion privée de l'amiral et de Longstaff. L'amiral avait déclaré que la contrebande de l'opium était la cause des troubles en Asie. Il s'était écrié, furieux :. « Bon Dieu, monsieur, ils n'ont aucune vergogne. Abolissez l'opium et ni vous ni moi n'aurons plus d'ennuis avec les fichus païens et les fichus trafiquants ! La Royal Navy fera respecter votre ordre, par Dieu ! » Et Longstaff avait opiné, avec juste raison. Je suppose, se disait Glessing, que l'ordre sera donné aujourd'hui. Il maîtrisait avec peine sa joie. Il était grand temps ! Je me demande si Longstaff a annoncé à Struan qu'il allait donner l'ordre...

Il se retourna vers le canot qui approchait sans se presser. Struan le fascinait. Il l'admirait et le haïssait, ce maître marin qui avait écumé tous les océans du monde, qui brisait les hommes et les compagnies et les navires pour la gloire de la Noble Maison. Si différent de Robb, pensait Glessing ; j'aime bien Robb.

Il frémit malgré lui. Il y avait peut-être du vrai dans les récits que chuchotaient les marins de par les mers de Chine, selon lesquels Struan adorait le Diable en secret, et qu'en échange le Diable lui avait donné la puissance et le pouvoir sur la terre. Comment expliquer autrement qu'un homme de son âge parût si jeune et si fort, qu'il eût des dents blanches, tous ses cheveux et les réflexes d'un jeune homme, alors que la plupart des hommes, à sa place, seraient infirmes, usés, avec un pied dans la tombe ? Les Chinois, indiscutablement, avaient grand-peur de Struan. Ils l'avaient surnommé « Le Vieux Diable-Rat aux Yeux Verts », et ils avaient mis sa tête à prix. Tous les

Européens avaient leur tête à prix. Mais celle du Taï-pan valait cent mille taels d'argent. Mort. Car nul ne pourrait le prendre vif.

Glessing essaya de remuer les doigts de pied dans ses souliers à boucles. Il avait mal aux pieds et ne se sentait guère à l'aise dans son bel uniforme chamarré d'or. Foutu retard ! Au diable cette île et cette rade et ce gaspillage de bons navires et de bons marins. Il se rappelait les paroles de son père : « Sacrés foutus civils. Ne pensent qu'à l'argent et au pouvoir. Pas de sens de l'honneur, aucun d'eux. Attention à ton cul, mon garçon, si un civil prend le commandement. Et n'oublie jamais que Nelson lui-même était obligé de coller la longue-vue à son œil borgne, quand un imbécile commandait. » Comment un homme comme Longstaff pouvait-il être aussi stupide ? Il appartenait à une bonne famille, il était bien élevé, instruit, son père était diplomate à la cour d'Espagne... ou de Portugal ?

Et pourquoi Struan avait-il poussé Longstaff à mettre fin à la guerre ? Bien sûr, nous obtenons une rade capable d'abriter toutes les flottes du monde. Mais pas autre chose.

Glessing contempla les navires au mouillage. Le 22 canons de Struan, le *China Cloud.* Le 22 canons *White Witch*, orgueil de la flotte de Brock. Et le brick de 20 canons des Américains Cooper et Tillman, le *Princess of Alabama.* Des merveilles, tous ceux-là. De solides adversaires, ils pourraient être. Je sais que je pourrais couler l'Américain. Brock ? Difficile mais je vaux mieux que Brock. Et Struan ?

Glessing imagina un combat naval contre Struan. Et il comprit qu'il avait peur de Struan. Sa peur le mit en colère. Il en avait assez de prétendre comme tout le monde que Struan, Brock, Cooper et tous les « marchands chinois » n'étaient pas des pirates.

Bon Dieu, se jura-t-il, dès que l'ordre sera officiel,

je commanderai la flottille qui les boutera tous de ces eaux !

Aristote Quance était tristement assis devant sa toile inachevée. C'était un petit homme aux cheveux gris noir. Ses vêtements, dont il prenait le plus grand soin, étaient à la dernière mode : pantalon étroit gris perle, chaussettes de soie blanche, souliers à nœud de satin noir, gilet de satin gris perle et redingote de lainage noir, col montant et large cravate, avec une épingle en perle. Mi-Anglais, mi-Irlandais, il était, à cinquante-huit ans, le plus ancien Européen d'Orient.

Il ôta ses lunettes cerclées d'or et se mit à les essuyer avec un mouchoir immaculé bordé de dentelle de France. C'est bien affligeant de voir ça, se disait-il. Au diable Dirk Struan. Sans lui, il n'existerait pas de fichu Hong Kong.

Il savait qu'il était témoin de la fin d'une époque. Hong Kong va détruire Macao, pensait-il. Elle volera tout le commerce. Les taï-pans anglais et américains vont transporter leurs sièges ici. Ils vivront ici et feront construire ici. Et puis les employés portugais suivront. Et tous les Chinois qui vivent des Occidentaux et du commerce occidental. Eh bien, moi, se jura-t-il, jamais je ne viendrai vivre ici. Je viendrai y travailler de temps en temps, pour gagner de l'argent, mais Macao sera toujours mon foyer.

Il vivait à Macao depuis plus de trente ans. Seul de tous les Européens, il considérait l'Orient comme sa patrie. Tous les autres venaient y passer quelques années, et s'en allaient. Ne restaient que ceux qui y mouraient. Et même alors, s'ils en avaient les moyens, ils prenaient des dispositions testamentaires pour faire rapatrier leur corps.

Je serai enterré à Macao, grâce à Dieu, se dit-il. J'y ai passé de si bons moments ! Nous tous. Mais tout ça, c'est fini. Maudit soit l'empereur de Chine ! Il faut qu'il soit fou, pour avoir démoli une structure si habilement créée il y a cent ans !

Tout marchait si bien, songea amèrement Quance, et voilà que c'est fini. Maintenant, nous nous sommes emparés de Hong Kong. Et à présent que la puissance de l'Angleterre est engagée en Orient et que les marchands ont goûté au pouvoir, ils ne se contenteront pas de Hong Kong.

« Ma foi, ajouta-t-il à haute voix, sans s'en apercevoir, l'empereur récoltera ce qu'il a semé.

— Pourquoi si sombre, monsieur Quance ? »

Le peintre remit ses lunettes. Morley Skinner levait les yeux vers lui, du bas de l'éminence.

« Pas sombre, jeune homme. Triste. Les artistes ont le droit — non l'obligation — d'être tristes. »

Il posa par terre la toile inachevée et la remplaça sur le chevalet par un carton vierge.

« Je suis d'accord. D'accord, répondit Skinner en escaladant la hauteur, je voulais simplement connaître votre opinion de ce jour mémorable. Nous allons sortir une édition spéciale. Elle serait incomplète sans quelques mots de notre plus vieux citoyen.

— C'est exact, monsieur Skinner. Vous pouvez écrire : « M. Aristote Quance, notre artiste bien connu, « bon vivant et ami cher, a refusé de répondre à nos « questions car il était en train de créer un nouveau « chef-d'œuvre. »

Il prit une prise de tabac et aspira profondément puis il éternua à grand bruit. Avec son mouchoir de dentelle, il épousseta les miettes de tabac sur ses revers et sur son carton.

« Bien le bonjour, monsieur, ajouta-t-il, en se penchant sur le carton. Vous dérangez l'immortalité.

— Je vous comprends, répondit aimablement Skinner. Je vous comprends très bien. Moi, c'est la même chose quand j'écris un article important. »

Le journaliste s'éloigna d'un pas lourd.

Quance se méfiait de Skinner et n'était pas le seul. Il était craint de tous ceux qui avaient dans leur passé quelque chose à se reprocher, et tout le monde était dans ce cas. Skinner adorait ressusciter le passé.

Le passé. Quance pensa à sa femme et frissonna. Par la mordieu ! Comment ai-je pu être assez bête pour croire que ce monstre d'Irlandaise pouvait faire une bonne compagne ? Grâce à Dieu, elle est de retour dans la sinistre campagne irlandaise, et ne risque plus de revenir assombrir mon firmament. Les femmes sont la cause de toutes les tribulations des hommes. Enfin, ajouta-t-il en se ravisant, pas toutes les femmes. Pas la chère petite Maria Tang. Ah ! celle-là, c'est bien une délicieuse fillette ! Un parfait mélange de portugais et de chinois. Sacré Quance, tu as de la chance ! Bon Dieu, j'ai connu la belle vie !

Et il comprit que s'il assistait à la fin d'une époque, il faisait partie lui-même de la nouvelle ère. Maintenant, il avait à témoigner de l'Histoire. Il aurait de nouveaux visages à dessiner. De nouveaux navires à peindre. Une nouvelle cité à perpétuer. Et de nouvelles filles pour flirter avec de nouvelles fesses à pincer.

« Triste ? Jamais ! rugit-il. Allez, au travail, Aristote, sacré vieux bougre ! »

Ceux qui, sur la plage, entendirent Quance se mirent à rire entre eux. Il jouissait d'une grande popularité et sa compagnie était très recherchée. Il avait tendance à parler tout seul.

« La journée ne serait pas complète sans ce cher vieil Aristote », dit en souriant Horatio Sinclair.

Wolfgang Mauss se gratta sa barbe pleine de poux.

« Oui. Il est si laid qu'il en est presque beau.

— M. Quance est un grand artiste, déclara Gordon Chen. Donc, il est joli. »

Mauss regarda fixement l'Eurasien.

« On dit « beau » quand il s'agit d'un homme, *boy*. Je t'ai donné des leçons pendant des années et tu ne connais pas encore la différence entre « beau » et « joli », hein ? Et il n'est pas un grand artiste. Son style est excellent et il est mon ami, mais il ne possède pas la magie qui fait les grands maîtres.

— Je voulais dire joli dans un sens artistique, monsieur. »

Horatio avait surpris l'éclair d'irritation dans les yeux de Gordon Chen. Pauvre Gordon, pensa-t-il avec compassion. Ni d'un monde, ni de l'autre. Aspirant désespérément à être anglais, mais portant la robe et la natte. Bien que tout le monde sût qu'il était le fils du Taï-pan et d'une putain chinoise, nul ne le reconnaissait ouvertement, même pas son père.

« Je trouve sa peinture admirable, dit Horatio avec douceur. Et lui aussi. C'est curieux, tout le monde l'adore, et cependant mon père le méprisait.

— Ah ! votre père, dit Mauss. Un saint homme. Il avait des principes chrétiens élevés et n'était pas comme nous autres pauvres pécheurs. Que son âme repose en paix. »

Non, pensa Horatio. Que son âme brûle éternellement en enfer !

Le révérend Sinclair avait fait partie du premier groupe de missionnaires anglais venus s'installer à Macao une trentaine d'années plus tôt. Il avait participé à la traduction de la Bible en chinois, et avait été professeur à l'école anglaise de la mission. Sa vie entière, il avait été considéré comme un personnage honoré — par tous sauf par le Taï-pan — et quand il était mort, il y avait maintenant sept ans, il avait eu les funérailles d'un saint.

Horatio avait pu pardonner à son père d'avoir causé la mort précoce de sa mère, et lui pardonner ses principes élevés qui lui avaient donné un esprit étroit et tyrannique, le fanatisme de son adoration d'un Dieu terrifiant, son zèle missionnaire qui tournait à l'obsession, et les terribles châtiments corporels qu'il infligeait à son fils. Mais malgré les années passées, il ne pourrait jamais lui pardonner d'avoir fouetter Mary, ni les malédictions qu'il entassait sur la tête du Taï-pan.

Le Taï-pan avait retrouvé la petite Mary lorsque, âgée de six ans, elle s'était enfuie de la maison en proie à la terreur. Il l'avait calmée et consolée, et il l'avait ramenée chez elle, à son père, en l'avertissant que si jamais il levait encore une fois la main sur elle il l'arracherait à sa chaire et lui ferait faire le tour de Macao à coups de fouet. Depuis ce jour, Horatio vénérait le Taï-pan. Les coups avaient cessé, mais il y avait eu d'autres châtiments. Pauvre Mary.

En pensant à Mary, son cœur battit et il se tourna vers le navire amiral qui était leur demeure provisoire. Il savait qu'elle guettait le rivage et que, tout comme lui, elle comptait les jours qui les séparaient du retour à Macao, en sécurité. A quarante milles seulement, au sud, mais si loin tout de même ! Horatio avait passé toutes les vingt-six années de sa vie dans la colonie portugaise, à part quelques années de pension en Angleterre. Il avait détesté la pension, tant en métropole qu'à Macao. Il détestait les leçons de son père, et que celui-ci fût son maître ; il avait fait des efforts désespérés pour le satisfaire, mais en vain. Ce n'était pas comme Gordon Chen, qui avait été le premier enfant eurasien accepté à l'école de Macao. Gordon Chen était un élève brillant et il avait toujours satisfait le révérend Sinclair. Mais Horatio ne l'enviait pas, car Gordon avait été le souffre-douleur de Mauss. Pour chaque coup de fouet que lui donnait le père d'Horatio, Mauss lui en donnait trois. Mauss était aussi missionnaire ; il avait enseigné l'anglais, le latin et l'histoire.

Mauss et Gordon Chen étaient de nouveau tournés vers la mer, et contemplaient le canot. Horatio se demanda pourquoi l'Autrichien avait été si dur avec le jeune homme, à l'école, pourquoi il avait tant exigé de lui. Il supposa que c'était parce que Wolfgang haïssait le Taï-pan. Parce que le Taï-pan l'avait deviné et lui avait offert l'argent et le poste d'interprète à bord des navires de la contrebande d'opium. En échange d'une permission accordée à Wolfgang de distribuer des bibles chinoises et des tracts et de prêcher aux païens à chaque escale — mais seulement après la conclusion du marché d'opium. Horatio supposait que Wolfgang se méprisait pour son hypocrisie, et parce qu'il avait ainsi partie liée avec le Diable. Parce qu'il était contraint de prétendre que la fin justifiait les moyens, alors qu'il savait que c'était faux.

Un drôle de corps, ce Wolfgang. Il était allé à Chushan, l'année précédente, quand l'île avait été occupée. Approuvé par le Taï-pan, Longstaff avait nommé Mauss magistrat temporaire, pour faire respecter la loi martiale et rendre la justice britannique.

Contre la coutume, des ordres très stricts avaient été donnés, à Chushan, interdisant le pillage. Mauss avait accordé à chaque pillard — chinois, indien ou anglais — une audience publique honnête, et puis il les avait condamnés, tous à tour de rôle, à être pendus haut et court, employant à chaque fois la même formule : « *Gott in Himmel,* pardonnez à ce pauvre pécheur. Qu'on le pende. » Les pillages avaient vite cessé.

Comme, entre deux condamnations et deux exécutions, Mauss évoquait facilement ses souvenirs, Horatio avait découvert qu'il avait été marié trois fois, chaque fois avec une Anglaise ; les deux premières étaient mortes d'une perte de sang, la troisième allait bien mal. Que, tout en étant un mari dévoué, Mauss succombait encore à la tentation du Diable, dans les maisons closes et les bars de Macao. Que Mauss avait appris le chinois chez les païens de Singapour, où il avait été envoyé tout jeune en mission évangélique. Qu'il avait passé vingt de ses quarante ans en Asie sans jamais rentrer au pays. Qu'il portait à présent des pistolets parce qu'« on ne sait jamais, Horatio, quand un de ces diables païens voudra te tuer ou quand des pirates du Diable voudront te voler ». Qu'il considérait tous les hommes comme des pécheurs — et planait seul au-dessus de la masse. Et que son unique but dans la vie était de convertir les païens et de faire de la Chine une nation chrétienne.

Dispersant les pensées d'Horatio :

« A quoi penses-tu ? »

Il vit Mauss qui l'examinait.

« Oh ! à rien, répondit-il vivement. Je... Je pensais, c'est tout. »

Mauss se gratta la barbe d'un air songeur.

« Moi aussi. C'est une journée pour la pensée aujourd'hui, hein ? Rien ne sera plus jamais pareil, en Asie.

— Non, sans doute. Est-ce que vous quitterez Macao ? Ferez-vous construire ici ?

— Oui. Ce sera bon de posséder de la terre, sa propre terre loin de cette fosse à purin papiste ! Ma femme sera contente. Mais moi ? Moi, je ne sais pas. Ma place est là-bas », dit Mauss, le cœur plein de nostalgie, en brandissant un poing massif vers le continent.

Horatio vit le regard de Mauss s'assombrir, et se demanda pourquoi la Chine exerçait une telle fascination.

Sachant fort bien qu'il n'y avait pas de réponse à cette question, il laissa ses regards errer sur la plage. Ah ! que je voudrais être riche ! Pas aussi riche que le Taï-pan, ou Brock. Mais assez riche pour faire construire une belle maison et recevoir tous les négociants et emmener Mary faire un beau voyage de luxe en Europe.

Il appréciait sa fonction d'interprète auprès de Son Excellence, et d'être son secrétaire particulier, mais il avait besoin de plus d'argent. Il en fallait, dans ce monde où l'on vivait. Mary devrait avoir des robes de bal et des diamants. Oui. Mais malgré tout, il était heureux de ne pas avoir à gagner leur pain quotidien comme les trafiquants. Les trafiquants devaient être impitoyables, trop impitoyables, et leur vie était trop précaire. Nombreux étaient ceux qui se croyaient riches aujourd'hui et se retrouveraient en faillite dans un mois. Un bateau coulé et on pouvait être perdu. Même la Noble Maison avait parfois à souffrir. Leur *Scarlet Cloud* avait déjà un mois de retard et n'était peut-être plus qu'une coque démâtée en train d'être recarénée et gréée sur quelque île inconnue entre la Chine et la terre Van Diemen, à deux mille milles de sa route. Plus vraisemblablement au fond de la mer avec un demi-million de guinées d'opium dans ses cales.

Et les choses qu'on devait faire à des hommes, à des amis, si l'on voulait survivre, sans même parler de prospérer ! Horrible.

Il regarda le regard fixe de Gordon Chen rivé sur le canot et se demanda ce qu'il pensait. Ce doit être terrible d'être un sang-mêlé, pensa-t-il. J'imagine que si on savait tout, on apprendrait que lui aussi il hait le Taï-pan, encore qu'il prétende le contraire. Moi, à sa place, je le haïrais...

Gordon Chen pensait à l'opium, et le bénissait. Sans opium, il n'y aurait pas de Hong Kong — et Hong Kong, pensait-il avec exultation, était le plus fantastique débouché qu'il pourrait jamais rêver, pour gagner de l'argent, et le plus incroyable coup de joss pour la Chine.

S'il n'y avait pas l'opium, se dit-il, il n'y aurait pas

de marché chinois. S'il n'y avait pas de marché chinois, le Taï-pan n'aurait pas eu l'argent pour acheter ma mère à son bordel et je ne serais pas né. L'opium a payé la maison que Père a donnée à maman autrefois, à Macao. L'opium paie nos vêtements et notre nourriture. L'opium a payé mes études, les précepteurs anglais et chinois, si bien qu'aujourd'hui je suis le jeune homme le plus cultivé d'Orient.

Il jeta un coup d'œil à Horatio Sinclair qui contemplait la plage en fronçant les sourcils. Il enviait Horatio d'avoir été à l'école en Angleterre. Lui-même n'y était jamais allé.

Mais il chassa cette envie. Cela viendrait plus tard, se promit-il gaiement. Dans quelques années.

Il se retourna vers le canot. Il adorait le Taï-pan. Il n'avait jamais appelé Struan « Père » et celui-ci ne lui avait jamais dit « mon fils ». En fait, il ne lui avait jamais parlé que vingt ou trente fois dans sa vie. Mais il s'efforçait de rendre son père fier de lui et il l'appelait toujours « Père » en pensant à lui. Il le bénit encore une fois d'avoir vendu sa mère à Chen Sheng, comme troisième femme. Mon joss a été fantastique, pensa-t-il.

Chen Sheng était « compradore » de la Noble Maison, et il était presque un père pour Gordon Chen. Un compradore était un agent chinois qui achetait et vendait au nom d'une entreprise étrangère. Chaque article, grand ou petit, passait entre les mains du compradore. Selon la coutume, il ajoutait son pourcentage au prix de chaque article. Cela devenait son bénéfice personnel. Mais ses gains dépendaient du succès de sa maison, et il devait rembourser les mauvaises dettes. Pour s'enrichir, il devait donc être prudent et habile.

Ah ! songea Gordon Chen, pouvoir être aussi riche que Chen Sheng ! Ou mieux encore, aussi riche que Jin-qua, l'oncle de Chen Sheng. Il sourit à la pensée que les Britanniques avaient tant de mal à prononcer les noms chinois. Le nom véritable de Jin-qua était Chen-tse Jin Arn, mais même le Taï-pan, qui connaissait Chen-tse Jin Arn depuis près de trente ans, était incapable de prononcer son nom. Le Taï-pan l'avait surnommé « Jin ». Le « qua » était la mauvaise prononciation du mot chinois signifiant « monsieur ».

Gordon Chen savait que ces surnoms n'irritaient pas les Chinois. Cela les amusait comme un exemple parmi tant d'autres du manque de culture des barbares. Il se rappelait le jour d'autrefois, dans son enfance, quand par une brèche du mur du jardin il avait secrètement observer Chen-tse Jin Arn et Chen Sheng fumant l'opium. Il les avait entendus rire ensemble de Son Excellence — que les mandarins de Canton avaient surnommé « Long pénis », ce qui était un jeu de mots sur son patronyme et les caractères chinois qui avaient été employés pour la traduction cantonaise des lettres officielles adressées à Longstaff, jusqu'à ce que Mauss prévienne le haut fonctionnaire, gâchant ainsi une bonne plaisanterie.

Il regarda Mauss du coin de l'œil. Il le respectait, parce qu'il était un maître impitoyable, et lui était reconnaissant d'avoir fait de lui le meilleur élève de l'école. Mais il le méprisait pour sa saleté, son odeur nauséabonde et sa cruauté.

Gordon Chen avait aimé l'école missionnaire et l'étude et il avait été fier d'y être élève. Mais un jour, il avait découvert qu'il n'était pas comme les autres enfants. Devant eux, Mauss lui avait expliqué les mots « bâtard », « illégitime » et « sang-mêlé ». Pris d'horreur, Gordon Chen avait fui l'école. Pour la première fois, il avait vu sa mère comme elle était, et l'avait méprisée d'être chinoise.

Puis il avait appris, par elle et en pleurant, qu'il était bon d'être ne fût-ce que demi-chinois, car les Chinois appartenaient à la race la plus pure de la terre. Et il avait appris que le Taï-pan était son père.

« Mais pourquoi vivons-nous ici, alors ? Pourquoi Chen Sheng est-il « Père » ?

— Les Barbares ne peuvent avoir qu'une femme et ils n'épousent pas les Chinoises, mon fils, avait expliqué Kai-sung.

— Pourquoi ?

— C'est leur coutume. Elle est stupide. Mais ils sont ainsi.

— Je déteste le Taï-pan ! Je le déteste ! Je le hais ! » avait-il crié.

Sa mère l'avait giflé, à toute volée. C'était la première fois qu'elle le frappait.

« A genoux, et demande pardon ! lui avait-elle ordonné avec colère. Le Taï-pan est ton père. Il t'a donné la vie. Il est mon dieu. Il m'a achetée pour lui et puis il m'a bénie en me vendant à Chen Sheng comme *épouse*. Pourquoi Chen Sheng prendrait-il comme *épouse* une femme avec un fils impur de deux ans, alors qu'il pouvait s'acheter mille vierges, si ce n'était parce que le Taï-pan le voulait ainsi ? Pourquoi le Taï-pan me donnerait-il des immeubles s'il ne nous aimait pas ? Pourquoi les loyers me seraient-ils payés à moi et non à Chen Sheng si le Taï-pan ne l'avait pas ordonné ? Pourquoi Chen Sheng me traiterait-il si bien, même vieillie, si ce n'était pas le vœu perpétuel du Taï-pan ? Pourquoi Chen Sheng te traite-t-il comme son fils, petit imbécile ingrat, si ce n'était pour le Taï-pan ? Va au temple et implore le pardon. Le Taï-pan t'a donné la vie. Alors aime-le et honore-le et bénis-le comme je le fais. Et si jamais je t'entends répéter ce que tu as dit, je te tourne le dos pour toujours. »

Gordon Chen sourit en lui-même. Comme maman avait raison, et comme j'avais tort, stupidement. Mais je n'étais pas aussi stupide que les mandarins et le maudit empereur qui essaient d'arrêter la vente de l'opium. Le premier imbécile venu sait que sans l'opium il ne peut y avoir d'argent pour le thé et la soie.

Une fois, il avait demandé à sa mère comment on le fabriquait, mais elle ne savait pas, elle ni personne d'autre à la maison. Le lendemain, il avait posé la question à Mauss qui lui avait expliqué que l'opium était la sève — les larmes — d'une graine de pavot mûrie.

« Le cultivateur d'opium coupe délicatement la graine et de cette coupure coule une larme de liquide blanc. La larme durcit en quelques heures et devient brun foncé. Alors on la gratte et on pratique une nouvelle coupure délicate. Et puis on gratte la deuxième larme durcie et on recommence. On réunit les larmes et on en forme une boule. Le poids habituel est de dix livres. Le meilleur opium vient du Bengale, aux Indes britanniques. Ou de Malwa. Où est Malwa, petit ?

— Aux Indes portugaises, monsieur.

— C'était portugais, mais maintenant le pays appartient à la Compagnie des Indes britanniques. Elle s'en est emparée pour compléter son monopole international de l'opium et ruiner ainsi les trafiquants d'opium portugais ici à Macao. Tu fais trop de fautes, petit, alors tu vas avoir le fouet, hein ? »

Gordon Chen se rappelait que ce jour-là, il avait détesté l'opium. Mais à présent il le bénissait. Et il rendait grâces à son joss de lui avoir donné son père et Hong Kong. Hong Kong allait le rendre riche, très riche.

« Des fortunes vont se faire ici, dit-il à Horatio.

— Certains négociants vont prospérer, répondit distraitement Horatio, en contemplant le canot qui approchait. Quelques-uns. Le négoce est bougrement difficile.

— Tu penses toujours à l'argent, pas vrai, Gordon ? intervint Mauss d'une voix dure. Mieux vaudrait penser à ton âme immortelle et à ton salut, petit. L'argent n'a pas grande importance.

— Oui, monsieur, bien sûr. »

Gordon Chen dissimula son amusement devant la stupidité de cet homme.

« Le Taï-pan a l'air d'un puissant prince venu réclamer son apanage », déclara Horatio presque pour lui-même.

Mauss se tourna vers Struan.

« Oui, en effet, hein ? »

Le canot s'engageait dans le ressac.

« Rentrez les avirons », cria le maître de nage.

L'équipage obéit et sauta par-dessus bord pour tirer l'embarcation sur la plage.

Struan hésita. Puis il sauta par l'avant. A l'instant même où ses bottes de marin touchèrent terre, il comprit que cette île allait avoir sa peau.

« Jésus Dieu tout-puissant ! »

Robb était à côté de lui et vit sa pâleur subite.

« Qu'est-ce qui ne va pas, Dirk ?

— Rien, répondit Struan en se forçant à sourire. Tout va bien, gamin. »

Il essuya l'écume sur son front et s'engagea sur la plage, vers le mât du drapeau. Par le sang du Christ, songeait-il, j'ai sué et travaillé pendant des années pour t'avoir, Ile, et tu ne vas pas me battre maintenant. Que non, par la mordieu !

Robb l'observait et le voyait boiter légèrement. Son pied doit le faire souffrir, pensa-t-il. Il se demanda comment la moitié d'un pied pouvait faire mal. L'accident était arrivé lors de l'unique course de contrebande qu'avait faite Robb. En sauvant la vie de son demi-frère paralysé de terreur, Struan avait été attaqué par les pirates. Une balle de mousquet avait emporté le côté extérieur de sa cheville et deux petits orteils. Quand l'attaque avait été repoussée, le médecin du bord avait cautérisé la blessure en y versant de la poix brûlante. Robb pouvait encore sentir l'odeur de la chair grillée. Sans moi, songeait-il, cela ne serait jamais arrivé.

Il suivit Struan sur la plage, dégoûté de lui-même.

« Bonjour, messieurs, dit Struan en rejoignant quelques marchands près du mât. Belle matinée, par Dieu !

— Il fait froid, Dirk, grogna Brock. Et c'est bien courtois de ta part d'être si ponctuel.

— Je suis en avance. Son Excellence n'est pas encore à terre et le canon n'a pas été tiré pour le signal.

— Oui, et une heure et la demie de retard, et tout ça bien arrangé entre toi et ce laquais sans tripes, je veux bien parier.

— Je vous serais reconnaissant, monsieur Brock, protesta le capitaine Glessing, de ne pas parler en ces termes de Son Excellence.

— Et moi je vous serais reconnaissant de garder vos opinions pour vous. Je ne suis pas dans la marine et pas sous votre commandement, rétorqua Brock et il cracha par terre. Mieux vaudrait penser à votre guerre que vous ne faites pas.. »

La main de Glessing se crispait sur son épée.

« Je n'aurais jamais cru voir le jour où la Royal Navy serait appelée à protéger des contrebandiers et des pirates ! Vous n'êtes pas autre chose, déclara-t-il en se tournant vers Struan. Tous, jusqu'au dernier. »

Un silence subit tomba, et Struan éclata de rire.

« Son Excellence n'est point d'accord avec vous.

— Nous avons des décrets du Parlement, par Dieu, les Décrets de Navigation. L'un d'eux précise : « Tout « navire armé sans autorisation pourra être considéré « comme prise de guerre par la marine de n'importe « quelle nation. » Votre flotte est-elle autorisée ?

— Des tas de pirates croisent dans ces eaux, capitaine Glessing, comme vous le savez, répondit Struan, sans se troubler. Nous sommes armés pour nous défendre. Ni plus, ni moins.

— L'opium est illégal. Combien de caisses avez-vous introduites en contrebande en Chine, au mépris des lois chinoises et de celles de l'humanité ? Trois mille ? Vingt mille ?

— Ce que nous faisons ici est bien connu de toutes les cours d'Angleterre.

— Votre « commerce » déshonore le drapeau.

— Feriez mieux de rendre grâces à Dieu pour notre commerce, car sans lui l'Angleterre n'aurait pas de thé ni de soie, rien qu'une misère universelle qui lui briserait le cœur.

— Tu as raison », Dirk, déclara Brock, puis il se retourna vers Glessing. « Feriez mieux d'enfoncer dans votre tête que sans les marchands, n'y aurait pas d'Empire britannique et pas d'impôts pour acheter des bâtiments de guerre et de la poudre. »

Il toisa Glessing, son bicorne, son uniforme immaculé, la culotte blanche, les bas blancs et les souliers à boucles et ajouta ironiquement :

« Et pas d'or pour payer les moules qui les gouvernent. »

Un frémissement parcourut la rangée de fusiliers marins et quelques-uns étouffèrent discrètement un rire prudent.

« Feriez bien de rendre grâces à Dieu pour la Royal Navy, par Dieu. Sans elle, il n'y aurait pas de mers pour y faire le commerce. »

Soudain, le canon du navire amiral tonna. Glessing leur tourna le dos et marcha vers le mât.

« Présentez armes ! »

Il prit dans sa poche la proclamation et la foule se tut. Puis, quand sa colère se fut un peu calmée, il se mit à lire :

« Par ordre de Son Excellence l'Honorable William Longstaff, capitaine surintendant du Commerce en Chine de Sa Majesté britannique la reine Victoria. En accord avec le document appelé traité de Chuenpi, signé le 20 janvier en cet an de grâce de Notre Seigneur, par Son Excellence au nom du gouvernement de Sa Majesté, et par Son Excellence Ti-sen, ministre plénipotentiaire de Sa Majesté Tao Kuang, empereur de Chine, moi, capitaine Glessing de la Royal Navy, prends par les présentes possession de cette île de Hong Kong au nom de Sa Majesté britannique, de ses héritiers et descendants, à perpétuité, sans entraves ni redevances, en ce jour du 26 janvier, l'an de grâce de Notre Seigneur 1841. La terre de cette île est désormais terre anglaise. *God save the Queen !* »

L'Union Jack monta au sommet du mât, claqua au vent et la garde d'honneur tira une salve. Puis tous les canons de la flotte tonnèrent et le vent charria bientôt une âcre odeur de poudre. Sur la plage, tout le monde lança trois hourras pour la reine.

Voilà, pensa Struan, c'est fait. Maintenant, nous sommes engagés. Maintenant, nous pouvons commencer. Il quitta le groupe, descendit tout au bord de l'eau et, le dos à l'île, il contempla l'immense rade et la terre, au-delà, le continent chinois, à mille mètres à peine.

La péninsule continentale était basse, piquée de neuf collines trapues et avançait dans la rade qui l'encerclait presque. Elle s'appelait « Kau-lung » — les marchands prononçaient « Kow-loon » —, ce qui voulait dire « Les Neuf Dragons ». Et, au nord, s'étendait l'immensité inexplorée de la Chine.

Struan avait lu tous les ouvrages écrits par les trois Européens qui étaient allés en Chine, et en étaient revenus : Marco Polo, près de six siècles plus tôt, et deux prêtres catholiques qui avaient été autorisés à pénétrer dans Pékin deux ans auparavant. Les livres n'avaient presque rien révélé.

Depuis deux siècles, aucun Européen n'avait pu pénétrer en Chine. Une fois — bravant la loi — Struan s'était avancé de près de deux kilomètres à l'intérieur des terres, près de Swatow où il vendait de l'opium, mais les Chinois étaient hostiles et il était seul avec son second. Ce n'était pas l'hostilité qui lui avait fait faire demi-tour. Rien que leur nombre fantastique et l'immensité sans limites du pays.

Sang de Dieu ! pensa-t-il. Nous ne savons rien de la nation la plus ancienne et la plus peuplée de la terre. Qu'y a-t-il, à l'intérieur ?

« Longstaff va-t-il venir à terre ? demanda Robb en le rejoignant.

— Non, gamin. Son Excellence a des choses plus importantes à faire.

— Quoi, par exemple ?

— Écrire et lire des dépêches, par exemple. Et avoir des discussions secrètes avec l'amiral.

— A quel sujet ?

— Pour mettre l'opium hors la loi. »

Robb se mit à rire.

« Mais je ne plaisante pas. C'était pour ça qu'il voulait me voir — avec l'amiral. Il voulait me demander conseil sur la date à laquelle lancer l'interdiction. L'amiral a dit que la marine n'aurait aucun mal à la faire respecter.

— Dieu du ciel ! Longstaff est fou, ou quoi ?

— Non. Simplement un peu idiot, dit Struan en allumant un cigare. Je lui ai dit de donner l'ordre à deux heures.

— Mais c'est de la folie ! protesta Robb.

— C'est la sagesse. La marine ne fera pas respecter l'ordre avant une semaine. « Pour donner aux mar- « chands chinois le temps de disposer de leur marchandise. »

— Mais qu'allons-nous faire ? Sans opium, nous sommes finis. Le marché chinois est fini. Mort.

— Combien avons-nous en caisse, Robb ? »

Robb regarda autour de lui pour s'assurer qu'il ne pouvait être entendu, puis il répondit à voix basse :

« Il y a l'argent en Angleterre. Un million cent mille livres sterling dans notre banque d'Angleterre. Environ cent mille livres en lingots d'argent ici. Nous devons toucher trois millions pour l'opium saisi. Nous avons en ce moment deux cent mille livres d'opium à bord du *Scarlet Cloud* au cours actuel. Il y a...

— Trace une croix sur le *Scarlet Cloud,* gamin. Il s'est perdu.

— On ne peut encore rien savoir, Dirk. Nous allons lui accorder encore un mois. Il y a environ cent mille livres sterling dans ses cales. Nous devons neuf mille livres de traites.

— De quoi avons-nous besoin pour naviguer, les prochains six mois ?

— Cent mille livres paieront les navires, les salaires et les faux frais.. »

Struan réfléchit un moment.

« Dès demain, il y aura la panique chez les marchands. Pas un d'eux - sauf Brock, peut-être - ne pourra vendre tout son opium en huit jours. Toi, je te conseille de faire expédier tout le nôtre le long de la côte cet après-midi. Je crois...

— Il faut que Longstaff change son ordre, s'écria Robb avec une anxiété croissante. Il le faut ! Il va ruiner le Trésor et...

— Tu vas m'écouter, oui ? Quand la panique sera bien là, demain, tu vas prendre jusqu'à notre dernier tael et tous les taels que tu pourras emprunter et tu achèteras de l'opium. Tu devrais pouvoir l'acheter à dix pour cent.

— Nous ne pourrons jamais vendre tout le nôtre en une semaine, et tu veux en racheter ? »

Struan fit paisiblement tomber la cendre de son cigare.

« Vingt-quatre heures avant que l'ordre ne devienne effectif, Longstaff va l'annuler.

— Je ne comprends pas.

— Une question de face, Robb, de sauver la face. Après le départ de l'amiral, j'ai expliqué à Longstaff que l'interdiction du trafic d'opium ruinerait tout négoce. Par la sangdieu, combien de fois faut-il que je l'explique ? Et puis je lui ai fait observer qu'il ne pourrait pas très bien annuler l'ordre tout de suite sans perdre la face et la faire perdre à l'amiral — qui est plein de bonnes intentions mais ne connaît rien au négoce. Donc, le seul moyen de s'en tirer était de donner l'ordre, pour sauver la face de l'amiral et son poste — et les siens propres — et puis de l'annuler. J'ai promis d'expliquer entre-temps le « négoce » à l'amiral. De plus, l'ordre fera bon effet aux yeux des Chinois et les mettra dans une situation désavantageuse. Il va y avoir une autre rencontre avec Ti-sen dans trois jours. Longstaff a été complètement d'accord avec moi et m'a demandé de n'en parler à personne. »

Le visage de Robb s'éclaira.

« Ah ! Taï-pan, tu es extraordinaire ! Mais qu'est-ce qui nous garantit que Longstaff annulera l'ordre ? »

Struan avait dans sa poche une proclamation signée postdatée de six jours, annulant le décret. Longstaff avait insisté pour qu'il la garde. « Tenez, Dirk, prenez-la tout de suite, comme ça je pourrai oublier cette histoire. Bon Dieu ! Toute cette paperasserie, vous savez, ça me tue ! Mais mieux vaut que cela reste entre nous jusqu'au moment voulu. »

« Est-ce que tu n'annulerais pas un ordre aussi stupide, Robbie ?

— Si, naturellement ! s'écria Robb en retenant l'envie de sauter au cou de son frère. Si nous avons six jours et que personne d'autre ne soit au courant, nous allons faire une fortune !

— Sûr. »

Struan laissa son regard errer sur la rade ; il y avait une vingtaine d'années qu'il l'avait découverte. La queue d'un typhon l'avait surpris en haute mer et bien qu'il se fût préparé à la tempête il n'avait pu fuir et avait été impitoyablement repoussé vers le continent. Son navire avait couru à sec de toile, malmené par la mer, le ciel diurne et l'horizon oblitérés par les seaux d'eau que les Vents Suprêmes soulevaient de l'océan et leur jetaient à la face. Puis, près de la terre et par mer tumultueuse, il avait perdu les traînards et Struan avait compris que sans ces stabilisateurs le navire était perdu. La mer s'en empara et le projeta vers la terre. Par miracle, une saute de vent le fit dévier d'une fraction de degré et le poussa, doublant les récifs, dans un étroit chenal qui ne figurait pas sur les cartes, large de trois cents mètres à peine, que la pointe Est de Hong Kong formait avec le continent — et de là dans la rade. En eaux sûres.

Le typhon avait coulé une bonne partie de la flotte marchande de Macao, et des dizaines de milliers de jonques tout au long de la côte. Mais Struan et ses jonques, à l'abri à Hong Kong, le subirent confortablement. La tempête passée, Struan avait fait le tour de l'île, pour en dresser la carte. Puis il avait rangé le renseignement dans un casier de son esprit et s'était mis à tirer des plans, en secret.

Et maintenant qu tu es à nous, alors je peux partir, pensa-t-il avec une exaltation croissante. A présent, le Parlement.

Depuis des années, Struan savait que le seul moyen de protéger la Noble Maison et la nouvelle colonie se trouvait à Londres. Le véritable siège du pouvoir sur la terre était le Parlement. En tant que membre du Parlement, soutenu par la puissance et la richesse que lui donnait la Noble Maison, il dominerait la politique étrangère asiatique comme il avait dominé Longstaff. Sûr.

Quelques milliers de livres te feront entrer au Parlement, se disait-il. Plus besoin maintenant d'intervenir à travers d'autres. A présent, tu pourras intervenir en personne. Sûr, c'est enfin à ta portée, gamin. Quelques années, et puis la pairie. Et puis le Cabinet. Et puis, bon Dieu, tu traceras une route pour l'Empire et l'Asie et la Noble Maison qui durera mille ans !

Robb l'observait. Il savait qu'il était oublié mais cela lui était égal. Il aimait observer son frère quand ses pensées volaient loin. Lorsque la figure du Taï-pan perdait sa dureté et ses yeux leur froideur verte, quand son esprit était emporté par des rêves que Robb ne pourrait jamais partager, il le savait, Robb se sentait très proche de lui et très protégé.

Struan rompit le silence.

« Dans six mois, tu me remplaceras et tu deviendras taï-pan. »

Le cœur de Robb se serra de peur.

« Non ! Je ne suis pas prêt.

— Tu es prêt. C'est uniquement au Parlement que je pourrai nous protéger. Nous et Hong Kong.

— Oui, souffla Robb, puis il ajouta en s'efforçant de maîtriser sa voix : Mais ce devait être dans l'avenir... dans deux ou trois ans. Il y a encore trop à faire ici !

— Tu peux le faire.

— Non.

— Si, tu le peux. Et Sarah n'en doute absolument pas, Robb. »

Robb se tourna vers le *Resting Cloud,* leur navire entrepôt, où vivaient provisoirement sa femme et ses enfants. Il savait que Sarah était trop ambitieuse pour lui.

« Je ne veux pas, Dirk. Pas encore. Il y a bien assez de temps. »

Struan songea au temps. Il ne regrettait pas les années passées en Orient, loin de la terre natale. Loin de sa femme, Ronalda, de Culum et d'Ian, de Lechie et de Winifred, ses enfants. Il aurait aimé les avoir auprès de lui mais Ronalda haïssait l'Orient. Ils s'étaient mariés en Écosse, alors qu'il avait vingt ans et Ronalda seize, et ils étaient aussitôt partis pour Macao. Mais elle avait détesté le voyage en mer et détesté Macao. Leur premier fils était mort à sa naissance et l'année suivante, lorsque le deuxième garçon, Culum, était venu au monde, il avait une santé chancelante. Struan avait donc renvoyé sa famille en Écosse. Tous les trois ou quatre ans, il y allait passer des vacances. Un mois ou deux à Glasgow, et puis de nouveau l'Orient, car il y avait beaucoup à faire et la Noble Maison à construire.

Je ne regrette pas un instant, se dit-il. Pas une minute. Il faut qu'un homme parte à travers le monde pour faire ce qu'il peut de ce monde et de lui-même. N'est-ce donc pas la raison de la vie ? Quand bien même Ronalda est un joli brin de fille et que j'aime mes enfants, un homme doit faire ce qu'il doit. N'est-ce pas pous cela qu'on vient au monde ? Si le laird, le seigneur des Struan, n'avait pas jugé bon de s'emparer de toutes les terres du clan et de les clore de murs et de nous jeter tous dehors — sûr, nous, ceux de sa race qui travaillaient la terre depuis des générations — je serais devenu un paysan, comme mon père avant moi. Sûr, et content de l'être. Mais il nous a envoyés dans un sale faubourg puant de Glasgow et il s'est emparé de toutes les terres, pour devenir Earl of Struan, et il a brisé le clan. Alors nous sommes presque morts de faim et j'ai pris la mer et le joss nous a sauvés et maintenant la famille a de quoi. Toute la famille. Parce que j'ai pris la mer. Et parce que la Noble Maison a vu le jour.

Struan avait très vite appris que l'argent était la puissance. Et il comptait utiliser cette puissance pour détruire l'Earl of Struan et racheter les terres du clan. Il ne regrettait rien. Il avait découvert la Chine et la Chine lui avait donné ce que jamais sa patrie n'aurait pu lui offrir. Pas seulement la fortune — la richesse en soi n'était qu'une obscénité. Mais la fortune et un but pour la fortune. Il avait une dette envers la Chine.

Et il savait que s'il rentrait au pays, s'il devenait membre du Parlement et ministre, et brisait le comte et sertissait Hong Kong comme un joyau dans la couronne de Grande-Bretagne, il reviendrait toujours. Car son véritable but — ignoré de tous, presque secret pour lui, la plupart du temps — il lui faudrait des années pour l'atteindre.

« Il n'y a jamais assez de temps, murmura-t-il en levant les yeux vers la montagne dominatrice. Nous l'appellerons le Peak », dit-il distraitement.

Encore une fois, il eut l'impression, étrange et subite, que l'île le haïssait et voulait sa mort. Il sentait sa haine autour de lui et, perplexe, il se demanda pourquoi...

« Dans six mois, tu régneras sur la Noble Maison, répéta-t-il d'une voix plus dure.

— Je ne peux pas ! Pas tout seul.

— Un taï-pan n'est jamais seul. C'est la joie et le malheur de cet état. »

Par-dessus l'épaule de Robb, il vit le bosco qui s'approchait.

« Oui, monsieur Mac Kay ?

— Sauf votre respect, monsieur. Permission de border l'artimon ? »

Mac Kay était un petit homme trapu, aux cheveux tressés en une petite cadenette maigre et noire de goudron.

« Sûr. Double boujaron à tous les hommes. Veillez à tout.

— Sûr. Bien, monsieur. »

Mac Kay s'éloigna rapidement.

Struan se tourna vers Robb, qui ne fut conscient que des étranges yeux verts qui semblaient le baigner de lumière.

« J'enverrai Culum à la fin de l'année. Il aura fini

son université. Ian et Lechie prendront d'abord la mer, et puis ils suivront. A ce moment-là, ton garçon Roddy sera assez grand. Grâce à Dieu, nous avons assez de fils pour prendre notre suite. Choisis-en un pour te succéder. Le Taï-pan doit toujours choisir celui qui lui succédera et choisir la date. »

D'un air résolu, il tourna le dos au continent et murmura :

« Six mois ! »

Puis il s'en alla. Robb le suivit des yeux, et le détesta soudain, détesta Struan, et l'île et lui-même. Il savait qu'il ne serait jamais un vrai taï-pan.

« Voudriez-vous boire avec nous, messieurs ? disait Struan à un groupe de marchands. Un toast à notre nouveau foyer ? Il y a du brandy, du rhum, de la bière, du xérès, du whisky et du champagne. »

Il désignait son canot, où ses hommes débarquaient des tonnelets et dressaient des tables. D'autres chancelaient sous des plats gigantesques chargés de viandes froides — rôtis, poulets, jambons, et vingt cochons de lait et des côtes de bœuf —, portaient des miches de pain, des pâtés de porc, des saladiers de chou froid cuit avec du gras de jambon, des régimes de bananes de Canton, trente à quarante jambons fumés, des tartes aux fruits confits, des verres de cristal et des chopes d'étain, et même des baquets de glace — que lorchas et clippers avaient apportée du nord — pour les bouteilles de champagne.

« Voilà un petit déjeuner, pour ceux qui ont faim. »

On lui fit ovation et les marchands convergèrent sur les tables. Lorsque tous furent armés de verres ou de chopes, Struan leva le sien.

« Un toast, messieurs.

— Je veux bien boire avec toi, mais pas à ce foutu

rocher. Je bois à ta chute, déclara Brock en levant sa chope d'ale. Tout bien réfléchi, je bois aussi à ton petit bout de caillou. Et je lui donne un nom : La Folie de Struan.

— Sûr, il n'est pas bien grand, mais assez pour Struan et le reste des marchands chinois. Quant à savoir s'il est assez grand pour Struan et Brock, mon rocher, c'est une autre question.

— Je m'en vais te dire une bonne chose, gamin. La Chine tout entière est pas assez grande pour ça. »

Brock vida sa chope d'un trait et la lança de toutes ses forces vers l'intérieur de la terre. Puis il se dirigea d'un pas pesant vers son canot. Quelques marchands le suivirent.

« Parole d'honneur, voilà de bien mauvaises manières, murmura Quance, puis il cria, en riant : Allez, Taï-pan ! Le toast ! M. Quance a une soif immortelle ! Place à l'Histoire !

— Excusez-moi, monsieur Struan, dit Horatio Sinclair. Avant le toast, ne serait-il pas bien de remercier le Seigneur des bontés qu'Il a montrées à ce jour ?

— Naturellement, petit. Idiot de ma part de l'oublier. Vous voulez dire les prières ?

— Le révérend Mauss est là, monsieur. »

Pris de court, Struan hésita. Il examina le jeune homme et la lueur d'ironie dans ses yeux couleur de ciel gris lui plut. Il dit d'une voix forte :

« Rév'end Mauss, où êtes-vous ? Une petite prière, s'il vous plaît ! »

Mauss dominait les marchands de sa haute taille. D'un pas mal assuré, il s'approcha de la table et y posa son verre vide comme s'il n'avait jamais été plein. Les hommes ôtèrent leur chapeau et attendirent, tête nue, dans le vent froid.

Maintenant, la plage était silencieuse. Struan regarda du côté des collines, une espèce d'éperon aplati où se dresserait l'église. Il voyait déjà le clocher, et la ville et le port, les quais et les entrepôts, les maisons et les jardins. La Grande Maison où le Taï-pan tiendrait sa cour de génération en génération. D'autres demeures pour la hiérarchie de la maison et leurs familles. Et leurs filles. Il pensa même à sa maîtresse du moment, T'chung Jen May-may. Il avait acheté May-may cinq ans plus tôt, alors qu'elle avait quinze ans et qu'elle était intacte.

Sûr de sûr, de sûr, se dit-il avec bonheur.

« Dieu vénéré des vents sauvages et de la mer et de la beauté de l'amour, Dieu des grands vaisseaux et de l'Étoile polaire et de la beauté du foyer, Dieu, le Père de l'Enfant Jésus, regarde-nous, aie pitié de nous. »

Mauss, les yeux fermés, levait les mains au ciel. Sa voix était riche, profonde et sa nostalgie les pénétrait tous.

« Nous sommes les fils des hommes, et nos pères se sont inquiétés pour nous, comme Toi-même Tu T'es inquiété pour ton divin fils Jésus-Christ. Les saints sont crucifiés sur la terre et les pécheurs se multiplient. Nous contemplons une fleur dans toute sa gloire, et nous ne Te voyons pas. Nous subissons les Vents Suprêmes et ne Te connaissons pas. Nous mesurons les puissants océans et ne Te sentons pas. Nous semons et récoltons sur la terre et ne Te touchons pas. Nous mangeons et nous buvons, mais nous ne Te goûtons pas. Tu es toutes ces choses et plus encore. Tu es la vie et la mort et la réussite et l'échec. Tu es Dieu et nous sommes des hommes... »

Il s'interrompit, la figure grimaçante, tandis qu'il luttait avec son âme torturée. O Dieu, pardonne-moi mes péchés. Laisse-moi expier mes faiblesses en convertissant les païens. Fais que je sois un martyr de ta Sainte Cause. Transforme-moi, de ce que je suis en ce que j'étais...

Mais Wolfgang Mauss savait qu'on ne revient pas en arrière, qu'à l'instant où il avait commencé à servir

Struan, la paix de son âme l'avait abandonné et les besoins de sa chair l'avaient assailli. Dieu, mon Dieu, sûrement ce que j'ai fait était bien. Il n'y avait pas d'autre moyen de pénétrer en Chine.

Il ouvrit les yeux et regarda autour de lui d'un air contrit.

« Je suis désolé. Pardonnez-moi. Je ne connais pas les paroles. Je peux les voir — de grands mots faits pour que vous Le connaissiez comme moi je L'ai connu —, mais je ne puis plus dire les paroles. Pardonnez-moi. O Seigneur Dieu tout-puissant, bénissez cette île. Amen. »

Struan prit un verre de whisky et le tendit à Mass.

« Je trouve que vous avez très bien parlé. Un toast, messieurs, dit-il en levant son verre. La reine ! »

Ils burent et quand les verres furent vidés, Struan les fit remplir.

« Avec votre permission, capitaine Glessing, je voudrais offrir un boujaron à vos hommes. Et à vous, bien entendu. Un toast à la plus récente possession de la reine. Aujourd'hui, vous êtes entré dans l'Histoire. (Il se tourna vers les marchands.) Nous devrions honorer le capitaine. Appelons cette plage la pointe de Glessing. »

Un rugissement approbateur s'éleva.

« Donner des noms aux îles ou à une région d'une île est la prérogative de l'officier général, murmura Glessing.

— J'en dirai deux mots à Son Excellence. »

Glessing s'inclina brièvement et dit au maître d'équipage :

« Les matelots, un boujaron, avec les compliments de Struan et Compagnie. Rien aux fusiliers marins. Repos. »

Malgré sa colère contre Struan, le capitaine ne pouvait s'empêcher de s'enfler d'orgueil à la pensée que, tant qu'il y aurait une colonie à Hong Kong, son nom ne serait pas oublié. Car Struan ne parlait jamais à la légère.

Ils burent à Hong Kong, avec trois hourras. Puis Struan fit signe au cornemuseux et les aigres accents du clan Struan envahirent la plage.

Robb ne buvait pas. Struan allait et venait, un verre de brandy à la main, saluant ceux qu'il désirait saluer, et faisant aux autres un simple signe de tête.

« Tu ne bois pas, Gordon ?

— Non, merci, monsieur Struan. »

Gordon Chen s'inclina à la chinoise, très fier d'être ainsi distingué.

« Comment vas-tu ?

— Très bien, merci, monsieur. »

Le gamin est devenu un beau jeune homme, pensa Struan. Quel âge peut-il avoir maintenant ? Dix-neuf ans ? Le temps passe vite.

Il se rappelait Kai-sung, la mère du garçon, avec grande tendresse. Elle avait été sa première maîtresse, et la plus belle.

« Comment va ta mère ?

— Elle va très bien, répondit Gordon Chen en souriant. Elle voudrait que je vous fasse part de ses prières pour votre sauvegarde. Tous les mois, elle fait brûler des bâtons de joss en votre honneur, au temple. »

Struan se demanda si elle avait changé. Il y avait dix-sept ans qu'il ne l'avait pas vue. Mais il se rappelait nettement son visage.

« Fais-lui part de mes meilleures vœux.

— Vous lui faites un trop grand honneur, monsieur Struan.

— Chen Sheng me dit que tu travailles dur et que tu lui es très utile.

— Il est trop bon pour moi, monsieur. »

Chen Sheng n'était jamais bon pour quiconque ne gagnait pas beaucoup plus que ce qu'il coûtait. Chen Sheng est un vieux bandit, pensa Struan, mais par Dieu, nous serions perdus sans lui.

« Eh bien, dit-il, tu ne peux pas avoir de meilleur maître que Chen Sheng. Il va y avoir beaucoup à faire, ces prochains mois. Beaucoup d'argent à gagner.

— J'espère être utile à la Noble Maison, monsieur. »

Struan sentit que son fils avait une idée en tête mais il se contenta d'incliner la tête en souriant et s'éloigna, sachant fort bien que Gordon trouverait un moyen de l'approcher, le moment venu.

Gordon Chen se courba en deux et, au bout d'une minute, se dirigea vers les tables et attendit patiemment à l'écart qu'il y ait de la place pour lui, conscient des regards curieux, mais indifférent ; il savait que tant que Struan serait taï-pan il ne risquait rien.

Oui, pensa-t-il, mon joss a été fantastique. Le joss lui avait confié le secret de son précepteur chinois, quelques années plus tôt. Il n'avait parlé à personne du précepteur, même pas à sa mère. Par cet homme il avait appris que ce qu'enseignaient les révérends Sinclair et Mauss n'était pas toujours vrai. Il avait appris à connaître Bouddha et la Chine et son passé. Et puis, l'année précédente, son précepteur l'avait introduit — et initié — dans la plus puissante, la plus clandestine, la plus militante des sociétés secrètes chinoises, le Hung Mun Tong, qui avait des ramifications dans la Chine tout entière et s'engageait, par les serments de fraternité de sang les plus rigoureux, à renverser les Mandchous honnis, les Ch'ings étrangers, la dynastie régnante de Chine.

Depuis deux siècles, sous diverses formes et des noms variés, la société fomentait l'insurrection. Il y avait eu des révoltes dans tout l'Empire chinois, du Tibet à Formose, de Mongolie en Indochine. Chaque fois qu'il y avait une famine, de l'oppression, du mécontentement, le Hung Mun soulevait les paysans contre les Ch'ings et leurs mandarins. Toutes les insurrections avaient échoué et avaient été sauvagement réprimées par les Ch'ings. Mais la société secrète avait survécu.

Gordon Chen s'estimait honoré, lui qui n'était qu'à moitié chinois, d'avoir été jugé digne du Hung Mun. Mort aux Ch'ings. Il bénissait son joss qui l'avait fait naître à cette époque de l'Histoire, dans cette partie de la Chine, de ce père-là, car il savait que l'heure de la révolte générale de la Chine approchait.

Et il bénissait le Taï-pan, car il avait donné au Hung Mun une perle inestimable : Hong Kong. Enfin, la société secrète aurait une base, à l'abri de la perpétuelle oppression des mandarins. Hong Kong serait sous la législation des barbares et là, sur cette petite île, il savait que la société prospérerait. Depuis l'abri sûr et secret de Hong Kong, ils se déploieraient sur le continent et harcèleraient les Ch'ings jusqu'au Jour J. Et, avec un peu de joss, pensait-il, avec du joss, je pourrai utiliser pour la cause la puissance de la Noble Maison.

« Tire-toi de là, foutu païen ! »

Gordon Chen sursauta et leva les yeux. Un petit matelot trapu le regardait méchamment. Il tenait entre ses deux mains une cuisse de cochon de lait qu'il dévorait goulûment, en arrachant des morceaux avec ses dents cassées.

« Tire-toi de là ou je t'étrangle avec ta foutue queue. »

Le bosco Mac Kay se précipita et poussa le matelot.

« Tiens ta langue, Ramsey, foutu bougre, marmonna-t-il, puis, se tournant vers Gordon : Il ne pense pas à mal, monsieur Chen.

— Oui. Merci, monsieur Mac Kay.

— Vous voulez manger un morceau ? »

Mac Kay piqua une volaille rôtie avec son couteau et la présenta. Gordon Chen cassa avec soin le petit bout de l'aile, atterré par les façons barbares de Mac Kay.

« C'est tout ce que vous prenez ?

— Oui. C'est le morceau le plus délicat, dit Chen en s'inclinant. Merci encore. »

Il s'éloigna et le bosco rejoignit son matelot.

« Je t'ai pas fait mal, matelot ?

— Je devrais t'arracher ton sale cœur de bougre. C'est ton mignon chinois, Mac Kay ?

— Parle pas si haut, je te dis. Faut pas toucher à ce Chinois-là. Si tu veux t'en prendre à un salaud de païen, c'est pas ça qui manque. Mais pas lui, bon Dieu. C'est le bâtard du Taï-pan, voilà qui c'est !

— Alors pourquoi qu'il se met pas une foutue pancarte, ou qu'il coupe pas sa foutue tignasse ? protesta Ramsey, puis il baissa la voix, cligna de l'œil et dit d'un air égrillard : Paraît qu'ils sont différents — les mignons chinois. Pas faits comme nous autres.

— J'en sais rien. J'en ai jamais point vu de si près. Y en a bien assez de notre espèce à nous, à Macao. »

Struan contemplait un sampan au mouillage. C'était un petit bateau avec une cabine confortable faite de fines nattes de rotin tressé tendues sur des arceaux de bambou. Le pêcheur et sa famille étaient des Hàklos, un peuple flottant qui vivait sur des bateaux et n'allait que très rarement à terre, sinon jamais. Struan voyait qu'ils étaient quatre adultes et huit enfants. Certains bébés étaient attachés au bateau, par des laisses fixées à leur ceinture. Ce devaient être les fils. On n'attachait pas les filles, car elles n'avaient guère de valeur.

« Quand pensez-vous que nous pourrons rentrer à Macao, monsieur Struan ? »

Struan se retourna et sourit à Horatio.

« Demain sans doute, gamin. Mais je suppose que Son Excellence aura besoin de vous pour la rencontre avec Ti-sen. Il va y avoir de nouveaux documents à traduire.

— Quand a lieu la rencontre ?
— Dans trois jours, je crois.
— Si vous avez un navire en partance pour Macao, pourriez-vous accorder un passage à ma sœur ? Voilà deux mois que la pauvre Mary est à bord.
— Avec plaisir. »

Struan se demanda ce qu'Horatio ferait s'il savait. Struan avait découvert la vérité sur la vie de Mary il y avait un peu plus de trois ans...

Cela s'était passé dans un marché grouillant de Macao ; un Chinois avait brusquement poussé un morceau de papier dans sa main et s'était enfui aussitôt. C'était un billet en chinois. Il l'avait montré à Wolfgang Mauss.

« Cela explique comment te rendre à une certaine maison, monsieur Struan. Et puis un message : « Le « Taï-pan de la Noble Maison a besoin de certains « renseignements particuliers pour le bien de sa mai-« son. Qu'il vienne secrètement à la porte de côté à « l'Heure du Singe. »
— Qu'est-ce que c'est que l'heure du singe ?
— Trois heures de l'après-midi.
— Où est la maison ? »

Wolfgang le lui avait expliqué, en ajoutant :

« N'y allez pas. C'est un piège. N'oubliez pas que votre tête a été mise à prix cent mille taels.
— La maison n'est pas dans le quartier chinois, avait déclaré Struan. En plein jour, ça ne peut pas être un piège. Rassemble l'équipage de mon canott'. Si ne ne suis pas revenu sain et sauf d'ici une heure, venez me chercher. »

Il y était donc allé, laissant Wolfgang et l'équipage armé dans le voisinage, prêts à intervenir s'il le fallait. La maison était accolée aux autres, le long d'une rue paisible et bordée d'arbres. Struan était entré par une porte, dans le grand mur, et s'était trouvé dans un jardin. Une domestique chinoise l'attendait. Elle était bien vêtue, en pantalon et tunique noirs, les cheveux en chignon sur la nuque. Elle s'était inclinée et lui avait fait signe de la suivre sans faire de bruit, puis l'avait conduit dans la maison, par un escalier privé au premier étage et dans une pièce. Il l'avait suivie avec méfiance, aux aguets.

La pièce était richement meublée et des tapisseries ornaient les murs. Il y avait des chaises, une table, un mobilier chinois en bois de teck. La maison sentait le propre, avec une légère note d'encens subtil. L'unique fenêtre donnait sur le jardin.

La domestique alla à l'extrémité d'une des parois et souleva un morceau de boiserie, révélant un minuscule judas. Elle regarda par le trou, puis fit signe à Struan de l'imiter. Il savait que c'était un vieux subterfuge chinois pour duper un ennemi : on l'invitait à coller son œil à un trou et derrière la cloison un adversaire attendait avec une longue aiguille. Il garda donc son œil à distance prudente du trou, mais cela ne l'empêcha pas de voir nettement la pièce voisine.

C'était une chambre à coucher. Wang Chu, le mandarin en chef de Macao, était couché sur le lit, complètement nu, sa corpulence étalée, et ronflait bruyamment. Mary était nue à côté de lui. Elle avait les bras croisés sous la nuque et contemplait le plafond.

Struan regardait, fasciné et horrifié. D'un geste langoureux, Mary poussa légèrement Wang Chu, le réveilla et se mit à rire, puis bavarda avec lui. Struan avait toujours cru qu'elle ne comprenait pas le chinois, et voilà qu'elle le parlait couramment ! Pourtant, il la connaissait mieux que quiconque — à l'exception de son frère Horatio. Elle agita une petite sonnette et une servante entra pour aider le mandarin à s'habiller. Wang Chu ne pouvait rien faire lui-même car il avait des ongles de huit centimètres protégés par des fourreaux ornés de pierreries. Struan se détourna, écœuré, le cœur empli de haine et de dégoût.

Il y eut un brusque brouhaha de voix chantantes et nasillardes, dans le jardin, et Struan alla jeter un regard prudent par la fenêtre. Les gardes de Wang se rassemblaient dans le jardin ; ils lui coupaient toute fuite. La domestique fit alors signe à Struan de ne pas s'inquiéter, lui versa du thé, s'inclina et le laissa.

Au bout d'une demi-heure, les hommes quittèrent le jardin et Struan les vit s'aligner devant une chaise à porteurs, dans la rue. Deux d'entre eux aidèrent Wang Chu à s'y asseoir ; puis ils l'emportèrent.

« Bonjour, Taï-pan. »

Struan sursauta et pivota, en dégainant son couteau. Mary se tenait sur le seuil, vêtue d'une longue robe diaphane qui ne dissimulait rien de ses formes. Elle avait de longs cheveux blonds, des yeux bleus, une fossette au menton, de longues jambes, la taille fine et la poitrine ronde et ferme. Un inestimable pendentif de jade au bout d'une chaîne d'or ornait son cou. Mary examinait Struan avec un étrange sourire froid.

« Vous pouvez ranger le couteau, Taï-pan. Votre vie n'est pas en danger. »

Sa voix était calme, moqueuse.

« Tu devrais avoir le fouet ! lui cria-t-il.

— J'en ai eu ma part, souvenez-vous. Venez, dit-elle en désignant la chambre. Nous serons plus à l'aise à côté. »

Elle alla à la coiffeuse, et versa deux cognacs, puis elle murmura, avec le même sourire pervers :

« Eh bien, qu'avez-vous ? C'est la première fois que vous entrez dans la chambre d'une jeune fille ?

— Tu veux dire la chambre d'une putain ! »

Elle lui tendit un verre, et il le prit.

« Nous nous ressemblons, Taï-pan. Nous préférons tous deux des compagnons de lit chinois.

— Par Dieu, infâme petite traînée, tu...

— Ne jouez pas les hypocrites ; cela ne vous sied pas. Vous êtes marié et vous avez des enfants. Pourtant, vous avez de nombreuses autres femmes. Des Chinoises. Je suis au courant de tout. J'en ai fait mon affaire, de tout apprendre.

— C'est impossible ; tu n'es pas Mary Sinclair, murmura-t-il, presque pour lui-même.

— Pas impossible. Surprenant, oui, je vous l'accorde, répondit-elle entre deux petites gorgées de cognac. Je vous ai fait venir parce que je voulais que vous me voyiez telle que je suis.

— Pourquoi ?

— Avant tout, vous feriez bien de renvoyer vos hommes.

— Comment le sais-tu ?...

— Vous êtes très prudent. Comme moi. Vous ne viendriez pas ici en secret sans des gardes du corps. »

Elle le considérait d'un air moqueur.

« Qu'est-ce que tu me veux ?

— Vous avez dit à vos hommes d'attendre combien de temps ?

— Une heure.

— Il me faudra davantage. Renvoyez-les. J'attendrai.

— J'espère bien. Et rhabille-toi, tu veux ? »

Il sortit et dit à Wolfgang d'attendre encore deux heures avant de venir le chercher. Il lui parla de la porte secrète, mais pas de Mary.

Quand il remonta, elle était allongée sur le lit.

« Fermez la porte, Taï-pan, je vous en prie.

— Je t'avais dit de te rhabiller.

— Je vous ai dit de fermer la porte. »

Il la claqua rageusement. Mary ôta son vêtement transparent et le laissa tomber par terre.

« Vous me trouvez séduisante.

— Non. Tu me dégoûtes.

— Vous ne me dégoûtez pas, Taï-pan. Vous êtes le seul homme que j'admire au monde.

— Si Horatio te voyait en ce moment !

— Ah ! Horatio, dit-elle énigmatiquement. Combien de temps avez-vous dit à vos hommes d'attendre, cette fois ?

— Deux heures.

— Vous leur avez parlé de la porte secrète. Mais pas de moi.

— Comment peux-tu le savoir ?

— Je vous connais, Taï-pan. C'est pourquoi je vous confie mon secret. »

Elle fit tourner entre ses doigts son verre de cognac, les yeux baissés, puis elle murmura :

« Avions-nous fini, quand vous avez regardé par le judas ?

— Par la sangdieu ! Tu ferais mieux de...

— Soyez patient avec moi, Taï-pan. Je voulais que vous en ayez la certitude.

— Je ne comprends pas.

— Je voulais que vous soyez sûr que Wang Chu était mon amant.

— Pourquoi ?

— Parce que j'ai des renseignements qui peuvent vous servir, Taï-pan. J'ai beaucoup d'amants. Chen Sheng vient me voir parfois. Beaucoup de mandarins de Canton. Le vieux Jin-qua, une fois. (Ses yeux se voilèrent et semblèrent changer de couleur.) Je ne les dégoûte pas. Ils aiment la couleur de ma peau et je sais leur plaire. Ils me plaisent. Il faut que je vous dise ces choses, Taï-pan. Je rembourse simplement ma dette.

— Quelle dette ?

— Vous avez fait cesser la flagellation. Vous l'avez fait cesser trop tard, mais ce n'était pas votre faute. »

Elle se leva et enfila une lourde robe de chambre.

« Je ne vous taquinerai plus. Je vous en prie, écoutez-moi, et ensuite vous ferez ce qu'il vous plaît.

— Qu'as-tu donc à me dire ?

— L'empereur a nommé un nouveau vice-roi à

Canton. Ce vice-roi Ling apporte un décret impérial destiné à mettre fin à la contrebande d'opium. Il arrivera dans deux semaines, et d'ici trois semaines il aura encerclé la Concession de Canton. Aucun Européen ne pourra plus sortir de Canton tant que tout l'opium n'aura pas été livré. »

Struan éclata d'un rire méprisant.

« Je n'en crois rien.

— Si l'opium est remis et détruit, quiconque possédera des cargaisons d'opium, en dehors de Canton, gagnera une fortune, dit Mary.

— Il ne sera pas remis.

— Supposez que toute la Concession soit rançonnée pour de l'opium. Que pourriez-vous faire ? Il n'y a pas de bâtiments de guerre, ici. Vous êtes sans défense. N'est-ce pas ?

— Sûr.

— Envoyez un navire à Calcutta avec l'ordre d'acheter de l'opium, tant que vous pourrez, deux mois après son arrivée. Si mes renseignements sont faux, vous aurez largement le temps d'envoyer un contrordre.

— C'est Wang qui t'a dit ça ?

— Il m'a seulement parlé du vice-roi. Le reste, c'est mon idée. Je veux rembourser tout ce que je vous dois.

— Tu ne me dois rien.

— Vous n'avez jamais été fouetté.

— Pourquoi n'as-tu pas envoyé quelqu'un m'avertir en secret ? Pourquoi me faire venir ici ? Pour te voir comme tu es ? Pourquoi m'infliger ce... cette horreur ?

— Je voulais vous parler. Moi-même. Je voulais qu'un autre que moi sache ce que je suis. Vous êtes le seul homme en qui j'aie confiance, dit-elle avec une candeur inattendue.

— Tu es folle. Tu devrais être enfermée.

— Parce que j'aime coucher avec des Chinois ?

— Par la Croix ! Tu ne comprends donc pas ce que tu es ?

— Si. Une honte pour l'Angleterre. »

La colère déforma ses traits, la fit paraître plus dure, plus vieille.

« Vous, les hommes, vous faites ce qui vous plaît, mais nous, les femmes, ne le pouvons pas. Doux Jésus, comment pourrais-je coucher avec un Européen ? Il n'aurait qu'une hâte, de le dire à tous les autres, de me faire honte à vos yeux. De cette façon, personne ne souffre. Sauf moi, peut-être, et cela s'est passé il y a longtemps.

— Quoi donc ?

— Il vaut mieux que vous appreniez une vérité de la nature, Taï-pan. Une femme a tout autant besoin d'hommes qu'un homme a besoin de femmes. Pourquoi devrions-nous nous contenter d'un seul homme ? Pourquoi ?

— Depuis combien de temps cela dure-t-il ?

— Depuis mes quatorze ans. Ne prenez pas cet air scandalisé ! Quel âge avait May-may quand vous l'avez achetée ?

— Ce n'était pas la même chose.

— Pour un homme, ce n'est jamais la même chose. »

Mary s'assit à sa coiffeuse et se mit à brosser ses cheveux devant la glace, en révélant :

« Brock est en train de négocier secrètement avec les Espagnols, à Manille, pour acheter la récolte de sucre. Il a offert dix pour cent à Carlos de Silvera, pour avoir le monopole. »

La rage s'empara de Struan. Si Brock réussissait cela avec le sucre, il pourrait devenir maître de tout le marché philippin.

« Comment le sais-tu ?

— C'est son compradore, Sze-tsin, qui me l'a dit.

— C'est un autre de tes... de tes clients ?

— Oui.

— C'est tout ce que tu as à me dire ?

— Vous pourriez gagner cent mille taels d'argent avec ce que je vous ai révélé.

— Tu as fini ?

— Oui. »

Struan se leva.

« Qu'allez-vous faire ?

— Prévenir ton frère. Il vaut mieux qu'on te renvoie en Angleterre.

— Laissez-moi vivre ma vie comme je l'entends, Taï-pan. Je me plais comme je suis et ne changerai jamais. Aucun Européen — et peu de Chinois — savent que je parle le cantonais et le mandarin, à l'exception d'Horatio, et vous maintenant. Mais vous seul me connaissez comme je suis. Je vous promets de vous être très, très utile.

— Tu t'en vas rentrer chez toi, quitter l'Asie.

— L'Asie, c'est chez moi. Je vous en prie, dit-elle et son regard s'adoucit, laissez-moi comme je suis. Rien n'a changé. Il y a deux jours, nous nous sommes rencontrés dans la rue et vous avez été très gentil. Je suis la même Mary.

— Tu n'es pas la même. Tu trouves que tout cela ce n'est rien ?

— Nous sommes tous des êtres différents au même moment. La fille d'ici est moi et l'autre — celle qui a des conversations stupides, qui aime aller à l'église et chanter des cantiques et jouer de la harpe et faire de la broderie, la douce vierge innocente — c'est moi aussi. Je ne sais pas pourquoi, mais c'est ainsi. Vous êtes le taï-pan Struan — diable, contrebandier, prince, assassin, mari, fornicateur, saint, et cent autres personnes à la fois. Lequel êtes-vous vraiment ?

— Je m'en vais tout dire à Horatio. Tu partiras. Je te donnerai l'argent.

— J'ai assez d'argent pour payer mon voyage, Taï-pan. Je gagne beaucoup de cadeaux. Cette maison m'appartient, ainsi que la maison voisine. Et je partirai à mon gré, de la manière que je choisirai. Je vous en prie, laissez-moi à mon propre joss, Taï-pan. Je suis ce que je suis, et vous n'y pourrez jamais rien changer. Jadis, vous auriez pu m'aider. Et puis non, ce n'est pas vrai. Personne n'aurait pu m'aider. J'aime ce que je suis. Je jure que je ne changerai jamais. Je serai ce que je suis, soit en secret, personne n'en sachant rien, que vous et moi, ou bien ouvertement. Alors pourquoi faire du mal aux autres ? Pourquoi faire souffrir Horatio ? »

Struan la regarda. Il savait qu'elle parlait sincèrement.

« Sais-tu seulement le danger que tu cours ?

— Oui.

— Et si tu avais un enfant ?

— Le danger ajoute du piment à la vie, Taï-pan, dit-elle en le considérant et une ombre passa dans ses yeux bleus. Il n'y a qu'une chose que je regrette, maintenant que je vous ai fait venir ici. Je ne pourrai jamais être à vous. J'aurais aimé être à vous. »

Struan l'avait laissée à son joss. Elle avait le droit de vivre comme elle l'entendait, et cela n'aurait rien résolu de la dénoncer à la communauté. Pire encore, cela aurait fait le malheur de son frère dévoué.

Struan avait bien profité des renseignements de Mary. Grâce à elle, la Noble Maison avait bénéficié pendant un an du monopole presque total du commerce de l'opium, et plus que compensé la perte de sa part — douze mille caisses — qui avait payé la rançon de la Concession. Et les renseignements de Mary concernant Brock avaient été exacts, et un terme avait été mis à ses agissements. Struan avait ouvert un compte en banque secret en Angleterre, au nom de Mary, et y avait versé un pourcentage sur les bénéfices. Elle l'avait remercié, mais n'avait pas paru s'intéresser à l'argent. De temps en temps, elle lui donnait de nouveaux renseignements. Mais elle ne voulut jamais lui dire comment elle avait été amenée à mener sa double vie, ni pourquoi. Dieu tout-puissant, pensait-il, jamais je ne comprendrai les gens...

Et à présent, sur la plage, il se demandait ce que ferait Horatio quand il l'apprendrait. Il était impossible que Mary gardât sa seconde vie secrète éternellement ; un jour ou l'autre, elle commettrait une erreur.

« Qu'avez-vous, monsieur Struan ? demanda Horatio.

— Rien, gamin. Je réfléchissais.

— Avez-vous un navire en partance demain ou après-demain ?

— Quoi ?

— En partance pour Macao, dit Horatio en riant. Pour ramener Mary à Macao.

— Ah ! oui, Mary, murmura Struan et il se ressaisit. Demain, sans doute. Je vous le ferai savoir, petit. »

Il fendit la foule des marchands, cherchant Robb qui se trouvait près des tables et contemplait la mer.

« Et ensuite, monsieur Struan ? lui cria Skinner.

— Hein ?

— Nous avons l'île. Quelles sont maintenant les intentions de la Noble Maison ?

— La construction, bien entendu. Le premier à construire sera le premier à faire du profit, monsieur Skinner. »

Struan le salua aimablement et poursuivit son chemin. Il se demandait ce que les autres marchands — et Robb lui-même — diraient s'ils savaient qu'il était propriétaire de l'*Oriental Times* et que Skinner était son employé.

« Tu ne manges pas, Robb ?

— Tout à l'heure, Dirk. J'ai bien le temps.

— Du thé ?

— Merci. »

Cooper s'approcha d'eux et leva son verre.

« A la folie de Struan !

— Si c'en est une, Jeff, répliqua Struan, vous descendrez tous au ruisseau avec nous.

— Sûr, dit Robb. Et ce sera un ruisseau de luxe, si Struan a son mot à dire.

— La Noble Maison fait bien les choses ! Du whisky parfait, du cognac, du champagne. Et du verre de Venise. »

Cooper donna une chiquenaude sur le bord du verre qui tinta longuement, d'un son très pur.

« Une merveille.

— Fabriquée à Birmingham, lui dit Struan. Ils ont découvert un nouveau procédé. Une fabrique en sort déjà mille par semaine. D'ici un ans, il y aura douze fabriques. »

Struan sourit et ajouta :

« Je vous livre la quantité que vous voulez, à Boston. Dix *cents* américains le verre. »

Cooper examina la flûte de plus près.

« Dix mille. A six *cents*.

— Dix *cents*. Brock vous en demandera douze.

— Quinze mille à sept *cents*.

— D'accord. Avec une promesse de commande de trente mille au même prix dans un an jour pour jour et la garantie que vous n'importerez que par l'intermédiaire de Struan.

— D'accord. Si vous affrétez une cargaison de coton par le même navire, de La Nouvelle-Orléans à Liverpool.

— Combien de tonnes ?

— Trois cents. Les conditions habituelles.

— D'accord. Si vous voulez être notre agent à Canton pour le thé de cette saison. Si nécessaire. »

Cooper fut bientôt sur ses gardes.

« Mais la guerre est finie. Pourquoi auriez-vous besoin d'un agent ?

— Marché conclu ? »

Le cerveau de Cooper travaillait à toute vitesse. Le traité de Chuenpi ouvrait immédiatement Canton au commerce. Dès le lendemain, ils regagnaient tous les Concession de Canton. Ils retrouveraient leur comptoir — les *hongs,* comme on appelait les maisons de commerce en Orient — et ils demeureraient à Canton jusqu'au mois de mai qui marquait la fin de la saison commerciale. Mais dire que la Noble Maison avait maintenant besoin d'un agent à Canton était aussi ridicule que de dire que les États-Unis d'Amérique avaient besoin d'une famille royale.

« Marché conclu, Jeff ?

— Oui. Vous vous attendez à ce que la guerre reprenne ?

— La vie n'est qu'une suite d'ennuis, hein ? Ce n'est pas ce que Wolfgang essayait de dire ?

— Je ne sais pas.

— Quand votre nouveau navire sera-t-il prêt ? » demanda brusquement Struan.

Les yeux de Cooper se plissèrent.

« Comment diable avez-vous appris ça ? Personne n'est au courant, en dehors de notre compagnie. »

Robb répondit en riant :

« C'est notre affaire de tout savoir, Jeff. Il risque de nous faire une concurrence déloyale. S'il navigue comme Dirk prétend qu'il va naviguer, nous ferons peut-être de la surenchère pour l'acheter sous votre nez à l'armateur. Ou bien nous en construirons quatre comme lui.

— Ce serait bien nouveau, que des Britanniques achètent des navires américains, dit Cooper d'une voix tendue.

— Oh ! nous ne les achèterions pas, Jeff, répondit Struan. Nous avons déjà la copie de sa silhouette. Nous construirons où nous avons toujours construit, à Glasgow. Si j'étais vous, j'inclinerais un tout petit peu les mâts vers l'arrière et j'ajouterais des cacatois à la misaine et au grand mât. Comment allez-vous l'appeler ?

— L'*Independance.*

— Alors nous appellerons le nôtre *Independent Cloud.* S'il est vaillant.

— Nous vous chasserons des mers. Nous vous avons vaincus deux fois à la guerre et maintenant nous allons vous vaincre là où ça fait vraiment mal. Nous vous prendrons votre commerce.

— Une entreprise désespérée », assura Struan.

Il vit que Tillman partait. Brusquement, sa voix se durcit et il ajouta :

« Et vous n'y arriverez jamais tant que la moitié de votre pays vivra de l'esclavage !

— Ça changera, avec le temps. Ce sont les Anglais qui ont commencé.

— La racaille a commencé ! »

Oui, et des fous continuent, songea amèrement Cooper, en se rappelant les querelles violentes qu'il avait sans cesse avec son associé, qui possédait des esclaves de plantation et en faisait le trafic. Comment Wilf pouvait-il être aussi aveugle ?

« Vous en faisiez le commerce il y a encore huit ans.

— Struan n'a jamais fait le négrier, par Dieu ! Et par le Seigneur Dieu tout-puissant, je ferai sauter et j'enverrai par le fond tout navire que je surprendrai à le faire. Dans nos eaux britanniques ou non. Nous donnons l'exemple au monde. L'esclavage est aboli. Dieu nous pardonne, il a fallu attendre 1833 pour y arriver, mais c'est fait. N'importe quel navire, tenez-vous-le pour dit !

— Alors faites donc autre chose. Usez de votre influence pour que nous soyons autorisés à acheter de l'opium à la fichue Compagnie des Indes. Pourquoi tout le monde est-il exclu des ventes aux enchères à l'exception des trafiquants britanniques ? Hein ? Pourquoi sommes-nous forcés d'acheter de l'opium de basse qualité en Turquie alors qu'il y en a plus qu'il n'en faut pour tout le monde au Bengale ?

— J'ai fait plus que ma part pour venir à bout de la Compagnie, vous le savez bien. Dépensez un peu d'argent, gamin. Soyez un peu joueur. Agitez à Washington. Poussez le frère de votre associé. N'est-il pas sénateur de l'Alabama ? Ou bien est-il trop occupé à surveiller les « marchés » de Mobile et les marchands de bois d'ébène ?

— Vous connaissez mon opinion à ce sujet, bon Dieu, riposta sèchement Cooper. Ouvrez les enchères de l'opium et nous vous mettrons en faillite. Je crois que vous avez peur de la libre concurrence, en vérité. Sinon pourquoi garder en vigueur la Loi de Navigation ? Pourquoi la loi interdit-elle à tout autre navire que les navires anglais d'apporter des marchandises en Angleterre ? De quel droit monopolisez-vous le plus important marché de consommation du monde ?

— Pas du droit divin, gamin, qui semble imprégner la façon de penser et la politique étrangère d'Amérique !

— Pour certaines choses, nous avons raison et vous avez tort. Concurrençons-nous librement. Au diable les fichus tarifs ! Le libre commerce et la mer libre, voilà ce qui est juste !

— Struan est de cet avis aussi. Vous ne lisez donc pas les journaux ? Je peux vous dire que nous achetons dix mille voix par an pour soutenir six parlementaires qui votent pour le libre commerce. Nous faisons assez d'efforts.

— Le vote est libre. Nous n'achetons pas les voix.

— Vous avez votre système et nous avons le nôtre. Et je m'en vais vous dire autre chose. Les *Britanniques* n'étaient pas pour les guerres d'Amérique, pas un seul d'entre eux, ni pour l'une ni pour l'autre. Ni pour ces fichus démons de rois hanovriens. Vous n'avez pas gagné les guerres, nous les avons perdues. Avec joie. Pourquoi ferions-nous la guerre à notre sang ? Mais si jamais le peuple des Iles décide de faire la guerre aux États, faites attention, par la sangdieu ! Parce que vous êtes finis !

— Je crois qu'un toast s'impose », intervint Robb.

Les deux hommes cessèrent de s'affronter pour le regarder avec stupéfaction. Il versait trois verres de whisky.

« Tu ne boiras pas, Robb, lança Struan d'une voix cinglante comme un coup de fouet.

— Si. Pour la première fois à Hong Kong. Et la dernière. »

Robb leur tendit les verres. Le whisky était doré et distillé spécialement pour la Noble Maison à Loch Tannoch, où ils étaient nés. Robb avait besoin de boire.

« Tu as fait un serment sacré !

— Je sais. Mais ça porte malheur de faire un toast à l'eau. Et ce toast est important, dit Robb en levant son verre d'une main tremblante. A notre avenir. A l'*Independence* et à l'*Independent Cloud*. A la liberté sur mer. A notre délivrance de tous les tyrans ! »

Il prit une gorgée et garda l'alcool dans sa bouche, sentit sa brûlure, le corps tout frémissant de besoin. Puis il le recracha et versa le reste sur les galets.

« Si jamais je recommence, fais sauter le verre de ma main. »

Il se détourna, pris de nausée, et marcha vers l'intérieur.

« Il lui a fallu plus de force que je n'en ai, constata Cooper.

— Robb est fou de tenter le Diable », murmura Struan.

Six ans plus tôt, Robb s'était mis à boire à la folie. L'année précédente, Sarah était venue d'Écosse à

Macao avec les enfants. Pendant quelque temps, tout alla à merveille, et puis Sarah avait appris que Robb avait une maîtresse chinoise depuis des années, et une fille. Struan se rappelait la fureur de Sarah et la détresse de Robb, et il avait de la peine pour tous les deux. Ils auraient dû divorcer depuis longtemps, pensait-il, et il rageait parce qu'un divorce ne pouvait être obtenu que par un vote du Parlement. À la fin, Sarah avait consenti à pardonner, mais à la condition que Robb jurât de se débarrasser à jamais de Ming Soo, sa maîtresse adorée, et de leur fille. Le cœur déchiré, Robb avait juré. En secret, il avait donné à Ming Soo quatre mille taels d'argent, et elle avait quitté Macao avec sa fille. Il n'avait plus jamais entendu parler d'elles. Mais bien que Sarah se fût radoucie, elle ne pouvait oublier la ravissante fille et l'enfant et continuait de verser du sel sur la plaie. Robb s'était mis à boire. Bientôt, il devint l'esclave de l'alcool ; il ne dessoûlait pas de plusieurs mois. Et puis un jour, il avait disparu. Struan avait fini par le retrouver dans un des bouges de Macao, ivre mort, et il l'avait porté chez lui et l'avait dégrisé. Puis il lui avait mis un pistolet dans la main.

« Tue-toi ou jure sur Dieu de ne plus jamais toucher une goutte d'alcool. C'est du poison pour toi, Robb. Voilà presque un an que tu es ivre. Il faut que tu penses aux enfants. Les pauvres marmots ont peur de toi, à juste titre ; et j'en ai assez de t'arracher au ruisseau. Regarde-toi, Robb ! Allez ! »

Struan l'avait forcé à se regarder dans une glace et Robb avait juré. Struan l'avait alors envoyé en mer pour un mois, en donnant des ordres pour qu'il ne puisse pas boire à bord. Robb avait failli en mourir. Avec le temps, il était redevenu lui-même, et il avait remercié son frère ; il était retourné vivre avec Sarah et il avait essayé de faire sa paix. Mais il n'y avait jamais eu de paix entre ces deux-là, ni d'amour.

Pauvre Robb, pensait Struan. Sûr, et pauvre Sarah. C'était terrible de vivre ainsi, mari et femme.

« Pourquoi diable Robbie a-t-il fait ça ?

— Je crois qu'il voulait apaiser une querelle, dit Cooper. Je me laissais emporter à la colère. Excusez-moi.

— Ne vous excusez pas, Jeff. C'était ma faute. Alors, nous n'allons pas gaspiller le courage de Robb, hé ? Son toast ? »

Ils burent en silence. Tout autour d'eux, sur la plage, les marchands et les marins menaient grand tapage.

« Hé ! Taï-pan ! Et vous, fichu colonial ! Venez par ici. »

C'était Quance, assis près du mât. Il agita la main et leur cria encore :

« Venez par ici, nom de Dieu ! »

Il prit une pincée de tabac, éternua deux fois et s'épousseta impatiemment avec son mouchoir de dentelle française.

« Par Dieu, monsieur, dit-il à Struan en l'examinant par-dessus ses verres sans monture, comment diable voulez-vous qu'un homme travaille dans ce foutu tumulte ? Vous et votre fichu alcool !

— Avez-vous goûté le cognac, monsieur Quance ?

— Parfait, mon bon ami. Tout comme les nénés de Miss Tillman. »

Il prit son tableau sur le chevalet et le tint à bout de bras.

« Qu'en pensez-vous ?

— De Shevaun Tillman ?

— Du tableau. Par les grandes sphères de saperlipopette, comment pouvez-vous penser au cul d'une poulette quand vous êtes en présence d'un chef-d'œuvre ? »

Le tableau était une aquarelle représentant la cérémonie du matin. Délicate. Fidèle. Et davantage encore. On reconnaissait facilement Brock et Mauss, et Glessing était là, sa proclamation à la main.

« C'est excellent, monsieur Quance, dit Struan.
— Cinquante guinées.
— Je vous ai acheté un tableau la semaine dernière.
— Vingt guinées.
— Je ne suis pas dessus.
— Cinquante guinées et je vous peins en train de lire la proclamation.
— Non.
— Monsieur Cooper. Un chef-d'œuvre. Vingt guinées.
— Après le Taï-pan et Robb, j'ai la plus importante collection de Quance d'Extrême-Orient.
— Nom de Dieu, messieurs, il faut que je trouve de l'argent quelque part !
— Vendez-le à Brock. On le reconnaît très bien, conseilla Struan.
— La peste de Brock ! » s'écria Quance et il avala une forte rasade de cognac avant de poursuivre d'une voix rauque : « Il a refusé, la peste soit de lui ! »
D'un coup de pinceau rageur il effaça Brock.
« Par Dieu, pourquoi le rendrais-je immortel ? Et la peste soit de vous deux. Je vais le vendre à la Royal Academy. Par votre prochain bateau, Taï-pan.
— Qui va payer l'expédition ? Et l'assurance ?
— Moi, mon garçon.
— Avec quoi ? »
Quance contempla son tableau. Il savait que même dans sa vieillesse il pouvait encore peindre et faire des progrès ; son talent ne l'abandonnerait jamais.
« Avec quoi, monsieur Quance ? »
Il fit un geste impérieux.
« De l'argent. Des taels. De l'or. Des dollars. Comptant.
— Vous avez découvert une nouvelle source de crédit, monsieur Quance ? »
Mais le peintre ne répondit pas. Il continuait d'admirer son œuvre, conscient d'avoir accroché sa proie.

« Allez, Aristote, insista Struan. Qui est-ce ? »

Quance avala une énorme goulée de cognac, prisa et éternua. Puis il chuchota d'un air complice :

« Asseyez-vous. »

Il regarda autour de lui, pour voir si personne n'écoutait, et tendit le tableau :

« Un secret. Vingt guinées ?

— D'accord, dit Struan. Mais gare à vous si ça ne les vaut pas.

— Vous êtes un prince parmi les hommes, Taï-pan. Une prise ?

— Allez ! Parlez.

— Il paraît qu'une certaine dame s'admire énormément. Dans la glace. Sans vêtements. Elle m'a commandé de la peindre ainsi.

— Seigneur Dieu tout-puissant ! Qui est-ce ?

— Vous la connaissez tous deux fort bien », déclara Quance et il ajouta en feignant la tristesse : « J'ai juré de ne pas révéler son nom. Mais je ferai passer son postérieur à la postérité. Il est magnifique. (Encore une gorgée de cognac.) Je... j'ai insisté pour la voir tout entière. Avant d'accepter la commande. (Il se baisa le bout des doigts d'un air extasié.) Impeccable, messieurs, impeccable ! Et ses nénés ! Sacré Dieu, j'ai failli en avoir des vapeurs ! »

Encore une gorgée de brandy.

« Allez, vous pouvez nous le dire. Qui est-ce ?

— Règle numéro un, pour les nus comme pour la fornication : ne jamais révéler le nom de la dame. Mais il n'y a pas un homme parmi vous qui ne paierait pas mille guinées pour le portrait. »

Il vida sa chope de cognac, soupira, rota de bon cœur, s'épousseta, ferma sa boîte de couleurs et replia son chevalet, d'un air très content de lui.

« Et voilà. Assez de commerce pour cette semaine. J'irai voir votre compradore pour toucher les trente guinées.

— Vingt, rectifia Struan.

— Un Quance représentant l'événement le plus important dans l'histoire de l'Orient ! protesta Quance, pour à peine le prix d'un tonnelet de Napoléon ! »

Il retourna vers son canot en dansant la gigue aux acclamations de ceux qui étaient déjà à bord.

« Dieu de Dieu, qui ça peut être ? murmura Cooper, au bout d'un moment.

— Ce doit être Shevaun, répondit Struan avec un rire bref. C'est exactement le genre de choses que peut faire cette jeune personne.

— Jamais. Elle est folle, oui, mais pas à ce point. »

Pris d'un malaise, Cooper se tourna vers le navire entrepôt de Cooper-Tillman à bord duquel habitait Shevaun Tillman. Elle était la nièce de son associé, et elle était arrivée l'année précédente de Washington. Elle était très vite devenue la coqueluche du continent asiatique. Agée de dix-neuf ans, belle, hardie et libre de toute attache, elle ne se laissait convaincre par aucun homme, pour le mariage comme pour le lit. Tous les célibataires d'Asie, Cooper compris, l'avaient demandée en mariage. Et ils avaient tous été repoussés sans l'être ; elle semblait tenir en laisse tous ses soupirants. Mais Cooper s'en moquait ; il savait qu'elle serait sa femme. Son père, le sénateur de l'Alabama, l'avait envoyée en Orient, et placée sous la tutelle de Tillman, dans l'espoir qu'elle plairait à Cooper et qu'il lui plairait, pour cimenter mieux encore l'affaire de famille. Et Cooper était tombé amoureux d'elle à l'instant même où il la voyait pour la première fois.

« Alors nous allons annoncer tout de suite les fiançailles, avait déclaré joyeusement Tillman.

— Non, Wilf. Rien ne presse. Laisse-la s'habituer à l'Asie, et à moi. »

Cooper se retourna vers Struan en souriant en lui-même. Une créature de vif-argent comme elle valait la peine qu'on l'attendît.

« Ce doit être une des « demoiselles » de Mrs. Fortheringill. Ces souris feraient n'importe quoi.

— Sûr. Mais elles ne *paieraient* pas Aristote pour ça.

— La vieille Jument le pourrait. Bon pour les affaires.

— Elle travaille bien assez comme ça. Sa clientèle est la plus choisie d'Orient. Pouvez-vous l'imaginer en train de donner de l'argent à Aristote ? »

Cooper tirailla impatiemment ses favoris.

« Le plus qu'elle ferait, ce serait de le payer en nature. Peut-être plaisantait-il ?

— Il plaisante de tout et de n'importe quoi. Mais jamais de peinture.

— Une des Portugaises ?

— Impossible. Si est est mariée, son mari l'égorgerait. Si elle est veuve, l'Église catholique tout entière serait éclaboussée par le scandale... (Les traits burinés de Struan se fendirent en un large sourire moqueur.) Je vais mettre à contribution toute la puissance de la Noble Maison pour savoir de qui il s'agit. Je vous parie vingt guinées que je le saurai le premier.

— Tenu ! Si je gagne, je prends le tableau.

— Allons bon. Maintenant que Brock n'y est plus, il me plaît bien.

— Le gagnant prend le tableau et nous demanderons à Aristote de peindre le perdant dans le groupe.

— Tenu. »

Ils se serrèrent la main.

Brusquement, le canon tonna et ils se tournèrent vers la mer.

Un navire, toutes voiles déployées, fonçait par le chenal de l'est. Ses grandes voiles carrées, la misaine et la grand-voile, les huniers et les perroquets et les cacatois gonflés par le vent tiraient sur les drisses, et les haubans chantaient au vent fraîchissant. Le clipper aux grands mâts inclinés naviguait sous le vent et son étrave soulevait deux gerbes d'écume qui montaient jusqu'au gaillard d'avant, et au-dessus du bouillonnement de son sillage — blanches sur le fond bleu vert de l'océan — des mouettes criaient leur bienvenue.

Le canon tonna encore une fois et une bouffée de fumée monta au-dessus de l'Union Jack battant à l'arrière et du pavillon au Lion et au Dragon au sommet du mât de misaine. Sur la plage, ceux qui avaient gagné leur pari poussèrent de grands cris, car d'énormes sommes d'argent avaient été misées sur le navire qui toucherait le premier la métropole et celui qui reviendrait le premier.

« Monsieur Mac Kay ! » appela Struan.

Mais le bosco se hâtait déjà vers lui avec le double télescope.

« Trois jours d'avance et un record battu, monsieur, s'écria Mac Kay en riant de toutes ses gencives. Aïe donc, regardez-le s'envoler ! Il va coûter un baril d'argent à Brock ! »

Le navire, le *Thunder Cloud,* jaillit du chenal et maintenant qu'il était dégagé, il courut vent arrière et prit de la vitesse.

Struan porta à ses yeux le court télescope double et le braqua sur les pavillons de code. Le message se lisait ainsi : « Crise non résolue. Nouveau traité avec l'Empire ottoman contre la France. Question de guerre. » Struan examina ensuite tout le navire. La peinture était en bon état, le gréement tendu, les canons en place. Et dans un coin de la misaine, il y avait un petit carré noir, un signal de code utilisé uniquement en cas d'urgence et signifiant « Importantes dépêches à bord ».

Struan abaissa les jumelles et les proposa à Cooper.

« Voulez-vous les emprunter ?

— Merci.

— On les appelle des bi-oculaires, ou binoculaires. Deux yeux. Ou encore jumelles. On met au point en tournant la vis centrale. Je les ai fait faire spécialement. »

Cooper regarda et vit les pavillons du code international. Il savait que tout le monde essayait de lire les messages et que toutes les compagnies dépensaient beaucoup d'argent et de temps pour essayer de déchiffrer le code de la Noble Maison. La jumelle était plus puissante qu'une longue-vue.

« Où pourrais-je me procurer une grosse de ces instruments d'optique ?

— Cent guinées pièce. Un an de délai de livraison. »

A prendre ou à laisser, pensa amèrement Cooper, en reconnaissant le ton de la voix.

« Tenu. »

De nouveaux pavillons furent hissés et Cooper rendit la jumelle marine à Struan.

Le second message ne comportait qu'un seul mot, « zénith », un code du maître code.

« A votre place, murmura Struan à Cooper, je me débarrasserais rapidement du coton de la saison. Sans attendre.

— Pourquoi ? »

Struan eut un mouvement d'épaules.

« J'essaie simplement de rendre service. Vous m'excusez ? »

Cooper le regarda marcher rapidement à la rencontre de Robb, qui s'approchait avec le bosco. Que signifient ces foutus pavillons ? se demanda-t-il. Et qu'est-ce qu'il voulait dire, au sujet de notre coton ? Et pourquoi diable le bateau du courrier n'est-il pas arrivé ?

C'était cela qui rendait le commerce si passionnant. On achetait et l'on vendait quatre mois à l'avance en se fondant sur la position du marché quatre mois plus tôt. Une erreur, et on faisait connaissance avec la prison pour dettes. Un coup de dés calculé, qui réussissait, et l'on pouvait prendre sa retraite et ne plus jamais revoir l'Orient. Une onde douloureuse monta de son ventre. La douleur de l'Orient qui ne le quittait pas, lui ni la plupart des autres. Un mode de vie.

Était-ce un conseil amical du Taï-pan, ou un piège ?

Le capitaine Glessing, Horatio près de lui, contemplait le *Thunder Cloud* d'un œil envieux. Et impatient. Ce serait une prise de guerre fructueuse, et comme c'était le premier navire de l'année à faire le voyage d'Angleterre en passant par Calcutta, ses cales devaient être bourrées d'opium. Glessing se demanda ce que signifiaient les pavillons. Et pourquoi il y avait un petit carré noir sur la misaine.

« Magnifique navire, murmura Horatio.

— Oui, certainement.

— Quand même, c'est un pirate ? demanda ironiquement Horatio.

— Sa cargaison et ses propriétaires en font un pirate. Un navire est un navire et celui-là est royal, répliqua sèchement Glessing que l'esprit d'Horatio n'amusait pas. Au fait, ajouta-t-il en s'efforçant d'avoir l'air désinvolte, je serais heureux de vous avoir à dîner à mon bord, Miss Sinclair et vous. J'aurais plaisir à vous faire visiter mon navire.

— C'est très aimable à vous, George. J'accepte volontiers. Et j'imagine que Mary sera enchantée. Elle n'est encore jamais montée à bord d'une frégate. »

Ce soir, peut-être, pensa Glessing, j'arriverai à savoir ce que Mary pense de moi.

« J'enverrai un canot vous chercher, dit-il. Sept heures et demie, à la fin du petit quart, cela vous convient-il ?

— Très bien.

— Miss Sinclair sera la première dame que je reçois à bord. »

Dieu tout-puissant, pensa Horatio, se pourrait-il que Glessing s'intéresse sérieusement à Mary ? Mais oui, naturellement ! L'invitation est en réalité pour elle, pas pour moi. Quel toupet ! Pompeux imbécile ! S'imaginer que Mary pourrait seulement songer à une pareille union ! Ou que je l'autoriserais à se marier si jeune !

Un mousquet ricocha bruyamment sur les galets et ils se retournèrent. Un des fusiliers marins venait de s'évanouir.

« Mais qu'est-ce qu'il a, diable ? » s'écria Glessing.

Le capitaine d'armes retourna le jeune soldat et répondit :

« Sais pas, capitaine. C'est Norden, capitaine. Ça fait des semaines qu'il est bizarre. Il a peut-être les fièvres ?

— Bon, laissez-le où il est. Rassemblez les matelots, ramenez tout le monde, les fusiliers marins, à bord. Quand tout le monde y sera, vous reviendrez le chercher.

— Oui, capitaine. »

Le capitaine d'armes ramassa le mousquet de Norden, le jeta à un autre fusilier marin et fit gagner le canot à ses hommes, en rangs par deux.

Dès qu'il put bouger sans crainte d'être surpris, Norden — qui avait fait semblant de s'évanouir — se glissa à l'abri derrière des rochers et se cacha. Doux Seigneur Jésus, pria-t-il désespérément, protégez-moi jusqu'à ce que je puisse approcher le Taï-pan. Jamais une occasion pareille ne se représentera. Protégez-moi, Doux Jésus, aidez-moi à le rejoindre avant qu'ils viennent me rechercher.

Debout sur son gaillard d'arrière, Brock examinait les pavillons à la longue-vue. Il y avait six mois qu'il avait déchiffré le code de Struan et il put lire le premier message. Mais « zénith » ? Qu'est-ce que ça veut dire, ça ? se demanda-t-il. Et qu'est-ce que le traité ottoman peut bien avoir d'important que Struan prend le risque de le crier sur les toits, même en code, au lieu de l'annoncer en secret quand le patron sera monté à bord ? C'est peut-être bien qu'ils savent que j'ai déchiffré leur code. C'est peut-être qu'ils veulent que je lise le message et que « zénith » est là simplement pour leur dire que le message est faux ? Une crise et la guerre, ça veut dire que les prix du thé et de la soie vont monter. Et du coton. Vaut mieux faire de gros achats. *Si* c'est vrai. Et peut-être bien foncer tête baissée dans le piège de Struan. Et où diable est le bon Dieu de *Gray Witch* ? Fichu bateau qui s'est fait battre. Maudit Gorth, celui-là ! Il me coûte mille guinées.

Gorth était son fils aîné et le capitaine du *Gray Witch.* Un fils dont un père pouvait être fier. Aussi grand et solide que lui, aussi dur, un marin parmi les meilleurs au monde. Oui, un fils digne de prendre votre suite et digne d'être taï-pan dans un an ou deux. Brock murmura une prière pour la sécurité de Gorth, puis il le maudit de nouveau pour être second du *Thunder Cloud.*

Il braqua la longue-vue sur la plage, où Struan causait avec Robb, et regretta fort de ne pouvoir entendre ce qu'ils se disaient.

« Je vous demande pardon, monsieur Brock... »

Nagrek Thumb était le capitaine du *White Witch,* grand et solide, originaire de l'île de Man, avec des mains énormes et une peau de la couleur du chêne vermoulu.

« Oui ? Qu'est-ce qu'il y a, Nagrek ?

— Il y a un bruit qui court, dans la flotte. Je n'y crois guère, mais on ne sait jamais. La rumeur dit que la marine va obtenir des pouvoirs pour nous empêcher de trafiquer l'opium. Que nous pourrions être arraisonnés et pris comme pirates. »

Brock renifla et mit à rire.
« Elle est bien bonne !
— Moi aussi j'ai ri, monsieur Brock. Jusqu'à ce qu'on me dise que l'ordre allait être donné à huit heures. Et jusqu'à ce que j'apprenne que Struan avait dit à Longstaff que nous aurions tous six jours de grâce, pour vendre les stocks que nous pourrions avoir.
— Vous en êtes bien sûr ? »
Brock eut à peine le temps de digérer la mauvaise nouvelle, quand il fut distrait par du mouvement et du bruit à l'échelle de coupée. Eliza Brock monta lourdement sur le pont. C'était une forte femme aux bras épais, solide comme un homme ; ses cheveux gris fer étaient coiffés en un chignon lâche. Elle était accompagnée de leurs deux filles, Elizabeth et Tess.
« Bonjour, monsieur Brock, dit Liza, ses pieds bien plantés sur le pont, ses bras croisés sur l'ampleur de sa poitrine. Belle journée, sacrebleu.
— Où étais-tu donc, mon cœur ? Bonjour, Tess. Bonjour, Lillibet, ma caille », dit Brock, incapable de dissimuler l'adoration qu'il portait à ses filles.
Elizabeth Brock avait six ans et des cheveux châtains. Elle courut à son père, lui fit une révérence et faillit tomber, puis elle sauta dans ses bras et le serra de toutes ses forces. Brock riait aux éclats.
« Nous sommes allés voir Mrs. Blair, dit Liza. Elle est bien bas.
— Va-t-elle perdre le bébé ?
— Non, grâce à Dieu. Bonjour, Nagrek.
— Bonjour, madame », répondit Thumb en arrachant son regard de Tess qui regardait l'île, debout à la lisse.
Tess Brock avait seize ans ; elle était grande, avec des formes arrondies et une taille menue comme le voulait la mode. Ses traits étaient aigus et elle n'était pas jolie, mais il y avait tant de force et de vitalité dans ce visage qu'il en devenait séduisant. Et le corps était très désirable.

« Je vais m'occuper du manger, dit Liza. Tu viens, Tess ? Allez, Lillibet, descends. »

Liza avait remarqué le regard de Thumb posé sur Tess. Il est grand temps qu'on la marie, pensa-t-elle. Mais pas à Nagrek Thumb, bon Dieu, non ! »

Tess suivit sa mère et sa sœur, après avoir souri à son père et salué Nagrek d'un petit signe de tête emprunté.

« Vous êtes sûr de ce vous dites, Struan et Longstaff ? demanda de nouveau Brock.

— Oui. Une guinée d'or dans la main d'un homme lui allonge les oreilles. J'ai un moussaillon à moi à bord du navire amiral.

— Struan va jamais être d'accord pour ça. Il ne pourrait pas. Ça le démolirait, tout autant que nous autres.

— Ma foi, c'est pourtant ce qui a été dit. Ce matin même.

— Quoi donc encore, qui a été dit, Nagrek ?

— C'est tout ce que le moussaillon a entendu.

— Alors c'est une ruse, encore une de ses bon Dieu de diableries.

— Oui, mais laquelle ? »

Brock se mit à brasser des possibilités dans sa tête.

« Envoyez le message aux lorchas. Faites monter le long de la côte jusqu'à la dernière caisse d'opium. Faites passer aussi une bourse de vingt guinées à votre oreille à bord du *China Cloud.* Dites-lui qu'il y en aura encore autant s'il découvre ce que ça cache, cette histoire. Et attention. Nous ne voulons pas le perdre.

— Si jamais Struan le surprenait, il nous enverrait sa langue.

— Et sa tête avec. Je vous parie cinquante guinées que Struan a un homme à bord chez nous.

— Cent guinées que vous vous trompez, protesta Thumb. Tous les hommes du bord sont dévoués. Chacun a ma confiance.

— Vaudrait mieux pour vous que je le prenne jamais vivant, Nagrek. »

« Mais pourquoi bat-il « zénith » ? s'étonnait Robb. Il est bien évident que nous allons monter à bord immédiatement !

— Sais pas », murmura Struan.

« Zénith » signifiait « le propriétaire doit venir à bord de toute urgence ». Struan considéra le *Thunder Cloud,* les sourcils froncés. Mac Kay, le bosco, était hors de portée de la voix, et attendait patiemment au bord de l'eau.

« Monte à bord, Robb. Fais mes compliments à Isaac et dis-lui de descendre à terre tout de suite. Amène-le à la vallée.

— Pourquoi ?

— Trop d'oreilles à bord. C'est sans doute très important.. »

Puis il cria :

« Monsieur Mac Kay ! »

Le bosco arriva en hâte.

« Monsieur ?

— Conduisez M. Struan à bord du *Thunder Cloud* et allez ensuite à mon bord. Rapportez-moi une tente et un lit de camp, et mes effets. Je vais passer la nuit à terre.

— Bien, monsieur. Monsieur, 'mande pardon et sauf votre respect, ajouta Mac Kay d'un air gêné, il y a un jeunot. Ramsey. A bord du H.M.S. *Mermaid,* le navire de Glessing. Les Ramsey sont parents des Mac Kay. Le second en veut au pauvre gamin. Trente coups de garcette hier et plus encore demain. Il a été enrôlé de force à Glasgow

— Et alors ? s'impatienta Struan.

— Je crois bien, dit le bosco, qu'il aimerait trouver un autre bord, quelque part.

— Par la sangdieu, êtes-vous devenu fou ? s'écria Struan. Nous ne prenons pas de déserteurs à bord de nos navires. Si nous en prenions un en connaissance de cause, nous risquerions de perdre le bâtiment — et ce serait justice !

— Sûr, répliqua vivement Mac Kay. Mais je pensais que vous auriez pu le racheter, vu que le capitaine Glessing est de vos amis. Ma part de prises irait pour l'aider, aussi, monsieur. C'est un brave gars et il désertera pour sûr, s'il ne voit rien venir.

— Je vais y réfléchir.

— Merci, monsieur. »

Le bosco porta un doigt à son front et s'éloigna rapidement.

« Robb, si tu étais taï-pan, que ferais-tu ?

— Les hommes enrôlés de force sont toujours dangereux ; on ne peut pas avoir confiance, répliqua instantanément Robb. Alors jamais je ne le rachèterais. Et désormais, j'aurais l'œil sur Mac Kay. Il se pourrait que Mac Kay soit à présent l'homme de Brock et qu'on l'ait poussé à faire cette demande. Je mettrais Mac Kay à l'épreuve. Je prendrais des intermédiaires — Mac Kay lui-même, sans doute, pour l'épreuve, et un ennemi de Mac Kay — et je ferais droguer Ramsey sans jamais croire à ses renseignements.

— Tu me dis ce que je ferais, dit Struan avec une ombre d'ironie. Je t'avais demandé ce que tu ferais.

— Je ne suis pas taï-pan, alors ce n'est pas à moi de résoudre le problème. Si je l'étais, je ne te le dirais sans doute pas non plus. Ou bien je te le dirais et je ferais le contraire. Pour te mettre à l'épreuve. »

Robb était heureux de pouvoir haïr son frère de temps en temps. Cela lui permettait de l'admirer mieux encore, après.

« Pourquoi as-tu peur, Robb ?

— Je te répondrai dans un an. »

Robb s'éloigna pour rejoindre le bosco.

Struan songea un moment à son frère et à l'avenir de la Noble Maison ; puis il prit une bouteille de cognac et s'engagea entre les rochers, vers la vallée.

Les rangs des marchands s'éclaircissaient, et quelques-uns partaient déjà avec leurs canots. D'autres étaient encore à manger et boire, et l'on entendait des éclats de rire, là où un groupe pris de boisson dansait une gigue échevelée.

« Monsieur ! »

Struan s'arrêta et regarda le jeune fusilier marin.

« Oui ?

— J'ai besoin de votre aide, monsieur. Je suis désespéré, s'écria Norden, le visage terreux, le regard bizarre.

— Mon aide ? »

Sans avoir peur, Struan notait quand même la présence de la baïonnette à la ceinture de Norden.

« J'ai la vérole, la maladie des femmes. Vous pouvez m'aider. Donnez-moi le remède, monsieur. N'importe quoi. Je ferai n'importe quoi !

— Je ne suis pas médecin, mon gars, répondit Struan en sentant ses cheveux se hérisser sur la nuque. Ne devrais-tu pas être à ton bord ?

— Vous avez eu la même chose, monsieur. Mais vous avez eu le remède. Tout ce que je veux, c'est le remède. Je ferai n'importe quoi ! »

La voix de Norden était rauque et de la mousse suintait à ses lèvres.

« Je n'ai jamais eu la maladie, mon gars. »

Du coin de l'œil, Struan aperçut le capitaine d'armes qui se dirigeait vers eux, en criant un nom indistinct.

« Tu ferais mieux de regagner ton bord, gamin. Il vont t'attendre.

— Le remède. Expliquez-le-moi. J'ai mes économies, monsieur, implora Norden, en tirant de sa poche un mouchoir sale noué aux quatre coins qu'il offrit fièrement, les yeux brûlant de fièvre. Je suis épargnant et j'ai là... j'ai là cinq beaux shillings entiers et quatre pence, monsieur, et c'est tout ce que je possède au monde, monsieur, et puis il y a ma solde, monsieur, vingt shillings par mois que vous pouvez avoir. Vous pouvez tout prendre, monsieur, je vous donne tout, je vous le jure par le Seigneur Jésus-Christ, monsieur !

— Je n'ai jamais eu la maladie des femmes, mon gars. Jamais », répéta Struan.

Son cœur se serrait au souvenir de son enfance, alors que la richesse se comptait en pennies, en shillings et demi-shillings, et non en lingots d'argent et en dizaines de milliers de taels. Il revivait l'horreur de toute sa jeunesse — qui ne pourrait jamais être oubliée — par d'argent, pas d'espoir, pas de chaleur, pas de toit, rien à manger et les gros ventres gonflés des enfants. Seigneur Jésus tout-puissant, je peux oublier ma propre faim, mais jamais les enfants, jamais leurs cris de famine dans cette rue puante comme fosse à purin.

« Je ferai n'importe quoi, monsieur. Tenez. Je peux payer. Je ne veux rien pour rien. Tenez, monsieur. »

Le capitaine d'armes traversait la plage à grandes enjambées.

« Norden ! cria-t-il avec colère. Tu recevras cinquante coups pour avoir rompu les rangs, nom de Dieu !

— C'est Norden que tu t'appelles ?

— Oui, monsieur. Bert Norden. Je vous en supplie. Je ne veux que le remède. Aidez-moi, monsieur. Tenez. Prenez mon argent. Tout est à vous, et y en aura encore. Au nom de Jésus-Christ, aidez-moi !

— Norden ! hurla le capitaine d'armes, à cent mètres d'eux. Sangdieu ! Veux-tu venir ici, pourriture de vermine !

— Je vous en supplie, monsieur, supplia Norden d'une voix de plus en plus désespérée. On raconte que vous avez été guéri par les païens. Vous avez acheté le remède aux païens !

— On raconte des mensonges. Il n'existe pas de remède chinois, à ma connaissance. Aucun remède. Aucun. Tu ferais mieux de regagner ton bord.

— Sûr qu'il y a le remède ! glapit Norden en tirant brusquement sa baïonnette de sa ceinture. Vous allez me dire où on le trouve sinon je vous fais sortir vos nom de Dieu de sales tripes ! »

Horrifié, congestionné, le capitaine d'armes se mit à courir.

« *Norden !* »

Sur la plage, son cri fit retourner quelques têtes surprises. Cooper, Horatio et un autre se mirent à courir à leur tour.

Et puis quelque chose craqua dans la tête de Norden et, délirant, l'écume aux lèvres, il se rua sur Struan la baïonnette levée, mais Struan fit un pas de côté, l'évita et attendit, sans peur, parce qu'il savait pouvoir tuer Norden à son gré.

Norden eut soudain l'impression d'être cerné par des diables géants qui avaient tous le même visage, mais il ne pouvait en toucher aucun. Il sentit l'air exploser dans ses poumons, la plage monta le gifler, et il resta comme suspendu hors du temps dans une agonie indolore. Et puis tout devint noir.

Le capitaine d'armes se releva du dos de Norden, en lui donnant un dernier coup de poing. Puis il le saisit, le secoua comme une poupée de chiffons et le rejeta à terre.

« Bon Dieu, qu'est-ce qui lui a pris ? grommela-t-il en se redressant, les joues marbrées de rage. Vous n'avez rien, monsieur Struan ?

— Non. »

Cooper, Horatio et quelques marchands arrivaient en hâte.

« Que se passe-t-il ? Qu'est-ce que c'est ? »

Struan retourna doucement le corps de Norden, du bout du pied.

« Le pauvre fou a la maladie des femmes.

— Jésus ! s'écria le capitaine d'armes, écœuré.

— Mieux vaut vous écarter de lui, Taï-pan, conseilla Cooper. Si vous respirez son odeur, vous risquez de l'attraper.

— Le pauvre fou s'imaginait que j'avais eu la maladie et que j'avais été guéri. Par la Croix, si je connaissais le remède à ça je serais l'homme le plus riche du monde.

— Je vais faire mettre le bougre aux fers, monsieur Struan, dit le capitaine d'armes. Le capitaine Glessing va lui faire regretter d'avoir vu le jour !

— Apportez simplement une pelle, murmura Struan. Il est mort. »

Cooper rompit le silence :

« Premier jour, premier sang. Mauvais joss.

— Pas du tout, selon la coutume chinoise, dit Horatio, distraitement. Maintenant, son fantôme va veiller sur ce lieu.

— Bon ou mauvais présage, déclara Struan, le pauvre diable est mort.

— Pourquoi faut-il qu'un cadavre ait toujours un air obscène ? » demanda Horatio.

Personne ne lui répondit.

« Dieu ait pitié de son âme », murmura Struan.

Puis il s'éloigna vers l'ouest, le long de la plage, vers la crête qui, descendant de la montagne, touchait presque la mer. Il était assailli de sombres pressentiments, tandis qu'il aspirait à pleins poumons le bon air pur et respirait l'odeur salée de l'écume. Mauvais, se disait-il. Très mauvais joss.

Comme il approchait de la crête, sa prémonition se précisa, et lorsqu'il arriva enfin dans la vallée où il avait décidé que l'on construirait la ville, il eut pour la troisième fois l'impression d'être entouré d'une haine implacable.

« Doux Jésus, dit-il à haute voix. Mais qu'est-ce que j'ai donc ? »

Jamais de sa vie n'avait-il éprouvé terreur pareille. En s'efforçant de se maîtriser, il leva les yeux vers l'éminence où se dresserait la Grande Maison et, brusquement, il comprit pourquoi l'île était hostile. Il éclata de rire.

« Si j'étais toi, Ile, je me haïrais aussi. Tu hais le projet ! Eh bien, permets-moi de te dire, Ile, que le projet est bon, par Dieu. Tu entends ? Bon ! La Chine a besoin du monde et le monde a besoin de la Chine. Et tu es la clef qui ouvrira les portes de la Chine, et tu le sais, et je le sais, et c'est ça que je vais faire, et tu vas m'aider ! »

Assez, tais-toi, se gourmanda-t-il. Tu te conduis comme un fou. Sûr, et ils te prendraient tous pour un fou s'ils savaient que ton but secret n'est pas d'amasser des richesses par le commerce puis de partir. Mais d'employer les richesses et la puissance pour forcer les portes de la Chine et les ouvrir au monde, plus particulièrement à la culture britannique et aux lois britanniques, afin que chacun s'instruise par l'autre, pour le plus grand avantage de chacun. Sûr. C'était le rêve d'un fou.

Mais il était convaincu que la Chine avait quelque chose de spécial à offrir au monde. Ce que c'était, il n'en savait rien. Un jour, peut-être, il le découvrirait.

« Et nous avons aussi quelque chose de spécial à offrir, reprit-il à voix haute, si tu veux l'accepter. Tu es terre britannique, pour le meilleur et pour le pire. Nous te chérirons et nous ferons de toi le centre de l'Asie, c'est-à-dire le centre du monde. J'engage la Noble Maison dans le projet. Si tu nous tournes le dos, tu ne seras jamais que ce que tu es maintenant, une chiure de mouche, un rocher stérile, et tu mourras. Et, un dernier mot, si jamais la Noble Maison te tourne le dos, détruis-la, avec ma bénédiction ! »

Il grimpa au sommet de l'éminence et, dégainant son dirk, son couteau écossais, il coupa deux longues branches. Il en ficha une en terre, en fendit l'extrémité et, avec l'autre, forma une croix grossière. Il l'arrosa de cognac et y mit le feu.

Ceux qui, de la flotte, pouvaient voir la vallée, et qui remarquèrent la flamme et la fumée, prirent leurs longues-vues et distinguèrent la croix de flammes avec le Taï-pan à côté ; ils frémirent, avec superstition, et se demandèrent à quelle nouvelle diablerie il était occupé. Les Écossais savaient que la croix flambante était un appel impérieux lancé au clan, et à tous ceux des clans alliés : l'ordre de rallier la croix pour la bataille.

Et la croix de flammes n'était levée que par le chef du clan. Selon l'ancienne loi, une fois levée, la croix de flammes engageait le clan tout entier à défendre la terre, jusqu'à l'extinction du clan.

## 2

« BIENVENUE à bord, Robb, dit le capitaine Isaac Perry. Vous prendrez du thé ?

— Merci, Isaac. »

Robb se laissa tomber avec reconnaissance dans le profond fauteuil de cuir vert et odorant, et attendit. Personne ne pouvait presser Perry, même pas le Taï-pan.

Le capitaine versa le thé dans les tasses de porcelaine.

Il était maigre mais incroyablement fort. Ses cheveux avaient la couleur du vieux chanvre, châtains avec des fils noirs et argent. Sa barbe grisonnait et son visage était couturé de cicatrices. Il sentait le cordage goudronné et le sel marin.

« Vous avez fait bon voyage ? demanda Robb.

— Excellent. »

Robb était, comme toujours, heureux d'être dans la cabine principale. Les aménagements du navire étaient luxueux. C'était partout du cuivre et de l'acajou, les voiles étaient de la toile la plus fine et les cordages toujours neufs. Les canons parfaits. La meilleure poudre. Le Taï-pan tenait à donner aux officiers — et aux hommes — de sa flotte le meilleur logement, la meilleure nourriture et une part des bénéfices, et il y avait toujours un médecin à bord. Et la flagellation était interdite. Il n'y avait qu'un seul châtiment pour la lâcheté ou la désobéissance, pour les officiers comme pour les matelots : ils étaient débarqués à la première escale et on ne leur accordait jamais une nouvelle chance. Officiers et matelots se battaient donc pour appartenir à cette flotte et jamais il n'y avait de couchette vide.

Le Taï-pan n'avait jamais oublié ses premiers navires, les haubans où il devait grimper ni les coups de garcette. Ni les hommes qui les avaient ordonnés. Certains étaient morts avant qu'il les retrouvât. Ceux qu'il retrouvait, il les brisait. Brock était le seul qu'il n'eût pas touché.

Robb ne savait pas pourquoi son frère avait épargné Brock. Il frémit à la pensée que, quelle qu'en fût la raison, un jour il se vengerait.

Perry ajouta une goutte de lait condensé et une cuillerée de sucre en poudre. Il tendit sa tasse à Robb puis s'assit à son bureau d'acajou.

« M. Struan va bien ?

— Comme toujours. Vous vous attendiez à le trouver malade ?

— Non. »

On frappa à la porte de la cabine.

« Entrez ! »

La porte s'ouvrit et Robb sursauta en voyant le jeune homme entrer.

« Grands dieux, Culum, d'où sors-tu ? »

Il se leva brusquement, renversant sa tasse de thé.

« De très importantes dépêches, bien sûr, et "zénith" ! Naturellement ! »

Culum Struan entra et ferma la porte. Robb le prit affectueusement par les épaules puis il remarqua sa pâleur et ses joues creuses.

« Qu'est-ce qui ne va pas, petit ? demanda-t-il anxieusement.

— Je vais mieux, mon oncle, merci, murmura Culum d'une voix morne.

— Mieux que quoi, petit ?

— La peste. La peste du Bengale », répondit Culum, étonné.

Robb se tourna vivement vers Perry.

« Vous avez la peste à bord ? Dieu de Dieu, pourquoi ne battez-vous pas pavillon jaune ?

— Mais non, voyons ! Il n'y a pas la peste à bord. C'était en Écosse, il y a des mois », s'écria Perry et il se tut brusquement, avant de demander : « Le *Scarlet Cloud* ! Il n'est pas arrivé ?

— Quatre semaines de retard. Pas un mot, rien. Que s'est-il passé ? Allons, parlez !

— Je le lui dis, Culum, mon gars, ou bien toi ?

— Où est Père ? demanda Culum à Robb.

— A terre. Il vous attend tous à terre. Dans la vallée. Pour l'amour de Dieu, Culum, qu'est-il arrivé ?

— La peste est arrivée à Glasgow en juin, répondit Culum de sa voix morne. On dit que c'est un navire qui l'a apportée. Du Bengale, des Indes. D'abord à Sutherland, puis à Édimbourg et enfin elle est venue nous frapper à Glasgow. Maman est morte, Ian, Lechie, grand-mère... Winifred est si faible qu'elle ne durera pas. Grand-père s'occupe d'elle. (Il fit un pauvre geste de désespoir et s'assit sur le bras du fauteuil.) Grand-mère est morte. Maman. Tante Uthenia et les bébés et son mari. Dix, vingt mille morts en juin et septembre. Et puis la peste a disparu. Comme ça. Disparu.

— Roddy ? Et Roddy ? Mon fils est mort ? s'écria Robb.

— Non, mon oncle. Roddy va très bien. Il n'a pas été touché.

— Tu en es sûr, Culum ? Dis ? Mon fils n'a rien ?

— Rien. Je l'ai vu la veille de mon départ. A son école très peu d'élèves ont eu la peste.

— Dieu soit loué ! »

Robb frémit, en pensant à la première peste qui avait envahi l'Europe dix ans plus tôt. Cinquante mille morts rien qu'en Angleterre. Un million en Europe. Des milliers à New York et à La Nouvelle-Orléans.

Certains donnaient à cette peste un nouveau nom — le choléra.

« Ta mère est morte ? murmura Robb sans pouvoir y croire. Ian, Lechie, grand-mère ?

— Oui. Et tante Susan, le cousin Clair et tante Uthenia, le cousin Donald et le petit Stewart et... »

Un monstrueux silence s'établit. Perry le rompit, nerveusement.

« Quand je suis arrivé à Glasgow, ma foi, ce gamin Culum était livré à lui-même. Je ne savais que faire, alors j'ai pensé que le mieux était de le prendre à bord. Nous avons appareillé un mois après le *Scarlet Cloud*.

— Vous avez bien fait, Isaac, dit machinalement Robb, en se demandant comment il allait annoncer cela à Dirk. Je ferais bien de partir. Je vous signalerai de venir à terre. Pour le moment, restez à bord.

— Non, s'écria Culum, du fond du cœur. Non. Je vais descendre à terre le premier. Tout seul. Ce sera mieux. Je verrai Père seul. Je dois le lui dire. Je descendrai seul à terre. »

Il se leva, ouvrit la porte et s'en alla. La mer berçait le navire, doucement. Et puis Culum reparut.

« Je vais prendre les dépêches, dit-il. Il voudra prendre connaissance des dépêches. »

Quand le canot quitta le *Thunder Cloud*, Struan se tenait sur l'éminence où se dresserait la Grande Maison. Dès qu'il vit son fils aîné à bord, son cœur fit un bond.

« Culummmmm ! » rugit-il de joie, du haut de la colline.

Il ôta son habit et l'agita frénétiquement, comme un naufragé perdu depuis six mois sur une île déserte et qui voit approcher un navire.

« Culummmmm ! »

Il se précipita sur la pente, sans se soucier des branches épineuses, oubliant le sentier qui menait de la plage au village de pêcheurs et aux repaires de pirates, en franchissant les collines. Il oublia tout, sauf qu'en ce premier jour son fils bien-aimé arrivait. Il courait. Plus vite. Extasié, il courait sur la plage.

Culum fut le premier à l'apercevoir.

« Là-bas. Abordez là-bas », dit-il en montrant du doigt un coin de plage.

Mac Kay le bosco vira de bord.

« Souquez ferme, mes gars ! » cria-t-il à ses hommes.

Ils étaient tous au courant, à présent, et la nouvelle volait de navire en navire avec l'angoisse dans son sillage. Ils avaient tous des parents, entre Sutherland et Glasgow, et aussi à Londres.

Culum se leva et sauta dans le ressac.

« Laissez-nous », dit-il, et il marcha dans l'eau vers le rivage.

Struan courut dans le bouillonnement d'écume, droit sur son fils, et il vit ses larmes et cria :

« Culum, mon petit ! »

Culum s'arrêta un instant, indécis, noyé par la joie exaltée de son père. Puis il se mit à courir dans l'eau écumante, lui aussi, et enfin il fut à l'abri dans les bras de son père. Et toute l'horreur des derniers mois creva comme un abcès ; il se mit à sangloter, cramponné, cramponné aux puissantes épaules de son père, et Struan caressait son fils, le portait à terre dans ses bras, en murmurant des mots sans suite « Culum, mon petit » et « Ne pleure pas » et « Oh ! mon fils, mon garçon » et Culum répétait entre ses sanglots :

« Nous sommes morts — nous sommes tous morts — maman, Ian, Lechie, grand-mère, les tantes, le cousin Clair — nous sommes tous morts, Père. Il ne reste que moi et Winifred et elle est morte, maintenant. »

Il répétait les mêmes noms, inlassablement, des

noms qui étaient autant de coups de couteau dans le cœur de Struan.

Culum finit par s'endormir, épuisé, en sécurité, enfin, dans la force et la chaleur. Pour la première fois depuis le début de la peste, ce fut un sommeil sans rêves. Il dormit toute cette journée, et la nuit et une partie du lendemain, et Struan le berça entre ses bras, comme un enfant.

Struan ne vit pas passer le temps. Parfois il parlait à sa femme et à ses enfants — Ronalda, Ian, Lechie et Winifred — et les voyait assis sur la plage à côté de lui. Parfois ils s'en allaient, et il les appelait, tout bas, de peur d'éveiller Culum, et ils revenaient. Parfois il chantait les douces berceuses que Ronalda avait l'habitude de murmurer aux enfants. Ou les chansons gaéliques de sa mère et de Catherine, sa seconde mère. Parfois la brume envahissait son âme et il ne voyait plus rien.

Lorsque Culum se réveilla, il était apaisé.

« Bonjour, Père.

— Tu vas bien, petit ?

— Maintenant oui, je vais bien. »

Il se leva.

Il faisait froid sur la plage à l'ombre du rocher, mais le soleil était chaud ; la flotte était au mouillage, paisible, et des canots allaient et venaient. Il y avait moins de navires, déjà.

« C'est là que sera la Grande Maison ? demanda Culum en tendant le bras vers la hauteur.

— Sûr, C'est là que nous pourrions vivre de l'automne au printemps. Le climat est bon à cette saison.

— Comment s'appelle la vallée ?

— Elle n'a point de nom. »

Struan alla au soleil, le dos et les épaules douloureux.

« Elle devrait avoir un nom.

— La petite Karen, ta cousine Karen — la plus jeune de Robb — veut l'appeler la Vallée Heureuse.

Nous aurions été heureux, ici, soupira Struan. Toi, tu as beaucoup souffert ?

— Oui.

— Tu veux me raconter ?

— Pas encore.

— La petite Winifred. Elle est morte avant que tu partes ?

— Non. Mais elle était très affaiblie. Les médecins ont dit qu'elle était si faible que... Les docteurs ont simplement haussé les épaules et ils sont partis.

— Et grand-père ?

— La peste ne l'a pas touché du tout. Il est venu chez nous, prompt comme le vent et il a emmené Winifred. Je suis allé chez tante Uthenia, pour les aider. Mais je n'ai pas aidé. »

Struan était tourné vers la rade, mais ne la voyait pas.

« Tu l'as dit à ton oncle Robbie ?

— Oui. Oui. Je crois.

— Pauvre Robb. Je ferais bien d'aller à bord. »

Struan se pencha et ramassa les dépêches, à demi enfouies dans le sable. Elles n'avaient pas été ouvertes. Il en essuya le sable.

« Pardon, murmura Culum. J'ai oublié de te les donner.

— Non, gamin. Tu me les as données... »

Struan vit un canot qui s'approchait. Isaac Perry était à l'avant.

« Bonsoir, monsieur Struan, cria Perry. Je partage votre deuil.

— Comment va Robb ? »

Perry ne répondit pas. Il sauta à terre et s'adressa vivement à l'équipage :

« Allons, dépêchons ! »

Une partie de l'esprit déchiré de Struan se demanda pourquoi Perry avait peur de lui. Pas de raison d'avoir peur. Aucune.

Les hommes portaient à terre des tréteaux, des bancs et des provisions, du thé, du cognac et des vêtements.

« Dépêchons, répétait Perry, avec irritation. Et allez attendre. Fichez-moi le camp d'ici et attendez en mer. »

Les matelots poussèrent rapidement le canot à la mer, franchirent le ressac et attendirent, heureux d'être éloignés.

Struan aida Culum à mettre des vêtements secs, puis il enfila une chemise de lin à jabot et un caban bien chaud. Perry l'aida à ôter ses bottes trempées.

« Merci, murmura Struan.

— Tu as mal ? demanda Culum, en voyant son pied.

— Non.

— Au sujet de M. Robb, monsieur, dit Perry. Après le départ de Culum il a pris une bouteille d'alcool. Je lui ai dit non, mais il n'écoutait pas. Je... Vous aviez donné des ordres... Alors, la cabine a un peu souffert mais j'ai pu la lui prendre. Quand il est revenu à lui, il allait bien. Je l'ai conduit à bord du *China Cloud* et je l'ai confié à sa femme.

— Vous avez bien agi, Isaac. Merci. »

Struan servit à Culum une assiette pleine — du ragoût de bœuf, des beignets, du poulet froid, des pommes de terre, du biscuit de mer — et prit lui-même du thé fort et sucré dans une chope d'étain.

« Son Excellence vous envoie ses condoléances. Elle aimerait vous voir à son bord, à votre heure. »

Struan se frotta la figure, sentit la barbe piquante et se demanda pourquoi il avait toujours l'impression d'être sale quand il n'était pas rasé et ne s'était pas lavé les dents.

« Votre rasoir est là, dit Perry en indiquant une petite table. Et de l'eau chaude. »

Il avait prévu les besoins de Struan. Le Taï-pan

avait une espèce d'obsession fanatique pour la propreté corporelle.

« Merci. »

Struan trempa une serviette dans l'eau et se la passa sur la figure et les mains. Puis il couvrit ses joues de mousse et se rasa adroitement, sans miroir. Enfin, il trempa une petite brosse dans sa chope de thé et se frotta vigoureusement les dents.

Ça doti être encore une superstition païenne, pensa Perry avec mépris. Les dents vieillissent, pourrissent et tombent et c'est comme ça, on n'y peut rien.

Struan se gargarisa avec le thé et jeta les feuilles. Il rinça la chope avec du thé, la vida, la remplit de nouveau et but à grands traits. Il y avait un flacon d'eau de Cologne dans son nécessaire de toilette ; il en versa quelques gouttes dans ses mains et se frotta la figure avec.

Puis il se rassit, rafraîchi. Culum ne mangeait pas.

« Allons, gamin. Il faut manger.

— Je n'ai pas faim.

— Mange quand même. »

Le vent ébouriffa les longs cheveux roux de Struan et il les disciplina du plat de la main.

« Ma tente est dressée, Isaac ?

— Naturellement. Vous avez donné des ordres. Elle est sur un mamelon au-dessus du drapeau.

— Dites de ma part à Chen Sheng d'aller à Macao acheter du miel et des œufs frais. Et de trouver les plantes chinoises qui guérissent les malaises et les suites de la peste du Bengale.

— Je vais bien, Père, merci, protesta faiblement Culum. Je n'ai pas besoin de ces brouets de sorcières païennes.

— Ce ne sont pas des sorcières comme par chez nous, mon gars. Et ce sont des Chinois, pas des païens. Leurs plantes m'ont sauvé plus d'une fois. L'Orient n'est pas comme l'Europe.

— Tu n'as pas à t'inquiéter pour moi, Père.

— Que si. L'Orient n'est pas un endroit pour les faibles. Isaac, envoyez le *China Cloud* à Macao avec Chen Sheng et, s'il ne revient pas en un temps record, le capitaine Orlov et tous ses officiers seront débarqués. Rappelez le canot.

— Culum devrait peut-être aller à Macao avec le navire, monsieur Struan ?

— Il ne doit pas quitter ma vue tant que je ne jugerai pas qu'il est remis.

— Il serait bien soigné, à Macao. A bord il n'y a...

— Sang du Christ, Isaac ! Vous allez faire ce que je dis ! Rappelez le canot ! »

Perry se raidit et cria à ses hommes d'aborder. Struan, Culum à ses côtés, s'installa au milieu, Perry derrière eux.

« Le navire amiral », ordonna Struan en vérifiant automatiquement le mouillage de ses navires, l'odeur du vent et la forme des nuages, pour essayer de savoir quel temps ils prédisaient.

La mer était calme. Mais il sentait venir les ennuis.

En route, Struan prit connaissance des dépêches. Bénéfices sur le thé de l'année précédente, bons. Perry avait fait un voyage lucratif, bon. Une copie du manifeste du *Scarlet Cloud* que Perry avait apportée de Calcutta, mauvais ; deux cent dix mille livres sterling d'opium perdues. Grâce à Dieu, le navire était assuré — encore que ça ne remplacerait jamais les hommes et le temps perdu en attendant la construction d'un autre navire. La cargaison d'opium étant de contrebande ne pouvait être assurée. Un an de profits par le fond. Que lui était-il arrivé ? La tempête ou les pirates ? La tempête, plus probablement. A moins qu'il n'ait fait la rencontre d'un de ces corsaires espagnols, français ou américains — oui, et même anglais aussi — qui infestaient les océans. Il finit par rompre le cachet de la lettre de son banquier, la lut, et sa rage explosa.

« Qu'est-ce que c'est ? s'inquiéta Culum.

— Une vieille douleur. Rien. Rien du tout. »

Struan fit semblant de lire la dépêche suivante tout en fulminant à part soi contre le contenu de la lettre. Seigneur Dieu tout-puissant ! « Nous avons le regret de vous informer que, provisoirement et dû à des circonstances indépendantes de notre volonté, notre crédit a excédé les rentrées de fonds et qu'il y a eu une mauvaise ruée sur la banque, déclenchée par des rivaux de mauvaise foi. En conséquence, nous ne pouvons plus garder nos portes ouvertes. Nous devons déposer notre bilan. Le conseil de direction a fait savoir que nous pouvons payer six pence pour une livre. J'ai l'honneur d'être, monsieur, votre très dévoué serviteur... » Et nous tenons pour pas loin d'un million de livres sterling de leurs effets ! Vingt-cinq mille livres pour un million, et nos dettes qui approchent du million de livres. C'est la banqueroute. Dieu tout-puissant, j'avais prévenu Robb de ne pas mettre tout l'argent dans la même banque. Pas avec toute cette spéculation en Angleterre, pas quand une banque peut émettre du papier jusqu'à concurrence de n'importe quelle somme.

« Mais la banque est sûre, avait dit Robb, et nous avons besoin d'avoir l'argent d'un bloc comme garantie. »

Robb lui avait expliqué par le menu une structure financière compliquée où il était question d'obligations espagnoles, françaises et allemandes et de bons du Trésor, et qui devait donner à Struan et Compagnie une position bancaire internationale sûre et un vaste pouvoir d'achat pour augmenter la flotte et assurer à la Noble Maison des privilèges particuliers sur les marchés lucratifs d'Allemagne, de France et d'Espagne.

Struan avait donné son accord, sans comprendre ces acrobaties financières, mais certain que Robb ne pouvait conseiller que la sagesse.

Et maintenant nous sommes ruinés. En faillite.

Doux Jésus !

Il était encore trop assommé par le coup pour penser à une solution. Il ne pouvait que songer à ce que la Nouvelle Ère avait de terrifiant. Si complexe. Si incroyablement rapide. Une nouvelle reine — Victoria — le premier monarque populaire depuis des siècles. Et son mari, Albert... ça, on ne savait pas encore si on l'aimait, c'était un foutu étranger, de Saxe-Cobourg, mais le Parlement était fort, à présent, il était le maître. Et il y avait une situation nouvelle. La paix. Vingt-six ans de paix et aucune guerre importante à l'horizon — chose qui n'avait jamais été vue depuis des centaines et des centaines d'années. Le diable Bonaparte mort et enterré, la France violente mise en bouteille, et pour la première fois la Grande-Bretagne dominait le monde. L'esclavage aboli depuis huit ans. Les canaux, un nouveau moyen de transport. Des routes à péage couvertes d'une espèce de revêtement lisse et inattaquable, les usines, l'industrie textile, la production en masse, le fer, le charbon, les sociétés corporatives ; et tant d'autres nouveautés, depuis dix ans ! La poste à un penny, la meilleure marché du monde et la première, et la première force de police du monde, et le « magnétisme » — Dieu sait ce que ça peut être ! — et le marteau pneumatique à vapeur, et une loi du Travail, et le Parlement enfin arraché aux mains de quelques riches aristocrates si bien qu'aujourd'hui, chose incroyable, tout homme en Angleterre possédant une maison valant vingt livres par an pouvait voter, vraiment voter, et n'importe quel homme pouvait devenir Premier Ministre. Et l'invraisemblable révolution industrielle et la Grande-Bretagne fantastiquement riche, et étendant ses richesses. De nouvelles idées de gouvernement et d'humanité enfonçant les barrières des siècles... Tout britannique, tout nouveau. Et maintenant, la locomotive !

« Ça oui, c'est une invention qui va secouer le monde, marmonna-t-il.

— Qu'est-ce que tu dis, Père ? » demanda Culum.

Struan retomba sur terre.

« Je pensais simplement à notre premier voyage en chemin de fer, improvisa-t-il.

— Vous avez pris le train, monsieur ? s'exclama Mac Kay. Comment c'est ? C'était quand donc ?

— Nous avons fait le voyage inaugural de la machine de Stephenson, le *Rocket*, répondit Culum. J'avais douze ans.

— Non, petit, dit Struan. Tu en avais onze. C'était en 1830, il y a onze ans. C'était le voyage inaugural du *Rocket*, par le premier train de voyageurs du monde. De Manchester à Liverpool. Une journée de voyage en diligence, mais nous l'avons fait en une heure et demie ! »

Struan se tut, et se remit à songer à l'avenir de la Noble Maison. Puis il se rappela les ordres qu'il avait donnés à Robb, d'emprunter tout l'argent qu'il pouvait pour mettre la main sur le marché de l'opium. Voyons voir... nous pourrions faire cinquante, cent mille livres avec ça. Sûr, mais c'est une goutte d'eau dans la mer à côté de ce qu'il nous faut. Les trois millions qu'on nous doit pour l'opium volé ! Sûr, mais nous ne pourrons toucher ça que lorsque le traité sera ratifié, d'ici six à neuf mois, et nous devons honorer nos traites dans trois mois !

Comment se procurer des espèces ? Notre position est bonne, notre réputation aussi. A part les chacals qui nous bavent sur les talons. Brock, d'abord. Cooper-Tillman ensuite. Était-ce Brock qui avait déclenché la ruée sur la banque ? Ou son valet Morgan ? Les Brock avaient assez de puissance et d'argent. C'est des espèces qu'il nous faut. Ou un crédit phénoménal. Soutenu par des espèces, pas du papier. Nous sommes en faillite. Nous sommes au moins en faillite, si nos créanciers nous tombent dessus.

Il sentit la main de son fils sur son bras.

« Que dis-tu, petit ? Le *Rocket*, tu dis ? »

Culum était extrêmement troublé par la pâleur de Struan et l'éclat vert de ses yeux.

« Le navire amiral, Père. Nous sommes arrivés. »

Culum suivit son père à bord. C'était la première fois qu'il montait à bord d'un bâtiment de guerre et il n'avait naturellement jamais vu de navire amiral. Le H.M.S. *Titan* était un des plus puissants navires à flot. C'était un gigantesque trois-mâts de soixante-quatorze canons montés sur trois entreponts. Mais cela n'impressionnait pas Culum. Il n'aimait pas les navires et détestait la mer. Il craignait la violence et le danger, et il ne savait pas nager. Il ne comprenait pas que son père pût aimer la mer.

Je sais si peu de chose de mon père, se dit-il. Mais ce n'est pas étrange. Je l'ai vu bien rarement, dans ma vie, et pour la dernière fois il y a six ans. Père n'a pas changé. Mais moi, oui. Maintenant que je sais ce que je vais faire de ma vie. Maintenant que je suis seul... j'aime la solitude, et je la hais.

Il suivit son père et descendit l'échelle du pont d'armes numéro un. Le plafond était bas et ils devaient se courber pour marcher, vers l'arrière et la chambre gardée par une sentinelle. Tout le navire sentait la poudre, le goudron, le chanvre et la sueur.

« 'Jour, monsieur, dit le fusilier marin à Struan en pointant protocolairement son mousquet sur lui. Capitaine d'armes ! »

Le capitaine d'armes, en habit écarlate gansé de blanc éblouissant, sortit de la chambre de garde. Il était dur comme un boulet de canon et avait la tête aussi ronde.

« 'Jour, monsieur Struan. Un moment, monsieur. »

Il frappa respectueusement à la porte de chêne. Une voix lui cria d'entrer, ce qu'il fit en refermant la porte sur lui.

Struan prit un cigare et l'offrit à Culum.

« Fumes-tu à présent, gamin ?

— Oui. Merci, Père. »

Struan alluma le cigare de Culum et le sien, et s'accota contre un des canons longs de douze pieds. Les boulets étaient soigneusement entassés en pyramides, toujours prêts. De la mitraille de soixante livres.

La porte de la chambre s'ouvrit et Longstaff, un petit homme élégant et fluet, apparut. Il avait les cheveux sombres bouclés selon la mode, et d'épais favoris, un grand front et des yeux noirs. La sentinelle présenta les armes et le capitaine d'armes retourna à la chambre de garde.

« Bonjour, Dirk, mon bon ami. Comment allez-vous ? J'ai été très affligé d'apprendre la triste nouvelle. »

Longstaff serra nerveusement la main de Struan, puis il sourit à Culum et lui tendit sa main.

« Vous devez être Culum. Je suis William Longstaff. Désolé que vous soyez venu en d'aussi navrantes circonstances.

— Merci, Votre Excellence, murmura Culum, stupéfait de voir que le capitaine surintendant du Commerce était si jeune.

— Cela ne vous ennuie pas d'attendre un moment, Dirk ? Une conférence d'amiral avec les capitaines. J'en aurai fini dans quelques minutes, soupira Longstaff en étouffant un bâillement. J'ai beaucoup de choses à vous dire. Si vous vous sentez assez bien.

— Certes. »

Longstaff jeta un coup d'œil anxieux à sa montre d'or ornée de pierreries qui dansait du gousset de son gilet de brocart.

« Presque onze heures ! On n'a jamais assez de temps... Voudriez-vous descendre au carré ?

— Non. Nous attendrons ici.

— A votre aise. »

Longstaff entra dans la chambre et ferma la porte.

« Il est bien jeune pour être plénipotentiaire, tu ne trouves pas ? demanda Culum.

— Oui et non. Il a trente-six ans. Les Empires sont bâtis par des hommes jeunes, Culum. Ils sont perdus par les vieux.

— Il n'a pas du tout l'air anglais ? Serait-il gallois ?

— Sa mère est espagnole. (Ce qui explique son côté cruel, pensa Struan.) Elle était comtesse. Son père était diplomate à la cour d'Espagne. C'était un de ces mariages "bien nés". Sa famille est alliée aux comtes de Toth. »

Si l'on n'est pas né aristocrate, pensa Culum, on a beau être intelligent, habile, on n'a aucun espoir. Pas un. Pas sans une révolution.

« Les choses vont très mal en Angleterre, dit-il à son père.

— Comment ça, petit ?

— Les riches sont trop riches et les pauvres trop pauvres. Les gens affluent dans les villes pour chercher du travail. Il y a plus de gens que d'emplois, aussi les patrons paient-ils de moins en moins. Le peuple meurt de faim. Les dirigeants chartistes sont toujours en prison.

— Bonne chose. Cette racaille de fauteurs de troubles aurait dû être pendue ou exilée, pas simplement mise en prison.

— Tu n'approuves pas la Charte ? »

Culum fut soudain sur ses gardes. La Charte du Peuple avait été rédigée moins de trois ans plus tôt, elle était devenue aujourd'hui le signe de ralliement, le symbole de la liberté pour tous les mécontents de Grande-Bretagne. La Charte réclamait le vote pour tous les hommes, l'abolition de la qualification de propriétaire pour les membres du Parlement, des districts électoraux égaux, le vote secret, les parlements annuels, et des salaires pour les membres du Parlement.

« J'approuve la Charte en tant que document d'exigences légitimes. Mais pas les chartistes et leurs chefs. La Charte est comme un tas de bonnes idées fondamentales — elles tombent entre les mains de mauvais chefs.

— Ce n'est pas mal, d'agiter pour réformer. Le Parlement doit faire des changements.

— Agiter, oui. Parler, discuter, écrire des pétitions, mais ne pas inciter à la violence et ne pas mener des révolutions, ça non. Le gouvernement a eu raison d'écraser les troubles au Pays de Galles et dans les Midlands. L'insurrection n'est pas une solution, nom de dieu. On raconte que les chartistes n'ont pas encore compris et qu'ils achètent des armes et qu'ils ont des réunions secrètes. Ils devraient être écrasés, par la sangdieu !

— Tu ne supprimeras pas la Charte. Trop de gens la veulent et sont prêts à mourir pour elle.

— Alors il va y avoir beaucoup de morts, petit. Si les chartistes ne s'arment pas de patience.

— Tu ne peux pas savoir ce que sont les îles Britanniques en ce moment, Père. Il y a trop longtemps que tu es ici. La patience est dure quand l'estomac est vide.

— C'est pareil en Chine. Pareil dans le monde entier. Mais la révolte et l'insurrection, c'est pas la façon de faire de chez nous. »

Ce le sera bientôt, songea Culum, sombrement, s'il n'y a pas de changements. Il regrettait maintenant d'avoir quitté Glasgow. C'était le centre du mouvement chartiste écossais et il était chef des étudiants qui avaient, en secret, juré de travailler et de suer — et de mourir s'il le fallait — pour la cause chartiste.

La porte de la chambre se rouvrit et la sentinelle se raidit au garde-à-vous. L'amiral, un homme lourd, sortit rapidement, le visage crispé de colère, et se dirigea vers l'échelle, suivi de ses capitaines. La plupart des capitaines étaient jeunes mais il y avait quelques têtes grises. Ils portaient tous l'uniforme de la marine et le bicorne, et des épées tintaient.

Le capitaine Glessing était dernier. Il s'arrêta devant Struan.

« Puis-je vous faire mes condoléances, monsieur Struan ? Une malchance tragique.

— Sûr. »

Était-ce simplement de la malchance, se demanda Struan, de perdre une jolie femme et trois beaux enfants ? Ou bien Dieu — ou le Diable — a-t-il mis la main à ce joss ? Ou bien ne sont-ils — Dieu, le Diable, la chance, le joss — que les noms différents d'une même chose ?

« Vous avez eu raison de tuer ce sale fusilier marin, dit Glessing.

— Je ne l'ai pas touché.

— Ah ? Je supposais que vous l'aviez tué. Je ne pouvais pas voir ce qui se passait, d'où j'étais. C'est sans importance.

— L'avez-vous enterré à terre ?

— Non. Inutile de souiller l'île avec une telle maladie. Le nom de Ramsey vous rappelle-t-il quelque chose, monsieur Struan ? ajouta Glessing à brûle-pourpoint.

— Ramsey est un nom assez courant, répondit Struan, sur ses gardes.

— Exact. Mais les Écossais se tiennent les coudes. N'est-ce pas la clef de la réussite des entreprises écossaises ?

— Il est difficile de trouver des personnes de confiance, murmura Struan. Le nom de Ramsey vous rappelle-t-il quelque chose, à vous ?

— C'est le nom d'un déserteur de mon navire, répliqua sèchement Glessing. Il est, je crois, cousin de votre bosco, le premier-maître Mac Kay.

— Et alors ?

— Rien. Je vous donne le renseignement, c'est tout. Comme vous le savez naturellement, un navire marchand, armé ou non, qui donne asile à des déserteurs peut être arraisonné et pris. Par la Royal Navy. C'est stupide de déserter. Où peut-on aller, sinon à bord d'un autre navire ?

— Nulle part. »

Struan se sentait pris au piège. Il était convaincu que Ramsey était à bord d'un de ses navires et persuadé que Brock y était pour quelque chose, et Glessing aussi.

« Nous fouillons la flotte aujourd'hui. Vous n'avez pas d'objections, je suppose ?

— Aucune. Nous sommes très prudents, en choisissant nos hommes.

— La sagesse même. L'amiral a pensé que la Noble Maison devrait avoir la place d'honneur, aussi vos navires seront-ils fouillés les premiers. Immédiatement. »

Dans ce cas, se dit Struan, il n'y a rien que je puisse faire. Il chassa donc ce problème de son esprit.

« Capitaine, j'aimerais vous présenter mon aîné, mon fils, Culum. Culum, voici le capitaine Glessing qui nous a gagné la victoire de Chuenpi.

— Je vous souhaite le bonjour. »

Glessing serra poliment la main du jeune homme. Elle était douce, un peu molle, avec de longs doigts fuselés, presque féminine. Un petit dandy, songea Glessing. Redingote pincée, cravate bleu pâle, col haut. Étudiant, sans doute. Curieux de serrer la main de quelqu'un qui a eu la peste du Bengale et qui a survécu. Je me demande si je m'en tirerais, moi.

« Ce n'était guère une vraie bataille.

— Deux petites frégates contre vingt jonques de guerre et plus de trente brûlots ? Vous n'appelez pas ça une bataille ?

— Un engagement, monsieur Struan. Il aurait pu y avoir une bataille... »

Sans ce foutu lâche de Longstaff et vous, fichu sale pirate, avait-il envie d'ajouter.

« Nous autres marchands, Culum, considérons cela comme une bataille, dit ironiquement Struan. Nous ne comprenons pas la différence qu'il y a entre un engagement et une bataille. Nous ne sommes que de paisibles négociants. Mais la première fois où les armes d'Angleterre affrontent les armes de Chine, cela mérite bien le nom de bataille. Il y a un peu plus d'un an. Nous avons tiré les premiers.

— Et qu'auriez-vous fait, monsieur Struan ? C'était la bonne décision tactique.

— Bien sûr.

— Le capitaine surintendant du Commerce a pleinement approuvé toutes mes actions.

— Naturellement. Il ne pouvait guère faire autre chose.

— Vous refaites de vieilles batailles, capitaine Glessing ? » demanda Longstaff.

Debout sur le seuil de la chambre, il avait écouté sans être remarqué.

« Non, Votre Excellence, je repasse simplement un vieil engagement. M. Struan et moi n'avons pas la même opinion au sujet de Chuenpi, vous savez.

— Et pourquoi pas ? Si M. Struan avait eu votre commandement, ses décisions eussent peut-être été semblables aux vôtres. Si vous aviez été à la place de M. Struan, alors vous auriez peut-être été sûr qu'ils n'attaqueraient pas et vous auriez jeté les dés. (Longstaff bâilla et joua distraitement avec sa montre de gousset.) Qu'auriez-vous fait, Culum ?

— Je ne sais pas, monsieur. Je ne connais pas les complications qui pouvaient exister.

— Bien dit. « Complications » est un mot excellent, s'écria Longstaff en riant. Voudriez-vous vous joindre à nous, capitaine ? Un verre de xérès ?

— Merci, monsieur, mais je dois regagner mon bord. »

Longstaff fit entrer les Struan dans la salle de conférences qui servait provisoirement de quartiers au capitaine surintendant du Commerce. La chambre était austère, spartiate, meublée de profonds fauteuils de cuir, de tables de cartes, de caissons à tiroirs et d'une lourde table de chêne rivée au plancher. Le bureau de chêne richement sculpté était adossé à une suite de fenêtres à meneaux, en arc de cercle, donnant sur la plage arrière. La chambre sentait le goudron, le tabac froid et la mer et, naturellement, la poudre à canon.

« Steward ! » appela Longstaff.

La porte s'ouvrit aussitôt.

« Monsieur ? »

Longstaff se tourna vers Struan :

« Xérès ? Cognac ? Porto ?

— Xérès, merci.

— La même chose, monsieur, dit Culum.

— Et un porto pour moi », dit Longstaff et il bâilla encore une fois.

Le steward prit les bouteilles sur une desserte et servit dans des verres de fin cristal.

« Est-ce votre premier voyage à l'étranger, Culum ? demanda Longstaff.

— Oui, monsieur.

— Mais j'imagine que vous êtes parfaitement au courant de nos récentes « complications » ?

— Non, Votre Excellence. Père n'écrit guère, et la Chine n'est pas mentionnée dans les journaux.

— Mais elle le sera bientôt, hein, Dirk ? »

Le steward présenta le plateau d'abord à Longstaff puis à ses invités.

« Veillez à ce que l'on ne nous dérange pas.

— Bien, monsieur. »

Le steward laissa les bouteilles à leur portée et s'en alla.

« Un toast, proposa Longstaff, et Struan, en songeant au toast de Robb, regretta d'être venu d'abord au navire amiral. A un agréable séjour, Culum, et un bon voyage de retour. »

Ils burent. Le xérès était excellent.

« On écrit l'histoire ici, en ce moment, Culum. Et nul n'est mieux placé pour vous en parler que votre père.

— Il y a un vieux dicton chinois, fils, qui dit que la vérité a de nombreux visages.

— Je ne comprends pas.

— Simplement, ma version des « faits » n'est pas nécessairement la seule. »

Cela rappela à Struan le précédent vice-roi, à présent en disgrâce à Canton parce que sa politique avait précipité le conflit ouvert avec la Grande-Bretagne ; Ling était sous le coup d'une condamnation à mort.

« Ce diable de Ling est-il toujours à Canton ?

— Je le crois. Son Excellence Ti-sen a souri quand je le lui ai demandé il y a trois jours, et m'a répondu énigmatiquement : « Le Vermillon est le Fils du Ciel. « Comment l'homme peut-il connaître les volontés du « Ciel ? » On appelle l'empereur de Chine le Fils du Ciel, expliqua Longstaff à Culum. « Le Vermillon » est un autre de ses noms parce qu'il écrit toujours à l'encre vermillon.

— Étrange, étrange peuple, ces Chinois, Culum, dit Struan. Par exemple seul l'empereur, entre trois cents millions d'individus, a le droit d'employer de l'encre vermillon. Imagine donc ! Si la reine Victoria disait « Désormais moi seule ai le droit d'employer le ver- « millon », l'aimant comme nous l'aimons, quarante mille Britanniques repousseraient instantanément toute autre encre que la vermillon. Je le ferais moi-même.

— Et tous les marchands chinois, ajouta Longstaff avec un ricanement inconscient, lui enverraient immédiatement un baril de cette couleur, contre remboursement, en disant à Sa Gracieuse Majesté qu'ils seraient heureux de fournir la Couronne, à tel prix. Et ils écriraient la lettre en vermillon. Avec raison, je suppose. Où serions-nous sans le commerce ! »

Il y eut un petit silence, et Culum se demanda pourquoi son père avait laissé passer l'insulte. Mais était-ce une insulte ? N'était-ce pas encore un de ces faits de la vie — les aristos moquant toujours quiconque n'est pas aristo ? Eh bien, la Charte résoudrait le problème des aristos une fois pour toutes.

« Vous vouliez me voir, Will ? »

Struan se sentait mortellement fatigué. Son pied lui faisait mal et ses épaules aussi.

« Oui. Quelques petites choses sont survenues depuis... depuis deux jours. Culum, voudriez-vous nous excuser un moment ? Je voudrais parler à votre père seul à seul.

— Certainement, monsieur, dit Culum en se levant.

— Inutile, Will, intervint Struan. Culum fait partie de la maison, maintenant, en qualité d'associé. Un jour, il la dirigera et sera taï-pan. Vous pouvez vous fier à lui comme vous vous fiez à moi. »

Sans l'imperceptible ricanement de Longstaff, il aurait laissé sortir Culum qui, lui, avait envie de répliquer : « Jamais je ne ferai partie de tout ça, jamais. J'ai d'autres projets. » Mais il ne pouvait que se taire.

« Je dois vous féliciter, Culum, dit Longstaff. Être un associé dans la Noble Maison... ma foi, c'est un prix de grand prix. »

Pas quand on est en faillite, songea Struan.

« Assieds-toi, Culum. »

Longstaff se leva, arpenta la chambre et déclara :

« Une entrevue avec le plénipotentiaire chinois a été arrangée pour demain, afin de discuter des détails du traité.

— Est-ce lui ou vous qui avez suggéré l'heure et le lieu ?

— C'est lui.

— Je crois que vous feriez mieux de les changer. Choisissez un autre lieu et une autre heure.

— Pourquoi ?

— Parce que si vous vous inclinez devant sa suggestion il pensera, et tous les mandarins avec lui, que c'est de la faiblesse.

— Très bien. Si vous le jugez bon. Après-demain, alors ? A Canton ?

— Oui. Emmenez Horatio et Mauss. Je vous accompagnerai si vous le désirez. Et nous devrons avoir quatre heures de retard.

— Mais enfin, bon dieu ! Dirk, pourquoi ces extrêmes grotesques ? Quatre heures ? Vraiment !

— Ce n'est pas grotesque. En se comportant comme un supérieur envers un inférieur, on les met en position désavantageuse, dit Struan en jetant un coup d'œil à Culum. Il faut jouer le jeu oriental suivant les règles orientales. Les petites choses prennent de l'importance. Son Excellence a une position difficile, ici. Une petite erreur maintenant et le résultat peut durer cinquante ans. Il doit se hâter avec une excessive prudence.

— Oui, et sans être aidé ! »

Longstaff vida son verre et s'en versa un autre.

« Pourquoi ces gens ne peuvent-ils se conduire comme des personnes civilisées, je ne le comprendrai jamais. Jamais ! A part votre père, personne ne m'aide. Chez nous, le Cabinet ignore tout des problèmes que j'affronte et il s'en moque. Je suis tout à fait seul, ici. On me donne des instructions impossibles et on attend de moi que je traite avec des gens impossibles. Vraiment ! Nous devons arriver quatre heures en retard pour prouver que nous sommes « supérieurs » alors que, naturellement, tout le monde sait bien que nous sommes supérieurs !

— Quand procéderez-vous à la vente des terres, Will ?

— Ma foi, euh, j'avais pensé lorsque le Cabinet aura approuvé le traité. On a bien le temps. Disons en septembre ?

— Vous ne vous rappelez pas votre idée, donc ? Je croyais que vous vouliez qu'on commence à construire immédiatement, à Hong-Kong. »

Longstaff essaya de se souvenir. Il se rappelait vaguement avoir abordé ce sujet avec Struan. Mais qu'avait-il dit ?

« Oui, bien sûr, mais la cession de Hong-Kong ne sera pas officielle avant que les deux gouvernements donnent leur approbation au traité — je veux dire, c'est normal, n'est-ce pas la coutume, quoi ?

— Oui. Mais les circonstances sont anormales. Hong-Kong est à nous. Plus vite on commencera à construire, mieux ça vaudra, c'est pas ça que vous aviez dit ?

— Oui, évidemment, l'île est à nous. »

Quel était donc le projet ? Longstaff étouffa un nouveau bâillement.

« Vous aviez dit que toute la terre devait appartenir à la reine. Qu'avant que vous deveniez officiellement premier gouverneur de Hong-Kong, le gouvernement serait entre vos mains en tant que plénipotentiaire. Si j'étais vous, j'organiserais la vente le mois prochain. N'oubliez pas, Will, qu'il vous faudra des revenus, pour la colonie. Le Cabinet n'aime pas beaucoup les colonies qui ne se suffisent pas à elles-mêmes.

— Exact. Très juste. Oui. Bien sûr. Nous devrions commencer aussitôt que possible. Nous ferons la première vente de terres le mois prochain. Voyons. Une vente en toute propriété ou à bail ou quoi ?

— Des baux de neuf cent quatre-vingt-dix-neuf ans. Les accords usuels de la Couronne.

— Excellent. Ah ! comme si nous n'avions pas assez de soucis, Culum ! Maintenant, il nous faut agir comme de damnés négociants. Comment diable s'y prend-on pour bâtir une colonie, quoi ? Faut des égouts et des rues et des immeubles et Dieu sait quoi encore ! Un tribunal et une prison, sacrebleu ! »

Il fit un tour de la chambre et s'arrêta devant Culum :

« Avez-vous fait votre droit ?

— Non, Votre Excellence. Je n'ai que mon diplôme de fin d'études.

— Peu importe. Il me faudra un secrétaire colonial, un adjoint, un trésorier et Dieu sait quoi d'autre. Il faudra une police quelconque, j'imagine. Aimeriez-vous être chargé de la police ?

— Non, merci, monsieur, répondit Culum en essayant de réprimer le choc qu'il avait subi.

— Oui, enfin, il y aura bien une place où nous pourrons vous utiliser. Il faudra que tout le monde s'y mette. Je ne peux pas m'occuper de tout. Pensez à ce que vous aimeriez faire et prévenez-moi. Nous avons besoin de personnes de confiance.

— Pourquoi ne pas le prendre à votre état-major comme assistant ? proposa Struan. Nous vous le prêterons pour six mois.

— Excellent ! »

Longstaff sourit à Culum.

« Parfait. Vous êtes secrétaire colonial adjoint. Voyons un peu. Prenez les dispositions pour la vente des terres. Ce sera votre première tâche.

— Mais je ne connais rien aux ventes de terrain, monsieur. Je ne connais rien à...

— Vous en savez autant que n'importe qui, et votre père pourra vous guider. Vous serez — euh — secrétaire colonial adjoint. Excellent. Maintenant, nous pouvons oublier ce problème. Vous trouvez ce qui doit être fait et comment et vous me faites savoir ce qu'il est nécessaire de rendre officiel. Faites une vente aux enchères. C'est le moyen le plus juste, j'imagine. Ah ! au fait, Dirk, ajouta Longstaff en remplissant son verre, j'ai donné l'ordre d'évacuer l'île de Chushan. »

Struan sentit son estomac se contracter.

« Pourquoi avez-vous fait ça, Will ?

— J'ai reçu une lettre particulière de Son Excellence Ti-sen il y a deux jours, me demandant de le faire comme preuve de bonne foi.

— Vous auriez pu attendre.

— Il demandait une réponse immédiate et je ne... il n'y avait aucun moyen de vous joindre.

— Immédiat, en chinois, peut vouloir dire n'importe quand, jusqu'à un siècle. »

Ah ! Willie, pauvre imbécile, combien de fois devrai-je l'expliquer !

Longstaff sentait les yeux de Struan peser sur lui.

« Il envoyait une copie du traité à l'empereur et voulait y inclure le fait que nous avions donné l'ordre d'évacuation. Nous devions bien la rendre un jour, cette île, quoi ? C'était le projet. Enfin, sacrebleu, qu'est-ce que ça change, aujourd'hui ou plus tard ?

— La question de temps est très importante, pour les Chinois. L'ordre est-il déjà parti ?

— Oui. Hier. Ti-sen a eu la gentillesse de nous proposer d'utiliser les relais de poste de l'empereur. J'ai envoyé l'ordre par ce moyen. »

Damné soit le foutu crétin impossible, pensa Struan.

« Très mauvais d'utiliser leurs services pour nos ordres. Nous perdons la face et ils marquent un point. Inutile d'envoyer un navire, à présent, grinça Struan d'une voix glacée. Le temps qu'il arrive à Chushan l'évacuation sera terminée. Enfin, ce qui est fait est fait. Mais c'est une maladresse. Les Chinois l'interpréteront comme de la faiblesse.

— J'ai trouvé que l'acte de bonne foi était une idée splendide. Splendide, protesta nerveusement Longstaff. Nous avons tout ce que nous voulons, après tout. Leur indemnité est légère — six millions de dollars seulement qui couvrent largement le coût de l'opium qu'ils ont détruit. Canton est de nouveau ouvert au commerce. Et nous avons Hong-Kong. Enfin ! Tout a marché selon le plan, l'île de Chushan ne compte pas. Vous aviez dit de la prendre comme expédient, seulement. Mais Hong-Kong est à nous. Et Ti-sen a dit qu'il nommerait un mandarin pour Hong-Kong d'ici un mois et...

— Qu'il fera quoi ? s'écria Struan, atterré.

— Il nommera un mandarin pour Hong Kong. Qu'est-ce que vous avez ? »

Maîtrise-toi, du calme, se conseilla Struan au prix d'un terrible effort. Tu as été patient jusqu'ici. Ce faible d'esprit incompétent et ridicule est ton instrument le plus nécessaire.

« Will, si vous le laissez faire ça, vous lui remettez le pouvoir sur Hong Kong.

— Mais jamais de la vie, mon cher, non, hein ? Hong Kong est britannique. Les païens seront sous nos drapeaux et sous notre gouvernement. Il faut bien que quelqu'un ait la charge de ces diables, quoi ? Il faut bien qu'il y ait quelqu'un à qui payer les droits de douane. Où donc mieux qu'à Hong Kong ? Ils auront leur propre douane et leurs immeubles et bâtiments et...

— Quoi ? »

La syllabe éclata comme un coup de canon.

« Sangdieu ! Vous n'avez pas donné votre accord à ça, j'espère ?

— Mon Dieu, mais je ne vois pas ce qu'il y a de mal, Dirk, vraiment ? Non, vraiment, ça ne change rien, hé ? Cela nous épargne des tas de soucis. Nous n'aurons pas à aller à Canton. Nous pourrons tout faire d'ici. »

Pour s'empêcher d'écraser Longstaff comme une punaise, Struan alla se servir un cognac. Tiens bon. Ne le démolis pas maintenant. Ce n'est pas le moment. Tu dois l'utiliser.

« Avez-vous donné votre accord à Ti-sen qu'il pouvait nommer un mandarin à Hong Kong ?

— Mon Dieu, mon cher, je n'ai pas vraiment donné mon accord. Ce n'est pas dans le traité. J'ai simplement dit que ça me paraissait une bonne idée.

— Par écrit ?

— Oui. Hier, murmura Longstaff, ahuri par l'intensité du regard de Struan. Mais n'est-ce pas ce que nous essayons de faire depuis si longtemps ? Traiter directement avec les mandarins et non par l'intermédiaire des marchands chinois des Hongs ?

— Sûr. Mais pas sur notre île, bon dieu ! »

Struan parlait posément, mais il traitait mentalement Longstaff de tous les noms.

« Si nous autorisons ça, nous perdons tout. Nous coulons Hong Kong.

— Pourquoi, Père ? »

A l'immense soulagement de Longstaff, le regard de Struan se détourna de lui ; il pensa : Oui, au fond, pourquoi ? Pourquoi perdrions-nous tout, quoi ? Je trouvais que c'était un arrangement merveilleux, moi.

« Parce qu'ils sont chinois.

— Je ne comprends pas.

— Je sais, petit... »

Pour pallier le chagrin que la perte de sa famille faisait soudain monter en lui, et détourner son esprit inquiet de l'écroulement de sa fortune, il décida de s'expliquer, tant pour Longstaff que pour Culum.

« Il faut d'abord comprendre une chose. Pendant cinquante siècles, les Chinois ont appelé la Chine l'Empire du Milieu — la terre que les dieux avaient placée entre le ciel et la terre. Par définition, un Chinois est un être supérieur unique. Ils croient fermement que tout le monde — tous les autres peuples, absolument — est barbare et sans intérêt, et qu'eux seuls, en tant qu'unique nation civilisée, possèdent le droit divin de gouverner la terre. Pour eux, la reine Victoria est une vassale barbare qui doit payer un tribut. La Chine n'a point de flotte, point d'armée, et nous pouvons faire d'elle ce que nous voulons, mais eux, ils s'imaginent qu'ils sont les plus civilisés, les plus puissants, les plus riches — là, je crois qu'ils n'ont pas tout à fait tort — de la terre entière. Connais-tu les Huit Règlements ? »

Culum hocha négativement la tête.

« Eh bien, ce sont les termes selon lesquels l'empereur de Chine a consenti à faire du commerce avec les « barbares » il y a cent cinquante ans. Les Règlements restreignaient tous les échanges avec les barbares à l'unique port de Canton. Tout le thé, toute la soie devaient être payés en monnaie d'argent, aucun crédit n'était consenti et la contrebande était interdite. Les barbares avaient le droit de construire des entrepôts et des comptoirs à Canton sur un terrain de deux cents mètres sur huit cents, ils étaient absolument limités à ce périmètre clos de murs — la Concession de Canton — et ils ne pouvaient y demeurer que durant la saison de commerce d'hiver, de septembre à mars ; ensuite ils devaient partir pour Macao. Aucune famille barbare n'était autorisée dans la Concession, et toutes les femmes étaient interdites. Les armes de quelque espèce qu'elles soient étaient défendues dans la concession. Il était interdit d'apprendre le chinois, d'avoir des chaises à porteurs, de faire du bateau pour son plaisir et de fréquenter les Chinois ; l'estuaire de la Rivière des Perles était interdit aux bâtiments de guerre barbares. Les navires de commerce barbares devaient mouiller à Whampoa, à treize milles en aval, où les cargaisons étaient transbordées et la douane et les taxes d'exportation réglées en monnaie d'argent. Toutes les affaires barbares devaient se conclure par l'intermédiaire d'une guilde de dix marchands chinois qui avaient ce monopole, que nous appelions le Co-hong. Le Co-hong était aussi l'unique fournisseur de vivres, le seul autorisé à fournir un nombre déterminé de serviteurs, de matelots et de compradores. Enfin, un règlement que le traité a annulé spécifiait que le Co-hong était seul autorisé à recevoir les pétitions, requêtes et plaintes des barbares qu'ils transmettaient aux mandarins à leur convenance.

« La raison d'être des Règlements était de nous tenir à l'écart, de nous harceler, tout en nous soutirant jusqu'à notre dernier sou. Il y a une chose qu'il faut savoir, des Chinois : ils adorent l'argent. Mais l'extorsion ne bénéficiait qu'à la classe dirigeante mandchoue, pas à tous les Chinois. Les Mandchous pensent que nos principes — le christianisme, le Parlement, le suffrage libre et, par-dessus tout, l'égalité devant la loi et le système juridique des jurys — sont révolutionnaires et dangereux et mauvais. Mais ils veulent notre argent. Avec les Règlements, nous étions sans défense, notre commerce était contrôlé et nous pouvions être tondus à volonté. Malgré tout, nous réussissions à gagner de l'argent. »

Struan sourit et poursuivit :

« Nous avons gagné beaucoup d'argent, et eux aussi. La plupart des Règlements étaient tournés à cause de l'avidité des fonctionnaires. Mais les plus importants — pas de bâtiments de guerre, pas de contacts officiels autrement que par l'intermédiaire du Co-hong, pas de femmes à Canton, l'interdiction de rester entre mars et septembre — demeuraient effectifs. Et, ce qui est bien chinois, les pauvres marchands du Co-hong étaient responsables pour nous. Que la moindre complication survienne, et ils encouraient la colère de l'empereur. Ce qui est bien chinois aussi. Les marchands du Co-hong étaient tondus et le sont encore si bien que presque tous sont en faillite. Nous possédons six cent mille guinées de leur papier sans valeur. Brock en a autant. Selon la coutume chinoise, les Co-hong doivent acheter leur charge à l'empereur et envoyer sans cesse des « cadeaux » considérables à leurs supérieurs — cinquante mille taels d'argent, c'est le cadeau normal que chacun doit faire pour l'anniversaire de l'empereur. Au-dessus des Co-hong, il y a le chef extorqueur personnel de l'empereur. Nous l'appelons le Hoppo. C'est lui qui soutire de l'argent aux mandarins de Canton, aux Co-hong, à tout le monde. Le Hoppo achète aussi sa charge et il est le plus grand trafiquant d'opium, par parenthèse, et il fait une fortune avec le trafic. Donc, si nous autorisons un mandarin à Hong Kong, on autorise tout le système. Le Mandarin sera un Hoppo. Tous les Chinois lui seront assujettis. Tous les commerçants chinois qui viendront faire des affaires devront acheter des « licences » et payer, et ils nous feront payer à notre tour. Le Hoppo démolira ceux qui voudront nous aider et soutiendra ceux qui nous haïssent. Et ils n'auront de cesse qu'ils nous aient chassés.

— Pourquoi ?

— Parce qu'ils sont chinois. »

Struan s'étira un peu, soupira, vaincu par la fatigue, puis il alla se verser un autre verre de cognac. J'aimerais être chinois pendant une heure ou deux, pensa-t-il avec lassitude. Alors je serais capable d'extorquer un million de taels à quelqu'un sans aucun mal. Si c'est ça la solution, se dit-il, alors essaie de penser comme un Chinois. Tu es le taï-pan des barbares, le mandarin aux pouvoirs illimités. A quoi sert le pouvoir si ce n'est à tourner le joss à son profit ? A quoi bon la puissance si on ne sait pas s'en servir ? Mais comment m'en servir ? Qui possède un million de taels ? Sur qui peux-tu faire pression pour les obtenir ? A qui as-tu rendu service ?

« Que devons-nous faire, Dirk ? Je veux dire, je suis d'accord, bien sûr, dit Longstaff.

— Vous feriez bien d'envoyer une dépêche urgente à Ti-sen. Dites-lui... non, ordonnez-lui... »

Struan se tut brusquement. Ses idées s'éclaircissaient. Sa lassitude s'envola. Tu n'es qu'un fichu paysan stupide ! Ti-sen ! Ti-sen est ta clef. Un mandarin. C'est tout ce qu'il te faut. Deux actes très simples. D'abord, annuler l'accord de Longstaff, qui doit de toute façon être annulé. Ensuite, dans une semaine ou deux, faire une offre secrète à Ti-sen : en échange d'un million en argent tu feras changer d'avis à Longstaff et feras autoriser un mandarin à Hong Kong. Ti-sen sautera sur la proposition parce qu'il retrouvera immédiatement ce que la guerre l'a forcé à concéder ; il extorquera le million au Co-hong, qui sera ravi de payer parce qu'il ajoutera aussitôt la somme au prix du thé qu'il meurt d'envie de vendre et que nous mourons d'envie d'acheter. Le pauvre petit Willie n'est pas un problème et aucun des autres marchands ne s'opposera au mandarin. Et nous ne l'appellerons pas mandarin. Nous lui trouverons un autre nom, qui bernera les plus malins. « Commissaire commercial. » Les marchands ne s'opposeront pas à un « commissaire commercial » chinois parce qu'il favorisera les échanges et facilitera le paiement des droits de douane. Voyons, à qui faire la proposition secrète pour la transmettre ? Le vieux Jin-qua, naturellement. Il est le plus riche et le plus matois des Co-hong, c'est ton premier fournisseur, et tu le connais depuis vingt ans. C'est lui, sans aucun doute.

Un mandarin unique garantira l'avenir de la Noble Maison. Sûr. Mais il détruira Hong Kong. Et ruinera le plan. C'est un risque terrible. Tu sais qu'un mandarin, ça veut dire tout le système. Tu ne peux pas laisser cet héritage du diable à Culum ou à Robb ou à leurs enfants. Mais sans l'argent, il n'y aura plus de Noble Maison et pas d'avenir.

« Alors, Dirk ?

— Donnez l'ordre à Ti-sen, au nom de la reine, d'oublier cette histoire d'un mandarin à Hong Kong.

— Ma pensée, tout à fait, fit joyeusement Longstaff en prenant sa plume. Qu'est-ce que je lui dis ? »

Et la seconde manœuvre, pauvre Willie, comment ferai-je ? se demanda Struan. La fin justifie-t-elle les moyens ?

« Écrivez. A Ti-sen à Canton. Proclamation particulière. Seule Sa Majesté britannique la reine Victoria a pouvoir de nommer les fonctionnaires dans l'île britannique de Hong Kong. Il n'y aura pas de fonctionnaires chinois ni de services des douanes. »

Struan hésita puis, sentant que le moment était bien choisi, il ajouta délibérément :

« Et tous les sujets chinois résidant dans la colonie britannique de Hong Kong seront désormais des sujets de Sa Majesté et uniquement soumis aux lois de l'Angleterre.

— Mais cela dépasse mes pouvoirs !

— Il est habituel que les plénipotentiaires excèdent leurs pouvoirs. C'est pourquoi ils sont si soigneusement choisis, Will. C'est pourquoi nous avons un empire. Raffles, Hastings, Clive, Raleigh, Wellington. Vous avez le pouvoir plénipotentiaire du gouvernement de Sa Majesté pour signer un traité avec la Chine. Que sait-on de la Chine, chez nous ? Mais vous, vous êtes un innovateur, un de ces hommes qui font l'Histoire, Will. Vous êtes prêt à accepter une petite île déserte, un rocher stérile alors que la coutume est de s'emparer de continents entiers, alors que vous pourriez prendre la Chine entière si vous le vouliez. Vous êtes tellement plus habile. »

Longstaff hésita et suça le bout de sa plume.

« Oui, mais j'ai déjà accepté que les Chinois de Hong Kong soient soumis aux lois chinoises, toutes formes de torture exceptées. C'est une clause du traité, et j'ai publié une proclamation spéciale.

— Vous avez changé d'idée, Will. Tout comme l'a fait Ti-sen. Aucune clause ne nommait un mandarin.

— Mais c'était sous-entendu.

— Pas dans votre esprit. Ni dans le mien. Il cherche à vous duper. Tout comme il l'a fait pour Chushan.

— Mais c'est vrai, s'écria Longstaff, ravi de s'être laissé convaincre. Vous avez parfaitement raison, Dirk. Absolument. Si nous autorisons un contrôle quelconque... Vous avez raison. Ils recommenceront leurs vieilles diableries, quoi ? Oui. Vous avez raison.

— Terminez la lettre comme le ferait l'empereur : « Crains ceci et obéis en tremblant », et signez avec tous vos titres et qualités », déclara Struan et il ouvrit la porte pour appeler le capitaine d'armes.

L'officier se présenta aussitôt :

« Oui, monsieur ?

— Son Excellence demande son secrétaire de toute urgence.

— Bien, monsieur. »

Longstaff acheva d'écrire et relut la lettre.

« N'est-ce pas un peu sec, Dirk ? Je veux dire, quoi, aucun de ses titres et terminer comme un décret de l'empereur ?

— C'est justement ce qu'il faut. Vous voudrez faire publier ça dans le journal.

— Mais c'est un document privé !

— C'est un document historique, Will, et dont vous pouvez être fier. Et qui fera plaisir à l'amiral. Au fait, pourquoi était-il fâché ?

— Oh ! toujours la même chose, grommela Longstaff et il imita la voix de l'amiral : Dieu me damne, monsieur, nous avons été envoyés ici pour combattre les païens et après deux débarquements sans rencontrer de résistance, vous faites un traité méprisable qui nous obtient beaucoup moins que ce que le ministre des Affaires étrangères vous avait ordonné d'exiger. Où sont les ports ouverts que l'on vous avait donné l'ordre d'exiger ?... Dirk, vous êtes sûr que demander moins est la sagesse ? Je sais que vous me l'avez déjà affirmé mais, enfin, les marchands ont l'air de penser que c'est une grave erreur. Pas de ports ouverts, je veux dire.

— Hong Kong est plus important, Will.

— Du moment que vous en êtes certain. L'amiral était également très irrité au sujet de certaines désertions et aussi du retard apporté à la mise en vigueur de l'ordonnance contre le trafic. Et, ma foi, tous les marchands ont poussé les hauts cris.

— Brock en tête ?

— Oui. Grossier personnage. »

Le cœur de Struan se serra.

« Vous avez dit aux marchands que vous annulez l'ordonnance ?

— Mon Dieu, Dirk, je ne leur ai pas vraiment dit. Mais j'ai laissé entendre qu'elle serait annulée.

— Et vous avez laissé entendre à l'amiral que vous annuleriez l'ordre ?

— Ma foi, j'ai suggéré qu'il ne serait pas souhaitable d'y procéder. Il a été tout à fait irrité et a dit qu'il en parlerait à l'Amirauté. Vraiment, soupira Longstaff en étouffant un bâillement, je n'avais aucune idée de ces problèmes. Aucune. Je vous serais très reconnaissant, Dirk, si vous lui expliquiez le trafic, quoi ? J'ai essayé, mais je n'ai rien pu lui faire entendre. »

Et moi je ne peux rien te faire entendre, Willie, songea Struan. Si Robb a acheté l'opium, nous sommes dans un sale pétrin. S'il ne l'a pas acheté, nous sommes fichus quand même. A moins qu'un échange... un foutu mandarin contre un foutu million...

« Je ne sais pas ce que je ferais sans les conseils de votre père, Culum », dit Longstaff.

Il prit une pincée de tabac dans une tabatière en or. Enfin quoi, pensa-t-il, je suis un diplomate, pas un guerrier. Gouverneur de Hong Kong, c'est parfait. Ensuite, quelque chose d'intéressant. Le Bengale, peut-être. La Jamaïque... voilà un endroit charmant, Le Canada ! Non, bien trop froid. Le Bengale ou un autre des États de l'Inde.

« Tout est bien compliqué en Asie, Culum. On doit

louvoyer entre tant de points de vue et d'intérêts différents — ceux de la Couronne, des marchands, des missionnaires, de la Royal Navy, de l'Armée, des Chinois — en conflit perpétuel. Et les Chinois sont scindés en groupes ennemis. Les commerçants, les mandarins et les seigneurs mandchous. Je suppose que vous savez que les dirigeants de la Chine ne sont pas chinois ?

— Non, monsieur.

— C'est là le drame, à ce qu'il paraît. Ce sont des Mandchous. De Mandchourie. Des barbares sauvages du Nord, d'au-delà de la Grande Muraille. Ils règnent sur la Chine depuis deux cents ans, nous dit-on. Ils doivent nous prendre pour des imbéciles. On nous raconte qu'il y a un mur gigantesque, comme le mur d'Adrien, une fortification qui traverse tout le Nord de la Chine pour la protéger des tribus sauvages. Il paraît qu'il a près de six mille kilomètres de long, douze mètres de haut et dix mètres d'épaisseur, et qu'il est assez large, au sommet, pour que huit cavaliers avancent de front. Il paraît qu'il y a des tours de guet tous les trois cents mètres. Il est en granit et en briques et a été construit il y a deux mille ans. Grotesque !

— Je crois que la muraille existe, dit Struan.

— Allons donc, Dirk ! Il était impossible de construire de telles fortifications il y a deux mille ans !

— La légende, Culum, veut qu'un homme sur trois a été recruté pour construire le mur. Il a fallu dix ans pour l'achever. On dit qu'un million d'hommes sont morts et sont enterrés dans le mur. Leurs esprits le gardent. »

Culum sourit.

« S'il est si grand, Père, les Mandchous n'auraient jamais pu le franchir. Il n'existe pas, c'est évident.

— La légende raconte que les Mandchous l'ont franchi par ruse. Le général chinois de garde au mur a vendu sa patrie.

— Ça, je veux bien le croire, dit Longstaff avec mépris. Aucun sens de l'honneur, ces Orientaux, quoi ? Le général a cru qu'il pourrait usurper le trône en se servant de l'ennemi. Mais les Mandchous se sont servis de lui et l'ont tué. Quoi qu'il en soit, c'est ce qu'on raconte.

— Une étonnante histoire, monsieur », dit Culum.

Le regard de Struan se fit dur.

« Il faudra que tu t'habitues aux histoires étonnantes. Et sache encore ceci : les Chinois sont civilisés depuis cinq mille ans. Des livres, l'imprimerie, l'art, des poètes, le gouvernement, le thé, la soie, la poudre et mille autres choses. Depuis des milliers d'années. Nous sommes civilisés depuis cinq cents ans. Si l'on peut dire ! »

On frappa à la porte et Horatio entra précipitamment.

« Vous m'avez demandé, Votre Excellence ?

— Oui. Je veux que vous me traduisiez immédiatement cela en chinois, et que vous le fassiez partir par courrier spécial. Et envoyez une copie à M. Skinner, pour qu'il le publie.

— Oui, monsieur, dit Horatio et il se tourna vers Struan. J'ai été navré d'apprendre la terrible nouvelle, monsieur Struan.

— Merci. Voici mon fils Culum. Horatio Sinclair. »

Ils se serrèrent la main et se plurent immédiatement. Puis Horatio lut la lettre.

« Il va me falloir un certain temps pour la rédiger en termes de cour, monsieur.

— Son Excellence veut qu'elle soit envoyée exactement comme ça, déclara Struan. Exactement. »

Horatio en resta bouche bée.

« Ah !... Oui, je... je le fais tout de suite. Mais Tisen ne l'acceptera jamais, monsieur Struan. Jamais, Votre Excellence. Il perdrait trop la face. »

Longstaff se hérissa.

« La face ? Je lui en ficherai, moi, de la face, à ce maudit païen menteur, par Dieu ! Mes compliments à l'amiral et demandez-lui de faire porter cette lettre par un capital-ship de ligne à Whampoa, avec l'ordre de procéder immédiatement à Canton si elle n'est pas acceptée aussitôt.

— Oui, monsieur.

— Il ne l'acceptera pas, ah ! je voudrais voir ça ! s'écria Longstaff après le départ d'Horatio. Quelle insolence ! Des barbares païens. Tous tant qu'ils sont. Chinois, Mandchous. Ils n'ont aucune justice et leur mépris de la vie humaine est incroyable. Ils vendent leurs filles, leurs sœurs, leurs frères. Incroyable ! »

Culum pensa soudain à sa mère et à ses frères, à leur mort horrible, à leurs spasmes d'agonie, aux cadavres qui se tordaient encore une heure après la mort...

La terreur lui tordit le ventre et il chercha à penser à autre chose, à n'importe quoi, pour chasser cette horreur.

« Pour la vente des terres, monsieur, dit-il. Il faudrait avant tout en faire un plan cadastral. Qui s'en occupera ?

— Nous trouverons quelqu'un, ne vous inquiétez pas.

— Glessing, peut-être, suggéra Struan. Il a une certaine expérience de la cartographie.

— Bonne idée. Excellent. J'en toucherai un mot à l'amiral. Excellent.

— Vous pourriez envisager de nommer la plage où le drapeau a été hissé la « pointe de Glessing » ?

Longstaff en fut stupéfait.

« Je ne vous comprendrai jamais. Pourquoi vous donneriez-vous le mal de perpétuer le nom d'un homme qui vous hait ? »

Parce que les bons ennemis sont précieux, songea Struan. Et parce que j'ai besoin de Glessing. Il mourra pour défendre la pointe de Glessing, c'est-à-dire Hong Kong.

« Cela plairait à la Royal Navy. Mais ce n'est qu'une suggestion.

— C'est une bonne idée. Je suis content que vous l'ayez eue.

— Eh bien, maintenant, je crois que nous allons regagner notre bord. »

Struan était mort de fatigue. Et il y avait tant à faire !

Sur le gaillard d'arrière du *Thunder Cloud*, Isaac Perry regardait les fusiliers marins soulever des toiles, fouiller les canots et le caisson aux voiles. Il détestait les fusiliers marins et les officiers de la marine nationale ; dans sa jeunesse, il avait été enrôlé de force.

« Il n'y a pas de déserteurs à bord, protesta-t-il encore une fois.

— Naturellement, répliqua le jeune officier.

— Je vous prie de donner l'ordre à vos hommes de ne pas faire autant de dégâts. Il va falloir un quart entier pour tout remettre en ordre.

— Votre navire ferait une belle prise, capitaine Perry. Le navire et la cargaison, », ricana l'officier.

Perry jeta un regard furieux à Mac Kay, debout à la coupée entre deux gardes armés. Si jamais tu as aidé Ramsey à monter à bord, pensa Perry, tu es un homme mort, Mac Kay.

« Canot par tribord arrière, cria le premier maître. Le propriétaire vient à bord. »

Perry se hâta à la rencontre de Struan.

« Ils croient que nous avons un déserteur à bord, monsieur !

— Je sais, répondit Struan en mettant le pied sur le pont. Pourquoi mon bosco est-il sous garde ? demanda-t-il au jeune officier arrogant, avec une note dangereuse dans la voix.

— Simple précaution. Il est parent de Ramsey et...

— La peste soit des précautions ! Il est innocent jusqu'à ce qu'on ait prouvé sa culpabilité ! Bon dieu, rugit-il, vous êtes ici pour chercher, pas pour harceler ni arrêter mes hommes !

— Je ne sais rien, monsieur, cria Mac Kay. Ramsey n'est pas à bord par mon fait. Il y est pas ! Il y est pas !

— Dieu vous garde s'il y est, répliqua Struan. Vous êtes aux arrêts sur le navire jusqu'à nouvel ordre. Descendez dans l'entrepont !

— Oui, monsieur, murmura Mac Kay et il s'enfuit.

— Sang du Christ, Isaac, tempêta Struan, vous êtes le capitaine de ce navire. Où est la loi qui donne à la marine nationale l'autorisation d'arrêter un homme par précaution, sans un mandat ?

— Il n'y en a pas, monsieur, bredouilla Perry qui jugea bon de ne pas discuter.

— Fichez-moi le camp de mon navire ! Vous êtes débarqué ! »

Perry blêmit.

« Mais, monsieur...

— Quittez mon bord avant le coucher du soleil ! »

Struan se dirigea vers l'échelle qui plongeait dans les entrailles du navire.

« Tu viens, Culum ? »

Culum rattrapa son père dans la coursive menant à la cabine principale.

« Ce n'est pas juste, protesta-t-il. Ce n'est pas juste. Le capitaine Perry est ton meilleur capitaine. Tu l'as dit toi-même !

— Il l'était, petit. Mais il n'a pas défendu les intérêts de son subordonné. Et il a peur. De quoi, je n'en sais rien. Mais les hommes qui ont peur sont dangereux et nous n'en avons que faire.

— Mac Kay n'a pas souffert.

— La première règle de mes capitaines est de

protéger leur navire. La seconde, les hommes. Alors ils le protégeront.

— Perry n'a rien fait de mal.

— Il a laissé la marine mettre Mac Kay sous garde, contre la loi, par Dieu ! Un capitaine doit savoir autre chose que gouverner un navire, bon Dieu ! Isaac aurait dû tenir tête à ce jeune chiot. Il a eu peur, et il a manqué à un de ses hommes alors que c'était important. La prochaine fois, il risque de manquer à son navire. Je ne veux pas courir ce risque.

— Mais il est avec nous depuis des années ! Cela ne compte donc pas ?

— Si. Ça veut dire que nous avons eu de la chance pendant des années. Maintenant, je n'ai plus confiance en lui. Alors il s'en va et on n'en parle plus ! »

Struan poussa la porte de la cabine. Robb était assis au bureau, le regard perdu dans le vague. Des valises, des malles et des coffres, des vêtements et des jouets d'enfants jonchaient le plancher. Sarah, la femme de Robb, sommeillait dans un fauteuil. C'était une femme menue, lourde de l'enfant qu'elle portait, et sa figure était marquée et lasse. En voyant Struan et Culum, Robb se força à sourire.

« Bonjour, Dirk, Culum.

— Bonjour, Robb. »

Il a vieilli de dix ans en deux jours, pensa Struan. Sarah se réveilla brusquement et se leva.

« Bonjour, Dirk. Bonjour, Culum.

— Comment vas-tu, tante Sarah ?

— Je suis bien lasse, mon petit. Fatiguée. Et j'ai horreur d'être sur un bateau. Voulez-vous du thé ?

— Non, merci. »

Robb considérait anxieusement Struan.

« Que puis-je dire ?

— Rien, Robbie. Ils sont morts et nous sommes en vie, et voilà tout.

— Vraiment, Dirk ? »

Les yeux bleus de Sarah étaient durs. Elle lissa ses cheveux auburn, et sa longue robe verte.

« Oui. Voulez-vous nous excuser, Sarah ? J'ai à parler à Robbie.

— Oui, naturellement. Nous partons, Dirk. Nous quittons l'Orient pour de bon. Je l'ai décidé. J'ai donné à Struan et Compagnie cinq ans de ma vie et un bébé. Maintenant, il est temps de partir.

— Je crois que vous avez raison, Sarah. L'Orient n'est pas un endroit pour vivre en famille, ces temps-ci. Dans un an, quand Hong Kong sera bâti, eh bien, alors, ce sera très bien.

— Pour certains, peut-être, mais pas pour nous. Pas pour mon Roddy, ni Karen, Naomi et Jamie. Pas pour moi. Jamais nous ne vivrons à Hong Kong ! »

Elle sortit en claquant la porte.

« As-tu acheté de l'opium, Robb ?

— J'en ai acheté. J'ai dépensé tout notre liquide et emprunté environ cent mille... Je ne sais plus au juste. Les prix n'ont pas tellement baissé. Ensuite, ma foi, ça ne m'a plus intéressé. »

Donc, nous voilà plus profondément enfoncés, se dit Struan.

« Pourquoi notre famille ? gémit Robb. C'est terrible, terrible. Pourquoi toute notre famille ?

— Le joss.

— Au diable le joss ! Ah !... Brock veut te voir dès que possible.

— Pourquoi ?

— Il n'a pas dit. »

Struan s'assit, ôta sa botte pour soulager son pied enflé et pensa à Brock. Puis il annonça :

« J'ai fait de Culum un associé.

— Bien, dit Robb d'une voix morne.

— Père, intervint Culum, je voudrais te parler de ça.

— Plus tard, petit. Robb, il y a autre chose. Nous avons de très gros ennuis.

— Il y a quelque chose que je dois dire tout de suite, dit Robb. Dirk, je quitte l'Orient avec Sarah et les enfants. Par le prochain bateau.

— Quoi !

— Je ne serai jamais taï-pan et je ne veux pas l'être.

— Tu pars parce que Culum est associé ?

— Tu devrais mieux me connaître. Tu aurais pu m'en parler, oui, mais c'est sans importance. Je veux partir.

— Pourquoi ?

— Toutes ces morts, chez nous, m'ont fait réfléchir. Sarah a raison. La vie est trop brève pour se tuer ici. J'ai besoin de paix. Et il y a plus qu'assez d'argent. Tu peux racheter mes parts. Je veux partir par le prochain bateau.

— Pourquoi ?

— Je suis fatigué. Fatigué.

— Tu es faible, c'est tout ! Sarah t'a encore fait la vie, hein ?

— Oui, je suis faible et, oui, Sarah m'a fait la vie, mais ma décision est prise. Trop de morts. Trop...

— Je ne peux pas te racheter. Nous sommes en faillite. Ruinés », déclara Struan en tendant à son frère la lettre de la banque.

Robb la lut et parut encore vieillir.

« Dieu les damne jusqu'en enfer !

— Sûr. Mais nous sommes tout de même ruinés. Désolé, Culum, l'association est sans valeur. »

Struan remit sa botte et se leva. L'atmosphère de la cabine devenait irrespirable.

« Nous avons cent mille livres en Écosse, dit Robb. Laisse-m'en la moitié et prends le reste.

— Merci, Robbie. C'est parler comme un homme. »

Robb abattit son poing sur le bureau.

« Ce n'est pas ma faute si la banque a fermé ses portes !

— Sûr. Alors ne réclame pas la moitié de notre

argent quand nous avons besoin de tout, jusqu'au dernier penny.

— Toi. Pas moi. Tu trouveras la solution, comme toujours.

— Cinquante mille livres ne dureront pas cinq ans avec Sarah.

— C'est mon affaire ! L'argent ne figure pas sur les livres, donc il est bien à nous. J'en prends la moitié. Ma part de l'affaire vaut vingt fois plus !

— Nous sommes en faillite ! Tu ne peux pas t'enfoncer ça dans la tête ? La *banqueroute* ! »

Robb se tassa dans son fauteuil. Au bout d'un moment, il gronda :

« La peste soit des banquiers. Je suis navré. C'est ma faute... et je regrette d'avoir dit... je suis navré.

— Moi aussi, mon gars, je suis navré. »

Robb essayait en vain de réfléchir.

« Que pouvons-nous faire ?

— Je ne sais pas. Écoute un peu, Robb. Tu ne veux pas me donner deux ou trois mois ? Nous enverrons Sarah et les enfants par le prochain bateau. Le plus tôt sera le mieux, et puis ils éviteront la saison des typhons.

— Je pourrais peut-être trouver un prêt... Nous devons payer les traites. Nous perdrons les navires... tout, murmura Robb en essayant de ne plus penser à Sarah. Mais comment faire, dans le peu de temps qu'il nous reste ? Le courrier est arrivé hier. Rien d'important pour nous. Pas de nouvelles d'Angleterre. D'autres sont peut-être au courant de la faillite de notre banque. Nous avons pris un petit compte dans celle de Brock pour l'avoir à l'œil. Il est peut-être au courant de la banqueroute de la nôtre. Ce ne serait pas pour ça qu'il veut te voir ?

— Peut-être. En tout cas, il nous tombera bien vite sur le dos, s'il l'apprend. Si ce n'est pas lui qui a déclenché la ruée. Il rachètera notre papier et nous ruinera.

— Pourquoi ? demanda Culum.

— Parce que je le ruinerai si jamais j'en ai l'occasion. »

Culum aurait aimé demander pourquoi, et dire que, lui aussi, il prendrait le prochain bateau, mais son père avait l'air si las et Robb si triste... Demain, il l'annoncerait.

« Il faut que je dorme quelques heures, déclara Struan. Je descends à terre. Sarah et toi, retournez sur le *Resting Cloud*, hein ? Perry est débarqué et doit quitter le bord avant la nuit.

— Qui va le remplacer ?

— Je n'en sais rien. Fais dire à Brock que je le verrai à terre, au coucher du soleil. »

## 3

STRUAN avait peu dormi. Sur la table, les plats étaient restés intacts. Par l'ouverture de la tente, il contemplait les navires mouillés dans la rade. Le soleil se couchait et un halo voilait la lune, bas sur l'horizon. De grosses masses de cumulus envahissaient le ciel. Le vent apportait la promesse d'un orage.

Ti-sen, lui répétait inlassablement son esprit. Ti-sen. Il est le seul qui puisse te sauver. Sûr. Mais ce serait trahir tout ce que tu crois, ta foi, le but pour lequel tu as tant travaillé.

Mac Kay entra avec une lanterne allumée qu'il posa sur la table. La tente était spacieuse et confortable ; des tapis recouvraient le sol pierreux.

« Le canot de Brock va accoster, monsieur.

— Emmenez les hommes et éloignez-vous hors de portée de voix, Mac Kay.

— Oui, monsieur.

— Est-ce qu'on sait s'ils ont retrouvé Ramsey ?

— Non, monsieur.

— Où est-il ?

— J'en sais rien, monsieur.

— Dès demain, mettez tous vos espions au travail et retrouvez-le.

— Sauf votre respect, monsieur, j'ai déjà passé la consigne. S'il est à bord, c'est la diablerie de quelqu'un ! »

Il hésita, puis il ajouta :

« Ça me fait deuil, pour M. Perry, monsieur. »

Le regard de Struan changea et devint dur.

« Je vous donne quinze jours pour prouver que j'ai eu raison au sujet d'Isaac. Sinon vous êtes débarqué avec lui !

— Oui, monsieur. »

Mac Kay aurait voulu se mordre la langue. Tu n'apprendras donc jamais, sacré corniaud ?

Le pas lourd de Brock approchait sur le sable. Il s'encadra dans l'ouverture de la tente.

« Permission de monter à bord, Dirk ?

— Sûr, Tyler. »

Mac Kay sortit. Brock s'assit à table, et Struan lui versa un grand verre de cognac.

« Un sale coup de perdre sa famille. Je sais ce que tu ressens. J'ai perdu deux femmes en couches, et les bambins aussi. Un malheur.

— Sûr. Tu as faim ? dit Struan en indiquant les plats.

— C'est pas de refus. »

Brock prit un poulet rôti, le cassa en deux et arracha l'aile avec la moitié du blanc. Il portait au petit doigt un anneau d'or orné d'une grosse émeraude.

« On dirait que le joss de la Noble Maison fout le camp.

— « Joss » est un bien grand mot. »

Brock éclata de rire.

« Allez donc, Dirk. Une compagnie a besoin d'avoir du répondant en argent pour soutenir son crédit. Même la Noble Maison.

— Sûr.

— J'ai passé pas mal de temps, Dirk, et pas mal d'argent y est passé, à me renseigner sur toi. »

Brock arracha l'autre aile du poulet et mordit goulûment.

« T'as un bon cuisinier. Dis-lui que j'ai un emploi pour lui.

— Il est content de la place qu'il a.

— Pas d'argent, pas d'emploi, mon garçon. Pas de

banque, pas de crédit — pas de navires, rien du tout ! Tu caches le champagne ? C'est une occasion, je dirais bien. »

Struan déboucha adroitement une bouteille et versa deux verres de champagne.

« Bien frais à point, hein ? Très bien, petit, dit Brock en claquant la langue. Vingt-cinq mille pour un million, c'est pas gros, hein ? »

Struan ne dit rien. Il était impassible.

« Six *pence* pour la livre, qu'ils ont dit. J'ai reçu une lettre par le courrier d'hier. J'en suis de mes dix mille. Mauvais. Très mauvais pour une banque de spéculer avec l'argent des clients. J'ai rencontré par hasard ce bougre de Skinner, ajouta-t-il en riant. Il a trouvé ça mauvais, lui aussi. Il va faire un article — des gros titres, je parie bien. Et il a bien raison. »

Il se tailla une large part de tarte aux pommes et la mangea avec appétit.

« Ah ! oui, au fait, je possède pour huit cent mille livres de billets de Struan et Compagnie. Ça fait six mois que j'achète, en prévision d'une affaire comme celle-ci. Du moins, c'est mon fils Morgan et nos agents à Londres qui ont acheté.

— Un bon placement, Tyler. Très bon.

— Oui. Skinner a été de cet avis aussi, Dirk, mon gars. Et ton mauvais joss lui a fait beaucoup de peine, mais je lui ai dit que je garderai le nom de tes navires. C'est mauvais joss de changer les noms. Mais sous mon pavillon, ils marcheront mieux.

— Il faudrait d'abord que tu les aies.

— Dans trente jours, ils seront à moi, mon gars. C'est la date d'échéance des billets. Ça aussi, tout le monde le sait. Alors tu ne trouveras plus de crédit en Orient. T'es fini, mon gars.

— Je saborderai peut-être mes navires avant que tu les prennes.

— Pas toi, Dirk. Je te connais. D'autres oui, mais

pas toi. Nous sommes pareils, tous les deux. Les navires, c'est sacré. Meilleur que n'importe quelle fille. »

Il vida son verre et Struan le lui remplit.

« C'est toi qui as déclenché la ruée aux guichets de la banque ?

— Non. Si j'y avais pensé, je l'aurais fait il y a longtemps. Ça, c'est une bonne idée. Tu t'es fait avoir comme un bleu.

— Si c'était voulu, je le saurais.

— C'était voulu, mon gars.

— Qui ?

— Morgan. Je lui tire mon chapeau. Le gamin est devenu un homme. Oui. C'est mon gamin, et j'en suis fier ! Alors t'es ruiné, Dirk. Après tant d'années. Fini.

— Il peut se passer beaucoup de choses en trente jours.

— Que oui. J'ai appris que ton fils est chargé de la vente des terres.

— Sûr. Mais ce sera juste. La terre au plus offrant. Nous ne trichons pas, Tyler. D'autres oui. Nous n'en avons pas besoin.

— Nom de Dieu ! rugit Brock. Tu veux dire que je triche ?

— Tu triches tout le temps ! Tu triches tes hommes et tes navires et c'est ce qui causera ta perte.

— J'en fais pas plus que les autres, sangdieu ! C'est pas parce que t'as des nouvelles idées sans tripes que les autres ont tort. La trique fait marcher la racaille. La racaille.

— Tu vis par la trique et tu en mourras.

— Tu veux qu'on règle nos comptes tout de suite ? Fouet contre fouet ? Couteau contre couteau ? Tout de suite, bon dieu ! Ou tu es toujours aussi lâche ?

— Je te l'ai dit une fois et je te le répète une dernière fois. Un jour, je te courrai après avec un fouet. Peut-être ce soir, ou demain, ou après-demain.

Mais, par Dieu, un jour je t'aurai. Et je m'en vais te dire autre chose. Si par hasard tu meurs avant que je sois prêt, je m'en prendrai à Gorth et à Morgan et je ruinerai ta Compagnie. »

Brock tira son couteau.

« Et alors, gamin, on se coupe le cou tout de suite ? »

Struan versa encore du champagne. La bouteille était vide, à présent.

« Ouvres-en une autre. Ce n'est pas le champagne qui manque. »

Brock éclata de rire.

« Ah ! Dirk, mon gars, y en a pas deux comme toi. Tu es ruiné et tu fais encore des épates. Tu es fini, t'entends ? Ta Noble Maison est dans la dèche. Et tu n'es qu'un lâche !

— Oh ! je ne suis pas un lâche, Tyler. Et tu le sais bien.

— Tu sais, la colline où il devait y avoir la Grande Maison ? demanda Brock, les yeux étincelants.

— Sûr.

— Elle est à moi, mon gars. Je me l'achète. Offre ce que tu veux, j'offrirai plus. »

Struan sentit le sang lui monter à la tête, car il savait qu'il n'avait plus d'argent pour lutter contre Brock. A moins de s'entendre avec Ti-sen. A moins de trahir Hong Kong.

« Dieu damne ta sale carcasse pourrie !

— Elle est à moi, mon gars. Et tout ce foutu rocher ! Après que ta société sera en faillite je te traquerai, toi et les tiens, et je vous chasserai de ces mers ! »

Il vida son verre de champagne, puis il prit une bourse et compta vingt guinées d'or qu'il jeta par terre.

« Tiens, achète-toi un cercueil ! »

Il sortit fièrement.

« Sauf votre respect, monsieur ? » murmura Mac Kay.

Struan sursauta.

« Oui ?

— M. Culum est à terre. Il veut vous voir. »

Struan fut surpris de constater que la lune voilée était haute dans le ciel et que la nuit était profonde.

« Je vais le voir.

— D'autres sont venus, monsieur. Ce Chinois, Gordon Chen. Miss Sinclair. Deux, trois que je connais pas. Le vieux Quance. J'ai dit que vous les verriez demain. J'espère que j'ai pas mal fait de laisser M. Culum venir sans demander ? »

Mac Kay vit les pièces d'or par terre, mais ne dit rien.

« Tant que vous obéissez aux ordres, vous ne faites jamais mal, Mac Kay. »

Culum apparut à l'ouverture de la tente.

« Je ne te dérange pas, Père ?

— Non, petit. Viens t'asseoir. »

Culum vit les souverains par terre et se baissa pour les ramasser.

« Laisse-les là.

— Pourquoi ?

— Parce que je veux qu'ils restent là. »

Culum s'assit.

« J'ai à te parler, Père.

— Je suis pas d'humeur, petit.

— Tu parlais sérieusement, en voulant me prendre comme associé ?

— Sûr.

— Je ne veux pas être associé à l'affaire. Je ne veux pas rester en Orient. Je veux rentrer chez nous.

— J'en sais plus long que toi, Culum. Laisse faire le temps.

— Le temps ne changera rien.

— Tu es jeune, petit. Tu as tout le temps devant

toi. Aie de la patience avec moi. Et avec la Chine. Est-ce que Robb t'a dit comment t'occuper de la vente des terres ?

— Oui. »

La peste soit d'oncle Robb, pensa Culum. Si seulement il n'avait pas dit à Père qu'il partait ! Le diable soit de cette fichue banque. Tout gâché. Pauvre Père.

« Je crois que je saurai bien m'arranger.

— Tu n'auras pas de soucis tant que c'est régulier. Le plus offrant obtient la terre.

— Oui, naturellement, murmura Culum et il regarda les guinées d'or. Pourquoi veux-tu que ces pièces restent par terre ?

— C'est l'argent de mon cercueil.

— Je ne comprends pas. »

Struan lui raconta son entrevue avec Brock.

« Vaut mieux que tu le connaisses bien, petit. Fais attention à toi parce qu'il te courra dessus tout comme je courrai sus à son Gorth.

— Les fils ne sont pas responsables des péchés des pères.

— Gorth Brock est le portrait craché de son père.

— Le Christ n'enseigne-t-il pas le pardon ?

— Sûr, petit. Mais je ne peux pas leur pardonner. Ils représentent tout ce qu'il y a de pourri sur la terre. Ce sont des tyrans et ils croient que le fouet résout tous les problèmes. Il y a une chose, sur la terre. L'argent c'est le pouvoir, qu'on soit roi, ou seigneur, ou chef, ou marchand, ou paysan. Sans pouvoir, tu ne peux pas protéger ce que tu as ni améliorer le sort des autres.

— Tu viens dire que les enseignements du Christ sont mauvais ?

— Pas mauvais, petit. Je dis qu'il y a des hommes qui sont des saints. Il y en a qui sont heureux d'être humbles, et soumis et pauvres et sans ambition. Il y a des hommes qui sont nés pour être heureux d'être au bas de l'échelle. Moi pas. Ni Brock. Et toi ?

— Je ne sais pas.
— Tu seras mis à l'épreuve un jour. Alors tu te connaîtras toi-même.
— Alors tu veux dire que l'argent est tout ?
— Je dis que sans pouvoir on ne peut pas être un saint au jour d'aujourd'hui. Le pouvoir pour le pouvoir est un péché. L'argent pour l'argent est un péché.
— Est-ce donc si important de posséder l'argent et le pouvoir ?
— Non, petit, répondit Struan avec un sourire ironique. Le manque d'argent, c'est ça qui est important.
— Pourquoi veux-tu être puissant ?
— Et toi, Culum ?
— Je ne le veux peut-être pas.
— Sûr. Peut-être. Tu veux boire un coup, petit ?
— Un peu de champagne, oui.
— As-tu mangé ?
— Oui, merci. Je ne sais pas grand-chose de moi, encore, murmura Culum.
— Tu as le temps, petit. Je suis si heureux que tu sois ici. Si heureux. »
Culum baissa les yeux et regarda de nouveau les pièces.
« Ça n'a aucune importance, n'est-ce pas ? Je veux dire que je sois associé. La Compagnie est finie. Que vas-tu faire ?
— Nous ne serons pas finis avant vingt-neuf jours. Si le joss est contre nous, cette version-ci de la Noble Maison va mourir. Alors nous recommencerons. »
Ne t'illusionne pas, pensa-t-il. Jamais tu ne pourras recommencer.
« Une bataille sans fin ?
— La vie, qu'est-ce que tu crois que c'est, petit ?
— Est-ce que je peux démissionner comme associé, si ça ne me plaît pas, ou si je trouve que je suis incapable, que je n'en suis pas digne ? A mon gré ?

— Sûr. Mais pas si tu deviens le Taï-pan. Le Taï-pan ne peut jamais démissionner avant d'être sûr que la maison est entre de bonnes mains. Il *doit* en être sûr. C'est son ultime responsabilité.

— Si les négociants chinois nous doivent tant d'argent, ne pouvons-nous pas nous faire payer ? Alors nous aurons de quoi payer Brock.

— Ils n'ont pas de quoi non plus. »

Bon dieu, tu es acculé, se dit Struan. Décide-toi. C'est Ti-sen ou rien.

« Et Son Excellence ? Il ne peut pas te donner une avance ? Sur l'argent de la rançon ?

— Il appartient à la Couronne. Le Parlement honorera peut-être son papier et peut-être pas. L'argent liquide ne passera en aucune main avant un an.

— Mais nous le toucherons. Brock le sait. Il te fera crédit. »

Struan durcit sa voix pour répondre :

« Je t'ai déjà dit quelle est la mesure de la charité de Brock. Si je l'avais acculé comme ça, moi, je ne lui donnerais jamais vingt guinées. Dieu le damne, lui et ses damnés marmots ! »

Culum changea de position sur sa chaise. Le bout de son pied heurta une pièce d'or qui scintilla brusquement.

« Son Excellence n'est pas... ma foi, est-ce qu'il n'est pas un peu simple ?

— Il est dépassé en Asie, c'est tout. Un homme mal choisi pour le poste. Je serais perdu dans les cours d'Europe. Mais il est plénipotentiaire. C'est tout ce qui compte. Sûr, il est simple — mais tiens-le à l'œil aussi. Méfie-toi de tout le monde.

— Est-ce qu'il fait toujours ce que tu lui dis ? »

Struan se tourna vers l'ouverture de la tente et contempla la nuit.

« Il suit mes conseils, la plupart du temps. A condition que je sois le dernier à parler. »

Culum poussa du pied une autre pièce.

« Il doit y avoir quelque chose... quelqu'un vers qui se tourner. Tu dois avoir des amis ? »

Inexorablement, un seul nom s'imposait à l'esprit de Struan, celui de la seule personne capable de le délivrer : Ti-sen. Brock s'emparerait des navires, pas de doute, rageait-il. Sans tes bateaux, t'es perdu, mon gars. La maison, Hong Kong, le plan. Sûr, tu peux recommencer mais ne te fais pas d'illusions. Tu ne pourras plus jamais bâtir et diriger une telle flotte. Jamais tu ne rattraperas Brock, jamais plus. Tu seras le second. Tu seras le second, pour toujours.

Struan sentait battre ses veines à son cou. Il avait la gorge sèche. Non, jamais je ne serai le second. Par le Seigneur Dieu tout-puissant, je ne peux pas. Je ne peux pas. Second de Brock ni de personne, jamais.

« Demain, quand le *China Cloud* reviendra, j'irai à Canton. Tu viendras avec moi.

— Et la vente des terres ? Je ne devrais pas m'en occuper ?

— La peste soit de la vente des terres. Nous avons d'abord la maison à sauver. Retourne à bord du *Resting Cloud*, petit. Nous partirons dès que possible.

— Très bien. »

Culum se leva.

« Bonne nuit, petit. »

Les pièces d'or attiraient l'œil de Culum, le fascinaient. Il se mit à les ramasser.

« Je t'ai dit de ne pas y toucher !

— Je ne peux pas. Je... Il me les faut... »

De grosses gouttes de sueur perlaient au front du jeune homme. Les pièces d'or lui brûlaient les doigts.

« Pourquoi, bon dieu, hein ?

— Je ne sais pas. Je... je les veux, c'est tout, murmura Culum en les glissant dans sa poche. C'est à moi, maintenant. Bonne nuit, Père. »

## 4

STRUAN dînait seul dans la majestueuse salle à manger de son vaste comptoir dans la Concession de Canton. Le grand bâtiment de trois étages avait été construit quarante ans auparavant par la Compagnie des Indes britannique et Struan, jugeant que c'était le décor rêvé pour la Noble Maison, l'avait toujours convoité. Il y avait huit ans qu'il l'avait acheté.

La salle à manger, au premier étage, donnait sur la Rivière des Perles. Au-dessous, c'était un labyrinthe de bureaux, d'entrepôts et de magasins. Au-dessus se trouvaient des appartements, et les bureaux privés du Taï-pan, bien à l'écart. Il y avait des cours et des allées, des couloirs et des appartements et des dortoirs. Une cinquantaine d'employés portugais travaillaient et habitaient dans l'immeuble, et une quinzaine de Britanniques ainsi qu'une centaine de valets chinois. Les domestiques du sexe féminin étaient interdites par les lois chinoises.

Struan repoussa de la table son fauteuil sculpté et alluma un cigare avec nervosité. Une grande flambée réchauffait de ses reflets le marbre qui recouvrait les murs et le sol. La table pouvait accommoder quarante convives, l'argenterie venait d'Angleterre et des chandelles brûlaient au grand lustre de cristal.

Treize immeubles s'alignaient au long de la colonnade de la Concession, leurs façades trouées de deux ruelles seulement, Hog Street et Old China Lane. Seuls Brock et Struan disposaient de bâtiments entiers. Les autres négociants se partageaient les autres, utilisant la place qui convenait à leurs besoins, et payaient un loyer à la Compagnie des Indes qui avait construit la Concession au siècle précédent.

Au nord, elle était limitée par Thirteen Factory Street. Les murailles de la cité de Canton se dressaient à quatre cents mètres de là. Entre les murs de la ville et la Concession, il y avait une fourmilière de taudis et de cabanes. Le fleuve était encombré des inévitables villages flottants des bateliers. Et montant de tout cela, un perpétuel murmure chantant évoquait une monstrueuse ruche.

De sa fenêtre, Struan aperçut Brock dehors, en grande conversation avec Cooper et Tillman. Il se demanda s'ils lui expliquaient la complexité de l'échange espagnol thé-opium. Sans rancœur, il leur souhaita bonne chance. Tous les moyens sont bons à l'amour comme au commerce.

« Où diable est ce bon Dieu de Jin-qua ? » grommela-t-il à haute voix.

Depuis vingt-quatre jours, Struan essayait de voir Jin-qua, mais tous les jours son messager revenait avec la même réponse : « Lui pas lentlé tout paleil. Toi attendle tu peux. Demain, il levient à Canton, ça ne fait lien. »

Culum avait passé dix jours dans la Concession avec son père. Le onzième jour, un message urgent de Longstaff avait demandé à Culum de regagner Hong Kong : la vente des terrains posait des problèmes.

Une lettre de Robb était venue par le même courrier. Il écrivait que l'éditorial de Skinner sur la banqueroute de Struan avait provoqué la consternation chez les marchands, et presque tous avaient dépêché des messages urgents chez eux donnant l'ordre de disséminer leur argent dans diverses banques, que la plupart attendaient le trentième jour, qu'il n'y avait plus de crédit possible et que toutes les suggestions qu'il avait faites aux ennemis de Brock avaient été infructueuses, que la Royal Navy avait été furieuse quand Longstaff avait officiellement annulé l'édit contre le trafic d'opium et que l'amiral avait aussitôt envoyé une frégate en Angleterre pour demander au gouvernement de lui accorder de pleins pouvoirs et, enfin, que leur compradore Chen Sheng était assailli de petits créanciers réclamant leur argent qui, en temps normal, eussent tranquillement attendu.

Struan savait qu'il était vaincu s'il ne parvenait pas à joindre Jin-qua dans les six jours suivants et il se demanda encore une fois si Jin-qua l'évitait ou s'il était réellement absent de Canton. C'est un vieux brigand, pensa Struan, mais jamais il ne m'éviterait. Et si tu le vois, mon gars, est-ce que tu vas vraiment faire la proposition à ce diable de Ti-sen ?

Un tumulte de voix chantantes coléreuses le tira de ses réflexions et la porte s'ouvrit à la volée devant une jeune femme Hoklo, du peuple flottant, incroyablement sale, et un serviteur qui essayait de la retenir. Elle portait l'habituel grand chapeau de sampan conique, un pantalon et une blouse sales et par-dessus, une veste matelassée raide de crasse.

« No pas allêté cette molceau de cow chillo, Massi », cria le domestique en « pidgin », ce sabir anglais qui permettait aux marchands de converser avec les serviteurs chinois.

« Cow » voulait dire « femme ». « Chillo » était une corruption du mot anglais « child », enfant. Cow chillo voulait dire jeune femme.

« Cow chillo dehors, dit Struan. Pas mal vite-vite, savvez ?

— Tu veux cow chillo, heya ? cria la fille. Cow chillo pas mal bon lit jig-jig. Deux dollas ça ne fait lien ! »

Le valet la tira violemment et le grand chapeau tomba. Struan vit enfin sa figure. Elle était méconnaissable, avec son masque de crasse, et il fut pris d'un fou rire sonore. Le domestique resta bouche bée, regarda son maître comme s'il devenait fou et lâcha la fille.

« Cette morceau de cow chillo, dit Struan d'une voix entrecoupée d'éclats de rire, rester elle peut, ça ne fait rien. »

La fille mit rageusement un peu d'ordre dans ses vêtements et hurla un torrent d'invectives au serviteur qui battait en retraite :

« Cow chillo pas mal heuleuse te voi', Taï-pan.

— Et toi, May-may ? s'écria Struan en la contemplant. Que diable fais-tu ici et à quoi rime toute cette crasse ?

— Cow chillo pense toi jig-jig avec nouvelle cow chillo, heya ?

— Sangdieu, fillette, nous sommes seuls, maintenant ! Laisse donc le pidgin ! J'ai consacré assez de temps et d'argent à t'enseigner la langue de la reine ! »

Struan souleva May-may à bout de bras.

« Bon Dieu, May-may, tu pues !

— Toi aussi, si tu portais ces vêtements puants.

— Bon, mais que fais-tu ici, et pourquoi les vêtements puants ?

— Pose-moi par terre, Taï-pan. »

Il obéit et elle s'inclina, tristement.

« Je suis venue ici en secret et avec grande tristesse car tu as perdu ta Suprême Dame et tous tes enfants par elle sauf un fils. Désolée, désolée... »

Des larmes diluaient la saleté sur ses joues.

« Merci, fillette. Sûr. Mais c'est fait, et aucun chagrin ne peut les faire revenir. »

Touché de compassion, il lui caressa le visage avec douceur.

« Je ne connais pas tes coutumes. Combien de temps dois-je porter le deuil ?

— Pas de deuil, May-may. Ils sont partis. Il n'y aura ni larmes ni deuil.

— J'ai brûlé de l'encens pour leur bonne renaissance.

— Merci. Et maintenant, que fais-tu ici et pourquoi as-tu quitté Macao ? Je t'avais dit de rester là-bas.

— D'abord un bain, puis je me change, après on parle.

— Nous n'avons pas de vêtements pour toi, May-may.

— Mon indigne amah, Ah Gip, est en bas. Elle porte mes vêtements et mes affaires, ça va. Où est le bain ? »

Struan tira le cordon de sonnette et le valet stupéfait apparut aussitôt.

« Cow chillo mon bain, savvez ? Amah en bas. Va chercher chow. May-may, toi dire quoi chow. »

May-may s'adressa au valet avec autorité et il les quitta. Elle le suivit.

Sa curieuse démarche hésitante ne manquait jamais d'émouvoir Struan. May-may avait les pieds cassés. Ils n'avaient que six centimètres de long. Lorsque Struan l'avait achetée, cinq ans plus tôt, il avait ôté les pansements et avait été horrifié par la difformité que les anciennes coutumes jugeaient indispensable à la beauté d'une jeune fille — des pieds minuscules. Seule une fille aux pieds cassés — les pieds du lotus — pouvait devenir épouse ou concubine. Les femmes aux pieds normaux étaient paysannes, servantes, prostituées de basse classe, amahs ou bien ouvrières ; elles étaient méprisées.

Sans ses pansements serrés, May-may avait atrocement souffert des pieds. Struan avait alors permis qu'on lui remît ses bandages et au bout d'un mois la douleur s'était atténuée et May-may avait pu de nouveau marcher. C'était seulement dans la vieillesse que les pieds mutilés devenaient insensibles.

« Je peux entrer, maintenant ? »

May-may se tenait sur le seuil, et se prosternait avec grâce.

« Viens, je t'en prie. »

Elle avait un visage ovale, des yeux en amande et de délicats sourcils arqués. Un frais parfum émanait d'elle, maintenant, et sa longue robe mouvante était du brocard de soie le plus fin. Ses cheveux étaient coiffés en croissants au sommet de sa tête et retenus par des épingles de jade. Elle était grande, pour une Chinoise, et sa peau très blanche paraissait diaphane. Elle était originaire de la province de Soochow.

Bien que Struan l'eût achetée à Jin-qua, après un marchandage de plusieurs semaines, il savait qu'en réalité T'chung May-may était un cadeau de Jin-qua, en reconnaissance de nombreuses faveurs et que Jin-qua aurait pu la vendre à l'homme le plus riche de Chine, à un prince mandchou, à l'empereur lui-même, contre son pesant de jade et non contre les cinquante mille taels d'argent sur lesquels ils s'étaient finalement mis d'accord. Elle était unique, inestimable.

Struan la souleva et l'embrassa tendrement.

« Maintenant, raconte-moi ce qui se passe. »

Il s'assit dans un grand fauteuil et la prit sur ses genoux.

« D'abord, je suis venue déguisée à cause du danger. Pas seulement pour moi mais pour toi. Ta tête est toujours mise à prix. Et les enlèvements contre rançon sont une vieille coutume.

— Où as-tu laissé les enfants ?

— Avec Sœur Aînée, naturellement. »

Sœur Aînée était le nom que donnait May-may à l'ex-maîtresse de Struan, Kai-sung ; elles n'étaient pas parentes, mais c'était l'usage. Kai-sung était à présent la troisième femme du compradore de Struan. Cependant, il y avait une profonde affection entre les deux femmes et Struan savait que les enfants seraient bien soignés et choyés.

« Bien, dit-il. Comment vont-ils ?

— Duncan a l'œil au beurre noir. Il est tombé et j'ai fouetté sa bouse de tortue d'amah jusqu'à ce que mon bras il me tombe. Duncan a la mauvaise santé à cause du sang barbare.

— Le tien, pas le mien. Et Kate ?

— Elle a percé sa deuxième dent. C'est très bon signe de chance. Avant le deuxième anniversaire. »

Elle se nicha dans ses bras et au bout de quelques minutes, elle lui dit :

« J'ai lu le journal. Cet homme Skinner. Encore du mauvais joss, heya ? Ce gros tas de viande pourrie Brock il te ruine par les grosses sommes dues. C'est vrai ?

— En partie. Sûr, à moins qu'il n'y ait un changement de joss, nous sommes ruinés. Plus de soie ni de parfums ni de jade ni de maisons, taquina-t-il.

— Ayeeeh yah ! Tu n'es pas le seul homme de Chine ! »

Il lui donna une tape sur les fesses et elle le menaça de ses ongles immenses. Il lui saisit le poignet, l'embrassa passionnément et lui murmura :

« Ne dis plus jamais ça !

— Sangdieu ! Regarde ce que tu as fait à mes cheveux ! Cette sale putain d'Ah Gip a passé une heure à me coiffer, ça ne fait rien ! »

Elle savait qu'elle lui plaisait immensément, et elle était fière de savoir, à vingt ans, lire et écrire l'anglais et le chinois, et parler l'anglais et le cantonais aussi bien que son dialecte de Soochow, et aussi le mandarin, la langue de Pékin et de la cour impériale. Elle savait aussi presque tout ce que Gordon Chen avait appris à l'école, car Struan le lui avait donné comme professeur et elle avait été bonne élève. Ils étaient liés par une profonde affection. May-may savait qu'elle était unique.

On frappa discrètement à la porte.

« Un Européen ? chuchota-t-elle.

— Non, fillette. Ce n'est qu'un domestique. Ils ont l'ordre d'annoncer tout le monde. Entrez ! »

Le valet était suivi de deux autres ; ils se détournèrent tous de Struan et de la fille. Mais leur curiosité était évidente et ils prirent tout leur temps pour disposer les plats chinois et les bâtonnets.

May-may les gratifia d'un torrent de cantonais et ils se prosternèrent nerveusement avant de sortir en hâte.

« Qu'est-ce que tu leur as dit ? demanda Struan.

— Je les ai simplement prévenus, bon Dieu, que si jamais ils disaient à quelqu'un que j'étais là moi personnellement je leur couperais la langue et les oreilles et puis que je te demanderais de les enchaîner dans la cale d'un de tes navires et puis de le couler dans l'océan avec toutes leurs foutues femmes et leurs enfants et tous leurs parents et qu'avant tu jetterais le Mauvais Œil sur toute cette nom de Dieu de racaille et leur nom de Dieu de descendants à jamais.

— Tu as fini de jurer, petit démon assoiffé de sang ? Et on ne plaisante pas avec le Mauvais Œil.

— C'est pas une plaisanterie. C'est ce que tu as, diable barbare. Pour tout le monde sauf moi. Je sais comment te prendre.

— Le diable t'emporte, May-may. Mange pendant que c'est chaud, nous verrons ça plus tard. »

Il la prit dans ses bras et la porta à la table. Elle lui servit des langoustines frites, du porc maigre et des champignons délicatement revenus avec du soja, de la noix muscade, de la moutarde et du miel, puis elle se servit elle-même.

« Mortdieu, j'ai faim ! s'écria-t-elle.

— Vas-tu t'arrêter de jurer ?

— Tu as oublié d'ajouter « nom de Dieu », Taï-pan. »

Elle lui sourit malicieusement et se mit à manger avec grand appétit.

Il prit les baguettes et s'en servit adroitement. Il trouvait cette cuisine délectable. Il lui avait fallu des mois pour s'y habituer. Aucun Européen ne mangeait la cuisine chinoise. Struan, lui aussi, avait naguère préféré les solides ragoûts de la vieille Angleterre, mais May-may lui avait enseigné qu'il était plus sain de manger à la chinoise.

« Comment es-tu venue ici ? demanda Struan.

— J'ai payé mon passage sur un lorcha. J'ai acheté le billet fantastiquement bon marché et je me suis salie pour plus de sécurité. Tu me dois cinquante cash.

— Paie-toi sur ta pension. Je ne t'ai pas demandé de venir.

— Cette cow chillo besoin cash pas mal, ça ne fait rien !

— Vas-tu finir ? Tiens-toi bien ! »

Elle rit et lui offrit une langoustine qu'elle venait de décortiquer.

« Merci, j'en ai assez.

— Mange, c'est bon pour toi. Je te le dis bien souvent, ça te rend très sain et puissant.

— Ça suffit, fillette.

— Mais c'est vrai, déclara-t-elle très sérieusement. Les langoustines, c'est bon pour la vigueur. Très important d'avoir grande vigueur ! Une femme doit s'occuper de son mari. »

Elle s'essuya les doigts sur une serviette brodée, puis elle prit avec ses baguettes une tête de langoustine.

« Bon Dieu, May-may, faut-il vraiment que tu manges la tête ?

— Sûr, bon Dieu, tu ne sais pas que c'est le meilleur ? » répliqua-t-elle en imitant son accent écossais.

Elle rit si fort qu'elle s'étrangla. Il lui tapa dans le dos, mais avec douceur, et elle but un peu de thé.

« Ça t'apprendra, dit-il.

— N'empêche que c'est quand même le meilleur, ça ne fait rien.

— Quand même c'est affreux à voir, ça ne fait rien. »

Elle mangea un moment en silence.

« C'est très mauvais avec Brock ?

— Très.

— C'est terrificalement simple changer cette mauvaiseté. Tue Brock. Il est temps à présent.

— C'est une solution.

— Une solution, une autre solution, tu en trouveras bien une.

— Comment peux-tu en être si sûre ?

— Tu ne veux pas me perdre.

— Et pourquoi te perdrais-je ?

— Moi non plus je n'aime pas la seconde place. J'appartiens *au* Taï-pan. Je ne suis pas une foutue Hakka ou une femme de sampan ou une putain cantonaise. Du thé ?

— Sûr.

— C'est très bon de boire le thé en mangeant. Tu ne deviens jamais gros. »

Elle versa le thé et lui offrit gracieusement la tasse délicate.

« Je t'aime quand tu es en colère, Taï-pan. Mais tu ne me fais pas peur. Je sais que je te plais beaucoup, comme toi tu me plais beaucoup. Quand je serai usée une autre prendra ma place, ça ne fait rien. C'est le joss. Pour moi. Et aussi pour toi.

— Tu es peut-être usée maintenant, May-may.

— Non, Taï-pan, pas encore. Plus tard, oui, mais pas encore. »

Elle se pencha pour l'embrasser et s'éloigna souplement quand il voulut la saisir.

« Ayeen yah ! Je te fais manger trop de langoustines ! »

Elle courut en riant mais il l'attrapa et elle se pendit à son cou.

« Tu me dois cinquante cash !

— Le diable t'emporte ! »

Il l'embrassa ; il avait besoin d'elle tout comme elle avait besoin de lui.

« Tu as bien bon goût. D'abord on joue au jacquet.

— Non.

— D'abord on joue au jacquet et puis on va au lit. On a bien le temps. Je reste avec toi, maintenant. On joue à cinquante dollars le point.

— Non.

— Un dollar le point. J'ai peut-être la migraine, trop fatiguée.

— Je ne te donnerai peut-être pas le cadeau de Nouvel An auquel je pense.

— Quel cadeau ?

— Ça ne fait rien.

— Je t'en prie, Taï-pan, je ne te taquinerai plus. Quel cadeau ?

— Ça ne fait rien.

— Dis-le-moi, dis-le-moi, je t'en supplie. C'est une broche de jade ? Un bracelet en or ? Des soieries ?

— Comment va ta migraine ? »

Elle le gifla légèrement, puis noua ses bras autour de son cou.

« Tu es si méchant avec moi et moi je suis gentille. On va au lit, alors.

— Nous faisons quatre parties. A mille dollars le point.

— Mais c'est trop, ça ! s'écria-t-elle, puis elle vit son expression moqueuse et ses yeux étincelèrent. Quatre parties, très bien. Je te bats, nom de Dieu ! »

Ils firent donc quatre parties et elle jura, s'enthousiasma, poussa des cris de détresse, éclata de rire à mesure que le sort changeait. Elle perdit dix-huit mille dollars.

« Mort de Dieu, je suis ruinée, Taï-pan. Ruinée. Oh ! deuil, deuil, deuil. Toutes mes économies et plus encore. Ma maison... Encore une partie, supplia-t-elle.

Tu dois me donner une chance de regagner mon argent.

— Demain. Mêmes enjeux.

— Jamais plus je ne jouerai pour de tels enjeux. Jamais, jamais, jamais. Sauf une fois demain. »

Après l'amour, May-may quitta le grand lit à colonnes et s'approcha de la cheminée. Une bouilloire de fer chantait doucement sur une petite étagère de fer, près des flammes.

Elle s'agenouilla et versa de l'eau bouillante sur une petite serviette blanche. Les flammes faisaient danser des reflets roses sur son corps parfait. Ses pieds étaient chaussés de petits chaussons de lit et les pansements étaient bien nets autour de ses chevilles. Elle avait de longues jambes sveltes. Secouant sa longue chevelure bleu noir, elle revint au lit.

Struan tendit la main pour prendre la serviette.

« Non. Laisse-moi faire. C'est mon plaisir et mon devoir. »

Lorsqu'elle l'eut essuyé, elle fit sa propre toilette, puis se recoucha entre les draps frais. Un vent léger gonflait les rideaux de damas et faisait crépiter les bûches. Des ombres dansaient aux murs et au plafond.

« Ta coutume, c'est que tu n'as le droit de n'avoir qu'une femme, heya ?

— Sûr.

— La coutume chinoise est mieux. *Tai-tai* c'est la sagesse.

— Qu'est-ce que c'est, fillette ?

— Suprême des Suprêmes. Le mari est suprême dans la famille, bien sûr, mais dans la maison la première femme est suprême des suprêmes. C'est la loi chinoise. De nombreuses femmes, c'est aussi la loi mais une seule Tai-tai. Dans combien de temps tu te remaries ? Quelle est ta coutume ?

— Je ne crois pas que je me remarierai.
— Tu devrais. Une Écossaise ou une Anglaise. Mais d'abord tu devrais m'épouser moi.
— Sûr... Je devrais peut-être.
— Sûr tu devrais peut-être. Je suis ta Tai-tai. »
Elle se nicha tout contre lui et se laissa sombrer dans un sommeil paisible.
Struan contempla les ombres pendant un très long moment. Puis il s'endormit à son tour.

Un peu avant l'aube, il se réveilla en sursaut, sentant un danger. Prenant son couteau sous l'oreiller, il alla sans bruit à la fenêtre, écarta les rideaux et regarda dehors. Il vit avec stupéfaction que la place, toujours grouillante de marchands, de serviteurs, de mendiants et de solliciteurs, était déserte. Au-delà, sur le fleuve, un silence anormal planait sur la ville flottante.

Puis il entendit un pas étouffé derrière la porte. Il se tourna vers May-may. Elle dormait toujours aussi paisiblement. Son couteau à la main, Struan s'adossa au mur, à côté de la porte, et attendit.

Les pas s'arrêtèrent.

Un grattement léger à la porte.

« Oui ? »

Le domestique entra sans bruit. Il avait peur, et quand il vit Struan tout nu, le couteau à la main, il sursauta et lui chuchota :

« Massi ! Massi Nez Crochu et Massi Cheveux Noirs sont en bas. Disent vite-vite s'il vous plaît.
— Dis-leur moi en bas vite-vite. »

Struan s'habilla rapidement. Il fit tomber une brosse et May-may s'éveilla à moitié.

« C'est trop tôt se lever. Reviens vite », murmura-t-elle.

Elle changea de côté, se pelotonna sous les draps et se rendormit aussitôt.

Struan ouvrit la porte. Ah Gip était patiemment accroupie dans le couloir, là où elle avait dormi. Struan avait renoncé à la faire coucher ailleurs, car Ah Gip souriait, hochait la tête, disait oui et continuait de dormir par terre dans le couloir. Elle était petite, carrée, avec un sourire perpétuel sur sa figure grêlée de petite vérole. Elle était l'esclave personnelle de May-may depuis trois ans. Struan l'avait achetée trois taels d'argent.

Il lui fit signe d'entrer dans la chambre.

« Missi ici peut dormir. Toi ici attendre, savvez ?

— Savvez, Massi. »

Il descendit en hâte.

Cooper et Wolfgang Mauss l'attendaient dans la salle à manger. L'air maussade, Mauss vérifiait ses pistolets.

« Navré de vous déranger, Taï-pan, dit Cooper. Ça va mal.

— Qu'est-ce que c'est ?

— Le bruit court que deux mille soldats mandchous — des porte-étendards — sont entrés cette nuit à Canton.

— Vous en êtes sûr ?

— Non, mais si c'est vrai, il va y avoir du fracas.

— How-qua m'a fait demander ce matin, intervint Mauss.

— Est-ce qu'il a dit si Jin-qua est revenu ?

— Non, Taï-pan. Il dit que son père est absent. Personnellement, je n'en crois rien. How-qua a très peur. Il dit qu'il a été réveillé ce matin de bonne heure et qu'on lui a remis un édit de l'empereur ordonnant que tout commerce avec nous cesse immédiatement. Je l'ai lu. Les sceaux étaient vrais. Tout le Co-hong est dans les transes. »

Un bruit de sabots résonna sur la place. Ils coururent à la fenêtre. Une compagnie de cavaliers mandchous traversait ; à l'extrémité Est, ils mirent pied à terre.

Ils étaient grands et lourdement armés de mousquets, de longs arcs, d'épées et de lances flammées. Certains étaient barbus. On les appelait porte-étendards parce qu'ils étaient soldats de l'empereur et portaient les bannières impériales. Aucun Chinois n'était admis dans ces régiments ; ils représentaient l'élite de l'armée impériale chinoise.

« Eh bien, il y en a en tout cas une cinquantaine à Canton, dit Struan.

— Et s'ils étaient deux mille ? s'inquiéta Cooper.

— Nous ferions bien de nous préparer à quitter la Concession.

— Les porte-étendards sont mauvais signe », grommela Mauss. *Schrecklich.*

Il répugnait à quitter la Concession ; il voulait rester avec ses Chinois convertis et continuer de prêcher aux païens, de se livrer à l'apostolat qui occupait tout son temps, lorsqu'il ne faisait pas l'interprète pour Struan.

Struan réfléchit un moment puis il sonna pour commander un petit déjeuner rapide.

« Les porte-étendards sont sur la place, et vous ne pensez qu'au petit déjeuner ? s'étonna Cooper.

— Inutile de s'inquiéter l'estomac vide. Ce matin, j'ai très faim. »

Mauss rit doucement. Il avait entendu les domestiques chuchoter que la légendaire maîtresse du Taï-pan était arrivée en secret. A la demande de Struan, deux ans plus tôt, Mauss avait secrètement enseigné le christianisme à May-may et l'avait convertie. Oui, pensait-il fièrement, le Taï-pan a confiance en moi. Grâce à lui, Seigneur, au moins une âme a été sauvée. Grâce à lui, d'autres seront sauvées pour Ta divine miséricorde.

« C'est une bonne idée », dit-il.

De la fenêtre, Cooper voyait les marchands se hâter dans le jardin et pénétrer dans leurs maisons. Les soldats formaient une masse désordonnée, accroupis par terre, et bavardaient entre eux.

« Ce sera peut-être comme la dernière fois, murmura-t-il. Les mandarins vont nous rançonner.

— Pas cette fois, mon gars. S'ils commencent quelque chose ils nous mettront en pièces d'abord.

— Pourquoi ?

— Pourquoi envoyer les porte-étendards à Canton ? Ce sont des combattants. Pas comme l'armée chinoise locale. »

Des serviteurs arrivèrent et se mirent à dresser l'énorme table ; puis les plats furent apportés. Il y avait des poulets froids, des œufs durs, des miches de pain, du ragoût chaud, des beignets, des pâtés chauds, du beurre, de la marmelade et des confiseries.

Struan mangea de bon cœur et Mauss aussi. Mais Cooper n'avait pas d'appétit.

« Massi ? murmura un valet.

— Oui ?

— Massi N'a Qu'un Œil est là en bas. Il peut ?

— Il peut. »

Brock entra, la tête haute, suivi de son fils Gorth.

« Bien le bonjour, messieurs. Bonjour, Dirk mon gars.

— Vous déjeunez ?

— C'est pas de refus, ça.

— Tu as fait bon voyage, Gorth ?

— Oui, merci, monsieur Struan. Mais la prochaine fois, je battrai le *Thunder Cloud*.

— La prochaine fois, petit, tu le gouverneras », déclara Brock avec un gros rire.

Gorth était aussi grand et massif que son père ; il était dur, couturé de cicatrices, et il avait un nez cassé, des cheveux grisonnants et la barbe en broussailles. Brock s'assit et se mit à se gaver.

« Voulez-vous me passer le ragoût, monsieur Cooper ? Ces mécréants-là ne nous veulent pas de bien, ajouta-t-il en désignant la fenêtre du pouce renversé.

— Sûr. Qu'est-ce que tu en penses, Brock ?

— Les Co-hong s'arrachent leur natte. Alors le commerce est fini pour un temps. La première fois que je vois cette vérole de porte-étendards.

— Évacuer la Concession ?

— Jamais point je ne serai chassé par des Chinois ou par des porte-étendards, s'écria Brock en se resservant copieusement. Sûr, je pourrais reculer un peu. A mon heure. La plupart d'entre nous s'en retournent demain pour la vente des terres. Mais nous ferions rudement bien de réunir un conseil. Vous avez des armes, ici ?

— Pas assez.

— Nous en avons bien assez pour un siège. Gorth les a apportées. Cette maison est la plus facile à défendre. Elle sera bientôt à nous, aussi bien.

— Combien de gardes avez-vous ?

— Vingt. Les gars de Gorth. Ils peuvent tenir tête à cent Chinois chacun.

— J'en ai trente, en comptant les Portugais.

— Laisse tomber les Portugais. Mieux vaut être entre nous. »

Brock s'essuya la bouche, cassa un pain en deux et le couvrit de beurre et de marmelade.

« Vous ne pouvez pas défendre la Concession, Brock, lui dit Cooper.

— Nous pouvons défendre ce comptoir, petit. Vous en faites donc pas pour nous. Vous et le reste des Américains, terrez-vous chez vous. Ils ne vous toucheront pas. C'est à nous qu'ils en ont.

— Sûr, approuva Struan. Et nous aurons besoin de vous pour défendre nos intérêts si nous devons partir.

— C'est pour ça aussi que je suis venu, Dirk. Je voulais parler ouvertement du commerce et de Cooper-Tillman. J'ai fait une proposition qui a été acceptée.

— La proposition a été acceptée à condition que Struan et Compagnie ne soient pas en mesure de respecter leurs engagements, dit Cooper. Nous vous accordons trente jours, Dirk. En plus des trente jours.

— Merci, Jeff. C'est généreux.

— C'est proprement idiot, petit. Mais ça m'est égal, je peux attendre. Moi aussi je serai généreux pour le temps. Cinq jours de plus, eh, Dirk ? »

Struan se tourna vers Mauss.

« Allez au Co-hong et voyez ce que vous pouvez savoir. Soyez prudent. Emmenez un de mes hommes.

— Je n'ai besoin de personne. »

Mauss souleva sa masse de sa chaise et s'en alla.

« Nous tiendrons le conseil en bas, déclara Struan.

— Très bien. Nous devrions peut-être tous venir nous installer ici. C'est pas la place qui manque.

— Ça nous trahirait. Nous ne risquerons trop rien tant que les domestiques ne commenceront pas à disparaître. C'est peut-être uniquement une ruse.

— Bien dit, mon gars. Tu viens, Gorth. Conférence dans une heure ? En bas ?

— Sûr. »

Brock et Gorth sortirent. Cooper rompit le silence :

« Qu'est-ce que ça signifie, tout ça ?

— Je crois que c'est une machination de Ti-sen, pour nous rendre nerveux. Pour nous préparer à quelque exigence qu'il a, dit Struan, et il posa sa main sur l'épaule de Cooper. Merci pour les trente jours. Je ne l'oublierai pas.

— Moïse a eu quarante jours. J'ai pensé que trente jours vous suffiraient. »

La conférence était bruyante et rageuse, mais Brock et Struan avaient la haute main.

Tous les commerçants, à l'exception des Américains, s'étaient réunis dans l'immense pièce que Struan s'était réservée comme bureau personnel. Des tonnelets de cognac, de whisky, de rhum et de bière tapissaient un mur, des montagnes de livres et de registres un autre. Le bureau était orné de peintures de Quance, paysages de Macao, portraits et marines. Il y avait encore des vitrines pleines de chopes d'étain et de hanaps d'argent, des rateliers de coutelas et de mousquets, de la poudre et des balles.

« Ce n'est rien, vous dis-je », assura Masterson.

C'était un homme rubicond à la figure grasse, âgé d'une trentaine d'années, directeur de la firme Masterson, Roach et Roach. Il était vêtu comme les autres d'une redingote de drap noir, d'un gilet resplendissant et coiffé d'un haut-de-forme de feutre.

« Les Chinois n'ont jamais molesté la Concession depuis qu'elle existe, par Dieu !

— Sûr. Mais c'était avant qu'on leur fasse la guerre et qu'on la gagne. »

Struan en avait assez. Il aurait aimé qu'ils se missent tous d'accord et s'en allassent. Il tenait un mouchoir parfumé sous son nez, pour lutter contre leurs odeurs corporelles.

« Moi je dis qu'il faut flanquer ces foutus porte-étendards hors de chez nous tout de suite, déclara Gorth en se remplissant une chope à ras bord.

— On fera ça si c'est nécessaire, gronda Brock. J'en ai assez de toutes ces parleries. Alors, on tombe d'accord sur le plan de Dirk, oui ou non ? »

Son œil fulgurant fit le tour de la pièce.

La plupart des marchands soutinrent son regard. Ils étaient quarante, Anglais, Écossais, à l'exception d'Eliksen le Danois qui représentait une firme anglaise, et de Rumajee, un Parsi corpulent en longue robe. Mac Donald, Kerney, Maltby de Glasgow, et Messer, Vivien, Tobe et Smith de Londres étaient les principaux négociants, tous des hommes durs, solides comme des chênes, âgés de trente à quarante ans.

« Je prévois des troubles, intervint Rumajee. Je conseille la retraite immédiate.

— Bon Dieu de bon Dieu, Rumajee, l'essentiel du plan est justement de ne pas reculer, s'écria Roach. De battre en retraite seulement si l'on ne peut pas faire autrement. Je vote pour le plan. Et je suis d'accord avec M. Brock. Trop de fichues parleries et je suis fatigué. »

Le plan de Struan était simple. Ils attendraient tous, chacun chez soi. Si les ennuis commençaient, sur un signal de Struan ils se réuniraient tous chez lui, couverts s'il le fallait par le feu de ses hommes.

« Reculer devant les païens ? Jamais, par Dieu ! »

Struan fit un signe de tête au grand garçon taciturne.

« Naturellement.

— L'un de nous devrait peut-être se porter volontaire pour aller prévenir Whampoa. De là, un lorcha rapide peut alerter la flotte à Hong Kong. Au cas où ils nous cerneraient et nous couperaient la retraite comme l'autre fois.

— Bonne idée, dit Vivien, un homme au teint blême qui était tout à fait ivre. Soyons tous volontaires. Puis-je avoir encore un whisky ? »

Le tumulte reprit. Ils parlaient tous en même temps et se disputaient pour savoir qui serait volontaire. Struan les calma enfin en déclarant :

« C'est une suggestion de M. Eliksen. S'il le désire, pourquoi ne pas lui laisser cet honneur ? »

Ils sortirent tous dans le jardin et suivirent des yeux Struan et Brock qui accompagnaient Eliksen pour traverser la place et gagner le lorcha que Struan mettait à sa disposition. Les soldats ne firent pas attention à eux, si ce n'est pour les montrer du doigt en se moquant.

Le lorcha s'éloigna dans le courant.

« C'est peut-être la dernière fois que nous le voyons, murmura Brock.

— Je ne crois pas qu'ils le toucheront, sans quoi ils ne l'auraient point laissé partir. »

Brock grogna.
« Pour un étranger, c'est pas un mauvais gars. »
Il regagna ses propres bâtiments avec Gorth. Les autres marchands rentrèrent aussi chez eux.
Lorsque Struan eut veillé à l'établissement de sa garde armée dans le jardin, et à la porte donnant sur Hog Street, il remonta dans ses appartements.
May-may était partie. Ah Gip aussi.
« Où est Missi ?
— Savvez pas, Massi. Cow chillo pas vu moi. »
Il fouilla toute la maison, mais elles avaient disparu. C'était comme si elles n'étaient jamais venues.

## 5

STRUAN était dans le jardin. Il était presque minuit et l'air était anormalement calme. Il savait que la plupart des marchands dormaient tout habillés, leurs armes à portée de la main. Il regarda les soldats, entre les barreaux de la grille. Certains dormaient ; d'autres jacassaient autour d'un feu qu'ils avaient fait au milieu de la place. La nuit était fraîche. La ville flottante ne bougeait pas.

Struan tourna le dos à la grille et se promena dans le jardin, plongé dans ses pensées. Où diable était May-may ? Il savait qu'elle n'aurait pas quitté la Concession sans raison. Peut-être avait-elle été attirée au-dehors. Peut-être... Sangdieu, ce n'étaient pas des choses à imaginer ! Mais il savait que le plus riche seigneur de guerre chinois n'hésiterait pas à s'en emparer, par la force s'il le fallait, après l'avoir vue un instant.

Une ombre sauta le mur de côté et le couteau de Struan jaillit aussitôt de sa main.

C'était un Chinois qui lui présentait en tremblant un morceau de papier, un petit homme souple aux dents cassées, le teint cireux du fumeur d'opium. Le chop de Jin-qua marquait le papier, un sceau personnel employé uniquement sur les contrats et les documents particuliers.

« Massi, murmura le Chinois. Toi suivle. Seul. »

Struan hésita. C'était dangereux de quitter l'abri de la Concession et la protection de sa garde. Une folie.

« No peux. Jin-qua ici peut.

— No peut. Toi suivle, insista le Chinois en tapant le bout du doigt sur le chop. Jin-qua veuvoil, vite-vite.

— Demain », dit Struan.

Le Chinois hocha la tête.

« Tout de suite. Vite-vite, savvez ? »

Struan se disait que le chop de Jin-qua avait très bien pu tomber en d'autres mains et qu'on lui tendait un piège. Mais il n'osait pas emmener Mauss ni aucun de ses hommes, parce que l'entrevue devait être très secrète. Et le plus tôt serait le mieux.

Il examina le papier sous la lanterne et s'assura que le chop était authentique. Puis il fit un signe de tête.

« Peux. »

Le Chinois retourna au mur de côté et l'escalada prestement. Struan le suivit, prêt à un coup de traîtrise. Le Chinois se hâtait le long du mur et tournait dans Hog Street. Chose incroyable, la rue était déserte. Mais Struan sentait des regards peser sur lui.

A l'extrémité de Hog Street, le Chinois tourna à droite. Il y avait deux chaises à porteurs aux rideaux baissés qui attendaient. Les coolies-porteurs étaient terrifiés. Leur terreur s'accrut quand ils virent Struan.

Struan monta dans une chaise, le messager dans l'autre. Aussitôt, les porteurs les soulevèrent et coururent le long de Thirteen Factory Street. Ils tournèrent à droite dans une étroite ruelle que Struan ne connaissait pas. Bientôt, il fut totalement désorienté. Il se carra sur le siège en maudissant sa propre stupidité, tout en exultant à la pensée d'un danger imminent. Enfin, les coolies s'arrêtèrent dans une espèce d'impasse nauséabonde jonchée d'ordures, entre deux hauts murs. Un chien galeux fouillait les immondices.

Le Chinois donna de l'argent aux coolies et quand ils se furent évanouis dans les ténèbres, il frappa à une porte. Elle s'ouvrit et il s'effaça pour faire entrer Struan. Struan lui fit signe de passer le premier, et le suivit avec méfiance dans une écurie infecte où un autre Chinois attendait avec une lanterne. Cet homme se retourna et traversa silencieusement l'écurie, vers une autre porte, sans regarder derrière lui. Ils traversèrent à tâtons un immense hangar, gravirent des marches branlantes, redescendirent un autre escalier donnant dans un autre entrepôt. Des rats galopaient dans l'ombre.

Struan devinait qu'ils étaient près du fleuve, car il entendait un léger clapotis et le grincement des cordages. Il était prêt à se défendre, le manche de son couteau dans la main, la lame dissimulée sous son poignet de redingote.

L'homme à la lanterne se courba pour passer sous un tunnel de caisses et se dirigea vers une porte à demi cachée. Il frappa et ouvrit.

« Halloa, Taï-pan, dit Jin-qua. Temps long pas vu. »

Struan entra. C'était encore un entrepôt puant, faiblement éclairé à la chandelle, encombré de caisses, de paniers et de filets de pêche moisis.

« Halloa, Jin-qua. Temps long pas vu. »

Jin-qua était menu, fragile, très vieux. Sa peau ressemblait à du parchemin. De maigres mèches de barbe grise tombaient sur sa poitrine. Il portait une robe de brocart somptueux, et des pierres précieuses à son chapeau. Ses pieds étaient chaussés de pantoufles de velours brodé à semelle de feutre épais, et sa longue natte était brillante. Les ongles de ses auriculaires étaient protégés par des fourreaux d'or ciselé scintillants de pierreries.

Jin-qua salua en souriant et mena Struan dans le fond de l'entrepôt où une table était dressée, avec un souper et du thé. Struan s'assit en face de lui, le dos au mur. Jin-qua sourit. Il n'avait que trois dents en or. Jin-qua adressa quelques mots en chinois à celui qui avait amené Struan, et l'homme disparut par une autre porte.

« Thé ? proposa Jin-qua.

— Peux. »

Jin-qua fit un signe au domestique à la lanterne qui servit le thé. Il passa aussi les plats puis il alla se poster à l'écart, sans quitter Jin-qua des yeux. Struan remarqua qu'il était musclé, et qu'un couteau pendait à sa ceinture.

« Je vous plie, dit Jin-qua en faisant signe à Struan de manger.

— Merci. »

Struan mangea un peu, du bout des dents, but du thé et attendit. Il était indispensable de laisser à Jin-qua le soin d'ouvrir le débat.

Quand ils eurent mangé en silence, Jin-qua demanda :

« Toi vouloi me voil ?

— Jin-qua a fait de bonnes affaires en dehors de Canton ?

— Affaires bon mauvais tout paleil, ça ne fait rien.

— Commerce arrêté maintenant ?

— Arrêté maintenant. Hoppo tlès mauvais mandalin. Soldats beaucoup, beaucoup. Moi payer beaucoup pour soldats, ayee yah !

— Mauvais. »

Struan rebut du thé. Maintenant ou jamais, se dit-il. Et maintenant que le bon moment était enfin arrivé, il comprenait qu'il ne pourrait jamais vendre Hong Kong. La vérole soit du mandarin ! Tant que je vivrai il n'y aura pas de bon dieu de sale mandarin à Hong Kong. Il faudra que ce soit Brock. Mais l'assassinat n'est pas un moyen de se sauver d'une faillite. Alors Brock est en sécurité, parce que tout le monde s'attend à ce que je règle le problème de cette façon. Mais est-il vraiment en sécurité ? Où diable est May-may ?

« J'entends que le Diable N'a Qu'un Œil Brock tient le Taï-pan par la gorge.

— J'apprends que le Diable Hoppo tient le Cohong par la gorge », rétorqua Struan.

A présent qu'il avait décidé à ne pas conclure le marché, il se sentait beaucoup plus à l'aise.

« Tout paleil. Mandarin Ti-sen a rage-rage.

— Pourquoi donc ?

— Massi Odieux Pénis écrit tlès mauvaise lettre. Massi Odieux Pénis fait ce que dit Taï-pan, oui ?

— Parfois peux.

— Mauvais quand Ti-sen a la colère.

— Mauvais quand Massi Longstaff a la colère.

— Ayee yah. »

Jin-qua prit délicatement un morceau avec ses baguettes, le mangea et plissa les yeux.

« Savvez Kung Hay Fat Choy ?

— Le Nouvel An chinois ? Savvez.

— Nouvel An commence bientôt. Co-hong ont mauvaises dettes d'anciennes années. Bon joss commence la nouvelle année sans dettes. Taï-pan a beaucoup papier Co-hong.

— Ça ne fait rien. Peut attendre. »

Jin-qua et les autres marchands du Co-hong devaient six cent mille livres à Struan.

« Diable N'a Qu'un Œil peut attendre ?

— Papier Jin-qua peut attendre. Fini. Chow très bon numéro un bon.

— Tlès mauvais. On dit Suprême Dame du Taï-pan et chillo morts. Mauvais joss, navlé.

— Mauvais joss, beaucoup.

— Ça ne fait rien. Toi pas mal jeune, pas mal beaucoup nouvelles cow chillo. Un beau molceau cow chillo May-may. Pourquoi Taï-pan n'a qu'un seul chillo mâle ? Taï-pan veut médecine peut-êle ? J'ai.

— Quand je veux, je demande, répondit aimablement Struan. J'apprends Jin-qua a encore nouveau chillo. Quel numéro fils celui-là ?

— Dix et sept », répondit Jin-qua avec un large sourire.

Grands dieux, pensa Struan. Dix-sept fils. Et sans

doute autant de filles, que Jin-qua ne compte pas. Il inclina la tête et sifflota admirativement. Jin-qua éclata de rire.

« Combien thé tu veux cette saison ?

— Commerce arrêté. Comment négocier ? »

Jin-qua cligna de l'œil.

« Peux.

— Sais pas. Vois Brock. Quand je veux thé je te dis, heya ?

— Dois savoir deux jours.

— No peux. »

Jin-qua lança quelques mots secs au valet qui s'approcha d'une des grandes caisses vermoulues et souleva le couvercle. Elle était pleine de monnaie d'argent. Jin-qua désigna d'autres caisses.

« Ici quarante lacs dolla », dit-il.

Un lac valait approximativement vingt-cinq mille livres sterling. Quarante lacs, c'était un million de livres. Les yeux de Jin-qua se plissèrent plus encore.

« J'emplunte. Tlés difficile. Tlès cher. Tu veux ? Jin-qua plête, peut-êtle. »

Struan tenta de dissimuler sa stupéfaction. Il savait que les conditions d'un prêt seraient très dures. Il savait que Jin-qua avait joué sa vie, son âme, sa maison, son avenir et celui de ses amis et de ses fils pour amasser secrètement une telle fortune. L'argent devait être secret sinon le Hoppo l'aurait confisqué et Jin-qua aurait tout simplement disparu. Si l'on avait appris dans les nids de pirates et de bandits qui pullulaient à Canton et alentour qu'il y avait à portée de la main ne fût-ce que le centième d'un tel trésor, Jin-qua aurait été supprimé.

« Beaucoup lacs dolla, dit Struan. Pour une faveur il faut rendre une faveur.

— Achète cette année le double thé l'année delnièle, même plix l'année delnièle. Peux ?

— Peux.

— Vends double opium cette année même plix l'année delnièle. Peux ?

— Peux. »

Struan aurait à payer le thé au-dessus du cours et vendre au-dessous du cours actuel, mais il ferait quand même d'énormes bénéfices. Si les autres conditions étaient acceptables, se rappela-t-il. Il n'était peut-être pas fini, après tout. Si Jin-qua n'exigeait pas le mandarin. Struan fit une prière silencieuse pour que le mandarin ne figurât pas dans le marché. Mais il savait que s'il n'y avait pas de mandarin à Hong Kong, il n'y aurait pas de Co-hong. Et s'il n'y avait ni Co-hong ni monopole, Jin-qua et les autres marchands ne pourraient plus faire d'affaires. Eux aussi, ils avaient besoin du système.

« Achète seulement à Jin-qua ou fils Jin-qua. Peux ? »

Dieu tout-puissant, pensa Struan, si je lui concède le monopole sur la maison, il pourra nous saigner à son gré.

« Peux — quand prix thé, soie tout pareil autres Co-hong.

— Vingt ans. Couls du malché plus dix pour cent.

— Plus cinq pour cent. Plus cinq pour cent. Peux.

— Huit.

— Cinq.

— Sept.

— Cinq.

— Sept.

— Non peux. Pas bénéfices. Trop beaucoup, dit Struan.

— Ayee yah. Trop beaucoup bénéfices. Sept !

— Dix ans six pour cent et dix ans cinq pour cent.

— Ayee yah ! répliqua rageusement Jin-qua en se frappant la poitrine. Mauvais. Beaucoup mauvais. Coûte beaucoup ! Glos intérêt ! Tlès beaucoup. Dix ans six, dix ans cinq, ajoute nouveaux dix ans cinq. »

Struan se demanda si la colère était réelle ou feinte.

« Suppose pas de Jin-qua, pas de fils Jin-qua ?

— Pas mal beaucoup, pas mal beaucoup fils de fils. Peux ?

— Nouveaux dix ans quatre pour cent.

— Cinq.

— Quatre.

— Mauvais, mauvais. Tlès glos intérêt. Cinq. »

Struan ne regardait pas les caisses mais il se sentait entouré d'argent. Ne sois pas idiot. Prends-le. Consens à tout, à n'importe quoi. Tu es sauvé, mon gars. Tu as tout.

« Mandarin Ti-sen dit un mandarin à Hong Kong, dit brusquement Jin-qua. Pourquoi toi dis non ?

— Jin-qua aime pas mandarin, heya ? Pourquoi moi aimer mandarin, heya ? répliqua Struan, l'estomac crispé.

— Quarante lacs dolla, un mandarin. Peux ?

— No peux.

— Facile facile. Pourquoi tu dis no peux ? Peux.

— No peux, répéta Struan sans détourner son regard. Mandarin no peux.

— Quarante lacs dolla. Un mandarin. Pas cher.

— Quarante fois dix lacs dolla no peux. Plutôt mourir. »

Struan décida d'en finir avec ce marchandage. Il se leva.

« Fini, dit-il durement. Par mes aïeux, fini.

— Pourquoi t'en vas ? s'étonna Jin-qua en le voyant se diriger vers la porte.

— Pas mandarin — pas dolla. Pourquoi causer, heya ? »

A la stupéfaction de Struan, Jin-qua se mit à rire, d'un rire caquetant de vieillard, et il lui dit :

« Ti-sen veut mandarin. Jin-qua no plêter argent qui appartient Ti-sen. Jin-qua plête argent de Jin-qua. Ajoute nouveaux dix ans cinq pour cent. Peux ?

— Peux. »

Pris de vertige, Struan se rassit.

« Cinq lacs dolla achète Jin-qua terre à Hong Kong. Peux ? »

Pourquoi ? se demanda Struan sans comprendre. Si Jin-qua me prête l'argent, il doit savoir que le Co-hong est fini. Pourquoi se détruirait-il lui-même ? Pourquoi acheter de la terre à Hong Kong ?

« Peux ? insista Jin-qua.

— Peux.

— Cinq lacs dolla en lieu sûr. »

Jin-qua ouvrit un petit coffret en bois de teck et y prit deux chops. Les chops étaient de petits bâtons d'ivoire, carrés, longs de quatre centimètres. Le vieux Chinois les tint adroitement ensemble d'une seule main et appuya les bouts, qui étaient gravés, sur l'encre solidifiée et fit une marque de chop sur une feuille de papier. Puis Jin-qua remit un des chops à Struan et rangea l'autre dans le coffret.

« Homme apporte cette pièce chop, donne terre et dolla, cinq lacs, savvez ?

— Savvez.

— L'année plochaine j'envoie un chillo mâle Hong Kong. Tu l'envoies même école ton fils Lond'es. Peux ?

— Peux.

— Ton chillo mâle, Gordon Chen. Bon ? Mauvais, peut-êtle ?

— Très bon chillo. Chen Sheng dit pas mal beaucoup tête. Je pense donner à Gordon pas mal plus grosse place. »

Manifestement, Jin-qua voulait que Struan fasse quelque chose avec Gordon Chen. Mais quoi ? Pourquoi et comment Gordon Chen entrait-il dans les combinaisons du Chinois ?

Jin-qua soupira et Struan se dit que le marché était conclu. Il avait l'argent sans le mandarin ! Mais ce n'était pas fini. Jin-qua glissa une main dans sa poche de manche et posa sur la table huit moitiés de pièces.

Chacune des quatre pièces avait été grossièrement cassée en deux. Du bout de son fourreau d'ongle, Jin-qua poussa une moitié de chaque pièce vers Struan.

« Delnièle chose. Quatre faveu's. Homme apporte ceux-là, tu accordes faveu'.

— Quelle faveur ? »

Jin-qua joignit les mains devant lui.

« Sais pas, Taï-pan. Quatre faveu's un jour ou l'autle. Pas ma vie peut-êtle, fils peut-êtle. Sais pas quand, mais quatre faveu's. Une demi-pièce, une faveu'. Peux ? »

Une sueur froide glaça les épaules de Struan. Accéder à une telle demande, c'était ouvrir sa porte à la catastrophe. Mais s'il refusait, il perdait le million. Tu mets la tête dans un piège diabolique, se dit-il. Sûr, mais décide-toi. Veux-tu un avenir ou non ? Tu connais Jin-qua depuis vingt ans. Il a toujours été juste et honnête. Sûr, et c'est l'homme le plus rusé de Canton. Depuis vingt ans, il t'aide et te guide, et ensemble vous avez prospéré et grandi en puissance. Alors aie confiance en lui ; tu peux avoir confiance en lui. Non, tu ne peux avoir confiance en personne, en Jin-qua moins que tout autre. Tu as prospéré avec lui uniquement parce que tu as toujours tenu la carte maîtresse. Maintenant, on te demande de donner à Jin-qua quatre jokers de ton jeu de vie et de mort.

Une fois de plus, Struan fut saisi d'une crainte respectueuse devant la subtilité et la ruse diabolique de l'esprit chinois. Sa majesté. Sa hardiesse. Mais aussi, se dit Struan, lui et toi vous jouez pour des enjeux fabuleux. Chacun mise sur l'honnêteté de l'autre, car rien ne garantit que les faveurs seront accordées. *Sauf que tu les accorderas et que tu dois les accorder parce qu'un marché est un marché.*

« Peux, dit-il en tendant sa main. Ma coutume, serrer la main. Pas coutume chinoise, ça ne fait rien. »

Il n'avait jamais serré la main de Jin-qua, et il savait que les Chinois jugeaient cette coutume barbare.

« Faveu' peut-êtle contle la loi. La tienne, la mienne, savvez ?

— Savvez. Toi, ami. Toi ou ton fils n'envoient pas pièce pour demander mauvaise faveur. »

Jin-qua ferma un instant les yeux et songea au barbarisme des Européens. Ils étaient velus comme des singes. Leurs manières étaient laides et repoussantes. Ils sentaient incroyablement mauvais. Ils n'avaient aucune culture, pas d'usages, aucune grâce. Le dernier des coolies valait dix mille fois mieux que le meilleur des Européens. Et ce qui s'appliquait aux hommes s'appliquait encore plus aux femmes.

Il se rappelait son unique visite à l'Anglaise barbare qui parlait chinois, la putain blanche de Macao. Il était allé la voir plus par curiosité que par goût, poussé par des amis qui assuraient que ce serait une expérience inoubliable parce qu'il n'y avait aucun raffinement qu'elle ne pratiquât pas avec diligence.

Il frémit au souvenir de ses bras, de ses aisselles, de ses jambes, de son sexe velu, de la grossièreté de sa peau et de son visage, de la puanteur de la sueur mêlée de parfum horrible.

Et les aliments qu'ingurgitaient les barbares ! Abominables. Il avait assisté souvent à leurs dîners et il avait été contraint de rester assis tandis que défilaient des services innombrables, la nausée au cœur et feignant de ne pas avoir faim. Contemplant, avec stupéfaction et révulsion, les énormes quantités de viande à moitié crue dégoulinante de sauce et de sang. Et leurs écœurants légumes bouillis, sans goût. Et leurs gros pâtés indigestes. Des cochons, non, pire. Des diables gloutons. Incroyable !

On ne pouvait leur trouver aucune qualité, aucune, pensait-il. A part leur propension à tuer, et cela ils savent le faire avec une incroyable brutalité et sans le moindre raffinement. Et leur aptitude à gagner de l'argent. Ils ont au moins ça ; ils nous aident à nous enrichir.

Les barbares sont le Mal personnifié. A l'exception de cet homme — ce Dirk Struan. Autrefois, Struan était comme les autres barbares. Maintenant il est en partie chinois. Par l'esprit. L'esprit est important, car être chinois est surtout une attitude mentale. Et il est propre, il ne sent pas mauvais. Et il a appris un peu de nos usages. Il est encore violent et barbare, et c'est un tueur. Mais il a un peu changé. Et si un barbare peut être transformé en une personne civilisée, pourquoi pas un grand nombre ?

Ton plan est sage, se dit Jin-qua. Il ouvrit les yeux, tendit le bras et effleura délicatement la main de Struan.

« Ami. »

Jin-qua fit signe au serviteur de servir le thé.

« Mes hommes apportent l'argent chez toi ? Deux jours. La nuit. Très seclet, dit-il. Pas mal beaucoup danger, savvez ? Beaucoup.

— Savvez. Je donne papier et chop pour l'argent. J'envoie demain.

— Pas chop, pas papier. Parole meilleure, heya ? »

Struan hocha la tête. Comment pourrait-il expliquer — à Culum, par exemple — que Jin-qua donnerait un million en argent, accorderait des conditions honnêtes alors qu'il savait qu'il pouvait demander n'importe quoi, donnerait tout ce qu'on voulait sur une simple poignée de main ?

« Trois fois dix lacs dolla payer dettes Jin-qua, Co-hong, dit fièrement le Chinois. Maintenant nouvel an pas de dettes. Bon joss.

— Sûr. Bon joss pour moi.

— Inquiet pas mal beaucoup danger, Taï-pan. Moi no peux aider.

— Oui.

— Inquiet danger. Attendre deux nuits, il faut.

— Ayee yah, pas mal beaucoup danger, dit Struan en ramassant les quatre demi-pièces de monnaie. Merci, Chen-tse Jin Arn. Merci du fond du cœur.

— Pas merci, Di'St'uan. Amis. »

Soudain, l'homme qui était venu chercher Struan fit irruption dans l'entrepôt. Il parla rapidement à Jin-qua, qui se tourna vers Struan d'un air effrayé :

« Serviteurs tous pa'tis ! Quitté Concession ! Tous pa'tis ! »

## 6

DANS la chaise à porteurs, Struan était ballotté par les coolies qui trottaient par les ruelles silencieuses. L'intérieur de la boîte aux rideaux baissés était sale et maculé de sueur. De temps en temps, il coulait un regard entre les rideaux. Il ne voyait rien mais on devinait le jour proche. Le vent apportait des relents de fruits pourris, d'excréments, d'ordures, de cuisine, d'épices et, plus forte, l'odeur de sueur des coolies.

Il avait mis au point un plan plus sûr, avec Jin-qua, pour amener l'argent à Hong Kong. Jin-qua chargerait ses caisses sur un locha armé. Dans deux nuits, le lorcha serait amené secrètement au môle de la Concession. A minuit juste. Si ce n'était pas possible, le lorcha serait laissé près du môle, du côté sud, une lanterne au mât, une autre à l'avant. Pour s'assurer qu'il n'y aurait pas d'erreur, Jin-qua avait dit qu'il ferait peindre en rouge l'œil bâbord du lorcha. Tous les lorchas avaient deux yeux sculptés dans le bois de leur proue. C'était pour le joss, et aussi pour aider l'âme du bateau à voir devant elle. Les Chinois savaient qu'il était indispensable que les bateaux aient des yeux pour voir.

Mais pourquoi Jin-qua m'abandonne-t-il Hong Kong ? se demandait Struan. Il doit tout de même bien comprendre l'importance d'un mandarin. Et pourquoi veut-il faire faire des études à un fils à Londres ? Jin-qua, de tous les Chinois qu'il connaissait, était-il le seul qui sût voir assez loin pour comprendre, enfin, qu'il devait y avoir une alliance permanente entre la Chine et la Grande-Bretagne ?

Il entendit aboyer des chiens et, par les rideaux entrebâillés, il les vit s'attaquer aux jambes du coolie de tête. Mais le coolie qui courait devant la chaise avec une lanterne revint et dispersa les chiens avec son bâton ferré. Ils s'enfuirent en hurlant dans la nuit.

Struan vit alors un groupe de porte-étendards fantassins — une centaine, peut-être, assis à un croisement. Ils étaient armés et portaient des lanternes. Leur immobilité était menaçante. Les coolies tournèrent dans une ruelle, au grand soulagement de Struan. Maintenant, tout ce qu'il te reste à faire, mon gars, c'est d'apporter sans encombre l'argent à Hong Kong. Ou à Whampoa où tu pourras le transborder sur le *China Cloud*. Mais tant qu'il n'est pas à bord, en sécurité, tu n'es pas tiré d'affaire, petit.

La chaise bascula quand un coolie trébucha dans un des trous qui criblaient la chaussée, mais elle se redressa. Struan était complètement désorienté. Un peu plus tard, il aperçut des mâts, à demi cachés par des cabanes. Il ne reconnaissait toujours rien. La chaise tourna encore, se dirigea vers le fleuve, puis traversa deux ruelles. Enfin, au-dessus des toits des cabanes, il reconnut une partie des bâtiments de la Concession.

Brusquement, la chaise s'arrêta et fut posée par terre. Struan écarta vivement les rideaux et bondit, le couteau à la main au moment précis où trois lances s'enfonçaient dans les minces parois de la chaise.

Les trois assaillants tiraient désespérément sur leurs armes ; Struan sauta sur le plus proche, lui enfonça son couteau dans le flanc et pivota tandis qu'un autre se ruait sur lui avec une hache de guerre à double tranchant. La lame lui effleura l'épaule et il grimaça de douleur, mais put faire un bond de côté et saisir le manche de la hache. Il l'arracha à l'homme qui poussa un hurlement atroce : une lance dirigée sur Struan l'empalait à sa place. Struan recula le dos au mur. Le dernier assaillant avançait et reculait, en haletant et en jurant. Struan feinta, donna un coup de hache mais manqua son coup et l'homme bondit. Sa lance déchira la redingote de Struan, qui se dégagea et enfonça son couteau jusqu'à la garde dans le ventre de l'homme, en tordant pour bien l'étriper.

Struan se recula d'un bond, s'adossa au mur et attendit. L'homme qu'il avait poignardé hurlait. Le deuxième était inerte. Celui qu'il avait étripé se tenait le ventre à deux mains et s'éloignait plié en deux.

Struan attendit quelques instants, en reprenant des forces, et une flèche frappa le mur au-dessus de sa tête. Il ramassa une des lances et partit en courant vers la Concession. Derrière lui, il entendit des pas et courut plus vite. Comme il tournait au coin de la rue, il vit Thirteen Factory Street devant lui. Il lâcha la lance et se mit à zigzaguer à travers la rue pour plonger dans Hog Street. Il courut dans la ruelle et traversa la place où il y avait beaucoup plus de soldats que le soir.

Avant que les porte-étendards puissent l'intercepter, il avait franchi la grille du jardin. Un mousquet s'enfonça dans son estomac.

« Ah ! c'est toi, Dirk, dit Brock. Où t'as été, donc ?

— Dehors, haleta Struan. Sangdieu, j'ai été attaqué par de sales bandits.

— C'est ton sang ou le leur, ça ? »

Sous la lanterne allumée, Struan arracha la redingote et la chemise de son épaule blessée. La coupure était nette et peu profonde, en travers de l'épaule.

« Une piqûre de moustique », railla Brock.

Il trouva une bouteille de rhum, en versa sur la blessure et sourit quand Struan grimaça.

« Combien étaient-ils ?

— Trois.

— Et tu te fais blesser ? Tu deviens vieux. »

Struan but un peu de rhum, et se sentit mieux.

« Je te croyais endormi. Ta porte était fermée à clef. Où donc t'as été ?

— Qu'est-ce qui se passe, ici ?

— Les domestiques ont disparu il y a une heure, environ. Voilà ce qui se passe. J'ai pensé qu'il valait mieux ne pas amener tout le monde avant qu'il fasse jour. Doit y avoir une centaine de fusils qui te couvraient quand tu galopais.

— Alors pourquoi diable tu m'as enfoncé un mousquet dans le ventre ?

— Histoire de te souhaiter la bienvenue, déclara Brock et il avala une goulée de rhum. Je voulais que tu saches que nous ne dormions pas.

— Personne ne sait pourquoi les domestiques sont partis ?

— Personne. »

Brock alla à la grille. Les porte-étendards se rendormaient. Une petite aube nerveuse hésitait à l'horizon.

« Ça m'a l'air foutrement mauvais, grommela Brock, le visage dur. J'aime pas ça du tout. Ces bâtards n'ont rien fait que de rester assis et des fois battre leurs tambours. Je crois que nous ferions bien de battre en retraite tant que nous pouvons.

— Nous ne risquerons rien de quelques jours. »

Brock hocha la tête.

« J'ai un mauvais pressentiment. Y'a quelque chose de très mauvais. Nous ferions mieux de partir.

— C'est une ruse, Brock. »

Struan déchira un morceau de sa chemise et s'essuya la figure.

« Peut-être. Mais j'ai cette impression, et quand j'ai une impression comme ça, il est temps de se remuer. Nous les avons comptés, dit Brock en désignant les soldats de la tête. Cent cinquante, ils sont. How-qua dit qu'ils sont plus de mille postés tout autour de la Concession.

— J'en ai vu deux ou trois cents. A l'est.

— Où t'as été ?

— Dehors. »

Struan était tenté de le lui dire. Mais ça ne servirait à rien, pensa-t-il. Brock fera tout ce qui est en son pouvoir pour empêcher l'argent d'arriver à bon port. Et sans argent tu es mort comme tu ne le seras jamais.

« Il y a une fille là-bas au coin, ajouta-t-il avec légèreté.

— La vérole soit d'une fille ! T'es pas assez idiot pour sortir pour une mignonne, marmonna Brock en tirant sur sa barbe. C'est-y que tu me remplaces dans une heure ?

— Sûr.

— A midi on s'en va.

— Non.

— J'ai dit à midi.

— Non. »

Brock fronça les sourcils.

« Qu'est-ce qui te retient ici ?

— Si nous partons avant qu'il y ait vraiment du vilain, nous perdons la face.

— Ouais. Je sais. Ça ne me plaît pas de fuir. Mais quelque chose me dit que ça vaut mieux.

— Nous attendrons deux ou trois jours. »

Brock était assailli de soupçons.

« Tu sais que je me suis jamais trompé pour savoir quand il faut fuir. Pourquoi c'est que tu veux rester ?

— Ce n'est que Ti-sen et ses manigances habituelles. Cette fois, tu te trompes. Je prends la relève dans une heure », dit Struan et il rentra dans la maison.

Qu'est-ce que Dirk manigance, donc ? se demanda Brock. Il se racla bruyamment la gorge, furieux contre le danger qu'il sentait monter de la nuit finissante.

Struan gravit l'escalier de marbre jusqu'à ses appartements. Les murs étaient ornés de peintures de Quance et de soieries chinoises. Sur le palier, de gigantesques dragons Ming montaient la garde devant des coffres de teck. Les couloirs du premier étage étaient tapissés de tableaux de combats navals et de bateaux et sur un piédestal il y avait un modèle réduit du H.M.S. *Victory*.

Struan trouva sa porte fermée à clef.

« Ouvre la porte », dit-il.

Ah Gip lui ouvrit.

« Où diable es-tu partie, May-may ? » s'écria-t-il en s'efforçant de cacher son soulagement.

Elle était debout dans l'ombre, près de la fenêtre. Elle dit quelques mots à Ah Gip et lui fit signe de sortir. Struan tira le verrou.

« Où diable as-tu été ? »

Elle avança dans la lumière de la lanterne chinoise et il fut choqué par sa pâleur.

« Qu'est-ce qui ne va pas ?

— Il y a beaucoup de rumeurs, Taï-pan. On dit que les Barbares vont tous être passés au fil de l'épée.

— Rien de nouveau là-dedans. Où as-tu été ?

— Les porte-étendards sont nouveaux. On dit que Ti-sen est en disgrâce. Qu'il a été condamné à mort.

— Ridicule. Il est le cousin de l'empereur, et le deuxième homme le plus riche de Chine.

— On dit que l'empereur est foutrement furieux contre Ti-sen parce qu'il a signé le traité. Ti-sen doit être torturé en public.

— C'est de la folie ! Où as-tu été ? »

Struan s'approcha du feu et ôta les lambeaux de sa redingote et de sa chemise.

« Mon Dieu, qu'est-ce que tu as ? s'écria May-may en voyant la blessure.

— Des bandits m'ont attaqué.

— As-tu vu Jin-qua ? »

Struan fut frappé de stupeur.

« Comment diable le sais-tu ?

— Je suis allée me prosterner et payer mes respects à sa Suprême Dame. Elle m'a dit qu'il était rentré et qu'il t'avait envoyé chercher. »

Struan ne savait pas que May-may connaissait la femme numéro un de Jin-qua, mais il était si furieux qu'il écarta ce sujet.

« Pourquoi diable ne m'as-tu pas dit où tu allais ?

— Parce que tu me l'aurais défendu, riposta sèchement May-may. Je voulais la voir. Et aussi me faire coiffer et voir l'astrologue.

— Quoi ?

— Il y a un terrificalement bon coiffeur que les dames de Jin-qua emploient. Terrificalement bon pour les cheveux. Une dame coiffeur qui est célèbre dans tout Canton. Très chère. L'astrologue a dit que le joss est bon. Très bon. Mais de faire attention à la construction des maisons.

— Tu risques ta vie pour aller interroger des charlatans et pour te faire coiffer ? hurla-t-il. Qu'est-ce qu'ils ont, tes cheveux ? Ils sont très bien comme ça.

— Tu n'y connais rien, Taï-pan, dit froidement May-may. C'est là que j'ai entendu les rumeurs. Chez le coiffeur. Là, tu vois, ajouta-t-elle en lui prenant la main pour lui faire tâter ses cheveux. Ils sont bien plus doux, maintenant.

— Non ! Pas vrai ! Mordieu, si jamais tu t'en vas sans me dire où tu vas, je te fesserai si fort que tu ne pourras pas t'asseoir de huit jours.

— Essaie un peu, Taï-pan, par Dieu ! »

Il l'empoigna vivement et la porta, hurlante, vers le lit sur lequel il la jeta à plat ventre. Il releva la robe et les jupons et lui assena sur les fesses une claque qui lui fit mal à la main et la fit rebondir sur le matelas. Il ne l'avait jamais frappée. May-may se retourna, se redressa et lui griffa la figure avec ses grands ongles pointus. Une lanterne s'écrasa par terre quand Struan la rejeta à plat ventre et reprit la correction. Elle se débattait comme une furie, le griffait méchamment et un des ongles acérés manqua son œil de peu. Il lui saisit les poignets, la retourna, lui arracha sa robe et ses dessous et fessa le derrière nu du plat de la main. Elle pivota pour se relever, il voulut la repousser et elle enfonça ses dents dans son avant-bras.

« Bon dieu, c'est la dernière fois que tu me mords », gronda-t-il entre ses dents.

Elle enfonça plus profondément les dents mais il fit exprès de ne pas retirer son bras. La douleur lui faisait monter les larmes aux yeux, cependant qu'il frappait May-may de plus en plus fort, toujours sur les fesses, à en avoir la main engourdie. Enfin elle desserra les dents.

« Non... plus... assez... je t'en prie, je t'en prie, gémit-elle en sanglotant dans l'oreiller, sans défense.

— Maintenant, haleta Struan, tu vas me dire que tu regrettes d'être sortie sans permission. »

Les fesses marbrées, enflammées, se serrèrent et elle attendit un nouveau coup, mais il n'avait pas levé la main. Il savait que l'esprit d'un pur-sang doit être maté, mais jamais brisé.

« Je te donne trois secondes.

— Je regrette... pardon, pardon... Tu m'as fait mal ! Tu m'as fait mal », sanglota-t-elle.

Il se leva du lit et, tendant son bras sous la lampe, il examina la blessure. Les dents de May-may avaient mordu profondément et le sang perlait.

« Viens ici, dit-il puis, voyant qu'elle ne bougeait pas et continuait de pleurer, il répéta l'ordre d'une voix cinglante comme un coup de fouet : Viens ici ! »

Elle sursauta et se leva précipitamment, en ramenant sur elle les lambeaux de sa robe.

« Je ne t'ai pas dit de t'habiller ! J'ai dit viens ici ! »

Elle courut vers lui, les yeux rouges, la figure barbouillée de fard et de poudre.

Il affermit son poing sur la table et épongea le sang, puis il versa du cognac sur la blessure. On voyait nettement la marque de chaque dent. Il enflamma une allumette et la lui tendit :

« Pique chaque trou avec la flamme, un par un.

— Non !

— Un par un, répéta-t-il. La morsure humaine est aussi venimeuse que celle d'un chien enragé. Dépêche-toi ! »

Il fallut trois allumettes, et à chaque fois elle pleurait de plus belle, écœurée par l'odeur de chair grillée, mais elle ne trembla pas. Et à chaque fois l'alcool flambait, Struan serrait les dents et ne disait rien.

Lorsqu'elle eut fini, Struan versa encore du cognac sur la blessure noircie et May-may trouva un pot de chambre et fut violemment malade. Struan versa vivement de l'eau bouillante sur une serviette et bassina avec douceur le bas du dos de May-may, et quand elle se calma il lui essuya gentiment la figure et lui fit rincer sa bouche à l'eau chaude. Enfin, il la prit dans ses bras et la porta sur le lit. Il l'aurait laissée mais elle se cramponna à lui et se remit à pleurer, à gros sanglots déchirants, de ces grands sanglots qui lavent et chassent toute haine.

Struan la consola et la câlina jusqu'à ce qu'elle s'endorme. Puis il descendit remplacer Brock à la garde de la grille.

## 7

A MIDI, il y eut une nouvelle réunion. Nombreux étaient ceux qui voulaient partir tout de suite. Mais Struan eut plus d'influence que Brock et persuada les marchands d'attendre le lendemain. Ils y consentirent à contrecœur et décidèrent de s'installer chez Struan, pour leur sécurité mutuelle. Cooper et les Américains regagnèrent leurs propres bâtiments.

Struan remonta dans ses appartements.

May-may l'accueillit avec passion. Plus tard, ils dormirent en paix.

Au cours de la seconde veille, leur paix fut brisée. Wolfgang Mauss tambourina à la porte.

« Taï-pan ! Taï-pan !

— Oui ?

— Vite ! En bas ! Dépêchez-vous ! »

Ils entendirent la foule envahir la place.

« Mon père vous avait prévenus, nom de Dieu ! s'écria Gorth en se détournant de la fenêtre de la salle à manger.

— Ce n'est pas la première émeute, protesta sèchement Struan. Et vous savez qu'elles sont toujours contrôlées par les mandarins.

— Ouais, mais pas comme celle-ci, dit Brock.

— Il doit y avoir une raison. Ne nous inquiétons pas encore. »

La place grouillait d'une masse de Chinois. Certains portaient des lanternes, d'autres des torches. Quelques-uns étaient armés. Et ils hurlaient tous à l'unisson.

« Doit bien y avoir deux ou trois mille de ces

bougres, grommela Brock et il cria : Hé ! Wolfgang ! Qu'est-ce qu'ils gueulent, ces mécréants ?

— Mort aux diables barbares.

— Quel infernal toupet ! » s'exclama Roach.

Mauss contempla la foule, le cœur battant, les flancs moites de sueur. Est-ce ton heure, Seigneur ? L'heure du martyre ?

« Je vais descendre leur parler, prêcher, murmura-t-il, avide de sacrifice, mais terrifié.

— Une estimable idée, monsieur Mauss, dit aimablement Rumajee, ses yeux noirs allant avec inquiétude de Mauss à la fenêtre. Ils écouteront certainement votre voix. »

Struan remarqua la sueur sur le front de Mauss, et sa surprenante pâleur. Il le rejoignit près de la porte.

« Vous n'allez pas faire ça !

— Il est l'heure, Taï-pan.

— Vous n'achèterez pas votre salut si facilement.

— Qui êtes-vous pour en juger ? » rétorqua Mauss en essayant de passer.

Struan lui barrait le chemin.

« Je veux dire que le salut est long et douloureux », murmura-t-il avec douceur.

Par deux fois, déjà, il avait vu cette même étrangeté, chez Mauss. Chaque fois, cela s'était passé avant une bataille contre des pirates, et plus tard, durant la bataille, Mauss avait jeté ses armes pour marcher vers l'ennemi, en proie à une extase mystique, cherchant la mort.

« La... la paix du Seigneur est difficile à trouver, marmonna Mauss, la gorge nouée, heureux d'être retenu et s'en voulant à mort d'en être heureux. Je voulais simplement...

— Très juste, intervint Masterson d'un air dévot. Je sais ce que c'est que le salut. Le Seigneur nous préserve des immondes mécréants ! Je ne saurais être plus d'accord, Taï-pan. La peste soit de tout ce bruit, quoi ? »

Mauss se ressaisit avec effort et se sentit nu devant Struan qui, une fois encore, avait plongé dans le tréfonds de son âme.

« Vous... vous avez raison... oui.

— Et après tout, si nous vous perdions, qui nous resterait pour prêcher, hein ? lui dit Struan en se promettant d'avoir Mauss à l'œil, au cas où les choses tourneraient mal.

— C'est çà, approuva Masterson. A quoi sert de jeter un précieux chrétien aux loups ? Cette foutue bande de singes est montée jusqu'à la frénésie, et pas du tout d'humeur à écouter des prêches. Dieu nous protège ! Nom de Dieu, Taï-pan, je vous avais dit qu'il y aurait une attaque !

— Merci, Taï-pan », souffla Mauss.

Il essuya son front en sueur. Doux Seigneur Jésus-Christ, accorde-moi Ta paix. Envoie-moi des disciples et des missionnaires que je puisse me décharger de Ton fardeau. Et sois béni de m'avoir envoyé le Taï-pan qui est ma conscience et qui me voit tel que je suis.

La porte s'ouvrit violemment et de nouveaux marchands arrivèrent. Ils étaient tous armés.

« Bon Dieu, qu'est-ce qui se passe ? Qu'arrive-t-il ?

— Personne n'en sait rien, répondit Roach. Tout était paisible, et brusquement ils se sont mis à surgir.

— Je parie que nous ne reverrons plus jamais ce pauvre Eliksen. Le pauvre diable a déjà dû avoir la gorge tranchée, grommela Masterson. Nous allons tous mourir dans notre lit, cette nuit.

— Ah ! ça suffit, bon Dieu, assez ! gronda Roach.

— On peut dire que vous êtes encourageant et réconfortant, fulmina Vivien, un colosse au cou de taureau, en toisant Masterson. Feriez mieux de pisser dans votre chapeau ! »

Les autres marchands éclatèrent de rire et puis Gorth se fraya un passage entre les groupes, jusqu'à la porte.

« Je m'en vais prendre mes hommes et foncer dans le tas !

— Non ! »

Cinglante comme un coup de fouet, la voix de Struan imposa le silence.

« Ils ne nous font encore aucun mal. Qu'est-ce qui te prend, Gorth ? Tu as peur de quelques malheureux qui t'insultent ? »

Gorth rougit et s'avança sur Struan mais Brock s'interposa.

« Descends, rugit-il à son fils. Va monter la garde dans le jardin, et le premier Chinois qui entre, fais-lui sauter sa sale tête ! »

Gorth se maîtrisa péniblement et sortit. Tout le monde se remit à parler à la fois. Brock se versa une chope de bière et la but d'un trait.

« C'est pas bien d'énerver le gamin, Dirk.

— Il aurait besoin d'apprendre la politesse.

— Excusez-moi, monsieur Struan, intervint Rumajee. Y a-t-il des gardes à la porte de derrière ?

— Sûr. Trois de mes hommes. Ils peuvent tenir contre une armée de cette racaille. »

Une vive discussion éclata entre les marchands, et Roach s'écria :

« Je suis de l'avis de Gorth ! Je dis que nous devrions sortir d'ici tout de suite, de haute lutte !

— Nous le ferons. Si c'est nécessaire, dit Struan.

— Ouais, grommela Brock. Ce serait chercher les ennuis que d'y aller maintenant. Nous attendons et nous montons la garde jusqu'au jour. Ils seront peut-être partis.

— Et s'ils sont toujours là ? Hein ? Voilà ce que je voudrais savoir !

— Alors nous verserons beaucoup de sang. J'ai fourré trois de mes hommes sur notre lorcha et je les ai fait mouiller au milieu du fleuve. Il y a un canon à bord. »

Struan se mit à rire.

« Je crois que M. Brock mérite un vote de confiance ! »

Ils l'acclamèrent et Brock sourit.

« Merci de bon cœur, mes agneaux. Maintenant, faudrait dormir. Nous ne risquons pas grand-chose.

— *Gott in Himmel !* cria soudain Mauss en montrant la fenêtre, les yeux hors de la tête. Regardez ! »

Une procession aux flambeaux sortait de Hog Street et envahissait la place, avec des gongs et des tambours. Elle était précédée de porte-étendards armés de fouets qui taillaient un passage dans la foule. A la tête de la procession marchait un homme de forte corpulence. Il était richement vêtu, mais pieds nus et sans chapeau, et il chancelait sous le poids de ses chaînes.

« Mordieu ! s'exclama Struan. C'est Ti-sen ! »

La procession serpenta jusqu'au milieu de la place et s'arrêta. Tous les marchands du Co-hong, à l'exception de Jin-qua, faisaient partie de la procession. Ils tremblaient, et leur bouton de cérémonie, indiquant leur rang, avait été ôté de leur chapeau. La foule se mit à les huer. Puis le chef des porte-étendards, un grand guerrier barbu, tapa sur un énorme gong et la foule se tut.

Une chaise à porteurs escortée de soldats arriva sur la place. Hi'pia-kho, le Hoppo impérial, y trônait, en grande tenue de cérémonial rouge et grise. C'était un petit Mandchou obèse. Il portait à la main l'éventail impérial de sa dignité, en ivoire incrusté de jade.

La chaise du Hoppo fut posée au centre de la place et le chef des porte-étendards hurla un ordre. La foule se prosterna trois fois et se releva.

Le Hoppo déroula un parchemin et, à la lueur d'une lanterne tenue par un soldat, il se mit à lire d'une voix de tête.

« Qu'est-ce qu'il dit ? demanda Brock à Mauss.

— Regardez, voilà ce vieux How-qua, dit Masterson en riant. Il tremble comme un...

— Je vous en prie. Taisez-vous, je n'entends rien, grommela Mauss et il se pencha à la fenêtre... C'est un édit de l'empereur... Et le traître Ti-sen, feu notre cousin, sera immédiatement enchaîné et envoyé dans notre capitale sous bonne escorte, condamné à mort et... Bon dieu, je n'entends rien ! Attendez... Et le méprisable traité appelé Convention de Chuenpi, qu'il a signé sans notre autorisation, est annulé. Les barbares seront chassés de notre Empire et de Canton et de Hong Kong, sous peine d'une mort immédiate et longue et...

— Je ne le crois pas, protesta Roach.

— Bouclez-la ! Comment voulez-vous que Wolfgang entende ? »

Mauss écoutait attentivement la voix aiguë brisant le silence lourd.

« Nous sommes chassés, dit-il. Et nous devrons payer une indemnité pour tous les dommages que nous avons causés. Pas de commerce sinon suivant les Huit Règlements. La reine Victoria a l'ordre de se présenter à Canton en grand deuil... quelque chose de... on dirait que notre tête est mise à prix et... pour marquer notre déplaisir, le criminel Ti-sen sera publiquement roué et tous ses biens confisqués. Craignez ceci et obéissez en tremblant ! »

Le chef des porte-étendards s'approcha de Ti-sen et lui fit signe de se mettre à genoux. Blême, Ti-sen obéit ; le chef leva son fouet et l'abattit sur le dos du mandarin. Les coups pleuvaient et l'on n'entendait sur la place que les claquements du fouet. Ti-sen tomba face contre terre, et le soldat continua de frapper impitoyablement.

« Je ne peux pas le croire, murmura Masterson.

— C'est impossible, dit Mauss.

— S'ils font ça à Ti-sen... Par la Croix, ils vont nous tuer tous.

— Ridicule ! Nous pouvons maîtriser la Chine entière — quand nous voudrons. »

Brock se mit à rire.

« Qu'est-ce qu'il y a de si drôle, hein ? grommela Mauss.

— Ça veut dire que la guerre va recommencer ! Bonne chose, moi je dis ! déclara Brock et il toisa Struan d'un air moqueur. Je te l'ai dit, petit. Ça t'apprendra à faire un traité trop mou avec la racaille.

— C'est une ruse quelconque, répondit Struan avec calme, mais au fond de lui il était suffoqué par ces événements. Ti-sen est l'homme le plus riche de Chine. L'empereur a un bouc émissaire. Et toute la fortune de Ti-sen. C'est une affaire de face. L'empereur sauve la face.

— Toi et ta face, s'écria Brock, sa gaieté envolée. C'est ta face à toi qui doit rougir. Le traité est fini, le commerce est fichu, Hong Kong est foutu, toi tu es fini, et tout ce que tu trouves à dire, c'est de parler de face.

— Tu te trompes, Tyler. Hong Kong ne fait que commencer. Beaucoup de choses viennent tout juste de commencer.

— Ouais. La guerre, bon Dieu !

— Et s'il y a une guerre, où est la base de la flotte ? Macao est inutile, comme elle l'a toujours été ; c'est sur le continent et les Chinois peuvent tomber dessus comme ils veulent. Mais pas notre île, bon Dieu. Pas avec la flotte pour la protéger. Je suis d'accord que sans Hong Kong, nous sommes tous finis. Que sans Hong Kong nous ne pouvons pas déclencher une nouvelle campagne au nord. Ni protéger les ports et les concessions que nous aurons un jour sur le continent. Jamais. Hong Kong est la clef de la Chine.

— Bon Dieu, je sais ce que c'est qu'une île forteresse, tonna Brock par-dessus le concert d'approbations. Hong Kong n'est pas le seul endroit. Moi je dis que Chushan est mieux.

— On ne peut pas protéger Chushan comme Hong

Kong. Ce foutu rocher stérile, comme tu dis, représente tout notre avenir !

— Peut-être, peut-être pas, grogna Brock. Nous verrons bien. Mais toi, tu ne profiteras pas de Hong Kong, n'importe comment. La colline sera à moi et toi t'es fini.

— N'en sois pas trop sûr. »

Struan retourna à la fenêtre. Le fouet s'abattait toujours. Il eut pitié de Ti-sen, qui avait été pris dans un piège qu'il n'avait pas choisi. Il n'avait pas réclamé le poste de plénipotentiaire. On le lui avait imposé. Il était pris au piège de son époque. Tout comme Struan lui-même, et Longstaff et Brock et le Hoppo, et tous les autres, maintenant que le premier pas était fait. Le résultat serait aussi inexorable que le fouet. Il y aurait la guerre, un débarquement au nord, et l'empereur, acculé comme tous les autres, demanderait la paix. Le traité resterait valide car il était juste. Et puis, avec le temps, les Chinois ouvriraient petit à petit leurs ports, en comprenant que les Britanniques avaient beaucoup à offrir, des lois, la justice, la propriété sacrée, la liberté.

Car le Chinois ordinaire veut ce que nous voulons, pensa Struan, et il n'y a pas de différence entre nous. Nous pouvons œuvrer ensemble pour le bénéfice de tous. Nous aiderons peut-être les Chinois à renverser les barbares mandchous. Voilà ce qui se passera, s'il y a un traité raisonnable maintenant, si nous sommes patients, si nous jouons le jeu chinois suivant les règles chinoises, et le temps chinois. Du temps que l'on ne mesure pas en jours ni en années, mais en générations. Et si nous pouvons faire du commerce en attendant.

Lorsque Ti-sen eut reçu cent coups de fouet, les porte-étendards le ramassèrent. Le sang ruisselait de sa figure et de son cou et le dos de sa robe tombait en lambeaux sanglants. La foule hurla et se moqua. Un soldat donna un coup de gong mais la meute ne fit pas attention et les soldats durent la repousser à coups de fouet. Il y eut des cris, des hurlements, la foule recula et le silence retomba.

Le Hoppo fit un geste impérieux en direction du jardin. Les porteurs soulevèrent sa chaise et les soldats l'escortèrent, en taillant un chemin à coups de lanières lestées de plomb.

« Venez, dit Struan à Mauss et à Brock. Les autres, préparez-vous, au cas où il y aurait une attaque. »

Il courut dans le jardin, Brock et Mauss sur ses talons.

« Tu n'as plus ta tête ? lui cria Brock.

— Si. »

Ils regardèrent approcher la chaise à porteurs. Devant la grille, le Hoppo les appela avec autorité.

« Il vous ordonne de prendre une copie de l'édit, monsieur Struan, traduisit Mauss.

— Dites-lui que nous ne sommes pas en habits de cérémonie. Une question aussi importante a besoin d'un grand cérémonial pour lui accorder la dignité qu'elle mérite. »

Le Hoppo parut perplexe. Au bout d'un moment il reprit la parole.

« Il dit que les barbares n'ont pas de cérémonie et sont au-dessous de tout mépris. Cependant, le Fils du Ciel a demandé la clémence pour tous ceux qui le craignent. Une députation devra venir à son palais à l'heure du Serpent.

— Qu'est-ce que c'est que cette sacrée heure-là ? demanda Brock.

— Neuf heures du matin.

— C'est pas demain la veille qu'on va fourrer nos têtes dans un traquenard pareil. Dites-lui d'aller se faire foutre.

— Dites-lui, intervint Struan, que suivant les Huit Règlements nous n'avons pas le droit de rencontrer en personne le Hoppo exalté mais que nous devons recevoir les documents par l'intermédiaire du Co-hong, ici à la Concession. L'heure du Serpent ne nous laisse pas assez de temps. (Il leva les yeux et vit l'aurore qui pâlissait le ciel.) Qu'est-ce que c'est, onze heures du soir ?

— L'heure du Rat.

— Alors dites-lui que nous recevrons le document des mains du Co-hong, ici, avec le cérémonial adéquat, à l'heure du Rat. *Demain* soir.

— Cérémonial adéquat, c'est pas mal, ça, Dirk. On aura le temps de leur préparer une foutue réception ! »

Mauss traduisit et écouta la réponse du Hoppo.

« Il dit que le Co-hong apportera l'édit à l'heure du Serpent — neuf heures du matin — aujourd'hui. Et que tous les barbares anglais doivent quitter la Concession avant l'heure du Mouton — c'est une heure de l'après-midi — aujourd'hui.

— Dites-lui qu'une heure, aujourd'hui, c'est trop tôt. Nous n'aurons pas le temps de nous préparer. A l'heure du Mouton demain.

— Il dit que nous devons évacuer la Concession avant trois heures de l'après-midi aujourd'hui. L'heure du Singe. Que nos vies seront épargnées jusque-là et que nous pourrons partir sains et saufs.

— Dites-lui, à l'heure du Singe, demain. »

Le Hoppo répondit à Mauss et aboya un ordre. Sa chaise fut soulevée et la procession se reforma.

« Il dit que nous devons partir aujourd'hui. A l'heure du Singe. Trois heures, cet après-midi.

— Transmettez-lui ma malédiction », grommela Struan, furieux.

La procession se dirigeait vers Hog Street. Un des soldats poussa Ti-sen derrière la chaise à porteur et le fouetta pour le faire avancer ; d'autres repoussèrent la foule et la forcèrent à évacuer la place. Les porte-étendards restants se scindèrent en deux groupes ; le premier s'approcha du comptoir de commerce, en coupant le chemin de Hog Street, l'autre se posta à l'ouest. Le bâtiment était encerclé.

« Pourquoi demandais-tu un délai, donc ? demanda Brock.

— Simples négociations normales.

— Tu sais très bien qu'après ce qui est arrivé à Tisen, le Hoppo risque sa vie en accordant un délai. Et qu'est-ce que ça peut avoir de si important, de rester une nuit de plus, hé ? La plupart d'entre nous devions partir aujourd'hui, n'importe comment. Pour la vente des terres. »

Seigneur, songea Struan, sachant que Brock avait raison, comment faire pour attendre l'argent ?

« Hé ? répéta Brock.

— Aucune raison.

— Y'en a une, de raison », grommela Brock, et il entra dans la maison.

A l'heure du Serpent, ponctuellement, tous les marchands du Co-hong arrivèrent sur la place, escortés par cinquante porte-étendards tapant des gongs et battant du tambour. Le chef les laissa approcher et referma les rangs derrière eux. Jin-qua, une fois de plus, était absent. Mais son fils How-qua, le chef du Co-hong, était là. Rond et jovial, il était aujourd'hui sombre, suant de peur, si terrifié qu'il faillit lâcher l'édit impérial soigneusement roulé et noué de rubans vermillon. Les autres marchands étaient tout aussi terrifiés.

Struan et Brock les attendaient dans le jardin, revêtus de leurs plus beaux habits, en cravate blanche et chapeau de soie. Struan était rasé de frais et Brock avait fait peigner sa barbe. Ils portaient tous deux, avec ostentation, de grosses fleurs à la boutonnière. Ils savaient que cette cérémonie leur valait beaucoup de face et en faisait perdre au Hoppo.

Les marchands s'arrêtèrent à la grille. Mauss l'ouvrit et Struan s'avança avec Brock. Le chef porte-étendard les foudroya du regard. Struan et Brock ne pouvaient oublier que leur tête était mise à prix mais ils n'avaient pas peur, car ils étaient couverts par des fusils invisibles, aux fenêtres derrière eux, et par le canon du lorcha de Brock, au milieu du fleuve.

Le capitaine parla d'un ton rageur, en gesticulant avec son fouet.

« Il dit de sortir chercher l'édit », traduisit Mauss.

Struan souleva simplement son chapeau et tendit la main sans bouger d'une ligne.

« Le Hoppo a dit que l'édit devait être apporté et remis. Remettez-le. »

Il resta ainsi, la main tendue. Mauss traduisit ce qu'il venait de dire et, après un moment inquiétant, le porte-étendard s'adressa à How-qua et celui-ci s'approcha vivement et donna à Struan le rouleau de papier.

Aussitôt, Brock et Struan levèrent leur chapeau haut de forme et hurlèrent à pleins poumons :

*« God save the queen ! »*

A ce signal, Gorth approcha une chandelle des pétards et les jeta dans le jardin. Les marchands du Co-hong sautèrent en arrière et les soldats tirèrent l'épée ou bandèrent leurs arcs, mais Struan et Brock, l'expression solennelle, restèrent immobiles, le chapeau brandi.

Les pétards explosaient et remplissaient de fumée le jardin. Lorsque le fracas se calma, Mauss, Struan et Brock glapirent, à l'horreur des Co-hong :

« Le diable vérole tous les Mandchous ! »

Trois hourras leur répondirent, de l'intérieur. Le capitaine s'avança d'un air belliqueux et harangua Mauss.

« Il demande ce que ça signifie, Taï-pan.

— Répondez-lui ce que je vous ai dit. »

Struan croisa le regard de How-qua et il cligna de l'œil, imperceptiblement, en sachant combien il haïssait les Mandchous. Dans un mandarin parfait, d'une voix sonore et claire, Mauss répondit :

« C'est notre coutume pour les grandes occasions. Ce n'est pas tous les jours que nous avons le privilège de recevoir semblable document. »

Le capitaine l'invectiva un moment, puis il fit signe aux marchands de partir. Ils obéirent, mais ils étaient extrêmement réconfortés.

Brock se mit à rire de bon cœur et son rire se communiqua aux autres, dans tout l'immeuble ; un écho de ce rire leur répondit à l'extrémité de la place où se trouvait le comptoir américain. Un drapeau britannique apparut à l'une des fenêtres et s'agita bravement.

« Nous ferions bien de nous préparer à partir, dit Brock. Ça, c'était très bien. »

Struan ne répondit pas. Il jeta l'édit à Mauss.

« Donnez-m'en une traduction exacte, Wolfgang », dit-il et il regagna ses appartements.

Ah Gip le fit entrer et retourna à ses marmites. May-may était habillée, mais allongée sur le lit.

« Qu'est-ce que tu as, May-may ? »

Elle le regarda d'un air mauvais, se retourna et souleva sa robe, révélant ses rondeurs meurtries.

« C'est ça, que j'ai, cria-t-elle. Regarde ce que tu m'as fait ! Brute barbare ! Je dois rester debout ou à plat ventre. »

Struan se laissa tomber dans un fauteuil. May-may rabattit sa robe et se redressa.

« Pourquoi tu ris pas ? Je croyais que ça te ferait rire.

— Excuse-moi, fillette. J'aurais dû. Mais j'ai beaucoup de soucis.

— Lesquels ? »

Il fit signe à Ah Gip de s'en aller et tira le verrou

derrière elle. May-may s'accroupit près du feu et tourna le ragoût avec une baguette.

« Nous devons partir à trois heures, lui dit Struan. Si tu voulais rester dans la Concession jusqu'à demain, comment ferais-tu ?

— Je me cacherais, répondit-elle sans hésiter. Dans... comment tu dis ? Une petite pièce là-haut sous le toit.

— Au grenier ?

— Oui. Au grenier. Pourquoi veux-tu rester ?

— Crois-tu qu'ils fouilleront la maison quand nous serons partis ?

— Pourquoi rester ? Très peu sage de rester.

— Crois-tu que les soldats nous compteront quand nous partirons ?

— Cette sale racaille du diable ne sait pas compter ! Pourquoi tu veux te cacher ici ? C'est dangereux de ne pas partir avec les autres. Ce sera très dangereux si les soldats me voient. Nous aurons besoin de protection. Pourquoi nous cacher ? »

Il lui parla du lorcha, et de l'argent.

« Tu dois avoir beaucoup confiance en moi, dit-elle gravement.

— Sûr.

— Qu'est-ce que tu dois donner à Jin-qua en échange ?

— Des concessions commerciales.

— Oui, bien sûr. Mais quoi encore ?

— Rien que ça. »

Il y eut un silence.

« Jin-qua est un homme habile. Il ne voudrait pas seulement des concessions commerciales, murmura-t-elle. Ce que je demanderais, moi, si j'étais Jin-qua ! A n'importe quoi tu aurais dit oui. N'importe quoi.

— Qu'est-ce que tu voudrais ? »

Elle contempla les flammes et se demanda ce que Struan dirait s'il savait qu'elle était la petite-fille de Jin-qua — la deuxième fille de la cinquième femme de son fils aîné How-qua. Et elle se demanda pourquoi on lui avait défendu de le dire à Struan, sous peine de voir effacer son nom à jamais des registres de famille. Bizarre, pensa-t-elle, et elle frémit à la pensée d'être rejetée de la famille, car cela signifierait que non seulement elle mais sa descendance et les enfants de ses enfants seraient à jamais privés de la protection et du secours mutuel qui était la fondation de la société chinoise. Un roc perpétuel. La seule chose de valeur que cinq mille ans de civilisation et d'expérience avait jugé bonne. La famille.

Et elle se demanda pourquoi, en vérité, elle avait été donnée à Struan.

« Seconde fille de cinquième mère, lui avait dit son père lors de son quinzième anniversaire, mon illustre père t'a réservé un grand honneur. Tu vas être donnée au Taï-pan des barbares. »

Elle avait été terrifiée. Elle n'avait jamais vu de barbares et elle croyait qu'ils étaient des cannibales malpropres et odieux. Elle avait pleuré et supplié et puis, secrètement, on lui avait montré Struan un jour qu'il était avec Jin-qua. Le géant Struan l'avait effrayée mais elle avait vu qu'il n'était pas un gorille.

Elle était donc allée à Macao, et chez Struan, avec l'ordre de lui plaire. De lui enseigner les coutumes chinoises à son insu. D'apprendre la langue des barbares.

Une fois l'an, Jin-qua et son père envoyaient quelqu'un savoir les progrès qu'elle faisait et lui apporter des nouvelles de la famille.

Très curieux, songeait May-may. Je n'ai certainement pas été envoyée comme espionne, mais pour être la concubine de Struan. Et sûrement Père et Grand-père ne feraient pas une chose pareille à la légère, ni avec une personne de leur sang. N'étais-je pas la petite-fille préférée de Jin-qua ?

« Tant d'argent, dit-elle en éludant la question. Une

somme pareille est une tentation terrificale. Énorme. Et tout en un seul endroit — rien qu'un seul risque, attaque, ou vol, et trente, quarante générations vivraient sans souci... »

Comme j'étais sotte d'avoir peur du Taï-pan. Il est un homme comme les autres, et mon seigneur. Très homme, oui. Et je serai bientôt Tai-tai. Enfin. Et j'aurai enfin de la face.

Elle s'inclina très bas.

« Je suis honorée par ta confiance. Je bénirai ton joss, Taï-pan, à jamais. Tu me fais un immense honneur et tu me donnes beaucoup de face. Car n'importe qui chercherait comment te voler. N'importe qui.

— Comment t'y prendrais-tu ?

— J'enverrais Ah Gip au Hoppo, répondit-elle aussitôt. En lui garantissant cinquante pour cent, il trahirait bien l'Empereur. Il te permettrait de rester, secrètement si tu veux, jusqu'à l'arrivée du lorcha. Quand il serait certain que c'est le bon lorcha, il te laisserait monter à bord secrètement et il t'intercepterait en aval. Et il t'égorgerait. Mais ensuite il me volerait ma part et je devrais être à lui. Sale excrément de tortue ! Pas pour tout le thé de Chine, pas avec ce cochon fornicateur. Il a de sales manies. Tu sais qu'il est presque impuissant ? »

Elle regarda dans la marmite, prit un morceau de viande avec les baguettes et le goûta. Puis elle ôta la marmite du feu et la posa assez près pour qu'elle restât au chaud. Elle ouvrit ensuite la porte et chuchota avec Ah Gip. L'amah s'éloigna silencieusement. May-may retourna devant le feu.

« Où est-elle allée ? demanda Struan.

— Nous chercher un endroit pour nous cacher.

— Je m'en occuperai.

— Pour ça, elle fera mieux que toi. D'abord nous mangeons, et puis tu prendras une décision pour Brock.

— Comment ça ?

— Il ne va pas te laisser te cacher et rester, heya ?

— Je sais déjà ce que je vais faire de lui, dit Struan et une ombre de sourire passa dans ses yeux. Tu es quelqu'un de très, très spécial, May-may.

— Assez spéciale pour que tu me fasses Tai-tai ? Ta Suprême Dame, selon ta coutume ?

— Je verrai ça quand j'aurai accompli trois choses.

— Quelles trois choses ?

— La première est d'amener l'argent à bon port, à bord du *China Cloud*.

— Ensuite ?

— La seconde est de rendre Hong Kong absolument sûr.

— La dernière ?

— Je ne sais pas trop. Il te faudra être patiente pour celle-là.

— Je t'aiderai pour les deux premières. La dernière je ne sais pas. Je suis chinoise. Les Chinois sont très patients. Mais je suis aussi une femme.

— Sûr », murmura-t-il au bout d'un long moment.

# 8

STRUAN était dans son bureau privé du rez-de-chaussée, écrivant une dépêche à Robb. Il était bientôt deux heures. Dehors, les marchands, leurs employés, leurs coolies et leurs domestiques portaient leurs bagages des comptoirs aux lorchas. Le Hoppo avait adouci l'ordre interdisant les domestiques. Serviteurs et coolies étaient autorisés jusqu'à l'heure du Singe — trois heures — à laquelle la Concession devait être évacuée. Sur la place, des soldats interdisaient l'accès du comptoir américain.

Struan termina sa lettre, la marqua de son chop personnel et la scella avec de la cire et sa chevalière. Il avait dit à Robb de ne pas s'inquiéter, qu'il apporterait de bonnes nouvelles à Hong Kong et que, s'il était retardé, Robb devait aller à la vente des terres et acheter celle qu'ils avaient choisie depuis longtemps. Acheter surtout la colline, à n'importe quel prix. Quelle que soit l'enchère de Brock, Robb devait monter d'un dollar.

Struan passa sa main sur ses yeux fatigués et repassa son plan dans sa tête, minutieusement, en cherchant les erreurs possibles. Comme tous les plans, celui-ci était lié à des réactions extérieures et comptait sur une certaine part de joss. Mais il sentait que la girouette de son joss avait de nouveau tourné et repris sa place, le protégeant et lui promettant la réussite.

La haute horloge sonna deux coups. Struan se leva de son bureau sculpté et rejoignit les serviteurs qui allaient et venaient sous les ordres des employés portugais.

« Nous avons presque fini, monsieur Struan », lui dit Manoel de Vargas.

C'était un vieux Portugais grisonnant extrêmement digne. Il y avait onze ans qu'il était chez Struan et il dirigeait les employés. Avant cela, il avait possédé sa propre compagnie avec son siège social à Macao, mais il n'avait pu soutenir la concurrence des marchands britanniques et américains. Il ne leur en voulait pas. C'était la volonté de Dieu, il le disait sans aucune rancœur. Il était comme la grande majorité des Portugais, fidèle, calme, content de son sort et jamais pressé.

« Nous partirons dès que vous voudrez, dit-il.

— Vous vous sentez bien, Vargas ?

— Un peu fatigué, senhor. Mais une fois que nous serons réinstallés, j'irai mieux. C'est mauvais de déménager, et encore déménager. »

Il s'adressa sèchement, en cantonais, à un coolie qui passait en chancelant, chargé de gros registres, et lui montra un lorcha.

« Ce sont les derniers livres, monsieur Struan.

— Bien.

— C'est une bien triste journée, bien triste. Beaucoup de méchantes rumeurs. Certaines sont stupides.

— Quoi ?

— On dit que nous serons attaqués en chemin et massacrés. Que Macao est fini, que nous allons être définitivement chassés d'Orient. Et puis les rumeurs habituelles, que nous serons de retour dans un mois et que le commerce sera plus florissant que jamais. Il y a même une rumeur qui dit qu'il y a quarante lacs d'argent à Canton. »

Struan garda son sourire.

« Il n'y a pas autant de lacs dans toute la province de Kwangtoung !

— Naturellement. Stupide, mais amusant à rapporter. Il paraîtrait que l'argent a été réuni par le Cohong pour faire cadeau à l'empereur et l'apaiser.

— Sornettes.

— Bien sûr. Sornettes. Personne n'oserait avoir tant d'argent en un seul lieu. Tous les bandits de Chine tomberaient dessus.

— Prenez cette lettre et remettez-la à M. Robb en mains propres. Dès que possible, dit Struan. Ensuite, allez immédiatement à Macao. Je veux que vous réunissiez des équipes de maçons. Je veux les avoir sur l'île de Hong Kong dans quinze jours. Cinq cents hommes.

— Oui, senhor. »

Vargas soupira et se demanda pendant combien de temps il devrait continuer de feindre. Nous savons tous que la Noble Maison est finie. Cinq cents hommes ? Pourquoi aurions-nous besoin d'ouvriers et si nous n'avons pas d'argent pour acheter la terre ?

« Ce sera difficile, senhor.

— Dans quinze jours, répéta Struan.

— Ce sera difficile de trouver de bons ouvriers. Tous les marchands vont en chercher, et l'édit de l'empereur a révoqué le traité. Ils ne voudront peut-être pas travailler à Hong Kong.

— De bons gages les convaincront. Je veux cinq cents hommes. Les meilleurs. Doublez les gages s'il le faut.

— Oui, senhor.

— Si nous n'avons pas d'argent pour les payer, ajouta Struan avec un sourire amer, Brock vous paiera bien. Il n'y a pas de quoi s'inquiéter.

— Je ne m'inquiète pas pour mes propres travaux, dit Vargas avec une grande dignité, mais pour la sécurité de la maison. Je ne voudrais pas que la Noble Maison disparaisse.

— Oui. Je sais. Vous m'avez bien servi, Vargas, et je sais l'apprécier. Emmenez tous les employés avec vous, maintenant. Je partirai avec Mauss et mes hommes.

— Dois-je tout fermer, ou bien le ferez-vous, senhor ?
— Faites-le quand tous vos employés seront à bord.
— Très bien. Allez avec Dieu, senhor.
— Vous aussi, Vargas. »

Struan traversa la place. Autour de lui, des hommes se hâtaient d'apporter des objets de dernière minute aux cargaisons des lorchas lourdement chargés mouillés à l'extrémité du môle. Un peu plus haut, sur le quai, il vit Brock et Gorth exhortant leurs matelots et leurs employés à grand renfort de jurons. Quelques marchands étaient déjà partis et il salua joyeusement de la main un lorcha qui descendait le courant. Sur l'autre rive du fleuve, le peuple de la ville flottante contemplait l'exode, et les bateliers proposaient à grands cris leurs sampans pour remorquer les lorchas au milieu du courant, car la direction du vent ne facilitait pas le départ.

Le lorcha de Struan était long de douze mètres, avec deux mâts. Mauss était déjà à l'avant.

« Tout est paré, Taï-pan. Il y a une rumeur qui dit que le Hoppo a confisqué la maison de Ti-sen. Ils ont trouvé cinquante lacs de monnaie d'argent.
— Et alors ?
— Rien, Taï-pan. Une rumeur, hein ? Tous mes convertis ont disparu. »

Mauss avait l'air fatigué.

« Ils reviendront, ne vous en faites pas. Et il y en aura beaucoup à convertir à Hong Kong.
— Hong Kong est notre seul espoir, n'est-ce pas ?
— Oui. »

Struan remonta le môle. Il vit un grand coolie sortir du comptoir américain pour se mêler à la foule, et il changea de direction.

« Heya, quoi toi Yankee coolie peux ? cria-t-il au coolie.
— La peste soit de vous, Taï-pan, dit Cooper, sous

le chapeau chinois. Mon déguisement est donc si mauvais ?

— C'est votre taille, petit.

— Je voulais seulement vous souhaiter bon voyage. Sais pas quand je vous reverrai. Vous avez trente jours, naturellement.

— Mais vous n'y croyez pas ?

— Je le saurai dans trente et un jours, n'est-ce pas ?

— En attendant, achetez donc huit millions de livres de thé pour nous.

— Avec quoi, Taï-pan ?

— Avec quoi paie-t-on généralement le thé ?

— Nous sommes vos agents, c'est certain. Pendant trente jours encore. Mais je ne peux pas acheter pour vous sans monnaie d'argent.

— Avez-vous vendu tout votre coton ?

— Pas encore.

— Feriez mieux de vous en débarrasser, mon gars.

— Pourquoi ?

— Le marché s'effondre peut-être.

— S'il s'effondre, adieu *Independence*.

— Ce serait dommage, ça, non ?

— J'espère que vous vous arrangerez avec Brock. Et que vous construirez votre *Independent Cloud*. Je veux avoir la satisfaction de vous battre moi-même.

— Prenez votre tour, répondit Struan avec bonne humeur... Tenez-vous prêts à acheter gros et vite. Je vous préviendrai.

— Ce ne sera plus pareil sans vous, Taï-pan. Si vous disparaissez, nous y perdrons tous un peu.

— Je ne disparaîtrai peut-être pas, après tout.

— La moitié de moi veut votre peau. Vous, plus que tout autre, avez détenu une trop grosse part du marché, pendant trop longtemps. Il est temps que les mers soient libres.

— Libres pour les navires américains ?

— Et d'autres. Mais aux conditions britanniques.

— Nous avons toujours régné sur les mers, mon gars. Il le faut bien. Vous êtes un pays agricole, nous sommes des industriels. Nous avons besoin des mers.

— Un jour, nous vous prendrons les mers.

— Ce jour-là, nous n'aurons peut-être plus besoin des mers parce que nous régnerons sur les cieux. »

Cooper éclata de rire.

« N'oubliez pas notre pari !

— Au fait. J'ai reçu une lettre d'Aristote il y a quelques jours. Il me demandait un prêt pour le tirer provisoirement d'affaire parce que, je le cite, cette délectable commande veut attendre l'été parce qu'elle souffre de chair de poule. Nous avons bien le temps de la traquer et de la découvrir.

— Pas possible que ce soit Shevaun. Elle a de la glace à la place du sang.

— Elle vous a encore dit non ?

— Oui. Intercédez pour moi, vous voulez ?

— Jamais je ne me mêlerai de cette négociation ! »

Par-dessus l'épaule de Struan, Cooper vit Brock et son fils qui s'approchaient.

« Si les Brock n'arrivent jamais à Hong Kong, vous aurez tout le temps que vous voudrez. N'est-ce pas ?

— Est-ce que vous suggéreriez quelque chose comme un petit assassinat ?

— Ce ne sera pas petit, Taï-pan. Ce serait gros. Bonjour, monsieur Brock.

— Je pensais bien que c'était vous, Cooper, s'écria Brock en riant. C'est gentil de venir nous dire adieu. Toi, Dirk, tu pars maintenant ?

— Sûr. Je m'en vais montrer à Gorth mon gaillard d'arrière, jusqu'à Whampao. Et puis, avec le *China Cloud*, jusqu'à Hong Kong. Comme d'habitude.

— Le seul derrière que vous montrerez ce sera le vôtre dans quatre jours quand on vous fourrera à la prison pour dettes, à votre place, gronda Gorth.

— Jusqu'à Hong Kong, Gorth. Mais ce n'est pas

amusant de faire la course avec toi. Comme marin, tu n'es pas fichu de faire avancer un canot à l'aviron.

— Mieux que vous, bon Dieu !

— Sans ton père, tu serais la risée de l'Asie.

— Nom de Dieu, espèce de sale fils de...

— Tiens ta langue ! » aboya Brock.

Il savait que Struan serait ravi d'être insulté publiquement par Gorth, car alors il pourrait le provoquer en duel.

Gorth n'était pas encore de taille à affronter Struan. Dans un an ou deux, quand il serait plus rusé, ça serait autre chose. Mais pas tout de suite, bon Dieu. Et c'était pas l'habitude des Anglais de donner des coups de pied dans le ventre à un adversaire à terre, sans défense. Comme ce fils de putain de Struan.

« Un pari amical, dit-il. Cent guinées que mon gamin te bat. Le premier à toucher le mât du drapeau à Hong Kong.

— Vingt mille guinées. Son argent, pas le tien, répliqua Struan en défiant Gorth du regard.

— Comment allez-vous payer, Taï-pan ? » lança Gorth avec mépris.

Brock maudit la stupidité de son fils.

« Il plaisante, Dirk, c'est pour rire, dit-il vivement. Vingt mille guinées. Tenu.

— Sûr, une plaisanterie, comme tu dis, Tyler. »

Sous ses dehors froids, Struan jubilait. Ils avaient mordu à l'hameçon ! Maintenant, Gorth et Brock fileraient toutes voiles dehors sur Hong Kong. Vingt mille guinées étaient une jolie fortune, mais rien à côté des quarante lacs bien à l'abri dans les cales du *China Cloud*. Il serait débarrassé de Brock. C'était un jeu dangereux, pourtant. Gorth avait failli aller trop loin, et le sang avait risqué de couler. Trop facile de tuer Gorth.

Struan serra la main de Cooper puis il regarda Gorth :

« Le mât du drapeau à Hong Kong ! Bon voyage, Tyler ! »

Struan se dirigea vers son lorcha, qui avait déjà largué les amarres et se faisait pousser par un sampan jusqu'au milieu du courant. Il sauta sur le plat-bord et se retourna, en agitant la main d'un air railleur. Puis il disparut dans l'entrepont.

Furieux de la sottise de son fils, Brock le tira par le bras et le poussa vers leur lorcha. La colère de Gorth égalait celle de son père. Être traité comme un enfant, devant ce sale Struan...

« Alors, quoi, qu'est-ce que vous attendez, bande de vauriens pourris ? cria-t-il à son bosco. Larguez les amarres ! »

Brock était allé s'asseoir sur le plat-bord bâbord. Le front soucieux, il regardait filer le lorcha de Struan. Il était déjà au milieu du courant, et Struan était invisible. Le sampan faisait tourner le bateau en poussant d'un côté, puis le contournait rapidement pour pousser sur l'autre bord. Les hommes de Struan tirèrent les cordages et les voiles montèrent. Le sampan revint à la perche vers le lorcha de Vargas.

C'est pas comme Dirk de filer si vite, se disait Brock. C'est pas de lui du tout. Il se retourna vers le môle et vit que Vargas et tous les employés de Struan étaient encore là, leur lorcha amarré. Ah ! ça non, c'est pas de Dirk, donc. Partir avant ses employés. Dirk y tient à ces choses-là. Il est bizarre, comme ça. Ouais.

« Gorth, dit-il, ne pars pas derrière Dirk Struan, petit... »

Struan se cachait dans la cabine du sampan. Tandis que l'embarcation contournait l'avant du lorcha de Vargas, Struan tira le chapeau de coolie sur ses yeux et serra sa veste matelassée autour de lui. Le propriétaire du sampan et sa famille ne semblaient pas le remarquer. Ils avaient été bien payés pour ne rien voir et ne rien entendre.

Compte tenu des circonstances, le plan qu'il avait mis au point avec Mauss était le plus sûr. Il avait dit à Mauss de se dépêcher de gagner le *China Cloud*, mouillé devant l'île de Whampoa à treize milles de là, d'emprunter là-bas le chenal nord, plus court, et puis de donner l'ordre au capitaine Orlov de hisser toute la toile et de foncer avec le courant jusqu'à l'extrémité de l'île, puis de changer de cap, de la contourner et de remonter le fleuve par le chenal sud jusqu'à Canton. Il l'avait averti que c'était d'une importance capitale que cette manœuvre ne fût pas observée par Brock. Struan, pendant ce temps, attendrait le lorcha portant l'argent et prendrait ensuite le chemin le plus long en serpentant par des bras d'eau tortueux jusqu'au sud de l'île où il retrouverait le *China Cloud*. Près de la pagode de Marbre. La pagode, haute de soixante mètres, était un repère facile.

« Mais pourquoi, Taï-pan ? s'était étonné Mauss. C'est dangereux. Pourquoi ce risque, hein ?

— Soyez là, Wolfgang, c'est tout ce que je vous demande », avait-il répondu.

Lorsque le sampan atteignit le môle, Struan prit des paniers qu'il avait préparés et se faufila dans la foule jusqu'à la porte du jardin. Personne ne le remarqua. Une fois dans le jardin, il jeta ses paniers, entra, courut à la fenêtre de la salle à manger et regarda prudemment entre les rideaux.

Son lorcha était loin. Celui de Brock était au milieu du fleuve, les voiles gonflées par le vent. Gorth se tenait à l'avant et Struan pouvait presque entendre ses jurons. Brock, assis à bâbord, se tournait vers l'aval. Vargas avait fini de donner ses instructions aux employés et revenait vers le jardin.

Struan sortit de la salle à manger et courut sans bruit dans l'escalier. Du palier, il vit Vargas entrer dans le vestibule, jeter un dernier coup d'œil et partir. Struan entendit la clef tourner dans la serrure. Il poussa un soupir de soulagement et gravit un escalier étroit, jusqu'au grenier, où il s'insinua entre des caisses pour aller sur le devant.

« Bonjour, Taï-pan », dit May-may.

Elle portait son pantalon et sa veste de Hokklo, couverts de vermine, mais elle ne s'était pas maculé la figure. Elle était à genoux sur un coussin, derrière des caisses. Ah Gip se leva et s'inclina, puis elle s'accroupit de nouveau devant son petit balluchon de vêtements et d'ustensiles de cuisine. May-may indiqua un autre coussin en face d'elle, et le jaquet ouvert et préparé.

« Nous jouons, mêmes enjeux, hé ?

— Un moment, fillette. »

Il y avait une lucarne au plafond et une autre dans le mur. Struan pouvait voir toute la place.

« Vous m'avez vu ? demanda-t-il.

— Oh ! oui, très bien, répondit May-may. Mais nous te guettions d'en haut. D'en bas, personne n'a rien vu. »

Elle s'assit sur son coussin puis se remit aussitôt à genoux en jurant.

« Qu'est-ce que tu as ?

— Mon cul, elle me fait encore mal.

— *Il* me fait encore mal, rectifia-t-il.

— Elle. C'est une plaisanterie. Ayee yah, cette fois je te bats et je reprends tous mes dollars. Combien je te dois ? demanda-t-elle d'un air innocent. Quatorze mille ?

— Tu te rappelles très bien. »

Il s'assit et prit le cornet à dés.

« Quatre parties. Et puis on dort. Nous avons une longue nuit devant nous. »

Il lança les dés et elle jura.

« Quel joss tu as ! Double six, double six, la vérole pour le double six ! » cria-t-elle, puis elle joua à son tour et tira les mêmes dés. « Cher gentil double six !

— Ne fais pas tant de bruit, sinon on ne joue pas.
— Nous ne risquons rien, Taï-pan. A toi de jouer. Mon joss est bon aujourd'hui.
— Espérons qu'il est très bon. Et demain aussi.
— Ayee yah demain, Taï-pan ! Aujourd'hui. C'est aujourd'hui qui compte ! »

Elle jeta les dés et tira encore le double six.

« Chers jolis dés, je vous adore ! »

Puis elle fronça les sourcils.

« Qu'est-ce que ça veut dire, adore ?
— Aimer.
— Et aimer ? »

Struan se mit à rire et la menaça du doigt.

« Je ne me laisse plus entraîner dans cette discussion ! »

Il avait une fois essayé d'expliquer ce que signifiait aimer. Mais il n'existait pas de mot chinois pour le concept européen de l'amour.

La grande horloge du rez-de-chaussée sonna onze heures. Struan s'étira avec lassitude, à son poste à côté de la lucarne du mur. May-may dormait. Ah Gip aussi. Quelques heures plus tôt, il avait sommeillé un moment, mais ses rêves avaient été bizarres, et confondus avec la réalité. Il était à bord du *China Cloud*, écrasé sous un énorme poids d'argent. Jin-qua était entré et l'avait délivré de l'argent, il avait tout emporté en échange d'un cercueil et de vingt guinées d'or et puis il n'était plus à bord mais à terre dans la Grande Maison sur la colline. Winnifred lui apportait trois œufs et il déjeunait et May-may disait, derrière lui : « Comment peut-tu manger les petits de la poule avant leur naissance ? » Il se retournait et voyait qu'elle était toute nue, et d'une beauté qui serrait le cœur. Winifred demandait : « Est-ce que maman était aussi belle sans ses vêtements ? », et lui répondait :

« Oui, mais d'une façon différente », et il s'était réveillé en sursaut.

Cela l'avait attristé, de rêver de sa famille. Il faudra que je rentre bientôt chez nous, se dit-il. Je ne sais même pas où ils sont enterrés.

Il s'étira encore et contempla le trafic sur le fleuve, en pensant à Ronalda et à May-may. Elles étaient différentes, très différentes. Je les ai aimées toutes les deux également. Ronalda aurait aimé Londres et une belle demeure et prendre les eaux à Bath. Elle aurait été une maîtresse de maison parfaite, pour les grands dîners et les bals. Mais maintenant je suis seul.

Est-ce que j'emmènerai May-may avec moi ? Peut-être. En tant que Tai-tai ? Impossible. Parce que ça me fermerait les portes de ceux que je dois utiliser.

Il chassa ses réflexions et concentra son attention sur la place. Elle était déserte. A la tombée de la nuit, les soldats étaient partis. A présent, il n'y avait que le clair de lune et des ombres mouvantes ; ce vide lui semblait surnaturel et cruel.

Il avait sommeil. Tu ne peux pas dormir maintenant, se dit-il. Oui, mais je suis bien fatigué.

L'horloge sonna le quart d'heure, puis la demie, et il décida de réveiller May-may et Ah Gip dans un quart d'heure. Rien ne presse, pensa-t-il. Il ne se permettait pas de se demander ce qui arriverait si le lorcha de Jin-qua ne se montrait pas. Ses doigts jouaient au fond de sa poche avec les quatre demi-pièces et il s'interrogea encore une fois sur Jin-qua. Quelles faveurs, et quand ?

Maintenant, il comprenait en partie les mobiles de Jin-qua. La disgrâce de Ti-sen les avait révélés. Manifestement, il y aurait la guerre. Manifestement, les Britanniques seraient victorieux. Manifestement, le commerce reprendrait. Mais jamais sous les Huit Règlements. Alors le Co-hong perdrait son monopole et ce serait chacun pour soi. Partant, le marché étendu sur trente ans : Jin-qua avait simplement voulu cimenter ses liens commerciaux pour les trente ans à venir. C'était la façon chinoise, pensa-t-il, de ne pas s'inquiéter du profit immédiat mais des bénéfices répartis sur des années et des années.

Sûr, mais qu'est-ce que Jin-qua a dans la tête, en réalité ? Pourquoi acheter de la terre à Hong Kong ? Pourquoi éduquer un fils à la manière barbare, et dans quel dessein secret ? Et que seraient les quatre faveurs ? Et maintenant que tu as consenti et promis, comment vas-tu les rendre, ces faveurs ? Comment vas-tu assurer que Robb et Culum tiennent ta promesse ?

Struan se mit à réfléchir à cela. Il envisagea une dizaine de possibilités avant de trouver une solution. Il avait horreur de ce qu'il savait devoir faire. Puis, ayant pris sa décision, il tourna ses pensées vers d'autres problèmes.

Que faire de Brock ? Et de Gorth ? Là, tout à l'heure, sur le môle, il avait été tout prêt d'attaquer Gorth. Un mot de plus, et il l'aurait provoqué en duel. L'honneur l'y aurait obligé.

Et Culum ? Qu'a-t-il bien pu manigancer ? Pourquoi n'a-t-il pas écrit ? Robb non plus. Et quelles sottises Longstaff a-t-il pu faire ?

L'horloge sonna onze heures. Struan réveilla May-may. Elle bâilla et s'étira voluptueusement, comme un chat. Ah Gip s'était levée dès que Struan avait bougé, et elle rassemblait les ballots.

« Le lorcha est venu ? demanda May-may.

— Non. Mais nous pouvons descendre, être prêts. »

May-may chuchota quelques mots à Ah Gip qui lui dénoua les cheveux et se mit à les brosser vigoureusement. May-may fermait les yeux avec délices. Ah Gip lui fit ensuite une natte de Hokklo, y noua un ruban rouge et la laissa tomber dans le dos.

May-may frotta ses mains dans la poussière et se salit la figure.

« Les choses que je fais pour toi, Taï-pan ! Cette saleté sale va détruire la perfection de ma peau. J'aurai besoin de beaucoup de monnaie d'argent pour réparer les dégâts. Combien, heya ?

— Allez donc ! Va, va. »

Il les conduisit avec prudence au rez-de-chaussée, dans la salle à manger, leur fit signe d'attendre patiemment et alla à la fenêtre. La place était déserte. Des lanternes scintillaient sur les sampans de la ville flottante. Des chiens aboyaient, des pétards explosaient, on entendait des voix coléreuses, des rires aussi, et l'omniprésent *clac-clac* des pièces de mah-jong heurtant le bois d'un pont ou d'une table. Tout — les sons, les odeurs, le spectacle — paraissait normal à Struan. A part la place déserte. Il avait supposé qu'il y aurait du monde. Maintenant, ils devraient traverser une large étendue vide, et au clair de lune ils pourraient être vus à cent mètres.

L'horloge sonna minuit.

Il attendait, regardait, attendait.

Les minutes devenaient de plus en plus longues et au bout d'une éternité le carillon sonna le quart. Puis la demie.

« Le lorcha est peut-être au sud, murmura May-may en étouffant un bâillement.

— Oui. Nous allons attendre encore une demi-heure et puis nous irons voir. »

L'heure sonnait quand il vit deux lanternes sur un lorcha qui descendait le courant. Le bateau était trop loin pour que Struan pût voir l'œil peint en rouge ; il retint son souffle et attendit. Le lorcha naviguait bien, mais lourdement et bas sur l'eau. Il jugea que c'était un signe favorable, car l'argent devait peser plusieurs tonnes. Quand le bateau eut doublé la pointe nord de la Concession, il vira de bord et se glissa dans le môle. Deux Chinois sautèrent à terre avec des cordages et l'amarrèrent. Struan vit avec soulagement un autre

Chinois souffler la lanterne puis la rallumer, selon le signal convenu.

Attentivement, Struan fouilla l'obscurité des yeux, cherchant un danger. Il n'en sentit aucun. Ses pistolets, à sa ceinture, étaient armés.

« Suivez-moi. Vite, maintenant ! »

Silencieusement, il alla à la grande porte, l'ouvrit et guida les deux femmes dans le jardin. Il tira la grille et ils se hâtèrent à travers la place. Struan avait l'impression que tout Canton les observait. En arrivant au lorcha, il vit l'œil peint en rouge et reconnut à l'avant l'homme qui l'avait conduit auprès de Jin-qua. Struan aida May-may à monter à bord. Ah Gip sauta derrière eux.

« Pourquoi ça deux cow chillo, heya ? No peux ! dit l'homme.

— Ton nom quoi peux ? demanda Struan.

— Wung, heya !

— Cow chillo mien. Largue les amarres, Wung ! »

Wung remarqua les petits pieds de May-may et ses yeux se plissèrent. Il ne voyait pas sa figure, car elle avait baissé sur les yeux le grand chapeau du sampan. L'hésitation de Wung et sa façon de considérer May-may déplurent à Struan.

« Largue ! » cria-t-il sèchement et il crispa le poing.

Wung cria un ordre. Les aussières furent larguées, et le lorcha s'éloigna silencieusement du môle. Struan fit descendre May-may et Ah Gip par une échelle au pont inférieur. Il les mena à l'arrière, où se trouvait la cabine principale et poussa la porte. Cinq Chinois l'occupaient. Il leur fit signe de sortir. Ils se levèrent de mauvaise grâce et s'en allèrent, en regardant May-may de la tête aux pieds. Eux aussi, ils les remarquèrent.

La cabine était exiguë ; elle comportait quatre couchettes, une table grossière et des bancs. Elle sentait le chanvre et le poisson pourri. Wung, qui les avait suivis, examinait May-may, du seuil de la cabine.

« Pourquoi faire cow chillo ? No peux. »

Struan ne fit pas attention à lui.

« May-may, toi verrou portah, heya ? Ouvrir moi seulement, savvez ?

— Savvez, Massi. »

Struan se tourna alors vers Wung et lui fit signe de sortir. Il le suivit et entendit les verrous claquer derrière eux.

« Aller cale ! » dit-il au Chinois.

Wung le conduisit dans la cale. Les quarante caisses étaient empilées en deux rangées contre chaque paroi du bateau, avec un large passage entre elles.

« Quoi dedans boitah, savvez ? » demanda Struan.

Wung eut l'air perplexe :

« Pourquoi faire demander, heya ? Paleil Missa Jin-qua dit.

— Combien hommes savoi ?

— Moi tout seul ! Celui sait, ayee yah ! répondit Wung en passant son doigt en travers de sa gorge.

— Garde portah », grommela Struan.

Il choisit une caisse au hasard et l'ouvrit avec un levier. Il contempla l'argent, puis souleva un des lingots du dessus. Il sentait la tension de Wung, qui se communiquait à lui. Il replaça la brique d'argent dans la caisse.

« Pourquoi faire cow chillo, heya ? demanda Wung.

— Cow chillo mien. Fini. »

Struan replaça le couvercle et s'assura qu'il tenait bien. Wung le regardait, les pouces glissés dans la ceinture de son pantalon en loques.

« Chow manger ? Peux ?

— Peux. »

Struan monta sur le pont et vérifia le gréement et les voiles. Il y avait un canon à l'avant et un autre à l'arrière. Struan s'assura qu'ils étaient tous deux chargés et armés, que le baril de poudre était plein et la poudre bien sèche. La mitraille et les boulets étaient à portée de la main. Il donna l'ordre à Wung de rassembler l'équipage et se baissa pour ramasser un espar. Il y avait huit hommes à bord.

« Toi leur dis tous couteaux, tous boum-boum, sur pont pas mal vite-vite, dit Struan à Wung.

— Ayee yah, toi no peux ! protesta Wung. Pas mal beaucoup pirates. Pas mal... »

Le poing de Struan cueillit le Chinois sous le menton et l'envoya s'écraser contre le plat-bord. L'équipage poussa des cris de colère et voulut se ruer sur Struan, mais l'espar brandi les tint en respect.

« Tous couteaux, boum-boum sur pont, pas mal vite », répéta-t-il d'une voix autoritaire.

Wung s'était relevé péniblement ; il marmonna quelques mots en cantonais. Après un silence menaçant, il jeta son couteau sur le pont et, à contrecœur, les autres l'imitèrent. Struan lui dit de ramasser tous les couteaux et de les envelopper dans un morceau de toile qui traînait sur le pont. Ensuite, il fit retourner les hommes et les fouilla. Il trouva un petit pistolet sur le troisième et, avec la crosse, l'assomma. Quatre autres couteaux tombèrent bruyamment sur le pont et, du coin de l'œil, Struan vit Wung jeter par-dessus bord une petite hache de guerre.

Après avoir fouillé l'équipage, il lui ordonna de rester sur le pont et, emportant les armes, il fouilla avec soin le bateau tout entier. Il découvrit une cachette avec quatre mousquets, six épées, quatre arcs avec leurs flèches et trois fers de combat, qu'il emporta dans la cabine.

« Pourquoi as-tu frappé Wung ? demanda May-may qui avait tout entendu. C'est l'homme de confiance de Jin-qua, non ?

— La cargaison est le compas de ce voyage.

— Le compas ?

— L'aimant, si tu veux.

— Oh ! je comprends... Combien de temps avant de rencontrer le *China Cloud* ?

— Un peu après les premières lueurs du jour... si Wolfgang ne commet aucune erreur.

— Est-ce que ce serait possible ?

— Avec une cargaison pareille, tout est possible, dit Struan en prenant un des mousquets. Tu sais te servir de ça ?

— Pourquoi faire me servir de fusils ? Moi, je suis une vieille femme civilisationnée emplie de terreur — d'une grande beauté, je le concède, mais pas de fusils. »

Il lui en expliqua le maniement.

« Si quelqu'un d'autre que moi entre dans la cabine, tue-le. »

Armé d'un autre mousquet, il remonta sur le pont.

Le lorcha était à présent au milieu du fleuve, sous une lune ascendante, lourd et bas sur l'eau, filant environ quatre nœuds. Ils n'étaient pas encore sortis des faubourgs de Canton et les deux berges du fleuve étaient encombrées des sampans de villages flottants. De temps en temps, ils croisaient des bateaux, sampans ou jonques. Le fleuve avait près d'un demi-mille de large, et des bateaux de toutes espèces et de toutes tailles descendaient aussi le courant.

Struan examina le ciel et vit qu'il allait faire beau, mais le vent sec n'avait pas de corps. Il ne tarderait pas à tomber, et freinerait leur allure. Mais il n'était pas inquiet ; il avait fait ce voyage si souvent qu'il connaissait par cœur tous les hauts-fonds, les chenaux, les bras de fleuve et les affluents.

Les abords de Canton étaient un labyrinthe de cours d'eau et d'îles couvrant une étendue de dix kilomètres de large sur plus de trente de long. Il existait de nombreuses routes pour gagner la mer, et pour remonter le fleuve.

Struan était heureux d'être de nouveau à flot. Et heureux que leur voyage vers la pagode de Marbre ait commencé. Il se laissait balancer par les mouvements du lorcha. Wung se tenait à côté de l'homme de barre et l'équipage était disséminé sur le pont, maussade et rageur. Struan vit que la vigie avant était à poste.

Devant eux, à huit cents mètres, la rivière embrassait une île. Aux abords de la fourche, il y avait un haut-fond à éviter. Struan ne dit rien et attendit. Il entendit Wung parler à l'homme de barre qui vira de bord et fit passer le lorcha au large du haut-fond. Bien, se dit Struan. Wung connaît au moins les eaux et les passages. Il avait hâte de voir quel chemin Wung choisirait pour contourner l'île. Les deux étaient bons, mais celui du nord était meilleur que l'autre. Le lorcha maintint sa route et se dirigea vers le chenal nord. Struan se retourna et hocha la tête en montrant du doigt le chenal du sud, au cas où Wung aurait préparé une embuscade.

L'homme de barre consulta Wung du regard. Struan fit un mouvement imperceptible vers lui et le lorcha vira aussitôt de bord.

« Pourquoi faire passer par là, heya ? Pourquoi faire frapper mien ? Pas mal mauvais. Mauvais », grommela Wung.

Le vent fraîchit légèrement et la vitesse du lorcha s'accrut. Struan fit louvoyer pour profiter de la moindre brise. Ils naviguèrent assez rapidement pendant une demi-heure, un bateau parmi beaucoup d'autres. Et puis, du coin de l'œil, Struan aperçut un grand lorcha qui fonçait rapidement sur eux du côté du vent. Brock se tenait à l'avant. Struan se baissa et courut à la barre. Il repoussa l'homme. Wung et l'homme de barre, surpris, se mirent à parler nerveusement et tout l'équipage observa Struan.

Il poussa la barre à tribord en priant que le lorcha réponde. Il entendait vaguement la voix de Brock... « Barre à tribord »... et il sentit le vent abandonner ses voiles. Struan tira la barre pour virer de bord, mais le lorcha n'obéit pas et Brock amena le sien bord contre bord. Struan vit des grappins. Il leva son mousquet.

— Oh ! c'est toi, Dirk, sacrebleu ! » s'écria Brock en feignant la surprise.

Un large sourire aux lèvres, il se penchait au plat-bord.

« Les grappins sont un acte de piraterie, Brock ! » hurla Struan, et il jeta son couteau à Wung : « Couper grappins, vite-vite. !

— Très juste, mon gars, dit Brock en riant. Pardon pour les grappins. J'avais cru que ton lorcha avait besoin d'être remorqué. Je vois pas battre ton pavillon. C'est-y que t'en aurais honte, peut-être ? »

Struan vit que l'équipage de Brock était armé et à poste de combat. Gorth se tenait sur la plage avant, à côté d'un petit canon à pivot et, bien que le canon ne fût pas braqué sur lui, Struan savait qu'il était armé et prêt à tirer.

« La prochaine fois que tu enverras les grappins sur un de mes bateaux, je supposerai que vous êtes des pirates et je vous ferai sauter le caisson !

— Permission de monter à bord, Dirk ?

— Sûr. »

Brock prit son élan et sauta à bord. Trois hommes grimpèrent sur le plat-bord pour le suivre, mais Struan braqua le mousquet et hurla :

« Bougez pas ! Le premier qui vient à mon bord sans permission, je le fous en l'air ! »

Les hommes n'insistèrent pas.

« Très bien, déclara ironiquement Brock. C'est la loi de la mer. Un capitaine invite qui il veut. Bougez pas ! »

Struan poussa Wung devant lui :

« Couper grappins ! »

Effrayé, le Chinois courut aux grappins et se mit à scier les cordages. Gorth fit pivoter son canon et Struan le visa.

« Bouge pas, Gorth ! » glapit Brock.

La loi de la mer était pour Struan. L'abordage aux

grappins était un acte de piraterie. C'était aussi de la piraterie de venir à bord armé, sans autorisation et, de toutes les lois anglaises, aucune n'était aussi rigoureusement suivie et défendue et respectée que les lois concernant les navires en mer et les pouvoirs d'un capitaine à son bord. Pour la piraterie, il n'y avait qu'un châtiment : la pendaison.

Wung trancha le dernier cordage et les lorchas s'éloignèrent l'un de l'autre. Quand celui de Brock fut à dix mètres, Struan abaissa le mousquet et cria :

« Approchez à moins de quinze mètres sans permission, nom de Dieu, et je vous accuse de piraterie ! »

Puis il s'adossa au plat-bord et se tourna vers Brock :

« Qu'est-ce que ça signifie, Tyler ?

— Je pourrais te poser la même question, Dirk, répondit Brock sans se troubler. Je t'ai vu te glisser dans le sampan, hier. Et puis je t'ai vu, déguisé en coolie et, bon Dieu, voilà pas que je te vois rentrer dans ton comptoir ! Bizarre, je me suis dit. Le vieux Dirk est peut-être malade de la tête, savoir. Ou peut-être le vieux Dirk a besoin d'un coup de main pour s'enfuir de Canton. Alors on a un peu descendu le courant et puis on l'a remonté et on a mouillé au nord de la Concession. Et puis on t'a vu embarquer sur ce fichu raffiot. Toi et deux fillettes.

— Ce que je fais me regarde.

— Sûr, ça c'est vrai. »

Struan réfléchissait fébrilement. Il savait que le lorcha de Brock était plus rapide que le sien, que l'équipage était dangereux, et armé, et qu'il n'était pas de force à leur tenir tête. Il se maudit d'avoir été si confiant et de ne pas avoir monté bonne garde.

Mais aussi, tu n'aurais pas pu voir Brock remonter sournoisement le courant. Comment mettre Brock à ton avantage ? Doit bien y avoir un moyen. Il peut facilement te couler dans la nuit et, même si tu en réchappes, tu ne pourras pas prouver grand-chose. Brock prétendrait que c'est un accident. Et puis Maymay ne sait pas nager.

« Ce vieux rafiot me semble bien bas sur l'eau. Il prendrait pas l'eau, peut-être ? Ou alors ce serait le poids de la cargaison ?

— Où veux-tu en venir, Tyler ?

— Des rumeurs, mon gars. Il y a eu des rumeurs hier, toute la matinée. Avant qu'on parte. Des rumeurs, au sujet du trésor de Ti-sen. T'as pas entendu ?

— Il y a eu des dizaines de rumeurs.

— Ouais. Mais elles disaient toutes qu'il y avait dans Canton une rançon de roi en argent massif. J'y ai pas trop fait attention. Jusqu'à ce que je te voie revenir. Et j'ai trouvé ça très intéressant. Après le pari des vingt mille guinées. Très intéressant. Et puis tu embarques sur un lorcha lourdement chargé, comme un voleur dans la nuit, et tu mets le cap au sud par le mauvais chenal. (Brock s'étira, puis il se gratta énergiquement la barbe.) Le vieux Jin-qua n'est pas par là, où qu'il est ?

— Il n'est pas à Canton.

— Le vieux Jin-qua est ton homme, hé ? dit Brock en clignant de l'œil.

— Au fait !

— Rien ne presse, mon gars. Que non, s'exclama Brock et il se tourna vers son lorcha qu'il contempla fièrement. Il est léger du nez, pas vrai ? »

Il faisait allusion au long éperon de fer qui dépassait de l'étrave, juste au-dessous de la ligne de flottaison. Struan avait inventé le bélier, longtemps auparavant, qui était un moyen simple de crever et de couler un bateau. Brock et de nombreux autres trafiquants l'avaient adopté.

« Sûr. Et nous sommes lourds. Mais nous sommes assez bien armés.

— Je l'ai vu. Canon d'avant, canon d'arrière, mais

pas de pivots... (Un silence tendu.) Cinq jours et ces billets arriveront à échéance, hein ?

— Sûr.

— Ce serait que tu les régleras ?

— Dans cinq jours, tu le sauras.

— Quarante ou cinquante lacs d'argent, ça fait beaucoup de tonnes de métal.

— Sans doute.

— J'ai demandé à Gorth, je lui ai dit par exemple, qu'est-ce que le vieux Dirk ferait s'il avait du mauvais joss ? Gorth m'a dit, il essaierait de le changer. Ouais, j'ai dit, mais comment ? Il emprunterait, qu'il a dit. Ah ! j'ai dit, emprunter. Mais à qui ? Alors, Dirk mon gars, j'ai pensé à Jin-qua et à Ti-sen. Ti-sen est fichu, alors ça devait être Jin-qua... Dirk, y'a deux femmes à bord. Je serais heureux de leur offrir le passage jusqu'à Whampoa ou Macao.

— Elles ont leur passage.

— Ouais. Mais cette vieille épave ne m'a pas trop l'air de bien tenir la mer. J'aimerais pas que ces femmes se noient alors qu'on peut faire autrement.

— Nous ne coulerons pas. »

Brock s'étira, cria à son lorcha qu'on lui envoie le canot et hocha tristement la tête en regardant Struan.

« Ça m'ennuie que tu refuses de me confier les femmes. Ce bateau ne m'a pas l'air en bon état du tout.

— Il y a pas mal de pirates dans ces eaux. Si un navire s'approche de trop près, j'emploierai mes canons.

— La sagesse, Dirk. Mais si dans le noir de la nuit je voyais soudain un navire devant moi et que je fasse en sorte de l'éviter et que ce navire soit si impertinent qu'il me tire dessus au canon, ma foi, mon gras, tu ferais tout pareil que moi, tu le prendrais pour un pirate et tu le ferais sauter.

— Si tu étais encore en vie après la première salve.

— Ouais. C'est un monde cruel où nous vivons. Ce serait pas la sagesse de tirer le canon. »

Le canot vint accoster.

« Merci de tout cœur, Dirk. Tu ferais mieux de battre ton pavillon, tant que t'en as encore un. Comme ça ces bon Dieu d'erreurs se produiraient pas. Mande pardon pour les grappins. A bientôt à Hong Kong. »

Brock sauta dans son canot et resta debout à l'avant. Les matelots chinois se courbèrent sur les avirons et il agita ironiquement le bras.

« Pourquoi faire Massi N'a Qu'un Œil venir toi ? » chevrota Wung.

L'équipage était terrifié par le lorcha de Brock. Struan répondit sèchement :

« Qu'est-ce que tu crois, heya ? Vous tous faire pareil moi je dis, no peux morts. Toute la toile, vite-vite. Tuer feu qui voit, heya ! »

Un peu rassurés, les hommes éteignirent les lanternes et le lorcha fila devant le vent.

Lorsque Brock remonta à bord de son lorcha, il fulmina dans l'ombre. Il ne pouvait distinguer celui de Struan parmi les nombreux bateaux qui descendaient le courant, comme des fantômes.

« Tu le vois ? demanda-t-il à Gorth.

— Oui, Pa'.

— Je descends. Si par hasard tu éperonnes un lorcha, ce serait mauvais. Foutrement mauvais.

— Le trésor est à bord ?

— Trésor, Gorth ? fit Brock avec une surprise feinte. Je sais pas ce que tu veux dire. Si t'as besoin d'aide, ajouta-t-il en baissant la voix, appelle-moi. Mais pas de canon, attention. Pas à moins qu'il tire le premier. Nous n'allons pas faire le pirate. Nous avons bien assez d'ennemis qui aimeraient nous faire taxer de piraterie.

— Dors bien, Pa' », dit Gorth.

Pendant trois heures, Struan serpenta entre les jonques et les sampans, revint en arrière, changea de cap, doubla des hauts-fonds en les frôlant dangereusement en veillant toujours à mettre des bateaux entre le lorcha de Brock et le sien, mais Brock restait sur ses talons. Ils sortaient à présent du chenal sud et se retrouvaient en aval de la petite île au milieu du fleuve. Struan savait qu'il aurait maintenant plus de place pour manœuvrer, mais Brock en profiterait plus que lui.

Pour la millième fois, il contempla le ciel. Il aurait désespérément eu besoin d'un orage soudain, de pluie, de nuages pour cacher la lune. Mais il n'y avait aucun signe précurseur d'orage ou de pluie.

Il se retourna et vit que le lorcha se rapprochait. Il était maintenant à cent mètres sur l'arrière et filait dans le vent, naviguant au plus près, pour les rejoindre.

Struan cherchait fébrilement un plan pratique. Il savait qu'il pourrait leur échapper sans peine s'il jetait l'argent par-dessus bord. A un demi-mille, le fleuve se coupait de nouveau en deux bras, contournant l'île de Whampoa. S'il empruntait le chenal nord, il serait plus en sécurité, car le trafic fluvial se faisait par là et il pourrait certainement éviter d'être éperonné. Mais il ne pourrait jamais s'échapper assez longtemps pour doubler la pointe extrême de Whampoa et contourner l'île pour le rendez-vous avec le *China Cloud* qui attendrait au milieu du chenal sud. Il était obligé de passer par ce bras.

Devant lui, dans la nuit, il vit scintiller la fourche du fleuve, à la pointe de Whampoa. Puis il remarqua Ah Gip à l'écoutille. Elle lui faisait signe. Sur l'arrière, le lorcha de Brock se tenait prêt à courir devant son vent s'il empruntait le chenal sud, et à le rejoindre toujours au vent, s'il passait par le chenal nord.

Il désigna une petite pagode sur la rive sud, et la montra à l'homme de barre, comme repère.

« Savvez ?

— Savvez, Massi.

— Savvez pas mal bon ! » dit Struan en se passant le doigt en travers de la gorge.

Il se hâta de descendre. Dans la cabine, May-may était affreusement malade. La puanteur, le manque d'air et les mouvements du bateau, c'en était trop pour elle. Mais elle n'avait pas lâché le mousquet. Struan la prit dans ses bras pour la porter sur le pont.

« Non, souffla May-may. Je t'ai demandé à cause d'Ah Gip.

— Qu'est-ce qu'elle a donc ?

— Je l'ai envoyée à l'avant, secret. Pour écouter parler l'équipage. Elle a entendu un homme parler à un autre. Ils parlaient du trésor. Je crois qu'ils savent, tous.

— Sûr. Je n'en doute pas, dit Struan et il tapota l'épaule d'Ah Gip. Toi sacrée grosse paie toi bientôt peux.

— Ayee yah. Pourquoi faire paie, heya ?

— Brock est toujours sur nos talons ? demanda May-may.

— Oui.

— Peut-être le feu du ciel va lui tomber dessus.

— Peut-être... »

Il porta May-may sur le pont et la déposa sur un baril de poudre. Wung et l'homme de barre et l'équipage ne la regardèrent pas, mais Struan savait qu'ils étaient vivement conscients de sa présence, et elle faisait monter la tension. Puis il se rappela sa réflexion sur le feu du ciel et il éclata de rire brusquement.

« Pourquoi faire ha-ha, heya ? » demanda May-may. Elle aspirait à pleins poumons l'air marin, et se sentait tout à fait remise.

« Moi crois trouvé bon moyen casser Massi N'a Qu'un Œil. Heya, Wung ! Toi venir moi. Toi, dit Struan en donnant un de ses pistolets à May-may, homme venir près tuer, savvez ?

— Savvez, Massi. »

Struan fit signe à Wung de le suivre et se dirigea vers l'avant. Sur le pont, l'équipage s'écartait devant lui. Il s'arrêta au gaillard d'avant pour s'assurer que le lorcha de Brock était encore loin et descendit rapidement, Wung sur ses talons. Le poste d'équipage était formé d'une seule cabine occupant toute la largeur du bateau, avec des couchettes, le long des parois. Il y avait une cheminée grossière, en briques, sous une écoutille grillagée. Une bouilloire se balançait à la crémaillère au-dessus du charbon de bois incandescent. A côté, il y avait des bouquets d'herbes, des champignons séchés, du poisson frais et séché et des légumes frais, un sac de riz et des toupins en terre cuite.

Il souleva les couvercles des pots et renifla.

« Massi vouloir chow ? Peux. »

Struan hocha la tête. Le premier toupin contenait du soja, le deuxième du sirop de gingembre, le troisième des racines de ginseng au vinaigre et aux épices. Il y avait des huiles de cuisine, une jarre d'huile d'arachide et une d'huile de maïs. Struan jeta quelques gouttes de deux huiles sur le feu. L'huile de maïs brûla plus longtemps que l'autre.

« Wung, dit-il en montrant la jarre d'huile de maïs, toi porte en haut, vite-vite.

— Pourquoi faire ça, heya ? »

Struan remonta en courant sur le pont. Le lorcha approchait de la fourche où il devrait virer de bord pour prendre soit au nord, soit au sud. Struan montra le sud du doigt.

« Pourquoi faire plus long chemin, heya ? » demanda Wung en posant la jarre.

Struan le regarda et le Chinois recula un peu. L'homme de barre avait déjà changé de cap. Ils se dirigèrent vers le chenal sud. Le lorcha de Brock les suivit. Il y avait encore beaucoup de bateaux, entre les deux lorchas, et Struan était en sécurité pour un petit moment.

« Toi rester, dit-il à Wung. Heya, cow chillo. Toi rester. Sers-toi boum-boum tout pareil.

— Savvez, Massi », répondit May-may.

Struan descendit dans la cabine principale et en rapporta toutes les armes. Il choisit un mousquet, les deux arcs et des flèches et le fer de combat, et jeta le reste par-dessus bord.

« Pirate peux, nous non plus avoir boum-boum », marmonna Wung.

Struan prit le fer et le balança. C'était en quelque sorte une masse d'armes, une chaîne de fer d'un mètre de long terminée par une boule garnie de pointes. Le manche court et solide tenait bien dans la main et une boucle de cuir permettait de l'accrocher au poignet.

« Pirate vient, pas mal beaucoup mort-mort aurons », répliqua durement Struan.

Wung montra furieusement le lorcha de Brock, puis l'île :

« Lui no peux arrêter, peux ? Là-bas. Nous courir terre. Nous pas danger plus.

— Ayee ya ! »

Struan lui tourna le dos. Il s'assit sur le pont, la courroie du fer de combat au poignet, et l'équipage effrayé le vit avec stupeur arracher une manche de sa veste matelassée de coolie, la déchirer en bandes et tremper les bandes dans l'huile. Il prit une des bandes et en enveloppa soigneusement la tête d'une flèche à pointe de fer. L'équipage battit en retraite quand il plaça la flèche à l'arc, visa le long du pont et tira. La flèche frôla le mât et alla s'enfoncer dans la porte en teck du gaillard d'avant. Struan alla l'arracher.

Il revint, déroula le bout de tissu matelassé, le trempa dans l'huile, puis le saupoudra avec soin de poudre noire et l'enroula autour de la pointe de flèche, bien serré. Il enveloppa le tout d'une seconde bande de tissu. Il prépara ainsi quatre flèches. Wung n'y tint plus :

« Heya, Massi, quoi faire peux ?

— Va chercher feu qui voit, heya. »

En marmonnant des jurons, Wung alla chercher la lanterne. Par gestes, Struan fit mine de tremper la flèche dans le feu de la lanterne et d'envoyer un trait enflammé sur la grand-voile du lorcha de Brock.

« Pas mal beaucoup feu, heya ? Il arrête nous partons, heya ? »

Wung en resta bouche bée. Puis il éclata de rire. Lorsqu'il eut retrouvé la parole il expliqua le projet à l'équipage qui rit aussi et considéra Struan avec admiration.

« Toi alors pas mal beaucoup Taï-pan ! Ayeeeeee yah !

— Pas mal beaucoup fantastique toi ! s'écria May-may en riant aussi. Ji-jig Massi N'a Qu'un Œil pas mal !

— Hola ! » hurla la vigie.

Le lorcha de Brock gagnait sur eux. Struan prit la barre et se mit à louvoyer entre les embarcations pour s'enfoncer de plus en plus profondément dans le chenal sud. Le lorcha de Brock avançait impitoyablement, en passant toujours au vent. Struan savait que Brock attendait que la circulation fluviale fût moins dense pour lancer son attaque. Struan se sentait un peu plus confiant. Si la flèche touche la voile, se dit-il, et si elle ne la traverse pas, et si elle reste en feu en l'air, et si la grand-voile est assez sèche pour prendre, et si seulement ils attendent qu'on ait fait quatre milles pour attaquer, et si mon joss est bon, alors je pourrai les perdre.

« La vérole pour Brock ! » cria-t-il.

Il y avait beaucoup moins d'embarcations. Struan louvoya sous le vent pour s'approcher le plus possible de la rive droite du fleuve, afin d'avoir vent arrière quand il virerait de bord. Mais la berge sud était pleine de bancs de sable et de hauts-fonds, traître et dangereuse. Brock attendait pour bondir. Mais Struan voulait qu'il attaque maintenant. Il était temps. Depuis longtemps, il avait appris le principe de base de ceux qui tiennent à la vie : amener votre ennemi au combat uniquement suivant vos propres termes et jamais selon les siens.

« Heya, May-may, en bas. Ah Gip aussi ! »

Struan tendit le second mousquet à l'amah et les deux femmes descendirent.

« Wung-ah, chercher feu qui voit numéro deux ! »

Wung apporta la deuxième lanterne et Struan les alluma toutes les deux. Il prépara les flèches et les deux arcs. Maintenant, nous sommes engagés, se dit-il.

Le lorcha de Brock était à deux cents mètres au vent. Petit à petit, la circulation se dispersait. Les deux bateaux étaient seuls. Brusquement, le lorcha de Brock vira de bord et chargea. L'équipage de Struan s'égailla et courut au bord opposé. Les hommes se cramponnaient aux haubans, prêts à sauter par-dessus bord. Seul Wung demeura auprès de Struan à l'avant.

Struan distinguait nettement Gorth, à présent, à la barre du lorcha, son équipage aux postes de combat. Il chercha Brock des yeux mais ne le vit pas sur le pont et se demanda quelle diablerie il pouvait bien manigancer encore. Lorsque les lorchas furent à cinquante mètres l'un de l'autre, Struan tira la barre et fila devant le vent, présentant son arrière à Gorth. Gorth suivait. Struan donna la barre à Wung en lui disant de garder le cap, puis il s'aplatit à l'abri du plat-bord, avec les arcs et les flèches. Il pouvait voir les mâts du lorcha s'approcher rapidement. Il plongea une pointe de flèche dans la flamme de la lanterne. Le tissu imprégné d'huile prit feu aussitôt ; Struan se redressa et banda son arc. L'autre lorcha était à trente mètres. La flèche décrivit un arc de feu et, dans un tumulte de cris d'alarme se planta dans la grand-voile. Mais la violence de l'impact éteignit la flamme.

Gorth jeta des ordres à son équipage et continua de foncer tandis qu'une seconde flèche enflammée volait vers lui. Celle-ci frappa la grand-voile et le feu tint bon ; des étincelles tombèrent sur le pont ; la poudre, à l'intérieur du tissu, prit et explosa. Machinalement, Gorth donna un coup de barre et le bateau s'éloigna en frémissant sous la violence du changement de cap.

Struan avait une troisième flèche préparée et, quand le lorcha passa en virant, il tira et la vit toucher l'immense misaine. Des flammes se mirent aussitôt à lécher la toile. Le cœur joyeux, il vira et s'éloigna au vent, après avoir vu Brock remonter en courant de l'entrepont, pousser Gorth sans ménagements et s'emparer de la barre pour faire demi-tour. Puis Brock tira sur la barre brutalement et lança son bateau sur le milieu du lorcha de Struan, lui coupant toute fuite.

Struan avait prévu la manœuvre de Brock, mais son propre lorcha ne répondait pas à la barre et il comprit que c'était la fin. Il enflamma la dernière flèche et attendit, pesant de tout son poids sur la barre, en priant Dieu que le lorcha vire de bord. Brock était à l'avant du sien, exhortant son équipage qui s'efforçait d'éteindre le feu. Un morceau de gréement en flamme tomba à côté de lui mais il n'y prit pas garde et garda son œil rivé sur le point, à tribord, où il éperonnerait Struan.

Struan leva l'arc, visa soigneusement et, quand le lorcha fut à quinze mètres, il tira. La flèche s'enfonça dans une paroi à côté de la tête de Brock mais le lorcha garda le cap. Le bateau de Struan se décidait enfin à virer mais il était trop tard. Struan sentit le pont se soulever sous ses pieds, il entendit le bruit affreux du bois qui se déchire ; l'éperon de Brock s'enfonça dans le flanc tribord. Le bateau faillit se retourner et Struan tomba sur le pont.

Sous un déluge d'étincelles et de voiles et de vergues en feu, Struan se releva. Les Chinois poussaient des cris de panique et les hommes de Brock répondaient tandis que les deux équipages luttaient pour se dégager de l'enchevêtrement brûlant. Dans le tumulte, Struan entendit Brock hurler « Mande pardon ! », et les deux bateaux se séparèrent, le lorcha de Brock filant devant, son gréement en feu. Le bateau de Struan se redressa, vacilla, tomba lourdement sur tribord, se redressa et se tint en équilibre, gîtant fortement à bâbord.

Struan empoigna la barre et poussa de toutes ses forces. Le lorcha obéit lentement et, quand le vent se prit dans les voiles, Struan mit le cap sur la terre, en espérant de tout cœur qu'ils la toucheraient avant de couler.

Il voyait que les deux voiles de Brock flambaient. Il savait qu'ils seraient obligés de les abandonner et d'en hisser d'autres. Soudain, il s'aperçut que le lorcha donnait de la bande à bâbord — du côté *opposé* à l'abordage ! Il remonta le pont incliné de dix degrés et se pencha sur l'autre bord pour regarder la large brèche déchiquetée. Le bas du trou n'était qu'à deux centimètres sous la ligne de flottaison et Struan comprit que le choc avait déplacé les caisses d'argent dans la cale. Le poids du trésor maintenait le bateau à cette gîte.

Il appela Wung pour lui confier la barre et lui dire de garder le cap.

Puis il ramassa la masse d'armes et courut sur le pont, en faisant tournoyer la boule de fer hérissée de pointes, pour rassembler l'équipage. Il fit descendre les hommes à la cale, et en passant devant la cabine principale à moitié détruite, il vit Ah Gipo et May-may, indemnes mais tremblantes.

« Là-haut ! Monte ! Tenir boum-boum ! »

Le chaos régnait dans la cale. Des caisses avaient éclaté et des briques d'argent jonchaient le sol. Les caisses intactes étaient toutes tassées contre le bord bâbord. De l'eau se déversait par la brèche. L'équipage se retourna, affolé, mais Struan poussa les hommes dans la cale et leur fit éteindre deux ou trois débuts d'incendie. Jurant et gesticulant, il leur montra qu'il voulait qu'ils poussent les caisses et les disposent encore plus à bâbord. Dans l'eau jusqu'aux chevilles, les Chinois avaient une peur terrible de la noyade, mais plus encore du terrible fouet de fer qui tournoyait au-dessus de leurs têtes, et ils obéirent. Le lorcha gîta dangereusement, en grinçant, et la brèche sortit lentement de l'eau. Struan alla chercher la misaine de secours et bourra la toile dans le trou, en se servant de briques d'argent pour tasser.

« Sangdieu ! rugit-il. Vite-vite ! »

L'équipage se rua pour l'aider et bientôt la brèche fut bouchée. Struan fit signe à l'équipage de prendre la grand-voile de secours et les repoussa sur le pont.

May-may et Ah Gip n'avaient pas été blessées. May-may brandissait toujours le pistolet, et Ah Gip le mousquet. Wung, paralysé de terreur, tenait le cap, Struan poussa les hommes à l'avant et, avec leur aide, fit passer la grand-voile sous l'avant du bateau, sous la coque, puis l'amarra solidement par-dessus le pont, en lui faisant recouvrir la brèche.

Le lorcha de Brock dérivait, la misaine et la grand-voile en flammes. Struan vit les hommes couper les écoutes et le gréement tomba à l'eau avec les voiles. Elles flambèrent encore un moment sur l'eau. Puis ce fut la nuit. Quelques jonques et quelques sampans passaient, mais aucun d'eux n'était allé au secours du lorcha en feu.

Struan regarda devant lui. Le chenal des Six Rochers, un passage peu connu, s'ouvrait sous le vent mais, dans l'incapacité de manœuvrer à son gré, il devait rester dans le bras principal et filer devant le vent, aussi droit que possible.

Il vérifia sa position. La pagode de Marbre était à huit ou neuf milles en aval.

La voile protectrice entourant la coque faisant office de traînard, le lorcha ne filait guère que deux ou trois nœuds. L'obligation de rester droit au vent pour ne pas avoir à louvoyer réduirait encore l'allure. Au-devant de lui, le fleuve devenait sinueux. Avec du joss, j'aurai pas besoin de louvoyer sur tribord. Je baisserai les voiles et je dériverai et puis je les hisserai de nouveau quand je serai sur la position.

Il donna la barre à Wung et redescendit vérifier le calfatage de fortune. Avec du joss, se dit-il, ça tiendra. Il passa dans la grande cabine, qui n'était plus que ruines, contempla la couchette avec envie, ramassa une paillasse et remonta.

Au sommet de l'échelle, il se figea sur place. Wung lui braquait le pistolet dessus. Un second Chinois brandissait le mousquet. Ah Gip gisait, inerte, à ses pieds. Un homme d'équipage maintenait May-may par une clef à la gorge et lui appliquait une main sur la bouche. Wung tira au moment où Struan levait instinctivement la paillasse et se jetait sur le côté. Il sentit la balle lui brûler le cou et il se rua sur le pont, la figure noire de poudre brûlante, la paillasse un pitoyable bouclier. Le deuxième Chinois tira à bout portant mais le mousquet explosa et lui emporta les deux mains ; il regarda ses moignons sanglants d'un air hébété puis se mit à hurler.

Struan fit tournoyer le fer de combat tandis que Wung et l'équipage se ruaient sur lui. La boule hérissée de pointes attrapa Wung en plein sur la joue, lui arrachant la moitié de la bouche, et il recula en chancelant. Struan fit un moulinet et un autre homme tomba, puis un autre encore lui sauta sur le dos et tenta de l'étrangler avec sa natte servant de garrot, mais Struan se secoua et s'en délivra. Celui qui maintenait May-may la lâcha et voulut foncer mais Struan lui enfonça dans la figure le manche de son fouet de fer et puis, quand l'homme hurla et tomba, Struan le piétina brutalement. Les deux hommes indemnes coururent à l'arrière. Haletant, les poumons en feu, Struan les suivit. Ils sautèrent par-dessus bord. A l'avant, un cri s'éleva. Wung, grotesque, la moitié de la figure ruisselante de sang, cherchait May-may à tâtons. Elle lui échappa et courut à l'abri.

Struan s'avança et le tua.

L'homme sans mains hurlait pitoyablement. Struan l'acheva rapidement, sans douleur.

Le silence tomba sur le pont.

May-may contempla une main arrachée et courut au plat-bord, prise d'une terrible nausée. Struan jeta la main à l'eau. Lorsqu'il eut repris son souffle, il jeta par-dessus bord tous les corps sauf un. Il examina Ah Gip. Elle respirait par la bouche, et saignait du nez.

« Je crois qu'elle va aller », murmura-t-il d'une voix qu'il eut du mal à reconnaître.

Il se tâta la figure. La douleur montait par vagues insupportables. Il s'écroula à côté de May-may.

« Qu'est-ce qui s'est passé ?

— Je ne sais pas, souffla-t-elle. J'étais là avec le pistolet et puis la seconde d'après ils avaient une main sur ma bouche et ils te tiraient dessus. Pourquoi n'es-tu pas mort ?

— J'ai l'impression de l'être. »

Sa joue gauche était brûlée, ses cheveux et la moitié d'un sourcil. La douleur de sa poitrine se calmait.

« Pourquoi Wung — et les autres — pourquoi faire ça ? Pourquoi ? Il était l'homme de confiance de Jin-qua !

— Tu l'as dit toi-même, soupira Struan. N'importe qui ferait n'importe quoi pour voler le trésor. Sûr. N'importe qui. Je ne leur en veux pas. J'ai été idiot de descendre à la cale. »

Il vérifia la route. Le bateau se traînait toujours dans la même direction.

May-may vit la longue brûlure à son cou et poussa un cri.

« Un pouce de plus, un pouce de plus, souffla-t-elle, la moitié d'un pouce. Bénis soient les dieux pour ton joss. Je ferai un très immense présent. »

Struan prit un baquet et lava le pont couvert de sang, puis il nettoya le fer de combat.

« Pourquoi faire tu laisses un homme ? demanda May-may.

— Il n'est pas mort.

— Jette-le par-dessus bord.

— Quand il sera mort. Ou quand il se réveillera, il pourra sauter. »

Struan aspira à pleins poumons l'air frais de la nuit. Les jambes douloureuses de fatigue, il alla se pencher sur Ah Gip, la souleva et la porta sur le dessus du gaillard d'arrière.

« Tu as vu où elle a été frappée ?

— Non. »

Struan défit la veste matelassée. La poitrine et le dos ne portaient pas de marques mais il y avait un peu de sang à la nuque, sous la natte. Il la rhabilla, la couvrit et l'installa le plus confortablement possible. Elle avait la figure grise, marbrée, la respiration pénible.

« Elle a pas l'air bien.

— Jusqu'à quand nous marchons, maintenant ? demanda May-may.

— Nous en avons pour deux ou trois heures. Je n'en sais rien. Plus, peut-être. »

Struan prit la barre. May-may s'allongea et laissa le vent chasser ses malaises.

Le lorcha dérivait lentement dans le courant. D'autres bateaux passaient, montant ou descendant, et les équipages contemplaient le lorcha avec curiosité ; mais ils ne disaient rien. A l'avant, le fleuve serpentait et Struan vira doucement de bord. La réparation de toile semblait tenir.

« Je voulais te demander quelque chose, dit soudain Struan. Tu m'as dit que tu es allée voir la Suprême Dame de Jin-qua. Où l'as-tu rencontrée ?

— J'ai été esclave dans sa maison, répondit paisiblement May-may. Juste avant que Jin-qua me vende à toi. Tu m'as bien achetée, n'est-ce pas ?

— Je t'ai acquise selon vos coutumes, oui. Mais tu n'es pas une esclave. Tu peux rester ou partir, librement. Je te l'ai dit le premier jour.

— Je ne t'ai pas cru. Je te crois maintenant, Taï-pan, murmura-t-elle en regardant défiler la terre et les bateaux. Je n'avais jamais vu une tuerie, tu sais. Je n'aime pas tuer, la tuerie. Parce que je suis une femme, peut-être ?

— Sûr. Et puis non. J'en sais rien.

— Tu aimes tuer ?

— Non.

— Dommage que ta flèche ait manqué Brock.

— Je ne le visais pas. Je ne cherchais pas à le tuer, rien qu'à le faire virer. »

Elle parut stupéfaite.

« Je le jure à nom de Dieu, Taï-pan, tu es singulier fantastical !

— Je jure au nom de Dieu, May-may, répliqua-t-il en riant, tu es singulière fantasticale ! »

Elle se coucha sur le côté, le regarda, l'adora. Puis elle s'endormit.

Quand elle se réveilla, le soleil était levé. Les berges étaient basses, plates, courant vers des horizons brumeux. Une terre riche, découpée en rizières, le riz d'hiver montant vert et mouvant. Des collines, au loin.

La pagode de Marbre était juste devant. Au-dessous attendait le *China Cloud*.

# LIVRE DEUXIÈME

# 9

QUATRE jours plus tard, le *China Cloud* était secrètement mouillé dans la baie de Deepwater, au sud de l'île de Hong Kong. Le matin était frais, le ciel bas, la mer grise.

Struan contemplait l'île, des fenêtres en losange de sa grande cabine. Les montagnes arides plongeaient dans la mer, tout autour de la baie, et des nuages voilaient leurs sommets. Il y avait une plage étroite, et puis le terrain montait, stérile et dénudé. Des mouettes criaient. La cloche du bord sonna six coups.

« Oui ? répondit Struan à un coup frappé à sa porte.

— Le cotre est rentré », soupira le capitaine Orlov.

C'était un bossu aux épaules démesurées, haut d'un mètre soixante à peine, avec des bras massifs et une énorme tête. Un fer de combat pendait à son poignet par une courroie. Depuis que le trésor était à bord, il avait porté le fer jour et nuit et avait même dormi avec.

« Par la barbe d'Odin, notre cargaison est pire que la peste noire !

— De nouveaux ennuis ?

— Des ennuis, vous dites ? Jamais sur un navire à moi, par la tête de la Mère de Jésus-Christ ! Du moins pas tant que je suis éveillé, pas vrai, Taï-pan ? »

Le petit homme difforme éclata d'un mauvais rire. Struan avait trouvé Orlov errant sur les quais de Glasgow, il y avait bien longtemps. C'était un Norvégien naufragé dans les dangereuses Orkneys, qui ne parvenait pas à trouver un nouveau bord. Bien que les gens de mer n'eussent point de nationalité, aucun armateur ne voulait confier un de ses navires à un homme si bizarre qui refusait de s'incliner devant quiconque et d'appeler un homme « monsieur » ou « capitaine », qui refusait d'embarquer autrement que comme capitaine, pas moins.

Struan avait mis à l'épreuve les connaissances et les dons d'Orlov, sa force et son courage, et n'avait rien eu à lui reprocher. Orlov parlait l'anglais, le français, le russe, le finnois et le norvégien. Il avait l'esprit brillant et une mémoire stupéfiante. Et bien qu'il ressemblât à un gnome, et fût capable de tuer comme un requin s'il le fallait, il était juste et absolument dévoué et digne de confiance. Struan lui avait confié un petit navire, puis un plus important. Puis un clipper. Il y avait un an qu'il l'avait nommé capitaine du *China Cloud* et il savait qu'Orlov possédait bien toutes les vertus de marin dont il se prévalait.

Struan lui versa du thé, noir, brûlant, sucré et arrosé de rhum.

« Dès que M. Robb et M. Culum seront à bord, appareillez pour la rade de Hong Kong.

— Le plus tôt sera le mieux, hein ?

— Où est Wolfgang ?

— Dans sa cabine. Vous le voulez ?

— Non. Veillez à ce que nous ne soyons pas dérangés. »

Orlov se leva et sortit en grommelant :

« Plus vite on sera débarrassés de cette peste de vérole de cargaison, mieux ça vaudra. La plus terrible que j'ai jamais eue. »

Struan ne répondit pas. Il était épuisé mais avait l'esprit alerte. Encore quelques heures, pensait-il, et je serai à l'abri dans la rade. Dieu soit loué pour la Royal Navy. A côté d'une de ses frégates, tu pourras te reposer.

La cabine principale était vaste et luxueuse, mais

pour le moment elle était encombrée de mousquets, de couteaux, de sabres, de coutelas et de fers de combat. Avant d'embarquer le trésor, Struan avait désarmé son équipage. A présent, seuls Orlov et lui étaient armés. Struan sentait la tension violente. Le trésor avait infecté tout le monde. Sûr, pensa-t-il, il ne laisse aucun homme indemne. Même Robb. Même Culum. Peut-être même Orlov est contaminé.

A bord du *China Cloud,* en quittant la pagode de Marbre, Ah Gip était tombée dans le coma puis elle était morte. Struan avait voulu l'ensevelir en mer, mais May-may l'en avait dissuadé.

« Ah Gip était une esclave fidèle. Ce serait un mauvais joss de ne pas la rendre à ses parents et l'enterrer en bonne Chinoise. Ce serait terrifical très mauvais, Taï-pan. »

Struan avait donc changé de cap pour aller à Macao. Là, avec l'aide de Mauss, il avait acheté un beau cercueil et l'avait donné aux parents d'Ah Gip, avec dix taels d'argent pour l'enterrement. Les parents étaient des Hoklos, le peuple flottant, et ils avaient pressé Struan de prendre à la place Ah Sam, la jeune sœur d'Ah Gip. Ah Sam avait quinze ans, une nature gaie, un visage rond et, chose surprenante, les pieds coupés. Elle parlait le pidgin, ce sabir d'anglais et de chinois. May-may la connaissait et l'appréciait. Le marché fut donc conclu. Les parents demandaient trois cents taels d'argent. Struan allait les donner mais, pour ne pas perdre la face, May-may avait marchandé jusqu'à ce que les parents descendent à cent seize taels.

A Macao, Struan avait consigné son équipage à bord. Il avait peur que ses hommes ne bavardent ; bien qu'il eût toute confiance en eux, il se méfiait quand un trésor pareil était en jeu. Il s'attendait à être pillé par des pirates, de l'extérieur ou de l'intérieur. A Macao il y avait presque eu une mutinerie, et ses officiers avaient été obligés d'employer le fouet, de doubler la garde au gaillard d'arrière et de mouiller très loin dans la rade. On avait interdit à tous les sampans d'approcher à moins de cent mètres du *China Cloud.*

Struan avait envoyé son second, Cudahy, en avant avec le cotre pour aller chercher Robb et Culum à Hong Kong et les conduire au rendez-vous secret de la baie de Deepwater, en lui donnant l'ordre formel de ne pas souffler mot de l'argent. Il savait que c'était un risque mais qu'il devait le courir. Une fois l'argent bien à l'abri dans les cales du *China Cloud,* Struan avait eu enfin le temps de songer à Jin-qua et à la Noble Maison, à Robb, à Culum et à l'avenir. Il savait qu'il était temps maintenant de tracer la ligne de conduite de la Compagnie. Avec ou sans Robb et Culum. A n'importe quel prix.

May-may était restée à Macao, dans la maison qu'il lui avait donnée.

La porte de la cabine s'ouvrit.

« Bonjour, Père, dit Culum.

— Bonjour, Dirk, dit Robb.

— Bienvenue à bord. »

Robb se laissa tomber dans un fauteuil. Il y avait de grands cernes sombres sous ses yeux.

« Tu as l'air épuisé, Robb.

— Je le suis. J'ai tout essayé. Tout, soupira-t-il. Personne ne nous consent du crédit. Nous sommes perdus. Quelles bonnes nouvelles nous apportes-tu, Dirk ? »

Il ôta son gros manteau, tâta les poches de sa vareuse et tendit une lettre à Struan.

« J'ai bien peur de ne pas en apporter de bonnes

non plus, Dirk. C'est de papa. Elle est arrivée par le courrier d'hier. »

Toute l'exaltation de Struan, sa joie et sa fierté d'avoir réussi s'évanouirent. Winifred, pensa-t-il, c'est à son sujet. Il prit la lettre. Le cachet était intact. Il reconnut la petite écriture fine de son père.

« Quelles sont les nouvelles de chez nous ? demanda-t-il en s'efforçant d'affermir sa voix.

— C'est tout ce qui est arrivé, Dirk. Je n'ai rien reçu. Navré. Et toi ? Qu'est-ce qui t'est arrivé ? Tu t'es brûlé la figure ? Désolé de t'avoir été d'un aussi piètre secours. »

Struan posa la lettre sur le bureau.

« As-tu acheté les terres ?

— Non, la vente a été remise, murmura Robb, les yeux fixés sur la lettre.

— Elle a lieu demain, Père. On n'avait pas assez de temps pour achever le plan cadastral. Alors on l'a remise, dit Culum. Veux-tu que je t'ouvre la lettre ?

— Non, merci. Avez-vous vu Brock ?

— Le *White Witch* est arrivé hier de Whampoa, répondit Robb. Je ne l'ai pas vu moi-même. Sommes-nous de nouveau en guerre, vraiment ?

— Sûr. La flotte est toujours à Hong Kong ?

— Oui. Mais quand Eliksen est revenu avec la nouvelle, elle s'est déployée en position de combat. Des patrouilles gardent les issues est et ouest. Est-ce qu'ils vont venir attaquer Hong Kong ?

— Sois pas bête, Robbie. »

Robb contempla le sillage du navire. Dirk est différent, pensait-il. Et puis il remarqua le désordre dans la cabine.

« Que font là toutes ces armes, Dirk ? Qu'est-ce qui ne va pas ?

— Quels tours d'imbécile a joués Longstaff, Culum ? demanda Struan.

— Je ne sais pas. Je ne l'ai vu qu'une fois, et c'était

uniquement pour obtenir son approbation, pour la remise de la vente.

— Je ne l'ai pas vu non plus, Dirk. Après l'article sur nous dans le journal, j'ai eu les plus grandes difficultés à voir un tas de gens. Surtout Longstaff.

— Ah ? Qu'est-il arrivé ?

— Je l'ai vu le lendemain. Il m'a dit : « Vraiment, « c'est vrai, quoi ? » et quand je lui ai dit oui il a pris une prise et soupiré : « Dommage. Ma foi, j'ai fort à « faire, Robb. Bonjour », et il s'est servi un verre de porto.

— Qu'espérais-tu donc ?

— Je ne sais pas, Dirk. De la sympathie, de la compassion, j'imagine. Ou de l'aide.

— Longstaff n'a pas largué Culum. Ça plaide en sa faveur.

— Il m'a gardé tout simplement parce que pour le moment il n'a personne d'autre sous la main pour ce travail, s'exclama Culum. Je crois qu'il est heureux de notre ruine. »

Culum commençait à se refaire, depuis deux semaines, et il avait perdu la pâleur laissée par la peste.

« Si ce n'est pas nous, ce sera une autre compagnie.

— Oui, je sais, Père. Ce que je veux dire... eh bien je crois que pour Longstaff tu étais quelqu'un de particulier. Il kowtowait devant ta science à cause de ta fortune. Mais sans fortune, tu n'as pas d'éducation. Sans éducation, tu ne peux pas être un égal. Sans égalité, tu ne peux pas avoir de science. Aucune. C'est assez triste.

— Où as-tu appris « kowtow » ?

— Attends d'avoir vu Hong Kong !

— Qu'est-ce que ça veut dire, petit ?

— Nous y serons dans quelques heures. Tu verras, dit Culum et puis, d'une voix plus vive, il ajouta : Je t'en supplie, Père, ouvre la lettre !

— Les nouvelles peuvent attendre. Winifred s'éteignait quand tu es parti. Tu espères un miracle ?

— J'en espère un, oui. J'ai prié pour un miracle.
— Venez dans les cales », dit brusquement Struan.

Dans la cale, à la lueur spectrale de la lanterne oscillante, les briques d'argent empilées luisaient doucement. L'air manquait, et l'odeur fade de l'opium imprégnait tout. Des cafards grouillaient.

« C'est impossible, souffla Robb, en caressant l'argent.

— Jamais je n'aurais cru qu'une telle quantité d'argent pouvait exister en un seul endroit », murmura Culum, tout aussi stupéfait.

Robb prit un des lingots, le soupesa, le retourna dans sa main.

« Incroyable... »

Struan leur avait dit comment il s'était procuré le trésor. Il leur avait répété tout ce que Jin-qua avait dit, sauf la partie où il était question du chop et des quatre demi-pièces, et des cinq lacs pour acheter de la terre à Hong Kong, et des cinq lacs à mettre de côté et du lac à donner à Gordon Chen. Il avait raconté son combat naval avec Brock. Mais il n'avait pas parlé de May-may.

« Ce sale pirate ! tempêta Culum. Longstaff fera pendre Brock et Gorth quand il l'apprendra !

— Pourquoi ? demanda Struan. Brock n'a fait ni plus ni moins que ce que j'aurais fait. Il est simplement entré par hasard en collision avec moi.

— Mais c'est un mensonge ! Tu peux prouver qu'il...

— Je ne peux et ne veux rien prouver. Brock a tenté et il a échoué, c'est tout. C'est notre affaire à nous et ça ne regarde personne d'autre.

— Je n'aime pas ça, déclara Culum. Ce n'est pas une façon légale de considérer un acte de piraterie délibéré.

— Les comptes seront réglés. A mon heure.

— Dieu soit loué, nous sommes sauvés, murmura Robb. A présent tous les plans d'échanges internationaux vont pouvoir se réaliser. Nous serons la compagnie la plus riche de Chine. Dieu te bénisse, Dirk. Tu es incroyable ! »

Maintenant que l'avenir était assuré, Robb exultait au fond de son cœur. Maintenant il y aurait de quoi satisfaire les goûts fastueux de Sarah. Maintenant je peux rentrer au pays quand je veux. Dirk changera peut-être d'idée et ne partira plus, ne rentrera jamais chez nous, oubliera le Parlement. Plus de soucis. Maintenant je peux me construire un château et vivre en paix comme un laird. Les enfants se marieront et vivront bien et il y en aura assez pour les enfants de leurs enfants. Roddy pourra terminer ses études universitaires et entrer dans la finance et ne jamais, jamais songer à l'Orient.

Culum, lui aussi, s'extasiait. Son esprit lui hurlait : « Ce n'est pas de l'argent, c'est le pouvoir ! » Le pouvoir d'acheter des armes, ou des voix pour dominer le Parlement. Voilà la solution pour la Charte et les chartistes. En tant que Taï-pan, je pourrai me servir du pouvoir accordé par cette fortune pour une noble cause. Je te remercie, Seigneur, pria-t-il avec ferveur, de nous aider en notre heure de tribulations.

Culum voyait maintenant son père sous un tout autre jour. Durant les dernières semaines, il avait beaucoup pensé à ce que son père lui avait dit des richesses et du pouvoir et de l'usage qu'on en pouvait faire. Proche de Glessing et de la puissance de Longstaff, sentant les ricanements sournois que provoquait la chute de la Noble Maison, il avait compris qu'un homme seul, sans haute naissance et sans pouvoir, se trouvait démuni, et sans défense.

Struan devinait la cupidité de Robb et de Culum. Oui, pensait-il. Mais sois franc. C'est l'effet que ferait ce trésor à n'importe qui. Regarde-toi. Tu as tué huit, dix hommes pour le protéger. Et tu en tuerais cent de plus, s'il le fallait.

« Il y a une chose que je voudrais vous faire comprendre à tous les deux, dit-il. Ce trésor m'a été prêté. Sur parole. J'en suis responsable envers Jin-qua. Moi. Pas la Noble Maison.

— Je ne comprends pas, Dirk, murmura Robb.

— Que dis-tu, Père ? »

Struan posa une bible sur une caisse.

« Vous allez d'abord me jurer sur le Livre Saint que ce que je vais vous dire restera entre nous.

— Est-il nécessaire de jurer ? s'étonna Robb. Il est bien évident que nous n'en parlerons à personne.

— Veux-tu jurer, Robb ?

— Naturellement. »

Robb et Culum jurèrent le secret. Struan posa alors la bible sur une pile de lingots.

« Ce trésor servira à sauver la Noble Maison à la condition que si jamais l'un de vous devient Taï-pan, vous consentiez, premièrement, à engager la compagnie au soutien de Hong Kong et du commerce de Chine ; deuxièmement, à établir définitivement le siège de la compagnie à Hong Kong ; troisièmement, à reprendre à votre compte ma responsabilité à l'égard de Jin-qua ou de ses successeurs ; quatrièmement, à garantir que le successeur que vous vous choisirez pour être Taï-pan fasse de même ; dernièrement, jurez dès maintenant que seul un chrétien, un homme de notre sang, pourra être Taï-pan. Jurez sur la Sainte Bible, tout comme vous ferez jurer votre successeur sur la Bible avant de lui remettre ses pouvoirs. »

Il y eut un silence. Puis, connaissant bien son frère, Robb demanda :

« Connaissons-nous toutes les conditions imposées par Jin-qua ?

— Non.

— Quelles sont les autres ?

— Je te le dirai quand tu auras prêté serment. Tu peux me faire confiance ou non, à ton gré.

— Ce n'est pas très juste.

— Ce trésor n'est pas très juste, Robb. Il faut que je sois certain. Ce n'est pas un jeu d'enfants. Et il n'est pas question de vous ou de moi. Nous jouons sur un siècle. Sur deux cents ans. Je mets la Noble Maison à l'heure chinoise. Avec ou sans vous. »

L'atmosphère sembla s'épaissir. Robb la sentait peser, moite, sur son cou et ses épaules. Stupéfait, Culum contemplait son père.

« Qu'est-ce que tu entends par le soutien de Hong Kong ?

— Le soutenir, le protéger, en faire une base de commerce permanente. Et le commerce signifie l'ouverture de la Chine. De toute la Chine. Faire entrer la Chine dans le giron des nations.

— C'est impossible ! s'écria Robb. Impossible !

— Peut-être. Mais c'est ce que la Noble Maison va tenter.

— Tu veux dire, aider la Chine à devenir une puissance mondiale ? demanda Culum.

— Oui.

— C'est dangereux, protesta Robb. C'est de la folie ! Il y a bien assez de troubles sur la terre sans aider cette masse païenne ! Ils nous submergeront ! Ils envahiront l'Europe !

— En ce moment même, sur quatre personnes au monde, il y a un Chinois, Robb. Nous avons la grande chance de les aider maintenant. De leur enseigner nos façons d'être, le mode de vie britannique. La loi et l'ordre et la justice. Le christianisme.

— C'est impossible. Tu ne les changeras jamais. Jamais.

— Ce sont les conditions. Dans cinq mois, tu seras Taï-pan. Avec le temps, Culum prendra ta suite — s'il en est digne.

— Dieu du Ciel ! explosa Robb. C'est donc ce but que tu poursuis depuis tant d'années ?

— Oui.

— J'ai toujours su que tu rêvais, Dirk. Mais ça... c'est trop. Je ne sais pas si c'est monstrueux ou merveilleux. Ça me dépasse.

— Peut-être, dit Struan d'une voix dure. Mais c'est une condition pour ton salut sur terre, Robbie, et celui de ta famille et l'avenir des tiens. Tu seras Taï-pan dans cinq mois. Pour un an au moins.

— Je ne demande qu'un peu d'argent pour rêver en paix, en Écosse. Pas en Orient. Je ne veux pas mourir ici ! Je pars par le prochain bateau !

— Un an et cinq mois, ce n'est pas beaucoup demander.

— C'est un ordre, pas une demande, Dirk.

— Je ne force personne. Il y a un mois, Robb, tu étais prêt à accepter cinquante mille livres pour partir. Très bien. Cette offre tient toujours. Si tu tiens à ce qui te revient de droit — plus d'un million — tu l'auras avant deux ans. Toi, petit, ajouta-t-il en se tournant vers Culum, je veux deux ans de ta vie. Si tu deviens Taï-pan, trois ans de plus. En tout, cinq ans.

— Mais alors, Père... C'est cinq ans ou rien ?

— C'est rien ou tout, Culum. Si tu es satisfait d'être inférieur, un simple numéro deux, alors tu peux monter sur le pont maintenant. Ce que j'essaie de te faire comprendre, c'est que pour être *le* Taï-pan de la Noble Maison, tu dois être prêt à exister seul, à être haï, à poursuivre un noble but, à sacrifier quiconque te paraît indigne de ta confiance. Parce que tu es mon fils, je t'offre aujourd'hui, sans avoir été mis à l'épreuve, l'occasion de posséder le pouvoir suprême en Asie. Donc le pouvoir de faire presque n'importe quoi sur terre. Je ne fais pas cette offre à la légère. Je sais ce que ça veut dire, d'être le Taï-pan. Choisis, bon Dieu ! »

Les yeux de Culum étaient rivés sur la bible. Et sur

le trésor. Je ne veux pas être numéro deux, se dit-il. Maintenant, je le sais. Si je ne suis pas le premier, je ne ferai jamais rien de bon. J'aurai bien le temps de me soucier des autres conditions de Jin-qua et des Chinois et des problèmes du monde. Je n'aurais peut-être même pas le souci d'être Taï-pan ; Robb ne me jugera peut-être pas assez bon. O Dieu, fais que je me prouve digne d'être Taï-pan afin de pouvoir faire le bien avec ma puissance. Que ce soit un moyen pour atteindre Tes fins. La Charte doit passer. C'est la seule façon.

La sueur perlait à son front. Il prit la bible, tendit la main.

« Je jure par le Seigneur notre Dieu de respecter ces conditions. Si je deviens Taï-pan. »

Il reposa la bible d'une main tremblante.

« Robb ? murmura Struan sans lever les yeux.

— Laisse-moi partir ! Dans cinq mois ! Dirk, je t'en supplie !

— Mais moi, je dois partir. C'est seulement au Parlement que je pourrai vraiment tenir Longstaff et ses successeurs dans ma main — comme toi lorsque tu quitteras l'Asie. C'est là que nous pourrons mettre le plan à exécution. Mais Culum doit être formé. Un an Taï-pan, et tu pourras partir.

— Comment pourra-t-il être formé en si peu de temps ?

— Je le saurai en cinq mois, s'il peut devenir Taï-pan. Si je vois que non, je prendrai d'autres dispositions.

— Lesquelles ?

— Es-tu prêt à accepter ces conditions, Robb ? Si oui, jure sur la Bible et remontons tous à l'air. »

Robb vacilla tandis que le vent fraîchissant soulevait le navire. Tout son être lui criait de ne pas prêter ce serment. Mais il y était obligé. Pour sa famille. Il prit la bible, et la trouva lourde.

« Bien que je haïsse l'Orient et tout ce qu'il représente, je jure devant Dieu de respecter les conditions au mieux de mes possibilités... Je crois que tu regretteras de m'avoir fait rester comme Taï-pan pour un an, dit-il en rendant la bible à Struan.

— Moi, peut-être. Hong Kong, non. »

Struan ouvrit alors la bible et leur montra les quatre moitiés de pièces qu'il avait fixées à l'intérieur de la couverture avec de la cire à cacheter. Il leur révéla toutes les conditions de Jin-qua, sauf celle concernant Gordon Chen. Ça, c'est mon affaire, se dit-il, et il se demanda brièvement ce que Culum penserait de son demi-frère, et de May-may, quand il serait au courant. Robb connaissait l'existence de May-may bien qu'il ne l'eût jamais vue. Struan se demanda si ses ennemis avaient parlé à Culum de Gordon Chen et de May-may.

« Je crois que tu as eu raison de nous faire prêter serment, Dirk, murmura Robb. Dieu sait quelle diablerie ces pièces représentent. »

Quand ils furent remontés dans la cabine, Struan alla prendre la lettre sur le bureau et brisa le cachet. Il lut le premier paragraphe et poussa un hurlement de joie :

« Elle vit ! Winifred est vivante, par Dieu ! Elle est guérie ! »

Robb lui arracha la lettre. Struan ne se tenait plus de joie. Il serra Culum contre son cœur et se mit à danser une gigue, qui devint une danse écossaise dans laquelle il entraîna son frère et son fils. Puis Struan s'immobilisa, haletant, et hurla, sans leur lâcher le bras :

« Maintenant, ensemble ! Un, deux, trois ! »

Ils poussèrent le cri de guerre latin du clan, à pleins poumons :

« *Feri !* Frappe ! »

Puis il les serra encore une fois dans ses bras et rugit :

« Steward ! »

Le matelot entra en courant :

« Monsieur ?

— Double ration de tafia à tous les hommes ! Le cornemuseux au gaillard d'arrière ! Une bouteille de champagne et encore du thé, bon Dieu !

— Oui, monsieur. Tout de suite ! »

La paix était revenue entre les trois hommes, mais ils savaient tous dans le fond de leur cœur que tout était changé entre eux. Bientôt, chacun suivrait sa route personnelle. Seul.

« Père, lis-nous la lettre ! » cria Culum.

Struan s'installa dans son profond fauteuil de cuir et leur lut la lettre à haute voix. Elle était en gaélique et datée de quatre mois, un mois après le départ de Culum de Glasgow.

Parlan Struan écrivait que la vie de Winifred n'avait tenu qu'à un fil pendant quinze jours, et puis qu'elle s'était remise lentement. Les médecins n'y comprenaient rien. Elle vivait avec lui dans la petite ferme que Struan avait achetée à son père, il y avait bien longtemps.

La lettre donnait des nouvelles de toute la famille. Parlan Struan avait eu deux frères et trois sœurs qui tous s'étaient mariés et dont les enfants étaient mariés et avaient des enfants. Beaucoup avaient émigré au Canada et aux États-Unis, d'autres aux Indes occidentales et en Amérique du Sud.

Il faisait dire à Robb qu'il avait envoyé son fils Roddy à l'université, et puis il parlait de la situation en Écosse :

« — Il y a eu de mauvaises émeutes à Glasgow et « aussi à Édimbourg et à Birmingham, disent les « journaux. Encore des manifestations de chartistes.

« Les ouvriers des usines réclament des augmenta-
« tions. Il y a eu une bonne pendaison à Glasgow,
« avant-hier, pour vol de moutons. Le Diable patafiole
« les Anglais ! Fichu monde où nous vivons, où on
« peut voir un bon Écossais pendu pour avoir juste
« volé du mouton anglais, condamné par un juge
« écossais. Terrible. Aux mêmes assises, des centaines
« ont été bannis à la terre de Van Diemen en Australie
« pour délits de grève et d'émeutes, et pour avoir
« incendié une usine. L'ami de Culum, Bartholomew
« Angus, a été condamné à dix ans de déportation en
« Nouvelle-Galles du Sud, pour avoir dirigé une émeute
« chartiste à Édimbourg. Les gens sont... »

— Oh ! mon Dieu ! s'exclama Culum.

— Qui est Bartholomew, petit ? demanda Struan.

— Nous avions la même chambre à l'université. Pauvre vieux Bart.

— Tu savais qu'il était chartiste ? demanda vivement son père.

— Naturellement. »

Culum leur tourna le dos et alla à la fenêtre.

« Serais-tu chartiste, Culum ?

— Tu dis toi-même que la Charte a du bon.

— Sûr. Mais j'ai aussi dit ce que je pensais de l'insurrection. Es-tu chartiste militant ?

— Si j'étais chez nous, je le serais. La plupart des étudiants le sont.

— Alors c'est une bonne chose que tu sois ici, bon Dieu. Si Bartholomew est responsable d'une émeute, alors il a bien mérité ses dix ans. Nous avons de bonnes lois et le meilleur système parlementaire du monde. L'insurrection, l'émeute et la grève ne sont pas des moyens d'amener des changements.

— Que dit encore la lettre, Père ? »

Struan considéra un moment le dos de son fils, en prenant la décision de se renseigner sur les affaires chartistes et de les suivre de près. Puis il reprit sa lecture :

« — Tous les jours, des gens arrivent des Highlands « à Glasgow, parce que les lairds continuent d'enclore « les terres des clans et de s'emparer des droits de « naissance des clansmen. Ce monstre au cœur noir, « le comte de Struan, que le Seigneur le fasse crever, « lève un régiment pour combattre dans les colonies « des Indes. Attirés par des promesses de butin et de « terres, les hommes se précipitent sous sa bannière. « On raconte que nous allons encore avoir la guerre « avec les maudits Américains à cause des colonies « canadiennes, et aussi que la guerre a éclaté entre ces « diables français et russes au sujet des Turcs otto- « mans. Ces maudits damnés Français. Comme si « nous n'avions pas assez souffert avec l'archimonstre « Bonaparte. C'est un bien triste monde où nous « vivons, mon gars. Ah ! j'ai oublié de t'annoncer que « des plans ont été déposés pour joindre Glasgow à « Édimbourg par chemin de fer d'ici cinq ans. Voilà « qui serait épatant. Alors les Écossais pourront peut- « être se liguer pour flanquer à la porte les diables « d'Anglais et peut-être aurons-nous notre roi à nous. « Je vous serre dans mes bras, ton frère et toi, et « embrassez Culum pour moi. Ton père respectueux, « Parlan Struan. »

Struan plia la lettre et sourit ironiquement.

« Toujours aussi sanguinaire, à ce que je vois.

— Si le comte lève un régiment pour les Indes, il viendra peut-être ici, observa Robb.

— Sûr. J'ai eu la même pensée. Eh bien, petit, si jamais il atteint les domaines de la Noble Maison, ce régiment repartira sans chef, je le jure devant Dieu.

— Devant Dieu ! » répéta Culum.

On frappa à la porte et le steward entra avec le champagne, des verres et le thé.

« Le capitaine Orlov vous remercie au nom de l'équipage, monsieur.

— Dites-lui de nous rejoindre, avec Wolfgang, à la fin du quart.

— Oui, monsieur. »

Struan versa le champagne et le thé, et leva son verre.

« Un toast. A Winifred, qui est ressuscitée des morts ! »

Ils burent et Robb s'écria :

« Un autre toast. A la Noble Maison.

— A la Noble Maison... Robb, quand tu iras à Hong Kong, écris à nos agents. Dis-leur de chercher lesquels des directeurs de notre banque ont été responsables de la faillite.

— Très bien.

— Et alors, Père ? demanda Culum.

— Alors nous détruirons les responsables. Et leurs familles. »

La sentence implacable glaça le sang de Culum dans ses veines.

« Pourquoi leurs familles ?

— Qu'est-ce que leur cupidité a fait à la nôtre ? A nous ? A notre avenir ? Nous aurons à payer pendant des années, pour leur cupidité. Alors ils paieront aussi. Tous. »

Struan remplit les verres.

« Et maintenant, dit-il, je crois que nous devrions célébrer la renaissance de la Noble Maison.

— Comment cela, Dirk ?

— Nous allons donner un bal.

— Quoi ! s'écria Culum en oubliant son indignation.

— Sûr, un bal. Pour toute la population européenne. Un bal princier. Dans un mois jour pour jour.

— Voilà qui va lancer un épervier parmi les pigeons ! s'exclama Robb en riant.

— Que veux-tu dire, mon oncle ?

— Il va y avoir parmi les dames la plus grande panique que tu auras jamais vue. Elles vont se battre à qui sera la mieux habillée — à la toute dernière mode ! Elles vont harceler leurs maris et chercher à se voler leurs couturières ! Mon Dieu ! Un bal est une merveilleuse idée. Je me demande ce que Shevaun portera.

— Rien, si ça lui fait plaisir ! dit Struan, les yeux brillants. Sûr, un bal. Nous donnerons un prix à la dame la plus élégante. Je crois que le prix...

— Tu n'as donc jamais entendu parler du jugement de Pâris ? demanda Robb, atterré.

— Sûr. Mais Aristote sera le juge.

— Il est beaucoup trop malin pour accepter.

— Nous verrons... Hum... Le prix doit être important. Mille guinées.

— Tu plaisantes ? souffla Culum, sidéré.

— Mille guinées. »

Pour Culum, c'était une extravagance. Une obscénité. Un crime. Mille guinées en Angleterre, aujourd'hui, et on pouvait vivre comme un roi pendant quatre ou cinq ans. Le salaire d'un ouvrier d'usine qui travaillait du lever au coucher du soleil et jusque dans la nuit, six jours par semaine, toutes les semaines de l'année, était de quinze à vingt livres par an, et avec ça sa maison marchait, les enfants étaient élevés, sa femme habillée, la famille nourrie, le loyer et le charbon payés. Mon père est fou, se dit-il. Fou d'argent. Et ces vingt mille guinées qu'il a pissées — oui, pissées — pour ce pari stupide avec Brock et Gorth. Mais c'était une ruse pour se débarrasser de Brock. Un coup de dés habile s'il avait réussi, et dans un sens il a réussi — le trésor est dans le *China Cloud* et nous sommes de nouveau riches. Riches.

Culum savait maintenant qu'être riche c'était ne plus être pauvre. Il savait que son père avait raison ; ce n'était pas l'argent qui était important. Seulement le manque d'argent.

« C'est trop, trop, disait Robb, choqué.

— Sûr. Dans un sens, oui. Mais c'est le devoir de

la Noble Maison, d'être princière. La nouvelle va courir comme jamais nouvelle n'a couru. Et on racontera encore l'histoire dans cent ans. Petit, dit Struan en posant la main sur l'épaule de Culum, n'oublie jamais une autre règle : quand on joue pour un gros enjeu, on doit risquer gros. Si tu n'es pas prêt à risquer gros, tu n'as pas le droit de jouer.

— Mais... une telle somme obligera, obligera des gens à risquer plus d'argent qu'ils ne peuvent se permettre. Ce n'est pas bon, ça ?

— L'argent est fait pour être utilisé. Moi, je dis que ce sera de l'argent bien employé.

— Mais quel est l'enjeu que tu vas gagner ?

— La face, mon gars. Robb, qui va gagner ? »

Robb hocha la tête avec perplexité.

« Je ne sais pas. La beauté, Shevaun. Mais la plus élégante ? Il y en a qui risqueraient une fortune pour avoir l'honneur, sans parler de l'argent.

— As-tu déjà fait la connaissance de Shevaun, Culum ?

— Non, Père. Je l'ai vue, une fois, qui se promenait sur la route que George — George Glessing — a tracée de la pointe de Glessing à la Vallée Heureuse. Miss Tillman est très belle, mais je crois que Miss Sinclair est plus séduisante. Si charmante. George et moi avons passé beaucoup de temps en sa compagnie.

— Tiens donc ? murmura Struan, son intérêt éveillé.

— Oui, répondit ingénument Culum. Nous avons donné un dîner d'adieu à bord du navire de George, pour Miss Sinclair et Horatio. On a retiré son navire au pauvre George. Il en est très bouleversé. Est-ce que nous allons vraiment avoir un bal ?

— Pourquoi Glessing a-t-il perdu son navire ?

— Longstaff l'a nommé capitaine du port et directeur de l'arpentage de l'île, et l'amiral lui a ordonné d'accepter. Miss Sinclair est d'accord avec moi que c'est une heureuse occasion pour lui, mais il n'est pas de cet avis.

— Tu t'entends bien avec lui ?

— Oh ! oui. Il est très gentil avec moi. »

Culum faillit ajouter « bien que je sois le fils du Taï-pan ». Il estimait qu'il avait de la chance de partager avec Glessing une même passion pour le cricket. Culum avait été capitaine de l'équipe de son université et, l'année précédente, il avait représenté son comté. Sans cet amour du cricket, Glessing n'aurait pas été son ami et il n'aurait pas eu le plaisir de connaître Mary. Il se demanda s'il serait son cavalier pour le bal.

« Miss Sinclair et Horatio t'aiment beaucoup, Père.

— Je croyais que Mary était à Macao.

— Elle y était, Père. Mais elle est venue passer quelques jours à Hong Kong, l'autre semaine. Une femme ravissante, n'est-ce pas ? »

Avant que Struan pût répondre, la cloche du bord se mit à sonner frénétiquement ; ils entendirent une galopade sur le pont et le cri « Branle-bas ! Tout le monde à son poste ! »

Struan se rua hors de la cabine. Robb s'élança pour le suivre mais, sur le seuil, il s'arrêta et se retourna :

« Deux mots rapides pendant qu'il n'est pas là, Culum. D'abord tu dois avoir de la patience avec ton père et faire tout ce qu'il te demande. C'est un homme étrange, il a des idées bizarres, sur la propreté corporelle, par exemple, mais en général le résultat est bon. Et autre chose. Je t'aiderai de toutes mes forces à devenir Taï-pan. »

Puis il courut sur le pont, Culum sur ses talons.

Quand Struan fit irruption sur le gaillard d'arrière, l'équipage était déjà aux postes de combat et ouvrait les mantelets de sabords ; des matelots envahissaient les haubans.

Droit devant, déployée sur l'horizon, attendait une menaçante flotte de jonques de guerre.

« Par la fesse gauche de Thor, rugit le capitaine

Orlov, j'en ai compté plus de cent, Taï-pan ! Vire cap pour cap et prends la fuite !

— Gardez le cap, capitaine. Nous avons la vitesse pour nous. Larguez les cacatois ! Dégagez les ponts ! Nous allons les saluer d'un peu plus près !

— Larguez le grand et le petit cacatois ! Toute la toile ! » glapit Orlov vers la mâture.

Les officiers répétèrent les ordres ; les hommes grimpèrent lestement dans la mâture et firent déferler les voiles carguées. Le *China Cloud* parut s'envoler.

Le navire se trouvait dans le bras de mer séparant la grande île de Pokliu Chau, à deux milles sur bâbord de la petite île d'Ap Li Chau à un demi-mille sur tribord. Ap Li Chau, à un quart de mille au large de Hong Kong, possédait une très belle baie que les Britanniques avaient appelée Aberdeen. Il y avait là un petit village de pêcheurs. Struan vit beaucoup plus de sampans et de jonques de pêche qu'il n'y en avait eu un mois plus tôt.

Robb et Culum arrivèrent sur le gaillard d'arrière. Robb aperçut les jonques et il frémit.

« Qui est-ce, Dirk ?

— Sais pas, mon gars. Dégagez par ici ! »

Culum et Robb s'écartèrent vivement tandis que des matelots descendaient le long des enfléchures et amarraient solidement les aussières, puis couraient à leurs postes de combat. Struan passa la jumelle à Mauss qui venait d'arriver.

« Vous distinguez leur pavillon, Wolfgang ?

— Non, pas encore, Taï-pan. »

La gorge sèche, Wolfgang examinait une lourde jonque de guerre à la tête de la flottille, une des plus grosses qu'il avait jamais vues, au moins cinq cents tonnes et longue de trente mètres, gréée de trois immenses voiles.

« *Gott in Himmel !* Il y en a trop pour une flottille de pirates ! Ce ne serait pas une invasion ? Ils n'oseraient tout de même pas venir attaquer Hong Kong, avec notre flotte dans les parages !

— Nous le saurons bientôt, dit Struan. Deux points à tribord !

— Deux points à tribord, répondit l'homme de barre.

— Comme ça ! »

Struan leva les yeux vers les voiles et vérifia leur orientation. La pulsation du vent et les grincements des haubans tendus lui faisaient battre le cœur.

« Regardez ! » cria le capitaine Orlov en montrant l'arrière.

Une autre flottille de jonques surgissait de derrière la pointe sud de Pokliu Chau, prête à leur couper la retraite.

« C'est une embuscade ! Paré à virer...

— Arrêtez, capitaine ! Je suis sur le gaillard d'arrière ! »

Le capitaine Orlov alla rejoindre l'homme de barre, en maugréant, maudissant le règlement qui prévoyait que lorsque le Taï-pan se trouvait à la passerelle de n'importe quel navire de la Noble Maison, il était capitaine.

« Allons, grommela Orlov, bonne chance, capitaine Taï-pan. Si nous ne virons pas cap pour cap pour fuir, ces foutues jonques vont nous barrer la route et les autres, là-devant, vont nous encercler, et mon beau navire ne sera plus. Du diable ! Nous en enverrons trente dans les fournaises du Valhalla et nous traverserons leurs rangs comme une Valkyrie ! »

Pour la première fois depuis quatre jours, il oublia le trésor et, joyeusement, ne pensa plus qu'au combat imminent.

La cloche du bord piqua huit coups.

« Permission de descendre, capitaine ! dit Orlov.

— Oui. Emmenez M. Culum et montrez-lui ce qu'il faut faire. »

Lestement, Orlov précéda Culum dans les profondeurs du navire.

« A huit coups du premier quart, ça fait midi heure de la terre, le capitaine doit remonter le chronomètre », expliqua-t-il, soulagé de ne plus être sur la passerelle, maintenant que Struan avait usurpé le commandement.

Ses petits yeux bleus examinaient Culum. Il avait surpris l'animosité immédiate du jeune homme, et ses regards sournois glissant sur son dos et ses petites jambes torses. Après quarante ans de ces regards, il avait toujours horreur d'être considéré comme un monstre.

« Je suis né sur une banquise pendant une tempête de neige, dit-il. Ma mère m'a dit que j'étais si beau que le méchant esprit Vorg m'a écrasé avec ses sabots une heure après ma naissance.

— Ah ! fit Culum, gêné.

— Vorg a les sabots fourchus. Vous croyez aux esprits ?

— Non. Non, je n'y crois pas.

— Mais vous croyez au Diable ? Hein ? Comme tous les bons chrétiens ?

— Oui, murmura Culum en s'efforçant de maîtriser sa peur. Qu'est-ce qu'on doit faire au chronomètre ?

— Il doit être remonté, répondit Orlov et il se mit à rire tout bas. Si vous étiez né comme moi, peut-être bien que vous seriez Culum le Bossu, au lieu de Culum le Grand Blond, hé ? On voit les choses différemment, d'en bas.

— Je... excusez-moi... Ce doit être dur pour vous.

— Pas dur. Votre Shakespeare a trouvé de meilleurs mots. Mais ne vous en faites pas, Culum le Fort. Je peux tuer sans effort un homme deux fois plus grand que moi. Vous voulez que je vous apprenne à tuer ? Vous ne pourriez trouver meilleur maître que moi. A part le Taï-pan.

— Non. Non, merci.

— Plus sage d'apprendre. Très sage. Demandez à votre père. Un jour, vous aurez besoin de savoir ces choses. Sûr, bientôt. Vous saviez que j'avais la double vue ? »

Culum réprima un frisson.

« Non. »

Les yeux d'Orlov pétillèrent et son sourire le fit ressembler à un mauvais gnome.

« Vous avez beaucoup à apprendre. Vous voulez être Taï-pan, pas vrai ?

— Oui. J'espère le devenir un jour.

— Ce jour-là, il y aura du sang sur vos mains. »

Culum sursauta.

« Que voulez-vous dire ?

— Vous avez des oreilles. Vous aurez du sang sur les mains, ce jour-là. Oui. Et bientôt, vous aurez besoin de quelqu'un en qui vous pouvez avoir confiance pendant de longs jours. Tant que Norstedt Stride Orlov sera capitaine d'un de vos navires, vous pourrez avoir confiance en lui.

— Je ne l'oublierai pas, capitaine Orlov », répondit Culum en se promettant que lorsqu'il serait Taï-pan Orlov ne serait jamais un de ses capitaines.

Mais quand il regarda le bossu, il eut l'étrange impression qu'Orlov avait lu dans son cœur.

« Qu'avez-vous, capitaine ?

— Posez-vous donc la question. »

Orlov grimpa sur un échelon pour ouvrir le capot du chronomètre. Puis il se mit à le remonter soigneusement avec une grosse clef.

« On donne trente-trois tours, dit-il.

— Pourquoi faites-vous ça ? Et pas un des officiers ? demanda Culum sans être vraiment intéressé.

— C'est le travail du capitaine. Un de ses devoirs. La navigation est une de ces choses secrètes. Si tout le monde à bord savait le faire, il y aurait tout le temps des mutineries. Vaut mieux que seul le capitaine et peut-être un ou deux officiers sachent le faire. Alors, sans eux, les matelots sont perdus et sans défense. Nous gardons le chronomètre sous clef, par mesure de sécurité. Il est pas beau ? Un beau mécanisme. Fabriqué par de bonnes intelligences anglaises et de bonnes mains anglaises. Il donne l'heure exacte de Londres. »

Culum étouffait dans le passage étroit ; la crainte d'Orlov et la peur de la bataille lui donnaient la nausée. Mais il se maîtrisa, bien résolu à ne pas laisser Orlov lui faire perdre son sang-froid, et il essaya de fermer ses narines à la puanteur de la poulaine voisine. Plus tard, on réglera les comptes, se jura-t-il.

« Le chronomètre est donc si important ?

— Vous avez été à l'université et vous demandez ça ? Sans lui nous serions perdus. Vous avez entendu parler du capitaine Cook ? Il a employé le premier, et il l'a mis à l'épreuve, il y a soixante ans. Jusque-là, nous ne pouvions jamais connaître notre longitude. Mais maintenant avec l'heure exacte de Londres et le sextant, nous savons à un mille près où nous sommes. Vous savez vous servir du sextant ?

— Non. »

Orlov descendit de son échelon après avoir refermé à clef le capot du chronomètre.

« Quand nous aurons coulé les jonques, je vous apprendrai. Vous croyez que vous pouvez être le Taï-pan de la Noble Maison à terre ? Hé ? »

Ils entendirent des pas précipités sur le pont et sentirent le *China Cloud* s'enlever en fendant les vagues. Là, dans l'entrepont, le navire semblait animé d'une vie propre. Culum humecta ses lèvres sèches.

« Pouvons-nous en couler un si grand nombre et leur échapper ?

— Si nous ne le faisons pas, nous prendrons un bain. Vous avez jamais fait naufrage ?

— Non. Et je ne sais pas nager.

— Si vous êtes marin, mieux vaut ne pas savoir nager. Ça ne fait que retarder l'inévitable, si la mer vous réclame et si votre heure a sonné. Trente ans que je suis en mer et je ne sais pas nager. J'ai fait plus de dix fois naufrage, des mers de Chine au détroit de Béring, mais j'ai toujours trouvé un espar ou un bateau. Un jour, la mer me réclamera. A son heure. Je serai heureux d'être rentré au port », ajouta-t-il en faisant danser le fer de combat à son poignet.

Culum le suivit sur l'échelle.

« Vous n'avez pas confiance en vos hommes ?

— Un capitaine a confiance en son navire, seulement en son navire. Et en lui-même, seul.

— Vous avez confiance en mon père ?

— Il est le capitaine.

— Je ne comprends pas. »

Orlov ne lui répondit pas. Une fois sur le gaillard d'arrière, il examina la voilure et fronça les sourcils. Trop de toile, trop près de la terre. Trop de récifs inconnus et l'odeur d'une bourrasque quelque part. La ligne des jonques était à deux milles sur l'avant, implacable, silencieuse, menaçante.

Le navire arborait toutes ses voiles et frémissait de joie. Cette joie se communiquait à l'équipage. Lorsque Struan ordonna de larguer les ris, ils s'élancèrent sur les enfléchures et mirent les voiles en place, oubliant le trésor qui les avait contaminés. Le vent fraîchit et la toile craqua. Le navire s'inclina et prit de la vitesse dans un bouillonnement d'écume.

« Monsieur Cudahy ! Emmenez une bordée dans l'entrepont et remontez les armes !

— Oui, monsieur ! »

Cudahy, le second, était un Irlandais brun aux yeux rieurs ; il portait un anneau d'or à l'oreille.

« Comme ça ! Bordée de pont ! Parez les canons ! Chargez à mitraille ! »

Les hommes se jetèrent sur les canons, les tirèrent

hors des sabords, les chargèrent et les repoussèrent en place.

« Double boujaron de rhum pour les servants du canon numéro trois ! Les servants du numéro dix-huit, de corvée de poulaine ! »

Il y eut un concert de cris de joie et de jurons.

C'était une coutume instaurée depuis longtemps par Struan. Quand on se préparait au combat, les servants du premier canon paré étaient récompensés, et les derniers étaient punis par la corvée la plus repoussante du bord.

Struan examina le ciel, la voilure, puis il braqua sa jumelle sur l'énorme jonque de guerre. Elle avait de nombreux sabords, un dragon en figure de proue et un pavillon qu'à cette distance il ne distinguait pas encore. Des dizaines de Chinois couraient sur le pont et des torches flambaient.

« Parez les barils d'eau ! hurla Orlov.

— A quoi servent les barils d'eau, Père ? demanda Culum.

— A éteindre les feux, petit. Les jonques ont des torches allumées. Elles sont bien armées de fusées et de feu grégeois. Le feu grégeois, c'est des bombes de poix et de soufre. Elles peuvent provoquer des catastrophes sur un clipper, si on n'est pas prêts. »

Il se retourna vers l'arrière. L'autre flottille de jonques se déployait dans le chenal, derrière eux.

« Nous sommes cernés, n'est-ce pas ? murmura Culum, blême de terreur.

— Sûr. Mais seul un imbécile repartirait par là. Regarde le vent, petit. En virant de bord, nous aurions à marcher presque vent debout, et quelque chose me dit qu'il ne va pas tarder à sauter encore plus contre nous. Mais en allant de l'avant, nous avons pour nous le vent et la vitesse du navire qui peut distancer n'importe quelle jonque. Regarde comme elles sont lourdes, petit ! Des chevaux de trait contre un lévrier ! Nous avons dix fois leur armement. »

Au sommet du grand mât, une aussière céda brusquement et la vergue grinça en venant battre contre le mât, la voile battant librement au vent.

« Bordée bâbord dans la mâture ! rugit Struan. A parer l'écoute de grand-voile ! »

Culum regarda les matelots se glisser le long de la vergue, presque au sommet du mât, battus et secoués par le vent, cramponnés des orteils et des ongles et il se dit que jamais il ne pourrait faire ça. Il sentit la peur serrer son estomac et se rappela soudain ce qu'avait dit Orlov. Du sang sur les mains. Le sang de qui ? En chancelant, il se précipita à la rambarde et vomit.

« Tiens, petit », lui dit Struan en lui tendant le sac d'eau accroché au boute-hors.

Culum repoussa sa main et en voulut amèrement à son père parce qu'il avait remarqué son malaise.

« Rince-toi la bouche, nom de Dieu ! » hurla Struan.

Le cœur chaviré, Culum obéit et ne remarqua pas que l'eau était en réalité du thé froid. Struan interdisait de boire de l'eau, contraignait ses hommes à prendre un bain une fois par semaine, et à changer régulièrement de linge, pour éviter la maladie que le manque d'hygiène de l'époque rendait endémique. Avant l'alerte, il avait commandé à son steward un bain pour son fils, et Culum avait été furieux.

Culum but une gorgée de thé qui lui donna la nausée, se rinça la bouche et soupira.

« La première fois que je suis allé au combat, j'ai été malade comme un matelot ivre, plus malade que tu ne peux l'imaginer. Et j'avais peur à en crever.

— Je ne le crois pas, murmura faiblement Culum. Tu n'as jamais été malade et tu n'as jamais eu peur de ta vie.

— Ouais. Tu peux me croire. C'était à Trafalgar.

— Je ne savais pas que tu y étais ! »

Sa stupéfaction fit oublier sa nausée à Culum.

« J'étais moussaillon aux poudres. La marine employait des enfants, sur les grands vaisseaux, pour porter la poudre des magasins aux canons. La coursive devait être la plus étroite possible pour diminuer le risque d'incendie qui pouvait faire sauter tout le navire. »

Struan se rappelait les canons tonnant, les cris des blessés aux membres dispersés sur le pont, l'âcre odeur du sang, la puanteur du petit tunnel sombre gluant de vomi, la galopade jusqu'aux canons avec les barils de poudre dans les bras, la replongée dans les ténèbres horribles, les poumons en feu, le cœur déréglé, la terreur, les larmes... pendant des heures...

« J'avais peur à en crever.

— Tu étais vraiment à Trafalgar ?

— Sûr. J'avais sept ans. J'étais le plus âgé de mon groupe et j'avais le plus peur, dit Struan et il posa une main affectueuse sur l'épaule de son fils. Alors ne t'en fais pas. Y a pas à avoir honte.

— Je n'ai plus peur maintenant, Père. C'était la puanteur de l'entrepont.

— Ne te raconte pas d'histoires, petit. C'est l'odeur du sang que tu crois sentir, et la crainte que ce soit le tien. »

Culum se plia vivement en deux sur la lisse. Bien que le vent fût vif, il ne pouvait chasser l'âcre odeur douceâtre de son cœur ni les mots d'Orlov de son esprit.

Struan alla au baril de brandy, tira un boujaron et le tendit à Culum ; il le regarda boire.

« S'il vous plaît, monsieur, dit le steward en s'approchant. Le bain que vous avez commandé est prêt.

— Merci. »

Struan attendit que le steward eût rejoint son canon, et dit à Culum :

« Descends, petit. »

Le jeune homme se sentit rougir d'humiliation.

« Non. Je suis très bien ici.

— Descends ! »

Bien que ce fût un ordre, il était donné avec douceur, et Culum comprit qu'on lui donnait une chance de descendre et de sauver la face.

« Je t'en prie, Père, dit-il, au bord des larmes. Laisse-moi rester. Je regrette...

— T'as rien à regretter. J'ai connu ce genre de danger, des milliers de fois, alors pour moi c'est facile. Je sais ce que je peux espérer. Descends, petit. Tu as largement le temps de prendre ton bain et de remonter. Et de participer à la bataille, si bataille il y a. Je t'en prie, descends. »

Tête basse, Culum obéit.

« Deux points bâbord », dit Struan, en examinant attentivement le littoral de Hong Kong.

Il était presque assez près de l'enfilade de rochers sur tribord avant et bien au vent de la ligne de jonques. Encore quelques minutes, et il virerait de bord pour se ruer sur la jonque qu'il avait déjà condamnée à mort, et il foncerait à travers la ligne — s'il n'y avait pas de brûlots et si le vent ne mollissait pas et si aucun récif ne venait causer une avarie.

Le ciel s'assombrissait au nord. La mousson était fidèle, mais Struan savait que dans ces mers le vent pouvait sauter d'un quart ou davantage avec une soudaineté alarmante, ou qu'un grain violent pouvait brusquement agiter les eaux. Le navire portant ainsi toute sa toile serait en grand danger, car le vent pouvait lui arracher ses voiles avant qu'il ait le temps de prendre un ris, et même le démâter. Et puis il y avait les récifs et les hauts-fonds qui le guettaient. Il n'existait pas de cartes de ces eaux. Mais Struan savait que seule la vitesse pouvait les sauver. La vitesse, et le joss.

« *Gott in Himmel !* hurla Mauss qui regardait à la jumelle. C'est le *Lotus* ! Le *Lotus d'argent* ! »

Struan lui arracha la jumelle et la braqua sur le pavillon de la grande jonque ; une fleur d'argent sur fond de gueules. Pas d'erreur possible. C'était le *Lotus d'argent,* le pavillon de Wu Fang Choi, le roi des pirates, dont le sadisme était légendaire, dont les innombrables flottes ravageaient les côtes du sud de la Chine, rançonnant et pillant et faisant la loi. Son port d'attache, en principe, était Formose.

« Qu'est-ce que Wu Fang Choi fait dans ces eaux ? » demanda Mauss.

Il éprouvait de nouveau ce curieux sentiment de peur et d'espoir. Seigneur, que Ta volonté soit faite.

« Le trésor, répondit Struan. Ce doit être le trésor. Autrement, jamais Wu Fang Choi ne prendrait le risque de venir ici, avec notre flotte si proche. »

Pendant des années, les Portugais et tous les trafiquants avaient payé un tribut à Wu Fang Choi pour avoir la route libre et assurer la sécurité de leurs navires. Le tribut était moins cher que la perte des navires, et les jonques du pirate écartaient des mers du sud de la Chine tous les autres flibustiers — la plupart du temps. Mais l'année précédente le corps expéditionnaire étant arrivé, les marchands britanniques avaient cessé de payer le tribut et une des flottes pirates de Wu Fang Choi s'était remise à écumer les routes maritimes et la côte près de Macao. Quatre frégates de la Royal Navy avaient fait la chasse aux pirates et avaient coulé presque toutes les jonques ; elles avaient poursuivi celles qui s'étaient enfuies jusqu'à la baie de Bias, un repaire de pirates sur la côte, à quarante milles au nord de Hong Kong, et là les frégates avaient anéanti jonques et sampans et incendié deux villages de pirates. Depuis, le pavillon de Wu Fang Choi ne s'était plus jamais aventuré dans les parages.

Un canon tonna de la grande jonque et, à la stupéfaction des Britanniques, toutes les jonques sauf une virèrent au vent et abattirent leur grand-voile, ne gardant que leurs petites voiles d'artimon pour manœuvrer. Une petite jonque se détacha de la flotte et entreprit de couvrir le mille qui la séparait du *China Cloud*.

« Cap sous le vent ! » ordonna Struan.

Le clipper tourna dans le vent. Les voiles battirent et le navire s'arrêta presque.

Struan examinait la petite jonque à la jumelle. Un drapeau blanc battait à la flèche du mât.

« Mordieu ! A quoi jouent-ils ? Jamais les Chinois n'envoient le pavillon de trêve ! »

Le bateau s'approchait et Struan fut plus stupéfait encore de voir un énorme Européen à barbe noire, vêtu de lourds vêtements de laine, le coutelas à la ceinture, à la barre de la jonque. A côté de lui se trouvait un jeune garçon chinois, richement vêtu d'une robe de brocart vert et chaussé de fines bottes noires. Struan vit l'Européen braquer une longue-vue sur le *China Cloud*. Au bout d'un moment, l'homme abaissa sa longue-vue et se mit à rire en agitant le bras.

Struan passa les jumelles à Mauss.

« Que pensez-vous de cet homme ? »

Puis il se tourna vers le capitaine Orlov, qui braquait un télescope sur la jonque.

« Et vous, capitaine ?

— Pirate, c'est sûr. Encore une rumeur qui se confirme. Wu Fang Choi a des Européens dans sa flotte.

— Mais pourquoi ont-ils tous abattu les voiles ? demanda Robb.

— L'émissaire nous le dira, bougonna Struan et il alla au bout du gaillard d'avant. Monsieur Cudahy, paré à lui placer un boulet par le travers !

— Paré ! »

Cudahy sauta sur le premier canon et le braqua.

« Capitaine Orlov, parez le canot ! Commandez le groupe d'abordage. Si nous ne la coulons pas avant !

— Pourquoi aller à l'abordage, Dirk ? s'étonna Robb.
— Aucune jonque pirate ne va s'approcher à moins de cinquante mètres. Ça peut être un brûlot ou un bateau bourré de poudre. Dans ces moments-là, mieux vaut être paré à toutes les diableries. »
Culum apparut sur le pont, tout emprunté dans ses vêtements de marin, une épaisse chemise de laine, une vareuse, un large pantalon et des chaussures de corde.
« Alors, petit ? demanda Struan.
— Que se passe-t-il ? »
Struan le mit au courant et ajouta :
« Cette tenue te va bien. Tu as meilleure mine.
— Je vais beaucoup mieux », assura Culum qui se sentait mal à l'aise et un peu intrus.
Lorsque la jonque pirate fut à cent mètres, le *China Cloud* tira un coup de semonce sur l'avant et Struan empoigna un porte-voix.
« Mettez en panne ! Sinon je vous fais sauter », hurla-t-il.
Docilement, la jonque tourna au vent et abattit ses voiles, puis se laissa dériver.
« Ohé du *China Cloud* ! Permission de monter à bord ! rugit le barbu.
— Pourquoi, et qui êtes-vous ?
— Capitaine Scragger, anciennement de la ville de Londres, rétorqua le colosse en riant. Un mot à votre oreille, milord Struan, comme qui dirait en privé !
— Montez à bord seul. Sans armes !
— Pavillon de trêve, cap'taine ?
— Sûr. Gardez la jonque sous votre feu, monsieur Cudahy.
— Elle y est, monsieur ! »
Un petit canot glissa le long du bordé de la jonque et Scragger sauta lestement dedans, puis se mit à ramer vers le *China Cloud*. Comme il approchait, il se mit à chanter d'une voix sonore. C'était une chanson de marins, *Blow the man down*.

« Crâne, le lascar, dit Struan, amusé malgré lui.

— Scragger est un nom peu commun, murmura Robb. Est-ce que la grand-tante Ethel n'avait pas épousé un Scragger de Londres ?

— Sûr. J'ai eu la même idée, petit. Nous aurions peut-être bien de la famille chez les pirates.

— Ne sommes-nous pas tous des pirates ? »

Le sourire de Struan s'élargit.

« La Noble Maison sera en sécurité entre tes mains, Robb. Tu es un homme sage — plus sage que tu ne veux bien le penser... Impertinent lascar », ajouta-t-il en se retournant vers le canot.

Scragger semblait avoir une trentaine d'années. Ses longs cheveux en broussaille et sa barbe étaient d'un noir de corbeau. Il avait des yeux bleu pâle et des mains énormes. Des anneaux d'or brillaient à ses oreilles et une cicatrice fronçait sa joue gauche.

Il amarra le canot et grimpa à l'échelle de corde avec aisance. En sautant sur le pont, il porta la main à son front, pour saluer le gaillard d'arrière d'un air moqueur et s'inclina très bas.

« Bien le bonjour, Vos Honneurs ! »

Puis, aux matelots qui le contemplaient bouche bée : « Bien le bonjour, mes gaillards ! Mon cap'taine, Wu Fang Choi, vous souhaite un bon voyage de retour ! »

Il éclata de rire en montrant des chicots, puis il s'avança et s'arrêta devant Struan. Il était plus petit mais plus trapu.

« Descendons !

— Monsieur Cudahy, fouillez-le.

— Allons, c'est le pavillon de trêve et je ne suis pas armé, c'est la vérité vraie. Vous avez ma parole, par Dieu ! s'écria Scragger, l'image même de l'innocence.

— Et alors vous serez fouillé quand même. »

Scragger se laissa fouiller.

« C'est-y que vous êtes satisfait, Taï-pan ?

— Pour le moment.

— Alors on descend. Seuls. Comme je l'ai demandé. »

Struan vérifia ses pistolets et fit signe à Scragger de le précéder.

« Tous les autres, restez sur le pont. »

A la stupéfaction de Struan, Scragger avança dans le navire comme s'il le connaissait bien. En arrivant dans la cabine, il se laissa tomber sur un fauteuil et allongea ses jambes devant lui.

« Je ne refuserais pas une petite goutte, si c'était de votre bon cœur. Ramer donne soif.

— Du rhum ?

— Du brandy. Ah ! le brandy. Et si vous avez un baril de trop, je dirais pas non, et je serais plus disposé.

— A quoi ?

— A être patient. Vous êtes bien comme je vous imaginais.

— Vous dites que vous êtes de Londres ?

— Ouais, je l'ai dit. Ça fait longtemps. Ah ! merci », dit-il en acceptant le verre de vieux cognac ; il le respira amoureusement, l'avala d'un trait, soupira et essuya sa moustache. « Ah ! le brandy, le brandy. La seule chose que je reproche à mon état actuel c'est le manque de brandy. Ça fait chaud au cœur. »

Struan lui remplit son verre.

« Merci, Taï-pan.

— De quel quartier de Londres êtes-vous ?

— Shoreditch, cap'taine. C'est là que je suis né.

— Quel est votre prénom ?

— Dick. Pourquoi ? »

Struan haussa les épaules.

« Maintenant, au fait. »

Il avait l'intention d'écrire par le prochain courrier pour demander si Dick Scragger était un descendant de la grand-tante.

« J'y viens, Taï-pan, j'y viens. Wu Fang Choi veut vous parler. Seul. Maintenant.

— De quoi ?

— J'y ai pas demandé et il me l'a point dit. Va chercher le Taï-pan, qu'il m'a dit, et me voilà. Vous avez de l'argent à bord, à ce qu'on raconte. Hé ?

— Dites-lui que je le recevrai ici. Il peut venir à bord seul et sans armes. »

Scragger éclata de rire et gratta machinalement ses poux.

« Allez donc, vous savez bien qu'il fera jamais ça, Taï-pan, pas plus que vous iriez seul à son bord sans protection, tiens donc. Vous avez vu le gamin à bord de ma jonque ?

— Sûr.

— C'est son plus jeune fils. Il sera otage. Vous allez à bord, armé si vous voulez, et le gamin reste ici.

— Et il se trouve que le gamin n'est qu'un fils de coolie déguisé et je me fais égorger !

— Oh ! non, protesta Scragger, peiné. Vous avez mon serment, bon Dieu, et le sien. Nous sommes pas une sale bande de pirates. Nous avons trois mille navires et nous faisons la loi le long de ces côtes, comme vous le savez bien. Vous avez ma parole, nom de Dieu. Et la sienne. »

Struan remarqua des cicatrices blanches aux poignets de Scragger, et comprit qu'il en avait d'autres aux chevilles.

« Que faites-vous avec lui, vous, un Anglais ?

— Ce que je fais ? Par exemple ! répliqua Scragger en se levant. Je peux me servir un coup de tafia ? Merci de votre bon cœur. (Il rapporta la bouteille et se rassit confortablement.) Y a plus de cinquante Angliches comme moi dans sa flotte. Et une quinzaine d'autres, des Américains surtout, et un Français. Capitaines, canonniers, matelots. J'étais bosco de mon état, continua-t-il la langue déliée par le cognac. Y a par là dix ans j'ai été naufragé sur des îles, au nord. Les sales petits mécréants de païens m'ont pris comme esclave, des Japonais, c'était. Ils m'ont vendu à d'autres sales mécréants, mais je me suis enfui et je suis tombé sur Wu Fang Choi. Il m'a pris à son bord quand il a su que j'étais bosco et que je savais tout faire en mer. Alors, maintenant, on y va ou on n'y va pas ?

— Pourquoi ne restez-vous pas à mon bord ? Je peux me tailler une route au travers de Wu Fang sans me donner de mal.

— Merci, cap'taine, mais j'aime bien où je suis.

— Combien de temps avez-vous été bagnard ? »

Le verre de Scragger s'arrêta sur le chemin de sa bouche et son expression devint méfiante.

« Les marques des fers, hein ? Sûr, les marques sont encore là après douze ans.

— D'où vous êtes-vous évadé ? De Botany Bay ?

— Sûr. Botany, c'était, répondit Scragger en redevenant aimable. Quinze ans de déportation, j'ai écopé quand j'étais moutard, du moins quand j'étais plus jeune. Dans les vingt-cinq ans. Quel âge avez-vous ?

— Je suis assez vieux.

— Je l'ai jamais bien su, moi. J'ai trente-cinq ans ou quarante-cinq, aussi bien. Ouais. Quinze ans pour avoir frappé un mange-merde de second sur une mange-merde de frégate !

— Vous avez eu de la chance de ne pas être pendu.

— Ouais, ça c'est la vérité. Taï-pan, j'aime bien causer avec vous. Ouais, ça me change de mes matelots. Bref, j'ai été déporté. Neuf mois en mer, enchaîné avec quatre cents autres pauvres bougres et autant de femmes, presque. Enchaînés dans l'entrepont, nous étions. Neuf mois ou plus. De l'eau, des gourganes et pas de lard. C'est pas des façons de traiter un homme, point du tout. Une centaine de nous seulement ont touché le port vivants. On s'est mutinés dans le port de Sydney et on a brisé nos fers. Tué les mange-merde de gardes-chiourne. Et puis dans la savane pour un an, et puis je me suis trouvé un navire marchand. Sur le marchand, on mangeait, au moins. (Il contempla le fond de son verre vide et son sourire s'effaça.) Ouais, du gibier de potence, voilà ce que nous sommes tous, Dieu embroche tous les mange-merde. Et puis j'ai fait naufrage, comme je vous disais, et tout. »

Struan alluma un cigare.

« Pourquoi servir un chien enragé de pirate comme Wu Fang ?

— Je m'en vais vous dire, cap'taine. Je suis libre comme l'air. J'ai trois femmes et tout ce que je veux manger et de l'argent et je suis capitaine d'un navire. Il me traite mieux que les miens, mes maudits foutus semblables. Ouais, pour eux je suis un gibier de potence ! Mais pas pour Wu Fang... Bon, maintenant, vous venez avec moi comme j'ai demandé, ou bien vous voulez qu'on vous prenne à l'abordage ?

— A l'abordage, capitaine Scragger, certainement. Mais finissez d'abord votre cognac. Ce sera le dernier que vous boirez sur cette terre.

— Nous avons plus de cent navires contre vous.

— Vous devez me prendre pour un bel imbécile. Wu Fang ne s'aventurerait jamais en personne dans ces eaux. Jamais. Pas avec nos vaisseaux de guerre juste de l'autre côté de Hong Kong. Wu Fang n'est pas avec votre flotte. »

Scragger se mit à rire.

« Vous êtes un malin, Taï-pan. On m'avait prévenu. Non. Wu Fang n'est pas avec nous, mais son amiral y est. Wu Kwok, son aîné. Et le gamin est son fils ! Ça c'est la vérité.

— La vérité a de nombreux visages, Scragger. Maintenant, débarrassez mon navire. Le pavillon de trêve est pour le vôtre seulement. Je m'en vais vous montrer ce que je pense de votre foutue flotte pirate !

— Ça, c'est sûr, Taï-pan, si vous en avez seulement la moitié d'une occasion. Ah ! oui, j'oubliais... »

Il se leva, tira de sous sa vareuse un petit sac de

cuir accroché à son cou par une courroie. Il l'ouvrit, y prit un petit papier plié et le posa sur le bureau en disant d'un air ironique :

« Fallait que je vous donne ça. »

Struan déplia le papier. Il portait le chop de Jinqua. Et il contenait une des moitiés de pièces.

# 10

STRUAN se dressait souplement à l'avant de son canot, les mains enfoncées dans les poches de sa grosse vareuse, un fer de combat accroché au poignet, des pistolets à la ceinture. Ses hommes souquaient ferme, la mine sombre. Ils étaient tous armés. Scragger, assis au milieu du canot, beuglait une chanson de marins d'une voix avinée. A cent mètres devant eux, se balançait la grande jonque. Struan avait insisté pour que Scragger fît avancer la jonque plus près de la terre, éloignée de la flotte protectrice, à une centaine de mètres sous le vent du *China Cloud*. Là, avec l'unique petite voile d'artimon pour manœuvrer, elle était sous le feu des canons du *China Cloud*, à sa merci. Mais le reste de l'armada pirate conservait sa position de blocus autour des deux navires.

Struan savait qu'il était dangereux de monter seul à bord de la jonque pirate, mais la moitié de pièce ne lui laissait pas d'autre choix. Il aurait bien emmené Mauss ; un interprète était nécessaire et Mauss était aussi un démon dans un combat. Mais Scragger avait refusé.

Avant de quitter son bord, Struan avait donné des ordres précis, devant Scragger :

« Si la jonque amirale hisse la voile, faites-la sauter. Si je ne suis pas revenu dans une heure, faites-la sauter. Mais avant, pendez le gamin à une vergue !

— Vous en faites pas, avait assuré Orlov d'un air mauvais. Le gamin est mort et, par le sang de Jésus-Christ, je ne quitterai jamais ces eaux tant qu'une seule jonque restera à flot ! »

« Bordez les avirons ! » cria Struan quand le canot arriva le long de la jonque.

Une centaine de pirates chinois étaient accoudés à la rambarde, et riaient en criant des insultes. Struan nota les sabords. Vingt par bord. Quarante canons.

Il escalada l'échelle de coupée, et une fois sur le pont remarqua que les canons étaient en bon ordre, que des barils de poudre jonchaient le pont et qu'il ne manquait pas de bombes à feu. L'équipage était nombreux. La saleté régnait, mais il n'y avait aucun signe de scorbut ou d'autres maladies. Les voiles en bon état, le gréement correct, bien serré. Difficile, sinon impossible, à prendre à l'abordage. Mais facile à couler, avec du joss.

Struan suivit Scragger dans la cabine principale sous le château arrière, en remarquant machinalement les échelles et les passages au cas où une retraite précipitée s'imposerait. Ils arrivèrent dans une première cabine bondée de pirates. Scragger joua des coudes, jusqu'à une porte gardée par un énorme Chinois maussade qui montra du doigt les armes de Struan et fit d'aigres reproches à Scragger, lequel lui répondit sur le même ton en cantonais, puis l'écarta avec mépris et ouvrit la porte.

La cabine était immense. Des coussins sales recouvraient une estrade sur laquelle trônait une table basse en laque rouge. La pièce, comme tout le navire, empestait la sueur, le poisson pourri et le sang. Derrière l'estrade, il y avait une paroi à claire-voie, avec un rideau derrière cachant la cabine où dormait le chef de guerre. Six lanternes se balançaient au plafond.

Dans la paroi du fond, une porte s'ouvrit.

Wu Kwok était petit, gros, d'âge mûr. Il avait la figure ronde, les yeux cruels, la longue natte huileuse. La somptueuse robe de soie verte était tachée de graisse. Il portait de fines bottes de cuir et d'inestimables bracelets de jade aux poignets.

Il toisa un moment Struan, puis il lui fit signe de monter sur l'estrade et s'assit d'un côté de la table. Struan s'installa en face de lui. Scragger s'adossa à la porte fermée, un sourire sardonique aux lèvres.

Immobiles, impassibles, Struan et le Chinois se dévisagèrent. Enfin, Wu Kwok leva légèrement une main et un serviteur apporta des tasses, du thé, des baguettes, des gâteaux de lune — de délicats biscuits de farine de riz fourrés de pâte d'amande — et un plat de *dim sum* assortis.

Les dim sum étaient des beignets de farine de riz fourrés de langoustine, de porc frit, de poulet, de légumes ou de poisson. Certains étaient soufflés à la vapeur, d'autres cuits à la grande friture.

Le serviteur versa le thé.

Wu Kwok prit sa tasse et fit signe à Struan de l'imiter. Ils burent en silence, sans se quitter des yeux. Puis le pirate prit ses baguettes et choisit un dim sum. Il le plaça sur la petite assiette, devant Struan, en lui faisant signe de manger. Struan savait que bien qu'on lui eût donné des baguettes, Wu Kwok s'attendait à le voir manger avec les doigts comme un barbare, et perdre la face.

Dans le dos, ordure pourrie, pensa-t-il en bénissant son joss pour les leçons de May-may. Il prit adroitement les baguettes, porta le dim sum à sa bouche, replaça les baguettes dans leur berceau de porcelaine, et mâcha avec appétit. Son plaisir fut accru par l'ahurissement du pirate. Un barbare qui mangeait comme une personne civilisée !

Struan reprit ses baguettes et choisit méticuleusement un autre dim sum dans le plat, le plus petit et le plus délicat, le plus difficile à tenir. C'était un des beignets de langoustine à la vapeur dont la pâte blanche était si fine qu'elle en était translucide. Il le souleva vivement et sans mal, en priant le Ciel de ne pas le lâcher. Il le tint à bout de bras et le présenta à Wu Kwok.

Les baguettes du Chinois avancèrent et il prit le dim sum pour le transférer sur sa petite assiette. Mais un minuscule morceau de langoustine tomba sur la table. Bien que Wu Kwok demeurât impassible, Struan savait qu'il rageait, car il avait perdu la face.

Struan lui assena alors le coup de grâce. Il se pencha, prit le bout de langoustine avec ses baguettes, le déposa dans son assiette et choisit un autre tout petit dim sum. Il l'offrit de nouveau. Wu Kwok le prit. Il n'en laissa rien tomber.

Il en offrit un autre à Struan, qui le prit négligemment en l'air et le mangea avec appétit mais il refusa le suivant. Le protocole chinois exigeait que l'on prétendît que les plats étaient si délicieux et nourrissants que l'on n'avait vraiment plus faim, alors que, bien souvent, hôte et invité auraient dévoré avec joie.

« Bouffe encore un coup, mon matelot ! C'est pas ça qui manque d'où c'est que ça vient », s'écria soudain Wu Kwok, en insistant comme devait le faire un hôte.

Le choc d'entendre Wu Kwok s'exprimer avec l'accent vulgaire et grasseyant des faubourgs de Londres atténua le plaisir que Struan avait d'avoir fait perdre la face au Chinois en le forçant à parler le premier.

« Merci. Je suis heureux que vous parliez anglais. Cela facilitera les choses, dit Struan.

— Ouais. Ça, c'est la vérité vraie. »

Wu Kwok était très fier de parler barbare.

« Où avez-vous appris l'anglais ?

— Où que c'est donc qu'un pante comme vous a appris à manger comme un Chinois, hé ? »

Struan prit un gâteau.

« J'ai essayé d'apprendre le cantonais, mais je ne suis pas bon élève et je ne peux prononcer la langue. »

Il mangea délicatement la pâtisserie et but un peu de thé.

« Ce thé est excellent. Soochow ?

— Lin Tin. Vous préférez le thé de Soochow ?

— Non, celui de Lin Tin est meilleur.

— J'ai appris l'anglais avec Scragger et eux autres. Avec le temps. »

Il mangea un moment, puis il insista de nouveau pour que Struan se serve des mets succulents.

« Allez ah ! prenez encore la boustifaille. Vous êtes un drôle de coco. Je suis bougrement content de voir un type comme vous. Vous êtes pas normal, je parie bien. Vous faudrait plus d'un jour pour mourir, plus d'un jour. »

Les yeux de Struan devenaient plus verts, et plus lumineux.

« Vous mourriez très vite. Mes méthodes diffèrent des vôtres. Un instant vivant, le suivant mort. Comme ça, dit-il en claquant des doigts. C'est mieux, pour les amis ou les ennemis. Ou les chiens enragés !

— Hé ! pourquoi que c'est que vous causez comme ça bizarre ? demanda Wu Kwok, après un silence dangereux.

— Comment ?

— Vous causez pas comme moi. C'est difficile à comprendre. Ça sonne pas pareil, quoi.

— Il y a de nombreux dialectes et accents anglais, répondit Struan en donnant de la face à Wu Kwok.

— C'est un rupin, Wu Kwok, comme c'est que j'ai dit, expliqua Scragger. Les rupins ça cause pas pareil. Ça va à l'école, c'est instruit, comme c'est que je vous ai dit.

— Ce foutu gibier de potence de Scragger, il dit la vérité, mon matelot ? Mon anglais l'est point comme il faut ?

— Qui parle le plus correctement le cantonais ? Un paysan ou un maître d'école ? Le paysan parle bien pour les champs et le maître d'école pour la classe. »

Wu Kwok se carra sur ses coussins et but du thé. Puis il rompit le silence :

« On a entendu raconter que vous aviez de l'argent à bord. Quarante lacs.

— D'où tenez-vous cela ? dit Struan en ouvrant son poing sur la table pour y laisser tomber la moitié de pièce.

— Une demi-pièce, une faveur, pas vrai ?

— Sûr, répondit Struan en se maudissant d'être tombé dans le piège de Jin-qua. D'où la tenez-vous ?

— De mon papa.

— Où l'a-t-il trouvée ?

— Où vous croyez que cette vieille crapule de Jin-qua a pu mettre ses sales pognes sur quarante lacs d'argent, hé, mon matelot ? Chez ses vieux camarades de bord, tiens donc. Vous avez dix lacs à mon papa à bord ! »

Le rire secoua le gros ventre du Chinois.

« Hé ! Scragger, verse un boujaron à Son Honneur. Va en avoir besoin.

— Wu Fang Choi et Jin-qua étaient camarades de bord ? demanda Struan, très secoué.

— Façon de parler, mon gars. Nous protégeons son commerce en mer des foutus mange-merde de pirates. Nous sommes gardiens des mers. C'est justice de payer les services rendus, pas vrai ? Et un homme sage investit son argent pour faire des bénéfices, hein ? Alors nous en investissons avec lui, parfois. Du thé, de la soie. Des prêts. »

Wu Kwok se tenait le ventre à deux mains et des larmes de rire coulaient de ses petits yeux bridés.

« Alors comme ça on est comme qui dirait associés, nous autres et la Noble Maison. Un bon placement, comme on dit.

— Quelle faveur demandez-vous, Wu Kwok ?

— On boit d'abord le coup à ce trésor et à votre joss, Taï-pan. Après, on cause.

— Il a dit comme ça de pendre le gamin s'il était pas retourné à bord dans une heure, intervint Scragger, en versant trois verres de rhum. Et si vous hissez les voiles, de nous faire sauter et de pendre le gamin.

— C'est combien une heure, matelot ?

— Assez. »

Wu Kwok mangea pendant un moment.

« Vous le pendriez, le gamin ?

— N'en feriez-vous pas autant ? rétorqua Struan en posant sa montre sur la table. Vous avez gaspillé la moitié de votre temps. »

Wu Kwok prit un verre et but lentement. Struan supportait mal la tension. Il entendait des voix chinoises étouffées, et le grincement des haubans et du bois.

La pluie crépita soudain sur le pont, au-dessus d'eux. Wu Kwok prit un cure-dent et se mit à se curer les dents, une main cachant poliment la bouche. La pluie redoubla.

« La faveur de Wu Fang Choi, dit-il enfin. Votre flotte est de vingt clippers, exact ?

— Dix-neuf.

— Dix-neuf. Sur chacun, on met un de nos gars. Vous les dressez à devenir cap'taines. Officiers. Dix-neuf hommes. Vous les dressez bien. Comme c'est que vous voudrez pour en faire de bons cap'taines. Le fouet, les fers, la cale humide, tout ça que vous voudrez s'ils obéissent pas bien, mais pas de mort. Pendant cinq ans, ils seront à vous, et puis ils rentrent chez nous. Ensuite. Dans un an et un jour, je veux un clipper. Tout pareil au *China Cloud*. Nous payons en argent ce qu'il coûtera. Vous nous donnez les papiers, tout ça qu'il faut et nous payons en argent. Armé et gréé et tout comme le *China Cloud*. Dix de nos hommes pour aller à Blighty pour surveiller la construction et puis ils reviendront avec. Où et comment on prendra et on conduira le navire, on verra ça plus tard. Juste, Scragger ?

— Ouais.

— Dernièrement, on vous donne un marmot — trois marmots — à dresser et instruire comme des rupins. Les meilleures écoles de Londres. N'importe à quel prix.

— Les meilleures frusques et des voitures et des piaules de rupin et tout, ajouta Scragger. Comme des foutus rupins, ils seront élevés. Bien traités. Oxford ou Cambridge aussi. Ouais. Finies les études à l'université ils reviennent.

— Ce n'est pas *une* faveur, ça, protesta Struan. Il y en a plusieurs !

— Beaucoup, plusieurs, c'est une faveur, grinça Wu Kwok. Nom de dieu, c'est promis ! Peut-être je reprends les dix lacs et les trente autres avec. Et puis j'achète le navire. Avec l'argent, on achète n'importe quoi, pas vrai ? Ouais, je prends les lacs, peut-être, et je m'en vais traiter avec N'a Qu'un Œil. Comment c'est son nom ?

— Brock, dit Scragger.

— Sûr, Brock. Je m'entends avec Brock ou un autre. Un marché est un marché. Rien que dresser, instruire des hommes. Un navire. Juste demande. Vous dites oui ou non.

— Je vais vous faire une autre proposition. Reprenez la pièce et, avec ou sans moi à bord du *China Cloud*, essayez de vous emparer de l'argent, nom de dieu !

— Il y aura deux cents navires sur l'horizon. J'en perds cent, deux cents, ça ne fait rien. Je prends lacs, Taï-pan. Je prends. »

Struan ramassa la moitié de pièce et se leva.

« D'accord ?

— Non, pas d'accord. Faveur — vous avez dit oui pour la faveur. Le Taï-pan de la Noble Maison n'a donc pas de face, heya ? Oui ou non ?

— Dans un mois amenez cent hommes, dont aucun ne sera recherché pour crime par les mandarins, qui sauront tous lire et écrire. Sur ces cent, je choisirai les dix-neuf qui doivent être capitaines. Et les dix hommes pour surveiller la construction. Amenez aussi les trois jeunes garçons.

— Trop dangereux, déclara Wu Kwok. Tant d'hommes à la fois. Vrai, Scragger ?

— Pas si on les amenait, disons, à Aberdeen. Pour choisir bien, y a pas de mal à ça. Hé ? Comme qui dirait en secret ? »

Le Chinois réfléchit un moment.

« Accepté. Un mois. Aberdeen.

— Je ne remettrai le clipper qu'à vous, en personne, ou à Wu Fang Choi, dit Struan. A personne d'autre.

— A n'importe qui j'envoie.

— Non.

— Ou à moi, cap'taine, hé ? lança Scragger.

— Non. A Wu Kwok ou à Wu Fang Choi. En haute mer.

— Pourquoi ? s'écria Wu Kwok. Hé ? Pourquoi ? Quelle foutue sacrée diablerie dans la tête, encore, hé ?

— Ce sera votre navire. Je ne m'en vais pas mettre cette merveille entre les mains de n'importe qui. Où est votre face, hé ?

— C'est bon, dit enfin Wu Kwok. Pas de traîtrise, nom de dieu, ou vous le paierez ! »

Struan se dirigea vers la porte, la tête haute, mais Scragger se dressa devant lui.

« Votre serment sacré, Taï-pan ?

— Je l'ai fait à Jin-qua. Vous connaissez la valeur de mon serment, bon dieu ! »

Scragger fit un signe à Wu Kwok et s'écarta.

« Merci, Taï-pan.

— Voyant ça que vous acceptez bien, amical et tout, Taï-pan, dit Wu Kwok, mon papa a envoyé pour vous un présent et un message. »

Il fit un geste et Scragger ouvrit un coffre de marin, y prit un paquet et le tendit à Struan.

Le paquet contenait un pavillon — le Lion et le Dragon enlacés. Et un livre de bord ; celui du *Scarlet Cloud* perdu.

Struan ouvrit le livre de bord à la dernière page

écrite et lut : « 16 nov. Midi. N 11°23′11″ E 114°9′8″. Orages continuent, vent souffle en tempête. Au milieu du deuxième quart les fortunes ont été emportées avec les mâts. Nous avons été jetés ici sur les récifs de Tizard où, par la grâce de Dieu, nous nous sommes échoués, la quille emportée et un trou dans le bordé. 18 nov. Quatre heures. Quatre jonques en vue nord-est-est. Parés pour abandonner le navire. 18 nov. Cinq heures. Les quatre jonques ont changé de route et viennent sur nous. J'ai distribué les mousquets. J'ai essayé de parer un canon mais la gîte est trop forte. Nous préparons de notre mieux. Au cas où ce seraient des pirates. 18 nov. Huit heures. Abordés. Pirates. Avons tué première vague mais ils... »

Struan ferma le livre.

« Vous les avez tués tous ?

— Les jonques elles faisaient pas partie de nos flottes régulières. Du moins pas généralement.

— Vous les avez tués tous ?

— Ils se sont tués eux-mêmes, Taï-pan. J'étais point là.

— Vous savez comment qu'ils sont, ces sales brigands, Taï-pan, intervint Scragger. Si ç'avait été des hommes à Wu Fang Choi... pourquoi qu'il vous aurait donné le livre de bord, hein ? La nouvelle est parvenue à Wu Fang Choi. Il m'a envoyé voir un peu. Y avait pas d'hommes à bord quand je suis arrivé. Ni des cadavres. Rien.

— Vous l'avez pillé ?

— Vous connaissez la loi de la mer, Taï-pan. Il était naufragé et abandonné. La moitié de votre cargaison a été sauvetée. Seize canons et tout un tas de poudre et de mitraille.

— Où est le chronomètre ? »

Scragger haussa les sourcils.

« Ben quoi, à bord de ma jonque, bien sûr, encore que je sais pas trop m'en servir. Pas encore. C'est à qui l'a trouvé, pas moins. Juste, non ? Mais vous savez pas, Taï-pan, vous savez pas ce que ces foutus maudits bandits avaient fait ? Ils l'avaient laissé s'arrêter. Vous vous rendez compte ? Ils l'avaient pas remonté. Nous a fallu des semaines pour trouver un navire marchand qu'avait l'heure de Londres. Un Américain, le *Boston Skylark.* (Le souvenir le fit rire.) Quatre de ses gars ont choisi de venir avec nous.

— Et les autres ?

— On les a mis à la dérive, au large des Philippines. Pas loin de la terre. Vous avez ma parole jurée. Y a par là trois, quatre semaines. »

Wu Kwok changea de position sur ses coussins et se gratta paisiblement.

« En dernier, Taï-pan, mon papa a dit : « Dix taels « un navire c'est pas beaucoup pour la navigation « sûre. Dix taels un navire et le pavillon anglais « protégé par Wu Fang Choi. » Vous avez un nouveau mouillage, à présent, ici à Hong Kong, à ce qu'on dit. Proposez ça à votre mandarin.

— Je consens à donner un tael.

— Six, c'est le plus bas prix. Le plus bas. C'est ce que mon papa a dit, qui sait que vous êtes dur en affaires. Six.

— Un.

— Asseyez-vous. On boit encore un boujaron et y a encore de la boustifaille qui vient, dit Wu Kwok.

— Dans cinq minutes, la jonque saute et l'otage est pendu. »

Wu Kwok rota bruyamment.

« Vous pendriez pas mon fils, mon gars.

— Naturellement, répliqua Struan avec mépris. Seulement un pauvre gamin déguisé. »

Wu Kwok sourit et but longuement.

« Vous êtes un malin, Taï-pan. Deux taels par navire, on tope. Proposez ça à votre mandarin, hé ? Et je vais vous dire quoi ; gardez le gamin, pendez-le, jetez-le à la mer, il est à vous. Renvoyez-nous-le et je vous le pendrai.

— Quoi ? glapit Scragger. Le mignard est point votre fils ?

— Voyons, Scragger, répondit Struan, vous me prenez pour un imbécile ? Je connais la valeur de la parole d'un fumier ! »

Il sortit dignement.

Atterré, Scragger se tourna vers Wu Kwok.

« Mais c'était votre parole jurée et la mienne ! Nous lui avons fait notre serment ! Vous avez dit que c'était votre fils. A moi vous l'avez dit, nom de dieu !

— Jamais le Taï-pan ne nous donnerait son fils en otage, pourquoi je le ferais, moi, hé ?

— Mais je lui ai donné ma parole jurée, bon dieu ! C'est de la trahison ! »

Wu Kwok se leva, très lentement.

« Tu dis que je suis un traître ?

— Non, chef, que non, dit vivement Scragger en maîtrisant sa rage. C'était juste le mien, de serment. Nous autres, on respecte nos serments. Chez nous, c'est pas bien, ce qu'on a fait là, pas bien. Ça se fait pas, c'est tout. »

Wu Kwok hocha la tête, tout en regagnant sa cabine à coucher.

« Les barbares sont bougrement bizarres, mon matelot. Tout ce qu'il y a de bougrement bizarres. »

La porte à claire-voie se ferma sur lui.

Scragger monta sur le pont. Nom de dieu, se dit-il, en pleurant presque de rage, nom de dieu, c'est le bouquet, ça. Je lui réglerai son compte à ce foutu mécréant de sale païen fornicateur d'enfer du diable. Mais pas avant que les hommes soient choisis. Oh ! que non, pas avant. J'ose pas, avant, ça gâcherait tout.

Mais après, alors là, nom de dieu, après...

## 11

FENDANT les flots sous la pluie battante, le *China Cloud* remontait la côte sud de Hong Kong pour gagner la grande rade, au nord.

Les Struan dînaient dans la cabine principale : potage aux huîtres, saucisses fumées, poissons séchés, chou bouilli revenu au gras de porc, poulets rôtis froids, biscuits de mer, tarte aux pommes et tartelettes aux fruits confits. Vin blanc glacé et champagne. Et du thé.

« Quarante lacs... quatre pièces, murmura Robb qui ne mangeait pas. Une à Wu Fang Choi. Qui a les trois autres ?

— Jin-qua en a gardé une, certainement. Sans doute deux, dit Struan.

— Nous nous sommes engagés à une faveur considérable, reprit Robb. La valeur de dix lacs donnés à ces diables. Avec un clipper comme le *China Cloud* entre les mains, ils n'auront plus peur de nos frégates ! Les routes maritimes asiatiques de tout l'Empire pourraient être coupées. Un navire — et dix hommes instruits à en construire d'autres. Dix-neuf hommes dressés pour être capitaines — pour en dresser d'autres ! Nous sommes pris au piège, et notre avenir avec. C'est affreux.

— Jin-qua t'a dupé, Père. Il t'a dupé !

— Non. Il a été plus fin, oui, mais c'est moi qui ne l'ai pas été assez. Moi, petit. Quand tu t'assois à une table pour conclure un marché, chacun est tenu de défendre ses intérêts. C'est très simple. Oui, j'ai été plus faible que lui. Mais même si j'avais su que les pièces devaient être données à d'autres, j'aurais quand même accepté ses conditions. Nous n'avions pas le choix.

— Si toi tu te fais berner, Dirk, quelles sont nos chances, à Culum et à moi ?

— Infimes. A moins que vous ne soyez vraiment prêts à réfléchir et à profiter des enseignements apportés par les erreurs des autres. Et à ne pas traiter les Chinois comme des gens comme nous. Ils sont différents.

— Ça oui, s'écria Culum. Laids, repoussants, païens. Et impossibles à distinguer les uns des autres.

— Je ne suis pas d'accord, répliqua Struan. Je voulais dire que leur forme de pensée était différente.

— Alors, comment faut-il leur répondre, Père ?

— Si je le savais, je ne me tromperais jamais. Ils ont simplement eu cinq mille ans de pratique, voilà tout. Passe-moi la soupière, tiens. »

Culum passa le plat et son père se servit une troisième fois.

« Tu n'as pas l'air inquiet, Dirk, dit Robb. Cela risque de nous ruiner. De ruiner le commerce asiatique.

— Tu ne manges pas, Robb. Et toi, Culum. Mangez... La situation n'est pas aussi désespérée que ça. D'abord les dix-neuf hommes. Sûr, ils seront des espions à la solde de Wu Fang Choi et de sa racaille. Mais pour que nous les éduquions, ils devront apprendre l'anglais, non ? Et si nous pouvons leur parler, pourquoi ne pourrions-nous pas les changer ? Faire d'un pirate un citoyen utile ? Peut-être même un chrétien, hé ? Dix-neuf chances de les gagner à nous. De bonnes chances, je dirais. Et s'ils sont de notre côté, s'il n'y en a qu'un seul, nous connaîtrons les repaires des pirates. Alors, nous pourrons les maîtriser et les anéantir comme nous voudrons. Deuxièmement, le clipper. Dans un an et un jour, j'ai un combat naval en perspective, c'est tout. Je leur remettrai le navire et puis je le coulerai. Je n'ai pas promis de ne pas le couler.

— Pourquoi ne pas le remettre avec ses cales bourrées de poudre, et une longue mèche allumée ? suggéra Robb.

— Wu Kwok est trop malin pour ça.

— Il n'y a pas moyen d'accrocher des mines au bordé, sous la ligne de flottaison ?

— Ce serait possible, peut-être. Cela pourrait échapper à leur examen. Mais même quand on est acculé et qu'on doit essayer de s'en sortir, on ne peut renier un serment sacré. Pas de trahison, Robb. Nous perdrions la face pour cent ans. Je vais tuer Wu Kwok.

— Pourquoi ?

— Pour lui apprendre la valeur d'un serment. Et pour nous protéger nous-mêmes, pour la prochaine génération. »

Ils se turent un moment, et puis Robb murmura :

« Je croyais que tu rentrais chez nous dans cinq mois.

— Certainement. Je ramènerai le navire quand il sera prêt. Nous l'appellerons le *Lotus Cloud.* Les hommes et le navire, je comprends. Mais pourquoi instruire les jeunes garçons comme des « rupins » ? Ça, je ne le comprends pas. Les garçons m'inquiètent et je ne sais pas pourquoi.

— Ce seront des fils de Wu Kwok ?

— Fils ou neveux, certainement. Mais pourquoi ? Qu'ont-ils à gagner ?

— Tout ce qui est anglais. Tous nos secrets, dit Culum.

— Non, petit. Ce qui s'applique aux hommes s'applique aux enfants. Plus encore. Les garçons seront plus faciles à convertir à nos usages. Wu Fang et Wu Kwok ont bien dû y penser. Pourquoi sont-ils prêts à perdre trois fils ? Pourquoi en faire des « rupins » et non des capitaines ou des soldats ou des armateurs ou des armuriers, quelque chose d'utile ? Pourquoi des rupins ? »

Ils ne trouvèrent rien à lui répondre.

Quand le *China Cloud* déboucha par l'ouest dans la rade de Hong Kong, Struan remontait sur le gaillard d'arrière pour rejoindre Robb et Culum. La pluie avait cessé et le vent était vif. Le soir tombait. Struan se sentait reposé, et serein. Mais dès qu'il mit le pied sur le pont sa sérénité s'envola.

« Dieu tout-puissant ! »

La rade était encombrée de navires marchands et des vaisseaux de la Royal Navy. Et la plage était couverte des tentes abritant les quatre mille soldats du corps expéditionnaire.

Mais ce qui frappa le plus Struan, ce fut les centaines de sampans chinois massés au nord de la pointe de Glessing. Des essaims de jonques et de sampans arrivaient et partaient. Des milliers de cabanes avaient poussé comme d'horribles champignons sur les pentes d'une des collines.

« Les Chinois arrivent en foule, depuis que je suis revenu de Canton, dit Culum. Dieu seul sait combien ils sont. Au moins quatre ou cinq mille. Ils nous envahissent. Ils arrivent par cargaisons entières, à bord des jonques et des sampans et se répandent à terre. Ils se fondent dans ce chaos. La nuit, ces diables sortent et volent tout ce qu'ils peuvent emporter.

— Seigneur Dieu tout-puissant !

— Au début, ils se répandaient dans toute l'île. Et puis j'ai dit à Longstaff de leur allouer provisoirement cette colline. Ils l'appellent Tai Ping Shan, quelque chose comme ça.

— Pourquoi ne m'as-tu rien dit ?

— Nous voulions que tu voies par toi-même, mon oncle et moi. Quelques heures de plus ou de moins ne pouvaient rien changer. La population européenne — sans compter les soldats — est d'environ cent cinquante personnes. Longstaff s'arrache ses derniers cheveux. Nous repêchons dans la rade de dix à quinze cadavres chinois par nuit. Assassinés ou noyés.

— Il faut voir la crasse, là-haut, pour y croire, dit Robb. Comment ils vivent ! Il y avait assez de place, mais chaque marée en apporte d'autres.

— Eh bien, déclara Struan, nous ne manquerons pas de coolies ni de serviteurs, en tout cas. Capitaine Orlov ! Saluez le navire amiral et envoyez un signal en votre nom « Permission de mouiller à huit encablures ». Tout le monde sur le pont, et venez à l'arrière ! »

Orlov acquiesça.

Les canons du *China Cloud* tonnèrent et un coup leur répondit. Permission accordée. L'équipage fut rassemblé. Et Struan s'avança à la rambarde du gaillard d'arrière :

« Tout le monde est consigné à bord jusqu'à demain midi. Et personne ne montera à bord avant demain midi. Pas un mot de notre cargaison. Ni que je suis à bord. Le premier qui souffle un mot, ce sera la cale humide. Et un mois double à tout l'équipage, payable en argent, demain soir. Les officiers monteront une garde armée au gaillard d'arrière. Rompez les rangs ! »

Les matelots lancèrent trois hourras pour le Taï-pan, et se dispersèrent.

« A quelle heure la vente des terres, Culum ?

— Trois heures, Père, demain. A la Vallée Heureuse.

— Robb, assure-toi que nous avons bien, suffisamment à l'avance, les numéros des parcelles que nous voulons.

— Oui. J'ai apporté la liste. Nous achetons la colline ?

— Naturellement. »

Robb réfléchit un moment.

« Si Brock est aussi inflexible que toi, nous serons peut-être forcés de mettre tout notre avenir sur cette foutue colline.

— Sûr, dit Struan et il se tourna vers Orlov : A neuf heures, demain matin, envoyez un signal à Brock, au nom de Robb, lui demandant de venir à bord à dix heures. Réveillez-moi à neuf heures. Jusque-là, je ne veux pas être dérangé. Reprenez le commandement.

— Bon.

— Je vais dormir. Robb et Culum, faites-en autant. Nous aurons une longue journée, demain. Ah ! oui, tu aimerais peut-être songer au bal, Culum. Où et comment. Dans trente et un jours. »

Il descendit. Lorsque le *China Cloud* approcha du navire amiral, Culum s'avança vers Orlov.

« Je vous prie d'amener le canot à la coupée dès que nous serons mouillés.

— Le Taï-pan a dit que tout le monde est consigné à bord. Y a pas de canot sans sa permission.

— Il est bien évident que cela ne s'appliquait ni à mon oncle ni à moi », rétorqua sèchement Culum.

Orlov se mit à rire.

« Vous ne connaissez pas votre père, Culum le Fort. Il a dit « tout le monde ». Et c'est comme ça que ce sera. »

Le jeune homme fit demi-tour et se dirigea vers l'écoutille, mais Orlov le retint, le fer de combat à la main.

« Il a dit qu'on ne le dérange pas. Ce sont ses ordres.

— Otez-vous de mon chemin !

— Il donne jamais des ordres en l'air. Demandez à votre oncle. Personne ne descendra à terre, tant que je suis capitaine du *China Cloud*. S'il voulait vous laisser aller à terre, il l'aurait dit.

— Nous restons à bord jusqu'à demain midi, Culum », dit Robb.

Aveuglé par la rage, Culum se demanda s'il serait aussi fidèlement obéi quand il serait Taï-pan. Il savait qu'une obéissance pareille ne s'accordait pas uniquement au titre. Il fallait la gagner.

« Très bien, capitaine », grogna-t-il.

Il alla s'accouder à la rambarde, à côté de Robb. Silencieusement, ils regardèrent l'île approcher. Bientôt, ils distinguèrent la colline.

« Ça va nous briser, murmura Robb.

— Maintenant que nous avons l'argent, Brock ne peut pas lutter.

— Il fera surenchère sur surenchère, sachant que Dirk aura sa terre. Il s'arrêtera quand le prix sera astronomique. Dirk est engagé, il appartient à la colline comme nous à la Noble Maison. Maintenant, c'est une question de face. Leur sacrée foutue face ! Leur maudite haine, l'un pour l'autre, va finir par les détruire tous les deux.

— Père a dit qu'il s'occuperait de lui dans cinq mois, n'est-ce pas ?

— Oui, petit. Il le faut bien. Ce n'est pas moi qui pourrais le faire. Ni toi. »

Le regard de Culum était rivé sur Hong Kong, et sur la colline. Le cœur serré de peur, il se dit : que cela te plaise ou non, voilà ton royaume. Si tu en as la force. Et si tu as le courage de t'en emparer.

Soudain, il se sentit terrifié.

A l'aube, Orlov rassembla tout l'équipage et fit briquer et poncer le navire immaculé. A neuf heures, il envoya le signal et descendit.

« Bonjour. Neuf heures », dit-il à la porte verrouillée.

Struan ouvrit. Il portait une robe de chambre de

brocart vert, et rien en dessous. Qu'il fasse froid ou chaud, il dormait toujours nu.

« Bonjour, capitaine. Entrez. Commandez mon petit déjeuner et demandez à M. Robb et à Culum de me rejoindre dans une demi-heure.

— Il est commandé.

— Où est Wolfgang ?

— Sur le pont.

— Et le gamin chinois ?

— Avec lui. Il le suit partout comme un petit chien. »

Orlov tendit une liste à Struan, et expliqua :

« Ces embarcations sont venues accoster hier soir et ce matin, en vous demandant. La femme de votre frère a envoyé un canot pour lui demander de revenir à bord le plus tôt possible. Le capitaine Glessing a demandé votre fils, Sinclair et sa sœur l'ont demandé aussi. Elle vous a demandé, vous, ce qui fait que son nom est aussi sur la liste. Il y a eu un signal du navire amiral. Votre fils à bord au plus tôt. Le capitaine Glessing a pesté comme un rat d'égout quand je l'ai renvoyé.

— Merci. »

On frappa à la porte.

« Entrez !

— Bonjour, monsieur, dit un marin. Signal du *White Witch*, « Avec plaisir ».

— Merci, gabier. »

L'homme sortit en hâte. Struan tendit à Orlov un effet de banque d'un montant de mille guinées.

« Avec nos compliments, capitaine. »

Orlov lut la somme, cligna des yeux, relut.

« C'est princier... princier. Mais non, dit-il en rendant le billet. Je ne faisais que mon travail.

— Pas avec cette quantité d'argent. Prenez. Vous l'avez gagné. »

Orlov hésita, puis il plia le papier et le mit dans

une poche. Lentement, il défit la courroie du fer de combat et alla le ranger au râtelier, avec les autres armes.

« Votre fils, dit-il enfin. Faudrait l'avoir à l'œil. Il y a de sales ennuis pour lui en perspective.

— Hein ? fit Struan en levant brusquement les yeux de la liste.

— Ouais.

— Qu'est-ce que c'est ? Encore de votre sorcellerie du diable ?

— Encore de ma double vue, ouais.

— Quels ennuis ? »

Une longue expérience avait appris à Struan qu'Orlov ne faisait pas ses prévisions à la légère. Trop souvent, l'étrange petit homme avait eu raison.

« Je ne sais pas, dit Orlov et puis un sourire soudain illumina ses traits. Il se figure qu'il m'enlèvera mon navire quand il sera Taï-pan.

— Alors il faudra gagner son respect, lui faire changer d'avis, sinon vous le perdrez.

— Ouais, et j'y arriverai bien, n'ayez crainte, assura le capitaine, et puis son sourire s'effaça. Mais il prendra la relève en un mauvais jour. Il y aura du sang sur ses mains. »

Un temps, et puis Struan demanda :

« Celui de qui ? Le mien ? »

Orlov haussa les épaules.

« J'en sais rien, ma foi. Mais il sera pour vous une belle source d'ennuis, ça j'en suis sûr.

— Quel fils ne l'est pas ?

— Ma foi, c'est bien vrai. »

Orlov songea à sa famille à Narvik, à ses deux fils, deux beaux et solides garçons de vingt ans. Ils le haïssaient tous deux, le méprisaient, bien qu'il les adorât, eux et sa femme Leka, une Lapone. Ils avaient été heureux, jusqu'à ce que ses fils se tournassent contre lui. Orlov se sentit soudain très las.

« Feriez bien d'aller dormir un peu, lui dit Struan. J'aurai besoin de vous à midi. »

Orlov le quitta.

Pendant un long moment, Struan resta immobile, le regard vague. Quels ennuis ? Le sang de qui ? Pourquoi « par un mauvais jour » ? Puis il détourna son esprit des mystères, content de penser au jour même, peut-être au lendemain. « Tu deviens plus chinois de jour en jour », se dit-il à haute voix. Souriant, il se remit à parcourir la liste. Gorth. Brock. Miss Tillman. Quance. Gordon Chen. Skinner. Le bosco Mac Kay. Mac Kay ?

« Steward ! appela-t-il.

— Monsieur ? »

Le steward posa le broc d'eau bouillante sur le caisson, à côté de la cuvette et du nécessaire à raser.

« Faites porter un ordre à M. Cudahy. Si le bosco Mac Kay accoste, qu'il monte à bord.

— Bien, monsieur. »

Le steward disparut. Struan regarda par les fenêtres de sa cabine. Il voyait la masse grouillante de la Concession chinoise de Tai Ping Shan. Mais son esprit était ailleurs. Pourquoi Shevaun Tillman était-elle venue accoster ? Tiens, celle-là, c'est une jolie reine à mettre sur le dos. Je me demande si elle est vierge. Oh ! sûrement ! Forcément. Est-ce que tu coucherais avec elle si tu la savais vierge ? Sans l'épouser ? Que non. Je ne la prendrais pas vierge. Un homme n'a besoin d'une virginité que deux fois dans sa vie. Une fois, celle de sa femme. Et une autre fois, au bel âge, celui d'une jeune maîtresse choisie avec grand soin. Quand un homme a appris la patience, et la compassion, et peut sans douleur transformer une fille en femme.

Naturellement, Shevaun est vierge. Tu penses comme un imbécile. Mais le pétillement de son regard et le trémoussement de ses fesses promettent de la joie à son mari, hé ? Elle ferait une maîtresse intéressante.

Tu veux épouser Shevaun ? Ou simplement coucher avec elle ?

Si tu étais chinois, tu pourrais avoir plusieurs femmes, ouvertement. Et elles vivraient toutes sous le même toit. Struan rit tout seul. J'aimerais bien voir Shevaun et May-may ensemble sous le même toit. Qui gagnerait la bataille ? Car bataille il y aurait, entre ces deux diablesses.

« Brock vient accoster, monsieur, annonça le gabier.

— Faites-le descendre », répondit Struan sans lever les yeux du catalogue des terres que Robb lui avait remis.

Culum et Robb sentirent la tension monter dans la cabine.

Brock entra triomphalement, avec un large sourire.

« Ah ! je ne m'étais pas trompé, Dirk. Je pensais bien que t'étais à bord !

— Tu bois quelque chose ?

— Merci. Bonjour, Robb. Salut, Culum.

— Bonjour, murmura Culum, furieux de la peur qui l'étreignait.

— Ces vêtements vous vont bougrement bien, jeune homme. Ce serait-y que vous devenez marin, comme votre papa ?

— Non. »

Brock s'assit dans un fauteuil.

« La dernière fois que j'ai vu votre papa, Culum, il avait une gîte terrible. Il sombrait, pas moins. Terrible, vraiment. Ça, c'était une horrible coïncidence... l'accident. (Il accepta le verre de rhum que lui tendait Struan.) Merci bien. Le temps que j'éteigne le foutu feu qui avait jailli de la nuit comme un éclair du diable et que nous soyons prêts à nous porter à son secours, il avait disparu. On a passé toute la nuit et presque toute la journée du lendemain à le chercher.

— Je te remercie de ta sollicitude, Tyler.

— Cette nuit, j'ai envoyé Gorth demander de tes nouvelles. Bizarre, pas vrai, Culum ?

— Qu'est-ce qui est bizarre, monsieur Brock ?
— Eh bien, que ce diable de nain bossu n'ait pas su que votre papa était à bord. Et personne autorisé à monter à bord avant midi, à ce qu'il paraît. Et ce mouillage sous les canons du navire amiral — tout ce qu'il y a de bizarre.
— Est-ce que Gorth a touché le mât du drapeau ? demanda Struan.
— Sûr. Tout triste, il était. Il a dit que c'était comme s'il enfonçait un nouveau clou dans ton cercueil. Ça lui faisait mal au cœur. »
Struan lui passa un effet de banque de vingt mille guinées.
« Merci, Dirk, dit Brock sans le prendre et sans le lire. Mais c'est pas à moi. Vaudrait peut-être mieux le donner à Gorth. Ou l'envoyer à bord. C'est pas de l'argent pour moi.
— Comme tu voudras, Tyler. Il sera à la vente des terres ?
— Oh ! oui. »
Struan ouvrit le catalogue.
« Les meilleures parcelles du bord de mer sont la 7 et la 8 à l'ouest de la vallée, la 16 et la 17 au milieu, la 22 et la 23 à l'est. Laquelle veux-tu ?
— Tu veux dire que tu me permets de choisir, Dirk ?
— Il y en a assez pour nous deux. Tu choisis celle que tu veux. Nous n'allons pas enchérir contre toi. Ni toi contre nous.
— J'avais la même pensée. C'est justice. Et sage. La 16 et la 17 des parcelles du bord de mer et la 6 et la 7 suburbaines.
— Nous prendrons la 7 et la 8 du bord de mer. Et la 3 et la 4 suburbaines.
— Accepté. Reste la colline. T'as l'intention d'enchérir là-dessus, hé ?
— Sûr. »

Brock avala un peu de rhum. Il sentait le malaise de Culum.

« La flotte appareille demain, Dirk. Tu le savais ?

— Non. Elle s'en va où ça ?

— Dans le Nord. Faire la guerre.

— J'avais oublié la guerre, dit Struan avec un petit rire. Pour attaquer encore une fois Pékin ? En hiver ?

— Oui. Notre chef les envoie dans le Nord. Paraît que l'amiral a crié, mais Longstaff n'a fait que glapir : « Au Nord, par Dieu, vous allez au Nord ! Nous allons « leur donner une leçon, à ces sales mécréants qui « déchirent les traités ! Ils vont voir ! »

— La flotte n'ira pas dans le Nord.

— Maintenant que t'es là, peut-être pas. Ce serait bien triste qu'un Longstaff joue au Taï-pan. Ridicule. Et quand un type comme toi a son oreille de malheur. Quand nous devons compter sur toi pour sauver notre flotte. »

Brock se racla bruyamment la gorge, puis il se mit à renifler.

« Y a une drôle d'odeur à ton bord.

— Ah ! oui ?

— Ça sent l'argent. Ouais, l'argent, pour sûr, dit Brock en jetant un coup d'œil à Culum. Alors comme ça, vous n'êtes pas ruinés, hein, petit ? »

Culum ne répondit pas mais il rougit violemment. Brock grogna.

« Je l'ai senti quand t'as mouillé, Dirk. Penses-tu, je l'avais même senti avant que t'arrives dans la rade. Ainsi tu ne sombres pas et t'as de quoi payer et je suis battu encore un coup.

— Quand les traites sont-elles dues ?

— Aujourd'hui, et tu le sais bien.

— Tu ne voudrais pas m'accorder encore un peu de temps ?

— Y aurait pas la figure du gamin, et celles de l'équipage, je me demanderais si tu me bluffes pas. Si par hasard l'argent n'est pas dans tes cales. Mais maintenant je sais. C'est écrit sur toutes les figures du bord, sauf sur la tienne — et celle de Robb. Je prendrai ton effet de banque aujourd'hui, bon dieu. Pas de crédit.

— Après la vente, nous réglerons nos comptes.

— Avant. Ouais, avant. Tu ferais mieux de te soulager de tes dettes avant d'enchérir, cria Brock, les yeux brillants de colère rentrée. Tu me bats encore, maudit soit le diable que tu sers ! Mais la colline est à moi. A moi.

— Elle appartient à la Noble Maison. Pas aux inférieurs. »

Brock se leva, les poings crispés.

« Je cracherai sur ta tombe, nom de dieu !

— Je cracherai sur ta maison du haut de ma colline, bon dieu, avant le coucher du soleil !

— Y a peut-être pas assez de trésors dans toute l'Asie pour payer le prix, tonnerre de Dieu ! Salut à tous ! »

Brock sortit en trombe et le bruit de ses bottes résonna dans la coursive. Culum essuya la sueur de ses mains.

« La colline t'a fait tomber dans un piège, Dirk. Il fera de la surenchère, et nous ruinera.

— Oui, Père. Je sais qu'il le fera. »

Struan ouvrit la porte.

« Steward !

— Monsieur ?

— M. Cudahy immédiatement.

— Bien, monsieur.

— Écoute, Dirk, plaida Robb. Voilà ta chance. Fais-lui ce qu'il veut te faire. Arrête-toi brusquement d'enchérir. Laisse-le avec tout ça sur les bras. C'est lui qui sera ruiné. Lui ! Pas nous ! »

Struan ne répondit pas. On frappa à la porte et Cudahy entra vivement.

« Monsieur ?

— Le canot à la mer. Dites au bosco de conduire M. Robb et M. Culum au *Thunder Cloud*. Attendez M. Culum et conduisez-le au navire amiral. Et revenez au rapport. Tout le monde sur le pont et sur la passerelle ! »

Cudahy ressortit et ferma la porte.

« Père, mon oncle a raison ! Pour l'amour de Dieu, ne vois-tu pas que cet infâme pirate te tient à la gorge ?

— Eh bien, nous allons voir si l'amour de Dieu me délivrera. C'est une question de face.

— Dirk, vraiment ! Tu es sourd à la voix de la raison.

— Sarah te demande à bord. Pas un mot de l'argent. Et Culum, petit, si Longstaff demande de mes nouvelles, dis-lui simplement que je suis à bord. Pas plus.

— Dirk, c'est notre seule chance...

— Allons, dépêche-toi, Robb. Mes compliments à Sarah. »

Struan retourna à la pile de papiers, sur son bureau.

Robb savait qu'il était inutile de discuter. Il sortit sans rien ajouter et Culum le suivit, le cœur navré. Il savait que rien ne ferait reculer son père — ni Brock, que la Noble Maison dépendait d'une colline ridicule sur un rocher stérile. Stupide, bon dieu, mais pourquoi Père est-il si foutrement idiot ?

# 12

STRUAN se tenait à côté de la vaste tente qu'il avait fait dresser sur la plage de la Vallée Heureuse. Il regardait le capitaine Orlov commander les matelots qui transportaient des barils du canot jusqu'à la tente, où ils les entassaient soigneusement. Il était si absorbé qu'il n'entendit pas Mary Sinclair approcher.

Son visage était encadré par les bords d'un bonnet noué sous le menton. Sa robe de drap zinzolin balayait le sable et enserrait sa taille menue pour lui donner la silhouette à la mode. Mais le tissu était de mauvaise qualité, et la coupe démodée. Elle portait un manchon élimé et sur les épaules un châle gris assorti à ses yeux. Elle était simple, nette, inélégante, modeste et paraissait pauvre.

« Bonjour, Taï-pan », dit-elle.

Struan sursauta.

« Tiens, bonjour, Mary. Tu es bien jolie.

— Merci, mon bon monsieur, dit-elle avec une petite révérence moqueuse. Voilà un charmant compliment. »

La plage et la vallée se remplissaient de marchands, avec femme et enfants, joyeux, bruyants dans leurs plus beaux habits, de groupes de soldats et de marins, leurs officiers resplendissants. Des canots ne cessaient d'amener à terre des familles et des officiers. De nombreux sampans pêchaient près de la terre et, à l'ouest, une masse de Chinois curieux et bruyants étaient retenus par un cordon de troupes.

L'estrade du commissaire avait été dressée sur une

petite éminence, à une cinquantaine de mètres, et Struan remarqua Gordon Chen, à côté. Son fils s'inclina. Il était évident que le jeune homme cherchait à parler au Taï-pan, et Struan comprit qu'il attendait patiemment une occasion.

« Bonsoir, Gordon, dit-il. Je te verrai dans une minute.

— Merci, monsieur », répondit Gordon Chen, en s'inclinant à nouveau.

Struan aperçut Robb, avec Sarah à son bras, et la petite Karen qui gambadait autour d'eux, puis il chercha Culum des yeux et finit par le voir en grande conversation avec Glessing. Il était surpris que Culum ne fût pas venu le rejoindre en arrivant à terre.

« Faites excuses, Taï-pan, Miss Sinclair, dit Orlov. C'est fait, tout est là.

— Je l'espère bien, capitaine Orlov, dit Mary en riant. Il paraît que vous transportez des barils à terre depuis deux heures. Vous cherchez donc à enivrer toute la population européenne, monsieur Struan ?

— Non, assura Struan en riant aussi. Merci, capitaine. »

Orlov porta une main à son front, sourit à Mary et disparut sous la tente avec quelques matelots. Les autres se réunirent autour, et quelques-uns s'assirent sur le sable pour jouer aux dés.

« Tu es en avance, Mary. Les enchères ne commencent qu'à trois heures.

— Le capitaine Glessing a eu la bonté de m'accompagner. Marchons un peu, voulez-vous ?

— Certainement. »

Struan remarqua que la voix de Mary était tendue. Ils s'éloignèrent vers l'intérieur des terres.

La vallée était fraîche et la pluie de la veille formait encore des mares paisibles. Un ruisseau serpentait d'une petite cascade. Des essaims d'abeilles, de mouches et de moustiques bourdonnaient, comme pour accompagner le murmure du ressac. Le soleil annonçait déjà le printemps.

Lorsqu'ils furent bien à l'écart de la foule, Mary s'arrêta.

« D'abord, je voudrais vous dire la peine que j'ai eue en apprenant votre deuil.

— Merci, Mary.

— J'ai essayé de vous voir avant votre départ pour Canton.

— Je me souviens. C'était très gentil.

— Hier soir, j'ai voulu monter à bord. Voir comment vous alliez. C'était un bien mauvais joss.

— Oui. Mais c'est passé. Passé.

— Certes. Mais je peux voir la douleur sur votre visage. D'autres ne la devineraient sans doute pas. Mais je la vois.

— Et toi, comment vas-tu ? »

Struan était stupéfait, comme toujours, que Mary pût être si simple, douce, gentille, tout ce qu'elle aurait dû être, et n'était pas.

« La vie m'amuse. Pour le moment... J'ai appris que vous aviez battu Brock encore une fois. J'en suis ravie.

— Je l'ai battu ? »

Les yeux de Mary pétillèrent.

« Quarante lacs d'argent ? Quatre pièces ?

— Comment sais-tu cela ?

— Avez-vous oublié, Taï-pan ? J'ai des amis haut placés.

— Qui possède... qui a les autres demi-pièces ?

— Vous aimeriez que je me renseigne ?

— Tu le sais peut-être déjà.

— Ah ! Taï-pan, vous êtes un homme parmi les hommes ! Je sais où sont deux pièces. Quand je saurai où sont les deux autres, je vous le dirai.

— Qui a ces deux-là ?

— Si vous aviez fait un prêt aussi considérable, combien en garderiez-vous ?

— Toutes ! Par Dieu, je les garderais toutes ! Jin-qua en a deux ?

— Une. Il y a maintenant quatre mille porte-étendards à Canton. Et une grande armada de brûlots. Il doit y avoir une attaque sur votre flotte si elle essaie de forcer les forts de la Brogue. Une autre flotte attend à cinquante milles au nord. Est-ce que le nom de Wu Kwok vous dit quelque chose ? »

Struan feignit de réfléchir, mais il était suffoqué. Avant l'entrevue arrangée par Scragger, il n'avait jamais entendu parler de Wu Kwok ; de Wu Fang Choi, le père, naturellement, mais pas du fils. Mauss n'avait rien su de ce qui s'était passé sur la jonque ni ce que Scragger avait dit. Seuls, Robb et Culum étaient au courant. Ils n'auraient jamais rien dit à Mary. Donc elle devait savoir par Wu Kwok — ou par Jin-qua. Mais comment ?

« C'est un nom assez commun, répondit-il. Pourquoi ?

— C'est le fils aîné de Wu Fang Choi.

— Le pirate ? Le Lotus Blanc ? s'écria Struan en feignant la stupéfaction.

— J'adore vous choquer, dit-elle en riant. Eh bien, l'empereur a secrètement offert des mandarinats à Wu Kwok et à Wu Fang Choi par l'intermédiaire du Hoppo de Canton. Et le gouvernement général de la province de Fukien, et Formose, en échange d'une attaque sur la flotte marchande dans la rade de Hong Kong.

— Quand doit avoir lieu l'attaque ? demanda vivement Struan.

— Ils n'ont pas encore accepté. Comme disent les Chinois, des négociations sont en cours. »

Les faveurs demandées par Wu Kwok étaient-elles un leurre ? se demanda Struan. Un jeu diabolique pour le mettre à son aise et le perdre ? Mais alors, pourquoi la pièce ? Pourquoi risqueraient-ils leur flotte ?

Quatre mille jonques armées avec ces pirates à bord peuvent bien nous écraser... peut-être.

« Tu le saurais, s'ils acceptent ? S'il doit y avoir une attaque ?

— Je ne sais pas, je le crois. Mais ce n'est pas tout, Taï-pan. Vous devriez savoir que la prime offerte pour votre tête a été doublée. La tête de Culum est aussi mise à prix, maintenant. Dix mille dollars. Celle de tous les Anglais. George Glessing, Longstaff, Brock... Et celles de May-may, de Duncan et de Kate. S'ils sont pris vivants !

— Quoi !

— Je l'ai appris il y a trois jours. Vous n'étiez pas là, alors j'ai pris le premier bateau pour Macao, mais vous veniez d'en partir. Alors je suis allée voir May-may. Je lui ai dit que j'étais envoyée par vous, que vous aviez appris qu'elle était en danger et les enfants aussi. Ensuite, je suis allée chez votre compradore et je lui ai dit, de votre part, de donner asile à May-may et aux enfants, que si quelque chose leur arrivait avant votre retour vous le pendriez, lui et ses enfants et les enfants de ses enfants.

— Qu'est-ce que Chen Sheng a dit ?

— Il m'a dit de vous assurer que vous n'aviez rien à craindre. J'ai veillé à ce que May-may et les enfants soient installés chez lui et puis je suis revenue à Hong Kong. Je crois qu'ils sont en sécurité, pour le moment.

— Est-il au courant du trésor ?

— Naturellement. Une partie est à lui, une petite partie. Quel meilleur placement pouvait-il faire ?

— Qui d'autre y a contribué ?

— Chen Sheng, je sais, Jin-qua, les marchands du Co-hong — ils ont tous une part. Cela fait environ quinze lacs. Pour le reste, je ne sais pas. Les mandarins mandchous, sans doute.

— Ti-sen ?

— Non. Sa disgrâce est totale. Toute sa fortune a

été confisquée. Le Co-hong l'estimait à près de deux mille lacs. En or.

— Chen Sheng a promis de s'occuper d'eux ?

— Oui. Maintenant que vous êtes de nouveau riche, il les gardera en sacrifiant au besoin sa propre mère. Pour le moment, tout au moins.

— Attends-moi ici, Mary. »

Struan courut vers la plage. Il aperçut Wolfgang et l'appela, puis il se hâta vers lui.

« Wolfgang, dites à Orlov d'aller à Macao avec le *China Cloud*. Qu'il aille chercher May-may, les enfants et l'amah et qu'il les ramène. Toutes voiles dehors. Laissez Cudahy garder la tente.

— Qu'il les ramène ici ?

— Sûr. Qu'il soit là demain. Ils sont chez Chen Sheng.

— Qu'il les ramène ici ? Ouvertement ?

— Oui, bon dieu ! Immédiatement ! Allez vite !

— Je ne le ferai pas, Taï-pan. Pas ouvertement. Vous courez à votre perte. Vous savez ce que sera l'ostracisme ?

— Les mandarins ont mis leur tête à prix. Vite !

— *Gott in Himmel !* s'écria Mauss. Je les ferai monter à bord secrètement et je ferai jurer le secret à Orlov. *Gott in Himmel*, pardonnez à ce pauvre pécheur ! »

Struan retourna auprès de Mary.

« Qui t'a parlé de l'enlèvement, Mary ?

— Quelqu'un que vous ne connaissez pas.

— Quitte Macao pour de bon. Tu cours un grand danger, petite, en me renseignant. Quitte cette existence tant que tu as encore la vie. Ton joss ne durera pas éternellement.

— Parlons de vous, Taï-pan. Vous ne pouvez pas exhiber votre maîtresse chinoise ici.

— Elle sera en sécurité à mon bord, avec les enfants. C'est tout ce qui importe.

— Pas dans notre société, bon dieu, vous le savez bien. Ils vous briseront, Taï-pan, oui, même vous, si vous méprisez leur foutu code. Ils y seront obligés. Elle est chinoise.

— Qu'ils soient tous vérolés !

— Oui, mais vous devez songer à votre maison. Tant que May-may reste cachée, elle ne les menace pas ; ce qu'on ne voit pas n'existe pas. Ce n'est pas à moi de vous donner des conseils, vous le savez mieux que personne, mais je vous en supplie, cachez-la, ne la montrez pas.

— C'est ce que je fais, et je continuerai, à moins qu'il y ait du danger. Mary, je te dois une faveur.

— Oui, murmura-t-elle, une étrange lueur dans les yeux. Je voudrais une faveur.

— Nomme-la.

— Je peux demander n'importe quoi ?

— Demande.

— Pas maintenant. Quand je voudrai ma faveur, je vous la demanderai. Oui. Un jour... Taï-pan, vous devriez être plus prudent. Je suis une femme, et l'esprit d'une femme ne calcule pas comme celui d'un homme.

— Sûr, dit-il en souriant.

— Vous avez un si charmant sourire, Taï-pan.

— Merci, ma bonne dame, dit-il en s'inclinant avec élégance. Un charmant compliment. »

Il lui offrit son bras et ils retournèrent vers la plage.

« Qui t'a parlé de May-may et des enfants, Mary ?

— Nous sommes convenus, il y a deux ans, que mes sources de renseignements étaient sacro-saintes.

— Veux-tu bien ne pas employer ces grands mots ?

— Je suis heureuse d'avoir enfin pu voir May-may. Elle est si belle ! Et les enfants aussi.

— Y a-t-il une chance que le renseignement soit inexact ?

— Non. L'enlèvement contre rançon est un très ancien art chinois.

— C'est répugnant. Toucher à des femmes et des enfants... (Il resta silencieux un moment.) Combien de temps vas-tu rester ici ?

— Quelques jours. Horatio... Horatio est un peu perdu quand il est seul. Au fait, Chen Sheng sait que je parle cantonais, naturellement. Maintenant May-may le sait. Je lui ai demandé de garder le secret. Elle le fera, n'est-ce pas ?

— Sûr. N'aie crainte. Mais je le lui rappellerai. »

Il se força à oublier May-may et les enfants, Wu Kwok et la flotte pirate et les trois autres moitiés de pièces.

« Un secret en mérite un autre. La Noble Maison va donner un bal dans un mois. Naturellement, vous êtes invités.

— Quelle merveilleuse idée !

— Nous offrons un prix. Mille guinées à la dame la plus élégante.

— Bon dieu, Taï-pan, vous allez vous faire arracher les yeux !

— Aristote sera juge.

— Vous vous ferez quand même arracher les yeux... N'oubliez pas que vous êtes à présent le plus beau parti d'Asie.

— Quoi ? »

Elle éclata d'un léger rire moqueur.

« Mieux vaut choisir une femme quand vous en avez encore le temps. Il y aura des filles qui vous agiteront leurs appas sous le nez et bien des mères qui pousseront leurs filles dans votre lit !

— Veux-tu te taire !

— Ne dites pas que vous n'avez pas été prévenu, mon garçon. Mille guinées ? Je crois que j'aimerais gagner ce prix. Mais... J'ai les moyens de m'acheter la plus belle robe, comme vous le savez, mais si je le faisais, ma foi, cela tuerait la Mary Sinclair que l'on connaît. Tout le monde sait que nous sommes pauvres comme des coolies.

— Mais rien ne dit que je ne peux pas te faire cadeau d'une robe. Du moins, rien ne dit que je ne peux pas faire l'offre par l'intermédiaire d'Horatio. N'est-ce pas ?

— Sangdieu, Taï-pan, le feriez-vous vraiment ? Je vous rendrai l'argent.

— Si tu arrêtes de jurer comme un charretier, oui. Mais un cadeau est un cadeau. »

Il l'examina attentivement, puis il lui demanda d'un air innocent :

« As-tu jamais pensé à ta grand-tante Wilhelmine ?

— Qui ?

— La cousine de ta mère, au troisième degré. En Hollande.

— Qui ça ?

— L'héritière — celle qui pourrait te laisser beaucoup d'argent en mourant.

— Je n'ai aucune famille en Hollande.

— Ta mère a peut-être oublié de t'en parler. Un notaire d'Amsterdam va peut-être t'écrire que tu hérites. Une riche héritière a le droit de dépenser de l'argent. C'est pas vrai ?

— Mais... Mais... Et Horatio ?

— Tante Wilhelmine pourrait lui léguer deux mille guinées. Tout le reste de la fortune à toi. Elle n'aimait que ses nièces. Ta mère était sa préférée ; c'est curieux qu'elle n'en ait jamais parlé, à Horatio et à toi. Pauvre tante Wilhelmine. Elle est morte hier. »

Les yeux de Mary brillaient de joie.

« Vous pourriez, Taï-pan ? Vous le feriez ?

— Il faut trois mois pour qu'une lettre arrive à Londres. Un mois pour prendre des dispositions en Hollande. Trois mois pour le retour. Dans sept mois, tu seras une riche héritière. Mais en attendant, tu ferais bien de jouer le rôle de la souris d'église. Et d'être très surprise en apprenant l'héritage.

— Oui. Excusez-moi. Je suis si... C'est tellement...

Ne vous inquiétez pas. Non, ne craignez rien. Si je deviens un peu folle et si je fonds en larmes... Je vous vénère, Taï-pan.

— Veux-tu ne pas dire des choses pareilles ! protesta-t-il.

— Je ne l'ai jamais dit à personne, et sans doute ne le dirai-je plus jamais. Mais pour moi, vous êtes Dieu. »

Elle se détourna et remonta seule vers la vallée.

Struan la suivit des yeux, puis il chercha Gordon Chen. Il a l'air plus chinois de jour en jour, pensait-il. En mer, le canot avec Mauss et Orlov était encore loin du *China Cloud*. Dépêchez-vous, bon dieu, vite !

Skinner, le journaliste, se précipita sur Struan.

« Bonjour, Taï-pan.

— Ah ! tiens, bonjour, monsieur Skinner.

— Grande journée en Orient, n'est-ce pas ?

— Sûr. Si vous permettez, je dois...

— Je ne vous retiens qu'un instant, monsieur Struan. J'ai essayé de vous voir hier soir, dit Skinner en baissant la voix. Les traites de la Noble Maison sont dues aujourd'hui, n'est-ce pas ?

— Vraiment ?

— Est-ce qu'elles vont être remboursées ?

— Avez-vous des doutes, monsieur Skinner ?

— Il y a des rumeurs. Un trésor en argent.

— Il paraît.

— J'espère qu'elles sont vraies. Je n'aimerais pas un changement de propriétaire à l'*Oriental Times*.

— Moi non plus. Ce soir, je vous donnerai un sujet d'article intéressant. Et maintenant, si vous voulez bien m'excuser ? »

Skinner vit Struan aborder Gordon Chen et regretta fort de ne pouvoir entendre leur conversation. Puis il aperçut Brock et sa famille bavardant avec Nagrek Thumb. C'est vraiment une grande journée, exulta-t-il en se dirigeant vers eux. Qui va obtenir la colline ?

« J'ai été douloureusement peiné d'apprendre votre malheur, monsieur, disait Gordon Chen. J'ai essayé de vous voir mais j'ai lamentablement échoué. J'ai offert une prière.

— Merci.

— Ma mère m'a demandé de vous dire qu'elle observait les cent jours de deuil traditionnels.

— Je t'en prie, dis-lui que ce n'est pas nécessaire, répondit Struan en sachant qu'elle prendrait quand même le deuil. Et maintenant, comment vont tes affaires depuis que je ne t'ai vu ?

— Il n'y a pas grand-chose de neuf. J'ai essayé d'aider Chen Sheng à trouver du crédit pour la maison, monsieur. Mais je crains que nous n'ayons pas bien réussi.

— Le crédit est difficile à trouver.

— Oui, sans aucun doute. Je suis désolé. »

Gordon Chen songea à l'immense quantité d'argent dans les cales du *China Cloud* et fut empli d'admiration pour son père. Il avait entendu les rumeurs dans la matinée, qui confirmaient celles qui avaient filtré par Tai Ping Shan ; on racontait que le Taï-pan avait fait sortir le trésor de Canton sous le nez des Mandchous détestés. Mais il ne parla pas de la renaissance de la Noble Maison, car c'eût été impoli.

« Il est peut-être temps que tu aies un peu de crédit. Je pourrais peut-être arranger ça. Mettons, un lac d'argent. »

Les yeux de Gordon Chen clignèrent et il étouffa un léger cri.

« C'est une somme de crédit immense, monsieur.

— Tu prendras un quart des bénéfices, moi trois.

— Ce serait très honnête et juste, monsieur, dit Gordon Chen en se ressaisissant rapidement. Généreux. Tout à fait généreux par ces temps difficiles. Mais si je devais avoir un tiers et vous deux tiers, cela m'aiderait à accroître considérablement vos profits. Très considérablement.

— J'imagine que les bénéfices seront considérables, dit Struan. Nous serons associés. Tu prendras une moitié et moi l'autre. C'est un arrangement privé, entre nous. Il doit rester secret. Tu t'occuperas des livres et feras les comptes une fois par mois. Entendu ?

— Entendu. Vous êtes plus généreux, monsieur. Merci.

— Viens me voir ce soir et je te donnerai le papier nécessaire. Je serai à bord du *Resting Cloud*. »

Gordon Chen était si heureux qu'il avait envie de danser et de crier de joie. Il n'imaginait pas pourquoi son père se montrait si généreux. Mais il savait que le lac était bien placé et se multiplierait par milliers. Avec du joss, ajouta-t-il vivement. Puis il se rappela le Hung Mun Tong et se demanda si sa loyauté envers le tong ne serait pas en conflit avec sa loyauté envers son père. Et si conflit il y avait, qui vaincrait.

« Je ne puis vous remercier assez, monsieur. Cet accord peut-il entrer en vigueur immédiatement ?

— Sûr. Je suppose que tu voudras enchérir sur une terre ?

— J'avais pensé... »

Gordon Chen se tut brusquement. Culum s'approchait, la figure tendue et grave.

« Bonjour, Culum, dit Struan.

— Bonjour, Père.

— Voici Gordon Chen. Mon fils Culum. »

Struan sentait peser sur leur groupe les regards de la foule, et percevait son silence. Gordon Chen s'inclina :

« Je suis très honoré, monsieur.

— Gordon est ton demi-frère, Culum, dit Struan.

— Je sais, répondit Culum et il tendit la main à Gordon Chen. Je suis très heureux de vous connaître. »

Encore assommé, bouleversé d'avoir entendu Struan le reconnaître comme son fils, Gordon serra faiblement la main tendue.

« Merci. Merci beaucoup.
— Quel âge avez-vous, Gordon ?
— Vingt ans, monsieur.
— Des demi-frères devraient s'appeler par leur nom de baptême, ne croyez-vous pas ?
— Si cela vous convient.
— Nous devrons faire plus ample connaissance, dit Culum et il se tourna vers son père qui avait été frappé par l'aisance avec laquelle il avait accueilli Gordon. Excusez-moi de vous avoir dérangé, Père. Je voulais simplement faire la connaissance de Gordon. »

Il les quitta. Struan sentit le silence se briser et le tableau vivant de la plage se ranima. Et il fut ahuri de voir des larmes ruisseler sur la figure de Gordon.

« Je m'excuse... Je... J'ai attendu toute ma vie, monsieur Struan. Merci, merci... Merci, bredouilla-t-il d'une voix brisée.
— Tout le monde m'appelle Taï-pan, petit. Laissons donc tomber le « monsieur Struan ».
— Oui, Taï-pan. »

Le jeune homme s'inclina et s'éloigna.

Comme Struan allait rejoindre Culum, il vit accoster le canot de Longstaff. Il était accompagné par l'amiral et un groupe d'officiers de marine. Horatio était là aussi.

Bien, pensa Struan. Maintenant, à Brock.

Il fit un geste à Robb et lui indiqua Brock. Robb répondit par un signe de tête, abandonna Sarah, courut après Culum et le ramena vers Struan.

« As-tu les papiers, Robb ?
— Oui.
— Alors venez. On va reprendre nos traites. Culum, petit, il n'y a pas de quoi être nerveux.
— Non, Père. »

Ils marchèrent un peu et Struan murmura :

« Je suis heureux que tu connaisses Gordon, petit. Merci.

— Je... je voulais faire sa connaissance aujourd'hui. Avec toi. Publiquement.

— Pourquoi ?

— Est-ce que ça ne te donnait pas cette face dont tu dis qu'elle est si importante ?

— Qui t'a parlé de Gordon ?

— J'ai entendu des rumeurs, quand je suis revenu de Canton. Les gens sont toujours pressés de répandre des ragots. Et puis ma tante Sarah m'a mis au courant. »

Struan regarda Culum, puis sans un mot il se remit à marcher vers la route.

Queen's Road descendait d'est en ouest de la vallée et longeait la plage. A quinze cents mètres, elle passait près des tentes des fusiliers marins qui montaient la garde aux magasins de la marine, de plus en plus importants. Un kilomètre et demi plus loin, se dressaient les rangées de tentes des soldats, près de la pointe de Glessing, le terminus de la route.

Et au-dessus de la pointe de Glessing, il y avait Tai Ping Shan, relié au bord de mer par une file frémissante, ininterrompue, de Chinois ployés sous les bagages.

« Je vous souhaite le bonjour, Votre Excellence, dit Struan en soulevant son chapeau.

— Ah ! bonjour, Dirk. 'Jour, Robb, marmonna Longstaff sans s'arrêter. Alors, Culum, prêt à commencer ?

— Dans un instant, Excellence.

— Eh bien, dépêchons, dépêchons. Il faut que je remonte à bord, quoi ? »

Il ajouta, comme une insulte, en se tournant vaguement vers Struan :

« Heureux de vous revoir parmi nous, Dirk. »

Il continua d'avancer, en saluant d'autres personnes.

« Il changera dans trois minutes, déclara Struan.

— Un imbécile pompeux, méprisable, ridicule et vérolé, gronda Culum. Grâce à Dieu, c'est le dernier jour que je le sers. »

Struan hocha la tête.
« Si j'étais toi, je me servirais du poste de secrétaire colonial adjoint à mon profit.
— Comment cela ?
— Nous avons retrouvé notre puissance. Mais c'est encore sa main qui signe du papier et en fait des lois. Et sa main doit encore être guidée, hé ?
— Sans doute... oui, sans doute. »
Tandis que les trois Struan marchaient vers Brock, un silence tombait sur la plage et l'on sentait monter la tension.
Gorth et Nagrek Thumb flanquaient Brock et sa famille.
Sifflotant tout bas, Skinner s'approcha plus près.
Aristote Quance resta le pinceau en l'air.
Les petits enfants, seuls, ne remarquaient rien.
« Bonjour, mesdames, messieurs, dit Struan en ôtant son chapeau.
— Salut, monsieur Struan, répondit Liza Brock. Vous connaissez pardieu bien Tess et Lillibet, pas vrai ?
— Naturellement. Mesdames... »
Elles firent leur petite révérence, et Struan remarqua que Tess avait bien grandi depuis qu'il ne l'avait vue.
« Pourrions-nous régler nos affaires ? dit-il à Brock.
— Ma foi, c'est un bon moment. Liza, rentre à bord avec les petites. Allez, les enfants, et faites bien ce que votre maman vous dit, hé ? »
Elles fléchirent rapidement le genou et coururent devant leur mère, heureuses d'avoir congé.
Struan tendit le billet à ordre à Gorth.
« Voilà. Nous sommes quittes, Gorth.
— Merci, grogna Gorth et il lut ostensiblement le billet.
— Tu voudrais peut-être le doubler ?
— Comment ça ?
— Vingt mille de plus qu'un de nos navires battra le vôtre au port de chez nous.

— Merci bien. Mais on dit que l'argent d'un imbécile se sépare vite de lui. Je suis point fou ni bête, et je parie point. Ça, ça tombe à son heure, ajouta-t-il en agitant le billet. Je pourrais peut-être bien acheter un petit arpent de la colline à mon papa. »

Les yeux de Struan s'assombrirent.

« Allons à la tente », dit-il et il partit en avant.

Robb et Culum suivaient. Robb était très heureux que son frère soit Taï-pan de la Noble Maison. Sa vieille peur le tenaillait. Comment vais-je me défendre contre Brock ? Comment ?

Struan s'arrêta devant la tente et fit un signe à Cudahy.

« Allez, mes gaillards, dit Cudahy au petit groupe de matelots qui attendaient. Au trot ! »

A la stupeur générale, les hommes abattirent la tente.

« Nos traites signées, s'il te plaît, Tyler. »

Avec méfiance, Brock tira les papiers de sa poche.

« Huit cent vingt-quatre mille livres », dit-il.

Struan remit les traites à Robb, qui les compara aux copies.

« Merci, dit Struan. Veux-tu me signer ça ?

— Qu'est-ce que c'est donc ?

— Un reçu.

— Et où donc est le billet à ordre, hé ? répliqua Brock d'un air méfiant.

— Nous avons décidé de payer en espèces », déclara Struan.

Les matelots traînaient la toile de tente et l'emportaient. Devant les barils vides, les cachant presque entièrement, une muraille de briques d'argent se dressait. Des centaines et des centaines de briques d'argent scintillant au soleil pâle. Brock les regardait, médusé ; un silence monstrueux planait sur Hong Kong.

« La Noble Maison a préféré payer en espèces », dit négligemment Struan.

Il battit son briquet et approcha la flamme du rouleau de traites. Puis il prit trois cigares, en offrit un à Robb et un à Culum, et les alluma avec le papier enflammé.

« Tout a été pesé, ajouta-t-il. Mais il y a une balance, si tu veux vérifier. »

Une bouffée de sang congestionna la figure de Brock.

« Dieu te damne, sale pourriture d'enfer ! »

Struan laissa tomber le papier calciné sur le sable et dispersa les cendres du bout de sa botte.

« Merci, monsieur Cudahy. Ramenez les hommes à bord du *Thunder Cloud*.

« Eh bien, voilà qui est réglé, dit Struan à Robb et Culum. Maintenant, nous pouvons nous occuper des terres.

— Oui. C'était une idée magistrale, Dirk. »

Le regard de Culum balaya la plage. Il vit la cupidité et l'envie, et les yeux qui le regardaient sournoisement. Merci, oh ! mon Dieu, pria-t-il en silence, de me permettre de faire partie de la Noble Maison. Merci de me permettre d'être Ton instrument.

Brock secoua enfin sa stupeur.

« Gorth, va chercher nos hommes de main et ramène-les. Au triple galop !

— Quoi ?

— Au nom de dieu de triple galop, je te dis ! Armés ! Dans cinq minutes, nous allons avoir sur le dos tous les nom de dieu de fils de putains de pirates mécréants d'Asie ! »

Gorth prit ses jambes à son cou.

Brock dégaina ses pistolets et les donna à Nagrek.

« Si quelqu'un s'approche à moins de cinq mètres, faites-lui sauter la cervelle, gronda-t-il, puis il marcha vers Longstaff : Pourrais-je vous emprunter quelques soldats, Votre Excellence ? Autrement, nous allons nous trouver dans de foutus sales draps.

— Hein ? Des soldats ? Soldats ? répondit Longstaff

en clignant rapidement les yeux. Dieu me damne, c'est vraiment de l'argent, tout ça ? Tout ? Morbleu, y en a pour huit cent mille livres, vous dites ?

— Un peu plus. (Brock s'impatientait.) Ces soldats ? Des fusiliers marins, des matelots, n'importe qui, mais bien armés. Pour monter la garde, bon dieu !

— Oh ! armés ? Oui, naturellement. Amiral, voulez-vous prendre des dispositions, s'il vous plaît ?

— Aux ordres, par ici », glapit l'amiral.

Il rageait de voir la cupidité sur tous les visages, et même dans les yeux d'officiers de la Royal Navy. Fusiliers marins, soldats et matelots arrivèrent en courant.

« Formez un cercle à cinquante pas de ce trésor. Personne n'a le droit de s'en approcher. Compris ? Je veux bien être responsable de sa sécurité pendant une heure, ajouta-t-il à l'adresse de Brock. Ensuite, je le laisserai là où il est.

— Merci de bon cœur, amiral », grommela Brock.

Il se tourna vers la mer. Le canot de Gorth souquait ferme vers le *White Witch*. Une heure suffira, jugea-t-il en maudissant Struan et les lingots d'argent. Sacré nom de dieu, comment me débarrasser de tout ça ? Je n'oserai accepter les billets de personne. Avec une guerre qui commence et pas de commerce, probable... S'il y avait du commerce, ça paierait une saison de thé. Mais à moins que le commerce soit garanti, quoi, tout le papier des compagnies sera sans valeur. Excepté celui de la foutue Noble Maison.

T'aurais dû y penser, bon dieu. T'aurais dû deviner que ce serait ce que ferait ce sacré nom de dieu de bougre du diable. Il t'a bien eu, tiens donc.

Brock se secoua et regarda Struan d'un air mauvais. Il vit le sourire moqueur et la rage le prit.

« La journée n'est pas finie, mordieu !

— C'est exact, Tyler. Il reste un compte à régler.

— Ouais, bon dieu. »

Brock fendit la foule silencieuse et se dirigea vers l'estrade.

Brusquement, Culum sentit revenir toute son angoisse, plus douloureuse encore. A voix basse, il implora son père :

« Écoute-moi, Père. Oncle Robb a raison. Brock fera monter les enchères jusqu'à ce que...

— Tu ne vas pas recommencer, petit ? La colline appartient à la Noble Maison. »

Culum regarda son père, puis il s'éloigna, tête basse.

« Mais qu'est-ce qu'il a ? demanda Struan à Robb.

— Je ne sais pas. Depuis ce matin, il est nerveux comme une chienne en chaleur. »

Struan remarqua alors Sarah, blême, immobile comme une statue, la petite Karen à côté d'elle. Il prit Robb par le bras et s'approcha.

« Tu n'as rien dit à Sarah, Robb ? Que tu restais ?

— Non.

— C'est le moment. Maintenant que tu es redevenu riche.

— Bonjour, oncle Dirk, cria Karen. Je peux jouer avec les jolies briques ?

— Elles sont vraiment en argent, Dirk ? souffla Sarah.

— Oui.

— Dieu seul sait comment vous avez fait, Dirk, mais merci. Cela veut dire... cela signifie que nous sommes sauvés, n'est-ce pas ?

— Sûr.

— Maman, je peux jouer avec ? insista Karen.

— Non, ma chérie. Laisse-nous, va jouer plus loin. »

Sarah s'avança vers Struan, en larmes, et l'embrassa.

« Merci...

— Ne me remerciez pas, Sarah. Le prix de tant de métal est élevé. »

Struan souleva son chapeau et les laissa.

« Qu'est-ce qu'il a voulu dire, Robb ? »
Son mari la mit au courant.
« Je pars quand même, déclara-t-elle. Dès que je pourrai. Dès que le bébé sera né.
— Oui. Cela vaut mieux. Sarah, nous sommes de nouveau riches. Tu pourras avoir tout ce que tu veux.
— Je veux simplement un homme qui soit un vrai mari, peut-être, dit-elle et, voyant que Robb voulait l'accompagner au canot, elle lui lança sèchement : Merci, mais je peux très bien embarquer toute seule. Viens, Karen.
— Comme tu veux. »
Robb chercha Struan des yeux et finit par l'apercevoir près de l'estrade, en conversation avec le peintre. Il alla les rejoindre.
« Ah ! Robb, mon cher ami, s'écria joyeusement Quance. Un geste magnifique ; je le disais justement au Taï-pan. Munificent. Digne de la Noble Maison. Au fait, Taï-pan, vous me devez cinquante guinées.
— Jamais de la vie !
— Le portrait de Culum. Il est fini. Vous n'avez sûrement pas oublié ?
— C'était trente guinées, et je vous en ai donné dix d'avance, bon dieu !
— Vraiment ? Est-ce possible ? Vous en êtes certain ? »
Struan rit, puis il se pencha et murmura d'un air complice :
« Aristote, voulez-vous remplir une mission ? Disons cent livres. En or. »
Quance tendit aussitôt la main.
« Je suis votre homme. Topez là. Qui dois-je tuer ? »
Struan éclata de rire, puis il lui parla du bal et du rôle de juge de la plus élégante invitée.
« Tonnerre de tonnerre de Zeus ! Vous me prenez pour un sacré fou ? Vous voulez que je sois châtré ? Tué à la fleur de l'âge ? Traqué par toutes les cocodettes d'Asie ? Mis au ban de la société ? Jamais !

— Seul un homme de votre science, de votre importance, de votre...

— Jamais, bon dieu ! Vous, que je croyais mon ami, vous me mettriez en péril mortel pour une misérable centaine de livres ? Je dis bien, bon dieu ! En péril mortel ! Me condamner à être vilipendé, haï, ruiné, mort avant mon heure... deux cents livres ?

— Tenu ! » dit Struan.

Quance jeta son chapeau en l'air et dansa une gigue. Puis il tira sur son ventre son gilet de soie violette, ramassa son chapeau et le coiffa d'un air fanfaron.

« Taï-pan, vous êtes un prince. Qui d'autre que moi, Aristote Quance, oserait faire une chose pareille ? Je suis parfait. Oh ! admirable Quance ! Prince des peintres. Deux cents livres. D'avance.

— Après le jugement.

— Vous n'avez pas confiance en moi ?

— Non. Vous pourriez partir. Ou avoir les vapeurs.

— Je me lèverais de mon lit de mort pour juger ces dames. En fait, j'aurais été volontaire. Oui, par la barbe de Rembrandt, j'aurais volontiers payé... j'aurais payé cent guinées, même si j'avais dû me prosterner aux pieds de Brock pour les emprunter, afin d'avoir cet honneur !

— Quoi ? »

Quance jeta derechef son chapeau en l'air.

« Oh ! jour de joie, jour de gloire ! Oh ! parfait Quance ! Quance immortel ! Tu as ton nom dans l'Histoire. Immortel parfait !

— Je ne vous comprends pas du tout, Quance, dit Robb. Vous tenez vraiment à faire le juge ? »

Les yeux pétillants de malice, le peintre ramassa son chapeau et en secoua le sable.

« Avez-vous songé aux avantages que m'apportera une telle mission ? Hein ? Mais voyons, toutes les jolies filles d'Asie seront — comment dire — prêtes à fléchir le juge. A l'avance ! Allons, voilà Longstaff qui s'avance. Je vous laisse, mes seigneurs. »

Il partit en sifflotant, et Longstaff lui tira gravement son chapeau.

« Ah ! Dirk, dit-il avec un large sourire. Pourquoi Aristote est-il de si joyeuse humeur ?

— Il est simplement heureux, comme vous, que la Noble Maison existe toujours.

— A juste titre, quoi ? Je ne savais pas qu'il pût exister autant de métal précieux en Asie. Grandiose, de payer de cette façon. Au fait, voulez-vous dîner avec moi ce soir ? Il y a certaines choses sur lesquelles j'aimerais avoir votre opinion.

— Ce soir, je suis occupé, Will, malheureusement. Demain ? Pourquoi ne viendriez-vous pas à notre quartier général, à bord du *Resting Cloud* ? A midi.

— Midi, ce sera parfait. Parfait. Je suis si heureux...

— Ah ! Will, au fait. Pourquoi n'annulez-vous pas l'ordre à la flotte de faire voile vers le nord ? »

Longstaff fronça les sourcils.

« Mais ces diables ont dénoncé le traité, quoi ?

— L'empereur mandchou, effectivement. Mais c'est la saison des typhons. Mieux vaut garder la flotte intacte. Et sous votre main. »

Longstaff prit une pincée de tabac et épousseta son jabot.

« L'amiral ne s'inquiète pas du temps. Mais si vous pensez que cela vaut mieux... Mais si nous n'allons pas attaquer au nord, alors qu'allons-nous faire, hé ?

— Nous en parlerons demain, voulez-vous ?

— Très sage. La nuit porte conseil. C'est ça. Je serai ravi d'avoir de nouveau vos conseils. Eh bien, on dirait que la vente va commencer. Ah ! ravi de votre autre geste, aussi. »

Longstaff les quitta d'un pas léger.

« Qu'est-ce qu'il a voulu dire par là ? demanda Robb.

— J'en sais rien. Les lingots, je suppose. Écoute, Robb, demain tu le recevras. Tu lui diras ce qu'il doit faire.

— Quoi donc ?
— S'emparer des forts de la Brogue. Puis frapper à Canton. Immédiatement. Rançonner Canton. Six millions de taels d'argent. Et puis quand le vent sera favorable, au nord. Comme il avait dit. Comme la première fois.
— Mais il veut te parler, à toi.
— Tu peux le mener par le bout du nez, maintenant. Il a vu les lingots.
— Il n'aura pas aussi confiance en moi qu'en toi.
— Dans cinq mois, il y sera obligé. »
Robb soupira et se tourna vers l'estrade, que gravissait Longstaff.
« Tu es si aimable avec lui, Dirk, alors qu'il a été si insultant...
— Il est le premier gouverneur de Hong Kong. Les gouverneurs durent quatre ans. J'aurai le temps de m'occuper de Longstaff.
— Et la colline ?
— Ma décision est déjà prise.
— Tu vas laisser Brock...
— Non. »

« Messieurs, dit Longstaff à la foule des marchands, avant de commencer je désire confirmer les principes de propriété et de vente qui m'ont été recommandés par le gouvernement de Sa Majesté. Toute terre appartient de droit à Sa Majesté. Des allocations seront faites au cours d'une vente aux enchères au plus offrant pour un loyer annuel, ce loyer annuel étant l'objet de l'enchère. Baux de neuf cent quatre-vingt-dix-neuf ans. Une construction d'une valeur minimum de mille dollars doit être érigée avant un an, le taux étant de quatre shillings quatre pence au dollar. Sinon le bail sera résilié. Un dépôt de la moitié de la somme adjugée devra être réglé en espèces sur l'heure. Nous avions l'intention de proposer cent parcelles aujourd'hui, mais il a été impossible de tout arpenter. Une cinquantaine seront proposées aujourd'hui et le reste dès que possible. Je crois qu'en ce jour, avec cette vente des terres, nous pouvons considérer que la première pierre de la ville est posée. Des terres ont été mises de côté pour le palais de justice, les bâtiments administratifs, la maison du gouverneur, la prison, un terrain de cricket, un marché et pour les Orientaux. Je donne officiellement à notre ville à venir le nom de Queen's Town. »

Une ovation salua cet avant-propos.

« Depuis longtemps, je n'avais pas eu l'occasion de m'adresser à vous tous réunis. Je tiens à vous dire que des temps difficiles nous attendent. Mais ne perdons pas courage. Nous devons tous travailler d'un même cœur. Nous devons nous arc-bouter sur la charrue et, avec la grâce de Dieu, conquérir les mécréants et les convertir à la gloire de Sa Majesté britannique et à la gloire de la colonie de Hong Kong. »

La foule lança trois hourras pour la reine, trois pour la colonie et trois pour Longstaff. Les spectateurs chinois bavardaient et riaient entre eux.

« Maintenant, monsieur Brock, si vous voulez bien ne plus penser un instant à la menue monnaie de la Noble Maison, je déclare les enchères ouvertes ! »

Brock et Gorth fulminaient sous les rires. Longstaff descendit de l'estrade et Glessing s'approcha.

« Je dois vous avertir, Votre Excellence, que par manque de temps, toutes les parcelles n'ont pas été arpentées avec précision.

— Détails, détails que tout cela, mon cher ami. Quelques toises de plus ou de moins importent peu. Allons, Culum, mon bon, je vous en prie, allez... Bonjour à tous. »

Longstaff descendit vers son canot et, en passant devant Struan, il ôta son chapeau et lui sourit.

« Demain à midi, Dirk. »

Culum épongea son front en sueur et se tourna vers le petit homme à côté de lui.

« Monsieur Hibbs ? »

Henry Hardy Hibbs se redressa de toute sa petite taille et monta sur l'estrade. C'était un gnome sale et dépenaillé, aux manières obséquieuses.

« Messieurs. Henry Hardy Hibbs, de Londres, anciennement du cabinet Hibbs, Hibbs et Hibbs, commissaires-priseurs et agents immobiliers, commissaire-priseur officiel de Son Excellence, Right Honorable Longstaff, à votre service. Parcelle numéro un. Allons, voyons, la mise à prix ?

— Où diable l'as-tu trouvé, Culum ? demanda Struan.

— Sur un des navires marchands, murmura distraitement Culum en souhaitant que la journée s'achève vite. Il a travaillé pour payer son passage de Singapour. Il s'était fait voler tout son argent. »

Struan écouta un moment Hibbs, qui faisait très adroitement monter les enchères. Puis il fouilla la foule des yeux, et fronça les sourcils.

« Qu'est-ce que tu as, Dirk ? s'inquiéta Robb.

— Je cherchais Gordon. Tu ne l'as pas vu ?

— La dernière fois que je l'ai vu, il marchait vers la pointe de Glessing. Pourquoi ?

— Pour rien. »

Struan trouvait très étrange l'absence de Gordon. J'aurais cru qu'il viendrait acheter de la terre. Quel meilleur placement peut-il y avoir ?

La vente marchait à un train d'enfer. Tous les marchands savaient qu'une colonie signifiait la permanence. La permanence supposait que les prix des terrains monteraient rapidement. Surtout sur une île où la terre plane était rare. La terre, c'était la sécurité ; la terre ne pouvait pas être perdue. Il y avait des fortunes à faire.

Tandis que la vente se poursuivait, Struan sentait

monter son exaltation. De l'autre côté de l'estrade, Brock attendait, tout aussi surexcité ; Gorth, auprès de lui, regardait, tour à tour, Struan et les hommes protégeant le trésor. Struan et Brock achetèrent les parcelles qu'ils avaient choisies d'un commun accord. Mais les prix étaient plus élevés qu'ils ne l'avaient pensé, et les enchérisseurs nombreux. Ils se disputèrent quelques petites parcelles. Struan en acheta quelques-unes, se retira pour d'autres. La tension montait parmi les marchands.

La dernière parcelle du bord de mer fut mise à prix et achetée. Il ne restait que la colline. C'était la plus grande parcelle, la mieux placée.

« Eh bien, messieurs, voilà qui est fait, déclara Hibbs, la voix rauque d'avoir tant crié. Ceux qu'ils ont acheté, ils doivent régler la moitié du paquet tout de suite. Le secrétaire colonial adjoint a les reçus. S'il vous plaît ! »

Un silence de stupeur tomba sur la foule. La voix de Struan le rompit :

« La vente n'est pas finie !

— Que non, elle l'est pas ! glapit Brock.

— Comment ça, messieurs ? demanda Hibbs, sentant venir des ennuis.

— Et la colline ?

— Quelle colline, Vos Honneurs ? »

Struan tendit un doigt spatulé.

« Celle-là !

— Elle ne... euh... figure pas sur la liste. Moi, ça me regarde pas, messieurs », protesta vivement Hibbs et il s'apprêta à s'enfuir ; à côté de lui, Culum était raide et pâle. « C'est pas vrai, Votre Honneur ?

— Oui. »

Culum se força à regarder son père, la gorge nouée, étouffant dans le silence.

« Et pourquoi elle est pas sur la liste, nom de dieu ?

— Parce que... eh bien, elle a déjà été achetée. »

Culum sentit ses cheveux se dresser sur sa tête quand il vit, comme dans un cauchemar, son père marcher vers lui ; toutes les phrases bien préparées l'abandonnèrent. Les raisons. Comment il avait dit à Longstaff, le matin même, en désespoir de cause, que c'était son père qui avait eu l'idée d'ériger une église en cet endroit. Pour que tout Hong Kong en profite. C'était le seul moyen, avait envie de hurler Culum. Tu ne comprends donc pas ? Tu nous aurais tous détruits ! Si je te l'avais dit, jamais tu n'aurais écouté. Tu ne comprends pas ?

« Achetée par qui ?

— Par moi. Pour l'Église, bredouilla Culum. Une livre par an. La colline appartient à l'Église.

— *Tu m'as pris ma colline ?* »

La voix était basse, mais les mots cinglaient et Culum en sentit toute la cruauté.

« Pour l'Église. Oui. Le... l'acte... l'acte a été signé ce matin. Je... Son Excellence a signé le titre de propriété. A perpétuité.

— *Tu savais que je voulais cette terre ?*

— Oui. »

Culum ne voyait plus rien que la lumière éblouissante qui semblait jaillir des yeux de son père, brûlante, consumant son âme.

« Oui. Oui. Mais j'ai décidé qu'elle était pour l'Église. Je l'ai fait. La colline appartient à la Maison de Dieu.

— *Alors tu as osé aller contre ma volonté ?* »

Le silence s'épaissit. Brock lui-même était terrifié par la puissance qui semblait émaner de Struan pour les submerger tous. Culum attendait le coup qu'il sentait venir — que tous sentaient venir.

Mais les poings de Struan s'ouvrirent ; il pivota brusquement et se mit à marcher à grands pas vers la plage.

Le rire sonore de Brock brisa le silence et tout le monde frémit, involontairement.

« Bouclez-la, Brock, dit Quance. Taisez-vous.
— Sûr, Aristote. Sûr. »

Les marchands se séparèrent en petits groupes murmurants et Hibbs cria, d'une voix tremblante :

« Si ceux qui ont acheté de la terre voulaient bien venir par ici. S'il vous plaît, messieurs. »

Brock examinait Culum, avec un semblant de pitié.

« Je dirais que vos jours sont comptés, mon gars, lui dit-il. Vous connaissez pas ce diable comme je le connais. Attention et gardez-vous derrière. »

Il monta sur l'estrade pour régler ses enchères auprès de Hibbs.

Culum tremblait. Il sentait tous les regards peser sur lui, la stupeur effrayée de tous ces gens. Ou bien était-ce de l'horreur ?

« Pour l'amour de Dieu, pourquoi ne lui as-tu rien demandé ? s'écria Robb, mal remis de son émotion. Hein ? Avant de faire ça !
— Il n'aurait pas consenti, n'est-ce pas ?
— Je ne sais pas. Je ne sais pas. Peut-être. Ou il aurait laissé Brock... Et puis ne fais pas attention à ce que Brock t'a dit. Il essaie de te faire peur. Tu n'as pas à t'inquiéter. Pas du tout.
— Je crois que Père est vraiment le Diable. »

Robb réprima un frisson.

« C'est idiot, ça, petit. Idiot. Tu es énervé. Nous le sommes tous. Le trésor et puis, ma foi, ces moments exaltants. Pas de soucis à te faire. Naturellement, il comprendra quand... »

Robb ne savait plus que dire. Il courut après son frère.

Culum était pris de vertige. La mer et la colline dansaient et se brouillaient devant ses yeux. Les bruits semblaient plus forts, mais plus lointains, et se confondaient dans une espèce de grondement sonore que des échos répétaient. Les couleurs changeaient. Ses yeux aperçurent au loin Mary Sinclair et son frère. Soudain, ils étaient près de lui et lui parlaient.

« Pardon, murmura-t-il, je n'ai pas entendu.
— Je disais simplement que c'est un bel emplacement pour une église, dit Horatio avec un sourire forcé.
— Oui.
— Votre père a toujours désiré cette colline. Depuis qu'il a découvert Hong Kong, dit Mary.
— Oui. Mais elle appartient maintenant à la Maison de Dieu.
— Mais à quel prix ? » soupira-t-elle.
Brusquement, ils n'étaient plus là et il avait Hibbs devant lui.
« Faites excuses, monsieur, dit-il, ce serait pour les reçus. Pour ceux qu'ils ont acheté de la terre.
— Les reçus ?
— Ouais. Les reçus pour les terres. Faudrait les signer. »
Culum suivit Hibbs sur l'estrade, avec l'impression de se voir marcher. Il signa machinalement.
Robb se hâtait sur la route, sans se soucier des regards atterrés qui le suivaient.
« Dirk ! cria-t-il. Dirk ! »
Struan s'arrêta et se retourna.
« Dis-lui que je veux le voir sur *sa* colline à l'aube.
— Mais Dirk, Culum ne voulait que...
— Dis-lui de venir seul.
— Mais Dirk, écoute un instant. Ne pars pas. Attends. Le pauvre gosse voulait seulement...
— *Dis-lui de venir seul.* »

## 13

CETTE nuit-là, au milieu du premier quart de nuit le vent vira d'est-nord-est à est et tomba d'un nœud. L'humidité s'accrut et la température monta d'un degré ; les capitaines de la flotte s'agitèrent dans leur sommeil et certains se réveillèrent en se disant qu'une autre mousson s'achevait. Maintenant, jusqu'au mois de mai, le vent humide soufflerait de l'est et puis, tout aussi brusquement, il tournerait au sud en amenant plus de chaleur et d'humidité. A l'automne enfin il soufflerait de nouveau, sec et frais, de l'est-nord-est, jusqu'au printemps.

Les capitaines se rendormirent mais moins profondément. Le vent d'est annonçait l'époque des typhons.

Brock s'agita sur sa couchette, et se gratta.

« Qu'est-ce que t'as donc, Tyler ? » demanda Liza, aussitôt éveillée et lucide comme toute femme quand son mari a des ennuis ou quand son enfant est malade. Elle occupait la seconde couchette, contre l'autre paroi de la cabine fétide.

« Rien, Liza. Le vent a tourné, c'est tout. Dors. »

Mais Liza se leva lourdement et traversa la cabine.

« Qu'est-ce que tu fais ?

— J'ouvre le hublot. »

Brock se retourna et ferma les yeux, mais il savait que le sommeil l'avait quitté. Il sentit le vent s'engouffrer dans la cabine.

« Il va y avoir du brouillard bientôt », dit-il.

Liza se recoucha ; le matelas de paille grinça. Elle s'installa confortablement sous les couvertures.

« C'est l'argent qui te fait souci, pas vrai ?

— Ouais.

— T'en fais donc pas maintenant. Demain, il fera jour. »

Elle bâilla bruyamment, se gratta une piqûre de punaise et ajouta :

« Ce sera merveilleux de retrouver la terre ferme. Combien de temps il faut pour construire une maison ?

— Pas trop longtemps.

— Ce bal que va donner Struan. C'est bien un soufflet pour toi.

— Ridicule. Dors, grogna Brock, sur ses gardes.

— Bien sûr, si on était habillés comme il faut, ça lui rendrait son soufflet, pas vrai, Tyler ? »

Brock gémit mais prit soin de ne pas être entendu. La nouvelle du bal avait balayé la flotte dès l'instant où Struan l'avait annoncée à Skinner. Tous les maris d'Asie avaient maudit le Taï-pan, car ils savaient qu'il leur avait volé leur tranquillité. Et tous les hommes s'énervaient. Les paris étaient ouverts. Shevaun Tillman était la favorite des parieurs.

« Tu veux dire que tu répondras à ses canons par des beaux atours ? Bonne idée, Liza. Tu as l'air tout ce qu'il y a d'élégante dans cette robe rouge que je t'ai...

— Cette vieille loque ? protesta Liza avec un reniflement de mépris. Tu veux rire ?

— Vieille, tu dis ? Mais tu ne l'as mise que trois ou quatre fois. Je trouve qu'elle...

— Trois ans que je la porte. Et toi, tu vas avoir besoin d'un habit neuf et d'une culotte et d'un beau gilet fantaisie et tout.

— J'aime bien les frusques que j'ai. Je...

— Il serait temps que je fasse des achats. Avant que toute la bonne soie d'Asie soit achetée, et toutes les couturières retenues. Demain, je vais à Macao. Avec le *Gray Witch*.

— Mais, Liza ! Pour un idiot de bal que Dirk...

— Je partirai par la marée de midi.

— Oui, Liza », soupira Brock, sachant fort bien que rien n'en ferait démordre sa femme.

La peste soit de Struan ! Mais en dépit de sa rage, Brock était passionné par le prix et la compétition. Ça alors, c'était une idée merveilleuse ! Merveilleuse ! Pourquoi diable j'ai pas pensé à ça ? Ce vérolé de Struan.

Liza arrangea son oreiller et continua de songer au bal. Elle avait déjà décidé que Tess remporterait le prix. Et l'honneur. A n'importe quel prix. Oui, se répéta-t-elle, à n'importe quel prix. Mais comment persuader Tyler de laisser Tess aller au bal ? Il avait une tête de cochon, quand il était question d'elle.

« Je crois qu'il serait temps de penser à notre Tess, dit-elle.

— Quoi, Tess ?

— Il serait temps de lui chercher un parti.

— Quoi ? s'écria Brock en se redressant. Tu as perdu la tête ? Tess est tout juste sortie de ses couches. Elle a à peine seize ans !

— Quel âge j'avais quand tu m'as épousée ?

— C'est pas la même chose, bon Dieu ! T'étais vieille pour ton âge ! Les temps ont changé. Un parti pour Tess ? Tu es malade de la tête, femme. Et puis en voilà des choses à dire au milieu de la nuit ! Tâche de ne pas en parler encore une fois, sinon ce sera ma ceinture sur le bas de ton dos ! »

Il se retourna rageusement et ferma les yeux.

« Oui, Tyler », murmura Liza en souriant.

Elle ne lui reprochait pas les corrections qu'elle avait reçues. Elles avaient été rares, et jamais violentes ni quand il avait bu. Et puis elles étaient loin. Elle vivait avec lui depuis vingt ans, et elle était satisfaite de son homme.

« Liza ? murmura Brock, la tête toujours tournée.

Est-ce que Tess... est... qu'elle sait... les choses, tu sais ?

— Sûr que non, protesta Liza, scandalisée. Je l'ai élevée comme il faut !

— Ma foi, serait peut-être temps que tu la prennes à part et que tu lui dises, fulmina-t-il en se redressant de nouveau. Et tu ferais bien de la surveiller. Par la Croix, si jamais j'en prends un à renifler autour de Tess... qu'est-ce qui te fait croire qu'elle est assez grande ? ? ? Elle t'a dit quelque chose ? Elle a changé ?

— Mais naturellement, je la surveille. Tu es bête, tiens. Vous êtes tous les mêmes, les hommes. Fais ci, et fais ça, et des menaces et tout quand une fille est tout simplement en train de devenir une jeune fille à marier. Et je te remercierais de pas jurer comme ça, monsieur Brock. C'est pas bien.

— Alors n'en parlons plus, nom de Dieu, n'en parlons plus. »

Liza sourit avec satisfaction. Allons, voyons, qui ce sera, donc ? Pas ce Nagrek Thumb, bon Dieu ! Qui ? Le jeune Sinclair ? Pas d'argent, et trop fier et bigot. Mais franc comme l'or, solide, et avec un avenir, pas de doute, et dans le conseil de ce foutu Longstaff. Rien ne vaut un fils de pasteur dans la famille. Possible. L'Américain, Jefferson Cooper ? Mieux. Assez riche. Assez puissant. Mais un sale foutu étranger qui nous déteste, nous autres Anglais. Quand même, Brock et Cooper-Tillman réunis ce serait un joli couteau dans le ventre de la Noble Maison. Gorth serait bien, mais c'est son demi-frère, alors c'est exclu. Dommage.

Elle envisagea les nombreux partis possibles. L'homme devait avoir de la fortune, du pouvoir et de l'avenir. Et une volonté de fer et un bras solide pour la dresser. Oui, songea Liza. Cette fille aura besoin d'une bonne raclée de temps en temps. Pas facile à dresser, non plus, avec son caractère. Longstaff serait parfait. Mais il est marié, encore que sa femme soit malade et à Londres, alors nous devrions peut-être attendre.

La liste se réduisit finalement à deux noms. Mais lequel des deux ?

« Tyler ?

— Pour l'amour de Dieu, tu peux pas laisser un pauvre homme dormir ? Qu'est-ce qu'il y a encore ?

— Qu'est-ce que ce démon fera à Culum ?

— Sais pas. Le tuera, peut-être. Sais pas. Il fera quelque chose de terrible, c'est certain.

— Culum est un gamin assez crâne, de lui avoir tenu tête comme ça. »

Brock se mit à rire.

« J'aurais voulu que tu voies la tête de Dirk. Ce salaud était secoué. Bougrement secoué.

— Le gamin a été rudement malin de donner la terre à l'Église. Il a sauvé son papa. Et toi avec.

— Ridicule, femme. Pas moi, bon Dieu. Dirk la voulait, cette colline, à en mourir. Il aurait monté et monté ses enchères et moi je me serais arrêté quand le prix l'aurait étouffé. Sans le petit morveux, Dirk serait sur les genoux à l'heure qu'il est. Ruiné.

— Ou bien toi. Pareil.

— Non. Il voulait cette colline.

— Il veut encore plus t'écraser.

— Non. Tu te trompes. Dors.

— Qu'est-ce qu'il va faire à Culum ?

— Sais pas. C'est un vindicatif, celui-là. Il y a de la haine entre eux, à présent. J'ai jamais vu Dirk aussi furieux. Une querelle entre lui et son garçon pourrait nous profiter. »

Pendant quelques instants, la peur étreignit Liza. La peur pour son homme. La peur de la violence, entre Struan et lui. Une inimitié qui ne s'éteindrait qu'à la mort de l'un d'eux. Ou de tous les deux. Doux Seigneur qui es au ciel, pria-t-elle pour la millionième fois, fais qu'ils fassent leur paix. Et puis la peur la quitta et elle se dit ce qu'elle disait toujours « Ce qui sera sera ». Et cela lui rappela *Hamlet,* et Will Shakespeare qui était sa passion.

« Pourquoi ne pas construire un théâtre, Tyler ? A Hong Kong. Nous allons y rester, maintenant, pas vrai ?

— Ouais », répondit Brock.

Sa bonne humeur revint et il oublia Struan.

« Ça, c'est une bonne idée, Liza. Avant que ce salaud y pense. Ouais, j'en parlerai demain à Skinner. J'ouvrirai la souscription. Et nous ferons venir une troupe d'acteurs. Nous ferons jouer une pièce pour Noël. Cherche laquelle. »

Liza tint sa langue. Elle aurait suggéré *Roméo et Juliette,* ce qui aurait été stupide car son mari aurait immédiatement deviné ses intentions. Oui. Tess est la clef des Brock et des Struan. Mais le mariage ne se terminera pas en tragédie. Pas comme ces Montagu et Capulet.

« Si Gorth t'avait fait ça, qu'il t'avait pris la colline, qu'est-ce que t'aurais fait ?

— Sais pas, mon cœur. Je suis content que ça soit pas Gorth. Allez, dormons, maintenant. »

Liza Brock laissa errer ses pensées. Voyons, lequel des deux serait le mieux ? Le mieux pour eux et le meilleur pour Tess ? Culum Struan ? Ou Dirk Struan ?

Le brouillard enveloppait lentement les navires paisiblement mouillés. Avec les écharpes de brume, une ombre de sampan glissa en silence. Il frôla le cordage de l'ancre avant du *White Witch.* Des mains empoignèrent le câble, une hache se leva et tomba et le sampan disparut aussi silencieusement qu'il était venu.

Sur le pont, les matelots armés et Nagrek, officier de quart, ne remarquèrent rien. Insensiblement, le *White Witch* se mit à dériver vers la terre.

Le bosco piqua huit coups, et Nagrek frémit à la pensée du risque qu'il allait courir. Espèce de maudit fou, se dit-il. Tu cours un danger mortel, en faisant comme ça les yeux doux à Tess. N'y va pas ! Oublie-la, oublie aujourd'hui et oublie hier soir.

Depuis des mois, il était conscient de sa présence, mais la veille, pendant son quart, il avait regardé par le hublot de la cabine qu'elle partageait avec sa sœur. Il l'avait vue, en chemise, à genoux comme un ange près de la couchette, faisant ses prières. Les boutons de la chemise étaient défaits, et les seins gonflaient la soie blanche. Ses prières finies, elle avait levé les yeux vers le hublot et il avait cru qu'elle l'avait surpris. Mais elle s'était détournée, et elle avait plaqué des deux mains sa chemise de nuit sur son buste. Puis les mains étaient remontées, caressantes, langoureuses, glissant sur les seins, la taille, les cuisses, les hanches. Enfin, elle avait ôté la chemise et s'était regardée dans la glace. Nagrek l'avait vue frissonner et elle s'était lentement revêtue ; elle avait soupiré, soufflé la lanterne et s'était couchée.

Et cet après-midi à bord, tremblant de peur et de désir, il avait chuchoté à son oreille, l'avait vue rougir et l'avait entendue répondre tout bas :

« Oui, Nagrek, cette nuit, à minuit. »

Le quart suivant arriva sur le pont.

« Allez, descends, Nagrek, lui dit Gorth en se secouant comme un gros chien.

— Le vent a tourné à l'est.

— Je l'ai senti. Foutu brouillard. »

Nagrek descendit dans sa cabine. Il ôta ses souliers et s'assit sur le bord de sa couchette, ruisselant de sueur froide. Maudissant sa stupidité mais incapable de résister, il se glissa dans la coursive et la suivit sans bruit vers l'arrière. Devant la cabine, il s'arrêta. Il posa une main moite sur le bouton de porte. Respirant à peine, il pénétra dans la cabine et referma la porte derrière lui.

« Tess ? souffla-t-il en espérant presque qu'elle ne l'entendrait pas.

— Chut, vous allez réveiller Lillibet. »

Nagrek trembla de plus belle. Son esprit lui disait « Pars », mais son désir le clouait sur place. Il sentit la main de Tess, dans l'ombre, et elle le guida vers la couchette.

« C'est terriblement dangereux, murmura-t-il.

— Vous vouliez me parler ? Qu'est-ce que vous voulez ? »

Elle se sentait électrisée par l'obscurité, la présence de Nagrek, terrifiée par le feu tout en l'adorant.

« Ce n'est pas le moment, ma chérie.

— Mais vous vouliez me parler en secret. Ici, c'est secret. »

Il s'assit sur le bord de la couchette, tendit la main, caressa ses cheveux, son cou.

« Non, souffla-t-elle et elle frissonna quand il lui prit un sein.

— Je veux t'épouser, ma chérie.

— Oh ! oui, oh ! oui... »

Leurs lèvres se trouvèrent. Les mains de Nagrek exploraient le jeune corps et dans le sillage de ses caresses traînait un feu terrible et délicieux, de plus en plus précis.

Le bosco piqua un coup. Gorth quitta la rambarde et alla distraitement voir l'habitacle. Il se pencha dessus et, dans le clignotement de la lanterne sourde éclairant la rose, il ne put en croire ses yeux. Il secoua la tête, cligna les paupières et se pencha de nouveau sur le compas.

« C'est impossible !

— Qu'est-ce qui ne va pas ? demanda le bosco, surpris.

— Le vent, nom de Dieu ! Il est d'ouest ! D'ouest ! »

Le bosco accourut, mais déjà Gorth courait sur le pont en dispersant les matelots. Il se pencha à l'avant et vit le cordage tranché.

« Nom de Dieu ! On dérive ! hurla-t-il. Mouillez l'ancre de poupe ! Grouillez, nom de Dieu ! »

Les matelots se précipitèrent sur l'arrière, mais au même instant la quille racla le fond de roche, le navire frémit et grinça.

Le frémissement courut le long des parois de bois, et dans la fournaise de la cabine, Nagrek et Tess restèrent un instant pétrifiés. Puis il abandonna les bras tièdes et bondit dans la coursive ; il courut sur le pont. Brock ouvrit brusquement la porte de sa cabine et vit vaguement Nagrek escalader l'échelle, remarqua vaguement la porte ouverte de la cabine des filles, mais l'oublia vite dans son affolement. Il monta comme un fou. Liza sortit de la cabine principale et entra chez ses filles, par la porte restée ouverte.

Au moment où Brock arrivait sur le gaillard d'arrière, l'ancre avait été mouillée, mais il était trop tard. Le *White Witch* poussa un cri, se pencha légèrement sur bâbord et s'échoua lourdement. A ce moment précis, les sampans surgirent de la brume et lui tombèrent dessus aux grappins. Les pirates montèrent à l'abordage.

Ils étaient armés de mousquets, de couteaux et de sabres et le premier à mettre le pied sur le pont fut Scragger. Les hommes du *White Witch* se précipitèrent pour défendre leur peau.

En sautant de côté, Gorth évita un Chinois qui lui bondissait dessus et, l'attrapant par la gorge, il lui rompit le cou. Nagrek ramassa un fer de combat et se mit à frapper sur la horde menaçante, en remarquant Scragger et d'autres Européens parmi les Chinois. Il estropia un homme et se rua vers Brock, qui protégeait l'échelle descendant aux cabines. Et au trésor dans la cale.

Scragger abattit un homme et recula, pour surveiller les siens.

« En bas, nom de Dieu ! » hurla-t-il.

Il dirigea la ruée sur Brock. D'autres s'insinuèrent vers l'avant et décimèrent les hommes du quart précédent qui remontaient du poste d'équipage.

Brock fit sauter la tête d'un Européen, enfonça son pistolet devenu inutile dans le ventre d'un autre et décrivit un moulinet mortel avec son sabre. Puis il bondit sur Scragger, qui l'évita et tira mais à la seconde même Nagrek se jeta sur lui et la balle alla se perdre en sifflant dans le brouillard. Scragger pivota en grondant de rage, taillada Nagrek avec son grand couteau puis il retourna dans la mêlée pour se jeter sur Brock. Son coutelas s'enfonça dans le ventre d'un matelot, mais Brock le saisissait par le cou ; ils tombèrent enlacés, luttant des poings et des genoux. Brock sentit la lame de Scragger passer devant sa figure. Il se releva, projeta Scragger loin de lui et trancha du sabre. Scragger s'écarta juste à temps et le sabre se brisa en heurtant le pont. Brock enfonça la lame cassée dans le ventre d'un Chinois qui lui sautait à la gorge et Scragger battit en retraite derrière le bouclier de ses hommes.

Gorth chargeait dans le tourbillon du pont principal, tranchant et tailladant sans merci, quand un couteau s'enfonça dans son flanc. Il poussa un cri et tomba. Brock vit son fils s'écrouler, mais il resta à l'échelle du gaillard d'arrière, en se défendant comme un démon.

En bas, Liza poussa Tess et Lillibet dans la cabine principale.

« Allons, allons, n'ayez pas peur, mes petites », leur dit-elle en fermant la porte sur elles, de l'extérieur.

Elle se posta dans la coursive, un pistolet à chaque main et deux autres, chargés, dans sa poche. Si l'ennemi dévalait l'échelle avant la fin de la bataille, cela voudrait dire que son homme était mort ou inconscient. Mais quatre pirates mourraient avant de passer devant elle.

Conduits par Scragger, les pirates montaient à l'assaut et chaque fois ils étaient repoussés. De nouveaux matelots réussirent à gagner le gaillard d'arrière. Trois d'entre eux vinrent soutenir Brock à l'échelle et ils se ruèrent sur les pirates, les tenant en échec.

Un espar vint s'écraser sur le dos de Scragger et il comprit qu'il avait perdu la bataille. Aussitôt, il cria quelque chose en chinois et ses hommes battirent en retraite, glissèrent comme des rats le long du bordé dans leurs sampans et s'enfuirent. Scragger sauta de la proue et disparut dans l'eau. Brock, arrachant un mousquet à un de ses matelots, courut à la rambarde. Lorsque la tête de Scragger apparut, il fit feu mais le manqua et la tête disparut. Brock jura puis il jeta dans la nuit le mousquet déchargé.

Ses hommes tiraient sur les sampans qui ne tardèrent pas à s'évanouir dans la brume. Lorsqu'il n'y eut plus de pirates en fuite à tuer, Brock donna l'ordre de jeter par-dessus bord les ennemis morts ou blessés et il alla s'occuper de Gorth.

Le sang coulait de la blessure que Gorth comprimait avec son poing. Brock écarta la main. Le couteau s'était enfoncé sous le bras, vers le dos.

« T'as-t-y toussé du sang, petit ?

— Non, 'Pa.

— Bon, ça va, dit Brock en se relevant. Qu'on apporte de la poix. Et du rhum. Vite, nom de Dieu ! Ceux qui sont blessés, qu'ils viennent à l'arrière. Le reste, aux canots et tirez-nous de là. C'est marée haute. Grouillez ! »

Tout en surveillant la manœuvre de mise à l'eau des canots, Nagrek essayait de secouer la douleur de sa tête. Le sang coulait d'une blessure à l'épaule.

Brock fit boire à son fils un boujaron de rhum et

dès que la poix grésilla sur le brasier, il trempa un épissoir dedans et fit pénétrer la poix dans la blessure. Gorth grimaça mais n'émit pas un son. Brock soigna ensuite les autres, à la poix et au rhum.

« Moi, monsieur, moi, vous m'avez oublié », gémit un des matelots.

Il se tenait la poitrine à deux mains. Du sang moussait sur ses lèvres, et de l'air sifflait et faisait bouillonner le sang sur la blessure.

« T'es mort. Ferais mieux de faire ta paix avec ton Créateur.

— Non ! Non, bon Dieu ! Donnez-moi la poix... La poix... Dieu... »

Il se mit à hurler. Brock l'assomma et il ne bougea plus, l'air sortant toujours de sa blessure en bulles de sang.

Brock aida son fils à se lever. Une fois debout, Gorth le repoussa.

« Je vais bien, nom de Dieu ! »

Brock le laissa et alla voir à l'arrière. Les canots tiraient dur. L'eau était morte.

« Souquez ferme ! hurla-t-il. Paré à mouiller l'ancre de secours avant, Nagrek ! »

Ils halèrent le navire en lieu sûr, et quand le sondage révéla un nombre de brasses suffisant, Brock fit mouiller l'ancre. Le navire se balança dans la marée descendante et se rétablit.

« Voilier !

— Présent, monsieur, répondit le vieil homme.

— Voyez à faire des linceuls pour ceux-là, lui dit Brock en lui montrant les sept corps. Prenez une vieille grand-voile. Une chaîne à leurs pieds et par-dessus bord à l'aube. Je réciterai l'office comme toujours.

— Bien, monsieur. »

Brock tourna son attention vers Gorth.

« Combien de temps après que t'as pris ton quart, on s'est échoués ?

— Rien que deux ou trois minutes. Non. Il était juste la demie, je me souviens, la cloche venait de piquer un coup. »

Brock réfléchit un moment.

« Nous n'aurions pas dérivé de notre mouillage en une demi-heure. Pas possible. Donc on a été coupés au quart d'avant. Ton quart, dit-il à Nagrek qui frémit. Vingt coups de garcette au lever du soleil pour ceux qu'étaient sur le pont.

— Oui, monsieur, répondit Nagrek, terrifié.

— Mais sans toi je serais mort du coup de pistolet de ce bon dieu de sale pirate, alors on verra ça plus tard, Nagrek. »

Brock descendit enfin. Liza montait toujours la garde devant la cabine des petites.

« Tout va bien, mon cœur, lui dit-il.

— Merci, Tyler. C'était dur ?

— Passablement dur. C'était le trésor. Attaqués par des pirates dans la rade ! Dans la rade ! Y a des Anglais chez les pirates. J'en ai tué un, qu'il pourrisse, mais l'autre, leur nom de dieu de chef, il s'est échappé. Les petites vont bien ?

— Oui. Elles sont là. Elles se sont endormies, maintenant, dit Liza, puis elle hésita un instant. Je crois qu'il faut que je te parle.

— Et alors, qu'est-ce qu'on fait en ce moment ? »

Elle se retourna, longea gravement la coursive et entra dans la grande cabine. Il la suivit. Elle ferma la porte.

A une heure et demie, Brock remonta sur le pont. La brume s'était un peu dissipée mais le vent était tombé. Il le huma, le goûta et comprit qu'il fraîchirait bientôt et qu'au jour le brouillard se serait dissipé.

« Gorth, descendons voir un peu s'il est rien arrivé à l'argent.

— Y a pas un des fils de putes mécréants qui est descendu, 'Pa !

— On va quand même jeter un coup d'œil. Viens aussi, Nagrek. »

Brock prit une lanterne et ils descendirent à la cale.

« Là, tu vois ? La porte est encore bien verrouillée », dit Gorth, qui souffrait atrocement de sa blessure.

Brock prit sa clef, ouvrit et ils entrèrent. Il posa sa lanterne sur les lingots et referma la porte à clef.

« C'est-y que tu as perdu l'esprit, 'Pa ? » s'étonna Gorth.

Mais c'était Nagrek que Brock regardait.

« Qu'est-ce qu'il y a donc, monsieur Brock ? demanda-t-il.

— Il paraîtrait que Nagrek a tripoté ta sœur Tess, tu sais, Gorth.

— Je n'ai pas... non, je ne... non, bon Dieu ! J'ai rien fait du tout ! C'est pas vrai ! »

Brock décrocha le chat-à-neuf-queues pendu à la paroi de la cale.

« Il paraîtrait qu'il s'est glissé dans sa cabine quand elle dormait et qu'il l'a travaillée et qu'il a joué avec.

— Je ne l'ai pas touchée je ne lui ai rien fait je le jure devant Dieu je le jure j'ai rien fait, cria Nagrek d'une haleine. Elle m'a invité dans sa cabine. C'est elle. Elle m'a dit de venir. Cet après-midi, elle m'a demandé de venir. Elle m'a demandé, je le jure.

— Tu étais donc dans sa cabine ! »

Gorth se rua sur Nagrek et ne put réprimer un cri de douleur et un juron quand la poix qui recouvrait sa blessure se brisa. Nagrek courut vers la porte, mais Brock le repoussa.

« Tu es mort, Nagrek.

— Je lui ai rien fait pas fait de mal je le jure...

— Tu as mis tes sales pattes sous sa chemise ! »

Le fouet à neuf lanières s'abattit sur Nagrek, encore et encore, tandis que Brock le repoussait vers le fond de la cale.

« Tu as fait ça, hein ? Dis-le, tu l'as fait ?

— Je jure devant Dieu que je l'ai pas touchée. Non, monsieur Brock ! Faites pas ça. Y a pas eu de mal... je regrette, je demande pardon... je l'ai juste caressée... rien d'autre, rien de plus... »

Haletant, Brock s'arrêta.

« Donc, c'est bien vrai. T'as entendu, Gorth ? »

Les deux hommes se ruèrent sur Nagrek, mais Brock fut plus rapide et il assomma son capitaine, puis il repoussa Gorth.

« Attends, toi !

— Mais, 'Pa... cette ordure...

— Attends ! Ta mère m'a dit qu'au début la pauvre petite avait peur de parler. Tess croyait que parce qu'elle avait été touchée comme ça, elle allait avoir un bébé. Mais Liza me dit que Tess est encore vierge. Il l'a seulement caressée, Dieu soit loué. »

Lorsque Brock eut repris haleine, il déshabilla Nagrek et attendit qu'il reprenne connaissance. Puis il l'émascula. Et il le fouetta à mort.

# 14

La figure de Culum était blême, ses traits crispés.

« Tu voulais me voir, Père ? »

Struan se tenait au sommet de la colline, les jumelles au cou, le couteau à la ceinture, un fer de combat en tas, à ses pieds. Il avait observé la venue à terre de Culum et l'avait suivi des yeux, quand il avait gravi l'éminence. Le ciel bleu était balayé par le vent et, à l'horizon, le soleil apportait la promesse d'une belle journée.

Struan embrassa le panorama d'un geste large.

« La vue est belle, d'ici, hé ? »

Culum ne répondit pas. Il se sentait trembler sous le feu du regard de son père.

« Tu ne trouves pas ?

— L'église sera... tout le monde sera...

— Je sais, je sais, interrompit Struan. Tu sais ce qui est arrivé à Brock ? »

Sa voix était trop douce, trop calme.

« Non.

— Il a été attaqué par des pirates, cette nuit. Des pirates ont coupé son câble d'ancre et il a dérivé vers la terre. Il s'est échoué et ils l'ont pris à l'abordage. Tu n'as pas entendu les coups de feu ?

— Si. Mais je ne savais pas ce que c'était. »

Culum n'en pouvait plus. Ces nuits sans sommeil, et puis la certitude que lui seul pouvait les sauver, et la décision, et berner Longstaff...

« Sûr. Des pirates en plein dans la rade de Hong Kong. Dès que le brouillard s'est levé je suis allé accoster. Brock m'a dit qu'il avait perdu sept hommes et le capitaine.

— Gorth ?

— Non. Nagrek Thumb. Le pauvre homme est mort de ses blessures. Gorth a été blessé mais pas grièvement. Le capitaine est mort en défendant son navire. C'est comme ça qu'il faut mourir. »

Culum se mordit la lèvre et regarda autour de lui, le cœur battant à se rompre.

« Tu veux dire que cette colline sera mon Golgotha ?

— Je ne te suis pas, fils.

— Les capitaines meurent en défendant leur navire. C'est mon navire, cette colline, ce n'est pas ce que tu veux dire ? Est-ce que tu me demandes de mourir en la défendant ?

— Le ferais-tu ?

— Je n'ai pas peur de toi, dit Culum, arrachant les mots à sa gorge desséchée. Il y a des lois contre l'assassinat. Je ne peux pas lutter contre toi, et tu peux me tuer, mais on te pendra. Je suis sans armes.

— Tu crois que je te tuerais ?

— Si je me mettais en travers de ton chemin, oui, et je l'ai fait, n'est-ce pas ?

— Tu crois ?

— Naguère, tu étais Dieu pour moi. Mais en un mois, depuis que je suis ici, j'ai appris à savoir ce que tu étais. Tueur. Assassin. Pirate. Trafiquant d'opium. Adultère. Tu vends et tu achètes des êtres humains. Tu as engendré des bâtards et tu en es fier et ton nom pue au nez des gens convenables.

— Quels gens convenables ?

— Tu voulais me voir. Me voici. Dis-moi ce que tu veux et qu'on en finisse. J'en ai assez de te voir jouer au chat et à la souris avec moi. »

Struan ramassa un havresac et le jeta sur son épaule.

« Viens, dit-il.

— Pourquoi ?

— J'ai à te parler en privé.
— Mais nous sommes seuls, ici ! »
D'un mouvement de tête, Struan montra les navires dans la rade.
« Il y a des yeux, là-bas. Je les sens qui nous observent. »
Il tendit l'index vers la plage et le fond de la vallée où se pressaient Chinois et Européens. Des marchands arpentaient déjà leur nouvelle terre. Des enfants jouaient. Puis il se tourna vers un sommet, à l'ouest.
« Nous sommes observés de partout. C'est là-haut que nous allons. »
La montagne s'élevait d'au moins quatre cents mètres et ses pentes abruptes semblaient hostiles.
« Non, dit Culum.
— C'est trop loin pour toi ? »
Struan vit de la haine dans les yeux de son fils, et il attendit une réponse. Culum ne dit rien.
« Je croyais que tu n'avais pas peur. »
Il tourna les talons et descendit de la colline, pour remonter vers les contreforts de la montagne. Culum hésita, la peur au ventre. Enfin il suivit, maîtrisé par la volonté de Struan.
Tout en grimpant, Struan savait qu'il jouait un jeu dangereux. Il ne s'arrêta pas et ne se retourna pas une fois, tant qu'il n'eut pas atteint le sommet. Le vent y soufflait et la terre était rocailleuse et dénudée. Struan se retourna alors et il vit Culum, tout en bas, qui montait péniblement.
Il tourna le dos à son fils.
Le panorama immense était admirable, d'une grandiose beauté presque effrayante, le soleil haut dans le ciel bleu, le Pacifique un tapis bleu et vert. Les montagnes brun-vert des îles semblaient posées sur ce tapis, Pokliu Chau au sud-ouest, Lan Tao, la grande île, plus importante que Hong Kong, à quinze milles à l'ouest, et les centaines d'îlots arides et de récifs

sombres qui entouraient l'archipel de Hong Kong. A la jumelle, il distinguait nettement les navires au mouillage et, au nord, le continent chinois. Il voyait des flottes de jonques et de sampans remontant le chenal de Lan Tao pour aborder Hong Kong par l'ouest tandis que d'autres remontaient dans l'estuaire de la Rivière des Perles. Aux quatre points cardinaux, il y avait une circulation intense, sur mer, frégates en patrouille, jonques de pêche, sampans, mais pas de navires de commerce. Allons, pensa-t-il, encore quelques semaines, la fin de la seconde guerre, et les marchands régneront sur les mers.

Culum suivait tant bien que mal la piste de Struan. Il était à bout de forces et seule sa volonté obstinée poussait ses pieds l'un devant l'autre. Les ronces déchiraient ses vêtements et lui griffaient la figure. Mais il grimpait toujours.

Enfin, il atteignit la crête, les poumons en feu, chancelant dans le vent.

Struan était assis par terre, à l'abri d'un rocher. Une nappe était étalée et il y avait un repas et une bouteille de vin.

« Tiens, petit », dit Struan en lui offrant un verre de vin.

Hors d'haleine, Culum prit le verre et but mais le vin coula surtout sur son menton. Il s'essuya et respira à grands coups, la bouche ouverte.

« Assieds-toi. »

Culum fut ahuri de voir son père lui sourire avec bienveillance.

« Allons, viens, petit. Assieds-toi, je t'en prie.

— Je... je ne comprends pas...

— La vue est plus belle, d'ici, n'est-ce pas ?

— Un instant tu es Satan et puis..., haleta Culum. Maintenant, là... non, je ne comprends pas.

— J'ai apporté du poulet froid et du pain. Il y a une autre bouteille de vin. Cela te convient-il ? »

Culum se laissa tomber sur le sol, complètement épuisé.

« Du poulet ?

— Eh bien, ma foi, tu n'as pas pris ton petit déjeuner, je suppose ? Tu dois mourir de faim.

— Pour la colline, je...

— Reprends ton souffle. Repose-toi, et puis mange. Je t'en prie. Tu n'as pas dormi, ces deux dernières nuits. C'est pas bon de discuter l'estomac vide. Mange lentement, et pas trop, sans quoi tu seras malade. C'est une rude montée, pour venir ici. Moi aussi, je suis fatigué.

— Pour la colline...

— Mange », interrompit Struan en passant le poulet.

Culum prit une cuisse mais protesta :

« Je ne peux pas manger. Pas avant d'avoir dit ce que j'ai sur le cœur. Je devais le faire. Je devais ! Jamais tu n'aurais consenti et c'était le seul moyen. Brock t'aurait écrasé. Il aurait brusquement cessé d'enchérir. Je le savais. Si vous ne vous haïssiez pas à ce point, tous les deux, tu l'aurais, ta colline. C'est toi qui as provoqué tout ça. Toi seul. C'est ta faute. Maintenant la colline appartient à l'Église et c'est très bien ainsi. Tu m'y as obligé.

— Sûr. Naturellement. Je suis très fier de toi. Il t'a fallu un grand courage. Jamais Robb n'aurait fait ça, ou même s'il y avait pensé jamais il n'aurait été capable d'aller jusqu'au bout. »

Culum était pétrifié de stupeur.

« Tu... tu voulais que je fasse ça ?

— C'était un coup de dés, sûr. Je t'y ai poussé, dans un sens. Quand je te voyais si nerveux et pressé de voir Longstaff, et quand j'ai vu que tu m'évitais à la Vallée Heureuse, j'ai cru que tu avais tout arrangé. Mais ensuite, Longstaff m'a parlé de mon « autre geste » magnifique, et j'ai compris que tu avais trouvé et mis à exécution la meilleure solution possible. Je suis très fier de toi, fils. Brock nous aurait certainement achevés. Je ne pouvais rien pour l'en empêcher. La colline était une question de face.

— Tu... tu m'as poussé... fait vivre deux jours et deux nuits d'enfer, alors que tu savais qu'il y avait une solution simple ?

— Était-ce si simple ?

— Pour toi, oui ! glapit Culum en se relevant brusquement.

— Sûr, rétorqua Struan d'une voix soudain dure. Pour moi. Pas pour toi. Mais tu as pris la décision et tu t'es révélé. Maintenant, tu es un homme. Si je t'avais suggéré la « Maison de Dieu », tu n'aurais pas pu t'en occuper jusqu'au bout. Jamais. Tu te serais trahi. Il fallait que tu aies foi en ce que tu faisais. Si Brock avait soupçonné un seul instant que j'avais mijoté ça avec toi, il aurait fait de nous la risée de l'Asie. Nous aurions perdu la face à jamais.

— Tu me sacrifierais pour la face ? hurla Culum. Pour ta foutue nom de dieu de face ?

— La nôtre, Culum. Et c'est bon de t'entendre jurer enfin. Ça t'améliore.

— Alors la rage, ta colère... c'était une comédie ?

— Bien sûr, petit. C'était pour le bénéfice de Brock. Et des autres.

— Même Robb ?

— Robb plus que tout autre. Mange.

— Au diable ton poulet ! Tu es le Diable incarné ! Tu vas tous nous entraîner en enfer avec toi ! Par le Dieu tout-puissant, je jure... »

Struan bondit et empoigna Culum par l'épaule.

« Avant de dire des paroles que tu regretteras, tu vas m'écouter. J'ai misé sur ton courage, et j'ai bien fait. Tu as pris ta décision tout seul. Sans aucune aide de ma part. Et je te bénis. Maintenant, tu es Culum Struan, l'homme qui a osé tenir tête au Taï-pan.

L'homme qui lui a volé sa chère colline. Tu es unique. Tu as gagné plus de face en une heure que tu ne pourrais en acquérir en vingt ans. Au nom du Ciel, comment crois-tu que tu pourras diriger les hommes et les mener par le nez ? Par la puissance de ton bras seulement ? non. Mais par la force de ton esprit. Et la magie. »

Il lâcha Culum, qui le regarda, hébété.

« Ma magie ? Mais c'est de la magie noire ! »

Riant tout bas, Struan se rassit et se versa un verre de vin.

« Ceux qui ont de l'intelligence comprendront ta sagesse. Ils diront : « Ce Culum est malin. Il donne la « colline à l'Église. Et il empêche ainsi ce diable de « Struan de détruire la Noble Maison en plaçant sa « fortune sur un bout de rocher sans valeur. Mais par « la même occasion, Culum a sauvé la face du Taï- « pan ; ce diable ne peut pas tuer Culum Struan pour « avoir fait don de la terre à l'Église. » Même Brock sera impressionné, même s'il soupçonne que nous nous entendions secrètement, parce que tu as eu le courage et l'habileté d'arriver à tes fins. Les dévots te béniront d'avoir donné « ce qu'il y a de mieux » à l'Église. Les imbéciles comme Longstaff te craindront et réclameront tes conseils. Les cyniques respecteront l'astuce de ta solution et te détesteront et diront : « « Culum porte en lui le démon de son père. Attention. » Je dirais que tu as gagné en stature.

— Mais... mais si j'ai... alors toi, tu as perdu de la face ?

— Sûr. Mais j'en ai à revendre. Pour toi et pour Robb. Et guère de temps pour te cimenter en place. Tu observeras, petit. Ils vont tous penser : « Culum « s'en est tiré une fois, est-ce qu'il va encore tenter le « Diable ? » Et ils espéreront que nous nous haïrons tant que nous nous détruirons mutuellement. Et c'est exactement ce que nous allons faire. Ostensiblement. En public.

— Quoi ?

— Certainement. Chaque fois que nous nous rencontrerons, ce sera l'hostilité froide. Et bientôt, Brock essaiera de te séduire. Cooper aussi, et Tillman. Ils te gaveront de mensonges, ou de vérités déformées, dans l'espoir que ta haine prendra le dessus et que tu me ruineras, et toi-même par la même occasion. Et la Noble Maison. Car tous les marchands veulent mettre la main dessus. Mais à présent, ils n'ont plus aucune chance. Jamais ils ne l'auront. Tu t'es révélé, bon dieu, tu as fait tes preuves.

— Je refuse, dit paisiblement Culum.

— Pas question. Tu es engagé. Pour cinq mois et cinq ans. Tu as solennellement juré.

— Tu voudrais que je tienne mon serment ? Maintenant ?

— Tu t'y tiendras toi-même. Ton salaire est triplé.

— Tu crois que l'argent a de l'importance dans une situation pareille ?

— C'est peu payer deux jours en enfer.

— Je ne veux pas d'argent. Et je ne le ferai pas. Je ne peux pas. »

Struan prit un pilon, d'un air songeur.

« J'ai réfléchi et je t'ai examiné avec soin. J'étais tenté de ne rien te dire. De te laisser jouer ton rôle, sans savoir. Mais alors je t'ai soupesé. J'ai décidé que tu pouvais le faire, en sachant. Ce sera plus plaisant pour tous les deux, maintenant que tu sais.

— Tu me laisserais vivre et mourir en te haïssant ? Rien que pour le salut de la Noble Maison ?

— Tu connais la réponse à cela.

— Tu es impie.

— Sûr. Par certains côtés. Je suis tout ce que tu dis et davantage. Je transgresse beaucoup de commandements de Dieu, mais pas tous. Je sais ce que je fais et je suis prêt à rendre raison de mes actes ; mais je suis le seul homme au monde en qui tu puisses avoir entière confiance, à la condition que tu n'ailles pas, avec des calculs, contre la maison. Je suis *le* Taï-pan. Avec des souffrances et de la diablerie, tu le seras aussi.

— Ça ne vaut pas l'hypocrisie. Ni l'impiété.

— Ah ! petit, tu me réchauffes le cœur ! Tu es si jeune ! Je t'envie les années qui t'attendent. Ça ne vaut pas ça ? D'être au-dessus de tous ? De dominer Brock et les autres par ta simple habile présence ? Longstaff et, par lui, la Couronne ? L'empereur de Chine ? Et, par lui, trois cents millions de Chinois ? Si, cela en vaut la peine. Beaucoup de haine et un peu de comédie, ce n'est pas cher payer. »

Culum s'adossa dans un creux de rocher et son esprit fébrile agita des tourbillons de mots, de questions, de réponses implacables. Est-ce la volonté de Dieu ? se demanda-t-il. Les plus forts survivent-ils aux dépens des faibles ? Car Dieu a fait toutes choses... Mais Jésus a dit : « Les humbles hériteront la terre. » Le Christ voulait-il parler de la terre — ou du Royaume de Dieu ?

L'humilité n'aurait pu obtenir les lingots, ni les protéger. L'humilité n'aurait pu sauver la Noble Maison, cette fois, à la vente. L'humilité ne progressera jamais, ne surmontera jamais la cruauté et l'avarice. Si je suis Taï-pan, la Charte passera. La fortune avec un but — une cause immortelle... Très bien.

La haine de Culum Struan pour son père s'évanouit. Et avec la haine, l'amour. Il ne resta plus que le respect.

« Pourquoi as-tu voulu monter jusqu'ici ? » demanda-t-il.

Struan savait qu'il avait perdu son fils. Le père, en lui, s'affligeait mais l'homme était fier. Et il avait fait son devoir de père.

« Pour t'épuiser de façon à pouvoir te parler et te faire comprendre. Et pour te montrer que si la vue de la colline est admirable, celle-ci est grandiose. »

Culum remarqua enfin le panorama.
« Oui, oui, c'est très beau. »
Il se pencha, choisit un morceau de poulet et se mit à manger.
Struan s'appuya contre le rocher, prit ses jumelles et chercha le *China Cloud* vers le sud. Mais il n'était nulle part à l'horizon. Distraitement, il suivit l'horizon. Soudain son regard se fixa sur un point.
« Regarde, petit. Voilà le *Blue Cloud* ! »
Culum prit les jumelles et vit à son tour le clipper. C'était le jumeau du *Thunder Cloud*, dix-huit canons, aussi élancé, aussi superbe. Beau même aux yeux de Culum, qui détestait la mer et les bateaux.
« Il porte cent mille guinées d'opium, murmura Struan. Allons, toi, que ferais-tu ? Nous avons trois navires ici et seize autres qui doivent arriver ce mois-ci.
— L'envoyer au nord ? Pour vendre sa cargaison ?
— Sûr, approuva Struan puis une ombre passa sur son visage. J'y pense... Tu te rappelles Isaac Perry ?
— Oui. Il me semble qu'il y a un siècle.
— Je l'ai débarqué, tu te souviens ? Parce qu'il avait failli à Mac Kay, et parce qu'il avait peur de moi et que je ne savais pas pourquoi. J'ai donné quinze jours à Mac Kay pour découvrir la solution de cette énigme mais il n'est jamais revenu à Canton. Hier soir, j'ai vu Mac Kay. Il a un emploi à terre, à présent, magistrat adjoint et sergot. »
Struan s'interrompit pour allumer un cigare, en abritant son briquet entre ses mains ; il le tendit à Culum et en alluma un autre.
« Eh bien, il paraît que Perry est passé chez Cooper-Tillman. Il fait leur route Afrique-Virginie. Commandant un négrier.
— Je ne le crois pas !
— Wilf Tillman me l'a dit. Hier soir. Il a haussé les épaules et m'a raconté que Perry ne voulait plus

de la route de Chine. Alors il lui a proposé le bois d'ébène. Perry a accepté. Il est parti la semaine dernière. Juste avant son départ, Mac Kay l'a berné. Ils se sont soûlés ensemble. Mac Kay a dit que je l'avais débarqué, comme Perry, et il m'a maudit et demandé un bord sur le nouveau navire de Perry, en jurant de se venger de moi. L'alcool délie les langues et celle de Perry s'est déliée. Il a révélé à Mac Kay qu'il a vendu une copie de nos marchés secrets de la côte, avec les latitudes et les longitudes et les noms de nos acheteurs d'opium, à Morgan Brock. La dernière fois qu'il était à Londres.

— Alors Brock connaît tous nos comptoirs secrets ?

— Ceux où allait décharger Perry. Dix ans de commerce. Presque tous.

— Que pouvons-nous faire ?

— Trouver de nouveaux coins et de nouveaux hommes de confiance. Tu vois, petit, qu'on ne peut pas accorder sa confiance à beaucoup de gens.

— C'est affreux.

— C'est la loi de la nature. Allez, repose-toi une heure et puis nous redescendrons.

— Où irons-nous ?

— A Aberdeen. Nous allons jeter un coup d'œil discret. Qu'on n'enlève pas les hommes de Wu Kwok. »

Struan ouvrit le havresac et y prit un pistolet qu'il tendit à Culum.

« Tu sais t'en servir ?

— Pas très bien.

— Il faudrait peut-être que tu t'entraînes.

— Très bien. »

Culum examina l'arme. Il avait utilisé une fois des pistolets de duel à la suite d'une sotte querelle d'étudiants, mais son adversaire et lui avaient été si affolés que les balles étaient passées à plusieurs mètres.

« Nous pouvons partir tout de suite, dit-il. Je ne suis plus fatigué. »

Struan hocha la tête.
« Je voudrais attendre que le *China Cloud* apparaisse à l'horizon.
— Où est-il allé ?
— A Macao.
— Pourquoi ?
— Je l'y ai envoyé, dit Struan sans regarder Culum. La tête de ma maîtresse a été mise à prix. Et celles de mon fils et de ma fille, que j'ai eus par elle, s'ils sont capturés vivants. J'ai envoyé le *China Cloud* et Mauss pour les chercher et les ramener ici. Ils seront en sécurité, à bord.
— Mais Gordon est déjà là. Je l'ai vu hier.
— Cette fillette n'est pas sa mère. »
Culum s'étonna de ne pas être peiné, scandalisé, horrifié d'apprendre que son père avait deux — non, trois familles. Trois en se comptant lui-même, et Winifred.
« C'est horrible, l'enlèvement. Horrible.
— Ta tête aussi est mise à prix, petit. Dix mille dollars.
— Est-ce que je vaux autant ? Je me le demande.
— Si un Chinois offre dix, tu peux parier que tu vaux cent. Cent mille dollars seraient plus justes, pour toi. »
Culum comprit le compliment mais le laissa passer sans rien dire. Il pensait à l'autre maîtresse, et se demandait comment elle était, et comment était la mère de Gordon. Il réfléchissait froidement, sans rancœur, mais avec du mépris pour la faiblesse et la luxure de son père. Culum s'étonnait d'être aussi calme.
« Que va faire Brock avec son trésor ? Les pirates ne vont pas le laisser en paix, tant qu'il l'aura à son bord.
— Il sera obligé de nous demander d'en reprendre une partie. Contre du papier. Nous accepterons immé-

diatement. Et un intérêt plus bas que le taux habituel. Dis à Robb d'arranger ça.

— Alors c'est nous qui serons attaqués !

— Peut-être... Dès le retour du *China Cloud*, je pars. J'accompagnerai le corps expéditionnaire et je ne reviendrai à Hong Kong que la veille du bal.

— Pourquoi ?

— Pour te donner le temps de t'habituer à notre « haine ». Tu as besoin de t'entraîner. Robb et toi, commencez les constructions. Les plans sont déjà tracés. Sauf ceux de la Grande Maison. Je verrai ça plus tard. Commence à bâtir ton église sur la colline. Demande à Aristote de te la dessiner et paie-lui le dixième de ce qu'il te demandera d'abord. Robb et toi devez tout faire.

— Oui, Taï-pan. »

Taï-pan, avait dit Culum. Pas Père. Les deux hommes comprirent qu'un lien se brisait, et ils l'acceptèrent.

« Construis mon cottage sur la parcelle urbaine dix-sept. Robb a le plan. Il doit être terminé en trois semaines. Meublé, le jardin tracé et planté, comme sur le plan. Un mur de dix pieds tout autour.

— C'est impossible !

— A n'importe quel prix. Mets cent, deux cents maçons si tu veux. Et je veux voir toutes nos autres constructions achevées en trois mois.

— Il y a au moins pour dix mois de construction. Un an, plus encore.

— Sûr. Alors on met davantage d'ouvriers. On dépense plus d'argent. Et on finit plus tôt.

— Pourquoi cette hâte ?

— Pourquoi pas ?

— Et le bal ?

— Tu organiseras tout. Avec Robb et Chen Sheng, notre compradore.

— Et Robb ? Il doit aussi croire que notre haine est réelle ?

— Je te laisse juge. Tu pourras lui avouer la comédie le soir du bal. Si tu veux. »

Le *China Cloud* parut à l'horizon et Struan se leva.

« Nous pouvons partir, maintenant.

— Bien. »

Struan rangea les verres et les restes du repas dans le havresac.

« Envoie des hommes ici, secrètement, pour monter une garde permanente de jour.

— Pour quoi faire ?

— Pour guetter les navires. D'ici, nous apprendrons leur arrivée trois ou quatre heures à l'avance. Surtout les malles du courrier. Alors nous envoyons un canot rapide pour l'intercepter et nous avons notre courrier avant les autres.

— Et alors ?

— Nous les devançons tous. En quatre heures, on peut acheter et vendre beaucoup de choses. Savoir quatre heures avant les autres quelle est la situation, cela pourrait bien faire la différence entre la vie et la mort. »

Le respect de Culum s'accrut. Très astucieux, pensa-t-il. Il avait la tête tournée à l'ouest et contemplait distraitement la grande île de Lan Tao.

« Regarde, cria-t-il soudain en montrant du doigt la pointe sud. Une fumée ! Il y a un navire en feu !

— Tu as bon œil, petit, dit Struan en portant les jumelles à ses yeux. Sang de Dieu ! C'est un vapeur ! »

Le navire était long, noir, disgracieux, avec une étrave aiguë. De la fumée jaillissait de sa cheminée trapue. Il avait deux mâts et un gréement pour la voile, mais il était à sec de toile et avançait dans le vent en vomissant sa fumée noire, le pavillon rouge battant à l'arrière.

« Regarde-moi cette saloperie de nom de dieu de fornicateur de navire de la Royal Navy ! »

Culum fut saisi par tant de véhémence.

« Qu'est-ce qui te prend ?
— Ce sacré foutu fumier de fer ! Voilà ce qui me prend ! Regarde-moi ça ! »

Culum prit les jumelles. Le navire lui semblait assez inoffensif. Il avait déjà vu des navires à roues comme celui-là. Depuis dix ans, la malle d'Irlande était à vapeur. Il distinguait les deux roues géantes au milieu du bordé, sur bâbord et tribord, et la fumée tourbillonnante et le sillage bouillonnant. Il y avait des canons, de nombreux canons à bord.

« Je ne vois rien à lui reprocher.

— Mais regarde-moi ce sillage ! Et sa direction ! Dans le vent, nom de dieu ! Le cap à l'est, dans le vent. Regarde donc ! Il double notre navire comme si le *Blue Cloud* était un brigantin pourri entre les mains de singes ivrognes — un clipper dont l'équipage est le meilleur du monde !

— Mais enfin quel mal y a-t-il ?

— Tout. Maintenant, voilà que nous avons un vapeur en Orient. Il a réussi l'impossible. Cette ferraille rouillée infecte, obéissant à des moteurs, Dieu damne cette ordure de Stephenson, a navigué d'Angleterre jusqu'ici, dans tout l'écœurement de la mer et tout le mépris du vent. Si un a pu réussir, mille le pourront. C'est le progrès. Et le début d'une nouvelle ère ! »

Struan ramassa une des bouteilles vides et la jeta de toutes ses forces contre un rocher.

« Voilà ce qu'il nous faudra utiliser dans vingt ou trente ans ! Ces monstruosités aberrantes, des nom de dieu de fausses couches de navires !

— Il est laid, quand on le compare à un voilier. Au *Blue Cloud*. Mais pouvoir naviguer dans le vent — pouvoir oublier le vent — signifie que ce sera plus rapide et plus économique de...

— Jamais ! Pas plus rapide, pas quand on a le vent en poupe, et ça tiendra pas aussi bien la mer. Et pas dans une tempête. Ces ferrailles puantes se retourneront comme une tortue et couleront à pic. Et pas aussi économique. Faudra du bois pour ces chaudières, ou du charbon. Et ça vaudra rien pour le commerce du thé. Le thé, c'est sensible et ça se gâtera dans cette puanteur. La voile devra toujours transporter le thé, grâce à Dieu ! »

Culum était amusé, mais le dissimulait bien.

« Oui. Mais avec le temps, ils s'amélioreront, certainement. Et comme tu dis, si l'un d'eux peut naviguer jusqu'ici, des milliers suivront. Je pense que nous devrions acheter des vapeurs.

— Toi, oui, et tu auras raison. Mais du diable si j'achèterai jamais une de ces monstruosités nauséabondes. Du diable si le Lion et le Dragon battront sur un de ces monstres-là, tant que je serai vivant !

— Est-ce que tous les marins pensent comme toi ? »

Culum, le cœur échauffé, posa la question avec une apparente indifférence.

« En voilà une question idiote ! A quoi penses-tu donc, Culum ?

— Au progrès, Taï-pan, c'est tout... Je me demande quel est son nom », ajouta-t-il en suivant le vapeur des yeux.

Struan examinait Culum avec méfiance, comprenant que cet homme méditait quelque chose et ne sachant pas ce que c'était. Bizarre, se dit-il. C'est la première fois que je pense à Culum comme à un homme, et non comme à mon fils, ou à un gamin. Grâce à Dieu, je ne vivrai pas pour assister à la mort de la voile. Mais cette ferraille annonce la mort du *China* clipper. Les plus beaux navires qui aient jamais sillonné les mers.

Il se mit en marche pour descendre vers Aberdeen. Un peu plus tard, le vapeur passa assez près pour qu'ils puissent lire son nom. C'était la *Némésis. H.M.S. Némésis.*

# LIVRE TROISIÈME

*Les deux frégates déversèrent leurs bordées sur le premier des deux forts à cheval sur la Brogue, le bras d'eau gardant les abords de Canton. La Brogue était solidement fortifiée, dangereusement étroite, et les frégates semblaient en position désavantageuse. Il y avait peu de place pour manœuvrer et les canons des forts pouvaient garder les assaillants sous leur feu tandis qu'ils louvoyaient pour remonter le courant. Mais les canons étaient fixes, et des siècles d'administration corrompue avaient affaibli les fortifications. Ainsi, les boulets des forts passaient à bâbord et à tribord des frégates, sans leur faire de mal.*

*Des canots furent mis à l'eau et les fusiliers marins débarquèrent. Ils s'emparèrent des forts sans pertes car les défenseurs, se sachant incapables de résister, avaient sagement battu en retraite. Quelques détachements restèrent pour occuper les forts. Les autres fusiliers marins regagnèrent leur bord et les frégates avancèrent d'un mille pour s'emparer des forts suivants.*

*Un peu plus tard, une flotte de jonques et de brûlots sortit mais fut coulée.*

## 15

« UNE bataille ridicule, grommela l'amiral.

— Certes, répondit Struan. Guère de pertes, d'un côté comme de l'autre.

— Une victoire décisive, assura Longstaff. Voilà ce qu'il nous faut. Horatio, faites-moi penser à demander à Aristote de nous peindre pour la postérité notre victoire de la Brogue.

— Oui, Excellence. »

Ils se trouvaient sur le gaillard d'arrière du navire amiral *H. M. S. Vengeance*, un mille derrière les frégates victorieuses. Derrière eux naviguait le gros du corps expéditionnaire, avec le *China Cloud* en arrière-garde portant May-may et les enfants dans le plus grand secret.

« Nous nous laissons distancer, amiral, dit Longstaff. Vous ne pouvez pas rattraper les frégates, quoi ? »

L'amiral dut faire un effort surhumain pour répondre courtoisement à Longstaff. Les mois d'attente, d'ordres et de contrordres, une guerre méprisable, l'avaient écœuré.

« Nous filons bon vent, dit-il.

— Pas du tout. Nous louvoyons bêtement et nous n'avançons pas. Perte de temps ridicule. Envoyez un signal à la *Némésis*. Elle peut nous remorquer.

— Remorquer mon navire amiral ? tonna l'amiral congestionné de rage. Cette mécanique pourrie ? Remorquer un vaisseau de ligne de soixante-quatorze canons ? Remorquer, avez-vous dit ?

— Mais oui, mon bon ami, remorquer. Nous arriverons bien plus vite à Canton.

— Jamais !

— Eh bien, je m'en vais transférer mon quartier général à bord du vapeur ! Faites mettre un canot à la mer. Ridicule, cette jalousie. Un bateau est un bateau, qu'il soit à voile ou à vapeur, et il y a une guerre que nous devons gagner. Vous pourrez venir à bord à votre gré. Je serais heureux que vous veniez avec moi, Dirk. Venez, Horatio. »

Exaspéré par l'amiral et son attitude grotesque, ulcéré par la rivalité entre la marine et l'armée, Longstaff quitta le gaillard d'arrière. Ces querelles intestines l'irritaient au plus haut point et il en voulait encore à ce petit démon de Culum qui lui avait fait signer par ruse l'acte de vente de la colline du Taï-pan, en lui faisant croire que le Taï-pan était d'accord, risquant ainsi de mettre un terme aux rapports amicaux qu'il avait eu tant de peine à établir avec le tout-puissant Struan.

Longstaff en avait assez d'essayer d'organiser la nouvelle colonie, et de la sordide concurrence des marchands. Il était furieux que les Chinois aient osé dénoncer le traité qu'il leur avait généreusement accordé. Bon dieu, se disait-il, je porte tout le poids de l'Asie sur mes épaules, je dois prendre toutes les décisions, les empêcher d'en venir aux mains, je fais la guerre pour la plus grande gloire de l'Angleterre, je sauve son commerce, bon dieu, et qu'est-ce que je reçois en échange ? Il y a des années que j'aurais dû être anobli ! Et puis sa colère se calma, car il savait que bientôt l'Asie serait pacifiée et que, de la sécurité de Hong Kong, se déploierait bientôt la puissance britannique. Il serait gouverneur, et les gouverneurs sont anoblis. Sir William Longstaff, voilà qui sonnait bien. Les gouverneurs des colonies étaient commandants en chef de toutes les forces coloniales, législateurs et représentants de Sa Majesté ; alors il pourrait dicter sa loi aux amiraux et aux généraux, selon son bon plaisir.

Rasséréné, Longstaff s'installa à bord du vapeur *Némésis*.

Struan le rejoignit. Vapeur ou non, il serait le premier à Canton.

Cinq jours plus tard, la flotte mouillait à Whampoa. Aussitôt, une députation de marchands du Co-hong envoyée par le nouveau vice-roi, Ching-so, arriva pour négocier. Mais, sur les conseils de Struan, elle dut repartir sans avoir été reçue et le lendemain la Concession fut de nouveau occupée.

Lorsque les marchands descendirent à terre, à la Concession, tous leurs anciens serviteurs attendaient devant les comptoirs. On aurait cru que jamais la Concession n'avait été abandonnée. Rien n'avait été touché en leur absence. Rien ne manquait.

Les tentes d'un détachement militaire occupèrent la place et Longstaff s'installa au comptoir de la Noble Maison. Une seconde députation du Co-hong se présenta et repartit comme la première et des préparatifs furent faits pour investir Canton.

De jour et de nuit, Hog Street et Thirteen Factory Street grouillaient d'une population hétéroclite ; on échangeait, on achetait, on se battait et l'on volait. Les maisons closes et les bouges faisaient des affaires d'or. Beaucoup d'hommes moururent de trop boire, certains se firent égorger et d'autres disparurent tout simplement. Les boutiquiers luttaient pour trouver des échoppes et les prix montèrent.

Une troisième députation vint demander audience à Longstaff et, encore une fois, Struan conseilla de la renvoyer sans l'entendre. Les vaisseaux de ligne se déployèrent dans la Rivière des Perles et le vapeur *Némésis* allait et venait, laissant l'horreur dans son sillage. Mais les jonques et les sampans continuaient de faire leur commerce. Le thé et la soie de la saison arrivèrent de l'intérieur et remplirent les entrepôts du Co-hong au bord du fleuve.

Enfin, Jin-qua arriva, de nuit, en grand secret.

« Holà, Taï-pan, dit-il en entrant dans la salle à manger particulière de Struan, appuyé sur les bras de ses esclaves. Très bon voir vous. Pourquoi faire pas venir me voir, heya ? »

Les esclaves l'aidèrent à s'asseoir, se prosternèrent et se retirèrent. Le vieillard paraissait vieilli, plus ridé, mais son regard pétillait de jeunesse et de sagacité. Il était vêtu d'une longue tunique et d'un pantalon de soie bleu pâle, avec une veste matelassée en brocart vert pour se protéger de l'humidité de la nuit de printemps. Il était coiffé d'un chapeau multicolore.

« Holà, Jin-qua. Mandarin Longstaff pas mal beaucoup colère. No veux Taï-pan amis voir. Ayee yah. Thé ? »

Struan le recevait exprès en manches de chemise car il voulait que Jin-qua comprenne tout de suite qu'il n'appréciait pas du tout la demi-pièce de Wu Fang Choi. Le thé fut servi et des domestiques apportèrent des plateaux de mets délicats commandés tout particulièrement par Struan.

Struan servit des dim sum à Jin-qua et en prit lui-même.

« Chow pas mal très bon, dit Jin-qua, tout raide sur son fauteuil.

— Chow très mauvais », s'excusa protocolairement Struan, tout en sachant très bien qu'on ne trouvait rien de meilleur à Canton.

Un domestique apporta du charbon au feu et y ajouta quelques bûches de bois odorant. Le parfum délectable du bois précieux emplit la pièce.

Jin-qua mangea les dim sum avec élégance et but le vin chinois chambré à la température voulue. Le vin lui réchauffa le cœur et il fut enchanté de voir que son protégé, Struan, se conduisait à la perfection, comme le ferait un subtil adversaire chinois. En servant des dim sum en pleine nuit, alors que la tradition exigeait que l'on n'en mangeât que l'après-midi, Struan indiquait son déplaisir et le mettait à l'épreuve pour savoir ce qu'il avait appris de sa rencontre avec Wu Kwok.

Et bien que Jin-qua fût ravi que ses enseignements — ou plutôt ceux de sa petite-fille T'chung May-may — portassent de tels fruits, il ne se défaisait pas d'une vague inquiétude. Voilà le risque infini que l'on encourt, se dit-il, quand on enseigne les manières de la civilisation à un barbare. L'élève apprend trop bien et peut souvent surpasser le maître. Attention...

Jin-qua renonça donc à son intention de choisir le plus petit dim sum, le plus léger, et de l'offrir en l'air, comme Struan avait fait sur la jonque de Wu Kwok, ce qui aurait révélé avec une infinie subtilité qu'il savait ce qui s'était passé dans la cabine du pirate. Il prit donc un beignet de langoustine, et le mangea avec placidité. Il savait que la sagesse commandait, pour le moment, de cacher ce qu'il savait. Plus tard, s'il le désirait, il pourrait aider le Taï-pan à éviter le danger qu'il courait et lui montrer comment se libérer du désastre.

Tout en mâchonnant les dim sum, il songeait à la stupidité incroyable des mandarins et des Mandchous. Imbéciles ! Méprisables fous sans mère et mangeurs d'ordure ! Que leurs pénis se dessèchent et que leurs boyaux grouillent de vers !

Tout avait été imaginé et exécuté si adroitement ! pensait-il. Nous avons manœuvré les barbares et les avons poussés à la guerre — au lieu et à l'heure de notre choix — ce qui a résolu leurs problèmes économiques, mais dans la défaite nous n'avons rien accordé d'important. Le commerce a continué, par Canton uniquement, et l'Empire du Milieu est resté protégé, à l'abri des barbares envahisseurs. Et nous ne leur avons abandonné qu'un rocher malodorant que déjà, avec le premier coolie qui prit pied sur cette terre, nous commençons à récupérer.

Jin-qua songea à la perfection du plan qui avait habilement exploité la cupidité de l'empereur et sa crainte que Ti-sen ne fût une menace pour le trône, et poussé l'empereur à causer la perte de son propre parent. Une malice divine. Ti-sen avait été parfaitement dupé, admirablement choisi pour sauver la face de l'empereur et de la Chine. Mais aujourd'hui, après des années de ruse et de patience, après une victoire totale sur les ennemis de l'Empire du Milieu, cet épouvantable morceau de viande pourrie contaminée par l'avarice — l'empereur — avait commis la faute imbécile, incroyable, fantastique, de dénoncer le traité parfait.

Et maintenant les Britanniques barbares sont en colère, à juste titre ! Ils ont perdu la face devant leur reine diabolique et ses favoris stupides. Et maintenant, tout est à recommencer, et le propos primordial de l'Empire du Milieu — civiliser les terres barbares, les amener des Ténèbres dans la Lumière, un monde sous un seul gouvernement et un seul empereur — maintenant, tout était retardé.

Jin-qua était tout prêt à recommencer, car il savait que le temps se compte en siècles. Il était simplement un peu irrité par le temps perdu et par le gaspillage d'une superbe occasion. Canton d'abord, se dit-il. Avant tout, notre Canton bien-aimé doit être rançonné. Quelle est la somme la plus minime que je pourrais accepter ?...

Struan était furieux. Il avait attendu que Jin-qua prît un petit dim sum pour l'offrir en l'air mais le Chinois n'en avait rien fait. Est-ce que ça signifie qu'il ne sait pas que Wu Kwok a passé la première pièce ? Il a certainement compris l'importance des dim sum ! Attention, petit, attention...

« Pas mal beaucoup boum-boum bateaux, heya ? dit enfin Jin-qua.

— Pas mal beaucoup plus Longstaff a, ça ne fait rien. Très mauvais quand mandarin la colère a.

— Ayee yah. Mandarin Ching-so la colère beaucoup. L'empereur dit tout pareil Ti-sen, dit Jin-qua en passant son doigt en travers de sa gorge. Pffft ! Quand Longstaff pas partir, la guerre, plus commerce.

— La guerre, oui, commerce il prend. Longstaff la colère beaucoup.

— Combien taels aider beaucoup, heya ? »

Jin-qua glissa ses mains dans ses larges manches et attendit patiemment.

« Sais pas. Peut-être cent lacs. »

Jin-qua savait que cent lacs pouvaient se réduire à l'amiable à cinquante. Et pour Canton, cinquante lacs ce n'était pas exorbitant. Malgré tout, il feignit d'être scandalisé. Puis il entendit Struan ajouter :

« Ajouter cent lacs. Impôt.

— Ajouter cent lacs ? s'écria-t-il avec une horreur réelle.

— Impôt à moi, déclara sèchement Struan. Pas plaisir du tout mise à prix tête cow chillo à moi, enfants à moi. Mandarin Ching-so très mauvais.

— Mise à prix cow chillo ? Ayee yah ! Très, très mauvais foutu mandarin, très ! » s'écria Jin-qua en feignant la surprise.

Il rendit grâces à son joss d'avoir appris la mise à prix et d'avoir déjà adroitement arrangé les choses en prévenant par un intermédiaire la putain anglaise, et par elle Struan, pour éviter que quelqu'un cherchât à toucher la prime pour May-may et les enfants avant qu'ils fussent en sécurité.

« Jin-qua arrange. Pas de souci, heya ? Jin-qua arrange pour son ami dans quelques jours. Très mauvais mandarin Ching-so. Mauvais.

— Pas mal mauvais. Difficile arranger. Très cher. Alors moi ajouter cent lacs. Ajouter deux cents !

— Jin-qua arrange tout pour son ami. Pas ajouter

un laç, ni deux. Arranger vite-vite. Facile. Mettre autre nom sur liste Ching-so. Cow chillo Massi N'a Qu'un Œil, et deux cow chillos petites.

— Quoi ? s'écria Struan.

— Quoi mauvais, heya ? »

Allons bon, mais qu'est-ce qu'il a ? se demanda Jin-qua. Il avait arrangé un échange très simple, une femme barbare sans valeur et deux filles barbares sans valeur appartenant à un homme haï de Struan, en échange de la sécurité de sa famille. Que pouvait-on reprocher à cela ? Ces barbares sont incompréhensibles !

Nom de dieu, pensait Struan, ces mécréants sont incompréhensibles !

« No peux aimer liste. No chillo moi, ni chillo Diable N'a Qu'un Œil, ni chillo aucun. Très mauvais. »

Oui, songeait Jin-qua, l'enlèvement est terrible. Il avait lui-même constamment peur qu'on n'enlevât ses enfants et ses petits-enfants. Mais il fallait bien mettre des noms de remplacement sur la liste.

« Jin-qua pas mis cow chillo sur liste, bon, bon, ça ne fait rien. J'arrange. Pas de souci, heya ?

— Ajouter deux cents lacs impôts, ça ne fait rien. »

Jin-qua but un peu de thé.

« Demain Co-hong parler peut Longstaff, peut ?

— Ching-so peut.

— Ching-so ajouter Co-hong, heya ?

— Demain Ching-so peut. Le jour après Co-hong peut. Parler combien taels. Pendant parler, nous acheter thé tout pareil.

— Fini parler, acheter peut.

— Pendant parler acheter tout pareil. »

Jin-qua discuta, supplia, s'arracha les cheveux et finit par céder. Il avait déjà obtenu l'accord de Ching-so pour relancer le commerce immédiatement, et il avait remis la moitié de la somme convenue de pots-de-vin, l'autre moitié venant à échéance dans six mois. Et il avait déjà suggéré l'astuce pour sauver la face que Ching-so emploierait afin de se protéger de la colère de l'empereur à qui il avait désobéi : faire traîner les négociations jusqu'à ce que le dernier navire fût chargé de thé et le dernier tael d'argent payé, après quoi Ching-so fondrait sur la Concession, l'incendierait et la pillerait, et enverrait des brûlots contre les navires marchands barbares et les chasserait de la Rivière des Perles. Les échanges commerciaux berceraient les barbares en leur faisant croire à une fausse sécurité et gagneraient du temps pour permettre aux indispensables renforts chinois d'arriver. Ainsi, les barbares se trouveraient sans défense et Ching-so remporterait une grande victoire.

Jin-qua s'émerveillait de la perfection de ce plan, car il savait que les barbares ne seraient pas sans défense. Et que l'incendie et le pillage de la Concession les enrageraient. Et qu'ils feraient immédiatement voile au nord de Canton pour frapper de nouveau au Pei-ho, la porte de Pékin. Et que dès que la flotte se présenterait à l'estuaire du Pei-ho, l'empereur demanderait l'armistice et le traité entrerait de nouveau en vigueur. Le traité admirable. Il en serait ainsi parce que le Taï-pan tenait au « parfait » traité et que Longstaff n'était que le chien du Taï-pan.

Ainsi, se disait Jin-qua, j'éviterai de rançonner notre bien-aimé Canton, et j'éviterai de payer l'autre moitié du pot-de-vin, car naturellement Ching-so et sa famille sont déjà promis à leurs cercueils et cet odieux usurier fukienois sera impuissant durant les quelques mois qui lui restent à vivre ! La « rançon » qui devra être réunie pour apaiser l'empereur aujourd'hui et les barbares plus tard proviendra des bénéfices sur le thé, la soie et l'opium de cette saison. Qui laisseront encore beaucoup d'autres bénéfices. Comme la vie est belle et passionnante !

« Pas de souci cow chillo, heya ? Jin-qua arranger. »

Struan se leva.

« Ajouter deux cents lacs, impôts moi, déclara-t-il et il ajouta d'une voix doucereuse : Jin-qua dire à Ching-so : Toucher un cheveu cow chillo, Taï-pan amène dragon de mer souffleur de feu. Manger Canton, ça ne fait rien. »

Jin-qua sourit, mais la menace le faisait frémir. Il ne cessa de jurer sur le chemin de sa maison. Maintenant, il va me falloir employer plus d'espions et de gardiens et dépenser plus d'argent pour protéger les enfants de Struan non seulement des bandits odieux que nous connaissons mais aussi des gibiers de potence pourris qui s'imaginent stupidement qu'ils peuvent gagner facilement des dollars. Hélas ! hélas ! hélas !

Une fois chez lui, bien à l'abri, il battit sa concubine favorite et fit mettre aux fers deux esclaves ; il se sentit mieux ensuite. Dans la soirée, il sortit discrètement et se rendit à un lieu de rendez-vous secret où il endossa les robes de cérémonie écarlates de son rang. Il était le Tai Shan Chu — le Chef Suprême du Hung Mun Tong pour le Sud de la Chine. Entouré de chefs tong de moindre importance, il écouta le premier rapport en provenance de la nouvelle loge de Hong Kong. Et il confirma le rang de son chef, Gordon Chen.

Ainsi, au grand soulagement et à la joie ineffable des marchands européens et chinois, le commerce reprit. Tous les soldats, à l'exception d'un détachement de cinquante hommes, furent renvoyés à Hong Kong. La flotte retourna y mouiller. Mais le vapeur *H. M. S. Némésis* continua de patrouiller sur le fleuve, surveillant les abords de Canton et dressant les cartes de tous les bras d'eau qu'il découvrait.

Une animation nouvelle balaya la Concession et les routes maritimes de Whampoa. Les navires marchands devaient être mis en état pour transporter les thés fragiles ; on réparait les cales, on nettoyait tout. Il fallait trouver des entrepôts, prendre des dispositions pour les cargaisons.

Les marchands qui ne possédaient pas de navires, ils étaient nombreux, assiégeaient les armateurs pour retenir à l'avance des cales bien sèches, à des prix exorbitants.

La Noble Maison, et Brock et Fils avaient déjà acheté le thé et la soie à leur propre compte. Mais, astucieusement, ils se chargeaient aussi des envois des autres marchands et servaient de courtiers, d'agents et de banquiers. Au retour, ils transporteraient des cargaisons pour le compte d'autres marchands, du coton, du fil, des spiritueux, tout ce que l'Angleterre industrielle pouvait produire, tout ce qui pourrait se vendre en Chine. Ils acceptaient parfois de se charger de la vente en Orient, pour le compte de compagnies anglaises, en travaillant à la commission.

L'argent en lingots changea de mains, et Struan et Brock firent de petites fortunes en fournissant d'autres commerçants en espèces, acceptant du papier de banque sur Londres. Mais l'argent n'était remis que lorsqu'un navire et sa cargaison avaient franchi sans encombre la Brogue et se trouvait depuis vingt-quatre heures en haute mer.

Cette année-là, Struan passa outre aux conseils de Robb et garda pour la Noble Maison les cales du *Blue Cloud.* Quatre cent cinquante-neuf mille livres sterling de thé, soigneusement emballé dans des caisses de cèdre de cinquante livres, et cinq mille balles de soie emplirent lentement le *Blue Cloud* : six cent mille livres sterling à bon port s'il arrivait le premier à Londres, cent soixante mille livres de bénéfices, s'il arrivait premier.

Et cette année-là, Brock garda pour lui toutes les cales du *Gray Witch.* Il devait transporter un demi-million de livres de thé et quatre mille balles de soie. Brock savait, comme Struan, qu'il ne dormirait pas tranquille tant que la malle du courrier, dans six mois, n'apporterait pas la nouvelle d'une bonne arrivée, et d'une bonne vente.

Longstaff ne se tenait pas de joie orgueilleuse à la pensée qu'il avait, à lui seul, fait reprendre si aisément le commerce et amené le vice-roi Ching-so en personne à la table de conférence.

« Mais, mon cher amiral, pourquoi diable aurais-je renvoyé les trois députations, quoi ? Question de face. Faut comprendre la face et la mentalité des mécréants. Des négociations et le commerce sans coup férir ! Et le commerce, mon cher, le commerce est le sang de l'Angleterre ! »

Il annula l'investissement de Canton, ce qui enragea l'armée et la marine. Et il répéta ce que Struan lui avait rappelé : lui-même, Longstaff, avait dit naguère : « Nous devons être magnanimes, messieurs, envers le vaincu. Et protéger les petits. Le commerce de l'Angleterre ne peut prospérer dans le sang des humbles, quoi ? Les négociations seront heureusement terminées dans quelques jours, et l'Asie pacifiée une fois pour toutes. »

Mais les négociations duraient. Struan savait qu'il ne pouvait y avoir de conclusion à Canton, mais uniquement à Pékin, ou aux portes de Pékin. Et il ne tenait pas encore à une conclusion. Le commerce seulement. L'essentiel était d'acheter le thé et la soie et de vendre l'opium de la saison. Avec les bénéfices d'une année de commerce, les compagnies se referaient de leurs pertes. Les bénéfices les encourageraient à tenir bon un an de plus et à s'étendre. Le seul endroit possible pour cela était Hong Kong. Le commerce et son rapport gagneraient un temps précieux. Le temps de construire des entrepôts et des docks et des môles et des demeures dans leur île. Le temps d'attendre que les vents d'été permettent une nouvelle offensive au nord. Le temps de subir n'importe quelle tempête, jusqu'à la saison prochaine. Le temps et l'argent, pour assurer la sécurité de Hong Kong, porte de l'Asie.

Struan calma donc l'impatience de Longstaff, fit traîner les négociations et se lança dans une dure compétition avec Brock pour acheter les meilleurs thés, les plus belles soies et s'emparer de l'exportation. Il fallait charger et faire appareiller dix-huit clippers, s'occuper de dix-huit équipages et capitaines.

Le *Gray Witch* de Brock fut prêt le premier et fonça vers la mer, toutes voiles au vent. Le dernier panneau de cale du *Blue Cloud* fut refermé une demi-journée plus tard et il partit à sa poursuite. La course débutait.

Gorth tempêta et fulmina parce que son navire partait avec un autre capitaine, mais Brock avait été irréductible :

« Ça ne serait rien de bon avec ta blessure, et j'ai besoin de toi ici. »

Gorth se consola en faisant des projets pour le temps où il serait Taï-pan. *Le Taï-pan,* nom de dieu ! Il remonta à bord de la *Némésis*. Depuis que le vapeur était entré dans la rade, il avait passé tous ses instants de loisir à son bord, apprenant à le gouverner, de quoi il était capable et ce qu'il ne fallait pas lui demander. Car il savait — et son père aussi — que la *Némésis* sonnait le glas de la voile et, avec du joss, celui de la Noble Maison. Ils connaissaient tous deux l'horreur de Struan pour la vapeur, et tout en comprenant que le passage de la voile à la vapeur serait hasardeux, ils avaient décidé de miser sur la machine. Le même vent, la même marée que le vapeur avait affrontés remportèrent la malle du courrier en Angleterre. Elle portait une lettre de Brock à son fils Morgan, annulant la construction de deux des clippers qu'il avait commandés et les remplaçant par les deux premières coques en fer de la nouvelle compagnie de vapeurs Brock et Fils. L'Orient Queen Line.

« Taï-pan, murmura May-may dans l'obscurité de leur chambre, est-ce que je peux retourner à Macao ? Pour quelques jours. J'emmène les enfants avec moi.

— Tu t'ennuies donc à la Concession ?

— Non. Mais c'est difficile ici, sans rien à me mettre, sans les jouets des enfants. Rien que pour quelques jours, heya ?

— Je t'ai déjà parlé des primes et... »

Elle le fit taire d'un baiser et se nicha tout contre lui.

« Tu sens si bon...

— Toi aussi.

— Cette Mary Sinclair, tu sais. Je l'aime bien.

— Elle... Elle est très courageuse.

— C'est curieux que tu aies envoyé une femme. Ça ne te ressemble pas.

— Je n'avais pas le temps de chercher quelqu'un d'autre.

— Elle parle mandarin et cantonais fantasticalement bien.

— C'est un secret. Tu ne dois le dire à personne.

— Naturellement, Taï-pan. »

Ils se turent un moment, perdus dans leurs pensées.

« Tu as toujours dormi sans habits ? demanda-t-elle.

— Sûr.

— Comment tu fais pour ne pas avoir froid ?

— Je ne sais pas. Chez nous en Écosse, il fait plus froid qu'ici. Petit marmot, j'étais très pauvre.

— Qu'est-ce que c'est, un marmot ?

— Un enfant. »

Elle sourit dans la nuit.

« J'aime bien penser à toi petit enfant. Mais tu n'es plus pauvre, à présent. Et deux des trois choses sont accomplies. N'est-ce pas ?

— Quelles choses ? souffla-t-il, conscient du parfum de May-may et de la douceur de sa robe de soie.

— La première était d'emporter le trésor en argent, tu te souviens ? La deuxième d'assurer la sécurité de Hong Kong. Et la troisième ? Qu'est-ce que c'est ? »

Elle roula sur le côté et tendit une jambe sur la cuisse de Struan. Il ne bougea pas, mais il sentait la tiédeur de sa chair sous le tissu léger et doux. Il avait la gorge sèche.

« Hong Kong n'est pas encore un havre sûr, dit-il.

— Avec le commerce cette année, si, bien sûr. Alors la deuxième chose est faite.

— Avec du joss. »

Sans hâte, il défit les petits boutons de la robe de nuit et la caressa. Puis il l'aida à se dévêtir, alluma une chandelle et rabattit les draps de soie. Émerveillé, il contempla sa claire nudité, sa chair translucide comme une fine porcelaine.

« C'est excitant, souffla-t-elle, quand tu me regardes comme ça, et que tu me désires. »

Sans se presser, tendrement, ils s'aimèrent.

Plus tard dans la nuit, elle demanda :

« Quand vas-tu retourner à Hong Kong ?

— Dans dix jours. »

Dix jours, pensa-t-il. Puis le choix des hommes de Wu Kwok à Aberdeen, et la nuit suivante, le bal.

« J'irai avec toi ?

— Sûr.

— La nouvelle maison sera déjà prête ?

— Sûr. Tu ne risqueras rien, là-bas.

— Ce sera bon de vivre à Hong Kong. Je pourrai voir un peu plus souvent mon professeur. Ça fait des mois que je n'ai pas eu une bonne conversation avec Gordon. Nous pourrons peut-être avoir de nouveau nos leçons une fois par semaine, dis ? J'ai besoin de mieux apprendre, de connaître de nouveaux mots. Comment va-t-il ?

— Très bien. Je l'ai vu juste avant de partir. »

Un silence, et puis elle murmura avec beaucoup de douceur :

« Ce n'est pas bien d'être fâché avec ton fils numéro un.

— Je sais.

— J'ai fait brûler trois chandelles pour que ta colère s'envole à Java et que tu lui pardonnes. Quand tu lui auras pardonné, je voudrais le connaître.

— Tu le connaîtras. Un jour.

— Est-ce que je peux aller à Macao avant Hong Kong ? Je t'en supplie. Je ferai très attention. Je laisserai les enfants ici, si tu veux. Ici, ils ne risquent rien.

— Qu'est-ce que tu veux faire de si important à Macao ?

— J'ai besoin d'un tas de choses et puis... c'est un secret, un joli secret, une belle surprise. Rien que quelques jours ! Je t'en supplie. Tu pourrais envoyer Mauss et des hommes à toi, si tu veux.

— C'est trop dangereux.

— Plus dangereux, maintenant. »

May-may savait que leurs noms ne figuraient plus sur la liste et elle était stupéfaite que Struan n'ait pas battu des mains et sauté de joie — comme elle — lorsqu'il lui avait appris la solution de Jin-qua, pour la liste. Ayee yah, les Européens sont bizarres, pensa-t-elle. Très bizarres.

« Plus de danger, à présent. Quand même, je ferai très attention.

— On verra ça. Dors, maintenant. »

May-may s'étira voluptueusement, et sourit dans l'ombre, sachant que dans quelques jours elle irait à Macao, sachant que les femmes ont bien des façons de faire plier un homme, bon ou mauvais, malin ou idiot, fort ou faible. Ma robe de bal sera la plus belle, la très beaucoup plus belle, songea-t-elle avec délices. Mon Taï-pan sera fier de moi. Si beaucoup fier ! Assez fier pour m'épouser et faire de moi sa Suprême Dame.

Avant de dormir, sa dernière pensée fut pour l'enfant qu'elle portait dans son sein. Quelques semaines à peine. Mon enfant sera un fils, se promit-elle. Un fils dont il pourra être fier. Deux merveilleuses surprises secrètes pour le rendre fier...

« Je ne sais pas, Vargas, grommela Struan. Vous feriez mieux de voir ça avec Robb. Il connaît les chiffres mieux que moi. »

Ils étaient dans le bureau privé de Struan, et consultaient les livres. Les fenêtres étaient ouvertes sur le grouillement bruyant de Canton et les mouches bourdonnaient. C'était une chaude journée de printemps ; déjà, la puanteur était plus forte qu'en hiver.

« Jin-qua est très pressé d'avoir notre dernière commande, senhor, et...

— Je sais. Mais tant qu'il ne nous donnera pas sa dernière commande d'opium nous ne pouvons rien faire de précis. Nous le faisons bénéficier des meilleurs prix d'achat de thé et de vente d'opium, alors d'où vient le retard ?

— Je ne sais pas, senhor. »

Vargas ne demanda pas, comme il en mourait d'envie, pourquoi la Noble Maison payait dix pour cent de plus les thés de Jin-qua et lui vendait le meilleur opium indien Padwa dix pour cent plus bas que le cours.

« Au diable tout ça ! » gronda Struan en se versant du thé.

Il regrettait d'avoir permis à May-may d'aller à Macao. Il avait envoyé Ah Sam avec elle, et Mauss et quelques hommes pour les protéger. Elle devait être rentrée la veille, mais elle n'était pas là. Naturellement, cela n'avait rien d'inquiétant, car il ne pouvait y avoir d'horaires précis entre Macao et la Concession de Canton. Pas tant que l'on dépendait des vents, pensa-t-il un peu amèrement. Si elle voyageait par un vapeur puant, ce serait différent. Les vapeurs peuvent avoir des horaires et se moquer des vents et des marées, les sales ferrailles maudites !

« Oui ? s'écria-t-il vivement en entendant frapper à sa porte.

— Pardonnez-moi, monsieur Struan, dit Horatio en entrant. Son Excellence aurait besoin de vous.

— Qu'est-ce qui ne va pas ?

— Son Excellence vous le dira mieux que moi, monsieur. Il est dans ses appartements. »

Struan ferma le registre.

« Nous verrons tout ça avec Robb dès qu'il sera de retour, Vargas. Vous viendrez au bal ?

— Je n'aurais plus de paix pendant dix ans, senhor, si ma femme, mon fils et ma fille aînée n'y assistaient pas.

— Irez-vous les chercher à Macao ?

— Non, senhor. Ils seront accompagnés jusqu'à Hong Kong par des amis. Je m'y rendrai moi-même directement d'ici.

— Dès que Mauss sera revenu, prévenez-moi, dit Struan, et il suivit Horatio.

— Je ne puis vous remercier assez, monsieur Struan, pour le cadeau que vous avez fait à Mary.

— Quoi ?

— La robe de bal, monsieur.

— Bah ! Vous avez vu ce qu'elle a fait faire ?

— Oh ! non, monsieur. Elle est partie pour Macao le lendemain de la vente des terrains. J'ai reçu une lettre hier. Elle vous fait ses amitiés. »

Horatio savait que ce cadeau donnait à Mary une

chance de remporter le prix. S'il n'y avait pas Shevaun. Si seulement Shevaun tombait malade ! Rien de grave, rien qu'une indisposition passagère qui l'éliminerait ce soir-là. Alors Mary gagnerait les mille guinées. Avec cette somme, ils pourraient faire des choses merveilleuses ! Rentrer à Londres pour la saison. Vivre dans le luxe. Mon Dieu, faites qu'elle gagne le prix ! Je suis heureux qu'elle ne soit pas à Hong Kong pendant que je suis ici, pensa-t-il. Elle est à l'abri de Glessing. Maudit homme. Je me demande s'il demandera vraiment sa main. Quelle audace ! Lui et Culum... ah ! Culum... Pauvre Culum !

Horatio montait derrière Struan, dans l'escalier, aussi n'avait-il pas à dissimuler son inquiétude. Le pauvre Culum courageux. Il se rappelait l'attitude étrange de Culum, le lendemain de la vente. Avec Mary, il avait cherché Culum et ils l'avaient trouvé à bord du *Resting Cloud.* Il les avait invités à dîner et chaque fois qu'ils avaient essayé de parler du Taï-pan, dans l'espoir de les réconcilier, Culum avait détourné la conversation. Et puis finalement, il avait déclaré qu'ils étaient ennemis, à présent, et que rien n'y pourrait changer.

Pauvre Culum, si courageux, soupirait Horatio. Je sais ce que c'est, de haïr un père.

« Taï-pan, dit-il une fois sur le palier, Mary et moi sommes navrés de ce qui s'est passé, pour la colline. Mais plus encore de ce qu'il y a entre Culum et vous. Culum est... ma foi, il est devenu notre ami, et...

— Merci, Horatio, de votre sollicitude, mais je vous serais obligé de ne plus me parler de lui. »

Ils suivirent le couloir en silence et entrèrent dns l'antichambre de Longstaff. Elle était vaste et luxueuse. Un immense lustre de cristal pendait au plafond, illuminant la belle table de conférence. Longstaff était assis à un bout de la table, entre l'amiral et le général Lord Rutledge-Cornhill.

« Bonjour, messieurs.

— Heureux de vous voir, Dirk, dit Longstaff. Asseyez-vous, mon bon. J'ai pensé que vos conseils nous seraient précieux.

— Que se passe-t-il, Excellence ?

— Ma foi, j'ai — euh — j'ai demandé à M. Brock de se joindre à nous, lui aussi. Cela peut attendre son arrivée, ainsi je n'aurai pas à me répéter. Xérès ?

— Merci. »

La porte s'ouvrit et Brock entra. Sa méfiance s'accrut quand il vit Struan et les deux officiers généraux.

« C'est-y que vous me demandez, Excellence ?

— Oui. Prenez place, je vous prie. »

Brock fit un signe de tête à Struan.

« 'Jour, Dirk. Messieurs, ajouta-t-il en sachant que cela irriterait le général.

— Je vous ai demandé de vous joindre à nous, déclara Longstaff, parce que — euh — eh bien, sans tenir compte du fait que vous êtes les plus importants marchands, quoi ? — ma foi, vos conseils seraient précieux. Il paraît qu'un groupe d'anarchistes s'est installé à Hong Kong.

— Quoi ? éructa le général.

— Pas possible ! s'écria Brock, tout aussi suffoqué.

— Des diables d'anarchistes, imaginez-vous ça ? Semblerait que même les païens sont infestés de cette vermine-là. Parfaitement, et si nous n'y prenons pas garde, Hong Kong deviendra une serre chaude. Sacrée peste, quoi ?

— Quel genre d'anarchistes ? » demanda Struan.

Les anarchistes, c'étaient des troubles à craindre. Les troubles gênaient le commerce.

« Ces — euh — cette — voyons, comment dites-vous. Horatio ? — Tang ? Tung ?

— Tong, monsieur.

— Oui, eh bien cette tong opère sous notre nez. Abominable !

— Opère de quelle façon ? demanda Struan avec impatience.

— Je crois que vous feriez mieux de reprendre l'histoire depuis le commencement, monsieur, suggéra l'amiral.

— Bonne idée. Aujourd'hui, à la réunion, le vice-roi Ching-so s'est montré très ennuyé. Il a dit que les autorités chinoises viennent tout juste d'apprendre que ces anarchistes, une société secrète, ont établi leur quartier général dans cette horrible tanière, là, ce Tai Ping Shan. Les anarchistes ont beaucoup, beaucoup de noms, et ils... Mon Dieu, Horatio, je crois que vous feriez mieux d'expliquer, quoi ?

— Ching-so a dit qu'il s'agissait d'un groupe de fanatiques révolutionnaires qui se sont engagés à renverser l'empereur, dit Horatio. Il a donné à Son Excellence une cinquantaine de noms de cette société secrète — le Parti Rouge, la Confrérie Rouge, la Société Terre-Ciel, et ainsi de suite - certains noms sont impossibles à traduire en anglais. Certains l'appellent tout simplement le Hung Mun, ou Hung Tong, « tong » signifiant confrérie secrète. Quoi qu'il en soit, ces hommes sont des anarchistes de la pire espèce. Voleurs, pirates, assassins, révolutionnaires. Depuis des siècles, les autorités essaient de les exterminer, en vain. Il paraîtrait qu'ils sont un million dans le Sud de la Chine. Ils sont bien organisés, en loges ou cellules, et leurs cérémonies d'initiation sont barbares. Ils fomentent la révolte sous n'importe quel prétexte et profitent de la peur de leurs frères. Ils exigent un « tribut de protection ». Toutes les prostituées, tous les commerçants, les paysans, les propriétaires fonciers, les coolies — tout le monde doit leur payer un tribut. Si l'argent ne vient pas, la mort et la mutilation sont promptes. Chaque membre paie une cotisation ; c'est un peu comme nos syndicats. Chaque fois et partout où il y a du mécontentement, les tong attisent le mécontentement en révolte. Ce sont des fanatiques. Ils violent, torturent et se multiplient comme la peste.

— Aviez-vous jamais entendu parler des sociétés secrètes chinoises ? demanda Struan. Avant que Ching-so vous parle de celle-ci ?

— Non, monsieur.

— Les anarchistes sont de foutus diables, ça, c'est sûr, grommela Brock. C'est tout à fait le genre de diableries que les Chinois aiment bien. »

Longstaff étala sur la table un petit fanion triangulaire rouge vif. Il était imprimé de deux caractères chinois.

« Le vice-roi a dit que le triangle est leur symbole. Les caractères, sur ce fanion, veulent dire Hong Kong. Il est bien évident que nous allons avoir des ennuis. Ching-so veut envoyer des porte-étendards et des mandarins à Tai Ping Shan et passer tout ça au fil de l'épée.

— Vous n'avez pas dit oui ? s'écria Struan.

— Dieu, non. Nous n'aurons certes pas de troupes étrangères sur notre île, par Jupin. Je lui ai dit que nous ne voulions pas d'anarchistes sous notre drapeau et que nous allions les traiter promptement comme ils le méritent, à notre façon. Alors, qu'est-ce que nous devons faire ?

— Foutre à la porte de Hong Kong jusqu'au dernier fichu Oriental, et qu'on n'en parle plus, déclara l'amiral.

— C'est impossible, monsieur, répliqua Struan. Et ce ne serait pas notre intérêt.

— Ouais, approuva Brock. Nous faut des ouvriers et des coolies et des serviteurs et tout. On a besoin d'eux, y a pas.

— Il y a une solution bien simple, dit le général, un gros taureau d'homme rougeaud, aux cheveux gris et au visage buriné. Décréter que quiconque fait partie de ce — comment dites-vous, tong ? — de ce tong sera pendu. Voilà. Je ferai respecter le décret.

— Vous ne pouvez pas pendre un Chinois, milord, protesta Struan, simplement parce qu'il veut renverser une dynastie étrangère ! C'est contraire à la loi anglaise.

— Dynastie étrangère ou non, dit l'amiral, soulever le peuple contre l'empereur d'une « puissance amie » — et il sera ami bientôt, bon dieu, si nous avons les coudées franches — est contraire au droit international. Et au droit anglais. Regardez-moi donc ces brigands de chartistes, nom de dieu !

— Nous ne les pendons pas parce qu'ils sont chartistes, mais seulement quand ils sont pris en flagrant délit de révolte ouverte et qu'ils troublent l'ordre public. Et c'est justice ! gronda Struan en foudroyant l'amiral du regard. La loi anglaise dit que tout homme a droit à la libre parole. Et aux libres associations politiques.

— Mais pas aux associations prônant la révolution ! protesta le général. Vous approuvez la révolte contre l'autorité établie ?

— C'est si ridicule que je ne vous ferai pas l'honneur de répondre.

— Messieurs, messieurs, intervint Longstaff. Il est bien évident que nous ne pouvons pendre personne qui fait partie de... de ce que vous dites. Mais de même, nous ne pouvons pas laisser Hong Kong pulluler d'anarchistes, quoi ? Pas laisser courir de maudites opinions syndicales, hé ?

— Ça se pourrait que ce soit une ruse de Ching-so pour nous dérouter, murmura Struan en regardant Brock. Toi, tu as entendu parler des tongs ?

— Non. Mais ça me donne à penser que si ces Triangles-là extorquent à tout le monde, ils vont rançonner les marchands et y aura bientôt plus de commerce. »

Le général épousseta un brin de tabac imaginaire sur sa tunique écarlate et grommela d'un air maussade :

« Manifestement, cette affaire est du ressort de l'armée, Votre Excellence. Pourquoi ne pas rédiger une proclamation les mettant hors la loi ? Nous ferons le reste. A savoir, nous appliquerons les principes que nous avons appris aux Indes. Nous offrirons une récompense à ceux qui nous apporteront des renseignements. Les indigènes sont toujours prêts à vendre leurs factions rivales pour une guinée. Nous ferons un exemple avec la première douzaine et ensuite vous n'aurez plus d'ennuis.

— Vous ne pouvez pas appliquer les principes des Indes ici, lui dit Struan.

— Mon cher monsieur, vous ne connaissez rien à l'administration. Vous n'avez aucune expérience et donc vous ne pouvez avancer une opinion. Les indigènes sont des indigènes et voilà tout. C'est du ressort des militaires, Excellence. Comme Hong Kong sera bientôt un cantonnement militaire, cela nous regarde. Proclamez ces gens hors la loi et nous veillerons à ce que justice soit faite. »

L'amiral renifla bruyamment.

« J'ai dit mille fois que Hong Kong devrait être placé sous l'autorité de la marine. Si nous ne commandons pas les routes maritimes, il n'y aura pas de Hong Kong. Par conséquent, l'affaire est du ressort de la Royal Navy.

— L'armée décide de l'issue des guerres, amiral, je l'ai répété assez souvent. Les batailles terrestres règlent les guerres. La marine a indiscutablement écrasé les flottes de Bonaparte et affamé la France. Mais c'est quand même l'armée qui a mis fin au conflit une fois pour toutes. A Waterloo.

— Sans Trafalgar, il n'y aurait pas eu de Waterloo.

— Un point discutable, mon cher amiral. Mais

prenez l'Asie. Bientôt, nous aurons sur le dos les Français, les Hollandais, les Espagnols et les Russes qui nous disputeront notre légitime puissance sur mer. Oui, vous pouvez commander les routes maritimes, et grâce à Dieu vous le faites, mais si Hong Kong n'est pas militairement imprenable, l'Angleterre n'aura pas de base pour protéger sa flotte ou pour se défendre de l'ennemi.

— La fonction primordiale de Hong Kong, milord, est d'être un comptoir commercial en Asie, intervint Struan.

— Oh ! je comprends l'importance du commerce, mon bon ami, répliqua avec hauteur le général, mais nous parlons stratégie et cela ne vous concerne guère.

— S'il n'y avait pas le commerce, protesta rageusement Brock, on n'aurait besoin ni d'armées ni de flotte.

— Sornettes, mon brave homme. Je vous ferai savoir...

— Stratégie ou non, cria Struan, Hong Kong est une colonie et dépend des Affaires étrangères, et c'est la Couronne qui décidera. Son Excellence a agi sagement en cette affaire et je suis sûr qu'il estime que la Royal Navy et les armées de la reine ont leur importance pour l'avenir de Hong Kong, qui sera à la fois une base navale, une base militaire et un comptoir commercial. »

Il donna discrètement un coup de pied sous la table à Brock qui renchérit aussitôt :

« Oh ! que oui ! Un port franc, ça amènera de l'or à la Couronne, ça, c'est sûr. Et des revenus pour la meilleure base navale et les meilleures casernes du monde. Son Excellence a vos intérêts à cœur, messieurs. L'armée est bien importante et la Royal Navy aussi. Un port franc rendra service à tout le monde. Et surtout à la reine, que Dieu la garde.

— Très bien dit, monsieur Brock, déclara Longstaff.

Naturellement, nous avons besoin de l'armée et de la marine. Le commerce est la sève de l'Angleterre et le libre-échange est l'avenir. Notre intérêt à tous est que Hong Kong soit prospère.

— Son Excellence veut ouvrir l'Asie à toutes les nations civilisées, sans préférences, dit Struan en choisissant ses mots avec soin. Quoi de mieux qu'un port franc, protégé par l'élite des armes de la Couronne ?

— Pas question de laisser des étrangers s'engraisser à nos dépens, s'écria l'amiral et Struan sourit de le voir mordre à l'hameçon. Nous combattons et nous sommes victorieux et nous devons nous battre encore parce que la paix est toujours malmenée dans les conférences des civils. A bas les étrangers, voilà mon opinion.

— Un louable sentiment, amiral, dit Longstaff sur le même ton assez sec, mais qui n'est guère pratique. Quant aux conférences des civils, comme vous dites, il est plus qu'heureux que les diplomates aient la vue longue. La guerre n'est après tout que le bras séculier de la diplomatie. Quand tout le reste a échoué.

— Et la diplomatie a échoué ici, s'exclama le général, alors plus vite nous envahirons la Chine pour y instaurer l'ordre et la loi anglaise, mieux ça vaudra.

— La diplomatie n'a pas échoué, mon cher général. Les négociations se poursuivent, avec prudence et bonheur. Ah ! au fait, il y a trois cents millions de Chinois en Chine.

— Notre baïonnette anglaise, monsieur, vaut mille lances indigènes. Dieu me damne, nous maîtrisons les Indes avec une poignée d'hommes et nous pouvons faire de même ici. Et voyez donc le profit que notre règne aux Indes a apporté à ces sauvages, hein ? Brandir le drapeau en force, voilà ce qui devrait être fait. Immédiatement.

— La Chine est une nation, dit Struan, et non pas

une douzaine de pays, comme les Indes. On ne peut appliquer les mêmes principes, milord.

— Sans la maîtrise des mers, l'armée ne tiendrait pas les Indes pendant huit jours, s'écria l'amiral.

— Grotesque ! Nous...

— Messieurs, messieurs, soupira Longstaff, nous parlions des anarchistes. Quel est votre conseil, amiral ?

— Interdire l'île à tout Oriental. Si vous voulez des travailleurs, alors choisissez-en mille, deux mille — ce qu'il vous faut pour l'île — et rejetez les autres.

— Milord ?

— Je vous ai déjà donné mon opinion, Excellence.

— Ah ! oui. Monsieur Brock ?

— Je pense comme vous, Excellence, que Hong Kong est un port franc et que nous avons besoin des Chinois et que nous devons nous occuper nous-mêmes des Triangles. Je pense comme le général qu'il faut pendre tous ceux-là qui fomentent la rébellion. Et comme l'amiral, que nous ne voulons pas de trahison secrète contre l'empereur. Qu'on les mette hors la loi, oui. Et je pense comme toi, Dirk, que c'est pas légal de les pendre s'ils se tiennent bien paisibles. Mais tous ceux qui lèvent le petit doigt, et qu'on prend la main dans le sac de ces Triangles, qu'on les fouette, qu'on les marque au fer rouge et qu'on les jette dehors à jamais.

— Dirk ? demanda Longstaff.

— Je suis d'accord avec M. Brock, sauf pour le fouet et la marque au fer, qui sont des méthodes du Moyen Age.

— D'après ce que j'ai pu voir de ces mécréants, grommela le général, ils en sont encore au Moyen Age. Il est naturel qu'ils soient punis s'ils appartiennent à une société interdite. Le fouet est un châtiment normal. Cinquante coups. Et la marque au fer sur la joue est le châtiment anglais légal pour certains délits.

Qu'on les marque. Mais mieux vaut encore pendre haut et court la première douzaine qu'on attrapera et ils s'évaporeront comme des derviches.

— C'est ça, marquez-les définitivement, tempêta Struan, et vous leur ôtez toute chance de jamais redevenir bons citoyens !

— Les bons citoyens ne forment pas des sociétés secrètes anarchistes, mon brave homme, rétorqua le général. Mais il est évident que seul un gentilhomme peut le comprendre. »

Struan sentit le rouge lui monter aux joues.

« La prochaine fois que vous ferez une réflexion de ce genre, milord, je vous enverrai mes témoins et vous vous découvrirez une balle entre les deux yeux ! »

Le silence tomba, un silence atterré. Blême de stupeur, Longstaff frappa la table du poing.

« Je vous interdis, à tous les deux, de poursuivre sur ce ton ! C'est interdit ! »

Il prit son mouchoir brodé pour éponger la sueur froide qui perlait à son front.

« Tout à fait de votre avis, Excellence, dit le général. Et je suggère en outre que ce problème soit uniquement résolu par les autorités, c'est-à-dire vous-même, l'amiral et moi. Ce n'est pas du ressort des... des boutiquiers.

— Vous êtes si plein de vent, milord général, s'écria Brock, que si vous pétiez ici à Canton, ça ferait sauter les portes de la Tour de Londres !

— Monsieur Brock ! glapit Longstaff, vous ne... »

Le général se dressa d'un bond.

« Je vous serais obligé, mon brave, de garder ce genre de réflexion pour vous !

— Je ne suis pas votre brave. Je suis marchand de Chine, nom de dieu, et plus vite vous le saurez mieux ça vaudra. Les temps sont partis pour toujours où les gens comme moi devaient vous lécher le cul à cause d'un sale titre de noblesse pourri qui a d'abord été probablement accordé à la putain d'un roi, au bâtard d'un roi ou acheté avec un poignard planté dans le dos d'un roi !

— Par la mordieu ! J'exige réparation ! Mes témoins seront chez vous ce soir !

— Ils ne feront rien de tel, rugit Longstaff en abattant le plat de sa main sur la table. Si jamais il se passe quelque chose entre vous, je vous renvoie tous les deux en Angleterre sous bonne escorte et je vous fais passer en Conseil Privé. Je suis le ministre plénipotentiaire de Sa Majesté en Asie et je représente la loi. Bon dieu, il est inadmissible que... Vous allez vous faire des excuses mutuelles. Je vous l'ordonne. Immédiatement ! »

L'amiral dissimulait son amusement. Horatio, atterré, regardait les antagonistes à tour de rôle. Brock savait que Longstaff avait le pouvoir de lui faire grand tort et ne tenait pas du tout à se battre en duel avec le général. Et puis il était furieux de s'être laissé entraîner en un conflit ouvert.

« Je vous fais mes excuses, milord, pour vous avoir appelé un sac de pets.

— Et je vous fais des excuses parce qu'on me l'ordonne.

— Je crois que nous pourrons clore cette séance pour le moment, dit Longstaff, grandement soulagé. Oui. Je vous remercie de vos conseils, messieurs. Nous remettrons notre décision à plus tard. Le temps de la réflexion, quoi ? »

Le général coiffa son bonnet à poils, salua et se dirigea vers la porte dans un grand cliquetis de sabre et d'éperons.

« Ah ! au fait, général, dit négligemment Struan, il paraît que la marine a défié l'armée à un combat aux poings ? »

Le général s'arrêta net, la main sur le bouton de porte et se hérissa en se rappelant les remarques acides de l'amiral à l'égard de ses soldats.

« Oui. Mais je crains fort que ce ne soit guère intéressant.

— Pourquoi, général ? s'offusqua l'amiral, en songeant aux réflexions acerbes du général à l'égard de ses mathurins.

— Parce que je pense que notre homme sera vainqueur sans se donner trop de mal.

— Pourquoi ne pas organiser ce combat le jour du bal ? proposa Struan. Ce serait un honneur pour nous et nous serions heureux d'offrir une bourse. Mettons cinquante guinées.

— C'est très généreux, Struan. Mais je ne crois pas que l'armée sera prête, dit l'amiral.

— Le jour du bal, mordieu ! rugit le général, tout empourpré. Et cent guinées sur notre homme !

— Tenu, s'écrièrent en cœur Brock et l'amiral.

— Cent à chacun de vous. »

Le général tourna les talons et sortit. Longstaff se versa du xérès.

« Amiral ?

— Non, merci, monsieur. Je pense que je vais regagner mon bord. »

L'amiral prit son sabre, fit un signe de tête à Struan et à Brock, salua et s'en alla.

« Xérès, messieurs ? Horatio, si vous vouliez faire le service ?

— Avec plaisir, Excellence, dit Horatio, ravi d'avoir quelque chose à faire.

— Merci de bon cœur. »

Brock vida son verre d'un trait et le tendit pour être resservi.

« C'est rudement bon. Vous avez un excellent palais, Votre Excellence. Pas vrai, Dirk, mon gars ?

— Je dois vraiment vous faire des reproches, monsieur Brock. C'est impardonnable de dire de pareilles choses. Lord...

— Oui, monsieur, soupira Brock, faussement contrit.

Vous avez bien raison. J'étais dans mon tort. Nous avons rudement de la chance de vous avoir là à commander. Ce serait quand, que vous ferez la proclamation pour le port franc ?

— Ma foi — euh — eh bien, rien ne presse. Il faut nous occuper de ces maudits anarchistes.

— Pourquoi ne pas faire les deux à la fois ? proposa Struan. Dès que vous serez de retour à Hong Kong. Pourquoi ne pas accorder à nos sujets britanniques chinois le bénéfice du doute ? Les déporter, mais sans fouet ni marque au fer rouge. Ce serait justice, pas vrai, Tyler ?

— Si tu le penses et si Son Excellence est d'accord », acquiesça généreusement Brock.

Le commerce avait été magnifique. Le *Gray Witch* était loin et toujours en tête. Les constructions s'élevaient rapidement dans la Vallée Heureuse. Il y avait une hostilité ouverte entre Struan et Culum. Et maintenant, Hong Kong allait être un port franc. Sûr, Dirk, mon gars, se dit-il avec exultation, t'es encore bien utile. Malin comme un singe et fin comme l'ambre. Un port franc, ça rachète de bien des diableries. Et d'ici deux ans, nos vapeurs te mettront en faillite !

« Ouais, dit-il, si vous êtes d'accord tous les deux. Mais bientôt, faudra fouetter et marquer.

— J'espère bien que non, s'exclama Longstaff. Répugnant. Tout de même, la loi doit être respectée et les félons châtiés. Une excellente solution au problème des... comment les appelez-vous, monsieur Brock ? Les Triades ? C'est cela. Nous les appellerons les Triades à l'avenir. Horatio, dressez une liste en caractères chinois des noms des tong que Son Excellence Ching-so nous a remis et nous l'afficherons avec la proclamation. Notez cela pendant que j'y pense. « Tous les tong ci-dessus sont déclarés hors la « loi et seront connus à l'avenir sous le nom de « « Triades ». Le châtiment réservé aux Triades sera

« la déportation immédiate et la remise aux autorités
« chinoises. Le châtiment pour avoir incité à la révolte
« contre le gouvernement de Sa Majesté britannique,
« ou contre Sa Majesté l'Empereur de Chine, sera la
pendaison. »

## 16

SOUS la pleine lune, le village d'Aberdeen s'étendait, silencieux, sombre et humide. Les rues étaient désertes et les huttes claquemurées. Des centaines de sampans mouillaient dans les eaux stagnantes de la baie. Et bien qu'ils fussent aussi serrés les uns contre les autres que les cabanes, on ne percevait à bord ni son ni mouvement.

Struan attendait à l'endroit convenu, une fourche du sentier menant au village, près d'un puits. Struan avait disposé trois lanternes autour de la margelle. Il était seul. Sa montre d'or lui apprenait qu'il était bientôt l'heure. Il se demanda si Wu Kwok et ses hommes arriveraient du village ou des sampans ou des collines arides. Ou de la mer.

Il contempla la baie. Rien ne bougeait sur les brisants. Dans la nuit, le *China Cloud* naviguait au plus près, tous ses hommes aux postes de combat. Trop loin pour que ceux du bord pussent l'observer mais assez près pour que les lanternes fussent visibles. Struan avait donné l'ordre à son équipage de mettre les canots à la mer et d'opérer une descente à terre avec mousquets et sabres d'abordage au cas où les trois lanternes s'éteindraient brusquement.

Les voix étouffées de la poignée d'hommes de son escorte montaient de la plage. Ils attendaient à côté des deux canots, armés et sur le qui-vive, sans quitter les lanternes des yeux. Struan tendit l'oreille mais ne put entendre ce qu'ils disaient. Je serais plus en sécurité si j'étais seul, pensa-t-il. Mais ce serait une folie, de venir à terre sans armes et sans escorte. Ce serait tenter mon joss, sûr.

Il sursauta en entendant un chien grogner au village. Aux aguets, il fouilla les ténèbres des yeux. Mais il ne vit rien et comprit que le chien fouillait simplement les tas d'ordures. Accoté contre le puits, il se détendit, en songeant qu'il était heureux d'être de retour dans l'île. Heureux de savoir May-may et les enfants à l'abri dans la maison qu'il leur avait fait construire dans la Vallée Heureuse.

Robb et Culum s'étaient fort bien acquittés de la mission qu'il leur avait confiée. La petite maison, avec son mur d'enceinte et ses grilles solides, avait été achevée. Deux cent cinquante ouvriers y avaient travaillé de jour et de nuit.

Il restait encore quelques détails à compléter, et le jardin à planter, mais la maison elle-même était meublée et habitable. Elle était construite en briques, avec un toit de bois. Il y avait une cheminée, et des poutres apparentes. La plupart des murs étaient tapissés de papier peint, mais quelques-uns étaient peints et partout il y avait des vitres aux fenêtres.

La maison donnait sur la mer ; elle comportait un appartement de maître, une salle à manger et un grand salon. Et, à l'ouest, un jardin clos, bien séparé du reste de la maison, un petit paradis où se trouvaient les logements de May-may et des enfants et, plus loin, les chambres des domestiques.

L'avant-veille, Struan avait amené May-may, les enfants et Ah Sam dans la maison et les y avait installés. Un cuisinier de confiance nommé Lim Din, une amah blanchisseuse et une fille de cuisine étaient revenus de Canton avec lui.

Si aucun Européen n'avait vu May-may, ils étaient tous certains que le Taï-pan avait installé sa maîtresse dans la première maison de Hong Kong. Ils en riaient entre eux, ou le lui reprochaient, par jalousie. Mais ils n'en parlaient pas à leur femme. Le temps passant, ils auraient envie d'avoir aussi leur maîtresse et moins on en parlerait mieux cela vaudrait. Les femmes qui soupçonnaient la chose se taisaient. Elles ne pouvaient rien y faire.

Struan avait été enchanté de sa maison et de la construction avancée du comptoir et des entrepôts, ainsi que du résultat de sa froideur ostensible envers Culum. Son fils lui avait dit à mots couverts que déjà Brock lui avait fait de discrètes avances, et que Wilf Tillman l'avait invité à son bord et l'avait princièrement reçu.

Culum avait dit qu'on avait discuté de commerce, de l'avenir de l'Asie qui dépendait de la collaboration entre les races anglo-saxonnes. Shevaun assistait au dîner et, à en croire Culum, elle était très belle et très brillante.

Un poisson sauta hors de l'eau et retomba. Struan écouta un moment. Puis il se détendit à nouveau et laissa errer ses pensées.

Shevaun serait un bon parti pour Culum, pensa-t-il. Ou pour toi. Sûr. Elle ferait une bonne hôtesse et ornerait à merveille les réceptions que tu donneras à Londres, en l'honneur des lords et des ladies et des membres du Parlement. Et des ministres. Est-ce que tu t'achèteras un titre de noblesse ? Tu en as dix fois les moyens. Si le *Blue Cloud* arrive premier. Ou second, même troisième, tant qu'il arrive à bon port. Si la saison est bonne, tu pourras t'acheter un titre de comte.

Shevaun est assez jeune. Elle apporterait une dot utile et d'intéressantes relations politiques. Et Jeff Cooper ? Il est fou d'elle. Si elle lui dit non, c'est son affaire.

Et May-may ? Est-ce qu'une épouse chinoise te fermerait le saint des saints ? Certainement. Elle pèserait lourd, contre toi. Pas question.

Sans une épouse bien née, la vie mondaine anglaise est impossible. La diplomatie se fait dans les salons privés, dans le luxe. Peut-être la fille d'un lord, ou d'un comte ou d'un ministre ? Attends donc d'être là-bas, hein ? Tu as bien le temps.

Le temps ?

Un chien se mit à aboyer bruyamment du côté des sampans et glapit quand d'autres l'attaquèrent. Les bruits du combat acharné montèrent puis se turent. Le silence retomba, animé par de vagues grognements furtifs.

Struan observait les sampans, le dos tourné aux lanternes. Il vit une ombre se déplacer, puis une autre, et bientôt une masse silencieuse de Chinois quitta le village flottant et se regroupa sur la plage. Il reconnut Scragger.

Struan arma son pistolet et attendit calmement, cherchant Wu Kwok dans les ténèbres. Les hommes remontèrent le sentier, sans bruit, Scragger parmi eux. Ils s'arrêtèrent près du puits. Ils étaient tous jeunes, tous vêtus de tuniques et de pantalons noirs, des sandales aux pieds, la figure masquée par de grands chapeaux de coolies.

« Bien le bonsoir, Taï-pan, dit Scragger à mi-voix, sur ses gardes et prêt à battre en retraite.

— Où est Wu Kwok ?

— Il vous demande pardon, comme qui dirait, mais il a fort à faire. Voilà les cent. Faites votre choix qu'on s'en aille vite, hé ?

— Dites-leur de se séparer par groupes de dix et de se déshabiller.

— Se déshabiller, vous avez dit ?

— Oui, tout nus, bon dieu ! »

Scragger cligna les yeux. Puis il haussa les épaules et retourna auprès des hommes à qui il s'adressa en cantonais. Les Chinois répondirent, puis se séparèrent et ôtèrent leurs vêtements.

Struan fit un signe aux dix premiers et ils s'avancèrent dans la lumière des lanternes. Il en choisit un dans certains groupes, ailleurs deux ou trois, parfois aucun. Il opérait avec le plus grand soin, sachant qu'il rassemblait une unité de choc qui serait son avant-garde au cœur de la Chine. A condition de pouvoir les plier à sa volonté. Il écarta sans hésiter ceux qui ne le regardaient pas en face, ceux dont la natte était sale et mal peignée, ceux dont la constitution paraissait faible ; il considéra avec intérêt ceux dont le visage était grêlé de petite vérole car Struan savait que cette maladie faisait des ravages sur les navires de toutes les mers et qu'un homme qui avait eu la petite vérole et s'en était remis était immunisé, et fort, et connaissait la valeur de la vie. Ceux qui étaient couturés de cicatrices de coups de couteau lui plaisaient. Il approuvait ceux qui ne semblaient pas souffrir de leur nudité. Ceux qui étaient hostiles à cette même nudité, il les examinait avec attention, sachant que la violence et la mer sont compagnons de bord. Il en choisit certains pour la haine qui luisait dans leurs yeux et d'autres par simple intuition.

Scragger assistait à cette sélection avec une impatience croissante. Il prit son couteau et s'amusa à le planter dans le sable.

Struan eut enfin fini.

« Voici les hommes que je veux. Ils peuvent tous se rhabiller. »

Scragger lança un ordre et les hommes se rhabillèrent. Struan prit une liasse de papiers et en tendit un à Scragger.

« Vous pouvez leur lire ceci.

— Qu'est-ce que c'est donc ?

— Un engagement en bonne et due forme. Les conditions et la solde pour cinq ans de service. Ils devront tous en signer un.

— Je sais pas lire. Et pourquoi faire, un papier ?

Wu Fang Choi leur a dit qu'ils allaient rester cinq ans avec vous. »

Struan lui remit une autre feuille, rédigée en caractères chinois.

« Donnez ça à quelqu'un qui sait lire. Ils signeront chacun leur feuille, sinon je ne les accepte pas et le marché est résilié.

— Vous faites bien les choses, on dirait, pas vrai ? »

Scragger prit le papier et appela un petit Chinois grêlé qui avait été choisi. L'homme s'avança, prit le papier et le lut à la lueur des lanternes. Scragger fit un geste et ceux que Struan n'avait pas choisis disparurent vers les sampans.

Le Chinois se mit à lire à haute voix.

« Comment s'appelle-t-il ?

— Fong.

— Fong comment ?

— Fong comme vous voulez. Qui peut savoir les noms de ces singes-là ? »

Les Chinois écoutaient Fong avec attention. A un moment donné, un rire sournois parcourut leurs rangs.

« Qu'est-ce qu'il y a de drôle ? » demanda Scragger en cantonais.

Fong le lui expliqua très longuement. Scragger se tourna vers Struan.

« Qu'est-ce que c'est que cette histoire, hé ? Ils doivent promettre de pas forniquer et de pas se marier pendant cinq ans ? C'est pas bien, ça. Vous les prenez pour qui donc ?

— C'est simplement une clause normale, Scragger. Tous les contrats portent la même.

— Pas les inscriptions de la marine, par Dieu !

— Ils seront capitaines et officiers, donc ils doivent avoir des papiers d'engagement. Pour que ce soit légal.

— C'est pas bien du tout, si vous voulez mon avis. Vous voulez dire que pendant cinq ans, ils pourront pas se payer une poulette ?

— Ce n'est qu'une formalité. Mais ils n'ont pas le droit de se marier. »

Scragger se retourna et fit un bref discours. Il y eut de nouveaux rires.

« Je leur ai dit comme ça qu'ils doivent vous obéir comme au sacré bon Dieu, sauf pour la fornication. Wu Fang leur a dit qu'ils sont à vous pour cinq ans, alors vous avez pas à vous faire de bile. »

Scragger essuya la sueur sur sa figure.

« Pourquoi êtes-vous si nerveux, hein ?

— Rien. Rien, je vous dis. »

Fong reprit sa lecture. Il y eut un silence et puis un des hommes lui demanda de répéter une clause. L'intérêt de Scragger s'accrut. Les capitaines en puissance devaient toucher cinquante livres la première année, soixante-dix la deuxième et la troisième, cent lorsqu'ils auraient gagné leur premier brevet d'officier et cent cinquante quand ils seraient capitaines. Un seizième des bénéfices de chaque navire qu'ils commanderaient. Une prime de vingt livres s'ils apprenaient l'anglais en trois mois.

« Cent cinquante livres c'est plus qu'ils gagneront en dix ans, observa Scragger.

— Vous voulez un emploi ?

— Celui que j'ai me plaît bien, merci de bon cœur, dit Scragger et il ajouta en faisant la grimace : Wu Fang donnera jamais tout cet argent.

— On ne le lui demandera pas. Ces hommes ne voleront pas ce qu'ils toucheront, vous pouvez me croire. Sinon ils seront débarqués.

— Tant que mon patron n'a pas à payer, vous faites ce que vous voulez avec votre argent, pas vrai ? »

Lorsque Fong eut fini de lire le document, Struan demanda à chaque homme d'écrire son nom en caractères chinois sur une copie. Ils savaient tous écrire. Puis il obligea chacun à appliquer sa main gauche sur de l'encre de chop et à imprimer sa paume au dos du papier.

« Pour quoi faire, ça ?

— Chaque paume est différente. Maintenant, je connais chaque homme, quel que soit son nom. Où sont les jeunes garçons ?

— Vous voulez que les hommes retournent aux bateaux ?

— Oui. »

Struan donna une lanterne à Fong et lui fit signe de descendre sur la plage. Les autres le suivirent en silence.

« Paraît que vous avez joué un sale tour à Brock, Taï-pan. Pour le trésor. »

Struan jeta un regard aigu à Scragger.

« Brock dit qu'il y avait des Européens, dans cet abordage. Vous en faisiez partie ?

— Si j'avais eu l'ordre de Wu Fang, Taï-pan, il n'y aurait pas eu d'échec. Wu Fang Choi n'aime pas qu'on échoue. Devaient être des vérolés de bandits du coin. Terrible. »

Scragger regarda autour de lui. Lorsqu'il fut sûr d'être bien seul avec Struan, il lui dit en baissant la voix :

« Wu Kwok est de Fukien. Il vient de Quemoy, vers le nord, hé ? Vous connaissez l'île ?

— Sûr.

— La nuit de la Saint-Jean, y aura un festival. Wu Kwok y sera, de sûr. Une affaire de ses ancêtres. Si par hasard une frégate croisait dans les parages, il serait pris comme un sale foutu rat d'égout dans un tonneau. »

Struan sourit avec mépris.

« C'est sûr !

— C'est la vérité que je vous dis, bon Dieu. Vous avez mon serment devant Dieu. Ce bougre m'a berné pour que je vous donne ma parole alors que c'était un mensonge, et ça, je le pardonne pas. La parole de Scragger est aussi bonne que la vôtre !

— Sûr. Naturellement. Croyez-vous que j'aurais confiance en un homme qui vendrait son maître comme un rat ?

— C'est pas mon maître. Wu Fang Choi, c'est mon maître, et personne d'autre. Je lui ai prêté serment de fidélité, à lui et à personne d'autre. Vous avez ma parole. »

Struan examina Scragger un moment.

« Je vais réfléchir à la nuit de la Saint-Jean.

— Mon serment, je vous le donne. Je veux le voir crever, nom de Dieu. Le serment d'un homme, c'est tout ce qu'il y a entre lui et la damnation. Ce porc a pris le mien, que le Diable le maudisse, alors je veux le voir mort et qu'il paie.

— Où sont les petits garçons ?

— Des rupins qu'ils doivent être, comme vous avez dit ?

— Dépêchez-vous, je veux partir. »

Scragger se retourna et siffla dans la nuit.

Trois petites ombres se levèrent sur les sampans. Les garçons descendirent avec prudence la passerelle branlante et coururent sur la plage. Struan ouvrit des yeux ronds lorsqu'ils arrivèrent dans la lumière. Le premier était chinois, le second eurasien et le dernier était un petit galopin anglais crasseux. Le jeune Chinois était richement vêtu, ses cheveux épais très propres et soigneusement nattés. Il portait un bagage. Les deux autres étaient pitoyablement habillés à l'anglaise, en redingotes et petits chapeaux haut de forme cabossés, avec des pantalons et des chaussures faits à la maison et grossièrement cousus. Ils avaient tous deux un balluchon noué au bout d'un bâton qu'ils portaient sur l'épaule.

Les trois enfants s'efforçaient désespérément — et en vain — de dissimuler leur angoisse.

« Celui-là c'est Wu Pak Chu, dit Scragger et le jeune Chinois s'inclina nerveusement. Il est le petit-fils de

Wu Fang Choi. Un de ses petits-fils, et pas de Wu Kwok. Et ces deux-là, c'est mes gamins. Celui-là c'est Fred, dit-il en montrant fièrement le petit galopin blond. Il a six ans. Et ça c'est Bert, sept ans. »

Il fit un geste et les deux garçons ôtèrent précipitamment leur chapeau pour saluer, en marmonnant des mots inaudibles, puis ils regardèrent craintivement leur père pour voir s'ils avaient bien agi. Bert, l'Eurasien, avait sa natte roulée sous son chapeau mais elle était tombée et pendait au milieu de son dos. Les cheveux du petit étaient sales et pouilleux et attachés sur la nuque, comme ceux de son père, avec un bout de chanvre goudronné.

« Venez là, mes petits », dit Struan avec douceur.

Le marmot prit la main de son demi-frère et ils s'avancèrent lentement. Le souffle coupé, ils s'arrêtèrent à trois pas. Le petit Anglais essuya son nez morveux avec le dos de sa main.

« Tu es Fred ?

— Ouais, Vot' Grandeur, souffla-t-il.

— Parle plus fort, petit.

— Ouais, Vot' Grandeur, je suis Fred.

— Je suis Bert, Votre Grandeur », murmura l'Eurasien.

Il baissa timidement les yeux quand Struan se tourna vers lui. C'était un grand garçon bien bâti, aux traits harmonieux. Il avait une peau dorée et d'éclatantes dents blanches. C'était le plus grand des trois.

Struan regarda Wu Pak. L'enfant baissa la tête et se dandina un peu.

« Il ne parle pas anglais ?

— Non. Mais Bert que voilà parle sa langue. Et Fred quelques mots. La maman de Bert est de Fukien. »

Scragger paraissait de plus en plus mal à son aise.

« Où est ta mère, Fred ?

— Elle est morte, Vot' Grandeur, bredouilla le petit. Morte, qu'elle est, monsieur.

— Ça fait deux ans qu'elle a trépassé, dit Scragger. Le scorbut.

— Vous avez des femmes anglaises, sur vos navires ?

— Y en a... Reculez un peu, là-bas, les petits. »

Ses fils battirent promptement en retraite et s'immobilisèrent, hors de portée de la voix. Wu Pak hésita, puis il courut les rejoindre.

Scragger baissa la voix.

« La maman de Fred était une détenue. Dix ans de déportation pour avoir volé du charbon au plus froid de l'hiver. On a été mariés par un prêtre en Australie, mais il était défroqué alors ça compte peut-être pas. Mais on a été mariés quand même. J'y ai fait le serment avant qu'elle meure de bien m'occuper du gamin.. »

Struan tira d'autres papiers de sa poche.

« Ces documents m'instituent tuteur légal des enfants, jusqu'à l'âge de vingt et un ans. Vous pouvez signer pour vos fils. Mais Wu Pak ? Devrait être un parent.

— Je vais mettre ma marque sur les trois. Vous pouvez m'en donner un, que je le montre à Wu Fang ? Ce que j'aurai signé ?

— Sûr. Vous pouvez en emporter un. »

Struan se mit à inscrire les noms mais Scragger lui prit le bras.

« Taï-pan, mettez pas le nom de Scragger pour les petits. Trouvez un autre nom. Celui que vous voudrez... Non, me le dites pas, ajouta-t-il vivement. N'importe quel nom. Trouvez-en un beau. »

La sueur perlait à son front. D'une main tremblante, il prit son crayon et signa d'une croix.

« Fred doit m'oublier. Et sa maman aussi. Faites tout au mieux pour Bert, dites ? Sa maman est encore ma femme et elle est pas mal du tout, pour une mécréante. Faites tout au mieux pour eux, et vous aurez un ami pour la vie. Mon serment là-dessus. Ils ont tous les deux appris à dire leurs prières bien comme il faut. »

Il se moucha dans ses doigts et s'essuya la main sur son fond de pantalon.

« Wu Pak doit écrire une fois par mois à Jin-qua. Ah oui, et vous présentez les comptes à Jin-qua, qu'il paie l'école et tout. Une fois par an. Ils doivent tous aller à la même école et loger ensemble. »

Il fit signe au jeune Chinois. Wu Pak s'avança à contrecœur. Scragger montra les bateaux et l'enfant s'en alla docilement. Puis Scragger appela ses fils.

« Voilà, mes petits. Je m'en vais, à présent. »

Les garçons coururent vers lui et se cramponnèrent à ses jambes en le suppliant de ne pas les envoyer au loin ; leurs petits visages ruisselaient de larmes et la terreur les accablait. Mais il les repoussa et se força à leur parler d'une voix dure :

« Allez donc, allez. Obéissez au Taï-pan. Il sera comme votre papa.

— Ne nous envoie pas loin, Pa, gémit Fred. J'ai été bien gentil. Bert et moi, on est bien sages, Pa, nous renvoie pas ! »

Écrasés de chagrin, désespérés, ils ne retenaient pas leurs sanglots.

Scragger se racla bruyamment la gorge et cracha. Après une seconde d'hésitation, il prit son couteau et empoigna la natte de Bert. L'Eurasien poussa un cri et se débattit comme un diable. Mais Scragger lui coupa la natte et gifla l'enfant affolé juste assez fort pour le calmer.

« Oh ! Pa, s'écria Fred de sa petite voix aiguë d'enfant, tu sais bien que Bert a promis à sa maman de garder ses cheveux bien comme il faut !

— Vaut mieux que ça soye moi qui le fasse, Fred, plutôt qu'un autre, murmura Scragger d'une voix étrangement brisée. Bert en a plus besoin, à présent. Il sera un rupin comme toi.

— Je veux pas être un rupin, je veux rester à la maison ! »

Scragger ébouriffa une dernière fois les deux jeunes têtes.

« Adieu, mes fils », dit-il.

Il s'éloigna à grands pas et la nuit l'enveloppa.

# 17

« POURQUOI partir si tôt, Taï-pan ? demanda May-may en étouffant un bâillement. Deux heures dormir cette nuit pas assez pour toi. Tu vas perdre ta vigueur.

— Allez donc, fillette ! Et je t'ai dit de ne pas te lever. »

Struan repoussa son assiette et May-may lui versa du thé. La matinée était radieuse. Le soleil filtrait par les vitraux et dessinait de ravissants motifs sur le plancher.

May-may s'efforçait de boucher ses oreilles aux coups de marteau et aux grincements de scie des maisons en construction de la Vallée Heureuse mais c'était impossible. Le fracas était permanent et assourdissant, de jour comme de nuit, depuis qu'ils étaient arrivés trois jours plus tôt.

« Il y a beaucoup à faire, et je veux être sûr que tout est bien en ordre pour le bal, dit Struan. Il doit commencer une heure après le coucher du soleil. »

May-may frissonna de délices en songeant à sa robe secrète.

« Le petit déjeuner à l'aube est barbare.

— Ce n'est pas l'aube. Il est neuf heures.

— Pour moi, c'est l'aube, protesta-t-elle en ramenant autour d'elle son peignoir de soie jaune paille. Pendant combien de temps vont durer ces bruits horribilieux ?

— Dans un mois ou deux, ce sera plus calme. Et on ne travaillera pas le dimanche, murmura-t-il distraitement, en pensant à tout ce qu'il avait à faire dans la journée.

— C'est trop de bruit. Et il y a quelque chose de mauvais dans cette maison.

— Quoi ? demanda-t-il sans trop l'écouter.

— Mauvais, terrifiquement mauvais. Tu es bien sûr que le *fêng shui* est correct, heya ?

— Le fêng quoi ? »

Il sursauta, la regarda et lui accorda toute son attention. May-may parut atterrée.

« Tu n'as pas fait venir les messieurs fêng shui ?

— Qui est-ce ?

— Sangdieu, Taï-pan ! s'écria-t-elle avec exaspération. Tu construis une maison et tu ne consultes pas le fêng shui ? Quelle folie ! Ayee yah ! Je m'en occupe aujourd'hui.

— Et que va faire ton monsieur fêng shui, demanda-t-il aigrement, à part me coûter de l'argent ?

— Il va s'assurer que le fêng shui est correct, bien sûr.

— Et veux-tu me dire ce que c'est que le fêng shui, pour l'amour de Dieu ?

— Si le fêng shui est mauvais, les esprits démons entrent dans la maison et tu auras du terrifical mauvais joss et la maladie. Si le fêng shui est bon, alors les démons n'entrent pas. Tout le monde sait ça.

— Tu es une bonne chrétienne et tu ne crois pas aux démons ni aux esprits ni à toutes ces sornettes.

— Je suis tout à fait d'accord, Taï-pan, mais dans les maisons le fêng shui est absolument vital. N'oublie pas que nous sommes en Chine et en Chine il y a...

— Bon, c'est bon, soupira-t-il, résigné. Fais venir le monsieur fêng shui pour jeter un sort, si tu veux.

— Il ne jette pas de sorts, déclara-t-elle gravement. Il s'assure que la maison est bien orientée pour les courants Ciel-Terre-Air. Et qu'elle n'est pas bâtie sur le cou d'un dragon.

— Hein ?

— Doux Jésus Dieu, comme tu dis quelquefois !

Ça, alors ce serait horribilieux, car alors le dragon qui dort sous la terre ne pourrait plus dormir en paix. Sangdieu, j'espère que nous ne sommes pas sur son cou ! Ni sur sa tête ! Est-ce que tu pourrais dormir, toi, avec une maison sur ton cou ou sur ta tête ? Non, bien sûr ! Si le sommeil du dragon est dérangé, naturellement des fantasticalement pires choses arriveront. Il faudrait déménager instantané !

— Ridicule !

— Fantastical ridicule, mais nous déménagerons. Moi, je vous protège. Oh ! oui. C'est très important de protéger son homme et sa famille. Si nous sommes construits sur un dragon, nous partons.

— Alors tu feras bien de dire au monsieur fêng shui qu'il ne trouve pas de dragons par ici, bon dieu ! »

Elle avança un menton belliqueux.

« Les messieurs fêng shui ne vont pas t'apprendre à commander un navire, alors pourquoi tu veux leur apprendre les dragons, heya ? C'est très gracieusement difficile d'être des messieurs fêng shui. »

Struan était heureux de voir May-may redevenir elle-même. Il avait remarqué, depuis son retour de Macao à Canton et pendant le voyage à Hong Kong, qu'elle était distraite, préoccupée. Surtout ces derniers jours. Et elle n'avait pas tort. Le bruit était abominable.

« Bon, je m'en vais.

— Est-ce que je peux inviter Mary Sinclair aujourd'hui ?

— Sûr. Mais je ne sais pas où elle est, ni même si elle est arrivée.

— Elle est à bord du navire amiral. Elle est arrivée hier avec son amah, Ah Tat, et sa robe de bal. Elle est noire et très belle. Elle va te coûter deux cents dollars. Ayee yah, si tu m'avais laissé arranger la robe, je t'aurais économisé soixante, soixante-dix dollars, ça ne fait rien. Sa cabine est à côté de celle de son frère.

— Comment sais-tu tout ça ?

— Son amah est la quatrième fille de la sœur de la mère d'Ah Sam. A quoi ça servirait d'avoir une idiote d'esclave comme Ah Sam si elle ne tenait pas sa mère au courant et si elle n'avait pas de relations ?

— En quoi est-ce que ça regarde la mère d'Ah Sam ?

— Oh ! Taï-pan, que tu es drôle ! s'écria May-may. Pas la mère d'Ah Sam. Moi ! Tous les esclaves chinois appellent leur maîtresse mère. Tout comme toi tu es son père.

— Elle m'appelle père ?

— Tous les esclaves appellent le maître de la maison « père ». C'est une ancienne coutume, très polie. Alors Ah Tat, l'esclave de Mary, a dit tout à Ah Sam. Ah Sam, qui est bonne à rien de fainéante et qui a besoin d'être fouettée, a tout dit à sa mère, qui est moi. C'est très simple, tu sais. Ah ! oui, et pour être absolument comme il faut, si tu parlais un dialecte chinois, tu appellerais Ah Sam « fille ».

— Pourquoi veux-tu voir Mary ?

— Je m'ennuie sans parler à personne. Je parlerai seulement cantonais, ne t'inquiète pas. Elle sait que je suis ici.

— Comment donc ?

— Ah Sam l'a dit à Ah Tat, dit-elle comme si elle s'adressait à un enfant. Naturellement, une nouvelle aussi intéressante, Ah Tat l'a annoncée à sa mère, à Mary. Cette vieille putain d'Ah Tat est une mine de jade de secrets.

— Ah Tat est une putain ?

— Sangdieu, Taï-pan, c'est façon de parler. Tu devrais vraiment retourner te coucher. Tu es très simplet ce matin. »

Il but son thé et posa sa tasse.

« Rien d'étonnant, à écouter ces inepties. Je déjeune avec Longstaff, alors je préviendrai Mary. A quelle heure veux-tu ?

— Merci, Taï-pan, ça ne fait rien. Ah Sam sera mieux. Alors personne n'en saura rien que les serviteurs et ils savent toujours tout, n'importe comment. »

Lim Din ouvrit la porte. C'était le valet de chambre personnel de Struan et le cuisinier, un petit homme trapu d'une cinquantaine d'années, en pantalon noir et tunique blanche immaculée. Il avait une figure ronde joviale et de petits yeux vifs et rusés.

« Massi ? Missi et Massi venir voir. Peux ?

— Massi comment ? » demanda Struan, stupéfait que quelqu'un pût avoir l'impolitesse de venir sans être prié.

Lim Din haussa les épaules.

« Massi et Missi. Demander quel Massi ?

— Oh ! peu importe. »

Struan se leva.

« Tu attends du monde ? demanda May-may.

— Non. »

Struan passa dans la petite antichambre, la traversa et ferma la porte du fond derrière lui. Il suivit le couloir menant au vestibule et aux appartements du devant. Dès qu'il eut poussé la porte il devina que la visiteuse était Shevaun. Son parfum, un délicat parfum turc qu'elle était la seule à porter, avait imprégné l'atmosphère.

Son cœur battit plus fort et sa colère s'évapora. D'un pas vif, il entra dans le salon.

« Bonjour, Taï-pan », dit Shevaun.

Elle avait vingt ans et la grâce d'une gazelle. Ses cheveux roux sombre, plus foncés que ceux de Struan, tombaient en anglaises sur ses épaules. Sa poitrine généreuse tendait le velours vert de sa robe discrètement décolletée serrée sur sa taille de guêpe. Elle était coiffée d'un bonnet vert et ses petits pieds dépassaient d'une dizaine de jupons à volants. Elle avait une ombrelle d'une couleur orange éclatante.

Sûr, se dit Struan, elle devient plus jolie de jour en jour.

« Bonjour, Shevaun. Wilf.

— Bonjour. Navrés d'arriver ainsi sans être invités, dit Wilf Tillman d'un air gêné.

— Allons, mon oncle, s'exclama Shevaun. C'est une bonne vieille coutume américaine que de souhaiter du bonheur à une maison.

— Nous ne sommes pas en Amérique, ma chérie. »

Tillman le regrettait bien, en ce moment. Et que Shevaun ne fût pas mariée avec Jeff Cooper, qu'il fût lui-même dégagé de sa responsabilité. Maudite Shevaun. Et Jeff. Bon dieu, je donnerais tout au monde pour qu'il fasse sa cour. Alors je pourrais tout simplement annoncer le mariage et ce serait fini. Ses hésitations sont ridicules. Jeff prétendait que rien ne pressait, mais ce n'était pas vrai, à présent que Struan était veuf. Je suis absolument certain que Shevaun a jeté son dévolu sur le Taï-pan, pensait-il. Sinon, pourquoi insister pour venir ici ce matin ? Pourquoi toujours poser des questions sur lui ?

En chemin, il s'était interrogé sur la sagesse d'une union entre Shevaun et Struan. Il y avait évidemment de gros avantages pécuniaires, mais Struan était à l'opposé de leur mode de vie américain ; il ne comprendrait pas du tout.

Il tournerait certainement Shevaun contre nous, se disait Tillman. Il se servirait d'elle. Jeff serait furieux de la perdre et il romprait sans doute l'association Cooper-Tillman. Je ne pourrais pas l'en empêcher. Si la Compagnie s'effondre, il n'y aura plus d'argent pour les luxueuses réceptions de frère John à Washington. La politique coûte cher, et sans ascendant politique la vie sera dure pour la famille et nous avons besoin de tout le secours possible contre les maudits États du Nord. Non, par Dieu ! Shevaun épousera Jeff et pas le Taï-pan !

« Navré d'arriver ainsi sans avoir été invités, répéta-t-il.

— Vous êtes les bienvenus tous les deux, assura Struan en faisant signe à Lim Din d'apporter le plateau. Xérès ?

— Ma foi, merci. Mais je crois que nous devrions partir. »

Shevaun éclata d'un rire léger.

« Nous venons d'arriver ! Je voulais être la première à vous souhaiter la bienvenue dans votre maison, Taï-pan, dit-elle.

— Vous l'êtes, en effet. Asseyez-vous. Je suis heureux de vous voir.

— Nous apportons des présents pour la maison. »

Elle ouvrit son réticule et y prit une petite miche de pain, une minuscule salière pleine et une bouteille de vin.

« C'est une vieille tradition, pour porter bonheur à la maison. Je serais bien venue seule, mais mon oncle a prétendu que ce serait de très mauvais goût. Ce n'est pas du tout sa faute.

— Vous avez bien fait de venir. »

Struan prit le pain. Il était doré et craquant.

« Je l'ai fait hier soir. »

Struan en cassa un coin et le goûta.

« C'est excellent !

— Ce n'est pas vraiment pour être mangé. Enfin, c'est un symbole, dit Shevaun en riant. Et maintenant que j'ai fait mon devoir, nous partons.

— Mes premiers visiteurs ne partiront pas ainsi ! J'insiste, prenez au moins un verre de xérès. »

Lim Din passa le plateau. Shevaun prit un verre et s'installa dans un fauteuil au grand déplaisir de Tillman. Lim Din sortit sans bruit.

« Vous avez vraiment cuit ce pain ? demanda Struan. Toute seule ?

— C'est très important, pour une fille, de savoir faire la cuisine, déclara-t-elle en soutenant son regard, hardiment.

— Shevaun est bonne cuisinière, reconnut Tillman.
— Je vous commande une miche par jour ! »
Shevaun se redressa dans le grand fauteuil de cuir et leva son verre.
« Longue vie !
— Et à vous !
— Votre maison est ravissante, Taï-pan.
— Merci. Quand elle sera finie, je vous la ferai visiter, dit Struan, sachant très bien qu'elle était curieuse de savoir si ce que l'on disait de May-may était vrai. Et comment vont les affaires ? demanda-t-il à Tillman.
— Très bien, merci. Jeff rentre de Canton cet après-midi. Le commerce va grand train, à la Concession. Allez-vous y retourner ?
— Dans quelques jours.
— Il paraît que le *Blue Cloud* et le *Gray Witch* sont à égalité. Un de nos navires les a croisés à deux jours de Singapour, toutes voiles dehors et filant grande allure. Bonne chance. »
Tandis que les deux hommes parlaient de leurs affaires, sans s'intéresser vraiment à l'opinion de l'autre, Shevaun buvait son xérès à petits coups en observant Struan. Il portait une redingote de lainage léger, fort élégante.
Voilà un homme, se disait-elle. Vous ne le savez peut-être pas, Dirk Struan, mais je vais vous épouser. Je me demande à quoi ressemble votre maîtresse chinoise ; je sens sa présence dans cette maison. Maîtresse ou non, je suis l'épouse qu'il vous faut. Et quand je serai votre femme, vous n'aurez pas besoin d'aller courir, de longtemps. De très longtemps.
« Eh bien, je crois que nous allons vous laisser, dit Tillman en se levant. Et je vous prie encore une fois d'excuser notre intrusion.
— Vous êtes toujours les bienvenus.
— Ah ! au fait, Taï-pan, s'écria Shevaun. Il paraît

que les dames ne sont pas invitées cet après-midi, au combat de boxe. Voulez-vous jouer une guinée pour moi sur le marin ?

— Dieu du ciel, Shevaun, protesta Tillman, scandalisé. Tu ne dois pas dire des choses pareilles ! Ce ne sont pas des propos de jeune fille du monde !

— Toi, tu es un hypocrite. Et tu n'es pas de ton époque. Les hommes aiment assister à un combat, pourquoi pas nous ? Les hommes adorent jouer, pourquoi pas nous ?

— Bonne question, Shevaun, dit Struan que la gêne de Tillman amusait.

— N'est-ce pas une coutume orientale, après tout ? Il paraît, dit-elle à Struan d'un air candide, que les Chinois sont très joueurs, particulièrement les femmes. »

Struan laissa passer la réflexion.

« Le jeu est une regrettable habitude, déclara Tillman.

— Tu as mille fois raison, mon oncle. Combien as-tu misé ?

— Cela n'a aucun rapport. »

Struan éclata de rire.

« Avec votre permission, Wilf, nous lui passerons ce caprice. Une guinée pour la marine ?

— Merci, Taï-pan, dit-elle avant que Tillman puisse protester, en tendant sa main gantée à Struan. C'est seulement pour le principe. Vous êtes très compréhensif. »

Il garda sa main un peu plus longtemps qu'il n'était nécessaire, puis il la baisa et escorta ses visiteurs à la porte.

« A ce soir, donc.

— Si je ne remporte pas ce prix, Taï-pan, j'en mourrai. Et j'irai en prison pour dettes.

— Toi non, Shevaun, mais ton malheureux père et ton pauvre oncle y moisiront. »

Après leur départ, Struan retourna chez May-may. Elle le toisa froidement.

« Allons bon, qu'est-ce que tu as ?

— Cette sale poule avec sa bouche en cœur est après toi, voilà ce que j'ai.

— Ne sois pas stupide. Et d'abord, comment l'as-tu vue ?

— Ha ! Je n'ai pas des yeux, peut-être ? Et un nez ? Pourquoi faire j'examine les plans de la maison, hé, des heures et des heures ? Pour que le plan soit fait de façon que je puisse voir qui entre ici et qui passe sans vouloir se montrer. Ha ! Cette sale poule culotte sale tas de fumier elle est après toi pour te marier !

— T'épouser, rectifia-t-il, machinalement.

— Embrasser la main, hé ? Pourquoi pas embrasser ma main à moi, hé ? Pourquoi tu restes à faire les yeux de veau, hé ? Ayee yah ! cria-t-elle en plaquant violemment la théière sur la table.

— Ayee yah toi-même ! Encore une réflexion comme ça et je te tanne les fesses. C'est ça que tu veux ?

— Bouah ! Les hommes ! »

May-may se versa du thé d'une main tremblante, puis elle posa bruyamment sa tasse et se leva.

« Il paraît que les Chinois sont très joueurs, pahtikilialement les femmes, minauda-t-elle en imitant Shevaun, la poitrine bombée et la croupe en arrière. Et toi tu es là et tu manges des yeux son devant. Pourquoi faire mes devants à moi tu manges pas des yeux, heya ? »

Struan posa paisiblement sa tasse et se leva. May-may battit en retraite de l'autre côté de la table.

« Je dis rien, ça ne fait rien, je ne dis rien !

— C'est ce que je pensais. »

Il but calmement son thé. Elle l'observait, sans bouger, mais prête à s'enfuir.

« Viens là, dit-il.

— Ha ! J'ai pas confiance en toi quand il y a du feu vert dans tes yeux.

— Viens ici ! S'il te plaît », ajouta-t-il avec douceur.

Elle était absolument furieuse, et dans sa rage ressemblait aux chats siamois que Struan avait vus à Bangkok. Et tout aussi dangereuse, sans doute.

Elle avança avec méfiance, lentement, prête à fuir ou à sortir ses griffes. Il lui caressa gentiment la joue et se dirigea vers la porte.

« Tu es une bonne fille.

— Taï-pan ! »

D'un geste autoritaire, May-may tendait sa main à baiser. Réprimant un sourire, il revint sur ses pas et la baisa galamment. Puis il la fit brusquement pivoter et avant que May-may comprenne ce qui lui arrivait il lui assena une claque sonore sur les fesses. Elle poussa un cri et courut se réfugier derrière la table. Une fois hors d'attéinte, elle lui lança une tasse à thé. La porcelaine se brisa contre la porte et elle prit une autre tasse.

« Ne la casse pas ! »

Elle la posa.

« Bien sage, fillette. Une, ça va. Deux, c'est du gaspillage.

— Je parle seulement pour te protéger, glapit-elle. Te protéger de la vieille sale laide vache de poule aux gros seins !

— Merci, May-may », dit-il très sérieusement.

Il sortit, referma la porte et fit semblant de s'éloigner. Puis il tendit l'oreille, en retenant son rire. La tasse s'écrasa de l'autre côté de la porte. Une bordée d'injures suivit, puis le nom d'Ah Sam et de nouveaux jurons.

Le cœur joyeux, Struan s'en alla sur la pointe des pieds.

La Vallée Heureuse tout entière bourdonnait d'activité et en descendant de sa maison vers la plage, Struan se gonflait de fierté. Il y avait beaucoup de bâtiments en construction. Les deux plus importants étaient l'immense comptoir de trois étages de la Noble Maison et celui de Brock et Fils, avec les façades sur Queen's Road ; les vastes immeubles contenaient des entrepôts, des magasins, des bureaux et des appartements d'habitation. Pour le moment, ce n'étaient qu'échafaudages de bambous grouillants d'ouvriers chinois. Et tout autour de ces imposantes constructions poussaient des immeubles, des maisons, des docks.

Au loin, à mi-chemin de la pointe de Glessing, Struan voyait que les travaux du port étaient déjà commencés ; d'interminables files de coolies noyaient des pierres et de la terre pour former le premier bassin. En face de la petite maison du capitaine du port à laquelle ne manquait encore que le toit se dressaient les murailles de pierre de la prison, aux trois quarts achevée. Et au-delà du chantier naval, la première des casernes de l'armée encore sous les échafaudages.

Struan tourna à gauche et se dirigea vers l'alignement de vastes tentes abritant leur siège provisoire. Elles avaient été dressées à l'extrémité de la vallée. L'église n'était pas encore en construction, mais Struan vit des hommes qui arpentaient le sommet de la colline.

« Salut, Robb, dit-il en entrant sous la tente.

— Bonjour. Tu t'es occupé d'Aberdeen ? »

Robb n'était pas rasé et des cernes sombres entouraient ses yeux.

« Oui. Ici, comment ça va ?

— Bien et mal. On ne peut pas faire un pas sur Queen's Road sans être assailli par des essaims de mendiants. Pire que ça ; nous faisons venir dix milles briques de Macao, tous les jours, par sampan et par jonque, et le lendemain matin deux mille se sont évaporées. Si ce n'était que les briques ! Mais ils volent tout, le bois, le plâtre, les meubles, les plumes d'oie, le papier, tout. A ce train, la construction revient au double du prix prévu. Tiens, un cadeau pour toi, grogna Robb en jetant un papier sur la table. Les chiffres, pour ta maison, et ce n'est pas fini. Trois fois l'estimation de Vargas.

— Pourquoi ?

— Et alors ? Tu la voulais en trois semaines.

— Pour mille livres, je peux presque me payer le cinquième d'un clipper, bon dieu !

— Si le *Blue Cloud* n'arrive pas à Londres, nous serons dans de très sales draps. Encore une fois.

— Il arrivera.

— J'admire ta confiance », rétorqua sèchement Robb.

Struan s'assit au bureau.

« Dis-moi, petit, qu'est-ce qui ne va pas ? Vraiment ?

— Oh ! je ne sais pas. Les vols, la mendicité — et puis il y a trop à faire. Et puis ce bruit perpétuel ! Je suis fatigué, sans doute. Non, ce n'est pas vrai. Deux choses. Sarah d'abord. Elle a deux semaines de retard et tu n'as pas idée de ce que ça peut énerver une femme et la pauvre fille est terrifiée à l'idée qu'elle va mourir. C'est normal. Et on ne peut rien faire, que lui assurer que tout se passera bien. Et puis il y a cette histoire de... que je reste ici. Nous ne faisons que nous disputer. Elle est bien décidée à partir dans un mois ou deux, dès qu'elle sera rétablie.

— Veux-tu que j'aille lui parler ?

— Non. Il n'y a rien à faire. Elle est bien décidée et tu la connais. Naturellement, elle est ravie que nous ayons récupéré notre fortune mais elle part quand même. Le bal n'a rien arrangé. Elle est furieuse d'être enceinte, et grosse et laide et déformée, dit-elle.

— Bon. Ça, c'est la première chose. L'autre ?

— Culum. Toi et Culum. »

Struan regarda par l'ouverture de la tente la rade ensoleillée et les nombreux navires au mouillage.

« Il m'a l'air d'aller bien.

— Ce n'est pas ce que je veux dire.

— Laissons cela pour le moment.

— C'est une situation déplorable. Mauvaise pour vous deux et pour la maison.

— Laisse, Robb.

— Je te le demande. Pardonne-lui. Je t'en prie !

— Laisse-nous du temps. Un peu de temps.

— C'est bon, Dirk, soupira Robb. Que s'est-il passé hier soir, à Aberdeen ? »

Struan le lui raconta et lui confia les contrats et les papiers de tutelle. Mais il ne parla pas de Wu Kwok, ni de Quemoy, ni de la nuit de la Saint-Jean. La nuit de la Saint-Jean arriverait alors qu'il serait encore Taï-pan et la décision lui appartenait, à lui seul.

Robb s'inquiétait.

« Où sont les garçons, en ce moment ?

— A bord du *Resting Cloud.* Je les ai confiés à Wolfgang. Les hommes sont sur le *China Cloud.*

— Nous ferions bien de transporter les enfants en Angleterre au plus tôt. Si les gens apprennent que nous avons des rapports avec cette racaille de pirates... ma foi, Dieu sait ce qui arrivera.

— Le *Thunder Cloud* est presque complètement chargé. Il sera prêt à appareiller dans quatre ou cinq jours. Ils partiront à son bord.

— Je vais les envoyer à Whampoa aujourd'hui.

— Que non, petit. Je les y conduirai moi-même demain. Ce sera plus sûr. Il y a bien trop en jeu à Canton, et je ferais bien d'y retourner rapidement. Tu veux venir ?

— Je ne peux pas, Dirk. Pas avec Sarah sur le point d'accoucher. Emmène donc Culum.

— Il a beaucoup à faire ici.

— Il a beaucoup à apprendre sur les thés, et les soies, et les expéditions, et seulement quatre mois devant lui.

— Très bien.

— Comment comptes-tu t'y prendre, pour les hommes ?

— D'abord, Wolfgang et Gordon leur apprendront l'anglais. Dans trois mois, nous les mettrons à bord des clippers. Jamais plus d'un par navire. Fais travailler ta cervelle astucieuse pour voir comment nous pourrons les gagner à nous.

— J'essaierai. Je me demande quelle diablerie méditent Wu Kwok et Scragger. Je n'ai pas la moindre ombre de confiance en eux.

— Ouais... »

Je me demande ce que tu ferais, Robb, à la nuit de la Saint-Jean, songea Struan. Tu enverrais des frégates, j'en suis sûr. Et tu les ferais peut-être tomber dans un piège. Et moi ? Je n'en sais rien encore.

« Si Dieu est de notre bord cette saison, murmura Robb, nous serons bien loin devant Brock.

— Sûr.

— Je crois que nous devrions récupérer des terres sur la mer et allonger les jetées jusqu'en eau profonde.

— Bonne idée.

— Faites excuses, monsieur, s'écria Cudahy en surgissant à l'ouverture de la tente, mais vous avez dit qu'on devait vous prévenir tout de suite.

— Entrez, entrez, monsieur Cudahy. Comment cela s'est-il passé ?

— Du foutu gâteau ! La malle du courrier était là où vous aviez dit. J'ai eu la liste des passagers comme vous avez demandé. Nous l'avons interceptée au large de Pokliu Chau. Elle entrera dans la rade dans trois heures. »

Cudahy sourit et posa un petit sac de courrier sur le bureau.

« Euh... Faites excuses, monsieur, mais comment vous saviez que la malle du courrier arrivait ? Elle a un jour d'avance.

— Mon intuition, monsieur Cudahy, répondit Robb

en souriant. Voulez-vous attendre dehors, s'il vous plaît ? »

Cudahy porta une main à son front et les laissa.

« Une idée de génie que tu as eue, de poster une vigie au sommet de la montagne, dit Robb.

— Ainsi, Culum s'en est souvenu, hé ? »

Struan était satisfait et plus ravi encore que Robb et Culum aient mis secrètement le plan à exécution.

« Comment avez-vous fait ? demanda-t-il.

— Nous avons chargé un des employés, le neveu du vieux Vargas, Jésus de Vargas, de regarder le sommet de la montagne tous les quarts d'heure. A la longue-vue, naturellement. En secret, naturellement. Culum a mis au point un code de signaux battants. Maintenant, nous savons si un navire est la malle, un des nôtres, un à Brock ou un des Cooper-Tillman. »

Ils parcoururent leur courrier, en mettant de côté les trois mois de journaux et périodiques qu'ils liraient à loisir quand ils auraient le temps, ainsi que les livres, la musique, les pièces de théâtre, les journaux de mode de Sarah, les revues maritimes de Struan, les gazettes financières de Robb.

Les affaires avant tout.

A Londres, les cours des épices — gingembre, noix muscade, poivre, cannelle — avaient considérablement monté. Celui de la mélasse avait baissé. Le prix d'achat du thé avait fait un bond de cinquante pour cent, par suite d'une pénurie, ce qui signifiait que si le *Blue Cloud* arrivait premier, ils feraient un bénéfice de plus de deux cent quarante mille livres. De graves manifestations chartistes avaient abaissé la production des filatures de coton du Lancashire et des mines de charbon galloises, ce qui voulait dire que le prix du coton monterait ainsi que celui des huiles de houille pour l'éclairage. Les cours de l'opium, à Calcutta, s'étaient écroulés par suite d'une récolte abondante. Struan changea donc les ordres du *Sea Cloud*, un de ses clippers faisant les routes de Hong Kong, pour l'envoyer de toute urgence à Manille charger des épices, au lieu d'aller à Whampoa acheter du thé ; il devait ensuite faire voile vers l'Angleterre, par le cap de Bonne-Espérance. Robb donna l'ordre à Vargas d'acheter jusqu'au dernier empan de cotonnade, de coton en écheveaux et de coton à coudre, de se débarrasser de leurs stocks de mélasse et d'accélérer les achats d'opium à Calcutta en se débarrassant au plus vite des stocks existants.

Avant que la malle du courrier vienne mouiller dans la rade, le *Sea Cloud* avait déjà appareillé pour Manille ; leurs trois heures d'avance les enrichissaient de près de quarante mille guinées. Car, en trois heures, ils avaient écumé le marché et avaient retenu toutes les cales possibles sur les navires anglais et américains, à l'exception de ceux de Brock et Fils, pour acheminer au plus vite en Angleterre des marchandises importées comme l'huile d'éclairage, le coton, les cotonnades, et le fil à coudre ainsi que des épices. Ils savaient que, dès l'arrivée du courrier, les acheteurs se précipiteraient pour acheter du coton et des épices et pour les expédier. Ils ne savaient pas que le *Sea Cloud* avait pris le mors aux dents, qu'il avait un jour d'avance au moins et qu'il ferait la loi à Londres.

« Eh bien, voilà une matinée bien remplie », dit Struan en se frottant les mains.

Ils se tenaient devant leur tente et regardaient la malle mouiller ses ancres. Des essaims de canots l'entouraient, bourrés d'hommes avides d'avoir des nouvelles. Struan jeta un coup d'œil à la liste des passagers.

« Dieu du ciel, s'écria-t-il. Regarde ! »

Il tendit la feuille à Robb, qui parcourut rapidement la liste des noms. Il s'arrêta sur celui de S. A. R. le grand-duc Alexei Sergueyev.

« Qu'est-ce qu'un grand de Russie vient faire en Asie, hein ?

— Non, petit, non, encore que c'est bizarre, pas de doute. Va au bout de la liste. »

Robb poursuivit sa lecture. Épouses de marchands, trois commerçants de retour, des noms qui ne lui disaient rien. Enfin il le trouva : « Maureen Quance et ses enfants. » Il éclata d'un rire sonore.

« Nom de Dieu, y a pas de quoi rire, bougonna Struan. Et le jugement des élégantes ?

— Oh ! Seigneur ! »

Six ans auparavant, la femme d'Aristote avait rageusement pris un bateau à Macao, pour l'Angleterre, persuadée — comme tout le monde — que son mari, à qui elle causait une terreur mortelle, s'était enfui en Grande-Bretagne. Mais au lieu de prendre la fuite, il s'était réfugié à l'Institut de Jeunes Filles de Mrs. Fotheringill, qui n'était autre que le bordel de Macao. Il en était ressorti huit jours après le départ de Maureen, et il lui avait fallu des mois pour surmonter ce qu'il appelait ses « vapeurs ».

« Qu'allons-nous faire ? demanda Robb.

— Si Aristote l'apprend, il va disparaître, c'est sûr. Il s'en ira à Canton et nous serons fichus. Il faut le trouver les premiers et le garder à l'abri jusqu'à cette nuit.

— Où est-il ?

— J'en sais rien. Envoie des groupes, des patrouilles, envoie tout le monde. Emmène-le à bord du *Thunder Cloud* sous n'importe quel prétexte et garde-le là jusqu'à ce que ce soit l'heure du jugement. Envoie Cudahy immédiatement à bord de la malle. Qu'il dise à Maureen qu'elle est notre invitée avec ses enfants. A bord du petit ponton. Nous pourrons peut-être l'occuper jusqu'à demain.

— Jamais. Elle a le flair pour Aristote.

— Nous devons essayer. Tu veux faire le juge ?

— Et le combat de boxe ? Il ne voudra pas le manquer.

— Pour un portrait de Sarah ou d'un des enfants, certainement. »

Robb sortit en courant.

Struan consulta sa montre. On ne l'attendait pas avant une heure à bord du navire amiral. Il fit venir Gordon Chen et lui demanda de recruter trente Chinois pour monter la garde.

« Je crois qu'il serait sage, Taï-pan, par précaution, d'assigner des hommes de garde à votre maison aussi, conseilla Gordon. Je me sentirais plus tranquille.

— Bonne idée, Gordon. Trente-cinq hommes, alors.

— Hélas ! la plupart des Chinois installés à Tai Ping Shan sont des scélérats. La plupart sont recherchés pour meurtre, à Canton et, ma foi, ici à Hong Kong ils sont hors de portée des mandarins. »

Il tira de sa manche un parchemin roulé et le posa sur la table en déclarant :

« J'ai pris mes dispositions avec le Roi des Mendiants pour votre bal de ce soir. Voilà son reçu. Je pourrai peut-être me faire rembourser par le compradore ?

— Un reçu ? De quoi ?

— Trois taels. Cette modeste redevance assure qu'aucun de vos invités ne sera harcelé ce soir. J'ai pris également un accord mensuel très raisonnable avec lui, en votre nom. Trois taels, pour que les mendiants n'approchent pas de la Noble Maison ni de votre demeure.

— Je ne paierai pas ! rugit Struan. Je me moque que Macao ait son Roi des Mendiants, et toutes les villes de Chine de même ! Nous n'allons pas accepter ça à Hong Kong, nom de dieu !

— Mais il est déjà ici et il a tout organisé, répliqua Gordon Chen d'une voix calme. Qui d'autre autoriserait les mendiants ? Qui serait responsable ? Qui paierait-on pour assurer la tranquillité des personnalités comme nous-mêmes ? Je vous supplie de réfléchir,

Taï-pan. Ce ne sera pas de l'argent perdu, je vous l'assure. Essayez au moins pendant un mois. Ce n'est pas trop demander. Ensuite, vous reconnaîtrez vous-même la sagesse de cet usage. Et vos biens seront doublement protégés, car les mendiants renseignent les voleurs. C'est très nécessaire, croyez-moi.

— Très bien, soupira enfin Struan. Mais un mois, pas davantage. »

Il signa le reçu, en sachant pertinemment que ce serait pour le Roi des Mendiants un tribut permanent. Il n'y avait aucun moyen de lutter contre la coutume, sauf en excluant tous les Chinois de Hong Kong.

« Chen Sheng te remboursera demain.

— Merci.

— De quel droit cet homme-là est-il le Roi des Mendiants, hé ?

— Je suppose que les autres ont confiance en lui, Taï-pan. »

Gordon Chen se promit de voir l'homme dans l'après-midi, pour s'assurer que tout se passerait comme prévu le mois prochain. Il était très satisfait, non seulement du taux très modeste du tribut qu'il avait négocié pour le compte de Struan — deux taels pour la soirée du bal et deux taels par mois, le troisième tael étant sa propre commission légitime — mais aussi de sa prévoyance en demandant à Jin-qua de fournir un « Roi » de Canton. C'était le plus jeune frère du Roi des Mendiants de Canton, donc un homme du métier, bien au courant des méthodes pour extorquer le plus au prix du moindre effort. Et cet homme avait naturellement été pourvu d'un poste subalterne dans la loge de Hong Kong du Hung Mun. Un arrangement parfait, pensait Gordon. La redevance des mendiants fournirait une bonne part des revenus du tong. Il en était là de ses réflexions quand il entendit son père poser la question qu'il attendait :

« As-tu entendu parler des Triades, Gordon ?

— J'ai lu la proclamation, naturellement. Pourquoi ?

— Sais-tu quelque chose sur eux ?

— Eh bien, Taï-pan, j'ai entendu dire que dans l'Histoire les sociétés secrètes ont toujours été une forme de défense contre les intrus étrangers. Et qu'elles ont bien des noms différents.

— Ouvre les yeux et les oreilles et tiens-moi informé de leurs agissements, secrètement. Autre chose. J'ai vingt nouvelles recrues chinoises pour ma flotte. Je vais essayer de les instruire pour qu'ils passent officiers. Tu travailleras avec M. Mauss pour leur apprendre l'anglais. Et dix autres doivent aller en Angleterre pour apprendre la construction navale.

— Oui, monsieur. »

Trente hommes. Bien sûr, trente nouveaux Triades. Oui, ce nom de Triades n'était pas mauvais, cela sonnait mieux que Hung Mun. Et vingt hommes, stratégiquement placés sur les navires de la Noble Maison, accroîtraient singulièrement la puissance de la loge. Gordon était extrêmement content de lui-même. Le recrutement avait très bien marché. Tous les domestiques Triades avaient été placés sous ses ordres car, naturellement, depuis que les barbares étaient en Asie, les serviteurs étaient des membres de la société triés sur le volet. Gordon devait ensuite former une guilde des coolies du port, tous Triades. La Guilde des Travailleurs était déjà bien organisée. Bientôt, tous les travailleurs et tous les Chinois de Hong Kong cotiseraient en qualité de membres, pour la gloire de leur pays et le bien commun. Oui, se dit-il avec exaltation, nous allons devenir, ici à Hong Kong, libérés de la crainte des mandarins, la loge la plus puissante de Chine. Et quand nous aurons renversé les Mandchous, le nouvel empereur aura une dette d'honneur envers les dirigeants de la loge. Mort aux Ch'ing et qu'arrive bientôt le règne des souverains de droit, notre précédente dynastie chinoise, les Ming !

« Quand puis-je commencer ?
— Demain.
— Excellent. Vous pouvez être assuré de ma loyauté, dit-il en s'inclinant. Peut-être, à votre convenance, pourrais-je avoir la permission de payer mes respects à la Dame T'chung ? Et aux enfants. Je ne les ai pas vus depuis plusieurs mois.
— Naturellement, Gordon. Viens demain à midi. Pourquoi ne pas recommencer les leçons hebdomadaires ? Je crois que ce serait bon pour elle.
— Avec le plus grand plaisir. Et je serais heureux de causer avec les enfants... J'ai là les comptes du mois dernier, concernant notre accord particulier. Voudriez-vous voir les chiffres ? »
Gordon tira deux nouveaux rouleaux de sa manche.
« Oui, sûr. »
Il déroula les parchemins. Le premier était en caractères chinois, l'autre en anglais.
« Je suis heureux d'annoncer, Taï-pan, que, partant d'un investissement initial de dix mille dollars, nous avons fait un bénéfice commun de six mille cinquante-huit dollars et quarante-deux *cents.* »
Struan ouvrit de grands yeux.
« C'est une jolie somme pour un mois de commerce !
— J'en suis assez fier, oui. Nos placements fonciers sont excellents aussi. Ils promettent de gros profits.
— Mais tu n'as pas acheté de terres !
— Pas à votre vente aux enchères. Mais — euh — j'ai acheté des parcelles dans la concession chinoise de Tai Ping Shan. Elles ont été — euh — approuvées par l'Office de la Propriété, la semaine dernière. Et nous possédons de bons lotissements autour du village d'Aberdeen et à Deepwater Bay.
— Mais ces terrains n'ont pas encore été mis en vente !
— Ils appartiennent à des... des personnalités locales, Taï-pan. Ce sont d'anciens droits. J'ai acheté tous les

titres de propriété existants, du moins tous ceux que j'ai trouvés.

— Mais ce n'est pas légal, petit. Toute la terre appartient à la Couronne.

— Oui. Mais naturellement des dispositions devront être prises, pour dédommager le village. Il est là depuis de longues années et, ma foi, la Couronne est magnanime. M. Culum semble penser que Son Excellence considérera d'un œil favorable les titres qui ont été — euh — validés ? Oui, c'est le mot. »

Je me demande, pensa Struan, combien de ces terres n'ont jamais appartenu à un village ou à un propriétaire...

« Et tous nos titres sont validés ?

— Oh ! certainement, Taï-pan. Autrement, ils seraient sans valeur, n'est-ce pas ? J'ai pris toutes mes précautions.

— Il me semble que tu as un bel avenir dans les affaires, Gordon, murmura Struan tout en examinant soigneusement les colonnes de chiffres. Et ça ? Qu'est-ce que c'est ? Deux mille neuf cent soixante-dix-huit dollars.

— Le loyer de nos propriétés de Tai Ping Shan.

— Tu t'es trompé. A en croire tes dates, ce compte couvre deux mois de loyer et tu ne possèdes les terres que depuis un mois.

— Eh bien, voilà, Taï-pan ; dès que les Chinois ont commencé à s'installer à Tai Ping Shan, je me suis mis à leur compter un loyer. Ce n'est pas leur affaire si nous n'avons officiellement acquis la terre qu'un mois plus tard, n'est-ce pas ?

— Hum... Et que comptes-tu faire du reste de l'argent ?

— Si je puis oser vous demander d'être patient, je préférerais laisser cela au mois prochain. Je continuerai de tirer sur le crédit que vous avez si généreusement arrangé pour moi, mais avec la plus grande prudence. »

Struan roula le parchemin et le tendit à Gordon.
« Oh ! non, Taï-pan. C'est votre copie.
— Ah ! très bien. »
Struan réfléchit un moment, puis il dit avec tact :
« On dit que les Chinois ont l'habitude d'emprunter de l'argent à de très gros intérêts. J'espère qu'aucun de nos investissements ne sera ainsi employé. »
Il regarda fixement Gordon, dans les yeux ; le silence s'appesantit.
« L'usure est une mauvaise affaire, dit-il enfin.
— Prêter de l'argent est une importante affaire.
— A des taux d'intérêt raisonnables.
— Un pour cent au-dessous du taux habituel ?
— Deux pour cent.
— Un et demi pour cent de moins serait très, très honnête.
— Bon. Honnête. Tu es un homme d'affaires bien malin, Gordon. L'année prochaine, peut-être pourrais-je augmenter ton crédit.
— Je m'efforcerai de faire un superbe bénéfice en attendant votre décision.
— Je parie que tu y arriveras, Gordon. »
Struan se tourna vers l'ouverture de la tente et fut surpris de voir arriver à grands pas le capitaine d'armes des fusiliers marins.
« Monsieur Struan ? Son Excellence vous fait ses compliments et demande que vous veniez tout de suite à bord du navire amiral. »
Struan regarda l'heure. Il n'était pas en retard, mais il acquiesca aussitôt.
« J'arrive. »

# 18

LONGSTAFF tournait le dos à la porte et contemplait la malle des Indes par la grande baie de la cabine. Struan remarqua que, sur la table, un couvert pour quatre était disposé. Sur le bureau, de nombreuses dépêches officielles s'entassaient.

« Bonjour, Dirk, dit Longstaff en se retournant, la main tendue. Alors, qu'est-ce que vous dites de ça, hé ?

— De quoi donc ? »

Struan devinait qu'il devait s'agir du Russe, mais il laissa à Longstaff le plaisir de l'annoncer. Il voulait aussi connaître son opinion car, si Longstaff était dépassé par les événements, en Asie, et peu fait pour être capitaine surintendant du Commerce, ses vues sur les affaires diplomatiques européennes étaient aiguës et fort pénétrantes.

Depuis que Struan avait résolu le problème d'Aristote et envoyé Robb le conduire à bord, en sécurité, il s'était interrogé sur la raison de l'arrivée du Russe. Sans savoir pourquoi, il en était troublé.

« Vous ne pouvez pas encore l'avoir appris, mais nous avons un invité inattendu.

— Ah ? Qui ?

— Un grand-duc, pas moins. Un grand-duc russe. Alexei Sergueyev. Il est arrivé par la malle. »

Struan se montra convenablement impressionné.

« A quoi devons-nous cet honneur ?

— A quoi, en effet ? dit Longstaff en se frottant joyeusement les mains. Il va déjeuner avec nous. Clive l'accompagne. »

Clive Monsey, fonctionnaire du Foreign Office comme Longstaff, était son adjoint. Les fonctions de Monsey le retenaient normalement à Macao, où se trouvait le quartier général permanent de Longstaff.

« Il y a aussi d'intéressantes dépêches », dit Longstaff.

Struan dressa l'oreille. Il savait qu'aucune ne contenait l'approbation officielle du traité de Chuenpi et de la nomination de Longstaff au poste de premier gouverneur de Hong Kong, car la nouvelle de l'heureuse conclusion de la guerre parvenait à peine en Angleterre.

Struan accepta un verre de xérès.

« Le Moyen-Orient ? demanda-t-il en retenant son souffle.

— Oui. La crise est terminée, grâce à Dieu. La France accepte les conditions de notre ministre des Affaires étrangères et une guerre générale n'est plus à craindre. Le sultan de Turquie nous est si reconnaissant de notre soutien qu'il a signé un traité commercial avec nous annulant tous les monopoles commerciaux turcs, ouvrant ainsi tout l'Empire ottoman au commerce britannique. »

Struan laissa échapper un cri de joie.

« Par tout ce qu'il y a de sacré ! Voilà la meilleure nouvelle que nous recevons depuis longtemps !

— Je pensais que cela vous ferait plaisir. »

La longue crise avait eu pour objet les Dardanelles, ce détroit contrôlé par l'Empire turc ottoman. C'était la clef de l'Europe méditerranéenne, un *casus belli* perpétuel entre les Grandes Puissances — la Grande-Bretagne, la France, la Russie, l'Autriche-Hongrie et la Prusse — parce que les Dardanelles étaient un raccourci pour les bâtiments de guerre russes allant en Méditerranée et permettait aussi aux navires de guerre des autres nations de pénétrer dans la mer Noire pour menacer la Russie. Huit ans plus tôt, la Russie avait contraint la Turquie de signer un traité lui accordant une suzeraineté commune sur les Dardanelles et, depuis, la tension internationale avait été aiguë. Et puis, trois ans plus tôt, Méhémet Ali, le pacha-soldat d'Égypte, un usurpateur soutenu par la France, avait lancé une offensive contre Constantinople, s'était lui-même proclamé Calife de l'Empire ottoman et la France, ouvertement, l'avait soutenu avec joie contre le sultan. Mais un allié français sur les Dardanelles menaçait les intérêts des autres Grandes Puissances et toute l'Europe promettait d'être immédiatement entraînée dans une nouvelle guerre.

Lord Cunnington, le ministre des Affaires étrangères britannique, avait persuadé les Grandes Puissances — autres que la France et sans la consulter — d'user de leur influence sur le sultan, contre Méhémet Ali. Furieuse, la France avait menacé de déclencher la guerre. Les conditions proposées étaient que Méhémet Ali retournât en Égypte, qu'on lui offrît la suzeraineté sur la Syrie sa vie durant, qu'il fût reconnu souverain indépendant d'Égypte, qu'il payât un tribut annuel au sultan de Turquie, que, ce qui était plus important, l'ancien statut des Dardanelles fût garanti une fois pour toutes par les Grandes Puissances et que, tant que la Turquie serait en paix, le détroit fût interdit à tous les bâtiments de guerre de toutes les nations.

L'acceptation de ces conditions par la France et le retrait de son allié égyptien feraient affluer l'or dans les coffres de la Noble Maison. Maintenant, les dispositions financières complexes sur lesquelles Struan et Robb misaient depuis deux ans allaient être cimentées. Leur puissance commerciale étendrait ses tentatules financiers jusqu'au cœur des Grandes Puissances, leur donnant ainsi l'assurance de supporter des crises internationales continues et d'ouvrir d'importants comptoirs de thé et de soie. De plus, si les intérêts britanniques dominaient dans l'Empire ottoman, peut-être sa production d'opium serait arrêtée. Privées de l'opium turc pour équilibrer leurs versements en argent, les compagnies américaines seraient obligées d'augmenter leurs échanges avec la Grande-Bretagne et les liens plus étroits désirés par Struan se noueraient avec l'Amérique. Sûr, se dit joyeusement Struan, c'est une bonne journée. Il était stupéfait que Longstaff eût reçu les nouvelles officielles avant lui ; les informateurs qu'avait Struan au Parlement le prévenaient généralement bien à l'avance d'événements comme celui-ci.

« C'est excellent, dit-il.

— Nous allons maintenant connaître une longue paix. Tant que la France ne cherche pas à jouer encore un de ses tours.

— Ou l'Autriche-Hongrie. Ou la Prusse. Ou la Russie.

— Oui. Ce qui nous ramène à Sergueyev. Pourquoi un Russe très important vient-il en Asie, justement maintenant ? Et comment se fait-il que nous n'ayons pas été prévenus officiellement ou officieusement, hé ? Alors que nous sommes maîtres de toutes les routes maritimes à l'est de l'Afrique ?

— Peut-être va-t-il simplement faire une visite officielle en Alaska russe, et qu'il est arrivé par le cap de Bonne-Espérance !

— Je vous parie cent guinées que c'est ce qu'il va nous dire ! s'exclama Longstaff. Sergueyev est un nom important, à Saint-Pétersbourg. J'y ai vécu cinq ans lorsque j'étais enfant ; mon père était diplomate à la cour du tsar. Des tyrans, tous tant qu'ils sont. Le tsar actuel, Nicolas I^er^, est caractéristique.

— Sergueyev est important en quel sens ? demanda Struan, surpris de ne jamais avoir entendu Longstaff parler de Saint-Pétersbourg, depuis des années qu'il le connaissait.

— De très grands propriétaires terriens. Parents du tsar. Ils « possèdent » des dizaines de milliers de serfs et des centaines de villages, si j'ai bonne mémoire. Je me rappelle avoir entendu mon père dire que le prince Sergueyev, ce doit être la même famille, était un intime du tsar et l'un des hommes les plus puissants de Russie. Curieux d'en trouver un ici, quoi ?

— Vous croyez que la Russie va venir se mêler des affaires d'Asie ?

— Je dirais que cet homme est trop commode pour être une coïncidence. Maintenant que le *statu quo* est restauré au Moyen-Orient, et la question des Dardanelles réglée, voilà le grand-duc qui surgit !

— Vous croyez qu'il y a un rapport ? »

Longstaff se mit à rire doucement.

« Ma foi, l'accord au Moyen-Orient arrête très proprement l'avance de la Russie à l'ouest, mais elle peut se permettre d'attendre. La France meurt d'envie de se battre et la Prusse aussi. Metternich, ce démon austro-hongrois, a du mal à gouverner les possessions italiennes et il en veut à la France et à l'Angleterre d'avoir aidé les Belges à former leur propre nation aux dépens des Hollandais. Il va y avoir une belle querelle entre la France et la Grande-Bretagne au sujet de la succession d'Espagne ; la reine d'Espagne a douze ans et bientôt elle sera donnée en mariage. Louis-Philippe veut lui donner un mari mais nous ne pouvons pas autoriser l'union des trônes de France et d'Espagne. La Prusse veut étendre sa domination en Europe, que la France, historiquement, a toujours condidérée comme son droit divin et exclusif. Ah ! oui, ajouta-t-il avec un sourire, la Russie peut se permettre d'attendre. Quand l'Empire ottoman s'écroulera, elle s'emparera calmement de tous les Balkans, la Roumanie, la Bulgarie, la Bessarabie et la Serbie, et de tout ce qu'elle pourra avaler de l'Empire austro-hongrois. Naturellement, nous ne pouvons pas la laisser faire, donc il y aura une guerre générale, à moins qu'elle n'accepte un arrangement raisonnable. Donc, du point de vue de la

Russie, l'Europe n'est pas un danger, pour le moment. La Russie est en quarantaine, mais ça n'a pas d'importance. Sa politique historique a toujours été de conquérir par ruse, de soudoyer les dirigeants d'un pays et les chefs de l'opposition s'il y en a. De s'étendre par des « sphères d'influence » et non par la guerre. Comme il n'y a pas de menace à l'ouest, je pense qu'elle tournera ses regards vers l'est. Car elle aussi, elle croit qu'elle occupe sur la terre une situation de droit divin, qu'elle aussi — comme la France et la Prusse — a la mission divine de gouverner le monde. A l'est, aucune grande puissance ne se dresse entre elle et le Pacifique.

— Sauf la Chine.

— Et nous savons, vous et moi, que la Chine est faible et sans défense. Ce n'est pas à notre avantage, n'est-ce pas ? Que la Chine soit faible et la Russie très forte, et maîtresse de la Chine, peut-être ?

— Non, dit Struan. Alors elle pourrait nous étrangler comme elle voudrait. Et les Indes aussi. »

Les deux hommes se turent, chacun plongé dans ses pensées.

« Mais pourquoi envoyer ici un homme important ? demanda Struan.

— Pour nous éprouver. Historiquement, la réponse est claire. La Russie est une semeuse de discorde, et elle le sera toujours, jusqu'à ce qu'elle trouve ce qu'elle considère comme ses frontières naturelles. Elle touche à la Turquie — il y a des troubles en Turquie. Elle touche à l'Inde — il y a des ennuis là-bas. Elle touche à la Chine — autant que nous le sachions — alors il doit y avoir des ennuis ici. Sergueyev est ici pour sonder nos succès. Plus il croira la Chine faible, plus les Russes seront pressés de s'étendre à l'est. Nous devons donc le neutraliser, le dérouter, lui faire croire que la Chine est très forte. J'aurai besoin de tout le secours que vous pourrez m'apporter. Pourrions-nous l'inviter ce soir au bal ?

— Naturellement.
— Quoi qu'il en soit, nous devons laisser entendre que la Chine est la zone d'influence privée de Sa Majesté, que le gouvernement de Sa Majesté ne supportera aucune ingérence par ici. »

L'esprit de Struan fit un bond en avant. Plus la Couronne serait engagée en Asie, plus cela favoriserait le plan fondamental : faire entrer la Chine dans la famille des nations en tant que grande puissance. Plus la Chine serait forte, et soutenue et instruite par la Grande-Bretagne, mieux cela vaudrait pour le monde en général. Sûr. Et nous ne pouvons pas permettre d'ingérences des despotes russes alors que nous sommes sur le seuil du succès.

On frappa à la porte et Clive Monsey apparut. C'était un homme maigre de quarante-cinq ans, discret, effacé, le cheveu pauvre et le nez bulbeux.

« Votre Excellence, dit-il, Son Altesse le grand-duc Alexei Sergueyev. »

Longstaff et Struan se levèrent. Longstaff s'avança et s'adressa au grand-duc dans un russe parfait.

« Je suis très honoré de faire votre connaissance, Altesse. Entrez, je vous en prie, et asseyez-vous. Avez-vous fait bon voyage ?
— Parfait, Excellence, répondit Sergueyev sans surprise, en s'inclinant avec grâce. Vous êtes trop aimable de m'inviter à déjeuner alors que je n'ai pas eu la courtoisie de vous prévenir de mon arrivée.
— L'honneur est pour nous, Altesse.
— J'espérais que vous seriez le fils d'un ami estimé de la Russie, Sir Robert. C'est une très heureuse coïncidence.
— En effet. Et comment va le prince votre père ? demanda Longstaff, à tout hasard.
— Il se porte fort bien, je suis ravi de le dire. Et le vôtre ?
— Il est mort il y a quelques années.

— Oh ! vous m'en voyez désolé. Mais votre mère, Lady Longstaff ?

— En parfaite santé, grâce à Dieu. »

Struan examinait le Russe. Sergueyev était un homme de haute taille, richement vêtu. Il avait de larges épaules et les hanches étroites. Ses hautes pommettes et ses yeux bleus étrangement bridés lui donnaient un air exotique. L'épée de parade, sous l'habit ouvert, semblait faire partie de sa personne. Au cou, sous la cravate blanche éblouissante, il portait une discrète décoration sur un mince ruban écarlate. Ce n'est pas un homme à qui il serait bon de chercher querelle, se dit Struan. Je parie que c'est un diable à l'épée et un démon quand son honneur est en jeu.

« Puis-je me permettre de présenter M. Dirk Struan ? » dit Longstaff, en anglais.

Le grand-duc tendit la main, sourit et dit en anglais avec une ombre d'accent :

« Ah ! monsieur Struan, c'est un plaisir pour moi. »

Struan serra la main tendue et fit connaissance avec une poigne d'acier.

« Vous me surprenez à mon désavantage, Altesse, dit-il avec un manque de diplomatie voulu. J'ai la très nette impression que vous savez beaucoup de choses sur moi, et je ne sais rien de vous. »

Sergueyev lui répondit en riant :

« Le Taï-pan de la Noble Maison jouit d'une réputation qui arrive jusqu'à Saint-Pétersbourg. J'espérais avoir le plaisir de vous rencontrer. Et je serais heureux de causer avec vous et de vous parler de moi, si cela peut vous intéresser. »

La porte s'ouvrit et un steward entra avec des verres et du champagne à la glace. Il servit le Russe, puis Longstaff, Struan et Monsey.

« A votre bonne traversée de retour », dit Longstaff.

Ils burent.

« Excellent champagne, Excellence. Parfait.

— Asseyez-vous, je vous en prie. »

Le déjeuner fut servi selon toutes les règles du protocole. Sergueyev était à la droite de Longstaff, Struan à sa gauche. Les stewards apportèrent des saucisses fumées et des huîtres, des jambons du Yorkshire, un émincé de bœuf odorant, un gigot rôti, des pommes de terre bouillies et du chou aux cornichons.

« Je suis navré de ne pas avoir de caviar, dit Longstaff.

— Je me ferai un plaisir de vous en faire porter, Excellence, dès l'arrivée de mon navire. Nous avons eu la malchance d'essuyer du gros temps dans le détroit de la Sonde. Une avarie à notre navire nous a contraints de nous réfugier dans votre port de Singapour. La malle des Indes partait par la même marée et j'ai pu y trouver une place. »

Évitant ainsi de nous prévenir à l'avance, pensa Longstaff. La Sonde, c'était donc un voyage par le cap de Bonne-Espérance. Quelle diablerie y avait-il là ?

« Il paraît que le climat de Singapour est désagréable, à cette époque de l'année, monsieur Struan, dit le Russe.

— Oui, certes. C'est votre premier voyage en Asie, Altesse ?

— Oui.

— Eh bien, nous allons peut-être vous rendre votre séjour plus plaisant. Je donne un bal, ce soir. Vous me feriez grand honneur en y assistant. Cela vous donnera l'occasion de faire la connaissance de tout le monde.

— Vous êtes trop aimable.

— Combien de temps pensez-vous rester ?

— Jusqu'à l'arrivée de mon navire. Je vais faire une visite officieuse dans nos possessions d'Alaska.

— Vos avaries sont-elles graves ?

— Je ne saurais vous dire, monsieur Struan. Je n'ai

pas l'expérience de ces choses. Il me rejoindra dès que possible.

— Alors, vous allez devoir vous loger, dit Struan, soupçonnant Sergueyev d'avoir une grande expérience de « ces choses » et l'intention de faire durer selon son bon plaisir la réparation des « avaries ». Nous serons heureux de vous offrir un appartement à bord d'un de nos navires stationnaires. Ce ne sera pas luxueux, mais nous nous efforcerons de le rendre confortable.

— Vous êtes vraiment d'une gentillesse ! Je suis seul avec quatre domestiques. Ils peuvent dormir n'importe où.

— Je veillerai à les bien accommoder. Ah ! merci, dit Struan au steward qui remplissait son verre, et il poursuivit : C'est un brick de quatre-mâts que vous avez, Altesse ?

— Un trois-mâts.

— Je préfère les trois-mâts, je l'avoue. Beaucoup plus maniables en haute mer. Les voiles sont plus faciles pour prendre des ris. Vous portez des huniers et des perroquets ?

— Il me semble qu'il y a un nombre adéquat de voiles, monsieur Struan. Quant à leurs noms ! »

Struan avait remarqué l'imperceptible hésitation et il savait que Sergueyev était un marin. Allons bon, pensa-t-il, pourquoi diable veut-il cacher ça ?

« Il paraît que la crise du Moyen-Orient est résolue, dit le grand-duc.

— Oui, répondit Longstaff. La nouvelle est arrivée par la malle.

— C'est très heureux. La France a été très sage d'abandonner son attitude intransigeante.

— L'importance des Dardanelles pour la Grande-Bretagne est évidente. Nous avons tous intérêt à la paix.

— Quel dommage que la France et la Prusse semblent penser autrement ! Et aussi les Habsbourg. La

Grande-Bretagne et la Russie sont des alliées héréditaires et leurs intérêts sont similaires. Je suis très heureux à la pensée que nous travaillerons plus étroitement à l'avenir.

— Oui, répondit paisiblement Longstaff. Mais Paris est plus près de Londres, naturellement.

— N'est-il pas navrant que cette radieuse et glorieuse cité, se donne toujours les plus étranges dirigeants ? murmura Sergueyev. Un peuple magnifique. Et cependant, ses gouvernants sont toujours enflés de vanité et apparemment résolus à mettre le monde entier sens dessus dessous.

— Le grand problème du monde, Altesse. L'Europe, et comment brider ses princes. Naturellement, en Grande-Bretagne, nous avons la chance d'avoir un Parlement et la puissance anglaise ne part plus en guerre selon le caprice d'un seul homme.

— Oui. C'est une glorieuse expérience, bien faite pour votre pays, monsieur. Mais elle ne convient pas à toutes les nations. Ce sont, je crois, les Grecs qui sont venus à la conclusion que la forme de gouvernement la plus parfaite était une dictature bienveillante ? Le gouvernement d'un seul homme ?

— Bienveillante, oui. Mais élue. Pas de souverain de droit divin.

— Qui peut dire, avec une certitude absolue, que le droit divin n'existe pas ?

— Oh ! Altesse, nul ne conteste l'existence de Dieu. Seulement le droit pour un roi de faire ce qui lui plaît, quand il lui plaît, sans consulter le peuple. Nous avons eu une longue suite de rois anglais de droit divin qui étaient loin d'être infaillibles. La faillibilité chez les chefs est très éprouvante. N'est-ce pas ? Ils versent tant du sang des autres. »

Sergueyev eut la grâce de rire.

« J'adore l'humour anglais. Mais vous, monsieur, vous êtes écossais, je crois, dit-il à Struan.

— Sûr. Britannique. Il n'y a plus de différence entre les Écossais et les Anglais, aujourd'hui. Nous en avions assez de voler leur bétail. Nous avons pensé qu'il vaudrait mieux voler tout le pays et nous avons quitté l'Écosse pour nous installer dans le Sud. »

Ils rirent tous de bon cœur et burent encore du vin. Longstaff était amusé de voir que Monsey se taisait et paraissait médusé par la hardiesse de Struan.

« Qu'en pensez-vous, monsieur Struan ? demanda le grand-duc. Croyez-vous que vous pourriez diriger la Noble Maison avec un parlement ?

— Non, Altesse. Mais je ne puis engager qu'une compagnie dans une guerre — entre compagnies — et je ne risque que moi-même et mon affaire. Pas la vie des autres.

— Cependant, il y a une guerre en Chine, en ce moment. Parce que les mécréants ont eu la témérité de gêner votre commerce. N'est-ce pas exact ?

— En partie. Mais naturellement, je ne suis pas responsable de la guerre.

— Naturellement. Je voulais dire que vous êtes seul pour diriger une vaste entreprise et que c'est là la manière la plus efficace. La main d'un seul homme. Ce qui est bon pour une compagnie l'est pour une flotte, et une nation.

— Sûr. A condition de réussir, plaisanta Struan, puis il reprit son sérieux. Peut-être, pour le moment, un système parlementaire n'est-il pas souhaitable pour la Russie, et quelques autres pays, mais je suis convaincu que cette terre ne connaîtra jamais la paix tant que toutes les nations n'auront pas adopté le système parlementaire anglais, tant que tous les peuples n'auront pas le droit de vote, tant qu'un homme seul sera le maître de la destinée d'une nation, que ce soit de droit divin ou par les votes stupides d'un électorat stupide.

— Je suis d'accord, dit Sergueyev. Votre hypothèse

est juste. Mais elle a un grand défaut. Vous supposez une population du globe éclairée — toutes également cultivées et instruites, également prospères — ce qui, naturellement, est impossible, n'est-ce pas ? Vous devriez voyager en Russie pour comprendre cette impossibilité. Et vous ne tenez pas compte des nationalismes ou des religions différentes. Si vous disiez « tant que toutes les nations ne seront pas chrétiennes », alors peut-être auriez-vous raison. Mais comment pouvez-vous imaginer qu'un catholique français sera d'accord avec un protestant anglais ? Ou l'Église russe orthodoxe avec les jésuites espagnols ? Ou tous ceux-là avec les masses infidèles des Mahométans et ceux-là avec les malheureux juifs et eux avec les païens et les idolâtres ?

— Eh bien, je vois que nous aurons d'intéressantes discussions, intervint Longstaff. Du thé, Altesse ? Il y a un combat de boxe dans une heure. Si vous n'êtes pas trop fatigué, peut-être aimeriez-vous y assister ? Cela promet d'être fort passionnant. La marine contre l'armée.

— Je serais enchanté, Excellence. Lequel choisissez-vous ? Je prendrai l'autre.

— Une guinée sur la marine.

— Tenu. »

Après déjeuner, ils prirent le thé et fumèrent des cigares et finalement Monsey raccompagna le grand-duc à bord de la malle. Longstaff renvoya les stewards.

« Je crois qu'une frégate devrait immédiatement se rendre « par hasard » à Singapour, dit-il à Struan.

— J'avais la même idée, Will. Lui, c'est un marin, j'en suis sûr.

— Oui. Vous avez été très adroit, Dirk. Et c'est un homme très astucieux. Qui ne serait jamais négligent avec des documents officiels.

— J'y pensais.

— Je me rappelle avec plaisir mon long séjour à

Saint-Pétersbourg. Excepté les heures de classe. Je devais apprendre à lire et à écrire le russe, ainsi que le français, naturellement. Le russe est une langue très difficile. »

Struan se versa une tasse de thé.

« Vous n'avez jamais beaucoup aimé les combats de boxe, pas vrai, Will ?

— Non. Je crois que je me contenterai de l'escorter à terre et je reviendrai à bord. Je ferai une petite sieste dans ma cabine. Pour me préparer aux festivités de ce soir. »

Struan se leva.

« Sûr. Et je crois que je devrais penser moi-même à quelques graines de discorde à semer. »

Les stewards arrivèrent pour ôter le couvert et Longstaff contempla distraitement les feuilles de thé au fond de sa tasse.

« Non, laissez, dit-il en posant la main sur la théière. Et qu'on ne me dérange pas. Prévenez-moi dans une heure.

— Oui, monsieur. »

Longstaff étouffa un bâillement, et laissa vagabonder son esprit, dans le silence plaisant de la cabine. Parole d'honneur, je suis enchanté que Sergueyev soit ici. Maintenant, nous pouvons un peu jouir de la vie. Croiser diplomatiquement le fer. Sonder ses pensées, voilà. Oublier les petites irritations constantes de la colonie, et les foutus marchands et le maudit empereur de ces satanés mécréants, sacrée bande de voleurs.

Il poussa la porte de sa cabine privée et s'allongea confortablement sur sa couchette, les mains nouées sous la nuque. Qu'avait-il donc dit en partant, Dirk ? se demanda-t-il. Ah ! oui, des graines de discorde. Pas mal dit. Quelles graines pourrions-nous donc planter ? Des allusions subtiles sur la puissance de la Chine ? Sa population colossale ? Laisser entendre que le gouvernement de Sa Majesté est prêt à annexer tout le pays si une puissance, quelle qu'elle soit, vient se mêler de ses affaires ? La complexité et les difficultés du trafic de l'opium ? Le thé ?

Il entendit un claquement de pieds nus sur le pont ; changement de quart. La musique de la flotte se mit à répéter. Longstaff bâilla et ferma les yeux. Rien ne vaut un somme après déjeuner, se dit-il. Dieu soit loué, je suis un gentleman — je n'ai pas à semer de vraies graines comme un sale paysan ou un fermier crasseux. Quelle horreur ! Travailler de ses mains toute la journée. Horrible. Les choses qui poussent, l'engrais, la saleté. Pouah. Il est beaucoup plus important de semer des graines diplomatiques, et c'est le travail d'un gentleman. Voyons, où en étais-je ? Ah ! oui. Thé. La vie devait être abominable, avant le thé. Absolument. Peux pas imaginer comment les gens vivaient sans thé. Dommage qu'il n'en pousse pas en Angleterre. Ça nous épargnerait bien des soucis.

« Dieu de dieu de dieu ! glapit-il en se dressant d'un bond. Le thé ! Mais naturellement, le thé ! Il est sous ton nez depuis des années et tu ne l'as jamais vu ! Tu es un génie ! »

Il exultait tant qu'il sauta de sa couchette et dansa une gigue. Puis il se précipita dans la cabine principale et s'assit à son bureau, le cœur battant. Tu sais comment résoudre le cauchemar sino-britannique du déséquilibre — thé-argent-opium. Tu as trouvé ! Toi, se dit-il, ahuri et pénétré de respect pour la simplicité de l'idée lumineuse que la dernière réflexion de Struan avait fait naître. Il se mit à rire tout haut.

« Dieu de dieu, Dirk, si seulement vous pouviez savoir ! Vous vous trancheriez la gorge, et tous les marchands chinois avec vous. Pour la gloire de la Grande-Bretagne et l'immortalité de moi ! »

Oui, absolument. Donc, tiens ta langue, se conseilla-t-il. Les murs ont des oreilles.

L'idée était si simple ! Détruire le monopole chinois

du thé. Acheter ou mendier ou voler — en grand secret — une tonne de graines de théier. Les transporter subrepticement aux Indes. Il doit y avoir des dizaines de régions où le thé poussera. Des centaines. Et au cours de mon existence, des plantations pourraient prospérer, en faisant pousser du thé. Nos propres thés, sur notre terre. Avec notre propre thé, nous n'aurions plus besoin d'argent ni même d'opium pour acheter des thés chinois. Bientôt, le bénéfice sur le thé des Indes égalera, doublera, triplera ceux de la vente de l'opium, donc ce ne sera pas une perte. La Couronne y gagnera des revenus fantastiques, car naturellement nous le ferons pousser à meilleur compte que les Chinois et nous le vendrons moins cher. Le cerveau britannique et tout ça ! Et nous nous hausserons moralement aux yeux du monde, pour avoir mis fin au trafic de l'opium. Les maudits trafiquants d'opium seront mis en faillite et ne serviront plus à rien, car nous n'aurons plus besoin d'eux. Les Indes y gagneront. La Chine y gagnera, même, car il n'y aura plus de contrebande d'opium, et elle consomme son propre thé, n'importe comment.

Et toi, William Longstaff — le seul homme au monde capable d'exécuter un tel projet — tu y gagneras un prestige considérable. Avec un tout petit peu de chance, un duché offert par le Parlement reconnaissant, car toi, et toi seul auras résolu l'insoluble.

Mais à qui puis-je faire confiance pour amasser les graines ? Et comment persuader les Chinois d'en vendre ? Naturellement, ils discerneront immédiatement les conséquences. Et à qui puis-je me fier pour transporter les graines à bon port ? Peux pas utiliser un des marchands — ils saboteraient mon affaire s'ils se doutaient... Et comment amener le vice-roi des Indes à mes vues, d'une manière telle qu'il ne me volera pas mon idée et ne s'en attribuera pas l'invention ?

# 19

COMME les deux hommes et leurs soigneurs montaient sur le ring aménagé près du drapeau, à la pointe de Glessing, un silence haletant s'établit sur la masse des spectateurs.

Ils étaient tous deux de grands et solides gaillards d'une vingtaine d'années, au visage dur, la tête rasée pour se protéger d'une prise de l'adversaire. Et quand ils ôtèrent leur chemise grossière, on put voir les mêmes muscles d'acier noueux et, sur leur dos, les marques de coups de chat-à-neuf-queues.

Les combattants étaient parfaitement assortis et tout le monde savait combien l'enjeu était important. L'amiral et le général avaient personnellement approuvé le choix des adversaires et les avaient exhortés à la victoire. L'honneur de toute leur arme reposait sur leurs épaules, et toutes les économies de leurs compagnons. L'avenir serait doux au vainqueur. Pour le vaincu, il n'y aurait pas d'avenir.

Henry Hardy Hibbs passa sous l'unique corde et se planta au milieu du ring, où un mètre carré avait été délimité à la craie.

« Votre Excellence, Votre Altesse, Milords et Vos Honneurs, annonça-t-il. Un combat au finish entre, dans ce coin, le bosco Jem Grum de la Royal Navy... »

Une ovation délirante monta de la foule des marins à l'est, et des bordées d'injures des rangs serrés de soldats anglais et indiens, à l'ouest. Longstaff, le grand-duc, l'amiral et le général occupaient les places d'honneur au nord du ring, entourés d'une garde d'honneur de fusiliers marins impassibles. Les deux gardes du corps du grand-duc, en livrée, armés et vigilants, se tenaient derrière le Russe. Struan, Brock, Cooper, Tillman, Robb, Gorth et tous les taï-pans étaient assis sur le côté sud et derrière eux se pressaient les marchands de moindre importance, les officiers de l'armée et de la marine, jouant des coudes pour mieux voir. Et, tout autour, une masse grouillante de Chinois descendus des baraques de Tai Ping Shan, riait, bavardait et attendait.

« Et dans ce coin, représentant l'armée de Sa Majesté, le sergent Bill Tinker... »

De nouveaux hourras l'interrompirent. Hibbs leva les bras et les pans de son habit crasseux s'écartèrent sur son gros ventre. Quand les acclamations et les injures se calmèrent, il cria :

« Les règles du ring de Londres : chaque reprise doit se terminer par un tombé. Il y aura trente secondes entre chaque reprise et, quand la cloche aura sonné, huit secondes seront accordées pour que l'homme avance le pied sur la ligne. Pas de coups de pied ou de tête, pas de coups sous la ceinture, on ne touche pas aux yeux. Celui-là qui sort pas de son coin, ou celui-là que son soigneur jette la serviette, il est vaincu. »

D'un geste solennel, il fit signe aux assistants qui examinèrent les poings de chaque combattant pour voir s'ils étaient bien badigeonnés de brou de noix, selon l'usage, et ne tenaient aucune pierre, et ils passèrent l'inspection des brodequins de combat pour s'assurer que les semelles ne comportaient que les trois pointes réglementaires.

« Maintenant serrez-vous la main et que le meilleur gagne ! »

Les combattants avancèrent au centre du ring, leurs muscles frémissant d'impatience, le ventre crispé, les narines palpitantes humant l'âcre odeur de sueur de l'adversaire.

Ils mirent un pied sur la ligne, et se touchèrent la main. Puis ils voûtèrent leurs épaules massives, et attendirent, les poings crispés.

Hibbs et les soigneurs passèrent sous la corde et sautèrent à terre.

« Votre Altesse ? » proposa Longstaff à Sergueyev.

Le grand-duc se leva et se dirigea vers la cloche de bord, au coin du ring. Il donna un seul coup de battant et une clameur frénétique balaya la plage.

Les combattants s'étaient rués l'un sur l'autre, des poings seulement, leurs jambes restant plantées comme de jeunes chênes sur la ligne de craie. Les phalanges de Grum frappèrent Tinker en plein visage, laissant une traînée sanglante, et le poing de Tinker s'enfonça dans l'estomac du bosco. Emportés par la frénésie de cris et d'encouragements, cédant à la rage et à la haine, ils firent pleuvoir des coups terribles. Il n'y avait aucune science dans leur combat, et aucune tentative pour parer les coups.

Au bout de huit minutes, ils étaient tous deux couverts de sang. Chaque combattant avait le nez cassé et les poings à vif, visqueux de sang et de sueur. Ils haletaient, et crachaient le sang. Et puis, à la neuvième minute, Tinker envoya un crochet du droit à la gorge de Grum qui s'écroula. L'armée poussa des vivats et la marine des huées. Grum se releva, fou de douleur et de rage, et se rua sur son ennemi, oubliant que la première reprise était terminée, oubliant tout sauf qu'il devait tuer ce démon. Il saisit Tinker à la gorge tandis que les soldats hurlaient leurs protestations. Les soigneurs envahirent le ring et s'efforcèrent de séparer les combattants, et il faillit y avoir une bagarre entre les soldats, les marins et leurs officiers.

« Nom de dieu, hurla Glessing, ce bâtard a flanqué un coup bas à notre homme !

— Et qui donc a commencé la mêlée ? protesta le major Turnbull, la main sur son épée. Ce n'est pas parce qu'on vous a nommé capitaine du port que vous avez le droit de défendre un combattant déloyal ! »

Glessing lui tourna le dos et s'éloigna en jouant des coudes. La demi-minute était écoulée et les adversaires repartaient à l'attaque.

Le deuxième et le troisième round furent presque aussi longs que le premier et les spectateurs comprirent qu'aucun homme ne pourrait soutenir longtemps un tel train. Au quatrième round, un crochet du gauche du marin atteignit le soldat sous l'oreille et il tomba comme une masse sur la toile. La cloche résonna et les assistants empoignèrent leur homme. Après la demi-minute de répit, cruellement brève, le soldat s'élança, bourra le matelot de coups puis l'empoigna par le torse et le jeta à terre. De nouveau le coin, trente secondes de repos, et le combat reprenait.

Les reprises succédaient aux reprises et les tombés aux tombés.

Au quinzième round, le poing de Tinker frappa le nez cassé de Grum. Un incendie rugit dans la tête du bosco et l'aveugla ; il poussa un grand cri et battit follement des bras. Son poing gauche toucha, sa vision s'éclaircit un instant et il vit que l'ennemi avait baissé sa garde et chancelait ; un tonnerre de cris et d'encouragements résonnait tout près et très loin à la fois. Grum lança son poing droit et le vit s'enfoncer dans l'estomac du soldat. Son gauche s'écrasa sur sa joue, il sentit un petit os craquer dans sa main et il se trouva seul. Et puis la cloche sonna, des mains l'empoignèrent et quelqu'un enfonça le goulot d'une bouteille d'alcool entre ses dents cassées ; il but longuement, cracha du sang mêlé d'alcool et demanda d'une voix rauque :

« Quel round, mon matelot ?

— Le dix-neuvième », répondit une voix.

Et il courait de nouveau à la ligne blanche et l'ennemi était là qui le frappait, qui lui faisait mal, qui cherchait à le tuer, et il devait rester, vaincre ou mourir.

« Beau combat, hein, Dirk ? s'écria Brock, au comble de la surexcitation.

— Sûr.

— Tu veux changer d'avis et parier ?

— Non, merci, Tyler. »

Struan était pénétré de respect pour le courage des combattants. Ils étaient tous deux à la limite de leurs forces. La main droite de Grum lui était presque inutile, Tinker avait du mal à ouvrir les yeux.

« J'aimerais pas affronter un de ceux-là sur un ring, bon dieu !

— Ils ont du cœur au ventre comme personne, y a pas, répliqua Brock en riant de ses dents noires. Qui va gagner ?

— Sais pas. Mais je veux bien parier qu'ils ne renonceront pas, ni l'un ni l'autre.

— C'est sûr, mordieu !

— Vingt-quatrième reprise », psalmodia Hibbs.

Les boxeurs avancèrent lourdement au centre du ring et se tapèrent dessus, avec des poings de plomb. Ils ne restaient debout que par la force de leur volonté. Tinker expédia un gauche monstrueux, à tuer un bœuf, mais le coup ne fit qu'effleurer l'épaule de Grum ; emporté par son élan, il perdit l'équilibre et tomba. La marine s'époumona de joie, l'armée vociféra et les soigneurs portèrent le sergent dans son coin. A la fin des trente secondes, l'armée, haletante, regarda Tinker se cramponner à la corde et se relever. L'effort faisait ressortir les veines de son cou, mais il se mit sur pied et chancela vers la ligne.

Struan sentit un regard posé sur lui ; il se retourna. Le grand-duc lui faisait signe. Il contourna le ring, en se demandant si Orlov, qu'il avait envoyé « aider » à l'installation du grand-duc sur son navire, avait échappé à l'attention des domestiques et s'il avait découvert un document intéressant.

« Avez-vous choisi le gagnant, monsieur Struan ? demanda Sergueyev.

— Non, Altesse, dit Struan et il se tourna vers le général et l'amiral : Les deux combattants font honneur à vos armes, messieurs.

— Le représentant de la marine est d'une belle crânerie, bon dieu, remarquable, dit le général, mais je crois que le nôtre a plus de souffle et restera.

— Non. C'est le nôtre qui tiendra jusqu'au bout. Mais le vôtre est excellent, par Dieu, et ferait honneur à n'importe quelle arme.

— Asseyez-vous donc avec nous, monsieur Struan, proposa Sergueyev en montrant la chaise vacante. Vous pourrez peut-être m'expliquer les subtilités de la boxe.

— Avec votre permission, messieurs, dit courtoisement Struan en s'asseyant. Mais où est Son Excellence ?

— Parti au début, grommela le général. Des dépêches urgentes, paraît-il. »

La cloche tinta encore une fois. Sergueyev s'agita un peu nerveusement sur sa chaise.

« Quel est le plus grand nombre de reprises qu'un combat ait jamais eues ?

— J'ai vu le combat Burke-Byrne en 33, répondit l'amiral. Quatre-vingt-dix-neuf rounds. Sang du Christ, c'était une bataille royale ! Un courage fantastique. Byrne est mort des suites de ses blessures. Mais il n'a jamais renoncé.

— Ces deux-là non plus ne renonceront pas. Ils tiennent debout par miracle, murmura Struan. Ce serait un gaspillage stupide d'en tuer un, ou les deux, ne trouvez-vous pas, messieurs ?

— Arrêter le combat ? s'écria le grand-duc, stupéfait.

— Le but d'un combat est d'éprouver la force et le courage, d'homme à homme. Ils sont de force et de bravoure égales. Il me semble qu'ils ont tous deux prouvé leur valeur.

— Mais alors vous n'avez pas de gagnant. C'est injuste, c'est de la faiblesse, et cela ne prouve plus rien.

— C'est injuste de tuer un homme courageux, sûr, répondit posément Struan. Seul leur courage les maintient debout. Après tout, ajouta-t-il en se tournant vers l'amiral et le général, ils sont tous deux anglais. Gardons-les pour un véritable ennemi. »

Une ovation assourdissante détourna l'attention des Britanniques mais Sergueyev ne se laissa pas distraire.

« On dirait presque que c'est un défi, cela, monsieur Struan, dit-il avec un sourire froid.

— Non, Altesse, un fait, simplement. Nous honorons le courage, mais dans un cas comme celui-ci, la victoire passe après la préservation de la dignité humaine.

— Qu'en dites-vous, amiral ? dit le général. Struan n'a pas tort, hé ? Quel est donc ce round ? Le trente-cinquième ?

— Trente-sixième, dit Struan.

— Disons que nous limitons le combat à cinquante reprises. Il faudra qu'il y en ait un qui cède avant — impossible qu'ils restent debout jusque-là. Mais s'ils peuvent tous les deux mettre le pied sur la ligne au cinquante et unième round, nous jetons la serviette ensemble, hé ? Match nul. Hibbs l'annoncera.

— D'accord. Mais votre homme ne durera pas.

— Cent guinées de plus qu'il dure, bon dieu !

— Tenu !

— Un pari, monsieur Struan ? proposa le grand-duc tandis que l'amiral et le général se détournaient pour appeler Hibbs. Décidez de l'enjeu et choisissez un homme.

— Vous êtes notre hôte, Altesse, vous avez donc le privilège du choix, si mon enjeu vous convient. Une question à laquelle le perdant répondra en privé, ce soir. Devant Dieu.

— Quel genre de question ? demanda lentement Sergueyev.

— Ce que le gagnant aura envie de savoir. »

Le grand-duc était tenté, et cependant en proie à une terrible appréhension. C'était un coup de dés monumental mais passionnant. Il y avait beaucoup de choses qu'il désirait apprendre du Taï-pan de la Noble Maison.

« Tenu !

— Quel est votre homme ? »

Sergueyev désigna sans hésiter le bosco Grum.

« Je place mon honneur sur lui, dit-il et il rugit au marin : Tue-le, bon dieu ! »

Les reprises se succédaient. Quarante-trois. Quarante-quatre. Quarante-cinq, quarante-six... Quarante-neuf, et à présent les spectateurs étaient presque aussi épuisés que les combattants.

Enfin, le soldat s'écroula. Il tomba comme un chêne abattu et le bruit de sa chute se répercuta sur la plage. Le marin, ivre de douleur, tapait encore en aveugle, au hasard, cherchant son ennemi. Puis il tomba lui aussi, et resta étendu. Les soigneurs portèrent chaque homme dans son coin ; la demi-minute expira et l'armée hurla à son représentant de se lever ; le général tapait du poing sur le bord du ring, la figure congestionnée, en suppliant Tinker :

« Lève-toi, nom de dieu, lève-toi, petit ! »

L'amiral empourpré regardait Grum se forcer à se mettre debout et vaciller dans son coin.

« Avance, petit, à la ligne, à la ligne ! »

Struan exhortait le sergent et le grand-duc glapissait des encouragements au bosco dans un mélange de russe, d'anglais et de français.

Chaque combattant savait que l'autre était battu et tous deux chancelèrent jusqu'à la ligne, les bras et les jambes engourdis et inutiles. Ils levèrent péniblement les poings et tentèrent de frapper. Mais toute leur force les avait abandonnés. Ils tombèrent tous les deux.

Dernier round.

La foule semblait prise de folie, car il était manifestement impossible que les combattants quittassent leur coin au bout de trente secondes.

La cloche retentit et le silence se fit. Les deux hommes se hissèrent à la corde et s'y cramponnèrent en chancelant. Le bosco gémit et fit un premier pas douloureux vers la ligne, puis, après une éternité d'angoisse, un autre. Le sergent était encore dans son coin, grelottant, prêt à tomber. Puis son pied avança pitoyablement et de folles clameurs s'élevèrent, des acclamations, des encouragements, des injures, des supplications, se fondant en un rugissement de folie tandis que les deux hommes se traînaient en vacillant vers la marque de craie. Soudain, le soldat parut perdre l'équilibre et le général s'affala sur sa chaise. Le marin tituba comme un ivrogne et l'amiral ferma les yeux, la figure ruisselante de sueur, et pria.

Un tonnerre se déchaîna quand les deux combattants posèrent un pied sur la ligne, les serviettes volèrent par-dessus la corde et ce ne fut que lorsque le ring fut envahi par des hommes en délire que les combattants comprirent que le combat était terminé. Ils se laissèrent alors tomber, chacun s'abandonnant à sa souffrance, sans savoir s'il était vainqueur ou vaincu, ou mort ou vivant, sachant seulement qu'ils s'étaient battus de leur mieux.

« Par la barbe de saint Pierre, s'écria le grand-duc, la voix sourde d'avoir tant crié, ça, c'était un combat ! »

Struan, en sueur, épuisé, tira de sa poche un flacon plat et l'offrit. Sergueyev but longuement au goulot le rhum brûlant. Struan but à son tour et passa le flacon à l'amiral qui le passa au général et ils le vidèrent.

« Sangdieu, souffla Struan, sangdieu ! »

## 20

Le soleil avait plongé derrière les montagnes, mais la rade était encore nimbée d'or. Ah Sam abaissa ses jumelles et s'écarta précipitamment du judas pratiqué dans le mur du jardin. Elle courut sur le terrain vague qui serait bientôt un jardin fleuri et entra dans le salon.

« Mère ! Le canot de Père arrive ! cria-t-elle. Oh-ko, il a l'air très en colère ! »

May-may leva l'aiguille du jupon qu'elle cousait.

« Il vient du *China Cloud* ou du *Resting Cloud* ?

— Du *Resting Cloud*. Tu ferais mieux de voir toi-même. »

May-may prit les jumelles, courut dans le jardin et se posta derrière la petite fenêtre treillissée pour regarder la mer. Elle braqua les jumelles sur Struan qui se tenait debout au milieu du canot ; le pavillon de la Noble Maison flottait à l'arrière. Ah Sam avait raison. Il avait l'air furieux.

Elle referma soigneusement le volet du judas et rentra en courant.

« Range tout ça, et cache-le bien ! »

En voyant Ah Sam ramasser négligemment la robe de bal et les jupons, elle lui pinça cruellement la joue.

« Ne les froisse pas comme ça, idiote ! Ça vaut une fortune. Lim Din ! glapit-elle. Prépare vite le bain de Père, étale soigneusement tous ses vêtements et veille à ne rien oublier. Et que le bain soit bien chaud ! Mets-lui le nouveau savon parfumé !

— Oui, Mère.

— Et attention ! On dirait que la colère de Père marche devant lui.

— Oh-ko !

— Oh-ko, tu peux le dire ! Que tout soit bien prêt pour lui sinon vous serez fouettés tous les deux. Et si jamais quelque chose se met en travers de mon projet, vous serez tous les deux attachés par les pouces et je vous fouetterai moi-même jusqu'à ce que les yeux vous en tombent ! Allez vite ! »

Ah Sam et Lim Din sortirent en hâte. May-may alla dans sa chambre et s'assura que la robe de bal était bien cachée. Elle se parfuma et s'efforça de se calmer. Ah ! mon Dieu, pensa-t-elle, je ne veux pas qu'il soit de mauvaise humeur ce soir !

D'un pas rageur, Struan se dirigeait vers le portail dans le grand mur. Il tendit la main vers la serrure mais le battant s'ouvrit en grand et Lim Din s'inclina en souriant.

« Joli beau coucher du soleil, heya, Massi ? »

Struan répondit par un grognement maussade.

Lim Din referma le portail et courut à la porte de la maison où il sourit de plus belle et s'inclina encore plus profondément.

Automatiquement, Struan consulta le baromètre au mur du vestibule. Il était au beau fixe.

Lim Din referma la porte sans bruit et devança Struan dans le couloir, pour lui ouvrir la porte de la chambre. Struan entra, ferma la porte d'un coup de pied et poussa le verrou. Lim Din leva les yeux au ciel, puis il courut à la cuisine.

« Quelqu'un va recevoir une bonne fouettée, annonça-t-il à Ah Sam avec appréhension. Aussi certain que la mort et les pots-de-vin.

— T'inquiète pas de ton barbare de Père, lui répliqua Ah Sam à voix basse. Je te parie nos gages de la semaine prochaine que Mère l'aura transformé en tourterelle d'ici une heure.

— Tenu ! »

May-may apparut sur le seuil.

« Qu'est-ce que vous avez à chuchoter comme ça, fichus esclaves de chiens sans mère ? siffla-t-elle.

— On priait simplement que Père ne soit pas fâché contre notre pauvre chère jolie Mère, répondit Ah Sam en battant des cils.

— Alors dépêche-toi, mauvaise bouche de sale putain. Pour chaque vilain mot qu'il me dira tu auras un pinçon ! »

Debout, au milieu de sa chambre, Struan contemplait le mouchoir sale noué aux quatre coins qu'il venait de tirer de sa poche. Sangdieu du diable, qu'est-ce que je vais faire ? se demanda-t-il.

Après le combat, il avait accompagné le grand-duc à ses nouveaux appartements à bord du *Resting Cloud*. Il avait été soulagé quand Orlov lui avait dit, en secret, qu'il n'avait eu aucun mal à fouiller les bagages du Russe.

« Mais il n'y avait pas de papiers, avait dit Orlov. J'ai vu un petit coffre-fort mais vous aviez dit de rien casser alors j'y ai pas touché. J'ai eu tout mon temps, les hommes occupaient les domestiques.

— Merci. Et pas un mot, hein ?

— Vous me prenez pour un imbécile ? avait protesté Orlov offensé dans sa dignité. A propos, Mrs. Quance et les cinq enfants sont installés sur le petit ponton. Je lui ai dit que Quance était à Macao et qu'il devait arriver demain par la marée de midi. J'ai eu un sacré travail à éluder ses questions. Elle ferait cracher une réponse à une arapède ! »

Quittant Orlov, Struan était allé à la cabine des petits garçons. Ils étaient bien lavés, à présent, et vêtus de neuf. Wolfgang se trouvait avec eux et ils n'avaient plus peur de lui. Struan leur avait annoncé qu'il les emmènerait le lendemain à Canton et les mettrait à bord d'un navire en partance pour l'Angleterre.

« Vot' Honneur, avait dit le petit Anglais quand il s'était retourné pour partir, je pourrais-t-y vous voir ? Dans le privé, comme qui dirait ?

— Sûr, avait répondu Struan et il avait emmené le petit garçon dans une autre cabine.

— Mon papa a dit comme ça que je devais vous donner ça, Vot'Honneur, et rien dire à personne, pas à M. Wu Pak et pas même à Bert. »

Les petits doigts de Fred tremblaient en dénouant le balluchon de toile encore fixé au bout du bâton. Il l'étala par terre. Il contenait un petit couteau, un chien en chiffons et un gros mouchoir noué. Il tendit nerveusement le mouchoir à Struan qui fut stupéfait de voir l'enfant lui tourner vivement le dos et fermer les yeux.

« Que fais-tu donc, Fred ?

— Mon papa a dit comme ça que je devais pas regarder, et de tourner le dos, Vot' Honneur. Et de rien voir », répondit Fred, les paupières bien serrées.

Struan défit le mouchoir et le contenu le laissa pantois : des boucles d'oreilles de rubis, des pendentifs de diamant, des bagues ornées de brillants, une grosse broche d'émeraudes et de nombreuses boucles de ceintures cassées, en or massif et lourdement ornées de diamants et de saphirs. Il y en avait au moins pour quarante à cinquante mille livres. Un butin de pirate !

« Qu'est-ce qu'il veut que je fasse de ça ?

— Je peux ouvrir les yeux, Vot' Honneur ? Je dois rien voir. »

Struan replia le mouchoir et le glissa dans la poche de sa redingote.

« Sûr. Allons, qu'est-ce que ton papa veut que je fasse de ça ?

— Il a dit que c'était ma... mon... J'oublie le mot. C'était quelque chose comme « ridage »... « ditage » ?

dit Fred, les larmes aux yeux. Je suis bien sage et bon garçon, Vot' Honneur, mais j'ai oublié. »

Struan s'accroupit devant lui et le prit aux épaules avec douceur et fermeté.

« Il n'y a pas de quoi pleurer, petit. On va réfléchir tous les deux, hein ? Est-ce que par hasard c'était « héritage » ? »

Le gamin regarda Struan comme s'il était un magicien.

« Ouais. Ritage. Comment vous avez su ?

— Ne pleure pas. Tu es un homme. Les hommes ne pleurent pas.

— Qu'est-ce que c'est, un ritage ?

— C'est un cadeau, généralement de l'argent, qu'un père fait à son fils... »

Fred considéra cela un moment. Puis il demanda :

« Alors pourquoi c'est qu'il m'a dit de rien dire à frère Bert ?

— Sais pas.

— Comment, Vot' Honneur ?

— Peut-être parce qu'il voulait te le donner à toi et pas à Bert.

— Est-ce qu'un ritage ça peut être pour beaucoup de fils ?

— Sûr.

— Frère Bert et moi, on pourrait partager un ritage si on en avait un ?

— Sûr. S'il y en a un.

— Ah ! bon, alors, dit Fred en essuyant ses larmes. Frère Bert est mon meilleur ami.

— Où habitais-tu, avec ton papa ? demanda Struan.

— Dans une maison. Avec la maman à Bert.

— Où était cette maison, petit ?

— Près de la mer. Près des bateaux.

— Il avait un nom, cet endroit ?

— Oh ! oui, il s'appelait « Port ». On habitait dans une maison au Port, dit fièrement le gamin. Mon papa a dit que moi je devais tout vous dire, la vérité bien vraie.

— On va retourner auprès des autres, maintenant, tu veux ? A moins qu'il n'y ait autre chose ? »

Fred refaisait adroitement son balluchon.

« Oh ! oui. Mon papa a dit comme ça de bien le rattacher comme avant. Secret, comme qui dirait. Et de rien dire. Je suis prêt, Vot' Honneur. »

Struan dénoua le mouchoir. Mordieu, qu'est-ce que je vais faire de ce trésor ? Le jeter ? Je ne peux pas faire ça ! Retrouver les propriétaires ? Comment ? Ce sont aussi bien des Espagnols, des Français, des Anglais ou des Américains. Et comment expliquer d'où me viennent ces bijoux ?

Il alla au grand lit à colonnes, et le tira, en remarquant que son habit de soirée avait été méticuleusement disposé dessus. Il s'agenouilla près du lit. Un coffre-fort de fer était scellé dans le plancher. Il l'ouvrit et y déposa le paquet parmi ses papiers privés. La bible contenant les trois demi-pièces restantes attira son attention et il jura. Puis il referma le coffre à clef, repoussa le lit en place et alla ouvrir la porte.

« Lim Din ! »

Lim Din apparut aussitôt, les yeux brillants et le sourire aux lèvres.

« Bain pas mal vite-vite !

— Bain tout prêt, Massi ! Ça ne fait rien !

— Le thé ! »

Lim Din disparut. Struan traversa sa chambre et passa dans la pièce qu'il avait fait aménager tout spécialement pour le bain et le cabinet. Robb avait ri en voyant le plan. Mais Struan avait insisté pour que cette innovation fût construite exactement comme il la voulait.

La grande baignoire de cuivre était posée sur une estrade basse, et un tuyau en partait, traversait le mur et aboutissait à une fosse profonde creusée dans la roche, dans le jardin. Au-dessus de la baignoire, un seau de fer percé de trous était accroché à la poutre. Un tuyau amenait dans le seau l'eau de la citerne placée sur le toit. Il y avait un robinet au tuyau. Le cabinet était dans un réduit fermé, équipé d'un couvercle et d'un seau mobile.

La baignoire était déjà remplie d'eau chaude. Struan se dépouilla de ses vêtements trempés de sueur et se plongea dans le bain avec délices. Il s'y allongea et trempa un moment.

La porte de la chambre s'ouvrit et May-may entra. Ah Sam la suivait en portant un plateau, avec le thé et des dim sum chauds, Lim Din sur ses talons. Ils entrèrent tous les trois dans la salle de bain et Struan ferma les yeux en soupirant ; aucune menace, aucune explication n'avait réussi à faire comprendre à Ah Sam qu'elle ne devait pas entrer dans la salle de bain quand il se baignait.

« Bonjour, Taï-pan, dit May-may avec un radieux sourire. Nous allons prendre le thé ensemble. »

Il oublia toute son irritation.

« C'est bien », dit-il.

Lim Din ramassa les vêtements sales et disparut. Ah Sam posa le thé, joyeusement, car elle savait qu'elle avait gagné son pari. Elle dit quelque chose à May-may, en cantonais. May-may éclata de rire, Ah Sam pouffa et sortit de la salle de bain en courant.

« Que diable a-t-elle dit ?

— Des histoires de femmes. »

Il prit l'éponge pour la lancer et May-may lui dit précipitamment :

« Elle dit que tu es pas mal beaucoup bel homme.

— Pour l'amour de Dieu, pourquoi Ah Sam ne veut-elle pas comprendre qu'un bain est une affaire privée ?

— Ah Sam très privée, ça ne fait rien. Pourquoi faire tu es timide, heya ? Elle a beaucoup de fierté de toi. Tu n'as pas à avoir honte. »

Elle ôta sa robe de chambre, entra dans la baignoire et s'assit à l'autre extrémité. Puis elle versa le thé et offrit la tasse.

« Merci. »

Il but le thé et tendit le bras pour prendre un dim sum.

« Le combat était bien ? demanda-t-elle.

— Excellent.

— Pourquoi tu étais fâché ?

— Pour rien. C'est très bon, ça, dit-il en mangeant un autre beignet, puis il sourit. Tu es belle et je ne puis imaginer façon plus plaisante de prendre le thé.

— Toi aussi tu es beau.

— La maison a eu son fêng shui ?

— C'est à quelle heure le jugement des robes ?

— Minuit.

— La demi-heure avant minuit, tu reviendras ici ?

— Pourquoi ?

— J'aime bien voir mon homme. L'arracher à la grosse méchante vache. »

Elle avança un pied sous l'eau. Struan sursauta devant l'attaque intime et faillit lâcher sa tasse.

« Veux-tu ne pas faire ça, bon dieu ! Allez, sois sage !

— Oui, Taï-pan, si toi de même tu fais attention, répliqua May-may avec un sourire angélique. Tu ne me regardes pas fixement comme tu faisais cette femme diable, quand bien même j'ai rien sur ma peau. Qu'est-ce que tu reproches à mes seins ?

— Ils sont parfaits. Tu es parfaite. Mais si. Et cesse de me taquiner.

— Alors tu reviendras, une demi-heure avant ?

— N'importe quoi pour avoir la paix. Et tu ne m'as pas dit si le fêng shui avait été fait.

— Sûr. »

Elle prit le savon et se frotta, mais n'ajouta rien de plus.

« Enfin quoi, le monsieur fêng shui est venu, oui ou non ?

— Sûr. »

Encore ce silence, cette douceur exaspérante.

« Et alors ? Qu'est-ce qu'il a dit ?

— Je suis horrifiquement désolée, Taï-pan, mais nous sommes en plein sur l'œil du dragon et il faut déménager.

— Nous ne déménagerons pas et on n'en parlera plus. »

Elle se mit à fredonner, posa le savon, se rinça et regarda Struan, d'un air naïf.

« Retourne-toi, je vais te savonner le dos.

— Nous ne déménagerons pas, déclara-t-il, pris de soupçons.

— Mary est venue, cet après-midi, et on a bien bavardé.

— On ne déménagera pas ! Je ne veux plus en entendre parler !

— Vraiment, Taï-pan, je ne suis pas sourde. Je t'ai entendu fantasticalement bien la première fois. Tu veux que je te frotte le dos, oui ou non ? »

Il se retourna et se laissa savonner.

« Nous allons déménager et voilà tout. Parce que ta vieille mère le veut, dit-elle en cantonais.

— Quoi ? Qu'est-ce que tu dis ?

— Un vieux proverbe cantonais. Quand l'hirondelle fait son nid, le soleil sourit.

— Qu'est-ce que ça veut dire, ça ?

— Ce que ça dit. C'est simplement une pensée heureuse, c'est tout. »

Elle lui rinça le dos et cria :

« Ah Saaaam ! Aaaaah ! »

Ah Sam arriva en courant, portant de grandes serviettes. May-may se leva et Ah Sam l'enveloppa puis tint l'autre pour Struan.

« Dis-lui que je le ferai moi-même, bon dieu ! »

May-may traduisit. Ah Sam pouffa, posa la serviette et sortit. Struan sortit du bain. Il se laissa faire par May-may qui lui jeta la serviette autour des épaules. Avec étonnement, il s'aperçut qu'elle était chaude.

« J'ai dit à Ah Sam désormais cuire les serviettes un tout petit peu. C'est bon pour la santé, déclara May-may.

— C'est très agréable. »

Il s'essuya vigoureusement puis, en ouvrant la porte de la chambre, il découvrit que ses vêtements de soirée étaient posés sur un fauteuil et sur la coiffeuse et que le drap était rabattu sur le lit.

« Tu as le temps de te reposer un petit peu, lui dit May-may, et quand il voulut protester, elle insista : Tu vas te reposer ! »

Struan regarda l'heure. Ma foi, j'ai bien le temps, pensa-t-il. Il s'allongea sur le lit et s'étira voluptueusement.

May-may fit signe à Ah Sam qui entra dans la salle de bain et ferma la porte. A genoux, l'esclave dénoua les bandelettes des pieds de May-may, et les sécha soigneusement. Elle les poudra, remplaça les bandelettes par des bandes sèches et propres et glissa de petites pantoufles brodées aux pieds.

« Ils sont si beaux, Mère, dit-elle.

— Merci, Ah Sam, murmura May-may et elle lui pinça tendrement la joue. Mais je t'en prie, ne fais pas toutes ces réflexions sur les attributs de Père.

— J'étais simplement polie, et ils sont plus qu'un peu dignes de respect. Normalement, un père serait très heureux qu'on le complimente. Vraiment, je ne comprends pas notre père barbare. Il n'a pas une seule fois couché avec moi. Est-ce que je suis si répugnante ? »

May-may soupira avec lassitude.

« Je te répète que les pères barbares ne couchent pas avec toutes les femmes de la maison. Il ne le fera pas. C'est contre ses principes. Sa religion le lui défend.

— C'est vraiment pas de joss, grommela Ah Sam, d'avoir un tel père, si richement attribué, et que ce soit défendu par sa religion. »

May-may rit et se laissa brosser les cheveux, puis elle donna la serviette à Ah Sam.

« Allez, va vite, petite mauvaise bouche. Apporte-nous du thé dans une heure et si tu es en retard tu seras fouettée. »

Ah Sam s'enfuit.

May-may se parfuma et, le cœur battant à la pensée du bal et de son autre surprise, elle entra dans la chambre.

Liza Brock poussa la porte de la cabine et s'approcha de la couchette. Une sueur froide ruisselait de ses aisselles. Elle savait que pour Tess, ce serait tout de suite ou jamais.

« Allons, mon cœur, dit-elle en secouant Brock. Il est temps de se lever.

— Laisse-moi tranquille, grommela Brock en se retournant, mollement bercé par la marée caressant la coque du *White Witch*. J'ai bien le temps de m'habiller.

— Ça fait plus d'une demi-heure que tu dis ça. Lève-toi sinon tu seras en retard. »

Brock bâilla, s'étira et se souleva lourdement.

« Le soleil est même pas encore couché, grogna-t-il en clignant les yeux.

— Gorth ne va pas tarder et tu voulais être prêt de bonne heure. Et puis il y a les livres à vérifier avec le compradore. Tu m'avais demandé de te réveiller.

— Bon, ça va, ça va, ça suffit, Liza. »

Il bâilla encore et regarda sa femme. Elle portait sa robe neuve, en brocart de soie rouge sombre, gonflée par de nombreux jupons empesés. Ses cheveux étaient tirés en chignon.

« Tu es très chic », dit-il machinalement.

Liza fit bouffer la plume d'autruche du grand chapeau qu'elle tenait à la main et puis elle s'en coiffa.

« Je vais t'aider à t'habiller, dit-elle.

— Qu'est-ce que c'est que ça ? Je t'avais dit que mon vieil habit était encore très bien, rugit-il en voyant les vêtements neufs sur le fauteuil. Tu crois que l'argent ça se gagne tout seul, que tu le dépenses comme de l'eau de mer ?

— Non, mon cœur, t'avais besoin de vêtements neufs et d'être beau. Tiens... »

Elle lui tendit le petit corset que la mode imposait aux hommes pour avoir la taille svelte. Brock jura et sauta de sa couchette. Après avoir serré le corset pardessus son long caleçon de laine, il se laissa habiller de mauvaise grâce.

Mais quand il se contempla dans la glace il fut tout à fait enchanté. La chemise à jabot moussait sur sa poitrine, et l'habit de velours zinzolin aux revers brodés d'or lui allait à la perfection, bien large aux épaules montées à fronces et très étroit à la taille. Son pantalon blanc collant était maintenu par des souspieds sous la semelle des brodequins du soir en fin chevreau noir verni. Sous l'habit, il portait un gilet brodé orange sur lequel s'étalait sa chaîne de montre en or et la breloque de gousset.

« Jésus Dieu, t'as l'air du roi d'Angleterre, mon cœur ! »

Il lissa sa barbe, se tourna et se retourna, s'examinant sous toutes les coutures en s'efforçant de dissimuler son plaisir.

« Ma foi, t'as peut-être raison. L'habit fait pas comme un pli, là ?

— Allez donc, s'écria Liza en riant, un peu rassurée. Je crois que l'épingle de cravate en rubis serait mieux que le brillant. »

Il changea d'épingle et continua de s'admirer. Puis

il éclata de rire, saisit sa femme par la taille et l'obligea à danser, en fredonnant une valse.

« Tu seras la reine du bal, mamourette ! »

Liza essaya un moment d'imiter la gaieté de son mari, mais Brock surprit son regard et devina que quelque chose n'allait pas.

« Qu'est-ce que t'as donc ? »

Elle prit son mouchoir, épongea son front moite et s'assit en soupirant :

« C'est... Eh bien, c'est Tess.

— Elle est malade ?

— Non. C'est... eh bien... Nous l'emmenons au bal !

— Tu es folle, ma femme ?

— Je lui ai fait faire une robe — ah ! une merveille — et je l'ai coiffée et elle est prête pour ton approbation avant que...

— Alors va lui dire de ne pas attendre. Qu'elle aille au lit ! Bon dieu, elle va pas aller à un bal, ça non ! Tu savais ce que je pensais de ça ! Tu lui as fait faire une robe, tu dis ? gronda-t-il en levant la main pour la gifler.

— Écoute-moi ! cria Liza, dominant sa peur. Écoute-moi avant. Nagrek... et elle... »

La gifle s'arrêta en l'air.

« Quoi, Nagrek ?

— C'est une chance qu'il est mort cette nuit-là. Tess... eh bien, Tess... elle... Je ne voulais pas t'inquiéter, mais elle... »

Les larmes l'étouffèrent.

« Elle attend un enfant ! hurla Brock.

— Non ! J'ai eu la terreur ce mois passé depuis que t'étais à Canton. Peur qu'on se soit trompés. Mais son époque a bien commencé la semaine dernière, Dieu soit béni, alors cette peur-là est passée.

— Mais elle est plus vierge ? s'écria-t-il, horrifié.

— Elle est encore vierge, gémit Liza, ruisselante de larmes.

— Ben alors, pour l'amour du bon Dieu, si elle est encore vierge, alors du diable, pourquoi ce souci ? Allons, là, là, voyons, Liza », murmura-t-il en lui tapotant la joue.

Liza savait que jamais elle ne pourrait lui révéler que Tess n'était vraiment plus vierge. Mais elle rendait grâces au Ciel de l'avoir laissée persuader la petite que son imagination avait travaillé et qu'elle était toujours aussi pure qu'une jeune fille doit l'être.

« Ce dernier mois a été terrible. Terrible. Mais c'est un avertissement du Ciel pour nous, Tyler. Je me faisais du souci à cause de toi, et que tu voulais pas voir qu'elle était grande fille, et j'avais peur. Tu refuses de voir ce qui est sous ton nez. Non, ne dis rien, Tyler ! Je t'en prie. Je t'en supplie. Va seulement la voir et si tu es d'accord qu'elle est jeune fille, alors nous l'emmènerons. Si tu crois le contraire, elle ne viendra pas. Je lui ai dit que ce serait à toi de décider.

— Où est Tess, en ce moment ?

— Dans la grande cabine.

— Attends-moi ici. »

## 21

QUAND la nuit fut enfin tombée sur Hong Kong, Culum alla au bout du gaillard d'arrière du *Thunder Cloud* et donna le signal. Le canon tonna et il y eut un instant de silence sur la flotte. Culum regardait nerveusement du côté de la Vallée Heureuse. Son cœur battit lorsqu'il vit un clignotement de lumière, puis un autre et puis soudain la parcelle marine tout entière ne fut qu'un éblouissement de lumières dansantes.

Sur la plage, les serviteurs se hâtaient d'allumer les dernières lanternes. On en avait placé des centaines autour de l'immense cercle de planches rabotées et cirées formant la piste de danse. Des tables et des chaises étaient disposées en groupes, une lampe et des fleurs de Macao sur chaque table. D'autres lampes étaient accrochées à des cordages, entre de sveltes bambous, derrière les tréteaux du buffet chargés de victuailles. Il y en avait encore d'autres pour illuminer les barriques de vins portugais et français, de cognac et de rhum, de whisky, de xérès et de bière. Quarante caisses de champagne attendaient à la glace.

Des serviteurs couraient en tout sens, tous habillés de même, en pantalon noir et tunique blanche, leurs longues nattes dansant derrière eux. Ils étaient commandés par Chen Sheng, compradore de la Noble Maison. C'était un homme d'une corpulence remarquable, vêtu de robes somptueuses et coiffé d'un chapeau orné de pierreries. Une boucle de jade blanc inestimable fermait sa ceinture et ses pieds étaient chaussés de fines bottes de soie noire à semelle blanche. Il était assis comme une monstrueuse araignée au centre de la piste et tiraillait les longs poils d'une verrue qu'il avait au menton, tandis qu'une esclave l'éventait.

Lorsque tout fut prêt à sa convenance, il se leva dignement et fit un geste. Les serviteurs coururent à leurs postes et s'immobilisèrent comme des statues pendant qu'il passait une dernière inspection. Un autre geste de la main et un serviteur se détacha du cercle de lumière pour courir vers le bord de l'eau, une chandelle à la main.

Une assourdissante canonnade de pétards éclata, et dura plusieurs minutes ; à terre et sur les navires, tout le monde se précipita pour voir. Il y eut ensuite des boules de feu, des fusées de couleur, du bruit, de la fumée et encore des pétards. Et cinq soleils multicolores. Le tonnerre continua encore plusieurs minutes, puis ce fut un fracas semblable à la salve d'un navire de cinquante canons et cent fusées explosèrent à la fois dans le ciel. Leurs queues de comète traînèrent et disparurent. Après un court silence, la nuit tout entière explosa et se remplit de plumes écarlates, vertes, blanches et or.

Le serviteur alluma une dernière chandelle, se baissa et partit en courant. Du feu vert et rouge grimpa vivement le long des bambous d'un immense échafaudage et bientôt le Lion et le Dragon fulgurèrent dans la nuit. Les couleurs de la Noble Maison flambèrent pendant plusieurs minutes, puis tout s'éteignit, aussi brusquement que cela avait commencé, dans une dernière explosion.

Shevaun poussait des cris de douleur.

« Non ! Assez », supplia-t-elle.

Sa bonne empoigna plus solidement les lacets du corset et appuya son genou sur les reins de Shevaun.

« Soufflez bien », ordonna-t-elle.

Shevaun chassa tout l'air de ses poumons, la femme de chambre tira encore un bon coup et noua les lacets. Shevaun haleta.

« Voilà, ma chérie, déclara la bonne en bonnet blanc. Ça y est. »

C'était une petite Irlandaise vive et nette, aux poignets d'acier, qui s'appelait Kathleen O'Rourke. Elle était au service particulier de Shevaun depuis toujours, elle l'avait connue encore en couches et l'adorait. Ses cheveux châtains encadraient un visage rond aux yeux rieurs. Elle avait trente-huit ans.

Shevaun se cramponna au dossier d'une chaise et chercha son souffle en gémissant.

« Je vais m'évanouir avant la fin de la soirée, c'est sûr », haleta-t-elle.

Kathleen prit le centimètre et mesura la taille de Shevaun.

« Quarante-quatre centimètres et demi, Sainte Mère de Dieu ! triompha-t-elle. Et si vous vous évanouissez, ma toute belle, tâchez de le faire avec grâce, légère comme un nuage, et que tout le monde vous regarde. »

Shevaun était en pantalon à volants brodés, et en bas de soie. Le corset baleiné serrait ses hanches, étranglait sa taille et lui soulevait la poitrine.

« Il faut que je m'assoie une minute », souffla-t-elle.

Kathleen chercha les sels et les brandit sous le nez de Shevaun.

« Là, mon doux cœur. Dès que ces autres filles vous verront, vous n'aurez plus envie de vous pâmer. Sainte Marie Mère de Dieu et saint Joseph, vous serez la reine du bal ! »

Un coup sec, frappé à la porte, les fit sursauter.

« Shevaun ? Tu es prête ? cria Tillman.

— Non, mon oncle. Mais ce ne sera pas long.

— Dépêche-toi, voyons ! Nous devons arriver avant Son Excellence ! »

Kathleen se mit à rire tout bas.

« Les hommes sont bêtes, mon doux cœur. Il ne comprend pas qu'une personne doit faire son entrée ! »

Quance posa sa palette.

« Voilà !

— Parfait, Aristote, s'exclama Robb en soulevant la petite Karen pour lui montrer son portrait. N'est-ce pas, Karen ?

— Je suis comme ça ? dit-elle, déçue. C'est horrible.

— C'est immortel, Karen », déclara Quance d'un air scandalisé ; il la prit des bras de Robb et la serra contre lui. « Regarde un peu ce bel éclat sur tes joues, la lumière dans tes beaux yeux, la joie qui te nimbe comme un halo. Par la barbe d'Alcazabedabra, c'est merveilleux, comme tu l'es.

— Oh ! bon. »

Elle gigota et il la posa par terre. Elle examina encore le portrait.

« Qui c'est, Alcaza... comme vous avez dit ?

— Un de mes amis, répondit gravement Quance. Un ami barbu qui veille sur les peintres et les beaux enfants.

— C'est ravissant, murmura Sarah. Allons, va vite, maintenant, tu devrais être couchée depuis longtemps.

— Il est tôt ! Et tu avais promis que je resterais jusqu'à ce que papa s'en aille ! »

Quance sourit, se nettoya les doigts à la térébenthine et ôta sa blouse.

« Je passerai prendre ma boîte demain, Robb.

— Naturellement.

— Allons, il est temps de partir. »

Quance tira sur son étonnant gilet brodé de violet vif et enfila son habit de soie bouton d'or.

« Je vous aime bien, monsieur Quance, lui dit Karen. Vous êtes très joli même si la peinture est horrible. »

Il rit, l'embrassa et se coiffa de son chapeau de soie.

« Je vous attends dans le canot, Robb.

— Montre donc le chemin à M. Quance, Karen, suggéra Robb.

— Oh ! oui. »

Elle partit en sautillant et Quance, éblouissant comme un paon, la suivit.

« Sarah, te sens-tu bien ? demanda Robb avec sollicitude.

— Non, répliqua froidement Sarah. Mais ça n'a pas d'importance. Tu ferais bien de partir. Tu vas être en retard.

— Je resterais volontiers si tu voulais.

— La seule chose que je veuille c'est que ce bébé arrive et qu'un bateau me ramène chez nous. Loin de cette île maudite !

— Ah ! ne sois pas grotesque ! s'écria-t-il, incapable de se maîtriser, sa colère prenant le pas sur sa résolution d'éviter une dispute. Hong Kong n'a rien à voir là-dedans !

— Depuis que nous possédons cette île, il n'y a eu que des malheurs ! Tu as changé, Dirk a changé, Culum, moi. Pour l'amour de Dieu, que se passe-t-il ? Nous avions enfin décidé de partir et puis nous sommes en faillite. Nous sommes tous terrifiés, nous nous disputons affreusement, et la pauvre Ronalda et les enfants de Dirk sont morts. Et puis les lingots d'argent nous sauvent mais non, Dirk t'accule dans un coin et tu es trop faible pour lui résister, alors tu lui jures que tu resteras. Culum hait Dirk et Dirk hait Culum et toi tu es stupidement entre les deux, sans avoir le courage de prendre ce qui te revient de droit et d'aller en profiter chez nous. Je n'ai jamais été en retard avec mes bébés, et cette fois je suis en retard. Je n'ai jamais été malade mais maintenant j'ai l'impression que je vais mourir. Si tu veux savoir à quelle date nos malheurs ont commencé, je vais te la dire. C'est le 26 janvier 1841.

— C'est ridicule ! rétorqua-t-il, furieux de l'entendre dire ce qui le tourmentait depuis longtemps et comprenant que lui aussi il avait maudit cette île. C'est de la superstition stupide. La peste, c'était l'année dernière. L'écroulement de la banque, c'était l'année dernière. Simplement, nous ne l'avons appris qu'à Hong Kong. Et je ne suis pas stupide. Nous avons besoin d'argent, de beaucoup d'argent, et une année ce n'est rien du tout. Je pense à toi, à nos enfants et aux enfants de nos enfants. Il faut que je reste. La question est réglée.

— As-tu déjà retenu notre passage pour rentrer ?

— Non.

— Je te serais reconnaissante de le faire immédiatement. Je ne vais pas changer d'avis, si c'est ce que tu crois !

— Non, Sarah, dit-il froidement. Je ne crois pas que tu changeras d'avis. J'attendais de savoir ce que tu éprouvais. Nous avons bien assez de navires disponibles. Tu le sais très bien.

— Dans un mois je me sentirai très bien et...

— Non. Et ce serait dangereux de partir si tôt, pour toi comme pour le bébé !

— Alors tu consentiras peut-être à nous accompagner ?

— Je ne peux pas.

— Naturellement. Tu as des choses plus importantes à faire, grinça-t-elle. Tu as peut-être une autre catin païenne qui t'attend !

— Ah ! tais-toi, bon dieu ! Je t'ai répété mille fois...

— Dirk a déjà la sienne dans l'île. Pourquoi serais-tu différent ?

— Il a la sienne ?

— Il ne l'a pas ? »

Ils s'affrontèrent du regard, avec haine.

« Tu ferais bien de partir », dit-elle sèchement en lui tournant le dos.

Mary Sinclair apporta les dernières touches à sa coiffure et y épingla la petite couronne de fleurs sauvages que Glessing avait envoyée.

Sa robe, en shantung noir brillant, ample et bien serrée à la taille, était gonflée par de nombreux jupons qui bruissaient quand elle marchait. Elle était largement décolletée, à la dernière mode, révélant des épaules satinées et une gorge éblouissante.

Elle s'examina dans la glace, sans joie.

Le visage dans le miroir était étrange. Il y avait une douceur insolite dans les yeux, une pâleur aux joues... Les lèvres étaient d'un rouge sombre et brillant.

Mary savait que jamais elle n'avait été aussi jolie.

Elle soupira et prit son calendrier. Mais il était inutile de compter et de recompter les jours. Le résultat serait toujours le même et la découverte que le calendrier lui avait hurlée ce matin-là ne changerait pas. Tu es enceinte.

Oh ! mon Dieu mon Dieu mon Dieu.

# 22

CULUM s'inclina courtoisement, salua machinalement, et un nouvel invité alla se perdre dans la foule élégante. Depuis une heure, il se tenait à côté de son père et de son oncle, pour accueillir les invités, et il avait hâte que ce rituel prît fin.

Il contempla la piste de danse. Parmi les épaules nues, les robes de toutes couleurs et les uniformes chamarrés, il aperçut Mary Sinclair. Il fut un peu irrité de la voir s'entretenir avec Glessing. Mais tu ne dois pas être jaloux, se dit-il. Mary est manifestement la plus belle et George a bien raison d'être avec elle. Je ne lui en veux pas du tout.

Deux estrades avaient été érigées de part et d'autre de la piste, une pour la musique de la flotte, l'autre pour l'armée. Quand le général avait appris que l'amiral avait consenti à prêter sa musique pour la soirée, il s'était empressé d'en faire autant.

Les militaires, en uniformes écarlates, jouaient en ce moment. Tout le monde avait hâte de commencer à danser, mais il fallait attendre l'arrivée de Longstaff. Et il était en retard, ce qui était son privilège.

Culum salua de nouveaux invités et remarqua avec soulagement que la file diminuait. Il jeta un coup d'œil vers la plage, où des guirlandes de lanternes guidaient les pas des arrivants, des canots au bal, et vit celui de Longstaff toucher terre. Des matelots aidèrent Longstaff, le grand-duc et l'amiral à débarquer. Bon, se dit Culum. Ce ne sera plus bien long. Ses yeux se tournèrent de nouveau vers la piste et cette fois ils se posèrent sur Manoelita de Vargas. Elle l'observait, par-dessus son éventail. Elle était très belle — une peau de lait, des yeux sombres, une mantille sur ses cheveux noirs. Culum lui sourit et s'inclina légèrement. Les yeux de Manoelita se plissèrent ; elle agita son éventail et s'éloigna. Culum se promit de danser au moins une fois avec elle.

Il épousseta un peu de sable de ses revers, conscient d'être vêtu à la toute dernière mode de Londres, bien en avance sur la plupart des hommes présents. Son habit était bleu ciel, avec des revers de soie bleu marine, serré à la taille et juponnant sur les hanches. Un pantalon bleu pâle collant était glissé dans des demi-bottes noires souples. Ses cheveux bouclaient sur ses oreilles et sur son haut col empesé. Le tailleur de Robb a vraiment fait merveille, pensa-t-il. Et si peu cher ! Allons, en gagnant cent cinquante guinées par mois, il pourrait se constituer une garde-robe somptueuse. La vie était merveilleuse.

Il se tourna vers son père, en grande conversation avec Morley Skinner. Culum sentait peser les regards sur lui et devinait que son expression était hostile. Pour les invités, rien ne laissait deviner que l'antagonisme qui opposait le père au fils s'était calmé. De fait, il était devenu plus glacé. Depuis que le jeu avait débuté, Culum avait joué la comédie, en public, de plus en plus facilement. Sois franc, se dit-il, tu ne le mets plus sur un piédestal. Tu le respectes toujours, mais c'est un hérétique, adultère, son influence est dangereuse. Alors tu ne joues pas la comédie. Ta froideur est réelle, Culum, et ta méfiance aussi.

« Culum, petit, allons... lui souffla Robb avec inquiétude.

— Quoi donc, mon oncle ?

— Oh ! rien. Simplement, cette nuit il faut être gai.

— Oui, certainement. »

Culum vit les yeux douloureux de Robb mais il ne

dit rien et se retourna pour accueillir d'autres invités, et observer Mary et Manoelita. Il décida qu'il ne révélerait pas à Robb ce qui s'était passé entre le Taï-pan et lui, sur la montagne.

Il entendit Robb, à côté de lui :

« Vous ne connaissez pas mon neveu Culum. Culum, Miss Tess Brock. »

Culum tourna la tête. Son cœur fit un bond, et il tomba amoureux.

Tess faisait une révérence. La jupe immense de sa robe de brocart blanc bombait sur des jupons en cascade qui moussaient comme de l'écume blanche sous l'ourlet. Sa taille paraissait incroyablement fine sous le corsage gonflé, généreusement décolleté. Ses cheveux blonds dansaient en souples anglaises sur ses épaules nues. Culum vit qu'elle avait des yeux bleus, des lèvres attirantes. Et qu'elle le contemplait comme il la contemplait.

« Je suis très honoré de faire votre connaissance, s'entendit-il murmurer d'une voix irréelle. Peut-être me ferez-vous l'honneur de m'accorder la première danse ?

— Merci, monsieur Struan », répondit-elle d'une voix de cristal.

Liza les avait observés attentivement. Elle avait vu l'expression de Culum et celle de Tess. Mon Dieu, faites que ça arrive, faites que ça arrive, supplia-t-elle en suivant Brock sur la piste.

« J'avais pas reconnu la petite Tess, et toi ? » dit Struan à Robb.

Lui aussi, il avait remarqué l'échange de regards entre son fils et la petite Brock, et son esprit bouillonnait, soupesant les avantages et les désavantages d'une union Culum-Tess. Doux Jésus Dieu !

« Non. Regarde un peu Brock. Il éclate de fierté.

— Sûr.

— Et regarde Mary. Jamais je n'aurais cru qu'elle pouvait être si... si éblouissante, elle aussi.

— Oui. »

Struan suivit un moment Mary des yeux. La robe noire faisait ressortir la clarté lumineuse de sa peau. Puis il contempla Manoelita. Et puis de nouveau Tess. Elle souriait à Culum, qui lui rendait son sourire, de toute évidence. Dieu de Dieu, songea-t-il. Culum Struan et Tess Brock.

« Foutu Shakespeare, murmura-t-il sans le vouloir.

— Hein ?

— Rien. Je dirais que Mary est bien dans la course pour le prix.

— Elle n'est pas dans la même classe, par Dieu, déclara Quance, en clignant de l'œil. Pas avec Manoelita de Vargas !

— Ou Shevaun, je parie, dit Struan, quand elle voudra bien nous honorer de sa présence.

— Ah ! la délectable Miss Tillman ! Il paraît qu'elle ne portera que des pantalons et du tulle. Rien d'autre ? Grandes sphères de Jupiter, hein ?

— Ah ! Aristote, s'écria Cooper en s'approchant de leur groupe. Je vous cherchais. Vous avez un instant ? C'est pour une commande de portrait.

— Dieu garde mon âme précieuse ! Vraiment, je ne comprends pas ce qu'a tout le monde, s'exclama Quance, un peu méfiant. Rien que des commandes, toute la journée.

— Nous avons brusquement pris conscience de la perfection de votre talent, déclara vivement Cooper.

— Il était grand temps, par Dieu, et c'est la vérité immortelle ! Mes prix ont monté. Cinquante guinées.

— Allons donc en discuter devant un peu de champagne, hein ? »

Cooper cligna d'un œil complice à Struan, derrière le dos de Quance, et il entraîna le peintre vers le buffet.

Struan rit de bon cœur. Il avait fait passer la consigne à tout le monde, d'occuper Quance et de le tenir éloigné des langues trop bavardes, jusqu'au jugement. Et il avait très efficacement emprisonné Maureen à son bord en ôtant simplement tous les canots.

Longstaff, le grand-duc et l'amiral apparurent alors dans le cercle de lumière.

Il y eut un roulement de tambour et tout le monde se leva tandis que les musiques jouaient le *God save the Queen*. Puis ce fut, avec un peu d'hésitation, l'hymne national russe et enfin le *Rule Britannia*. Et ensuite, tout le monde applaudit.

« Je suis touché de cette prévenance, monsieur Struan, dit le grand-duc.

— Nous tenons à ce que vous vous sentiez chez vous, Altesse. »

Struan savait que tous les regards se tournaient vers eux et se félicitait d'avoir bien choisi sa tenue. Contrastant avec tous les invités, il portait un habit noir ; la seule note de couleur était le petit ruban vert nouant ses longs cheveux sur la nuque.

« Votre Altesse consentirait-elle à ouvrir le bal ?

— J'en serais honoré. Mais je crains de ne connaître aucune dame. »

Sergueyev portait un éclatant uniforme cosaque à tunique ample, et une épée de parade à son ceinturon enrichi de pierreries. Deux valets en livrée le suivaient obséquieusement.

« Il est facile d'y remédier, dit Struan. Peut-être voudriez-vous choisir ? Je serais heureux de faire les présentations.

— Ce serait fort discourtois de ma part. Je préfère que vous choisissiez vous-même celle qui consentira à me faire cet honneur.

— Pour me faire arracher les yeux ? Très bien. »

Struan se retourna et s'engagea lentement sur la piste. Manoelita serait le meilleur choix. Cela honorerait la colonie portugaise sur qui la Noble Maison et tous les marchands comptaient pour avoir des employés, des comptables, des magasiniers de confiance. Mary Sinclair serait un choix presque aussi bon, car ce soir elle était étrangement séduisante. Mais il n'y aurait rien à gagner à ce choix, sauf peut-être le soutien de Glessing. Struan avait remarqué que le capitaine ne la quittait guère. Depuis qu'il était capitaine du port, sa situation influente s'était assise. Et il serait un allié fort utile.

Struan vit les yeux de Manoelita briller, et Mary retenir son souffle quand il s'avança dans leur direction. Mais il s'arrêta devant Brock.

« Avec ta permission, Tyler, Tess pourrait peut-être ouvrir le bal avec le grand-duc ? »

Incapable de parler, rouge de fierté, Brock fit un signe de tête affirmatif. Liza était en extase. Tess rougit et faillit défaillir. Et Culum jura et détesta son père et le bénit d'offrir cet honneur à Tess. Et tous les marchands se demandèrent si le Taï-pan faisait sa paix avec Brock. Et si c'était le cas, pourquoi ?

« Je refuse de le croire, dit Glessing.

— Oui, reconnut Cooper, avec inquiétude car une paix entre Brock et Struan lui ferait grand tort. Ça n'a pas de sens.

— Cela a beaucoup de sens, intervint Mary. Elle est la plus jeune et l'honneur lui revient.

— Ça va plus loin que ça, Miss Sinclair, dit Glessing. Le Taï-pan n'agit jamais à la légère. Il espère peut-être qu'elle tombera et se cassera une jambe ou quelque chose comme ça. Il hait Brock.

— Je trouve ce que vous dites extrêmement méchant, capitaine Glessing, répliqua sèchement Mary.

— Vous avez raison, et je vous demande pardon d'avoir dit à voix haute ce que chacun pense tout bas. »

Glessing maudit sa stupidité ; il aurait bien dû comprendre qu'une telle candeur défendrait ce diable !

« Vous avez raison, répéta-t-il. Peut-être pourrai-je

vous demander de m'accorder la première danse... et de me permettre de vous accompagner au souper ? Je saurai alors que je suis pardonné. »

Depuis plus d'un an, Mary considérait George Glessing comme un mari possible. Elle l'aimait bien, sans plus. Mais maintenant, se dit-elle, tout est impossible.

« Merci, murmura-t-elle en baissant les yeux sur son éventail. Si vous me promettez d'être moins... moins caustique.

— C'est promis », s'écria joyeusement Glessing.

Struan escortait Tess sur le plancher.

« Sais-tu valser, petite ? »

Elle fit signe que oui, et s'efforça de détourner les yeux du fils du Taï-pan.

« Altesse, permettez-moi de vous présenter Miss Tess Brock. Tess, Son Altesse le grand-duc Alexei Sergueyev. »

Tess était paralysée ; ses genoux tremblaient. Mais elle pensa à Culum, à son regard, et ce souvenir lui donna confiance.

« Je suis très honorée, Altesse », dit-elle en faisant la révérence.

Le grand-duc s'inclina.

« L'honneur est pour moi, Miss Brock.

— Avez-vous fait un bon voyage ? demanda-t-elle en s'éventant gracieusement.

— Oui, merci. Toutes les jeunes filles anglaises sont-elles aussi ravissantes ? » demanda-t-il à Struan.

Il n'avait pas plus tôt parlé que Shevaun apparut au bras de Tillman. Sa robe était un nuage de tulle vert, à la jupe immense formée de multiples volants en cascade les uns au-dessus des autres et recouverts d'une tunique au genou. Elle portait de longs gants verts, et des paradis dans ses cheveux roux éclatants. Chose incroyable, son corsage tenait sans épaulettes ni mancherons.

« Je suis navrée d'être en retard, monsieur Struan,

Votre Excellence, dit-elle dans le silence soudain. Mais au moment de partir, une boucle de mon soulier s'est cassée. »

Longstaff arracha son regard de ce décolleté et se demanda, comme tous les hommes, comment diable la robe tenait et si elle risquait de glisser.

« Vous choisissez toujours votre heure à merveille, Shevaun, dit-il, puis il se tourna vers le Russe. Altesse, permettez-moi de vous présenter Miss Shevaun Tillman, des États-Unis. Ah ! oui, et M. Tillman. Son Altesse le grand-duc Alexei Sergueyev. »

Brusquement oubliée, Tess regarda Shevaun faire sa révérence et la détesta parce qu'elle lui volait sa minute de gloire. C'était la première fois qu'elle était jalouse d'une autre femme. Et la première fois qu'elle se considérait comme une femme, et non comme une petite fille.

« Quelle robe merveilleuse, Miss Tillman, dit-elle d'une voix doucereuse. Vous l'avez faite vous-même ? »

Les yeux de Shevaun fulgurèrent mais elle répondit sur le même ton :

« Oh ! non, ma chérie, hélas ! je n'ai pas votre talent. »

« Sale petite garce morveuse.

« Me ferez-vous l'honneur de la première danse, Shevaun ? demanda Longstaff.

— Enchantée, Excellence. Mais comme tout est ravissant, Taï-pan. »

Exultant de provoquer l'envie et la jalousie, elle fit à Struan un sourire radieux.

« Je vous remercie », dit-il.

Il fit un signe au chef de la musique de la flotte.

Le bâton descendit et les premiers accents d'une valse viennoise montèrent dans la nuit. La valse était encore un peu scandaleuse, mais c'était la plus populaire des danses.

Le grand-duc conduisit Tess au centre de la piste et

Shevaun pria le Ciel que Tess glisse et tombe, s'empêtre dans ses jupons ou, mieux encore, qu'elle danse comme un veau. Mais Tess volait comme une feuille. Longstaff entraîna Shevaun. Tout en tourbillonnant avec une grâce exquise, elle vit Struan se diriger vers une beauté portugaise aux yeux noirs qu'elle n'avait jamais vue et enragea. Mais au tour suivant, elle vit qu'il avait invité Liza Brock et elle se dit : Ah ! Taï-pan, vous êtes un homme astucieux. Je vous adore, pour cela. Et puis elle remarqua que Tess et le grand-duc tenaient le centre de la piste et elle guida adroitement Longstaff, qui dansait très bien, vers le milieu, sans lui laisser comprendre qu'il était guidé.

Culum regardait danser. Il prit une coupe de champagne et la but sans le goûter, et puis il se retrouva devant Tess, il s'inclinait, il l'invitait pour la danse suivante.

Il ne remarqua pas le froncement de sourcils de Brock, ni Liza qui entraînait vivement son mari. Ni la curiosité de Gorth.

Il y eut des valses et des polkas, des mazurkas et des galops et des quadrilles. Shevaun était assaillie à la fin de chaque danse, et Manoelita aussi, mais avec plus de prudence. Culum dansa une troisième fois avec Tess, et quatre fois dans une soirée, c'était tout ce qu'autorisaient les convenances.

La dernière danse avant le souper, Struan se fraya un passage dans le groupe serré qui entourait Shevaun.

« Messieurs, dit-il avec une paisible autorité, je suis désolé, mais cette danse est réservée à l'hôte. »

Les hommes protestèrent un peu et s'écartèrent. Il n'attendit pas que la musique commence, mais conduisit Shevaun au milieu du plancher.

Jeff Cooper regardait, le cœur serré. Ç'aurait dû être sa danse.

« Ils font un joli couple, dit-il à Tillman.

— Oui. Pourquoi ne fais-tu pas ta cour ? Tu connais mes sentiments. Et ceux de mon frère.

— On a le temps.

— Pas maintenant que Struan est veuf. »

Cooper sursauta.

« Tu encouragerais une union pareille ?

— Non, bien sûr. Mais il me paraît tout à fait évident que Shevaun a la tête tournée par cet homme-là. Il est temps qu'elle se range un peu. Je n'ai eu que des ennuis depuis son arrivée et j'en ai assez de jouer les chiens de garde. Je connais tes sentiments, alors, je t'en prie, demande officiellement sa main, et qu'on en finisse.

— Pas avant que je sois sûr qu'elle veut bien m'accepter — et avec joie — et de son plein gré. Ce n'est pas un meuble qu'on peut vendre et acheter !

— Je suis d'accord. Mais elle est quand même fille, et mineure, et elle fera ce que son père et moi jugeons de meilleur pour elle. Je dois avouer que je ne comprends ni n'approuve ton attitude, Jeff. Tu vas au-devant des ennuis. »

Cooper ne répondit pas. Il contemplait Shevaun, les reins en feu, le cœur serré.

« Ils forment un couple parfait », murmura Mary, désespérée de ne pas être à la place de Shevaun.

Soudain, en cet instant, elle se sentit souillée, à cause de sa vie secrète, et de l'enfant à venir, et de Glessing. Il avait été si tendre, ce soir, si tendre et si masculin et très Anglais et très propre. Et elle avait presque pleuré de souffrance de son amour impossible pour le Taï-pan.

« En effet, dit Glessing. Mais s'il y a une justice, vous remporterez le prix, Miss Sinclair. »

Elle réussit à sourire, et s'efforça de chercher encore une fois qui pouvait être le père de l'enfant... encore que cela n'eût guère d'importance, puisque de toute manière le père était chinois. Avoir un bâtard chinois !

Je mourrai avant, se promit-elle. Dans deux ou trois mois, cela commencera à se voir. Mais je ne vivrai pas pour voir l'horreur et les reproches dans tous les yeux. Des larmes lui brûlèrent les paupières.

« Allons, allons, Mary, murmura Glessing en lui prenant affectueusement le bras. Il ne faut pas pleurer parce que je vous fais un compliment. Vous êtes très réellement la plus belle, ce soir. La plus belle que j'aie jamais vue. C'est la vérité. »

Elle chassa ses larmes de la main, à l'abri de son éventail. Et dans son brouillard de terreur, elle se rappela soudain May-may. May-may pourrait peut-être l'aider ! Les Chinois avaient peut-être des drogues pour avorter. Mais ce serait un crime. Un assassinat. Non, mon corps est à moi et il n'y a pas de Dieu, et si j'ai l'enfant je serai maudite.

« Excusez-moi, George, dit-elle, un peu plus en paix avec elle-même, maintenant qu'elle avait pris sa décision. J'ai eu un léger vertige.

— Vous êtes sûre que vous allez bien, maintenant ?

— Oh ! oui. »

Glessing débordait d'amour protecteur. Pauvre petite fille fragile, pensait-il. Elle a besoin qu'on s'occupe d'elle, et c'est à moi que cela revient. A moi seul.

Struan s'arrêta au beau milieu de la piste.

« Je me demandais quand vous me feriez cet honneur, Taï-pan, déclara-t-elle malicieusement.

— Cette danse est en votre honneur, Shevaun. »

Struan fit un signe. Les premières mesures de la musique la plus électrisante du monde éclatèrent brusquement. Le cancan ! Une danse follement excentrique, drôle, démente, dans laquelle on levait haut la jambe, qui avait été créée quelques années plus tôt à Paris et dont la vogue avait balayé les capitales d'Europe comme un vent de folie, mais qui était interdite et jugée scandaleuse dans les milieux de bon ton.

« Taï-pan, souffla-t-elle, atterrée.

— J'ai soudoyé le chef de la musique », avoua Struan.

Elle hésita puis, sentant peser sur elle tous les regards scandalisés, elle prit hardiment le bras de Struan et se laissa entraîner.

« Rien ne va glisser, j'espère ? murmura Struan, en baissant les yeux sur ce corsage sans soutien.

— Si cela arrive, vous me protégerez, j'espère », répliqua-t-elle.

Emportés par la musique, ils se mirent à gambader. Shevaun lâcha le bras de Struan, souleva ses multiples jupons et lança la jambe en l'air, découvrant ses pantalons brodés. Un cri de joie fusa de la foule des invités et les hommes se mirent à se précipiter pour chercher des cavalières. Soudain, la piste fut envahie de danseurs hilares, haletants, déchaînés, qui tourbillonnaient et se trémoussaient et sautaient et levaient la jambe au rythme entraînant du cancan.

La musique leur faisait oublier toute mesure. Tous étaient touchés, tous.

Lorsque le morceau se termina, des applaudissements, des cris, des bis contraignirent les musiciens à recommencer, et la folle danse reprit. Mary oubliait l'enfant qu'elle portait, et Glessing décidait que ce soir même il demanderait sa main à Horatio. Les danseurs riaient, les femmes poussaient des cris aigus en tournoyant, la jambe en l'air.

Ce fut enfin fini, et la jeunesse se pressa autour de Struan et de Shevaun, pour le remercier et la féliciter. Elle tenait le bras du Taï-pan, d'un air possessif, et s'éventait en souriant fièrement. Il s'épongea le front, extrêmement heureux de voir que ses deux coups de dés étaient gagnants : Tess et le cancan.

Tout le monde regagna les tables et les serviteurs

commencèrent à passer les plats. Il y avait du saumon fumé, des huîtres, des clams, des saucisses grillées, des jambons et des poissons fumés, des fruits frais que Chen Sheng avait fait venir de Manille, d'énormes côtes de bœuf frais, grillées en plein air, des cochons de lait rôtis, des pieds de porc au vinaigre, des pâtisseries...

« Sur ma vie, déclara Sergueyev, jamais je n'ai vu autant de nourriture, et je ne me suis pas autant amusé depuis bien des années, monsieur Struan.

— Fi donc, Altesse, susurra Shevaun, c'est là l'ordinaire de la Noble Maison ! »

Struan rit avec les autres et s'assit au haut de la table, Sergueyev à sa droite et Longstaff à sa gauche, Shevaun à côté du grand-duc et Mary à côté de Longstaff, Glessing auprès d'elle. A la même table se trouvaient Horatio, Aristote, Manoelita et l'amiral, ainsi que Brock, Liza et Jeff Cooper. Robb et Culum présidaient chacun une autre table.

Struan jeta un coup d'œil à Aristote et se demanda comment il avait pu persuader Vargas de lui confier Manoelita pour le souper. Dieu de dieu, se demanda-t-il, Manoelita serait-elle celle qui pose pour le fameux portrait nu ?

« Le cancan, disait Longstaff. Parole d'honneur ! Un coup de dés diabolique, et dangereux, Taï-pan.

— Pas pour autant de gens modernes, Excellence. Tout le monde m'a paru l'apprécier hautement.

— Mais si Miss Tillman n'avait pris l'initiative, dit Sergueyev, je doute qu'aucun d'entre nous aurait eu assez de courage.

— Que pouvait-on faire d'autre, Altesse ? lui répliqua Shevaun. L'honneur était en jeu. Mais, Taï-pan, c'était très vilain de votre part.

— Sûr. Si vous m'excusez un instant, je vais voir si mes invités ont tout ce qu'il faut. »

Struan se leva et alla faire le tour des tables, pour

saluer chacun des invités. Lorsqu'il arriva à celle de Culum, il y eut un silence attentif, et Culum leva les yeux.

« Bonsoir, dit-il.

— Tout va bien, Culum ?

— Oui, merci. »

Culum était d'une parfaite politesse, mais sans la moindre chaleur. Gorth, assis en face de Tess, à la table de Culum, réprima un rire ironique. Struan s'éloigna.

A la fin du souper, les dames se retirèrent dans la vaste tente qui leur avait été réservée. Groupés autour des tables, les hommes fumèrent en buvant du porto, ravis d'être seuls un moment. Détendus, ils parlaient des cours des épices, et du prix décerné à la plus belle invitée. Tout le monde semblait certain que Shevaun serait la gagnante, mais Aristote en était moins convaincu.

« Si vous ne lui donnez pas le prix, s'écria Robb, elle vous tuera !

— Ah ! Robb, cher innocent ! Vous êtes complètement subjugué par sa gorge — qui est admirable, c'est vrai. Mais le prix doit aller à la mieux habillée, non à la plus déshabillée.

— Mais sa robe est une merveille ! La plus belle, certainement.

— Pauvre ami. Vous n'avez pas l'œil du peintre, ni la responsabilité d'un choix immortel. »

La cote de Shevaun déclina, au profit de Mary. Manoelita avait également des défenseurs.

« A qui vont vos voix, Culum ? demanda Horatio.

— A Miss Sinclair, naturellement, répondit-il galamment, bien qu'en ce qui le concernât, une seule fût digne de cet honneur.

— Vous êtes très aimable. »

Mauss appela Horatio, qui s'excusa. Culum fut heureux d'être laissé seul à sa table, avec ses pensées. Tess Brock. Quel joli nom ! Comme elle était belle ! Quelle ravissante personne ! Il vit Gorth se diriger vers lui.

« Un mot à votre oreille, Struan ? dit Gorth.

— Bien sûr. Voulez-vous vous asseoir ? répondit Culum, assez mal à l'aise.

— Merci de bon cœur. »

Gorth s'assit et posa ses poings énormes sur la table.

« Autant y aller carrément. C'est la seule méthode que je connaisse. C'est au sujet de votre papa et du mien. Ils sont ennemis, ça c'est un fait. Là, on n'y peut rien, ni vous ni moi. Mais c'est pas parce qu'ils sont ennemis que nous deux on doit faire pareil. Du moins, c'est mon idée. La Chine est assez grande pour vous et moi. Du moins, c'est mon idée. J'en ai par-dessus la tête de voir ces deux-là faire les imbéciles. Comme pour la colline, pensez un peu, l'un et l'autre tout prêts à risquer la maison pour une histoire de face ! Si nous ne faisons pas attention, nous allons être entraînés dans leur conflit, vous et moi, sans avoir la moindre raison de s'en vouloir. Qu'est-ce que vous en dites ? Hé ? On peut bien avoir notre opinion, nous deux. Ce que mon papa pense et le vôtre, ma foi, c'est leur affaire. Vous et moi, on peut être justes, pas vrai. Ouverts, comme qui dirait. Qui sait, on pourrait même être amis, après tout, hein ? Moi je crois que ce serait pas chrétien de se haïr, nous deux, à cause de nos papas. Qu'est-ce que vous en pensez ?

— Je suis d'accord, répondit Culum, ahuri par cette offre d'amitié.

— Je ne dis pas que mon papa a tort et que le vôtre a raison. Tout ce que je dis, c'est qu'on devrait essayer, en hommes, de vivre notre vie, de notre mieux. Hé ! là, dit Gorth avec un sourire. On dirait que ça vous choque, mon gars.

— Excusez-moi. Je... Mais oui, vous avez raison, j'aimerais que nous soyons amis. Je ne m'attendais pas du tout à ça. Je... Ma foi, vous avez les idées larges.

— Là, vous voyez bien ? C'est ce que je veux dire, bon dieu. On s'est jamais dit plus de quatre mots dans notre vie, et pourtant vous vous êtes figuré que je pouvais pas vous sentir. Ridicule !

— Oui.

— Ce sera pas facile, ce qu'on va essayer. Oubliez pas, on n'est pas du même milieu. Mon école, ça a été un navire. Je grimpais dans les haubans à dix ans. Alors faudra pas m'en vouloir pour mes manières et ma façon de parler. Malgré tout, j'en sais plus long que beaucoup sur la Chine et le commerce de par ici, et je suis le meilleur marin de ces eaux-ci. A part mon papa, et ce bâtard d'Orlov.

— Orlov est si bon que ça ?

— Et le pouce. Le bougre est le fils d'un requin et d'une sirène. Ce bougre-là me flanque la trouille. »

Gorth prit une pincée de sel et la jeta par-dessus son épaule d'un geste superstitieux.

« A moi aussi », avoua Culum.

Gorth garda le silence un moment, puis il dit :

« Nos papas, ça va pas leur faire plaisir qu'on soit amis.

— Non, sans doute.

— Je m'en vais être franc avec vous, Struan. C'est Tess qui m'a dit ce soir que ce serait le bon moment pour vous causer comme qui dirait en privé. C'était pas mon idée, d'abord. De parler ouvertement ce soir. Mais je suis bien content de vous avoir parlé. Alors, qu'est-ce que vous en dites ? On essaie, oui ? Voilà ma main pour toper. »

Culum serra avec joie la main offerte.

Irrité, Glessing buvait impatiemment du cognac au

buffet. Il avait été sur le point d'interrompre Horatio et Culum lorsque Mauss était arrivé. Bon dieu, qu'est-ce que tu as, à être nerveux ? se demanda-t-il. Mais non, j'ai hâte d'avoir parlé, c'est tout. Dieu de dieu, que Mary est belle, ce soir. Merveilleuse.

« Excusez-moi, capitaine Glessing... »

Le major Turnbull s'approchait. C'était un homme méticuleux, aux yeux gris, qui prenait très au sérieux sa fonction de premier magistrat de Hong Kong.

« Belle soirée, n'est-ce pas ?

— Oui.

— Je crois que c'est le moment, si vous voulez bien ? Son Excellence est libre. On ferait bien de lui mettre la main dessus quand on en a l'occasion.

— Si vous voulez. »

Glessing suivit Turnbull entre les tables, pour rejoindre Longstaff.

« Pourrions-nous vous parler une minute, Excellence ? dit Turnbull.

— Certainement.

— Ça m'ennuie de parler de choses officielles à une soirée mondaine, mais c'est assez important. Une de nos frégates en patrouille a capturé une bande de foutus pirates mécréants.

— Excellent. La main dans le sac, hé ?

— Oui, Excellence. La marine a surpris les bougres sur la côte sud, au large d'Aberdeen. Ils pirataient une jonque. Ils ont assassiné l'équipage.

— Les porcs. Vous les avez jugés ?

— C'est ça, le problème, dit Turnbull. Le capitaine Glessing pense que c'est du ressort de l'Amirauté, moi je penche pour le procès civil. Mais mon autorité ne couvre que les délits mineurs et certainement pas des crimes de cette espèce. Cette affaire devrait passer devant un juge, bien comme il faut, avec un jury et tout, comme aux assises.

— Très juste. Mais nous ne pouvons pas avoir de

juge tant que nous ne sommes pas officiellement une colonie. Il faut attendre des mois. Nous ne pouvons laisser croupir en prison des accusés, sans jugement, ce ne serait pas légal. Voyons... A mon avis, dit Longstaff, c'est une affaire civile. Si le jury condamne, envoyez-moi les papiers et je confirmerai la sentence. Vous feriez bien de dresser le gibet devant la prison.

— Je ne peux pas faire ça, Excellence. Ce ne serait pas légal. La loi est précise ; seul, un juge véritable peut juger ce cas.

— Ma foi, nous ne pouvons enfermer des accusés indéfiniment sans les juger ouvertement en toute justice. Alors que suggérez-vous ?

— Je ne sais pas.

— C'est assommant, grommela Longstaff. Vous avez raison, naturellement.

— Peut-être devrions-nous les remettre aux autorités chinoises ? proposa Glessing, pressé d'en finir afin de pouvoir parler à Horatio.

— Pas du tout, protesta Turnbull. Leur crime a été commis dans les eaux britanniques.

— C'est exact, dit Longstaff. Pour le moment, détenez ces accusés ; je vais envoyer une dépêche urgente au Foreign Office pour demander un décret.

— Oui, Excellence, dit Turnbull et, après une hésitation, il poursuivit : J'aimerais obtenir des crédits pour agrandir la prison. J'ai des dizaines de vols avec agression et un cas d'effraction à main armée.

— Très bien, soupira Longstaff. Nous verrons cela demain.

— Peut-être pourrais-je avoir un rendez-vous demain, Excellence, demanda Glessing. Il me faut de l'argent pour embaucher des pilotes, et nous devrions régler les droits de mouillage et de port, et j'aimerais avoir l'autorisation de réquisitionner des chasseurs de pirates rapides. Le bruit court avec insistance que ce diable de Wu Fang Choi a rassemblé une flotte au nord.

— Très bien, capitaine. Midi, voulez-vous ? Turnbull, neuf heures ?

— Merci, Excellence. »

Au désespoir de Glessing, Longstaff les quitta pour aller s'entretenir avec Horatio. Il fulmina. Bon dieu, il est dit que ce soir je ne pourrai pas l'accrocher !

Sergueyev s'approcha de Struan, qui contemplait les navires mouillés et se félicitait du beau temps persistant.

« Une rade magnifique, monsieur Struan, dit aimablement le grand-duc.

— Sûr. C'est bon d'avoir enfin nos propres eaux, répondit Struan, sur ses gardes. Hong Kong sera un des plus beaux joyaux de la Couronne, un jour ou l'autre.

— Faisons quelques pas, voulez-vous ? »

Struan acquiesça et ils se promenèrent au bord de l'eau.

« Il paraît que vous ne possédez cette île que depuis deux mois, dit le grand-duc en désignant d'un geste large les sites de construction de la Vallée Heureuse. Et cependant, vous avez déjà presque construit une ville. Votre énergie et votre ingéniosité sont stupéfiantes.

— Ma foi, Altesse, s'il y a quelque chose à faire, c'est pas la peine d'attendre, pas vrai ?

— Évidemment. Mais je trouve curieux, la Chine étant si faible, que vous ne vous empariez que d'un rocher stérile. Sûrement, il doit y avoir d'autres proies.

— Nous ne cherchons pas de proies, en Chine. Rien qu'une petite base où nous pourrons caréner et radouber nos navires. Et puis je ne dirais pas qu'une nation de trois cents millions d'individus est faible.

— Alors, la guerre n'étant pas finie, je suppose que vous attendez de solides renforts. Des armées, et non quelques milliers d'hommes. Une flotte, et non une trentaine de navires ?

— Son Excellence pourrait mieux vous répondre que moi. Mais je dirais que toute puissance qui attaque la Chine aurait une bien longue lutte en perspective. Sans les plans et les hommes nécessaires. Le pays est illimité.

— La Russie est illimitée, rétorqua Sergueyev. Mais symboliquement seulement. En réalité, la Russie elle-même a ses limites. L'Arctique et l'Himalaya, la Baltique et le Pacifique.

— Vous avez pris des terres au nord ? »

Struan s'efforça de ne pas montrer sa stupéfaction. Où, pour l'amour de Dieu ? Au nord de la Mandchourie ? La Mandchourie ? Ou la Chine, ma Chine ?

« Notre mère la Russie s'étend d'une mer à l'autre. Sous le regard de Dieu, Taï-pan, dit Sergueyev avec simplicité. Vous devriez voir la terre de notre mère la Russie pour comprendre ce que je veux dire. Elle est noire, et riche et pleine de vie. Et pourtant, nous en avons brûlé près de trois mille kilomètres pour mettre en échec Bonaparte et sa Grande Armée. Mais j'appartiens à la terre. Je vous laisse les mers, Taï-pan... Ce fut un grand combat, cet après-midi. Et une gageure intéressante. Très intéressante. »

Le sourire de Struan creusa dans ses joues des rides profondes.

« Dommage qu'il y ait eu match nul. Nous ne saurons jamais, n'est-ce pas, Altesse, qui était le meilleur des deux.

— Vous me plaisez, monsieur Struan. J'aimerais être votre ami. Nous pourrions être fort utiles l'un à l'autre.

— Je serais très honoré de vous assister. »

Sergueyev sourit en montrant ses dents éblouissantes.

« Nous avons le temps. L'avantage de l'Asie sur

l'Europe est son appréciation du temps. Ma famille est originaire de Karaganda. C'est de ce côté-ci de l'Oural, donc je suis un peu asiatique. Nous sommes des Kasaki. Certains nous appellent « cosaques ».

— Je ne vous suis pas. L'Oural ?

— Une chaîne de montagnes qui va de l'Arctique à la mer Caspienne. Elle sépare la Russie d'Asie de la Russie d'Europe.

— Je connais si peu la Russie... et l'Europe, d'ailleurs.

— Vous devriez venir chez nous. Accordez-moi six mois de votre temps et laissez-moi vous inviter. Il y a beaucoup à voir, des villes, des océans de pâturages, les steppes... Cela pourrait vous être profitable. D'immenses marchés pour le thé, la soie, toutes sortes de marchandises. Et nos femmes sont belles !

— J'ai beaucoup à faire ces jours-ci. La semaine prochaine ?

— Allons, ne plaisantons pas. Je parle sérieusement. Je vous en prie, pensez-y. L'année prochaine, l'année suivante. Je crois que c'est très important. Pour vous, pour votre pays, pour l'avenir. La Russie et la Grande-Bretagne ne se sont jamais fait la guerre. Depuis des siècles, nous sommes alliées, et nous sommes toutes deux en mauvais termes avec la France, notre ennemie héréditaire. La Russie a d'infinies ressources terriennes, et des millions d'hommes, d'hommes forts. Vous êtes pauvres en terres, donc vous avez besoin de votre empire, et nous ne vous le dénions pas. Vous régnez sur les mers, et cela nous plaît. Vous avez votre extraordinaire puissance industrielle et les richesses que cela comporte. Nous serions très heureux. Vous avez des marchandises et les moyens de les livrer et nous avons les débouchés. Mais nous avons aussi des marchandises que vous pouvez utiliser, la matière première dont vous avez besoin pour vos incroyables machines, et de quoi nourrir votre remarquable peuple.

A nous deux, nous serions imbattables. Ensemble, nous pouvons tenir tête à la France. Et au Saint-Empire romain, à la Prusse, au Turc infidèle. Ensemble, nous pouvons garantir la paix. Et croître et prospérer pour le plus grand bien de tous.

— Sûr, reconnut gravement Struan. Je suis entièrement d'accord. Mais vous ne parlez pas sur le plan national, plutôt sur le plan historique. Ce n'est pas pratique, ça. Et je ne pense pas que vous puissiez reprocher à la France l'ambition de ses rois. Ni justifier la transformation par la force de Turcs en chrétiens. J'ai dit ce que j'avais à dire, à déjeuner. Sur le plan international, si nous n'avons pas une façon de brider les rois, ou les reines, nous aurons toujours des guerres. Son Excellence l'a très bien formulé. Les rois, ou n'importe quelle forme de dirigeant, versent le sang des autres. Pour être pratique, je ne peux pas faire grand-chose. Je n'opère pas sur un plan national, et je n'ai aucun véritable pouvoir, au Parlement, comme vous le savez bien.

— Mais en ce qui concerne l'Asie, votre opinion est très écoutée. Et j'ai beaucoup d'influence à Saint-Pétersbourg. »

Struan tira longuement sur son cigare et souffla un jet de fumée bleue.

« Que voulez-vous en Asie ?

— Que voulez-vous en Chine ?

— Des marchés », répondit Struan sans hésiter, tout en restant sur ses gardes.

Il prenait bien soin de ne pas révéler son véritable dessein. Il y a un monde de différence, se dit-il, entre l'Asie et la Chine.

« Je pourrais peut-être m'arranger pour que la Noble Maison obtienne une licence exclusive pour l'importation de thé en Russie. Et pour l'exportation des fourrures et du grain de toutes les Russies.

— En échange de quoi ? » demanda Struan, renversé par l'offre monumentale.

Un monopole pareil valait des millions. Et la puissance qu'il engendrerait le placerait en excellente situation dans les milieux politiques anglais, en lui apportant énormément de face.

« De l'amitié, répondit Sergueyev.

— Ce mot peut vouloir dire beaucoup de choses, Altesse.

— Il n'a qu'une signification, monsieur Struan. Naturellement, il y a bien des façons pour un ami d'aider un ami.

— Quelle aide spécifique demanderiez-vous spécifiquement, en échange d'un accord commercial spécifique avec ma compagnie ? »

Le grand-duc rit doucement.

« Voilà trop de spécifiques pour une soirée, monsieur Struan. Mais cela vaut d'y réfléchir. Et d'en discuter au moment spécifique, hé ? »

Il contempla la rade, les navires, et, au-delà, la ligne sombre du continent.

« Vous devriez venir en Russie », répéta-t-il.

« Quand voulez-vous que je vous le traduise, Excellence ? demanda Horatio, en levant les yeux du papier que Longstaff venait de lui remettre.

— Quand vous voudrez. Ces prochains jours, quoi ? Mais prenez bien soin de mettre les caractères chinois au-dessus des mots anglais, n'est-ce pas ?

— Oui, monsieur. Dois-je l'envoyer à quelqu'un ?

— Non. Rendez-le-moi, simplement. Naturellement, c'est une affaire privée. »

Longstaff s'éloigna, enchanté de la forme que prenait son idée. La lettre qu'il faisait traduire disait : « Son Excellence le capitaine surintendant du Commerce britannique désire acheter vingt-cinq kilos de graines de mûriers ou mille boutures, à livrer le plus tôt possible. » Quand Horatio lui donnerait la traduction, il n'aurait qu'à remplacer le mot « mûrier » par le mot « thé ». Il pourrait faire ça lui-même : le caractère chinois signifiant « thé » était inscrit sur toutes les caisses exportées. Alors il attendrait, jusqu'à ce qu'il trouve une personne de confiance.

Resté seul, Horatio relut le message. Allons, se demanda-t-il, pourquoi Longstaff veut-il des mûriers ? Il y en avait des dizaines de milliers, dans le Midi de la France, avec leurs vers à soie, et il serait certainement plus facile d'en faire venir de là-bas. Alors qu'il serait compliqué d'en obtenir en Chine. Longstaff veut-il faire la culture du mûrier ici ? Mais pourquoi vingt-cinq kilos ? C'est une quantité fantastique, et il n'est pas cultivateur. Et pourquoi cette réflexion : « Naturellement, c'est une affaire privée » ?

« Horatio ?

— Ah ! George. Comment allez-vous ?

— Très bien, merci. »

Horatio remarqua que Glessing était rouge et mal à l'aise.

« Qu'avez-vous donc ?

— Rien. C'est simplement... Ma foi, il vient un moment dans la vie d'un homme... On doit... Ma foi, on fait la connaissance d'une personne qui... Non, ce n'est pas... C'est Mary. Je veux l'épouser et je vous demande votre bénédiction. »

Horatio se maîtrisa avec effort, et répondit ce qu'il avait préparé. Il avait remarqué les attentions de Glessing et il n'avait pas oublié son expression, quand il avait vu Mary pour la première fois. Il détestait Glessing d'oser venir leur compliquer la vie, à Mary et à lui, et d'oser avoir l'impertinence de supposer que Mary envisagerait, ne fût-ce qu'un instant, de l'épouser.

« Je suis extrêmement flatté, George, dit-il. Mary le sera aussi. Mais elle... Enfin, je pense qu'elle est trop jeune pour songer encore au mariage.

— Mais pas du tout ! Et j'ai de solides espérances et ma situation est assise, et mon grand-père va me laisser le manoir. Je suis très à l'aise et mon avenir est...

— Doucement, George. Nous devons envisager les choses avec soin. En avez-vous parlé à Mary ?

— Grands dieux, non ! Je voulais d'abord connaître vos sentiments. Naturellement.

— Eh bien, donc, pourquoi ne pas me laisser faire ? Je ne savais pas du tout que vos intentions étaient aussi sérieuses. Je crois, hélas ! que vous devrez me pardonner et faire preuve d'indulgence. J'ai toujours considéré Mary comme une gamine. Et naturellement, elle n'est pas d'âge à consentir d'elle-même.

— Alors dans l'ensemble, vous approuvez ?

— Oh ! oui. Mais je n'avais jamais pensé que... Ma foi, avec le temps, quand elle sera majeure, je suis sûr qu'elle vous écoutera et sera très honorée.

— Vous pensez que je dois attendre qu'elle ait vingt et un ans ?

— Eh bien... Je n'ai à cœur que ses intérêts. Elle est ma sœur et... et nous sommes très proches l'un de l'autre. Depuis la mort de mon père, c'est moi qui l'ai élevée.

— Oui, soupira Glessing, un peu dérouté. Et vous avez très bien réussi. C'est très aimable à vous de bien vouloir me considérer... Elle... Elle est merveilleuse !

— Oui, mais il faut être patient. Le mariage est une chose grave. Surtout pour une fille comme Mary.

— Oui. Vous avez raison. Eh bien, si nous buvions à l'avenir, hé ? Je ne suis pas pressé de... ma foi... Mais j'aimerais avoir une réponse. Il faut faire des projets, n'est-ce pas ?

— Naturellement. Allons boire à l'avenir. »

« Le diable l'emporte, gronda Brock, quand Gorth

le rejoignit. Struan a retenu jusqu'au dernier pouce carré de cales en dehors de nos navires. Comment ça peut se faire, ça, hein ? Ce matin ! C'est pas possible !

— On dirait presque qu'il savait à l'avance. Mais ça non plus, c'est pas possible !

— Enfin, ça n'a pas d'importance, tout ça », dit Brock.

Il songeait avec satisfaction à son navire qui cinglait vers Manille, mais il ignorait que celui de Struan le devançait de plusieurs heures.

« On peut dire que c'est un sacré bal, pas vrai ?

— Culum a bien l'air de s'intéresser à notre Tess, Pa.

— Ouais. Je l'ai remarqué. Il est temps qu'elle rentre.

— Pas avant le concours, protesta Gorth et il ajouta, les yeux dans ceux de son père : Une union entre ces deux-là serait tout ce qu'il y a de bonne pour nous.

— Jamais, bon dieu, gronda Brock en rougissant de colère.

— Moi, je dis oui, bon dieu ! J'ai entendu dire, par un de nos employés portugais qui le tenait d'un de ceux des Struan, que le Taï-pan va rentrer en Angleterre dans six mois.

— Quoi !

— Il partirait pour tout de bon.

— Je n'en crois rien !

— Ce démon éliminé, qui sera Taï-pan, hé ? Robb, déclara Gorth et il cracha par terre. Nous pouvons avaler Robb bien proprement. Avant la vente des terres, j'aurais dit qu'on pourrait dévorer Culum comme du porc salé. Maintenant, j'en suis plus si sûr. Mais si Tess était sa femme... alors, ce serait Brock-Struan et Compagnie. Après Robb, Culum sera Taï-pan.

— Dirk partira jamais. Jamais. T'es un peu malade

de la tête. C'est pas parce que Culum danse avec ta sœur qu'il va...

— Enfonce-toi ça dans la tête une bonne fois, Pa, interrompit Gorth. Un jour, Struan partira. Tout le monde sait qu'il veut être député. Tout comme toi tu voudras prendre ta retraite. Un jour.

— On a bien le temps d'y songer, nom de dieu !

— Oui ; mais un jour tu te retireras, hé ? Alors, moi, je serai Taï-pan, dit Gorth sans dureté, mais d'une voix calme et résolue. Je serai Taï-pan de la Noble Maison, par Dieu, et pas de la seconde compagnie. Culum et Tess, c'est ça qui arrangera tout.

— Dirk ne partira jamais, bougonna Brock, détestant brusquement son fils d'avoir laissé entendre qu'il réussirait là où son père avait échoué.

— Je pense à nous, Pa ! A notre maison. Et à toi, qu'as travaillé nuit et jour pour l'abattre. Et à notre avenir. Culum et Tess. Ce serait parfait. »

Brock se hérissait. Il savait qu'un jour ou l'autre, il devrait passer les rênes à son fils. Mais pas si tôt, bon dieu. Car sans sa maison, s'il n'était plus Taï-pan de Brock, il mourrait.

« Qu'est-ce qui te fait croire que ça sera Brock-Struan, hein ? Pourquoi pas Struan-Brock et que ça soit lui le Taï-pan et que tu sois débarqué ?

— Te fais donc pas de souci, Pa. Entre toi et le démon de Struan, c'est comme le combat d'aujourd'hui. Vous vous valez. Forts de même, également rusés. Mais moi et Culum, c'est autre chose !

— Je n'en vais y réfléchir. Je prendrai la décision moi-même.

— Bien sûr, Pa. C'est toi le Taï-pan. Avec un peu de joss, tu seras Taï-pan de la Noble Maison avant moi. »

Gorth sourit, puis il alla rejoindre Culum et Horatio.

Brock arrangea un peu le bandeau noir sur son œil et regarda partir son fils, si grand et fort, si jeune, si énergique. Il examina aussi Culum, puis chercha Struan. Il l'aperçut tout seul au bord de l'eau, contemplant la rade. Son profond amour pour Tess, et le désir de la voir heureuse étaient en butte à ce que Gorth avait dit. Il savait que Gorth ne ferait qu'une bouchée de Culum, s'il y avait un conflit entre eux, et que Gorth remporterait l'épreuve de force à son heure. Était-ce souhaitable ? De laisser Gorth dévorer le mari que Tess aimait peut-être ?

Il se demanda ce qu'il ferait, si l'amour naissait, et ce que ferait Struan. Ça serait notre fin à tous les deux, pensa-t-il. Et ça résoudrait tout. C'est pas mauvais, ça, quand même ? Ouais. Mais tu sais bien que le vieux Dirk ne quittera jamais le Cathay — ni toi non plus — et il va y avoir un règlement de compte entre toi et lui.

Il endurcit volontairement son cœur, et en voulut amèrement à Gorth de lui avoir fait sentir sa vieillesse. Il se dit que malgré cela, il devait régler la question. Écraser le Taï-pan. Car Gorth contre Culum, tant que Struan serait en vie le combat était trop inégal.

Quand les dames revinrent, on dansa encore, mais pas le cancan. Struan dansa d'abord avec Mary, qui en fut immensément heureuse ; la force du Taï-pan l'apaisait, lui donnait du courage, et l'impression d'être purifiée.

Ensuite, il invita Shevaun. Elle se pressa contre lui, assez pour être captivante, mais pas assez pour donner lieu à des médisances. Un peu enivré par son parfum, il vit Horatio qui venait chercher Mary et quand il tournoya, la fois suivante, il les vit s'éloigner le long de la plage. Puis il entendit la cloche de bord des navires. Onze heures et demie. Temps d'aller voir May-may.

Lorsque la musique se tut, il reconduisit Shevaun à sa table et s'excusa de la quitter.

« Allez, Dirk. Mais revenez vite !

— C'est promis. »

« Quelle belle nuit, murmura gauchement Mary.

— Oui. Je voulais te raconter une chose amusante, dit Horatio, qui lui tenait légèrement le bras. George m'a pris à l'écart et m'a demandé officiellement ta main.

— Tu t'étonnes qu'on puisse vouloir m'épouser ? répliqua-t-elle froidement.

— Non, voyons ! Mais je trouve présomptueux de sa part de s'imaginer que tu pourrais envisager d'épouser un imbécile de son espèce, grotesque et pompeux. C'est tout. »

Mary considéra son éventail, puis son regard se perdit dans la nuit, sur la mer.

« Je disais que je trouvais...

— Je sais ce que tu as dit, Horatio, interrompit-elle d'une voix sèche. Tu as été charmant et tu l'as apaisé avec des « avec le temps » et « ma chère sœur, ma belle famille ». Je crois que je vais épouser George.

— Tu ne peux pas ! Il est impossible que tu puisses songer à passer ta vie avec un être aussi assommant !

— Je crois que je vais épouser George. A Noël. S'il y a un Noël.

— Comment ça, s'il y a un Noël ?

— Laisse, Horatio. Il me plaît assez pour que je l'épouse et je... eh bien, je crois qu'il est temps que je parte.

— Je ne le crois pas.

— Je ne le crois pas moi-même. Mais si George veut m'épouser... je trouve que George est un bon parti pour moi.

— Mais... Mary, j'ai besoin de toi auprès de moi. Je t'aime et tu sais... »

Elle se retourna soudain, le regard fulgurant, et sentit monter à sa gorge toute la douleur et l'amertume contenues des années passées.

« Ne me parle pas d'amour ! »

Horatio blêmit et ses lèvres frémirent.

« Un million de fois, j'ai demandé à Dieu de nous pardonner, souffla-t-il.

— Demander à Dieu de *nous* pardonner est un peu tard, tu ne crois pas ? »

Cela avait débuté après une punition au fouet, quand il était jeune et qu'elle était petite. Ils s'étaient glissés ensemble dans le même lit, cramponnés l'un à l'autre pour tenter d'oublier leurs cuisantes douleurs physiques et morales. Elle avait été réconfortée par la chaleur de leurs deux corps, et puis elle avait éprouvé une douleur inconnue, qui lui avait fait oublier la fessée. Il y avait eu d'autres occasions, des moments de bonheur — où elle avait été trop jeune pour comprendre. Mais pas Horatio. Et puis il était parti en pension, en Angleterre. A son retour, ils n'avaient jamais fait allusion à ce qui s'était passé entre eux. Car alors, ils comprenaient tous deux ce que cela signifiait.

« Je te jure devant Dieu que j'ai imploré le pardon.

— J'en suis ravie, mon cher frère. Mais il n'y a pas de Dieu, déclara-t-elle d'une voix morne, cruelle. Je te pardonne. Mais ça ne me rendra pas vierge, n'est-ce pas ?

— Mary, je t'en supplie, je t'implore, pour l'amour de Dieu, je...

— Je te pardonne tout, frère chéri. Tout sauf ta sale hypocrisie. *Nous* n'avons pas péché — c'est toi seul. Prie pour ton âme, pas pour la mienne.

— Je prie pour la tienne plus que pour la mienne. Nous avons péché, c'est vrai, hélas ! Mais Dieu nous pardonnera. Il nous pardonnera.

— Cette année, avec un peu de joss, j'épouserai George. Je t'oublierai et j'oublierai l'Asie.

— Tu n'es pas majeure ! Tu ne peux pas partir. Je suis ton tuteur légal. Je ne peux pas te laisser partir.

Avec le temps, tu comprendras ma sagesse. C'est mieux, pour toi. Je t'interdis de partir. Cette racaille, ce... cet âne bâté n'est pas assez bien pour toi, tu entends ? Tu ne partiras pas !

— Quand je déciderai d'épouser Glessing, grinça-t-elle d'une voix cinglante, tu feras bien de donner ta sale foutue bénédiction, un peu vite, parce que, si tu ne le fais pas, je dirai à tout le monde... non, je le dirai au Taï-pan, d'abord, et il te poursuivra avec un fouet. Je n'ai rien à perdre. Rien. Et toutes tes foutues prières à un foutu sale Dieu qui n'existe pas et au doux Jésus de papa ne te serviront à rien. Parce qu'il n'y a pas de Dieu, il n'y en a jamais eu et il n'y en aura jamais, et le Christ n'était qu'un homme. Un saint homme, si on veut, mais un homme !

— Tu n'es pas Mary ! Tu... Tu es possédée du Diable ! Dieu existe, naturellement ! Nous avons des âmes, voyons ! Tu es une hérétique. Tu es vile ! C'était toi, pas moi ! Oh ! Seigneur Dieu tout-puissant, accordez-nous votre miséricorde... »

Mary le gifla brutalement.

« Assez, frère chéri. Tes prières ridicules me rendent malade. Tu entends ? Pendant des années, tu m'as fait horreur. Tu me donnes la chair de poule. Parce que je devine à l'éclat lubrique de tes yeux que tu as toujours envie de coucher avec moi. Tu as toujours su ce que c'était que l'inceste ! Tu es pire que Père, s'écria-t-elle en éclatant d'un rire atroce, terrible. Il était fou de religion, un dément de sa foi, mais toi... toi, tu fais semblant d'avoir la foi ! J'espère, je souhaite que ton Dieu existe, parce que alors tu brûleras éternellement dans les flammes de l'enfer ! Et bon débarras ! »

Elle tourna le dos à son frère et s'éloigna. Horatio fit un mouvement vers elle, puis il partit en courant, au hasard, dans la nuit.

## 23

« HEYA, Massi, dit Lim Din en ouvrant largement la porte.

— Heya, Lim Din. »

Struan tapota le baromètre. Beau fixe, toujours. Excellent. Il voulut passer dans le couloir, mais Lim Din se précipita et montra le salon d'un air important.

« Missi dire ici peux. Peux ?

— Peux », grommela Struan.

Lim Din lui tendit le cognac servi à l'avance et le fit asseoir dans le grand fauteuil de cuir puis il sortit en toute hâte. Struan posa ses pieds sur l'ottomane. Le fauteuil sentait le vieux cuir patiné et cette odeur se mêlait agréablement au parfum de Shevaun qu'il avait encore dans les narines.

La pendule, sur la cheminée, marquait minuit moins vingt.

Struan se mit à fredonner une chanson de marins. Il entendit une porte grincer, un froissement de soie. En attendant May-may, il la compara une fois de plus à Shevaun. Il avait passé la soirée à les comparer, en essayant de le faire objectivement. Shevaun était un superbe jouet, une femme électrisante, que l'on aimerait dompter, certes. Et comme épouse, Shevaun serait une parfaite maîtresse de maison — habile, assurée, elle ouvrirait bien des portes. En Angleterre, May-may serait un terrible coup de dés... comme épouse. Comme maîtresse, que non, se dit-il. Ouais. Et malgré tout, je vais l'épouser. Avec la puissance de la Noble Maison pour me soutenir et une exclusivité sur le marché russe dans la poche, je peux me permettre de faire un pied de nez aux convenances et de renverser la barrière quasi insurmontable qui sépare l'Orient de l'Occident. May-may prouvera, sans l'ombre d'un doute et à jamais, pour les gens qui comptent réellement, que l'Oriental a sa grande valeur. May-may hâtera le temps de l'égalité. Et je verrai se lever cette aube-là, de mon vivant.

Sûr, exulta-t-il. May-may est un merveilleux coup de dés. Ensemble, nous réussirons. Pour jamais. Avec du joss, nous aurons tout Londres à nos pieds.

Et puis sa joie fut brusquement brisée.

May-may venait d'apparaître sur le seuil, un sourire radieux aux lèvres, et tournait pour se faire admirer. Sa robe à l'européenne était bariolée de couleurs violentes, surchargée de broderies clinquantes, la jupe démesurée et boursouflée. Ses cheveux dansaient sur ses épaules, en anglaises frisottées et elle était coiffée d'un chapeau à plumes. Elle était hideuse. Un vrai cauchemar.

« Sangdieu ! »

Dans un silence affreux, ils se dévisagèrent.

« C'est... tu es très jolie », dit-il sans conviction, navré de la douleur qu'il voyait dans les yeux de May-may.

Elle était blême sous les deux taches de fard maladroitement étalé sur ses pommettes. Elle savait qu'elle avait terriblement perdu la face devant Struan. Elle défaillit, se redressa, poussa un petit cri et s'enfuit.

Struan courut derrière elle dans le couloir. Il traversa en trombe l'appartement de May-may. Mais elle avait poussé le verrou de sa chambre.

« May-may, chérie. Fillette, ouvre-moi ! »

Elle ne répondait pas. Struan sentait derrière lui les regards curieux d'Ah Sam et de Lim Din. Quand il se retourna, ils disparurent, médusés.

« May-may ! ouvre la porte ! »

Le silence. Il était furieux de n'avoir pas su dissimuler ses sentiments, et d'avoir été assez stupide pour ne rien deviner. May-may voudrait aller au bal, voyons, c'était évident, et ses questions auraient dû lui mettre la puce à l'oreille, naturellement elle ferait faire une robe de bal et... Mon Dieu, mon Dieu !

« Ouvre-moi ! »

May-may ne répondit pas. Struan leva le pied et l'écrasa contre la serrure. La porte s'ouvrit à la volée et se balança sur ses gonds brisés.

Debout près du lit, May-may baissait la tête.

« Pourquoi as-tu tiré le verrou, petite ? Tu... ma foi, la robe, toi, j'ai été un peu suffoqué sur l'instant. Allez, viens. Nous allons au bal. »

Il savait qu'il devait lui rendre sa face, sinon elle en mourrait. Elle mourrait de chagrin, ou elle se tuerait.

Comme elle tombait à genoux pour « kowtow » devant lui et implorer son pardon, sa robe la gêna et la fit trébucher. May-may ouvrit la bouche, mais ne put articuler un son. Le chapeau à plumes tomba sur le tapis.

Struan se précipita pour la relever, mais elle enfouit sa figure dans les plis de ses jupons et se mit à griffer le tapis.

« Allons, May-may, fillette, ne fais pas ça. Viens. »

Il la souleva, gauchement, et la serra dans ses bras. Elle détournait le visage. Il la prit par la main.

« Allez, viens.

— Quoi ? souffla-t-elle d'une voix morne.

— Nous allons au bal. »

Il savait que ce serait un désastre ; pour lui comme pour elle. Il savait que cela sonnerait le glas de sa réussite mondaine et qu'elle serait la risée de tous. Mais il savait aussi qu'il devait l'emmener, sinon elle y laisserait son cœur et sa fougue et son âme.

« Viens donc », répéta-t-il avec autorité.

Mais elle restait debout, tremblante, tête basse. Il la tira doucement, mais elle vacilla. Alors il la prit dans ses bras et voulut la porter dehors.

« Nous y allons, et voilà tout. »

Elle parut sortir de sa torpeur, et se débattit.

« Attends... Je... je... le chapeau... »

Il la posa par terre et elle courut dans sa chambre, sa démarche onduleuse ridiculisée par la robe. Struan savait qu'entre eux, rien ne serait plus pareil, jamais. Elle avait commis une erreur terrible. Il aurait dû s'en douter, sûr, et...

Il la vit se jeter sur le stylet aigu comme un rasoir, dont elle se servait pour sa broderie, et se rua sur elle au moment où elle tournait la pointe vers sa poitrine. Il saisit le manche de l'arme. La lame glissa sur une baleine de May-may. Struan jeta le couteau loin de lui et tenta de maîtriser May-may, mais elle le repoussa en proférant un torrent de chinois. A deux mains, elle arracha sa robe, elle lacéra et déchira la jupe et le corsage. Struan la fit pivoter et se hâta de défaire les crochets. May-may déchira tout le corsage, se débarrassa de la robe et entreprit de lacérer les pantalons à volants. Une fois libérée, elle se mit à piétiner la robe en hurlant.

« Assez ! cria Struan. Assez ! Arrête ça ! »

En désespoir de cause, voyant qu'elle n'écoutait rien et qu'elle le repoussait, Struan la gifla brutalement. Elle chancela et tomba à la renverse sur le lit. Elle battit un instant des paupières, puis elle perdit connaissance.

Struan mit un moment à retrouver son calme. Il tira les draps et recouvrit May-may.

« Ah Sam ! Lim Din ! »

Deux visages sidérés apparurent à la porte.

« Du thé. Vite-vite. Non ! Le cognac. »

Lim Din revint avec la bouteille. Struan souleva

doucement May-may et la fit boire. Elle s'étrangla, puis ouvrit lentement les yeux. Elle le regardait sans le reconnaître.

« Ça va, fillette ? Dis ? Tu te sens mieux ? May-may ? »

Elle ne parut pas l'entendre. Ses yeux se révulsèrent, puis tournèrent et tombèrent sur les restes de la robe éclatante. Elle frémit pitoyablement. Un petit cri de détresse lui échappa et elle marmonna des mots indistincts, en chinois. Ah Sam s'approcha, à contrecœur, paralysée de terreur. A genoux, elle se mit à ramasser les vêtements.

« Qu'est-ce qu'elle dit ? Hein ? Qu'est-ce que Missi a dit ? demanda Struan.

— Habits du diable au feu, Massi.

— Pas au feu, Ah Sam. Ma chambre. Bien cacher. Savvez ?

— Savvez, Massi.

— Et puis reviens.

— Savvez, Massi. »

Struan congédia Lim Din du geste, et le domestique ne se le fit pas répéter.

« Allons, chérie, lève-toi un peu, murmura Struan, affolé par le regard fixe, dément, de May-may. On va t'habiller avec ton costume habituel. Il faut venir au bal. Je veux que tu connaisses mes amis. »

Il fit un pas vers elle et elle recula brusquement en se repliant sur elle-même, comme un serpent aux abois. Il s'immobilisa. Elle grimaçait, et sortait ses griffes. Un filet de salive moussait au coin de sa bouche. Son regard était terrifiant.

Il eut peur pour elle. Il avait déjà vu ce regard, dans d'autres yeux. Dans ceux du fusilier marin, juste avant qu'il tombe mort, le premier jour de Hong Kong.

Il formula une prière silencieuse à l'Infini, et fit appel à sa propre volonté :

« Je t'aime, May-may », murmura-t-il avec douceur,

et il le répéta, inlassablement, tout en marchant lentement vers le lit.

Toujours plus près. Lentement. Il la dominait, à présent, et voyait les griffes prêtes à frapper. Il leva les deux mains et lui caressa les joues.

« Je t'aime », répéta-t-il.

Ses yeux, dangereusement exposés, plongeaient dans ceux de May-may, pour leur insuffler sa volonté.

« J'ai besoin de toi, fillette. J'ai besoin de toi. »

La folie fit enfin place à la douleur, et May-may se jeta dans les bras de Struan, en sanglotant. Il la serra contre lui, et remercia Dieu.

« Je... je... je regrette, gémit-elle.

— Dis pas de bêtises, fillette. Là, là, calme-toi. C'est fini. »

Il la berça dans ses bras, comme une enfant, en répétant machinalement :

« Là... là... là...

— Laisse... laisse-moi, maintenant. Fini... ça va, à présent.

— Jamais de la vie. Remets-toi un peu, et puis on t'habillera et tu viendras au bal. »

Elle secoua la tête et gémit entre deux sanglots :

« Non...peux pas... Je... je t'en supplie... »

Elle hoqueta, et ses larmes cessèrent au bout d'un moment. Struan l'allongea doucement entre les draps et la recouvrit. Épuisée, elle se laissait faire, et fermait les yeux.

« Va... je t'en prie... Ça va, maintenant. Dormir... Toi... va vite. »

Il lui caressa tendrement la tête, en repoussant les horribles anglaises de son visage.

Finalement, il sentit la présence d'Ah Sam, sur le seuil. Il lui fit signe. Elle entra dans la chambre, les joues mouillées de larmes.

« Toi aller, Massi, chuchota-t-elle. Ah Sam veiller, ça ne fait rien. Tout bien pas peur, peux. »

Il hocha la tête avec lassitude. May-may dormait comme une morte. Ah Sam s'agenouilla à côté du lit et contempla tendrement May-may.

« Pas peur, Massi. Ah Sam veiller pas mal bien pour Massi revenir. »

Struan sortit de la chambre sur la pointe des pieds.

## 24

LA première personne que Struan vit en regagnant le bal fut son fils. Culum s'adressa à lui d'une voix sèche et froide :

« Pouvons-nous commencer le concours ? »

Rien ne pouvait détruire l'euphorie dans laquelle il vivait depuis qu'il avait découvert l'amour de Tess, et l'amitié de son frère. Mais il continuait de jouer le jeu.

« Tu n'aurais pas dû attendre, gronda Struan. Nom de Dieu ! Faut que je fasse tout, ici ? Où est Robb ?

— Il a dû partir. On est venu le prévenir que les douleurs de tante Sarah avaient commencé. Il paraît que ça ne va pas très bien.

— Comment ça ?

— Je ne sais pas. Mais Mrs. Brock est allée avec lui, pour voir si elle pouvait aider. »

Culum le laissa, mais Struan remarqua à peine son départ. Son inquiétude le reprit, le souci de May-may s'augmentant de celui de Sarah et de Robb. Mais Liza Brock était la meilleure sage-femme d'Asie, et si Sarah avait besoin d'elle, elle ne pourrait trouver mieux.

Shevaun s'approcha, un verre de cognac à la main. Elle le lui tendit sans un mot et posa doucement sa main sur son bras. Elle savait qu'il était inutile de parler. En certains instants, seul le silence est éloquent. Ne pas poser de questions, surtout. Car elle savait que les plus puissants ont parfois besoin d'une simple présence réconfortante, silencieuse, compréhensive. Elle attendit donc, sans rien dire, et laissa son parfum envelopper le Taï-pan.

Struan but lentement le cognac. Il laissa errer ses regards sur la foule et vit que tout se passait bien ; on riait, on s'amusait, des éventails battaient, des épées scintillaient. Il vit Brock en grande conversation avec le grand-duc. Brock écoutait, hochait la tête d'un air pénétré. Sergueyev lui proposait-il aussi le monopole ? Mary s'éventait nerveusement, à côté de Glessing. Quelque chose ne va pas, dans ce coin-là, se dit-il. Tess riait, avec Culum et Gorth. Bonne chose.

Lorsque Struan eut vidé le verre et se sentit rétabli, il abaissa les yeux sur Shevaun, en comparant involontairement son élégance avec le navrant déguisement de May-may.

« Merci, lui dit-il. Vous êtes très belle, et très compréhensive. »

Il avait la voix terne, et elle pensa qu'il avait des ennuis du côté de sa maîtresse. Peu importe, se dit-elle en lui prenant affectueusement le bras.

« Je vais tout à fait bien, maintenant, lui dit-il.

— Voilà M. Quance, chuchota-t-elle. C'est l'heure du prix.

— Ah ! Taï-pan, mon bien cher ami ! s'écria le peintre en les rejoignant, tout empourpré d'alcool et d'humeur joyeuse. C'est le moment de délivrer mon jugement !

— Allez-y, Aristote.

— Alors faites faire une annonce et...

— *Monsieur Quance !* »

Comme un roulement de tonnerre, les deux mots éclatèrent dans la nuit.

Tout le monde sursauta, et tourna la tête.

Quance poussa un gémissement pitoyable.

Maureen Quance se dressait devant lui, le regard fulgurant le réduisant en poussière. C'était une solide Irlandaise lourdement charpentée, avec un visage tanné, un grand nez et deux jambes plantées comme de jeunes arbres. Elle était du même âge que Quance, mais forte comme un bœuf. Jeune, elle avait été séduisante, mais avec ses cheveux gris mal coiffés, sa taille épaissie par les pommes de terre et la bière et sa voix de rogomme, elle avait quelque chose d'effrayant.

« Bien le bonsoir à vous, monsieur Quance, mon joli monsieur ! C'est moi que me voilà, gloire à Dieu ! »

Sans se soucier des regards ni du silence gêné, elle traversa résolument le plancher.

« Je vous ai cherché partout, mon joli garçon !

— Ah ? chevrota le malheureux Quance.

— Ah ! en effet ! Bien le bonsoir à vous, monsieur Struan, et je vous remercie de bon cœur pour le vivre et le couvert, c'est sûr. Gloire à Dieu, j'ai moi-même retrouvé le lascar !

— Vous... euh... vous avez une mine superbe, Mrs. Quance, dit Struan.

— Je me sens bien, aussi bien que possible. C'est un vrai miracle de saint Patrick soi-même qui m'a envoyé un bateau indigène et guidé les pas de moi-même à cet endroit immortel. » Elle tourna son regard menaçant sur Aristote et il parut se ratatiner.

« Nous allons dire bonsoir à ces messieurs-dames, à présent, mon bonhomme.

— Mais, Mrs. Quance, protesta Struan, il doit y avoir...

— Nous disons bonsoir, tonna-t-elle. Dites bonsoir à tout le monde, mon bel ami !

— Bonsoir, Taï-pan », bredouilla Quance.

Docilement, il laissa Maureen le prendre par le bras et l'entraîner.

Après leur départ, tous les invités éclatèrent de rire.

« Sangdieu ! s'exclama Struan. Pauvre Aristote !

— Mais qu'est-il donc arrivé à M. Quance ? » demanda le grand-duc Alexei.

Struan lui expliqua les malheurs conjugaux du peintre.

« Peut-être devrions-nous aller à son secours ? proposa Sergueyev. Ce bonhomme me plaît tout à fait.

— Nous pouvons difficilement intervenir entre un mari et une femme, il me semble.

— Sans doute avez-vous raison. Mais qui va décerner le prix, maintenant ?

— Je suppose qu'il faudra que ce soit moi. »

Les yeux du Russe pétillèrent.

« Puis-je me porter volontaire ? Par amitié ? »

Struan l'examina. Puis il se retourna, avança au centre de la piste et l'orchestre plaqua un accord sonore.

« Votre Excellence, Votre Altesse, mesdames et messieurs. Il va y avoir un concours et un prix sera remis à la plus élégante des invitées de ce soir. Je crains fort que notre immortel M. Quance ne nous fasse faux bond, mais Son Altesse le grand-duc Alexei a bien voulu consentir à le remplacer au pied levé. »

Struan recula, se tourna vers Sergueyev et se mit à applaudir, imité bientôt par la foule des invités.

« Qui vais-je choisir ? demanda tout bas le grand-duc, du coin de la bouche. La Tillman pour vous, la Vargas pour moi, la Sinclair parce qu'elle est la plus secrète ? Dites-moi qui doit gagner.

— C'est à vous de choisir, Altesse », répondit Struan, et il s'éloigna, un sourire paisible aux lèvres.

Sergueyev attendit un moment, savourant le plaisir de choisir. Il savait qu'il devait désigner celle que le Taï-pan voulait. Il finit par se décider, traversa la piste et s'inclina en laissant tomber le sac d'or à ses pieds :

« Je crois que ceci vous appartient, Miss Brock. »

Tess regarda fixement le grand-duc. Puis elle rougit, baissa les yeux et le silence se rompit.

On applaudit bruyamment, et ceux qui avaient parié sur Tess, à une cote élevée, poussèrent des cris d'allégresse.

Shevaun applaudit comme tout le monde, en cachant son ressentiment. Elle savait que ce choix était sage.

« Le choix politique idéal, Taï-pan, murmura-t-elle. Vous êtes très adroit.

— C'est la décision du grand-duc, non la mienne.

— Vous avez encore une autre raison de me plaire. Vous êtes un joueur acharné et votre joss est incroyable.

— Et vous, vous êtes une femme entre les femmes.

— Oui, répondit-elle sans vanité. Je comprends fort bien la politique. Mon père, ou l'un de mes frères, sera un jour président des États-Unis.

— Vous devriez être en Europe. Vous êtes gaspillée, ici.

— Croyez-vous ? » répliqua-t-elle en le défiant du regard.

## 25

STRUAN entra chez lui sans faire de bruit. Le jour pointait.

Lim Din, allongé près de la porte, se réveilla en sursaut.

« Thé, Massi ? Déjeuner ? demanda-t-il d'une voix ensommeillée.

— Lim Din au lit, répondit gentiment Struan.

— Oui, Massi. »

Lim Din s'éloigna sur ses semelles de feutre. Struan allait s'engager dans le couloir quand il tourna la tête vers la porte du salon et s'arrêta net. May-may, pâle, immobile, était assise dans le fauteuil de cuir, et le dévisageait.

Quand il entra, elle se leva et se prosterna avec grâce. Ses cheveux étaient tirés en chignon lisse sur le sommet de la tête, ses yeux de biche délicatement peints, les sourcils bien arqués. Elle portait une longue robe chinoise en soie vert acide.

« Comment te sens-tu, petite ? demanda Struan.

— Merci, cette esclave va bien, maintenant. Veux-tu cognac avoir ?

— Non, merci.

— Thé ? »

Il hocha la tête, stupéfait par sa douloureuse dignité, sa majesté.

« Je suis content que tu ailles mieux. Tu devrais être au lit.

— Cette esclave te supplie de lui pardonner. Cette esclave...

— Tu n'es pas une esclave et tu ne l'as jamais été. Allons, il n'y a rien à pardonner, fillette, alors au lit, et vite. »

Elle attendit patiemment qu'il se taise, puis elle lui dit :

« Cette esclave t'implore et te supplie de l'écouter. Elle doit dire à sa propre façon ce qui doit être dit. Assis, s'il plaît... »

Une larme jaillit du coin de chaque œil et roula sur les joues de porcelaine blanche.

Struan s'assit, comme hypnotisé.

« Cette esclave supplie son maître de la vendre.

— Tu n'es pas une esclave, et tu ne peux pas être vendue ni achetée.

— Vendue, s'il plaît à mon maître. A n'importe qui. A une maison de plaisir ou à un autre esclave.

— Tu n'es pas à vendre.

— Cette esclave t'a offensé au-delà ce qui est supportable. Vends-la, s'il te plaît.

— Tu ne m'as pas offensé. Allez, au lit, ça suffit », dit-il en se levant.

Elle tomba à genoux et se prosterna.

« Cette esclave n'a plus de face devant son seigneur et maître. Elle ne peut vivre ici. Vends-la.

— Debout ! »

Elle se leva, docilement.

« Tu n'es pas à vendre parce que tu n'appartiens à personne. Tu resteras ici. Tu ne m'as pas offensé. Tu m'as surpris, c'est tout. Les vêtements européens ne te vont pas. Ceux que tu portes d'habitude, je les aime. Et je t'aime comme tu es. Mais si tu ne veux pas rester, tu es libre de partir.

— Vends-moi, s'il te plaît. C'est ton esclave qui est là. Tant qu'un maître ne la vend pas, l'esclave ne peut pas partir. »

Struan se maîtrisait à grand-peine. Il savait que s'il perdait patience, il la perdrait à jamais. Il était impossible de raisonner May-may. Tu ne peux pas la traiter comme une Européenne, se dit-il. Conduis-toi en Chinois. Mais que ferait un Chinois ? J'en sais foutre rien. Il choisit enfin une tactique, en se disant que le mieux était de la traiter en femme.

Il laissa exploser une colère feinte.

« Tu n'es qu'une misérable esclave, nom de Dieu ! Et j'ai bien envie de te vendre dans la rue des Lanternes Bleues ! glapit-il en nommant la pire des ruelles à matelots de Macao. Mais qui voudrait acheter une sale esclave comme toi ? Tu n'apportes rien que des ennuis et j'ai bien envie de faire cadeau de toi aux lépreux ! Sûr, mordieu ! Je t'ai payée huit mille taels de bon argent, comment oses-tu me mettre en colère ? J'ai été volé, sangdieu ! Tu es sans valeur ! Sale misérable esclave ! Je ne sais pas comment j'ai pu te supporter si longtemps ! Je ne suis pas bon avec toi ? Hein ? Et généreux, aussi ? Hein ? Hein ? »

Tout en rugissant, il lui brandit son poing sous le nez et fut satisfait de voir de la terreur dans ses yeux.

« Tu vas répondre ?

— Oui, seigneur, souffla-t-elle en se mordant les lèvres.

— Tu oses faire faire des vêtements derrière mon dos, et tu oses les porter sans ma permission ? Nom de dieu ! Je te vendrai demain. J'ai bien envie de te jeter à la rue tout de suite, misérable putain sans mère ! Kowtow ! Bon dieu, kowtow, tout de suite ! »

Blême de peur, elle se prosterna à genoux.

« Et continue le kowtow jusqu'à ce que je revienne. »

Il sortit en trombe, descendit au jardin et coupa une longue badine de bambou avec son couteau de poche. Il la fit siffler en l'air et rentra au salon.

« Déshabille-toi, misérable esclave de rien ! Je m'en vais te fouetter jusqu'à ce que je n'en puisse plus ! »

Elle se déshabilla en tremblant. Il lui arracha la robe des mains et la jeta dans le fond de la pièce.

« Couche-toi là », dit-il en montrant l'ottomane.

Elle obéit, puis elle supplia :

« Je t'en prie, ne frappe trop fort... Je suis enceinte de deux mois. »

Puis elle enfouit sa tête dans les coussins.

Struan aurait voulu la serrer dans ses bras mais il savait que ce geste lui ferait perdre la face devant elle. Et qu'une fessée était le seul moyen de lui rendre sa dignité.

Il frappa donc avec le bambou, assez fort pour faire mal, mais quand même pas trop. Bientôt elle sanglotait et pleurait et se tortillait, mais il continuait. Deux fois, il fit exprès de la manquer et tapa de toutes ses forces sur le divan de cuir, en faisant un bruit terrible, au bénéfice d'Ah Sam et de Lim Din qui écoutaient certainement à la porte.

Au bout de dix coups, il s'interrompit, lui cria de rester où elle était et alla chercher la bouteille de cognac. Il but une large rasade et jeta violemment la bouteille contre le mur, puis il reprit la correction, toujours avec grand soin.

Enfin il s'arrêta et l'empoigna par les cheveux.

« Rhabille-toi, misérable esclave ! »

Quand elle fut habillée, il hurla :

« *Lim Din ! Ah Sam !* Pourquoi pas thé, pas manger ? Misérables esclaves ! Allez chercher ! »

Il jeta le bambou contre la porte et se retourna vers May-may.

« Kowtow, fille de rien ! »

Atterrée par sa rage, elle obéit vivement.

« Va te laver et reviens ici. Trente secondes, je te donne, et je recommence ! »

Lim Din servit le thé et, bien qu'il fût juste à point, Struan déclara qu'il était froid et jeta la théière contre le mur. Ah Sam et Lim Din sortirent en courant en chercher d'autre.

Le petit déjeuner arriva avec une rapidité surprenante et Struan se laissa servir par May-may. Elle laissa échapper un gémissement de douleur.

« Tais-toi ou je te bats jusqu'à demain ! »

Puis il se tut, et mangea, l'air menaçant, en les torturant par son silence.

« Ramasse le bambou », cria-t-il lorsqu'il eut fini.

May-may alla ramasser le bambou et le lui apporta. Il la poussa dans le ventre avec.

« Au lit », ordonna-t-il durement.

Lim Din et Ah Sam s'enfuirent, satisfaits, sûrs que le Taï-pan avait pardonné à sa Tai-tai, qui avait gagné une face illimitée en subissant sa juste colère.

En larmes, May-may se dirigea vers sa chambre mais il lui hurla :

« Dans mon lit, nom de dieu ! »

Elle y courut. Il la suivit, claqua la porte et poussa le verrou.

« Ainsi, tu es enceinte. De qui ?

— De toi, seigneur », souffla-t-elle.

Il s'assit et tendit son pied botté.

« Allez, dépêche-toi. »

Elle tomba à genoux, lui tira ses bottes puis attendit, soumise, près du lit.

« Comment oses-tu penser que je veux te faire connaître mes amis ? Quand je voudrai te faire sortir de la maison, je le dirai, bon dieu !

— Oui, seigneur.

— La place d'une femme est à la maison, nom de dieu. Ici !

— Oui, seigneur. »

Enfin, il permit à son visage de s'adoucir un peu.

« Voilà qui va mieux.

— Je ne voulais pas aller au bal, murmura-t-elle timidement. Seulement m'habiller. Pas pour aller au bal, jamais. Jamais jamais veux. Seulement faire plaisir. Pardon. Très pardon.

— Pourquoi veux-tu que je te pardonne ? Hein ?

— Pas de raison. Non. »

Elle pleurait lamentablement, mais il savait qu'il était encore trop tôt pour pardonner complètement.

« Peut-être, puisque tu es enceinte, je vais t'accorder une nouvelle chance. Mais il vaut mieux que ce soit un garçon, fille de rien !

— Oh ! oui... Je t'en supplie. Pardon, pardon ! »

Elle se prosterna et tapa son front sur le plancher. Il avait le cœur déchiré par ses sanglots, mais il se déshabilla en silence. Enfin il souffla la lanterne et se coucha.

Il la laissa debout.

Au bout de deux ou trois minutes, il grogna :

« Couche-toi. J'ai froid. »

Enfin, plus tard, lorsqu'il ne put plus supporter de l'entendre pleurer, il la prit tendrement dans ses bras, l'embrassa et lui murmura :

« Tu es pardonnée, fillette. »

Elle finit par s'endormir entre ses bras.

# LIVRE QUATRIÈME

*Les semaines passaient, et le printemps devint un été précoce. Le soleil prenait des forces et l'air était lourd d'humidité. Les Européens, avec leurs vêtements habituels, leurs caleçons longs, les robes à jupons multiples et les corsets baleinés, souffraient terriblement. La sueur séchait aux aisselles et à l'aîne, provoquant des eczémas qui s'infectaient. Les maladies habituelles de l'été reparurent, la dysenterie de Canton, l'écoulement de Macao, la fièvre d'Asie. Ceux qui mouraient étaient pleurés. Les vivants supportaient stoïquement leurs souffrances, en les considérant comme des tribulations inévitables envoyées par Dieu pour éprouver l'humanité, et continuaient de fermer leurs fenêtres à l'air frais qui, croyaient-ils, transportait les gaz toxiques montant de la terre en été ; ils continuaient de se laisser purger et saigner par leurs médecins car tout le monde savait que les sangsues étaient le seul véritable remède contre la maladie ; ils s'entêtaient à boire de l'eau et de la viande exposées aux mouches, à éviter les bains, jugés dangereux pour la santé, et à prier pour le retour des gelées qui nettoieraient la terre de ses poisons mortels.*

*En juin, la maladie avait décimé les rangs de l'armée. La saison commerciale touchait à sa fin. Cette année, d'immenses fortunes se feraient. Avec du joss. Car jamais l'on n'avait si follement acheté et vendu à la Concession de Canton. Les marchands, leurs employés portugais, les compradores chinois et les marchands du Co-hong étaient épuisés, par la chaleur, mais plus encore par les semaines d'activité frénétique. Tout le monde aspirait au repos, en attendant la prochaine saison d'hiver.*

*Et cette année, enfin, contrairement à toutes les autres années, les Européens attendaient avec impa-*

*tience de pouvoir passer l'été chez eux, dans leurs maisons, sur leur propre terre de Hong Kong.*

*Les familles avaient déjà quitté les étroites cabines des navires pour s'installer dans la Vallée Heureuse. Les bâtiments poussaient comme des champignons. Queen's Town commençait à prendre tournure, avec ses rues, ses entrepôts, sa prison, ses docks, deux hôtels, des tavernes, et des maisons résidentielles.*

*Les tavernes pour militaires se pressaient près du camp, à la pointe de Glessing. Celles des matelots se trouvaient à Queen's Road, en face du port et du chantier naval. Certaines n'étaient que des tentes, ou de grossières cabanes provisoires. Quelques-unes étaient déjà définitivement construites.*

*Des navires arrivaient sans cesse d'Europe, apportant des marchandises, des vivres, amenant des parents et des amis, et de nombreux étrangers. Et chaque marée voyait arriver de Macao des foules de Portugais, de Chinois, d'Eurasiens, d'Européens, voiliers, tisserands, tailleurs, employés, domestiques, commerçants, vendeurs et acheteurs, coolies et chômeurs et tous ceux que leur travail obligeait maintenant à vivre à Hong Kong, tous ceux qui vivaient du commerce chinois. Parmi ces nouveaux arrivants il y avait des maquerelles et des filles, des fumeurs d'opium et des fabricants de gin, des joueurs et des contrebandiers, des voleurs et des mendiants, des pirates et des escrocs, la lie d'une population. Eux aussi, ils trouvaient à se loger, ou se mettaient à construire des demeures et des magasins et des entreprises. Les bars, les bordels, les fumeries d'opium envahirent bientôt Queen's Town et plus particulièrement Queen's Road. Le crime augmenta dans des proportions effarantes, et la petite force de police fut débordée. Le mercredi devint le jour du fouet. A la grande joie des vertueux, les condamnés étaient fouettés publiquement devant la prison, à titre d'avertissement.*

*La justice britannique, bien que rapide et dure, ne paraissait pas cruelle aux Chinois. La torture publique, le fouet à mort, les poucettes et les mutilations, l'arrachage d'un œil ou des deux, les pieds ou les mains coupés, la marque au fer rouge, le garrot, la langue arrachée, mille supplices raffinés, tout cela était pour les Chinois un châtiment normal. Les Chinois n'avaient pas de tribunaux, pas de jurys. Comme Hong Kong échappait à la justice chinoise, tous les criminels du continent qui pouvaient s'échapper affluaient à Tai Ping Shan, hors d'atteinte, et se moquaient des faiblesses des lois barbares.*

*Et tandis que la civilisation prenait l'île d'assaut, les ordures s'amoncelaient.*

*L'eau stagna dans des barriques abandonnées, des pots cassés, de vieilles casseroles. Elle était retenue par des échafaudages de bambou, au bord des jardins, dans le petit terrain marécageux de la vallée. Ces petites mares putrides se mirent à grouiller de vie, de larves qui se transformèrent en moustiques. Ils étaient minuscules, fragiles, très spéciaux, et si délicats qu'ils ne volaient qu'après le coucher du soleil ; c'étaient des anophèles.*

*Et dans la Vallée Heureuse, les gens commencèrent à mourir les uns après les autres.*

## 26

« POUR l'amour de Dieu, Culum ! Je ne sais pas plus que toi ce qu'il faut faire ! Y a une fièvre assassine à Queen's Town. Personne ne sait ce qui la provoque, et maintenant la petite Karen l'a attrapée. »

Struan était désespéré. Il n'avait pas de nouvelles de May-may depuis une semaine. Cela faisait presque deux mois qu'il n'était pas retourné à Hong Kong, à part une rapide visite de deux jours quelques semaines plus tôt, lorsqu'il n'avait pu résister à son désir de voir May-may. Elle était éclatante, sa grossesse se passait sans malaises, et ils étaient plus satisfaits l'un de l'autre qu'ils ne l'avaient jamais été.

« Dieu soit loué que notre navire soit parti et que nous quittions la Concession demain !

— Oncle Robb dit que c'est la malaria », dit Culum, en agitant la lettre qui venait d'arriver.

Il était fou d'inquiétude pour Tess. La veille, il avait reçu d'elle une lettre lui annonçant qu'avec sa mère et sa sœur elle avait quitté le navire de Brock pour s'installer dans le comptoir en partie construit. Mais elle ne parlait pas de malaria.

« Quel est le remède contre la malaria ? demanda-t-il.

— Y en a pas, que je sache. Je ne suis pas médecin. Et Robb dit que quelques docteurs seulement pensent que c'est la malaria. Malaria, en latin ça veut dire « mauvais air ». C'est tout ce que je sais. C'est tout ce qu'on sait. Sainte Mère de Dieu, si l'air de la Vallée Heureuse est mauvais, nous sommes ruinés ! »

D'un geste irrité, il agita son tue-mouches. Culum enrageait :

« Je t'avais dit de ne pas construire là ! J'ai détesté cette vallée dès que je l'ai vue !

— Sangdieu ! Tu vas me raconter que tu savais à l'avance que l'air était mauvais ?

— Non. Je ne voulais pas dire ça. Je... Enfin, j'ai eu tout de suite horreur de cet endroit, c'est tout. »

Struan ferma la fenêtre aux miasmes de la place de la Concession, et continua de chasser les mouches. Il priait Dieu que cette fièvre ne fût pas la malaria. Si c'était ça, le fléau risquait de toucher quiconque dormait dans la Vallée Heureuse. De notoriété publique, les terres, dans certaines régions du globe, étaient empoisonnées et rejetaient, la nuit, des gaz chargés de malaria.

A en croire Robb, la fièvre était mystérieusement apparue quatre semaines plus tôt. Elle avait d'abord frappé les ouvriers chinois. Puis d'autres avaient été touchés, un marchand européen ici, là un enfant. Mais uniquement dans la Vallée Heureuse. Nulle part ailleurs à Hong Kong. A présent, quatre à cinq cents Chinois étaient malades, et une trentaine d'Européens. Les Chinois étaient saisis d'une crainte superstitieuse et ils étaient sûrs que les dieux les punissaient de travailler à Hong Kong, en désobéissant au décret de l'empereur. Seules, des augmentations les persuadaient de revenir.

Et voilà que la petite Karen était touchée ! Robb terminait sa lettre en disant : « Sarah et moi sommes au désespoir. Le cours de la maladie est insidieux. D'abord une fièvre horrible pendant une demi-journée, puis un mieux très net, puis au bout de deux ou trois jours, la fièvre reprend, plus virulente. Le cycle se répète ainsi inlassablement, et chaque crise est plus violente que la précédente. Les médecins ont donné à Karen une forte purge au calomel. Ils ont saigné la pauvre petite, mais nous n'avons guère d'espoir. Les coolies meurent après la troisième ou la quatrième crise. Et Karen est si affaiblie après la purge et les sangsues ! Si terriblement faible ! Hélas ! je crois bien qu'elle est perdue. »

Struan alla à la porte. Dieu de dieu, d'abord le malheur du bébé, et maintenant Karen. Sarah avait donné le jour à un garçon, Lochlin Ross, le lendemain du bal, mais l'enfant était malingre et son bras gauche avait été abîmé au cours de l'accouchement difficile. Sarah avait failli mourir. Mais elle n'avait pas eu la fièvre puerpérale tant redoutée et si son lait avait tourné à l'aigre et ses cheveux blanchi prématurément, elle avait repris des forces. Je me demande si le bébé est mort, Robb n'en dit rien, pensa Struan en ouvrant la porte d'un geste brusque.

« Vargas !

— Oui, senhor ?

— Vous avez la malaria, à Macao ?

— Non, senhor, répondit le Portugais en pâlissant ; son fils et son neveu travaillaient à la Noble Maison à Hong Kong. On est donc sûr que c'est la malaria ?

— Non. Quelques docteurs le pensent, mais pas tous. Trouvez-moi Mauss. Dites-lui que je veux voir Jin-qua dès que possible. Avec lui.

— Bien, senhor. Son Excellence voudrait que vous dîniez avec elle et le grand-duc, ce soir à neuf heures.

— Acceptez de ma part.

— Bien, senhor. »

Struan referma la porte et alla se rasseoir à son bureau, la mine sombre. Il portait une chemise molle, sans cravate, un pantalon léger et des bottes souples. Les autres Européens disaient qu'il était fou de risquer les courants d'air mortels apportés par les vents d'été.

« Ça peut pas être la malaria, grommela-t-il. Faut que ça soit autre chose.

— Cette île est maudite !

— Voilà que tu parles comme une femme !

— La fièvre n'était pas là, avant l'arrivée des coolies. Débarrassons-nous des coolies et nous nous débarrasserons du fléau. Ils l'apportent avec eux. Ce sont eux qui contaminent tout !

— Comment pouvons-nous le savoir, Culum ? Je reconnais que ça a commencé dans les rangs des coolies. Et je reconnais qu'ils habitent dans les basses terres. Et je veux bien reconnaître aussi qu'à notre connaissance, on n'attrape la malaria qu'en respirant de l'air empoisonné, la nuit. Mais pourquoi n'y a-t-il des fièvres que dans la vallée ? C'est seulement la Vallée Heureuse qui a du mauvais air ? L'air, c'est de l'air, bonté divine, et il y a une jolie brise qui souffle par là presque toute la journée et la nuit. Ça ne tient pas debout.

— Ça tient très bien debout. C'est la volonté de Dieu.

— Le diable t'emporte pour cette réponse imbécile, nom de Dieu ! »

Culum se dressa d'un bond.

« Je te serais reconnaissant de ne pas blasphémer.

— Et je te serais reconnaissant de te rappeler qu'il n'y a pas si longtemps encore, des hommes ont été brûlés en place publique pour avoir dit que c'était la terre qui tournait autour du soleil ! C'est pas la volonté de Dieu, non et non !

— Pense ce que tu voudras, mais Dieu a son mot à dire dans nos existences. Le fait que la fièvre est là dans le seul endroit d'Asie que nous avons choisi pour y vivre, c'est, je le crois, la volonté de Dieu. Tu ne peux pas le nier, parce que tu ne peux pas prouver le contraire, pas plus que je ne peux prouver que c'est vrai. Mais je crois, et je ne suis pas le seul, que nous devrions abandonner la Vallée Heureuse.

— Si nous faisons ça, nous abandonnons Hong Kong.

— Nous pourrions bâtir près de la pointe de Glessing.

— Sais-tu combien d'argent les marchands ont investi dans la Vallée Heureuse ?

— Sais-tu combien d'argent tu peux gagner et dépenser quand tu es à six pieds sous terre ? »

Struan toisa froidement son fils. Depuis des semaines, maintenant, il savait que l'hostilité de Culum était de moins en moins une comédie. Il savait que plus Culum en saurait, plus il chercherait à mettre ses idées en pratique et plus il aspirerait au pouvoir. C'est justice, pensait-il, et il était très satisfait des progrès de Culum, tout en s'inquiétant un peu. Culum passait beaucoup de temps en compagnie de Gorth, l'esprit dangereusement ouvert.

Il y avait eu, dix jours plus tôt, une querelle terrible, qui n'avait pas abouti. Culum débitait des théories personnelles sur les navires à vapeur, répétant manifestement les idées de Gorth, et Struan n'avait pas été d'accord. Culum avait ensuite abordé le sujet de la guerre à mort entre Brock et Struan, en disant que la jeune génération ne commettrait pas les erreurs de l'ancienne, que Gorth pensait qu'il était inutile que la jeune génération soit tributaire des aînés, que Gorth et lui étaient bien décidés à oublier cet antagonisme et qu'ils essaieraient tous deux d'amener leur père à faire la paix. Et lorsque Struan s'était mis à discuter, Culum avait refusé de l'écouter et il était parti en claquant la porte.

Et puis il y avait le problème de Tess Brock.

Culum n'avait jamais parlé d'elle à son père. Et Struan ne lui avait jamais posé de questions. Mais il savait que Culum dépérissait loin d'elle et que cela lui brouillait les idées. Struan se rappelait sa propre jeunesse, et son amour fou pour Ronalda. A cet âge, tout paraît si net, et important, et propre...

« Allons, Culum, petit, ne t'énerve pas comme ça,

dit-il pour couper court à toute discussion. Il fait chaud et l'humeur s'en ressent. Assieds-toi et repose-toi un moment. La petite Karen est malade, et beaucoup de nos amis aussi. Il paraît que Tillman a la fièvre, et qui sait combien d'autres ?

— Miss Tillman ?

— Je ne pense pas.

— Gorth dit qu'ils ferment leur comptoir demain. Il va passer l'été à Macao. Tous les Brock.

— Nous irons à Hong Kong ; le comptoir reste ouvert ici.

— Gorth dit qu'il vaut mieux passer l'été à Macao. Il a une maison là-bas. Nous y avons encore des biens, n'est-ce pas ? »

Struan s'agita un peu dans son fauteuil.

« Sûr. Prends une semaine, si tu veux. Passe-la à Macao, mais j'aurai besoin de toi à Queen's Town. Et je te le répète, attention. Regarde derrière toi. Gorth n'est pas ton ami.

— Et moi je te le répète, il l'est.

— Il essaie de te berner, de te déséquilibrer, et un jour il te taillera en pièces.

— Tu te trompes. Je le comprends. Il me plaît. Nous nous entendons très bien. Je m'aperçois que je peux converser avec lui et que j'aime beaucoup sa compagnie. Nous savons tous les deux que c'est difficile de le comprendre, pour toi et son père, mais... je ne sais pas, c'est difficile à expliquer.

— Je ne comprends Gorth que trop bien, bon Dieu !

— N'en parlons plus, dit sèchement Culum.

— Je crois au contraire qu'il faut en parler. Gorth t'a envoûté. C'est mortel, ça, pour un Struan.

— Tu vois Gorth à ta façon. Il est mon ami. »

Struan ouvrit une boîte, prit un cigare, l'alluma lentement et jugea le moment venu de parler à son fils.

« Tu crois que Brock acceptera que tu épouses Tess ? »

Culum rougit.

« Je ne vois pas pourquoi il dirait non, s'écria-t-il impulsivement. Gorth n'est pas contre.

— Tu en as discuté avec lui ?

— Je n'en ai pas discuté avec toi. Ni avec personne. Pourquoi veux-tu que j'en parle à Gorth ?

— Alors comment sais-tu qu'il n'est pas contre ?

— Je le suppose. Il dit souvent que Miss Brock et moi semblons bien nous entendre, et il m'encourage à lui écrire, comme ça.

— Tu estimes que je n'ai pas le droit de te demander quelles sont tes intentions à l'égard de Miss Brock ?

— Tu en as le droit, certainement. Mais... Eh bien oui. J'ai songé à l'épouser. Mais je n'ai rien dit à Gorth. »

Culum se tut et s'épongea le front. Il était gêné ; la brutalité de la question du Taï-pan, touchant ce qu'il avait de plus présent à l'esprit, l'avait secoué et, bien qu'il voulût en parler, il craignait que son amour ne fût moqué ou souillé. Morbleu, j'aurais dû m'y préparer, ragea-t-il, et il s'entendit parler, presque malgré lui, d'une voix précipitée :

« Mais je ne pense pas que mon... mon affection pour Miss Brock regarde qui que ce soit pour le moment. Rien n'a été dit, et il n'y a rien... enfin, je veux dire que mes sentiments pour Miss Brock sont mon affaire.

— C'est ton opinion, je le conçois, mais ça ne veut pas dire qu'elle est juste. As-tu imaginé qu'on pourrait se servir de toi ?

— Miss Brock ?

— Gorth. Et le père Brock.

— As-tu jamais songé que ta haine pour eux influe sur ton jugement ? rétorqua Culum.

— Sûr. J'y ai pensé. Mais toi, Culum ? T'es-tu jamais dit qu'ils pouvaient se servir de toi ?

— En admettant que tu aies raison. Supposons que

j'épouse Miss Brock. Ne serait-ce pas favorable à tes affaires ? »

Struan était heureux que le problème soit enfin abordé ouvertement.

« Non. Parce que Gorth te dévorera, quand tu seras Taï-pan. Il prendra tout ce que nous possédons et il te démolira — pour devenir la Noble Maison.

— Pourquoi détruirait-il le mari de sa sœur ? Pourquoi ne pourrions-nous pas nous associer ? Brock et Struan. Je m'occuperais de la partie commerciale, et lui de la navigation.

— Et qui serait Taï-pan ?

— Nous pouvons partager ça, Gorth et moi.

— Il ne peut y avoir qu'un seul Taï-pan. C'est ça que ça veut dire. C'est la loi.

— Mais ta loi n'est pas forcément la mienne. Ni celle de Gorth. Nous pouvons nous instruire par les erreurs des autres. La fusion de nos deux compagnies nous apporterait des avantages immenses.

— C'est ça que veut Gorth ? »

Struan se demanda s'il ne s'était pas trompé, au sujet de son fils. La fascination de Culum devant Tess, et sa confiance en Gorth seraient l'instrument de la destruction de la Noble Maison. Plus que trois mois et je partirai pour l'Angleterre ! Dieu de dieu !

« Hein ? insista-t-il.

— Nous n'en avons jamais parlé. Nous parlons de commerce et d'échanges et d'importation, ce genre de choses. Et nous cherchons le moyen de vous faire faire la paix, tous les deux. Mais une fusion serait avantageuse, non ?

— Pas avec ces deux-là. Tu n'es pas de taille. Pas encore.

— Mais je le serai un jour ?

— Peut-être. Tu crois vraiment que tu pourrais dominer Gorth ?

— Je n'en aurais peut-être pas besoin. Pas plus

qu'il n'aurait besoin de me dominer. Disons que j'épouse Miss Brock. Gorth a sa compagnie, nous avons la nôtre. Séparées. Nous sommes toujours en concurrence. Mais à l'amiable. Sans haine, dit Culum, et il poursuivit d'une voix soudain plus dure : Pensons un moment en Taï-pan. Brock a une fille bien-aimée. Je m'insinue dans ses bonnes grâces et dans celles de Gorth. En l'épousant, je calme l'animosité de Brock contre moi pendant que je m'instruis et que je gagne de l'expérience. En brandissant toujours l'appât d'une fusion. Alors je peux les écraser à mon heure, quand je serai prêt. Un projet sûr, magnifique. La peste soit de la fille. Je m'en sers... pour la plus grande gloire de la Noble Maison ! »

Struan ne répondit pas. Culum reprit :

« As-tu jamais considéré les possibilités, mais sans parti pris ? J'avais oublié que tu es beaucoup trop malin pour ne pas avoir remarqué que j'étais amoureux d'elle.

— Sûr. Je vous ai considérés, tous les deux, Tess et toi, sans parti pris, comme tu dis.

— Et ta conclusion ?

— Que les dangers surpassent pour toi les avantages.

— Alors tu me déconseilles formellement de l'épouser ?

— Je te déconseille de l'aimer. Mais le fait est là, tu l'aimes, ou tu le crois. Et le fait est, aussi, que tu l'épouseras à la première occasion. »

Struan tira longuement sur son cigare et demanda :

« Tu crois que Brock l'acceptera ?

— Je ne sais pas. Je ne le crois pas, hélas !

— Je le crois, hélas !

— Mais toi non ?

— Je te l'ai déjà dit une fois : je suis le seul homme sur terre en qui tu puisses avoir entière confiance. A la condition que, par tes calculs, tu n'ailles pas contre la maison.

— Mais tu estimes qu'un tel mariage serait contraire aux intérêts de la compagnie ?

— Je n'ai pas dit ça. J'ai dit que tu n'en comprends pas les dangers. Écoute... Elle est très jeune. Veux-tu l'attendre cinq ans ?

— Oui, s'écria Culum, atterré par cette éternité. Oui, par Dieu ! Tu ne sais pas ce qu'elle est pour moi. Elle... eh bien, c'est la seule fille au monde que je pourrais jamais vraiment aimer. Je ne changerai pas, et toi tu ne peux pas le comprendre, n'est-ce pas ? Oui, j'attendrai cinq ans. Je l'aime.

— Et elle ?

— Je ne sais pas. Je... j'ai l'air de lui plaire. Je prie Dieu qu'elle m'aime. Mon Dieu, mon Dieu, que vais-je faire ? »

Grâce au Ciel, je n'ai plus cette jeunesse, pensa Struan avec compassion. Je sais à présent que l'amour est comme la mer, parfois calme parfois houleux. C'est dangereux, merveilleux, mortel, vivant. Mais jamais permanent ; mouvant et changeant. Et unique pour seulement un instant fugace aux yeux du temps.

« Tu ne vas rien faire, petit. Mais je parlerai à Brock ce soir.

— Non, s'écria Culum, anxieusement. C'est ma vie, à moi. Je ne veux pas que...

— Ce que tu désires touche ma vie à moi, et celle de Brock. Je vais lui parler.

— Alors tu veux bien m'aider ? »

Struan chassa une mouche importune.

« Et les vingt guinées, Culum ?

— Quoi ?

— L'argent de mon cercueil. Les vingt pièces d'or que Brock m'a données, et que tu as gardées. As-tu oublié ? »

Culum ouvrit la bouche pour dire non, mais il se ravisa. Son angoisse voilait son regard.

« Oui, j'avais oublié. Du moins, je n'y pensais plus.

Mais pourquoi te mentirais-je ? Je t'ai presque menti. C'est affreux.

— Sûr. »

Struan était content de voir que son fils venait de passer une nouvelle épreuve, et d'apprendre une autre leçon.

« Qu'est-ce que tu voulais dire, des pièces ?

— Rien. Sauf que tu ne dois pas les oublier. C'est Brock, ça. Gorth est pire parce qu'il n'a même pas la générosité de son père. »

Il était bientôt minuit.

« Assieds-toi, Dirk, dit Brock en se grattant la barbe. Rhum, bière ou brandy ?

— Brandy. »

Brock donna l'ordre au domestique chinois, puis il désigna les victuailles sur la table.

« Sers-toi donc, Dirk. »

Il se gratta l'aisselle, couverte de pustules et de croûtes appelées « démangeaisons de chaleur ».

« Foutu sale temps, grommela-t-il. Pourquoi diable tu en souffres pas comme nous tous ?

— Parce que je vis bien, répliqua Struan en étirant ses jambes. Je te l'ai répété cent mille fois. Si tu te baignes quatre fois par jour tu n'auras pas les démangeaisons de chaleur. Les poux disparaîtront...

— Ça n'a rien à voir. C'est de la bêtise. Et contre nature, nom de Dieu ! Y en a pour dire que t'es compagnon de bord avec le Diable soi-même et peut-être bien qu'ils ont mis le doigt sur la raison que t'es comme t'es, hein ? »

Il tendit au domestique sa gigantesque chope d'argent et se fit servir de la bière du tonnelet posé contre le mur, à côté des râteliers de mousquetons et de sabres.

« Mais t'auras ce que tu mérites un jour ou l'autre, hé, Dirk ? »

Brock fit en riant le geste du pouce baissé. Sans s'émouvoir, Struan prit le grand verre ballon et huma l'alcool.

« Nous aurons tous ce que nous méritons, Tyler. »

Il gardait le cognac sous son nez, pour combattre la puanteur de la pièce, et se demandait si Tess empestait comme ses parents, et si Brock devinait la raison de sa visite. Les fenêtres étaient soigneusement closes sur la nuit et le monstrueux brouhaha de la place.

Brock grogna, leva la chope pleine et but goulûment. Il portait son habituelle redingote de drap, ses caleçons de laine, son gilet et sa haute cravate. Avec une grimace, il examina Struan, qui paraissait être à l'aise et au frais avec sa chemise molle, son pantalon blanc et ses demi-bottes, les poils dorés de son torse puissant accrochant les reflets des chandelles, dans l'échancrure de la chemise.

« T'as l'air carrément tout nu, mon gars. C'est bel et bien répugnant.

— C'est la prochaine mode, Tyler, assura Struan en riant.

— Propos du diable. Paraît que Maureen Quance en fait voir à ce pauvre Aristote et pas qu'un peu. Paraît qu'ils vont partir par la prochaine marée.

— Il s'échappera, ou il se tranchera la gorge plutôt que de partir ! »

Brock éclata d'un gros rire.

« Quand je l'ai vu surgir comme ça tout soudain, j'ai jamais tant ri que depuis le jour où Ma s'est pris les pieds dans les ralingues. »

Il congédia le Chinois d'un geste et attendit qu'il ait fermé la porte pour demander :

« Paraît que tous tes navires ont appareillé ?

— Sûr. Une sacrée saison, pas vrai ?

— Ouais. Et ce sera encore mieux quand le *Blue Witch* accostera le premier à Londres. Paraît qu'il a une journée d'avance. Jeff Cooper dit que son dernier navire est parti, alors Whampoa est dégagé.

— Vous restez à Canton ?

— Non, on s'en va demain. A Queen's Town, d'abord, et puis nous irons à Macao. Mais je garde ce comptoir ouvert. Pas comme la dernière fois.

— Longstaff doit rester. Les négociations se poursuivent, je suppose. »

Struan sentait monter une étrange tension, et son inquiétude augmenta.

« Tu sais bien qu'y aura pas de conclusions ici. »

Brock souleva le carré noir pour frotter l'orbite rouge cicatrisée. Le fil qui maintenait le bandeau en place avait creusé un long sillon rouge sur son front.

« Gorth me dit que la petite à Robb est couchée avec la fièvre ?

— Ouais. »

Brock remarqua la sécheresse dans la voix de Struan. Il but une longue goulée de bière, qui le fit transpirer, et il s'essuya avec le dos de la main.

« Ça m'a chagriné de l'apprendre. Mauvais joss. Dis-moi, ton gamin et le mien ont l'air d'être comme cul et chemise.

— Je serai content de me retrouver à bord, dit Struan sans relever la pointe. J'ai eu une longue conversation avec Jin-qua, cet après-midi. Au sujet de la fièvre. Ils n'en ont jamais eu à Canton, autant qu'il sache.

— Si c'est vraiment la malaria, alors on n'a pas fini d'avoir des ennuis sur les bras. Allez, sers-toi, mange, ajouta-t-il en tendant la main pour empoigner un demi-poulet. Paraît que le prix des coolies a encore monté. Le coût de la vie devient terrible, à Hong Kong.

— Pas assez pour que ça fasse mal. La fièvre passera. »

Brock changea de position, lourdement, but de la bière et considéra Struan.

« Tu voulais me parler, comme qui dirait en privé. C'est-y de la fièvre que tu voulais qu'on cause ?

— Non. C'est au sujet d'une vieille promesse que j'ai faite de te flanquer une bonne dégelée de chat à neuf queues. »

Brock agita la sonnette si violemment que le tintement se répercuta d'un mur à l'autre pendant plusieurs instants. Comme la porte ne s'ouvrait pas, il recommença en maugréant :

« Ce foutu singe. A coups de pied dans le cul, ça marche. »

Il finit par se hisser hors de son fauteuil et alla se servir au tonnelet. Puis il se rassit et dévisagea Struan.

« Et alors ? demanda-t-il enfin.

— Tess Brock.

— Hein ? »

Brock était stupéfait que Struan voulût hâter une décision au sujet de laquelle il s'était inquiété — et Struan aussi, très certainement — au point de ne plus dormir la nuit.

« Mon fils est amoureux d'elle. »

Brock avala de la bière, s'essuya la bouche.

« Ils se sont vus que deux ou trois fois. Au bal, et puis des promenades l'après-midi, avec Liza et Lillibet. Trois fois, pas plus.

— Sûr. Mais il est amoureux d'elle. Il en est certain.

— Et toi ?

— Aussi.

— Qu'est-ce que t'en penses ?

— Que nous ferions bien d'en causer. Cartes sur table.

— Pourquoi tout de suite ? demanda suspicieusement Brock, en cherchant la véritable raison. Elle est bien jeune, tu le sais bien.

— Sûr. Mais assez vieille pour se marier. »

D'un air songeur, Brock tournait machinalement la chope sur la table, et contemplait son reflet dans l'argent poli. Il se demandait s'il avait bien deviné Struan.

« C'est-y que tu me demandes officiellement la main de ma Tess pour ton fils ?

— C'est son devoir à lui, pas le mien, de faire sa demande dans les règles. Mais d'abord, faut que nous parlions comme qui dirait officieusement, tous les deux.

— Qu'est-ce que t'en penses ? répéta Brock. De ce mariage ?

— Tu le sais bien. Je suis contre. J'ai pas confiance en toi. J'ai pas confiance en Gorth. Mais Culum a sa tête à lui et il m'a forcé la main, et un père peut pas toujours faire faire à son fils ce qu'il veut. »

Brock pensa à Gorth, et répondit en grommelant :

« Si t'es si fort contre son idée, raisonne-le à bons coups de fouet ou renvoie-le en Angleterre, expédie-le. Facile de se débarrasser de ce jeune morveux.

— Tu sais bien que j'ai les mains liées, soupira Struan avec amertume. Tu as trois fils, Gorth, Morgan et Tom. Il ne me reste plus que Culum. Alors j'ai beau faire, c'est lui qui doit prendre ma suite.

— Y a Robb et ses garçons.

— Allons donc. La Noble Maison, c'est moi qui l'ai faite et pas Robb. Alors, hein ? Qu'est-ce que tu en penses ? »

Brock vida lentement sa chope. Il sonna encore une fois et, encore une fois, ne reçut aucune réponse.

« Je l'étriperai, ce singe, grogna-t-il en allant se servir lui-même. Moi aussi je suis contre. Mais malgré ça, eh bien, j'accepterai ton fils quand il fera sa demande.

— Je m'en doutais ! s'écria rageusement Struan en serrant les poings.

— Elle a la plus grosse dot d'Asie. Ils seront mariés l'an prochain.

— Je te verrai en enfer avant ! »

Les deux hommes s'affrontèrent, debout, menaçants.

Brock contempla le visage aux traits nets qu'il

connaissait depuis trente ans, animé de la même énergie, de la même expression indéfinissable qui le faisait réagir si violemment. Seigneur Dieu, jura-t-il, je comprendrai jamais pourquoi Tu as mis ce démon sur mon chemin. Je sais seulement que Tu l'as mis là pour être brisé, dans les règles, et pas par un coup de couteau dans le dos, et c'est bien dommage.

« Ça attendra, Dirk, persifla-t-il. D'abord, ils se marient, tout bien comme il faut. Oui, tu es bien pris au piège. Pas par ma faute et je le regrette, et je te jette pas ton mauvais joss à la figure. Mais j'ai pas mal réfléchi, comme toi, sur eux deux et sur nous, et je crois que ce sera ce qu'il y a de mieux pour eux comme pour nous autres.

— Je sais ce que tu penses. Et ce que veut Gorth.

— Qui peut savoir ce qui arrivera, Dirk ? Si ça se trouve, ils finiront pas s'associer.

— Pas tant que je vivrai.

— D'un autre côté, si ça se trouve ils vont pas s'associer et tu garderas ce qui est à toi et nous ce qui est à nous autres.

— Tu ne t'empareras pas de la Noble Maison avec les jupons d'une petite fille pour me briser !

— Bon dieu, maintenant tu vas m'écouter ! C'est toi qu'as voulu qu'on parle de ça. Cartes sur tables, tu as dit, et j'ai pas fini. Alors tu vas m'écouter ! A moins que t'aies perdu ton courage comme t'as perdu tes bonnes manières et ton esprit ! »

Struan se maîtrisa, et se versa du cognac.

« C'est bon, Tyler. Dis ce que tu as sur le cœur. »

Brock se détendit légèrement, se rassit et but bruyamment sa bière.

« Je te déteste, déclara-t-il, et je te détesterai toujours. Et moi non plus, j'ai pas confiance en toi. J'en ai par-dessus la tête de tuer, mais je jure sur Jésus-Christ que je te tuerai le jour où je te verrai me menacer du chat. Mais je m'en vais pas discuter encore de ça. Que non. Je tiens pas à te tuer, simplement t'écraser, dans les règles. Mais voilà que je me dis comme ça que les jeunes vont arranger ce que, nous, on n'a jamais pu régler. Alors je dis, ce qui sera sera. Si y a une association, y aura une association. C'est eux que ça regarde et pas toi ni moi. Si y en a pas, encore une fois, c'est eux que ça regarde. Ce qu'ils feront, c'est leur affaire, pas la nôtre. Alors je dis que le mariage est bon. »

Struan vida son verre et le posa sur la table.

« J'aurais jamais cru que tu sois assez lâche pour te servir de Tess quand t'es aussi contre que moi. »

Brock contempla son vieil ennemi sans haine.

« Je me sers pas de Tess, Dirk. C'est la vérité du bon Dieu. Elle aime Culum, et je ne mens pas. C'est la seule raison pourquoi je te cause comme ça. Nous sommes pris tous les deux dans le même piège. Faut voir les choses en face. Elle est comme Juliette avec son Roméo, bon dieu oui, et c'était ce que je craignais le plus. Et toi aussi, je parie. Mais je veux pas voir ma Tess finir sur une dalle de marbre parce que je peux pas te voir. Elle l'aime. C'est à elle que je pense !

— Je ne le crois pas !

— Moi non plus, bon dieu ! Mais Liza a raison à tous les coups quand il s'agit de Tess. Elle dit que Tess soupire et rêve et parle du bal mais seulement de Culum. Et Tess écrit pour raconter ce que Culum a dit et ce que Culum a raconté et ce qu'elle a dit à Culum et comment Culum lui a répondu et tout, tant et si bien que j'en suis prêt à éclater. Oh ! que oui, elle l'aime, y a pas.

— C'est des idées de jeune fille. Ça ne veut rien dire.

— Nom de Dieu, Dirk, c'est difficile de te parler raison ! Tu te trompes, ah ! »

Brock se sentit soudain las, et vieilli. Il en avait assez de cette discussion.

« Si y avait pas eu le bal, il serait rien arrivé. C'est toi qui l'as choisie pour ouvrir le bal. T'as voulu qu'elle ait le prix. Tu...

— Jamais de la vie ! C'est le grand-duc, pas moi !

— C'est la vérité du bon Dieu, ça ?

— Sûr. »

Brock soupira et considéra Struan.

« Alors peut-être bien qu'il y a la main de Dieu dans cette affaire. Tess était pas la plus élégante du bal, je le sais bien. Tout le monde le savait, à l'exception de Culum et d'elle. Alors je m'en vais te faire une proposition. Tu n'aimes pas ton Culum comme j'aime ma Tess, mais donne à ces deux-là bon vent et bonne rade et belle mer et j'en ferai autant. Le garçon le mérite ; il t'a sauvé la vie, pour l'histoire de la colline, parce que je te jure que je t'aurais étranglé avec. Si c'est la guerre que tu veux, tu l'auras. Si je trouve un moyen de te briser, sans coup bas, je l'emploierai, par le Christ. Mais je ne veux pas toucher à ces deux-là. Tu leur donnes bon vent, belle mer et bonne rade, devant Dieu, hé ? »

Brock tendit la main. Struan hésita.

« Je veux bien toper pour Tess et Culum, grinça-t-il, mais pas pour Gorth. »

Le Taï-pan avait prononcé le nom de Gorth sur un ton qui glaça le sang de Brock. Mais il ne retira pas sa main, bien qu'il sût que l'accord était lourd de menaces.

Ils se serrèrent solidement la main.

« On va boire encore un coup pour sceller ça comme il faut, dit Brock, et puis tu me feras le plaisir de foutre le camp de ma maison. »

Il prit la sonnette et carillonna longuement ; comme personne ne répondit, il rugit :

« Lee Tang ! »

Sa voix résonna étrangement. Puis des pas pressés claquèrent dans l'escalier, la porte s'ouvrit et le visage effrayé d'un employé portugais apparut :

« Les domestiques ont tous disparu, senhor ! Je n'en trouve aucun, nulle part ! »

Struan se précipita à la fenêtre. Les badauds, les marchands en plein vent, les mendiants et les acheteurs quittaient la place en silence. Dans le jardin anglais, un groupe de marchands était immobile, comme pétrifié, et ils tendaient l'oreille et regardaient.

Struan se retourna et courut aux mousquetons ; Brock atteignit le râtelier en même temps.

« Tout le monde en bas, cria-t-il à l'employé.

— Mon comptoir, Tyler ! Sonne l'alarme ! »

Struan sortit en courant.

En une heure, tous les marchands et tous leurs employés s'étaient rassemblés au comptoir Struan et dans le jardin anglais, devant. Le détachement de cinquante soldats était déployé, en ordre de bataille, devant le portail. Leur officier, le capitaine Oxford, vingt ans à peine, était un petit homme élégant et svelte, à la moustache blonde soyeuse.

Struan, Brock et Longstaff étaient dans le jardin, avec Jeff Cooper et le grand-duc. La nuit était lourde, humide, menaçante.

« Vous feriez bien d'ordonner l'évacuation immédiate, Excellence, conseilla Struan.

— Ouais, dit Brock.

— Pas de précipitation, messieurs. Ce n'est pas la première fois que cela arrive, quoi ?

— Sûr. Mais nous avions toujours été plus ou moins avertis par les mandarins ou le Co-hong. Ça n'a jamais été aussi soudain. »

Struan écoutait la nuit, et comptait du regard les lorchas à quai. Assez pour tout le monde, pensa-t-il.

« Je n'aime pas ça, murmura-t-il.

— Vous ne pensez sûrement pas qu'il y a du danger ? s'étonna Longstaff.

— Sais pas, Excellence. Mais quelque chose me souffle de partir d'ici. Ou du moins d'embarquer. Le commerce est fini pour cette saison, alors nous pouvons partir ou rester, à notre gré.

— Mais ils n'oseraient pas nous attaquer ! protesta Longstaff avec un rire méprisant. Pourquoi le feraient-ils ? Qu'ont-ils à gagner ? Nos négociations se poursuivent fort bien. C'est ridicule.

— Je suggère simplement de mettre en pratique ce que vous dites toujours, Excellence. Mieux vaut être prêt à tout. »

Longstaff se résigna à faire un signe à l'officier.

« Partagez vos hommes en trois groupes. Gardez les entrées est et ouest, et Hog Street. Interdisez l'accès de la place jusqu'à nouvel ordre.

— Bien, monsieur. »

Struan aperçut Culum, Horatio et Gorth sous une lanterne. Gorth expliquait le chargement d'un mousquet à Culum, qui l'écoutait avec attention. Gorth semblait fort, à côté de Culum, plein de vitalité et de puissance. Struan se détourna et vit dans la pénombre Mauss qui s'entretenait avec un grand Chinois que Struan n'avait jamais vu. Curieux, il s'approcha.

« Avez-vous des nouvelles, Wolfgang ?

— Non, Taï-pan. Pas de rumeurs, rien. Horatio non plus. *Gott in Himmel*, je n'y comprends rien. »

Struan examinait le Chinois. L'homme portait un costume de paysan crasseux et paraissait avoir trente ans. Il avait des yeux perçants sous des paupières tombantes et il examinait Struan avec une égale curiosité.

« Qui est-ce ?

— Hung Hsu Ch'un, dit très fièrement Mauss. C'est un Hakka. Il est baptisé, Taï-pan. C'est moi qui l'ai baptisé. C'est le meilleur que nous ayons jamais eu. Esprit brillant, studieux, et cependant un paysan. Enfin, j'ai un néophyte qui répandra la parole de Dieu, et qui m'aidera.

— Vous feriez mieux de lui dire de s'en aller. S'il y

a du vilain et si les mandarins le surprennent avec nous, vous perdrez un néophyte.

— Je le lui ai déjà conseillé mais il m'a dit : « Les « voies du Seigneur sont impénétrables et les hommes « de Dieu ne tournent pas leur dos aux païens. » Ne vous inquiétez pas. Dieu le protégera et je veillerai sur lui au prix de ma propre vie. »

Struan salua brièvement le Chinois et alla rejoindre Longstaff et Brock.

« Je monte à bord, déclara Brock. C'est dit !

— Tyler, envoie Gorth et ses hommes renforcer les soldats, là, dit Struan en montrant Hog Street. Je prendrai l'est et je te couvrirai s'il y a des ennuis. Tu pourras te rabattre par ici.

— Occupe-toi des tiens. Je veillerai sur les miens. T'es pas commandant en chef, bon dieu ! Gorth ! Viens donc avec moi. Almeida, embarquez tous les livres et tous les employés. »

Avec son groupe, il sortit du jardin et s'engagea sur la place.

« Culum !

— Oui, Taï-pan ?

— Vide le coffre et monte à bord du lorcha.

— Très bien, dit Culum, puis il ajouta en baissant la voix : Tu as parlé à Brock ?

— Sûr. Maintenant va, mon gars. Vite. On parlera de ça plus tard.

— C'est oui ou c'est non ? »

Struan sentait les regards des autres et malgré le désir qu'il avait de mettre Culum au courant, il savait que le lieu était mal choisi.

« Sangdieu, vas-tu faire ce qu'on te dit ?

— Je veux savoir ! cria Culum, les yeux étincelants.

— Et je n'ai pas envie de discuter de nos problèmes maintenant ! Fais ce que je te dis ! »

Struan lui tourna le dos et se dirigea vers la grande porte du bâtiment. Jeff Cooper lui courut après.

« Pourquoi évacuer ? Pourquoi tant de hâte, Taï-pan ?

— Simple prudence, Jeff. Vous avez un lorcha ?

— Oui.

— Je serai heureux de prendre de vos gens à bord si vous n'avez pas assez de place, dit Struan, et il se tourna vers Sergueyev. Le panorama du fleuve est fort agréable. Si vous voulez vous joindre à nous, Altesse ?

— Prenez-vous toujours la fuite lorsque la place se vide et que les domestiques disparaissent ?

— Seulement quand cela me plaît. Vargas ! Allez à bord avec les employés et les registres. Et armez-vous tous.

— Bien, senhor. »

Lorsque les autres marchands virent qu'effectivement Brock et Struan préparaient une retraite précipitée, ils retournèrent en hâte à leurs comptoirs pour prendre leurs livres, leurs documents, tout ce qui faisait la preuve des échanges de cette saison — et aussi de leur avenir — et se mirent à les embarquer. Il y avait peu d'argent liquide à emporter, car presque tout le commerce se faisait par effets bancaires ; Brock et Struan avaient déjà expédié leur monnaie d'argent à Hong Kong.

Longstaff débarrassa son bureau personnel, rangea ses papiers secrets et le manuel du chiffre dans sa boîte à dépêches et rejoignit le Russe dans le jardin.

« Vos bagages sont-ils prêts, Altesse ?

— Je n'ai rien d'important. Je trouve tout ceci extraordinaire. Ou il y a du danger, ou il n'y en a pas. S'il y a du danger, pourquoi vos troupes ne sont-elles pas ici ? S'il n'y en a pas, pourquoi s'enfuir ? »

Longstaff se mit à rire.

« L'esprit païen, Altesse, est très différent de l'esprit civilisé. Le gouvernement de Sa Majesté traite avec ces gens-là depuis plus d'un siècle. Nous avons fini par apprendre à nous mesurer avec les Chinois. Il faut dire, naturellement, que ce n'est pas la conquête qui nous intéresse, seulement le commerce pacifique. Encore que nous considérions ces régions comme une sphère d'influence complètement britannique. »

Struan fouillait son coffre-fort, pour s'assurer que tous leurs papiers importants étaient bien à bord.

« J'ai déjà fait ça », dit Culum d'une voix irritée, en entrant en trombe. Il claqua la porte derrière lui et cria : « Alors, quelle est la réponse, bon dieu ?

— Tu es fiancé », dit paisiblement Struan.

Culum en eut le souffle coupé.

« Brock est ravi de t'avoir pour gendre. Tu pourras te marier l'année prochaine.

— Brock a dit oui ?

— Sûr. Félicitations. »

Posément, Struan regarda ce qui restait dans les tiroirs de son bureau, et les ferma à clef, enchanté que sa conversation avec Brock se fût déroulée comme il l'avait voulu.

« Tu veux dire qu'il a dit oui ? Et que tu as dit oui ?

— Sûr. Faudra faire officiellement ta demande, mais il a dit qu'il t'accepterait. Nous aurons à discuter la dot et les détails, mais il dit que vous pourrez vous marier l'année prochaine. »

Culum se jeta au cou de Struan.

« Ah ! Père, merci, merci ! »

Il ne s'entendit pas l'appeler « Père », mais Struan le remarqua.

Une fusillade éclata soudain.

Struan et son fils coururent à la fenêtre et virent les premiers rangs d'une masse de populace reculer devant le feu, à l'entrée ouest de la place. Ceux de l'arrière poussèrent les premiers rangs et les soldats furent littéralement submergés par le torrent de Chinois qui se déversa sur la place en hurlant.

La canaille portait des torches, des haches et des lances... et des fanions triades. Ils se ruèrent sur le comptoir le plus à l'ouest, appartenant aux Américains. Une torche fut jetée par une fenêtre ouverte et les portes furent enfoncées. La foule se mit à piller, incendier et saccager l'immeuble.

Struan empoigna son mousqueton.

« Pas un mot de Tess ; garde le secret tant que t'auras pas vu Brock ! »

Ils se ruèrent dans le vestibule. Struan vit Vargas chancelant sous le poids d'une brassée de factures en duplicata.

« Au diable tout ça, Vargas ! A bord ! Vite ! »

Vargas prit ses jambes à son cou.

Devant le jardin, la place était envahie de marchands fuyant vers leur lorcha. Quelques soldats postés le long du mur se préparaient à une ultime résistance, et Struan se joignit à eux pour les aider à couvrir la retraite. Du coin de l'œil, il vit Culum qui rentrait en courant dans le bâtiment, mais il fut distrait quand l'avant-garde d'une seconde foule hurlante jaillit de Hog Street. Les soldats protégeant cette entrée tirèrent une salve et se replièrent en bon ordre vers le jardin anglais où ils se portèrent en renfort du groupe défendant les derniers marchands qui couraient vers les bateaux. Ceux qui avaient déjà embarqué étaient armés de mousquets, mais la foule ne s'intéressait qu'aux comptoirs à l'extrémité de la place et, chose ahurissante, ne s'occupait pas du tout des fuyards.

Struan fut soulagé de voir Cooper et les Américains à bord d'un de leurs lorchas. Il avait cru qu'ils étaient encore dans leur comptoir.

« Parole d'honneur, regardez-moi ces vauriens, s'écria Longstaff. Allons, les forces de Sa Majesté mettront vite fin à ces âneries. »

Il chercha Sergueyev et l'aperçut qui contemplait placidement l'émeute, ses deux domestiques en livrée derrière lui, armés jusqu'aux dents et assez nerveux.

« Peut-être voudriez-vous me rejoindre à mon bord, Altesse ? » cria-t-il dans le tumulte.

Longstaff savait que si jamais le grand-duc était blessé, cela ferait un incident international qui apporterait au tsar l'occasion rêvée d'envoyer des bâtiments de représailles et des armées dans les eaux chinoises. Et ça, mordieu, ça n'arrivera pas, se jura-t-il.

« Il n'y a qu'un moyen de traiter cette charogne. Croyez-vous que votre démocratie marchera, avec des gens pareils ?

— Naturellement. Faut leur donner le temps, quoi ? répondit Longstaff avec nonchalance. Embarquons, voulez-vous ? Nous avons de la chance, il fait beau. »

Un des valets russes dit quelque chose à Sergueyev, qui le regarda sans répondre. Le domestique pâlit et se tut.

« Si vous le désirez, Excellence. Mais je préférerais attendre le Taï-pan. »

Sergueyev prit sa tabatière, prisa et fut heureux de voir que ses doigts ne tremblaient pas. Il l'offrit à Longstaff.

« Merci. Quelle histoire ridicule, quoi ? Ah ! Dirk, mon cher ami. Dites-moi, qui diable les a poussés, hé ?

— Les mandarins, c'est certain. Jamais il n'y a eu de manifestation pareille. Jamais. Mieux vaut embarquer. »

Struan contemplait la place. Les derniers marchands montaient à bord. Seul Brock manquait. Gorth et ses hommes gardaient toujours la porte de leur comptoir, du côté est, et Struan fut outré de voir Gorth tirer dans la foule des pillards qui ne le menaçaient pas directement.

Il fut tenté d'ordonner une retraite immédiate ; puis, dans la confusion générale, il lèverait son mousqueton et abattrait Gorth. Il savait que, dans la mêlée, personne ne le remarquerait. Cela lui épargnerait un meurtre dans l'avenir. Mais Struan ne tira pas. Il voulait avoir le plaisir de voir la terreur dans les yeux de Gorth, quand il le tuerait.

Ceux qui étaient à bord des lorchas larguèrent promptement les amarres et de nombreux bateaux dérivèrent jusqu'au milieu du fleuve. La foule continuait curieusement de les ignorer.

Struan vit Brock sortir de son immeuble, un mousquet dans une main un sabre de l'autre, les poches bourrées de documents. Son chef de bureau, Almeida, courut devant lui jusqu'au bateau, les bras chargés de registres, couvert par Brock, Gorth et ses hommes, et puis une nouvelle foule apparut à l'entrée est, déborda les soldats et Struan comprit qu'il était temps de fuir.

« A bord ! » tonna-t-il en courant au portail du jardin.

Il s'arrêta net.

Sergueyev était adossé au mur, un pistolet dans une main, son épée dans l'autre, Longstaff à côté de lui.

« Temps de courir ! » hurla-t-il dans le tumulte.

Sergueyev lui répondit en riant :

« De quel côté ? »

Une violente explosion fit trembler la terre. L'incendie avait atteint l'arsenal américain et le bâtiment s'effondra, projetant des débris enflammés sur la foule, tuant les uns, mutilant les autres. Les fanions triades traversèrent Hog Street et les pillards exacerbés suivirent, envahissant systématiquement tous les comptoirs du côté est. Struan franchissait le portail quand il se rappela Culum. Il cria à ses hommes de le couvrir et repartit en courant.

« Culum ! Culum ! »

Culum dévalait l'escalier.

« J'avais oublié quelque chose », dit-il et il se rua vers le lorcha.

Sergueyev et Longstaff attendaient toujours, près du portail, avec le peloton. Leur fuite était bloquée par un troisième groupe d'émeutiers qui fonçaient à travers la place et attaquaient le comptoir voisin. Struan montra le mur et ils l'escaladèrent. Culum tomba, mais son père le hissa et ils coururent vers les bateaux, Sergueyev et Longstaff sur leurs talons.

La cohue les laissa passer mais quand ils se trouvèrent sur la place, dégageant ainsi l'entrée du comptoir, les chefs envahirent le jardin en brandissant des torches. Les pillards se ruèrent sur la Noble Maison.

Des flammes jaillissaient maintenant de presque tous les comptoirs ; un toit s'écroula avec un immense soupir et de nouvelles flammes montèrent au milieu de gerbes d'étincelles.

Brock se tenait sur le pont de son lorcha, et il exhortait son équipage à grand renfort de jurons. Ils étaient tous armés et braquaient leurs fusils vers la terre.

Debout à l'arrière, Gorth vit tomber les aussières avant et arrière et le lorcha s'écarta rapidement du quai. Gorth s'empara d'un mousqueton, visa les Chinois qui se pressaient devant son comptoir et tira. Il vit un homme tomber et il eut un sourire démoniaque. Il prit un autre mousquet et remarqua alors Struan et les autres qui couraient vers le lorcha, avec une foule de Chinois grouillant devant et derrière eux. Il s'assura que personne ne le regardait et visa soigneusement. Struan se trouvait entre Culum et Sergueyev, et Longstaff à côté. Gorth tira.

Sergueyev pivota brusquement et tomba face contre terre.

Gorth prit un autre mousquet mais Brock accourut.

« Va-t'en à l'avant et sers le canon, bon dieu ! Ne tire pas sans que je l'aie dit ! »

Il poussa Gorth et hurla à ses hommes :

« Paré à virer, nom de dieu ! Larguez les ris et toutes voiles dehors ! »

Jetant un coup d'œil à terre, il vit Struan et Longstaff

penchés sur Sergueyev, Culum près d'eux et la foule qui se précipitait. Il s'empara du mousquet que Gorth avait laissé tomber, visa et tira. Un des chefs tomba et la foule hésita.

Struan hissa le Russe sur son épaule.

« Tirez au-dessus des têtes ! » ordonna-t-il.

Ses hommes firent demi-tour et crachèrent une salve protectrice à bout portant. Les Chinois du premier rang reculèrent et ceux de l'arrière poussèrent en avant. L'indescriptible mêlée hurlante qui s'ensuivit permit à Struan et à ses compagnons de gagner leur bateau.

Mauss attendait sur le quai, devant le lorcha, avec son néophyte chinois. Ils étaient armés tous les deux. Mauss avait une bible dans une main, un coutelas dans l'autre et décrivait de terribles moulinets en glapissant :

« Béni soit le Seigneur, pardonne à ces pécheurs ! »

La foule s'écartait prudemment de lui.

La Concession tout entière était en flammes. Le crépitement de l'incendie, les tourbillons de fumée noire, les hurlements de la foule acharnée et l'étrange lueur du brasier, c'était une véritable vision d'enfer.

Le lorcha s'éloigna de la terre. Lorsqu'il fut au milieu du courant, Longstaff se pencha sur le grand-duc, qu'on avait allongé à l'arrière. Struan les rejoignit rapidement.

« A l'avant, cria-t-il à Mauss. Faites la vigie ! »

Sergueyev était blême et ses deux mains se crispaient sur son flanc droit. Du sang coulait entre ses doigts. Ses domestiques se lamentaient bruyamment et tremblaient de terreur. Struan les écarta sans ménagements et ouvrit le pantalon du grand-duc. Il coupa le tissu de la jambe droite et découvrit la blessure. La balle de mousquet avait creusé un profond sillon sur le ventre, en oblique et à une ligne du sexe, puis avait traversé la cuisse droite. Le sang coulait mais ne jaillissait pas par à-coups. Struan remercia le Ciel que la balle n'ait pas transpercé le ventre ni tranché une artère. Il retourna Sergueyev, qui laissa éclapper un gémissement. La partie postérieure de la cuisse était sanglante et déchiquetée, là où la balle était sortie. Délicatement, Struan sonda la blessure et put en extraire un petit morceau d'os brisé.

« Des couvertures, du cognac et un brasero, ordonna-t-il à un matelot. Altesse, pouvez-vous remuer la jambe droite ? »

Sergueyev bougea légèrement et grimaça de douleur mais sa jambe obéit.

« Votre hanche n'a rien, Dieu soit loué, mon gars. Et maintenant, bougez plus. »

Quand on apporta les couvertures, Struan enveloppa soigneusement le blessé et l'accota plus confortablement contre le bac de l'homme de barre, puis il lui fit boire du cognac.

On apporta le brasero. Struan découvrit la blessure et l'arrosa généreusement de cognac. Il chauffa ensuite sa lame de couteau sur les charbons ardents.

« Tenez-le, Will. Culum, donne-nous un coup de main. »

Ils s'agenouillèrent, Longstaff aux pieds, Culum à la tête.

Struan appliqua le couteau rougi sur la plaie de devant et le cognac s'enflamma. Sergueyev s'évanouit. Struan cautérisa la plaie, en sondant rapidement, avec précision, profitant de l'inconscience du grand-duc. Il le retourna ensuite et sonda de nouveau. Une odeur de chair grillée monta. Longstaff se détourna et vomit, mais tint bon et Longstaff reprit courage.

Struan fit de nouveau chauffer le couteau, versa du cognac dans la plaie postérieure et la cautérisa avec soin. La puanteur lui faisait mal à la tête, et il ruisselait de sueur, mais ses mains ne tremblaient pas et il savait que s'il ne cautérisait pas complètement la blessure, elle s'infecterait et Sergueyev mourrait certainement. Neuf hommes sur dix mourraient d'une telle blessure.

Enfin, il eut fini.

Il pansa le blessé, et se rinça la bouche au cognac ; les vapeurs de l'alcool chassèrent l'odeur du sang et de la chair grillée. Il but une bonne rasade, en examinant Sergueyev. La figure était exsangue.

« Maintenant, il est entre les mains de son joss, dit-il. Ça va, Culum ?

— Oui... Oui, je crois.

— Descends. Fais distribuer du rhum chaud à l'équipage. Vérifie les provisions. Tu es maintenant le second du bord. Occupe-toi de tout. »

Culum les quitta.

Les deux domestiques russes étaient à genoux à côté de Sergueyev. L'un d'eux effleura le bras de Struan et lui parla d'une voix brisée, manifestement pour le remercier. Struan leur fit signe de rester auprès de leur maître.

Il s'étira, posa une main sur l'épaule de Longstaff et l'entraîna à l'écart.

« Avez-vous vu des mousquets parmi les Chinois ? lui demanda-t-il à l'oreille.

— Aucun.

— Moi non plus.

— On tirait de tous les côtés, murmura Longstaff, visiblement très inquiet. Un accident déplorable. »

Struan resta un moment silencieux.

« S'il meurt, ça va faire des histoires terribles, hé ?

— Espérons qu'il s'en tirera, Dirk. Il faudra que je prévienne immédiatement les Affaires étrangères. Je vais devoir faire une enquête.

— Sûr. »

Longstaff se mordit la lèvre, et se retourna vers le blessé. Sergueyev respirait à peine.

« Plutôt irritant, quoi ?

— A en juger par la direction de la blessure, et par l'endroit où il se tenait quand il est tombé, il n'y a pas le moindre doute. C'est une de nos balles.

— C'est un de ces accidents regrettables.

— Sûr. Mais on peut avoir visé.

— Impossible ! Qui voudrait le tuer ?

— Qui voudrait vous tuer ? Ou Culum ? Moi, peut-être ? Nous étions tous groupés.

— Qui ?

— J'ai des dizaines d'ennemis.

— Brock ne vous assassinerait pas de sang-froid.

— Je n'ai jamais dit ça. Offrez une prime pour tous renseignements. Quelqu'un doit avoir vu quelque chose. »

Ils contemplèrent tous deux la Concession. Elle était maintenant loin, sur l'arrière ; on ne voyait plus que de la fumée et une lueur rouge au-dessus des toits de Canton.

« De la folie, de piller comme ça. Ce n'est jamais arrivé. Pourquoi ont-ils voulu faire ça ? Pourquoi ? murmura Longstaff.

— Sais pas.

— Dès que nous serons à Hong Kong, nous partirons pour le Nord et cette fois, nous irons jusqu'aux portes de Pékin, mordieu ! L'empereur va beaucoup regretter d'avoir ordonné ça.

— Sûr. Mais d'abord, organisez une attaque immédiate sur Canton.

— Mais ce serait une perte de temps, non ?

— Lancez l'attaque avant la fin de la semaine. Vous n'aurez pas à aller jusqu'au bout. Rançonnez Canton une fois de plus. Six millions de taels.

— Pourquoi ?

— Vous avez besoin de plus d'un mois pour préparer la flotte à frapper au nord. Les conditions atmosphériques ne sont pas encore bonnes. Il vous faudra attendre l'arrivée de renforts. Ils doivent arriver quand ?

— Un mois, six semaines.

— Bien. En attendant, dit Struan d'une voix dure, le Co-hong devra trouver six millions de taels. Ça leur apprendra à ne pas nous prévenir, bon dieu ! Vous devez brandir le drapeau ici, avant d'aller au nord, sinon nous perdons la face. S'ils brûlent impunément la Concession, nous n'aurons plus aucune sécurité à l'avenir. Ordonnez au *Némésis* de bloquer la ville. Un ultimatum de douze heures, après vous ravagez Canton. »

Sergueyev gémit et Struan courut à lui. Le Russe était encore pratiquement inconscient.

Struan remarqua alors le converti de Mauss qui l'observait. Le Chinois se tenait sur le pont principal, contre le plat-bord tribord. Il fit le signe de la croix sur Struan, ferma les yeux et se mit à prier en silence.

## 27

STRUAN sauta du canot sur la nouvelle jetée de Queen's Town et la suivit en courant vers le grand bâtiment de trois étages presque terminé. Il traînait un peu la jambe, sous le soleil écrasant. Le Lion et le Dragon flottaient en haut du mât.

Il remarqua que de nombreuses constructions et maisons étaient achevées dans la Vallée Heureuse et qu'on avait commencé à bâtir l'église sur la colline ; de l'autre côté de la baie, la jetée de Brock était finie et le comptoir presque prêt. D'autres immeubles disparaissaient encore sous les échafaudages de bambou. Queen's Road était pavée.

Mais il y avait très peu de coolies au travail, bien que l'après-midi fût loin d'être fini. La journée était chaude et humide ; un agréable vent d'est commençait à souffler légèrement sur la vallée.

Il entra dans le grand vestibule. Un employé portugais leva les yeux et sursauta.

« *Madre de Deus,* monsieur Struan ! Nous ne vous attendions pas. Bonjour, senhor.

— Où est M. Robb ?

— Là-haut, senhor, mais il... »

Déjà Struan courait dans l'escalier. Au premier étage, un large couloir en croix traversait l'immeuble d'est en ouest et du nord au sud. De nombreuses fenêtres donnaient sur la mer et la terre. La flotte était là, silencieuse. Le lorcha de Struan était le premier à revenir de Canton.

Il tourna à droite et passa devant la future salle à

manger et ses pas réveillèrent des échos en frappant les dalles sans tapis. Il toqua à une porte et la poussa immédiatement.

La porte était celle d'un vaste appartement, encore incomplètement meublé : un sol dallé, des chaises et des fauteuils, des sofas, des tableaux de Quance, de riches tapis, une cheminée vide. Sarah était assise devant une fenêtre, un éventail de bambou à la main. Elle le regardait fixement.

« Bonjour, Sarah.

— Bonjour, Dirk.

— Comment va Karen ?

— Karen est morte. »

Les yeux bleus de Sarah restaient fixes et sa figure était rouge et luisante de sueur. Elle avait vieilli de dix ans et ses cheveux étaient striés de gris.

« Je suis navré, murmura-t-il. Navré. »

Sarah s'éventa distraitement. Le déplacement d'air fit tomber une mèche sur son front, mais elle ne la releva pas.

« Quand ? demanda Struan.

— Il y a trois jours. Ou deux. Je ne sais pas », répondit-elle d'une voix morne.

L'éventail battait, régulièrement, comme animé d'une vie propre.

« Et le bébé ?

— Vivant. Lochlin est vivant. »

Struan essuya une goutte de sueur qui coulait de son menton.

« Nous sommes les premiers à rentrer de Canton. Ils ont incendié la Concession. Nous avons reçu la lettre de Robb juste avant notre départ. Je viens d'arriver.

— J'ai vu votre canot accoster.

— Où est Robb ? »

Elle montra une porte, avec son éventail, et il remarqua la fragilité de son poignet veiné de bleu.

Struan entra dans la chambre. La pièce était vaste et c'était lui qui avait dessiné le grand lit à colonnes copié du sien.

Robb était couché, les yeux fermés, la figure hâve, grisâtre sur l'oreiller trempé de sueur.

« Robb ? »

Mais les paupières ne se soulevèrent pas et les lèvres restèrent entrouvertes. Le cœur de Struan se serra atrocement. Il s'approcha, tendit une main vers la joue de son frère. Froide. Mortellement froide.

Dehors, un chien aboya et une mouche bourdonna contre la fenêtre.

Struan sortit de la chambre et ferma la porte sans bruit. Sarah n'avait pas bougé. L'éventail battait lentement.

Il lui en voulut à mort de ne pas l'avoir prévenu.

« Robb est mort il y a une heure, murmura-t-elle de sa voix sans timbre. Deux ou trois heures, ou une heure. Je ne me souviens plus. Avant de mourir, il m'a donné un message pour vous. C'était ce matin, je crois. Ou dans la nuit. Je crois que c'était ce matin. Robb a dit : « Tu diras à Dirk que je n'ai jamais « voulu être Taï-pan. »

— Je prendrai les dispositions nécessaires, Sarah. Il vaudrait mieux que vous vous installiez avec les petits à bord du *Resting Cloud*.

— Je lui ai fermé les yeux. Et j'ai fermé les yeux de Karen. Qui fermera vos yeux, Taï-pan ? Qui fermera les miens ? »

Il prit les dispositions indispensables, puis il gravit la petite éminence de sa propre maison. Il songeait au jour où Robb était arrivé à Macao, si plein d'enthousiasme, à ce qu'il avait dit, avec un merveilleux sourire : « Dirk ! Tous nos ennuis sont finis, me voilà ! Nous écraserons la Compagnie des Indes et nous anéantirons Brock. Nous serons comme des seigneurs et nous commencerons une dynastie qui régnera éternellement sur l'Asie ! Il y a une fille que je vais épouser ! Sarah Mac Glenn. Elle a quinze ans. Nous sommes fiancés et nous nous marierons dans deux ans ! »

Dis-moi, Dieu, demanda Struan, qu'avons-nous fait de mal ? Quand, comment avons-nous mal agi ? Pourquoi les êtres changent-ils ? Comment les querelles, la violence, la haine et la souffrance peuvent-elles naître de la douceur, de la jeunesse, de la tendresse et de l'amour ? Et pourquoi ? Parce qu'il en est toujours ainsi. Avec Sarah. Avec Ronalda. Et il en sera de même pour Tess et Culum. Pourquoi ?

Il était devant la porte, dans le grand mur qui entourait la maison. Il la poussa. Tout était paisible, silencieux, d'un calme menaçant. Le mot « malaria » explosa dans sa tête.

Un vent léger courbait les bambous. Le jardin était beau, maintenant, avec des fleurs, des buissons, des abeilles qui butinaient.

Il gravit les quelques marches et poussa la porte de la maison, mais il n'entra pas tout de suite. Du seuil, il tendit l'oreille. Aucun rire léger ne l'accueillait, nul bavardage chantant des domestiques chinois. La maison paraissait abandonnée.

Il consulta le baromètre. Beau fixe.

Lentement, il suivit le couloir et respira l'odeur des bâtonnets d'encens. Il remarqua de la poussière alors qu'il n'y en avait généralement jamais.

Il ouvrit la porte de la chambre de May-may. Le lit était fait, et la pièce anormalement bien rangée.

La chambre des enfants était vide. Pas de petits lits, ni de jouets.

Il aperçut alors May-may par la fenêtre. Elle arrivait du fond du jardin avec des fleurs dans les bras, à l'ombre d'un parasol orange.

Il se précipita et elle se jeta dans ses bras.

« Sangdieu, Taï-pan, tu écrases mes fleurs ! Et d'où tu viens, heya ? Taï-pan, tu me fais mal à serrer comme ça ! Ouf ! Pourquoi faire tu as la drôle de figure ? »

Il la souleva et s'assit sur le banc, au soleil. Elle se pelotonna sur ses genoux, contre son épaule, réchauffée par sa force et par le soulagement qu'il manifestait en la voyant. Elle lui sourit.

« Ainsi. Je t'ai manqué fantastical, heya ?

— Oui, tu m'as manqué fantastical, heya.

— Bon. Pourquoi faire toi malheureux ? Et pourquoi, quand je te vois, tu es comme un fantôme ?

— Des ennuis, May-may. Et j'ai cru que je t'avais perdue. Où sont les enfants ?

— A Macao. Je les ai envoyés chez Chen Sheng aux bons soins de Sœur Aînée. Quand la maladie de la fièvre a commencé, j'ai jugé ça terrificalement sage. Je les ai envoyés avec Mary Sinclair. Pour quoi faire tu as cru me perdre ?

— Pour rien. Quand les enfants sont-ils partis ?

— Il y a une semaine. Mary a promis de bien veiller. Elle revient demain.

— Où sont Ah Sam et Lim Din ?

— Je les ai envoyés chercher à manger. Quand nous avons vu ton lorcha, je me suis dit ayee yah, la maison est sale et rien à manger, alors je leur ai fait tout nettoyer vite-vite et je les ai envoyés au marché, ça ne fait rien. Ces sales esclaves de rien méritent le fouet. Je suis rudement contente que tu sois revenu, Taï-pan, oh que oui. La vie est terrificalement chère, de plus en plus, et je n'ai pas d'argent alors il faudra m'en donner pas mal beaucoup, parce que nous entretenons tout le clan de Lim Din et celui d'Ah Sam. Houah, leur famille proche, ça m'est égal, c'est normal, ça ne fait rien, mais tout le clan ? Mille fois non, mordieu ! Nous sommes riches, oui, mais pas tant que ça riches et nous devons nous cramponner à nos richesses sans quoi bientôt il n'y aura plus rien... Dis, ajouta-t-elle d'une petite voix inquiète, quels ennuis tu dis ?

— Robb est mort. La petite Karen aussi. »

Elle ouvrit de grands yeux et sa joie s'envola.

« La petite fille, je savais. Mais pas Frère Robb. Je savais qu'il avait la fièvre, je l'ai entendu dire il y a trois, quatre jours. Mais pas qu'il était mort. Quand ça ?

— Il y a quelques heures.

— C'est un terrible joss. Mieux vaut quitter cette vallée maudite.

— Elle n'est pas maudite, fillette. Mais il y a la fièvre.

— Sûr. Pardonne-moi de le mentionner encore, mais n'oublie pas que nous habitons sur l'œil d'un dragon. N'oublie pas qu'ici notre fêng shui est affreusement terrible mauvais. »

Struan était forcé d'affronter le dilemme qui le torturait depuis des semaines. S'il quittait la vallée, tout le monde partirait ; s'il restait, May-may risquait d'attraper la fièvre et d'en mourir, et il ne voulait pas courir ce danger. S'il restait et qu'elle aille à Macao, d'autres mourraient qui ne devraient pas mourir. Comment préserver tout le monde de la fièvre, tout en préservant Queen's Town et Hong Kong ?

« Taï-pan, il paraît que vous avez eu des mauvais ennuis à Canton ? »

Il lui raconta ce qui s'était passé.

« Fantastical fou. Pourquoi le pillage, heya ?

— Eh oui.

— Mais très sage pour tous de ne pas incendier la Concession avant la fin de la saison du commerce. Très sage. Qu'est-ce qui va se passer maintenant ? Vous allez contre Pékin ?

— D'abord Canton. Pékin ensuite.

— Pourquoi Canton, Taï-pan ? C'est l'empereur, pas eux. Ils ne font qu'obéir.

— Sûr. Mais ils auraient dû nous prévenir à l'avance. Ils paieront six millions de rançon et ils paieront vite, sinon ils n'auront plus de ville, nom de Dieu ! D'abord Canton, et puis le Nord. »

May-may parut plus soucieuse encore. Elle savait qu'elle devait faire prévenir son grand-père, Jin-qua, parce que si le Co-hong devait trouver cette rançon, et si Jin-qua ne s'y était pas préparé, il serait ruiné. Elle n'avait encore jamais envoyé de renseignements à son grand-père, et n'avait jamais profité clandestinement de sa situation qui lui permettait de savoir beaucoup de choses. Mais cette fois, elle estimait qu'elle le devait. Et la pensée qu'elle participerait à une intrigue l'enchantait. Après tout, se dit-elle, sans l'intrigue et les secrets il manque une grande partie de la joie de vivre. Je me demande pourquoi les foules ont pillé quand il n'était pas besoin de piller. Stupide.

« Est-ce que nous porterons le deuil pour ton frère en pleurant cent jours ? demanda-t-elle.

— Je ne puis le pleurer davantage, fillette, soupira-t-il, à bout de forces.

— Cent jours, c'est l'usage. J'organiserai l'enterrement chinois avec Gordon Chen. Cinquante pleureurs professionnels. Avec des tambours et des crécelles et des bannières. Oncle Robb aura un enterrement dont on parlera pendant des années. Pour ça, on ne reculera devant aucune dépense. Alors tu seras content tout comme les dieux seront contents.

— Mais ce n'est pas possible ! s'écria-t-il, scandalisé. Ce n'est pas un enterrement chinois ! Nous ne pouvons pas avoir des pleureurs professionnels !

— Alors comment pourras-tu rendre un honneur public à ton frère bien-aimé ? Lui donner de la face devant la vraie population de Hong Kong ? Naturellement, il doit y avoir des pleureurs ! Ne sommes-nous pas la Noble Maison ? Est-ce que nous pouvons perdre la face devant le plus misérable des coolies ? A part que ce serait vilainement de mauvaises manières et du très mauvais joss, nous ne pouvons pas ne pas le faire, c'est tout !

— Ce n'est pas notre habitude, May-may. Ce ne sont pas nos usages. Nous faisons les choses autrement.

— Naturellement. C'est bien ce que je dis. Tu t'occuperas de ta face avec les barbares, mais moi je ferai de même avec les miens. Je porterai le deuil en privé pendant cent jours, car naturellement je ne peux aller publiquement à ton enterrement ni à l'enterrement chinois. Je m'habillerai tout en blanc, qui est la couleur du deuil. Je ferai faire une plaquette et tous les soirs nous ferons kowtow devant. Et puis au bout des cent jours nous brûlerons la plaquette, comme ça se fait, et son âme pourra renaître en sécurité, comme toujours. C'est le joss, Taï-pan. Les dieux avaient besoin de lui, ça ne fait rien. »

Mais il ne l'écoutait plus. Il se creusait la cervelle et cherchait désespérément une solution : comment vaincre la fièvre et comment sauver la vallée et comment préserver Hong Kong ?

## 28

TROIS jours plus tard, Robb fut enterré à côté de la tombe de la petite Karen. Wolfgang lut l'office des morts dans l'église sans toit, sous un ciel uniformément bleu.

Tous les taï-pans étaient présents, sauf Tillman qui était toujours couché à bord du ponton de Cooper-Tillman, plus mort que vivant, avec la fièvre de la Vallée Heureuse. Longstaff n'assistait pas à la cérémonie. Avec le général et l'amiral, il s'était déjà embarqué pour Canton, avec la flotte et les transports de troupes et tous les soldats en état de combattre. La dysenterie avait décimé leurs rangs. Le vapeur *H. M. S. Némésis* avait été envoyé en avant-garde.

Sarah était assise au premier rang, sur le banc de bois brut, toute en noir et voilée de crêpe. Shevaun aussi était en noir. Et Mary, Liza, Tess et toutes les autres. Les hommes portaient leurs costumes de cérémonie, et suaient abondamment sous l'épais drap sombre.

Struan se leva pour lire les versets de la Bible, et Shevaun le contempla avidement. Elle lui avait fait ses condoléances la veille et savait que maintenant il lui fallait attendre. Dans une quinzaine de jours, tout irait mieux. Maintenant que Robb n'était plus là, elle allait être obligée de réviser son plan. Elle avait projeté d'épouser Struan rapidement et de l'emmener d'abord à Washington pour y faire la connaissance d'importantes personnalités, puis à Londres et au Parlement, mais avec le soutien de ses liens politiques américains.

Plus tard, retour à Washington, ambassadeur. Mais le plan devait être remis à plus tard, car elle savait qu'il ne partirait jamais tant que Culum ne serait pas de taille à le remplacer.

Simultanément, tandis que le sombre cortège suivait Queen's Road jusqu'au cimetière, une assourdissante procession funèbre blanche serpentait entre les murs des étroites ruelles de Tai Ping Shan en criant aux dieux la grande perte de la Noble Maison, glapissant, hurlant, pleurant, gémissant en se déchirant les vêtements, au son des tambours et des crécelles.

Et le peuple de Tai Ping Shan était énormément impressionné par les manières du Taï-pan et la grandeur de sa maison. Gordon Chen grandit à leurs yeux de toute la face de son père, car aucun des habitants de la colline chinoise n'aurait imaginé que le Taï-pan honorerait ainsi leurs dieux et leurs coutumes. Non que Gordon Chen eût besoin d'accroître sa face. N'était-il pas déjà le plus gros propriétaire de Hong Kong et ses affaires ne s'étendaient-elles pas dans tous les domaines ? Ne possédait-il pas la majorité des immeubles ? Et la compagnie des chaises à porteurs ? Trois blanchisseries, quatorze sampans de pêche, deux boutiques d'apothicaire, six restaurants, dix-neuf échoppes de cireurs, et des magasins de friperie et des cordonneries et des fabriques de couteaux... Et ne détenait-il pas une part de cinquante et un pour cent dans la première joaillerie où des orfèvres et graveurs de Canton travaillaient les pierres et les métaux précieux et le bois ?

Tout cela, à côté de sa vaste entreprise de prêts d'argent. Ayeee yah, et quel prêteur ! Chose incroyable, il était si riche qu'il prêtait de l'argent à un et demi pour cent de moins que le taux normal et monopolisait ainsi ce commerce. On chuchotait qu'il était associé avec le Taï-pan lui-même et qu'avec la mort de l'oncle barbare de nouvelles richesses lui reviendraient.

Chez les Triades, Gordon Chen n'avait nul besoin d'asseoir sa position. Ils savaient tous qui il était et lui obéissaient aveuglément. Cela dit, les Triades travaillant comme coolies, maçons, dockers, blanchisseurs, et tous les autres métiers avaient parfois aussi besoin d'emprunter de l'argent et besoin de se loger ; en conséquence, eux aussi portaient bruyamment le deuil de l'oncle barbare de leur chef. Ils savaient qu'il était bon d'être dans les bonnes grâces du Taï-pan de Tai Ping Shan.

Tout le peuple gémissait donc avec les pleureurs, appréciait hautement la tragédie de la mort et bénissait son joss d'être vivant pour pleurer, manger, aimer, gagner de l'argent et peut-être, avec du joss, devenir aussi riche et bénéficier ainsi d'une face colossale, dans la mort, devant tous les voisins.

Gordon Chen suivait le cortège. Il était très digne et déchirait ses vêtements — mais avec retenue — et criait aux dieux la grande perte dont il souffrait. Le Roi des Mendiants le suivait et, ainsi, tous deux gagnaient de la face. Et les dieux étaient contents.

Lorsque la tombe fut comblée de terre sèche et stérile, Sarah suivit Struan au canot.

« Je viendrai à bord ce soir », lui dit-il.

Sans lui répondre, elle s'installa à l'arrière et tourna le dos à l'île.

Quand le canot fut en mer, Struan retourna vers la Vallée Heureuse.

La route était encombrée de mendiants et de coolies porteurs de chaises, mais ils n'assaillaient pas le Taï-pan ; il continuait de payer le tribut mensuel au Roi des Mendiants.

Struan aperçut Culum avec Tess, au milieu de tout

le clan des Brock. Il s'approcha, souleva son chapeau pour saluer les dames et se tourna vers Culum.

« Veux-tu faire quelques pas avec moi, Culum ?

— Certainement. »

Il n'avait pas parlé à son père depuis leur retour, en tout cas pas de choses importantes comme les conséquences de la mort de Robb ou la date éventuelle de l'annonce des fiançailles. Ce n'était pas un secret qu'il avait demandé à Brock la main de Tess, à Whampoa, et qu'il avait été accepté, d'un ton bourru. Ce n'était pas un secret non plus qu'en raison du deuil soudain, l'annonce devrait attendre.

Struan salua et s'éloigna avec Culum.

Ils marchaient en silence. Ceux qui les avaient vus avec les Brock hochaient la tête, stupéfaits que Brock eût approuvé une union qui était manifestement une idée du Taï-pan.

« Bonjour, Mary », dit Struan en voyant Mary Sinclair s'avancer vers eux, avec Horatio et George Glessing.

Elle était pâle et paraissait fatiguée.

« Bonjour, Taï-pan. Pourrais-je passer vous voir cet après-midi ? Vous auriez peut-être un moment à me consacrer ?

— Sûr. Naturellement. Chez moi ? Au coucher du soleil ?

— Merci. Je ne sais pas vous dire combien je suis navrée de... de votre perte.

— Oui, dit Glessing. Une malchance terrible. »

Au cours des semaines, il était de plus en plus impressionné par Struan. Quoi, quelqu'un qui a été de la Royal Navy, qui était moussaillon à Trafalgar, était digne du plus grand respect, par Dieu ! Lorsque Culum le lui avait dit, il avait aussitôt demandé sur quel navire, mais Culum, à sa profonde stupéfaction, lui avait répondu qu'il ne l'avait pas demandé. Glessing aurait bien aimé savoir si par hasard ce n'aurait pas été sous les ordres de son père que le Taï-pan avait servi. La question était sur le bout de sa langue, mais il ne pouvait pas la poser, puisque Culum le lui avait dit en secret.

« Nous sommes tous désolés, Taï-pan, dit-il.

— Merci. Comment ça va, pour vous ?

— Très bien, merci. Beaucoup de travail, ça, c'est certain.

— Ce serait peut-être une bonne idée de mouiller en profondeur les ancres de tempête des grands bâtiments.

— Vous sentez venir une tempête ? s'écria Glessing.

— Non. Mais c'est la saison des typhons. Des fois, ils viennent de bonne heure, des fois plus tard.

— Merci du conseil. Je donnerai des ordres cet après-midi. »

Bougrement sage, se dit le capitaine. Cet homme supporte rudement bien de telles tragédies. Et il est le plus malin des marins du monde. Mary a une très haute opinion de lui, et son avis est précieux.

« Quand êtes-vous arrivé, petit ? demanda Struan à Horatio.

— Hier soir, Taï-pan. Son Excellence m'a envoyé pour le représenter aux obsèques. Je repars par la marée.

— C'est très aimable à lui, et à vous. Présentez-lui mes respects, s'il vous plaît.

— Il tenait beaucoup à avoir des nouvelles de Son Altesse. Comment va le grand-duc ?

— Pas trop mal. Il est à bord du *China Cloud*. Pourquoi n'iriez-vous pas lui faire une petite visite ? Je crois que sa hanche est abîmée mais on ne peut encore rien dire de précis. A plus tard, Mary. »

Il souleva son chapeau et s'éloigna avec Culum. Mary l'intriguait. Je suppose qu'elle veut me parler des enfants. J'espère que tout va bien. Mais qu'est-ce qu'ils ont, Horatio et Glessing ? Je ne les ai jamais vus si tendus.

« Puis-je vous accompagner à l'hôtel, Miss Sinclair ? dit Glessing. Peut-être me feriez-vous tous deux le plaisir de déjeuner avec moi ?

— J'en serais ravie, mon cher George, mais Horatio ne pourra pas se joindre à nous, dit Mary et avant que son frère pût dire un mot elle ajouta : Mon cher frère m'a dit que vous aviez demandé ma main. »

Glessing sursauta.

« Je... Oui, c'est-à-dire... J'espère... Eh bien, oui.

— J'aimerais vous dire que j'accepte.

— Seigneur ! s'écria Glessing en lui prenant la main. Je vous jure devant Dieu, Mary, par le Seigneur, par... je vous jure... »

Il se tourna pour remercier Horatio et toute sa joie s'évapora.

« Sangdieu, qu'avez-vous donc ? »

Les yeux d'Horatio étaient fixés sur Mary et brûlaient d'un feu malveillant. Il grimaçait un mauvais sourire.

« Rien, répondit-il sans la quitter des yeux.

— Vous n'approuvez pas ? s'inquiéta Glessing.

— Mais si, voyons, il est ravi. N'est-ce pas, cher frère ?

— C'est... tu es... Elle est très jeune et...

— Mais tu approuves, n'est-ce pas ? Et nous nous marierons trois jours avant Noël. Cela vous convient, George ? »

L'animosité flagrante, entre le frère et la sœur, déroutait Glessing.

« Cela vous convient-il, Horatio ?

— Je suis sûre que le Taï-pan appréciera ton approbation, Horatio », dit Mary.

Elle était heureuse d'avoir pris cette décision. Maintenant, il lui faudrait se débarrasser du bébé. Si May-may ne pouvait l'aider, alors elle serait obligée de demander au Taï-pan la faveur qu'il lui devait.

« J'accepte George, déclara-t-elle d'un air de défi, en maîtrisant sa peur.

— Soyez maudits, tous les deux », grinça Horatio.

Il s'en alla à grands pas. Glessing regarda Mary.

« Au nom du Ciel, qu'est-ce qui lui prend ? Est-ce que cela veut dire qu'il n'est pas d'accord ?

— Mais non, mon cher George. Ne vous inquiétez pas. Et pardonnez-moi d'avoir été si brusque, mais je voulais que ce fût dit tout de suite.

— Non, Mary. Pardonnez-moi. Je n'avais aucune idée que votre frère était si opposé à cette union. Si j'avais songé un instant... je n'aurais rien précipité. »

Sa joie d'être accepté était gâchée par la douleur qu'il devinait dans les yeux de Mary. Il était furieux. Furieux contre l'amiral qui le maintenait à terre, et contre Sinclair. Il se demandait comment il avait pu apprécier ce garçon. Comment osait-il être si grossier ?

« Je suis heureuse que vous soyez ici, George. »

Il vit Mary essuyer une larme et sa joie lui revint. S'il n'était pas retenu à terre, il ne pourrait pas la voir aussi souvent. Il bénit sa chance. Elle acceptait d'être sa femme et cela seul importait. Il lui offrit son bras.

« Plus de larmes, dit-il. C'est le plus beau jour de ma vie et nous allons déjeuner et célébrer l'événement. Ce soir, nous dînerons ensemble... et demain, et tous les jours. Nous annoncerons les fiançailles le mois prochain. Désormais, je veille sur vous. Si quelqu'un vous ennuie, c'est à moi qu'on devra en répondre, par Dieu ! »

Struan et Culum buvaient du cognac dans le bureau du comptoir. La pièce dallée de pierre était vaste, meublée d'un bureau de teck ciré, éclairée par des lampes de bateau. Il y avait un baromètre à côté de la porte, des tableaux de Quance aux murs, de bons fauteuils de cuir et un sofa.

A la fenêtre, Struan contemplait la rade. Sans la flotte et les transports, la baie semblait abandonnée.

De tous les clippers, il ne restait que le *China Cloud* et le *White Witch*. Il y avait quelques rares navires marchands qui n'avaient pas encore rempli leurs cales et plusieurs navires qui venaient d'arriver avec des marchandises commandées l'année précédente.

Culum examinait un tableau, accroché au-dessus de la cheminée. C'était le portrait d'une jeune Chinoise des sampans, vêtue d'une cape, un panier sous le bras, souriante. Elle était d'une beauté saisissante. Il se demanda si la rumeur disait vrai, si c'était là la maîtresse de son père, qui vivait dans sa maison, à quelques centaines de mètres.

« Je ne peux pas partir comme je l'avais projeté, maintenant, dit Struan, sans se retourner. J'ai décidé de rester. »

Culum éprouva une déception aiguë comme un stylet.

« Je saurais me débrouiller. J'en suis certain.

— Sûr. Avec le temps. »

Culum s'émerveillait de la sagesse de son ami Gorth. La veille, sur le gaillard d'arrière du *White Witch*, il lui avait dit : « Tu vas voir, mon vieux. Il ne partira jamais, à présent. Je te parie tout ce que tu voudras, il va te faire venir et t'annoncer qu'il part pas. C'est terrible à dire, mais toi et moi, nous faudra attendre des souliers d'un mort. »

Culum contempla le dos de son père.

« Je m'arrangerais bien, Taï-pan.

— Longstaff ? Jin-qua ? La guerre ? fit Struan en se retournant brusquement.

— La guerre n'est pas entre tes mains, que je sache.

— Non. Mais sans conseils, Longstaff aurait tout perdu depuis des années.

— Si tu partais, eh bien, ce ne serait pas comme si tu te lavais les mains de toute l'affaire, insista Culum en répétant ce que Gorth lui avait dit la veille. Si jamais il y avait quelque chose dont je ne saurais pas m'occuper, je te demanderais...

— Quand je partirai, petit, tu sera seul maître à bord. Les courriers mettent six mois aller et retour. Il peut se passer trop de choses en six mois. Tu as besoin d'expérience. Tu n'es pas encore prêt.

— Quand le serai-je ?

— Ça dépend de toi.

— Tu avais promis que je serais Taï-pan un an après... eh bien, un an après l'oncle Robb.

— Sûr. Si tu étais prêt. Et tu n'es pas assez prêt pour que je parte comme je le voulais. Brock et Gorth t'avaleraient tout cru. »

Oui, se dit Culum. Gorth a encore raison. Les souliers d'un mort.

« Très bien. Que puis-je faire pour prouver que j'en suis digne ?

— Rien de plus que ce que tu fais, petit. Tu as besoin d'expérience. Deux ans, trois — je te le dirai, quand j'en serai sûr. »

Culum savait qu'il ne gagnerait rien en discutant.

« Veux-tu que je reprenne les services de l'oncle Robb ?

— Sûr. Mais pour le moment ne commande rien et ne vends rien et ne renvoie personne sans mon approbation. Je te donnerai des instructions spécifiques par écrit. Aide Vargas à calculer nos pertes à la Concession et à mettre les livres en ordre.

— Quand penses-tu que nous pourrons annoncer les fiançailles ?

— Tu en as causé avec Brock ?

— Seulement quand je l'ai vu à Whampoa. Il avait suggéré la nuit de la Saint-Jean. »

Struan se rappela soudain Scragger et ce qu'il avait dit au sujet de Wu Kwok, que l'on pouvait facilement tendre une embuscade à Wu Kwok à Quemoy, la nuit de la Saint-Jean. Il savait maintenant qu'il n'avait d'autre choix que de miser sur la véracité des révélations de Scragger, et d'aller traquer Wu Kwok. Le pirate mort, ce serait un risque de moins pour Culum. Et les trois autres moitiés de pièces ? Quelles « faveurs » machiavéliques exigeraient-elles ? Et quand ? Il consulta le calendrier, sur son bureau. On était le 15 juin. La nuit de la Saint-Jean était dans neuf jours.

« Va pour la Saint-Jean, dit-il. Mais dans l'intimité... Rien que la famille, ajouta-t-il sans ironie.

— Nous avons songé au cadeau de noces que nous voudrions que tu nous fasses. C'est une idée de Tess. »

Culum tendit une feuille de papier à son père.

« Qu'est-ce que c'est ?

— Rien qu'un contrat solennel, une promesse d'oublier le passé et d'être amis. A être signé par les Brock et par les Struan.

— J'ai déjà conclu le seul marché que je ferai avec ces deux-là, déclara Struan en rendant le papier sans l'avoir lu.

— Gorth est d'accord et il dit que son père le sera.

— Ça ne m'étonne pas, tiens donc, de la part de Gorth. Mais Tyler ne signera jamais ça.

— Et s'il est d'accord, tu signeras ?

— Non.

— Je t'en supplie !

— Non.

— Nos enfants vous appartiendront à tous les deux et...

— J'ai bien réfléchi aux enfants, Culum. Et à un tas d'autres choses. Je doute fort que vos enfants aient plus tard un oncle et un grand-père du côté de leur mère, quand ils seront assez grands pour comprendre ce que valaient ces deux-là. »

Culum lui tourna le dos et marcha vers la porte.

« Culum ! Attends !

— Veux-tu nous faire le cadeau que nous te demandons, que nous te supplions de nous faire ?

— Je ne peux pas. Jamais ils n'honoreront cette signature-là. Gorth et Brock veulent ta peau et... »

Culum lui claqua la porte au nez.

Struan but encore un verre de cognac et lança le verre de toutes ses forces dans la cheminée.

Dans l'après-midi, Struan alla voir Sarah et elle lui annonça qu'elle était décidée à partir par le prochain bateau.

« Vous n'êtes pas assez forte ! Et le bébé non plus.

— Nous partons quand même. Voulez-vous prendre les dispositions, ou dois-je le faire moi-même ? Avez-vous une copie du testament de Robb ?

— Sûr.

— Je viens de le lire. Pourquoi seriez-vous l'administrateur de ma part de la Compagnie, et non moi ?

— Ce n'est pas un travail de femme, Sarah ! Mais vous n'avez pas à vous inquiéter. Vous toucherez jusqu'au dernier sou.

— Mes avocats y veilleront, Taï-pan. »

Il avait maîtrisé sa colère avec un effort.

« C'est la saison des typhons, Sarah. Ce n'est pas le moment de s'embarquer. Attendez l'automne. Vous serez plus solide.

— Nous partons immédiatement.

— A votre aise... »

Il passa ensuite voir Sergueyev. La blessure du grand-duc était enflammée mais pas gangréneuse. Donc, il y avait de l'espoir. Puis il retourna à son bureau et rédigea une dépêche pour Longstaff, lui disant qu'il avait appris que le pirate Wu Kwok serait à Quemoy la nuit de la Saint-Jean, que des frégates devraient l'y attendre, qu'il connaissait bien ces eaux et serait heureux de faire partie de l'expédition si l'amiral le désirait. Il expédia la dépêche à Horatio.

Et puis, comme il allait rentrer chez lui, les médecins militaires vinrent le voir. Ils lui annoncèrent qu'il n'y avait plus de doute. La fièvre de la Vallée Heureuse était bien la malaria...

Ce soir-là, Struan restait éveillé, dans le grand lit à colonnes, avec May-may. Les fenêtres étaient ouvertes au clair de lune et à la brise qui apportait l'air salin de l'océan. En dehors du grand tulle qui entourait le lit, quelques moustiques bourdonnaient et cherchaient à entrer. Contrairement à la plupart des Européens, Struan avait toujours utilisé une moustiquaire. Jin-qua le lui avait conseillé, il y avait de longues années de cela, en lui assurant que c'était bon pour la santé.

Struan songeait sombrement aux miasmes de la malaria, et se demandait si May-may et lui n'en respiraient pas.

« Tu veux jouer au jacquet ? proposa May-may, aussi éveillée et mal à l'aise que lui.

— Non, merci, fillette. Toi non plus, tu ne peux pas dormir ?

— Non. Ça ne fait rien. »

Le Taï-pan l'inquiétait. Il avait été bizarre, toute la journée. Et elle était tourmentée au sujet de Mary Sinclair. Cet après-midi-là, Mary était arrivée de bonne heure, avant le retour de Struan. Elle lui avait parlé du bébé et de sa vie secrète à Macao. Et même d'Horatio. Et de Glessing.

« Je suis désolée, lui avait dit Mary, en larmes. Il fallait que j'en parle à quelqu'un. Il n'y a personne à qui je peux m'adresser. Personne. »

Elles parlaient en mandarin, alors que toutes deux préféraient le cantonais.

« Allons, Mary, allons, ne pleurez pas. D'abord, nous allons prendre le thé et puis nous verrons ce qu'il faut faire. »

Elles avaient donc pris le thé et May-may avait été stupéfaite par les idées qu'avaient les barbares sur la vie, et la vie sexuelle.

« De quelle aide avez-vous besoin ?

— De l'aide pour... pour me débarrasser du bébé. Mon Dieu, il commence déjà à se voir !

— Mais pourquoi n'êtes-vous pas venue me le demander il y a des semaines ?

— Je n'en avais pas le courage. Si je n'avais pas forcé Horatio... mais devant le fait accompli, je n'oserais toujours pas. Mais maintenant... que vais-je faire ?

— Vous l'avez depuis combien de temps ?

— Près de trois mois, moins une semaine.

— C'est mauvais, ça, Mary. Il y a du danger après deux mois. »

May-may avait envisagé le problème de Mary, et supputé les risques.

« Je vais envoyer Ah Sam à Tai Ping Shan. Il paraît qu'il y a une herboriste qui pourra vous aider. Vous comprenez bien que c'est très dangereux ?

— Oui. Si vous pouvez m'aider, je ferai n'importe quoi.

— Vous êtes mon amie. Les amies doivent s'entraider. Mais vous ne devez jamais, jamais le dire à personne.

— Je vous le jure.

— Quand j'aurai les herbes, j'enverrai Ah Sam à votre esclave Ah Tat. On peut avoir confiance en elle ?

— Oui.

— Votre anniversaire, Mary, c'est quand ?

— Pourquoi ?

— L'astrologue devra trouver un jour favorable pour prendre la médecine, naturellement. »

Mary lui avait donné le jour et l'heure.

« Où prendrez-vous votre médecine ? A l'hôtel vous ne pouvez pas, ni ici. Vous aurez peut-être besoin de plusieurs jours pour vous remettre.

— A Macao. Je vais aller à Macao. A... A ma maison secrète. Là, je serai en sécurité, oui. Là-bas, ce sera bien.

— Ces médecines ne marchent pas toujours, Mary. Et ce n'est jamais facile.

— Je n'ai pas peur. Ça marchera », avait assuré Mary.

May-may se retourna.
« Qu'est-ce que tu as ? demanda Struan.
— Rien. C'est le bébé qui bouge. »
Struan posa sa main sur son ventre rond.
« Nous ferions bien de te faire examiner.
— Non, merci, Taï-pan, ça ne fait rien. Par un de ces diables barbares, merci. Pour ça, je serai comme toujours, bien chinoise. »
May-may s'installa douillettement, heureuse pour son bébé, triste pour Mary.
« Mary n'a pas bonne mine, n'est-ce pas ? dit-elle.
— Non. Cette fillette a quelque chose sur le cœur. Est-ce qu'elle t'en a parlé ? »
May-may ne voulait pas mentir, mais elle ne tenait guère à révéler à Struan une chose qui ne le regardait pas.
« Je crois qu'elle est inquiète à cause de son frère.
— Pourquoi ?
— Elle dit qu'elle veut se marier avec ce Glessing.
— Ah ! je vois. »
Struan savait que Mary était surtout venue voir May-may. Il avait à peine eu le temps de la remercier de s'être occupée des enfants qu'elle était partie.
« Je suppose qu'Horatio n'approuve pas et qu'elle veut que je lui parle, hé ? C'est pour ça qu'elle est venue ?
— Non. Son frère a donné son consentement.
— Voilà qui est étonnant.
— Pourquoi ? Ce Glessing est mauvais homme ?
— Non, fillette. Mais Horatio et Mary ne se sont jamais quittés et il va se trouver bien seul. »
Struan se demanda ce que May-may penserait si elle connaissait le secret de Mary, et sa maison de Macao.
May-may ne dit rien, et soupira en songeant aux malheurs des hommes et des femmes.
« Et les jeunes amoureux ? demanda-t-elle, en essayant de découvrir ce qui troublait vraiment Struan.

— Ça va.
— As-tu décidé ce que tu vas faire pour la fièvre du diable ?
— Pas encore. Je crois que tu devrais retourner à Macao.
— Oui, s'il te plaît, Taï-pan. Mais pas avant que tu décides, pour Hong Kong.
— Il y a du danger, ici. Je ne veux pas qu'il t'arrive quelque chose.
— Le joss, dit-elle avec un haussement d'épaules. Naturellement, notre fêng shui est très gracieusement mauvais. »
Elle se tourna vers lui et l'embrassa tendrement.
« Une fois tu m'as dit qu'il y avait trois choses que tu devais faire avant de décider pour une Tai-tai. Deux, je connais. Et la troisième ?
— Remettre la Noble Maison en des mains sûres », dit-il.
Puis il lui raconta ce que Brock avait dit, et sa discussion avec Culum le jour même.
Elle resta longtemps silencieuse, en réfléchissant au problème de la troisième chose. Et comme la solution était si simple, elle la dissimula au fond de son cœur et dit candidement :
« J'ai dit que je t'aiderais pour les deux premières, que je réfléchirais à la troisième. Cette troisième est trop pour moi. Je ne peux pas aider, hélas ! ayee yah.
— Sûr. Je ne sais pas que faire. Du moins, il y a une solution.
— La solution de mort n'est pas sage, déclara-t-elle. Très désagement dangereuse. Les Brock l'attendent. Tout le monde. Et tu risques la vengeance de vos terribles lois qui demandent œil pour œil ce qui est de la folie folle. Tu ne dois pas le faire, Taï-pan. Et je te conseille en outre de donner à ton fils et à ta future fille le présent qu'ils désirent.
— Je ne peux pas faire ça, bon dieu ! Ce serait comme si je tranchais moi-même la gorge de Culum !

— Quand même, c'est mon conseil. Et je conseille en outre mariage fantasticalement rapide.

— Il n'en est pas question, explosa-t-il. Ce serait de très mauvais goût, une insulte à la mémoire de Robb, et ridicule !

— Je suis tout à fait d'accord avec toi, mais il me semble me souvenir que suivant la coutume barbare — qui pour une fois suit la coutume chinoise très sage — la fille vient dans la maison du mari. Pas le contraire, heya ? Alors plus immédiatement la fille Brock sort de dessous le pouce de Gorth, plus vitement les Brock perdent le contrôle sur ton fils.

— Quoi ?

— Sûr, tiens quoi ! Pourquoi faire ton fils est tellement fou dans la tête ? Il a besoin de la coucher au lit fantasticalement pressé. »

Elle éleva la voix en voyant Struan se redresser brusquement.

« Allez, ne viens pas me discuter, nom de dieu, mais écoute-moi et après je t'écouterai bien. C'est ça qui le rend fou malade, parce que le pauvre garçon a froid et s'ennuie et ne couche pas, tout seul la nuit. C'est un fait. Pourquoi toi tu dis non, heya ? Je dis oui. Il est frénétique brûlant. Alors il écoute la langue pendante toutes les folies que dit Gorth. Moi, si j'étais lui, je ferais pareil parce que le frère a du pouvoir sur la sœur ! Mais laisse le fils Culum avoir la fille, et après est-ce que ton Culum passera des heures et des foutues heures à écouter frère Gorth ? Que non, par Dieu ! Toutes les minutes, il les passera au lit à caresser et s'amuser et s'épuiser et faire des bébés et il détestera toutes les interruptions, de toi, de Brock ou de Gorth. C'est pas vrai ?

— Sûr, murmura-t-il. Sûr. Je t'aime pour ton astuce.

— Tu m'aimes parce que je te rends tout fou pour dormir avec moi, dit-elle en riant, très satisfaite d'elle-même. Ensuite. Tu les occupes à construire *leur* maison. Demain. Mets leurs esprits là-dessus et loin de fan-quai Gorth. Elle est jeune, heya ? Alors la pensée d'une maison à elle sera fantasticale occupation pour son esprit. Les Brock seront fâchés et ils commenceront à dire quel genre de maison et tout, ce qui la fâchera, elle, et l'amènera plus près de toi qui lui donnes sa maison. Gorth doit sûrement s'opposer mariage vite-vite — ainsitement tourner Culum contre lui parce qu'il perdra, comment tu dis ? Son atout.

— Son atout ! s'écria-t-il en la serrant joyeusement dans ses bras. Tu es fantasticale ! J'aurais dû y songer moi-même. Il y a une nouvelle vente de terres la semaine prochaine. Je t'achèterai une parcelle de bord de mer. Pour ta sagesse.

— Heuh ! protesta-t-elle. Tu crois que je protège mon homme pour de la sale terre ? Une seule misérable parcelle ? Pour des taels d'argent ? Pour du jade ? Qu'est-ce que c'est à ton idée cette précieuse May-may, hé ? Un sale morceau de viande de putain ? »

Elle continua ainsi et finit par se laisser attendrir, fière qu'il comprenne l'importance qu'avait la terre pour une personne civilisée, et reconnaissante de lui donner tant de face en faisant semblant de ne pas savoir à quel point elle était heureuse.

La chambre était silencieuse, à présent, sauf pour le léger bourdonnement des moustiques.

May-may se pelotonnait contre Struan, en songeant à la solution de la troisième chose. Elle décida d'y réfléchir en mandarin plutôt qu'en anglais parce qu'elle en connaissait mal les subtilités. Les « nuances », ils disent, pensa-t-elle. Comment dire ça en barbare ? La solution de la troisième question exigeait une réelle subtilité chinoise et des nuances parfaites.

La solution est si délicieusement simple, se dit-elle joyeusement. Assassiner Gorth. Le faire assassiner de telle façon que personne ne soupçonnera que les assassins sont autre chose que des bandits ou des pirates. Si c'est exécuté clandestinement, de cette façon, un des dangers de mon Taï-pan est éliminé ; Culum est protégé de risques futurs ; et le père Brock ne peut rien faire parce qu'il est lié par l'incroyable et absolue valeur du serment barbare, du serment « sacré ». Si simple. Mais plein de danger. Je dois faire très attention. Si jamais mon Taï-pan l'apprend, il me traînera devant un des juges barbares — cet affreux Mauss, probablement ! Mon Taï-pan m'accusera, moi, sa concubine adorée ! Et je serai pendue. Ridicule !

Que c'était ridicule d'avoir une même loi pour tous, les riches comme les pauvres ! A quoi servait de travailler et de suer sang et eau pour devenir riche et puissant ?

Voyons, quel serait le meilleur moyen ? se demanda-t-elle. Je ne connais rien de l'assassinat. Comment l'exécuter ? Quand ? Où ?

May-may passa la nuit sans dormir. A l'aube, elle imagina le meilleur procédé. Et puis elle dormit comme une enfant.

## 29

A LA Saint-Jean, la Vallée Heureuse était plongée dans le désespoir. La malaria continuait à faire des ravages, mais l'épidémie était irrégulière. Dans une même maison, tous n'étaient pas touchés. Dans un même quartier, toutes les habitations n'étaient pas frappées.

Les coolies refusaient d'aller dans la Vallée Heureuse avant que le soleil ne soit haut dans le ciel, et ils regagnaient Tai Ping Shan avant le crépuscule. Struan, Brock et tous les marchands se demandaient à quel saint se vouer. Il n'y avait rien à faire — à part déménager, et l'exode serait un désastre. Rester risquait d'être encore plus désastreux. Et bien qu'il y en eût beaucoup pour affirmer que ce ne pouvait être une terre souillée ou l'air pollué de la nuit qui apportaient la malaria, seuls ceux qui dormaient dans la vallée continuaient d'être atteints. Les dévots croyaient, comme Culum, que c'était une manifestation divine, et ils redoublaient de prières au Tout-Puissant. Les athées haussaient les épaules, en accusant le joss, mais ils avaient tout aussi peur. De plus en plus nombreuses, les familles regagnaient les navires, et Queen's Town devint une ville fantôme.

Mais ce désespoir ne touchait pas Longstaff. Il était revenu de Canton la veille, à bord du navire amiral, tout auréolé de succès, et comme il vivait à bord et n'avait nulle intention de résider dans la Vallée Heureuse, il savait qu'il était hors d'atteinte des miasmes nocturnes empoisonnés.

Il avait obtenu tout ce qu'il était parti chercher, et plus encore.

Le lendemain de l'investissement de Canton, les six millions de taels exigés avaient été payés dans leur totalité, et il avait levé l'ordre d'attaque. Mais il avait ordonné des préparatifs pour une guerre à outrance dans le Nord. Et cette fois, ils iraient jusqu'au bout, jusqu'à la ratification du traité. Dans quelques semaines les renforts promis arriveraient des Indes, et l'armada cinglerait de nouveau vers le Pei-ho, et Pékin, et l'Orient ouvrirait enfin ses portes.

« Oui, absolument, dit-il à haute voix, en s'admirant dans la glace de sa cabine à bord du *H. M. S. Vengeance*. Tu es vraiment fort astucieux, mon cher ami. Mais oui. Beaucoup plus que le Taï-pan et pourtant il est l'astuce personnifiée. Malgré tout, ajouta-t-il en regardant l'heure et en constatant que Struan n'allait pas tarder, inutile de laisser ta main droite savoir ce que fait ta main gauche, hé ? »

Longstaff avait du mal à croire qu'il avait organisé si aisément l'achat des graines de thé. Du moins, rectifia-t-il généreusement, c'est Horatio qui l'a organisé. Je me demande pourquoi il perd la tête parce que sa sœur veut épouser Glessing. Il me semble que c'est un excellent parti. Après tout, elle est assez insignifiante et terne... encore qu'au bal elle m'a étonné. Mais c'est un sacré coup de chance, quoi ? qu'il ne puisse souffrir Glessing. Et un sacré coup de chance qu'il ait toujours détesté le trafic d'opium. Et très astucieux de ma part de lui avoir ainsi présenté l'idée — le hameçon appâté avec l'élimination de Glessing.

« Parole d'honneur, Horatio, avait-il dit huit jours plus tôt à Canton, une affaire damnable, ce trafic d'opium, quoi ? Et tout ça parce que nous devons payer le thé en argent pur. Dommage que les Indes britanniques n'en fassent pas pousser, quoi ? Alors on n'aurait plus besoin d'opium. Nous le mettrions tout simplement hors la loi, on sauverait les païens, hé ? Planter parmi eux des graines de vertu, au lieu de cette sale drogue. Et alors la flotte pourrait rentrer chez nous et nous vivrions dans la paix et la félicité éternelles. »

En deux jours, Horatio s'était démené, puis il l'avait pris à part et lui avait fait part avec enthousiasme de l'idée de génie qu'il avait eue : se procurer des graines de thé en Chine et les expédier aux Indes. Longstaff avait exprimé sa stupéfaction admirative, d'une façon convaincante, et puis il s'était laissé persuader.

« Mais grands dieux, Horatio ! Comment diable allons-nous nous procurer des graines de thé ?

— Voilà ce que je pensais. Je m'entretiendrai en privé avec le vice-roi Ching-so, Excellence. Je lui dirai que vous êtes passionné de jardinage, que vous avez l'intention de faire de Hong Kong un véritable jardin. Je demanderai vingt-cinq kilos, chaque, de graines de mûriers, de cotonniers, de riz de printemps, de camélias et d'autres fleurs, ainsi que de thés assortis. Comme ça il ne soupçonnera pas que c'est le thé qui nous intéresse.

— Mais, Horatio, c'est un homme très intelligent. Il doit bien savoir que peu de ces plantes pousseront à Hong Kong !

— Naturellement. Mais il le mettra sur le compte de la stupidité barbare !

— Mais comment arriver à lui faire garder le secret ? Ching-so le dira aux mandarins, ou au Cohong, et ils en parleront sûrement aux marchands. Vous savez bien que ces sacrés brigands remueraient ciel et terre pour empêcher la réalisation de votre idée. Ils comprendront certainement où nous voulons en venir. Et le Taï-pan ? Vous vous doutez bien que ce que vous proposez le mettra en faillite ?

— Il est assez riche, Excellence. Nous devons écraser la malédiction de l'opium ! C'est notre devoir.

— Oui. Mais les Chinois comme les Européens seront implacablement opposés à ce projet. Et quand Ching-so comprendra ce que vous avez en tête, et c'est inévitable, eh bien, ma foi, vous n'aurez pas vos graines. »

Horatio avait réfléchi un moment.

« Oui, mais si je disais qu'en échange de cette faveur qu'il me ferait, car je veux que vous, mon estimé supérieur, soyez heureux du cadeau surprise, si je lui disais que moi, qui dois compter les caisses d'argent et signer le reçu, je pourrais peut-être, ma foi, oublier un coffre... alors on serait sûr qu'il garderait le secret.

— Quelle est la valeur d'un coffre ?

— Quarante mille taels d'argent.

— Mais les lingots appartiennent au gouvernement de Sa Majesté, Horatio !

— Naturellement. Dans nos négociations, nous pourrions nous assurer, secrètement, qu'il y a un coffre supplémentaire non officialisé, donc la Couronne ne perdrait rien. Les graines seraient votre don au gouvernement de Sa Majesté, Excellence. Je serais très honoré si vous disiez que c'est vous qui avez eu l'idée. D'ailleurs, j'en suis sûr. Vous avez dit quelque chose qui me l'a suggérée. Et il est juste qu'on vous en reconnaisse le mérite. Vous êtes le ministre plénipotentiaire, après tout.

— Mais si votre projet réussit, alors non seulement vous détruisez le commerce de Chine mais vous-même. Cela n'a pas de raison.

— L'opium est un vice abominable, Excellence. Tous les risques que nous prendrons se justifient. Mais ma fonction dépend de votre réussite, et non de l'opium.

— Cette réussite sonne le glas de Hong Kong.

— Il faudra des années pour que le thé s'acclimate ailleurs. Hong Kong durera autant que vous. Hong Kong sera le centre du commerce asiatique. Qui sait ce qui peut arriver, avec le temps ?

— Alors, si je comprends bien, vous voulez que je me renseigne auprès du vice-roi des Indes sur les possibilités de la culture du thé, là-bas ?

— Quel autre que vous, Excellence, pourrait mener l'idée, votre idée, à bonne fin ? »

Longstaff s'était laissé persuader et avait fait jurer le secret à Horatio.

Dès le lendemain, Horatio annonçait joyeusement :

« Ching-so accepte ! Il dit que d'ici six semaines à deux mois, les coffres de graines seront livrés à Hong Kong, Excellence. Maintenant, pour que tout soit parfait pour moi, il faudrait que Glessing soit renvoyé immédiatement en Angleterre. Je crois que pour Mary ce n'est qu'une toquade. Dommage qu'elle n'ait pas un an ou deux pour savoir vraiment ce qu'elle veut, sans subir l'influence quotidienne de Glessing... »

Longstaff rit en songeant à la maladroite tentative de subtilité du jeune homme. Glessing devrait peut-être partir. La petite est mineure et Horatio se trouve dans une situation difficile. Ma foi, j'y songerai. Quand les graines auront pris la route des Indes.

Il vit par le hublot le canot de Struan qui approchait. Le Taï-pan était assis au milieu, l'air sombre. Sa gravité rappela la malaria à Longstaff. Que faire ? Mon Dieu, que faire ? Ça flanque par terre toute la stratégie de Hong Kong, quoi ?

Struan attendit patiemment que Longstaff finît de parler.

« Parole d'honneur, Dirk, on aurait dit que Ching-so savait exactement quelle somme nous allions demander. La rançon a été réunie instantanément. Six millions de taels. Il a fait mille excuses pour le pillage de la Concession, en accusant ces sacrés anarchistes, les Triades. Il a ouvert une enquête et il espère les anéantir une fois pour toutes. Il paraît qu'ils ont arrêté un de leurs chefs. S'il n'arrive pas à lui tirer les vers du nez, personne n'y arrivera jamais. Il a promis de me donner tout de suite les noms des Triades d'ici. »

Struan se détourna du hublot et se laissa tomber dans un fauteuil de cuir.

« C'est excellent, Will. Je dirais que vous avez fait un travail magnifique. Remarquable. »

Longstaff se sentit très flatté.

« Je reconnais que tout s'est bien passé. Ah ! au fait. Le renseignement que vous m'avez envoyé au sujet du pirate Wu Kwok. J'aurais préféré que vous commandiez la flottille, mais l'amiral a été intraitable. Il y va lui-même.

— C'est son droit. Espérons qu'il fera de la belle ouvrage ce soir. Je dormirai plus tranquille quand ce démon sera allé par le fond.

— Très juste.

— Maintenant, tout ce qu'il vous reste à faire, c'est sauver Hong Kong, Will. Vous seul pouvez le faire, dit Struan en espérant que Longstaff se laisserait persuader de mettre à exécution le plan auquel il avait fini par s'arrêter pour les sauver tous. Je crois qu'il serait bon que vous ordonniez l'abandon immédiat de la Vallée Heureuse.

— Bonté divine, Dirk, s'écria Longstaff, si je fais ça, mon Dieu, mais cela équivaudrait à abandonner Hong Kong !

— Il y a la malaria à Queen's Town. Du moins dans la Vallée Heureuse. Donc elle doit être abandonnée.

— Je ne peux pas faire ça. Je serais responsable de toutes les pertes.

— Sûr. Vous avez décidé d'employer les six millions pour dédommager tout le monde.

— Dieu du Ciel, c'est impossible ! L'argent appartient à la Couronne. La Couronne, seule, peut décider ce qu'il convient d'en faire !

— Vous estimez que Hong Kong est trop précieux. Vous savez que vous devez agir vite. C'est un geste digne d'un gouverneur.

— Non, Dirk, je ne peux pas. Pas du tout. C'est absolument impossible, hors de question. »

Struan se leva et alla à la desserte verser deux verres de xérès.

« Votre réputation à la Cour est liée à Hong Kong. Toute votre politique asiatique — et par conséquent la politique asiatique de la Couronne — est braquée sur Hong Kong. A juste titre. Sans la sécurité de Hong Kong, le gouverneur, agissant au nom de Sa Majesté, ne pourra pas dominer l'Asie comme il le doit. Sans une ville bel et bien construite, il n'y a pas de sécurité, ni pour vous ni pour la Couronne. La Vallée Heureuse est morte. Donc une ville nouvelle doit être construite, rapidement. Si vous remboursez immédiatement ceux qui ont déjà construit, vous restaurez aussitôt la confiance. Tous les marchands vous soutiendront, et vous aurez besoin d'eux dans l'avenir. N'oubliez pas, Will, que beaucoup d'entre eux ont de l'influence à la Cour. C'est un geste grandiose, digne de vous. D'ailleurs, le remboursement est payé par les Chinois, au fond.

— Je ne comprends pas.

— D'ici trois mois, vous serez aux portes de Pékin, commandant en chef d'une armée invincible. Mettons que l'expédition coûte quatre millions. Ajoutez six millions pour le pillage de la Concession. Dix millions. Mais vous réclamez quatorze millions, ce qui sera une indemnité raisonnable. Les quatre millions supplémentaires représenteront la base du trésor de votre gouvernement de Hong Kong, en faisant ainsi une des trésoreries les plus riches de l'Empire colonial. En réalité, au lieu de quatorze millions, vous en demanderez vingt. Les six millions supplémentaires vous remboursent ceux que vous avez, fort astucieusement,

« investis » à Hong Kong, au nom de la Couronne. N'oubliez pas. Sans une base sûre, vous n'oserez pas lancer l'attaque au Nord. Sans la sécurité de Hong Kong, l'Angleterre est morte, en Asie. Et vous aussi. Vous avez entre vos mains tout l'avenir de l'Angleterre, Will. C'est bien simple. »

Struan voyait presque les idées se mêler dans l'esprit de Longstaff. C'était la seule solution possible. Le seul moyen de sauver à la fois la face et l'île. Et dès qu'il vit Longstaff ouvrir la bouche pour répondre, il le devança :

« Une dernier point, Will. Vous récupérez l'argent immédiatement, ou presque tout.

— Hé ?

— Vous faites tout de suite une vente de terres. Les enchères seront frénétiques, pour les nouvelles parcelles. Où ira l'argent ? Dans le trésor de votre gouvernement. Vous gagnez sur tous les tableaux. La terre que vous vendez ne vous coûte rien. Vous savez que vous avez un urgent besoin d'argent pour résoudre tous les problèmes du gouvernement, les salaires des fonctionnaires, la police, le palais, les routes, les tribunaux, le port, mille autres choses. Allons, c'est un geste d'homme d'État génial. Vous devez prendre votre décision tout de suite parce que si vous attendez six mois qu'une réponse à une dépêche arrive d'Angleterre, Hong Kong sera perdu. Et puis, par-dessus tout, vous démontrez très nettement à Sergueyev que l'Angleterre a l'intention de s'implanter définitivement en Asie. Je crois, Will, que votre habileté impresionnerait fort le Cabinet, et la reine elle-même. Des honneurs vous seraient conférés. »

La cloche du bord piqua huit coups. Longstaff tira sa montre de son gousset. Elle retardait, et il ramena les aiguilles à midi, en essayant de trouver une faille dans le raisonnement de Struan. Il n'en voyait pas et se sentait mal à l'aise à l'idée que, sans le Taï-pan, il n'aurait rien fait pour résister à la malaria, sauf éviter la vallée, en espérant qu'un remède serait inventé par miracle. Eh non, il n'y avait pas de faille. Mon Dieu, se dit-il, tu as failli compromettre un avenir brillant. Naturellement, j'outrepasse les ordres, mais les gouvernements et les plénipotentiaires détiennent des pouvoirs tacites. Nous ne pouvons pas attendre l'année prochaine pour circonvenir les mécréants aux volontés de Sa Majesté. Non, non. Et l'idée des graines de thé s'intègre très bien dans le dessein, et démontre une prévoyance dépassant de loin celle du Taï-pan !

Longstaff mourait d'envie de parler des graines à Struan, mais il se maîtrisa.

« Je crois que vous avez raison. Je vais faire faire la proclamation tout de suite.

— Pourquoi n'ordonneriez-vous pas une réunion des taï-pans pour demain ? Donnez-leur deux jours pour présenter leur note de frais à votre trésorier. Fixez la date de la vente des terres dans huit jours. Cela vous donnera assez de temps pour les faire arpenter. J'imagine que vous voudrez que la nouvelle ville soit à la pointe de Glessing ?

— Oui. C'est mon avis. C'est le meilleur site. Et, après tout, c'est celui que nous avions envisagé au début. Comme toujours, Dirk, je suis heureux de vos conseils. Vous déjeunez avec moi, bien sûr ?

— Je crois que je ferais mieux de partir. Sarah part pour l'Angeterre par la marée de demain, à bord du *Calcutta Maharadjah*, et il y a beaucoup à faire.

— Un drame affreux. Robb et votre nièce, je veux dire. »

Longstaff servit du xérès et tira le cordon de sonnette. La porte s'ouvrit quelques instants plus tard.

« Excellence ? dit le capitaine d'armes.

— Demandez au général s'il déjeune avec moi.

— Oui, Excellence. Mais je vous demande pardon, il y a là Mrs. Quance qui demande à vous voir. Et son mari. Et puis il y a tous ceux-là (il débita une longue liste de noms) qui sont passés demander des rendez-vous. A Mrs. Quance ? Je dis que vous êtes occupé ?

— Non. Mieux vaut la recevoir tout de suite. Je vous en prie, Dirk, ne partez pas encore. Je crains d'avoir besoin d'un soutien moral. »

Maureen Quance entra lourdement, Aristote dans son sillage. Il avait le regard terne, les yeux cernés ; ce n'était plus qu'un pauvre petit homme gris. Même ses vêtements avaient perdu leur éclat.

« Bonjour, Mrs. Quance, dit Longstaff.

— Bien le bonjour à Votre Excellence et les saints du bon Dieu la préservent en cette belle journée.

— Bonjour, Excellence, souffla Aristote d'une voix sans timbre, en baissant les yeux.

— Et bien le bonjour à vous, Taï-pan, reprit Maureen. Avec la grâce de saint Patrick, y aura le règlement de votre petite note dans quelques jours.

— Rien ne presse. Bonjour, Aristote. »

Aristote Quance leva lentement les yeux vers Struan. Ils brillaient de larmes.

« Elle a brisé tous mes pinceaux, Dirk, murmura-t-il en réprimant un sanglot. Ce matin. Tous. Et elle... elle a jeté ma boîte de peinture à la mer. Et mes couleurs.

— C'est pour ça qu'on vient vous voir, Excellence, déclara Maureen. Mr. Quance a décidé de renoncer à ses folies de barbouillages, à la fin finale. Il veut s'établir, dans un bon emploi bien stable et régulier. Et c'est au sujet de cet emploi qu'on est venus. N'importe quoi, soupira-t-elle en toisant son mari. Du moment que c'est stable et que le salaire est raisonnable. Un emploi de bureau, peut-être bien, Excellence. Le pauvre Mr. Quance n'a guère d'expérience.

— Je... Euh... C'est ce que vous voulez, Aristote ?

— Elle a cassé mes pinceaux. C'était tout ce que j'avais. Mes couleurs et mes pinceaux.

— Nous sommes bien d'accord, mon joli monsieur, voyons donc ? Par tout ce qu'il y a de sacré ? Hein ? Plus de barbouillages. Un bon emploi bien stable, et tu fais ton devoir pour nourrir ta famille, et plus de guilledou.

— Oui, souffla tristement Aristote.

— Je serais heureux d'offrir un poste, Mrs. Quance, intervint Struan. J'ai besoin d'un employé aux écritures. Cinquante shillings par semaine. Et votre logement sur le ponton pendant un an. Ensuite, vous devrez vous arranger.

— Que les saints vous gardent, Taï-pan. Accepté. Remercie le Taï-pan, maintenant, dit Maureen.

— Merci, Taï-pan.

— Soyez demain matin à sept heures au bureau, Aristote. Sans retard.

— Il y sera, Taï-pan, vous avez pas à vous tourner les sangs. J'appelle sur vous la bénédiction de saint Pierre en ces temps troublés, pour avoir pitié d'une pauvre femme et de ses enfants affamés. Bien le bonjour à vous deux, messieurs. »

Ils partirent. Longstaff se versa à boire.

« Dieu de Dieu. A ne pas croire. Pauvre, pauvre Aristote. Vous allez réellement faire un employé d'Aristote Quance ?

— Sûr. Vaut mieux que ce soit moi qu'un autre. J'ai besoin de personnel, dit Struan, très satisfait de lui-même. Je ne suis pas homme à me mêler des affaires entre un homme et sa femme. Mais une personne qui fait ça à ce vieil Aristote ne mérite pas le nom de « femme », bon dieu ! »

Longstaff sourit brusquement.

« Je détacherai un bâtiment, si cela peut rendre service. Toutes les ressources du gouvernement de Sa Majesté sont à votre disposition. »

Struan sauta vivement du canot à terre, héla une chaise à porteurs et donna des instructions aux coolies.

« Attendre, heya, savvez ? dit-il, arrivé à destination.

— Savvez, Massi. »

Il passa devant le portier étonné et entra directement dans le salon de la maison. La pièce était richement meublée — grand sofa, rideaux fleuris, tapis épais, miroirs, bibelots. Il entendit un frou-frou soyeux et des pas légers. Une petite vieille dame écarta le rideau de perles. Elle était très soignée, distinguée, avec des cheveux gris, de grands yeux et des lunettes.

« Bonjour, Mrs. Fotheringill, dit courtoisement Struan.

— Et bien, Taï-pan, ça fait plaisir de vous voir. Il y a bien des années que nous n'avons pas eu le plaisir de votre compagnie. Il est un peu tôt pour les visites, mais les petites sont en train de se rendre présentables. »

Elle sourit en révélant un dentier jauni.

« Ma foi, Mrs. Fotheringill, je...

— Je comprends tout à fait, Taï-pan. Il vient un temps dans la vie de tout homme, où...

— Il s'agit d'un de mes amis.

— Ne vous inquiétez pas, Taï-pan. Dans notre établissement, le secret est de rigueur. Ne craignez rien. Nous allons vous arranger ça en un instant. »

Elle se leva, claqua des mains et cria :

« Mesdemoiselles !

— Asseyez-vous et écoutez-moi donc ! C'est au sujet d'Aristote !

— Ah ! Le pauvre bougre est dans de jolis draps ! »

Struan lui expliqua ce qu'il voulait et les filles furent tristes de le voir partir.

Dès qu'il rentra chez lui, May-may le considéra d'un air soupçonneux.

« Pourquoi faire tu vas visiter le bordel, heya ? »

Il soupira et le lui expliqua.

« Et tu crois que je vais croire ça, heya !

— Sûr. Je te le conseille.

— Je te crois, Taï-pan.

— Alors ne me regarde plus comme un dragon ! »

Il entra dans sa chambre. May-may le suivit et ferma la porte.

« Bon, déclara-t-elle. Maintenant, on va voir si tu dis la vérité. On fait l'amour tout de suite. Follement je te désire, Taï-pan.

— Merci, j'ai à faire, répondit-il en se retenant difficilement d'éclater de rire.

— Ayee yah t'as à faire. Nous faisons l'amour immédiat. Je vois bientôt si une sale putain a pris ta force, nom de dieu. Et alors ta vieille mère aura un mot à te dire, bon dieu. »

Elle déboutonnait rapidement les petits boutons de sa tunique, laissant tomber son pantalon de soie. Ses boucles d'oreilles tintaient comme des clochettes.

« Toi aussi, tu as à faire, lui dit Struan.

— Beaucoup, oui. Et je te conseille te remuer pas mal beaucoup vite-vite. »

Il la contempla, sans rien laisser voir de son bonheur. Son ventre s'arrondissait doucement. Il la prit violemment dans ses bras et l'embrassa en la serrant très fort.

« Attention, Taï-pan, haleta-t-elle. C'est pas une de tes géantes barbares aux gros seins ! Les baisers ne prouvent rien. Ote les vêtements, qu'on voie un peu la vérité. »

Il l'embrassa encore, et elle murmura d'une voix changée :

« Enlève tes habits. »

Il se souleva sur un coude et la contempla, se pencha, frotta son nez contre le sien. Puis il lui dit gravement :

« Nous n'avons pas le temps. Je dois aller à une réception de fiançailles et tu dois faire tes bagages.

— Pour quoi faire, les bagages ? s'écria-t-elle.

— Tu déménages pour t'installer sur le *Resting Cloud*.

— Pourquoi ?

— Notre fêng shui est mauvais ici, fillette.

— Oh ! bien. Oh ! terrifical bien. On s'en va d'ici ! Pour de bon ? Jamais revenir ?

— Sûr. »

Elle lui jeta les bras autour du cou, l'embrassa et se hâta de se rhabiller.

« Je croyais que tu voulais faire l'amour, dit-il.

— Heu ! Pourquoi faire cette preuve ? Je te connais trop bien. Même si tu as eu la putain il y a une heure, tu es assez taureau pour faire croire ce que tu veux à ta pauvre vieille mère. Moi, je fais vite les bagages. Ah ! c'est bon de quitter le mauvais fêng shui ! »

Elle courut à la porte et glapit le nom d'Ah Sam. Les deux domestiques arrivèrent en courant et après un tumulte de cris et d'ordres, Ah Sam et Lim Din partirent en prenant joyeusement les dieux à témoin. May-may revint s'asseoir sur le lit et s'éventa.

« Je fais mes bagages, dit-elle joyeusement. Maintenant, je t'aide à t'habiller.

— Merci, mais je suis capable de le faire tout seul.

— Alors je regarderai. Et je te frotterai le dos. Le bain attend. Je suis très gracieusement heureuse que tu aies décidé de partir. »

Elle continua de bavarder avec exubérance, tandis qu'il se baignait et se changeait. Elle lui frotta le dos, l'enveloppa de serviettes chaudes, sans cesser de se demander s'il avait eu une fille, après avoir pris ses dispositions pour le drôle de petit artiste qui avait fait d'elle un si beau portrait. Bah ! ça m'est égal, pensait-elle, mais il ne devrait pas aller dans ces endroits-là. Très mauvais pour sa face. Et pour la mienne. Les méchantes langues vont dire que je ne sais pas m'occuper de mon homme. Oh ! dieux, protégez-moi des méchantes rumeurs et de toutes les sales vilaines filles de toute espèce.

Le soir tombait lorsque Ah Sam et Lim Din furent prêts ; tout le monde était épuisé. Des coolies portèrent les bagages au port. D'autres attendaient patiemment devant la chaise à porteurs fermée qui transporterait May-may au canot.

Elle était couverte d'un voile épais. A la porte du jardin, elle s'arrêta un instant et se retourna sur sa première maison de Hong Kong. S'il n'y avait eu le mauvais fêng shui, et la fièvre qui faisait partie du fêng shui, elle aurait eu gros cœur de partir.

La soirée était douce. Quelques moustiques bourdonnaient. L'un d'eux se posa sur la cheville de May-may ; elle ne le sentit pas.

Le moustique se gorgea de sang, puis s'envola.

Struan entra dans la vaste cabine du *White Witch*. Tous les Brock l'attendaient, sauf Lillibet que l'on avait déjà envoyée au lit. Culum était à côté de Tess.

« Bonsoir, dit Struan. Sarah vous prie de l'excuser. Elle ne se sent pas très bien.

— Bienvenu à bord », grommela Brock.

Il avait la mine sombre, la voix dure, le regard inquiet.

« Eh bien, lui dit Struan, c'est pas une tête à faire en ce beau jour !

— Pas question de ça, et tu le sais bien, bon dieu. Nous sommes tous ruinés — tout au moins terriblement touchés par cette foutue malaria du diable.

— Sûr. »

Struan sourit à Culum et à Tess et, remarquant leur affliction, il décida de leur faire part tout de suite de la bonne nouvelle.

« J'ai entendu Longstaff ordonner l'abandon de Queen's Town, dit-il négligemment.

— Par le sang du Christ ! rugit Gorth. Nous ne pouvons pas abandonner. Nous avons mis trop d'argent dans la terre et les constructions. Nous ne pouvons pas partir. Si vous aviez pas choisi cette maudite vallée, bon dieu, nous n'en...

— Tiens ta langue, lui dit sèchement son père, puis il se tourna vers Struan. T'as encore plus à perdre que nous autres, bon dieu, et pourtant tu es là avec le sourire aux lèvres. Pourquoi ?

— Père, intervint Tess, terrifiée à l'idée qu'une dispute pouvait gâcher la soirée et les faire revenir sur leur incroyable approbation de cette union, ne pourrions-nous boire ? Le champagne est assez frais.

— Oui, bien sûr, Tess, mon trésor. Mais est-ce que tu comprends ce que Dirk a dit là ? Nous allons perdre des sommes d'argent terribles. Si nous devons abandonner, alors notre avenir est noir comme la poix. Et le sien aussi, nom de dieu.

— L'avenir de la Noble Maison est aussi blanc que les falaises de Douvres, dit posément Struan. Non seulement le nôtre, mais le vôtre aussi. Longstaff va rembourser tout le monde de l'argent dépensé à la Vallée Heureuse. Jusqu'au dernier *penny*. En espèces.

— C'est pas Dieu possible ! s'exclama Brock.

— C'est un mensonge, bon dieu », s'écria Gorth.

Struan se tourna vers lui.

« Un petit conseil, Gorth. Me traite pas de menteur plus d'une fois. »

Puis il leur expliqua ce que Longstaff comptait faire.

Culum était saisi de crainte respectueuse devant la beauté de cet arrangement. Il comprenait fort bien que si son père n'avait pas laissé entendre qu'il avait influencé Longstaff, il avait eu sa part dans cette affaire. Il se rappela sa première rencontre avec Longstaff, et comment son père l'avait manipulé comme un pantin. La confiance de Culum en lui-même fut ébranlée. Il voyait que ce que lui avait dit Gorth n'était pas tout à fait vrai, et que jamais il ne saurait mener Longstaff comme le faisait son père — pour les sauver tous.

« C'est presque un miracle, murmura-t-il en serrant la main de Tess.

— Par tout ce qu'il y a de sacré, Taï-pan, clama Gorth, je retire ce que je viens de dire. Mes excuses. Je parlais sous l'effet du choc. Ouais, mon chapeau, je vous tire. Y a pas.

— Dirk, assura Brock, me voilà heureux de t'avoir dans la famille. Tu nous as tous sauvés et c'est la vérité du bon Dieu.

— Je n'ai rien fait du tout. C'est une idée de Longstaff.

— C'est ça, dit ironiquement Brock. On le remercie bien. Liza, à boire, nom de dieu. Dirk, tu nous as donné une sacrée bonne raison de célébrer cette journée. Tu nous as réchauffé le cœur. Alors buvons et chantons. »

Il prit un verre de champagne et quand tout le monde fut servi il le leva en criant :

« A Tess et Culum, et qu'ils puissent toujours avoir belle mer et bonne rade ! »

Ils burent tous, puis Brock serra la main de Culum et Struan embrassa Tess, dans une atmosphère d'amitié.

Mais ce n'était que provisoire. Ils le savaient tous. Ce soir, cependant, ils consentaient à l'oublier. Seuls, Tess et Culum se sentaient en sécurité.

Ils s'assirent autour de la table. Tess portait une robe qui avantageait son jeune corps de femme, et Culum la dévorait des yeux. On versa de nouveau du vin et il y eut de nombreux toasts, et des rires.

Struan profita d'un instant de silence pour tirer de sa poche une grande enveloppe et la remettre à Culum.

« Un petit cadeau pour tous les deux, dit-il.

— Qu'est-ce que c'est ? » demanda Culum.

Il ouvrit l'enveloppe. Elle contenait une liasse de papiers, dont un couvert de caractères chinois. Tess se pencha sur son épaule.

« C'est le titre de propriété d'une terre juste au-dessus de la pointe de Glessing.

— Mais il y a jamais point eu de terres de vendues, là-haut, bougonna Brock, ses soupçons éveillés.

— Son Excellence a ratifié certains titres de propriétés des Chinois du village, qui possédaient des terres avant notre occupation de Hong Kong. C'est un de ceux-là, Culum. Tess et toi possédez maintenant un demi-hectare en commun. La vue est fort belle. Ah ! oui. En complément du titre, il y a assez de matériaux de construction pour une maison de sept pièces, un jardin et un pavillon d'été.

— Oh ! Taï-pan ! s'exclama Tess avec un sourire radieux. Merci ! Merci !

— Notre terre à nous ? Et notre maison à nous ? C'est vrai ? Tu parles sérieusement ? demanda Culum, ébloui par la magnanimité de son père.

— Sûr, petit, j'ai pensé que vous aimeriez commencer à construire tout de suite. J'ai pris rendez-vous pour vous deux avec notre architecte, demain à midi. Pour discuter des plans.

— Nous partons demain pour Macao, annonça sèchement Gorth.

— Mais, Gorth, tu ne refuseras sûrement pas de retarder d'un jour ou deux, n'est-ce pas ? demanda Culum. C'est tout de même très important...

— Oh ! oui, dit Tess.

— ... et avec la solution au problème de Queen's Town et la vente des terres... »

Culum s'interrompit et regarda sa fiancée, avec enthousiasme :

« Sousa est le meilleur architecte d'Orient.

— Notre Remedios est mieux, je trouve », gronda Brock, furieux de n'avoir pas eu l'idée de les laisser se construire une demeure. Il avait projeté de leur donner, en cadeau de mariage, une des maisons de la Compagnie, à Macao, loin de l'influence de Struan.

« Oui, monsieur Brock, vous avez raison, il est excellent, dit Culum, devinant sa jalousie. Si Sousa ne nous satisfait pas, peut-être pourriez-vous lui parler. Vous êtes d'accord, Tess ? demanda-t-il puis, se tournant vers son père : Je ne pourrai jamais te remercier assez.

— Pas de remerciements, Culum. Les jeunes gens doivent prendre le départ dans la vie d'un bon pied, et avoir un toit à eux.

— Que oui, s'exclama Liza. Ça, c'est une bonne vérité, ça oui. »

Struan était ravi de voir la mine déconfite de Brock et de son fils. Brock prit les papiers et les lut attentivement.

« T'es bien sûr que le titre est valide ? Il est pas régulier.

— Sûr. Longstaff l'a confirmé. Officiellement. Son chop est à la dernière page. »

Brock regarda Gorth, en fronçant les sourcils.

« Je me dis que, peut-être bien, on devrait y aller voir de plus près, dans ces titres de propriétés chinois.

— Oui, grinça Gorth en regardant fixement Struan. Mais peut-être bien qu'y en a plus à vendre, Pa.

— J'imagine qu'il y en a d'autres, Gorth, dit Struan avec aisance, si vous avez le temps de chercher. Au fait, Tyler, dès que les nouvelles parcelles à lotir seront arpentées, nous devrions peut-être établir notre position.

— Ma pensée, tout à fait. Comme avant, Dirk. Sauf que cette fois, tu as premier choix. »

Brock tendit le titre à Tess, qui le caressa.

« Culum, c'est-y que vous êtes toujours secrétaire colonial adjoint ?

— Je le crois, répondit Culum en riant. Encore que ma fonction n'ait jamais été spécifiée. Pourquoi ?

— Pour rien. »

Struan vida son verre et jugea que le moment était venu :

« Maintenant que la Vallée Heureuse est abandonnée et le problème résolu, que la ville neuve va se bâtir à la pointe, aux frais de la Couronne, l'avenir de Hong Kong est assuré.

— Ouais, fit Brock en retrouvant sa bonne humeur, maintenant que la Couronne prend des risques en même temps que nous autres !

— Alors, je crois qu'il est inutile de retarder le mariage. Je propose qu'on marie Culum et Tess le mois prochain. »

Cette proposition tomba dans un silence stupéfait.

Le temps parut s'arrêter. Culum se demandait ce qu'il y avait derrière le sourire de Gorth, si mal accroché à ses lèvres, et pourquoi le Taï-pan choisissait le mois prochain et... Oh ! mon Dieu, faites que ce soit le mois prochain !

Gorth savait que dans un mois il perdrait son emprise sur Culum et ça, nom de dieu, ça ne devait pas être. Pa pourra dire ce qu'il voudra, se jura-t-il, mais pas de noce pour bientôt. L'année prochaine, peut-être. Oui, peut-être. Bon dieu, qu'est-ce qu'il y a dans la tête de ce démon ?

Brock aussi cherchait à percer les intentions de Struan, car il était manifeste que Struan avait un dessein et ça ne présageait rien de bon pour Gorth et lui. Son premier mouvement fut pour retarder le mariage. Mais il avait juré devant Dieu — comme Struan — de leur donner bonne rade, et il savait qu'un pareil serment liait Struan tout comme lui-même était lié.

« Nous pourrions faire publier les premiers bans dimanche prochain, dit Struan, pour rompre la tension. Je crois que dimanche prochain serait parfait. Pas vrai, fillette ? ajouta-t-il en souriant à Tess.

— Oh ! oui. Oui !
— Non, dit Brock.
— C'est trop rapide, grinça Gorth.
— Pourquoi ? demanda Culum.
— C'est à toi que je pense, Culum, dit aimablement Gorth, et à ton oncle et à votre deuil. Ce serait une hâte inconvenante, très inconvenante.
— Liza, mon cœur, gronda Brock, tu es excusée et Tess aussi. Nous nous rejoindrons après le porto. »
Tess jeta les bras autour du cou de son père et lui souffla dans l'oreille :
« Je t'en supplie, Pa ! »
Les quatre hommes restèrent seuls. Brock se leva lourdement, rapporta la bouteille de porto à table et servit tout le monde. Struan goûta le vin.
« Excellent porto, Tyler.
— Il est de 31.
— Une grande année pour le porto. »
Un silence s'établit.
« Cela ne vous ennuiera pas trop de retarder votre départ de quelques jours, monsieur Brock ? demanda Culum d'une voix soucieuse. Je veux dire, si ce n'est pas possible, naturellement... mais j'aimerais bien que Tess voie notre terre et l'architecte.
— Avec l'abandon et la vente des terres et tout, on s'en va plus tout de suite. Du moins Gorth et moi. Liza, Tess et Lillibet devraient partir. Macao est sain, en cette saison. Et plus frais. Pas vrai, Dirk ?
— Sûr. Macao est très bien, en ce moment... Paraît que l'enquête sur l'accident du grand-duc a lieu la semaine prochaine, annonça-t-il en guettant la réaction de Gorth.
— Ça, c'était pas de joss, dit Brock.
— Oui. Des coups de fusil, il en partait de partout, observa Gorth.
— Sûr. Juste après que le grand-duc est tombé, quelqu'un a abattu le chef des pillards.

— C'était moi, ça, dit Brock.
— Merci, Tyler. Et toi, Gorth, tu tirais aussi ?
— J'étais à l'avant à larguer les amarres.
— C'est vrai », dit Brock.

Il essaya de se rappeler s'il avait vu quelqu'un tirer. Mais il se souvenait simplement d'avoir envoyé Gorth à l'avant.

« Sale joss, grommela-t-il. La foule, c'est terrible, et dans un moment comme ça qui sait ce qui a pu se produire ?
— Sûr... Un accident, quoi. »

Struan savait que si le fusil avait été braqué, la balle dirigée, Gorth était le coupable. Pas Brock.

Les lampes accrochées aux barrots se balancèrent doucement et le mouvement du navire changea. Les hommes de mer, Brock, Gorth et Struan, dressèrent aussitôt l'oreille. Brock ouvrit un hublot et renifla la brise. Gorth regardait la mer par la fenêtre d'arrière et Struan écoutait l'âme du navire.

« C'est rien, dit Brock. Le vent a sauté de quelques degrés, c'est tout. »

Struan sortit dans la coursive consulter le baromètre. Depuis des semaines il n'avait varié que d'une fraction de pouce.

« Il est au beau, annonça-t-il.
— Ouais. Mais bientôt il va changer et alors on dansera. J'ai vu que t'avais placé des bouées de tempête au large de ta jetée en eau profonde ?
— Sûr.
— Tu sens venir le gros temps, Dirk ?
— Non, Tyler. Mais j'aime bien avoir les bouées prêtes, parce qu'on ne sait jamais. Glessing les fait mettre à la flotte, aussi.
— Sur ton conseil ?
— Sûr.
— Paraîtrait qu'il va épouser la sœur au jeune Sinclair ?

— On dirait qu'il y a du mariage dans l'air.

— Je crois qu'ils seront très heureux, déclara Culum. George l'idolâtre.

— Ça va être dur pour Horatio, observa Gorth, qu'elle le quitte comme ça tout soudain. Elle est la seule famille qu'il a. Et elle est jeune. Mineure.

— Quel âge a-t-elle ? demanda Culum.

— Dix-neuf ans », répondit Struan.

Dans la cabine, la tension monta.

« Tess est très jeune, murmura Culum d'une voix anxieuse. Je ne voudrais en aucune façon lui faire du mal. Quand bien même... ma foi, pourrions-nous... qu'en pensez-vous, monsieur Brock ? Pour le mariage. Le mois prochain ? Tout ce qui sera bon pour Tess sera bon pour moi.

— Elle est bien jeune, petit, mais je suis bien heureux que vous disiez ça que vous dites là », dit Brock, un peu attendri par le vin.

Gorth maîtrisa sa voix et déclara posément :

« Quelques mois, ça va pas être un drame pour vous deux, hé, Culum ? L'année prochaine, c'est dans six mois, aussi bien.

— Sept, dit impatiemment Culum.

— C'est pas à moi de décider, d'abord. Ce qui est bon pour vous deux, ce sera bon pour moi, voilà ce que je dis. Et toi, Pa ? demanda Gorth en mettant délibérément Brock au pied du mur.

— J'y réfléchirai. Elle est bien jeunette. La hâte, c'est inconvenant. Ça fait à peine trois mois que vous vous connaissez...

— Mais je l'aime, monsieur Brock ! Trois mois ou trois ans n'y changeront rien !

— Je sais, petit, soupira Brock, non sans douceur, en se rappelant la joie éclatante de Tess quand il lui avait annoncé qu'il donnait son consentement. Mais il me faut penser à votre bien, à tous les deux. Il me faut le temps de réfléchir. »

Pour savoir ce que t'as derrière la tête, Dirk, songea-t-il.

« Je crois que ce serait très bon pour eux et pour nous aussi, dit Struan en sentant presque irradier la joie de son fils. Tess est jeune, oui. Mais Liza était jeune aussi, et la mère de Culum. C'est la mode de se marier jeune. Ils ont de l'argent, et un riche avenir. Avec du joss. Alors je dis que ce serait bon. »

Brock se frotta le front avec le dos de la main.

« Me faut réfléchir. Et puis je vous dirai, Culum. C'est comme qui dirait soudain, et c'est pour ça que je demande du temps. »

Culum sourit, touché par la sincérité apparente de Brock. Pour la première fois, il éprouvait de l'affection pour lui, et il avait confiance.

« Naturellement », dit-il.

Struan vit que Culum se laissait attendrir par cette fausse amabilité et se dit qu'une pression les obligerait à se montrer sous leur vrai jour.

« Tu as besoin de combien de temps, Tyler ? Enfin quoi ! On ne va pas laisser ces jeunots se languir comme des poissons à l'hameçon, et y a tout un tas de choses à préparer. Il faut que ce soit le plus grand mariage que l'Asie ait jamais vu !

— Si j'ai bonne mémoire, rétorqua sèchement Brock, c'est le papa de la mariée qui donne le mariage. Et je suis tout ce qu'il y a de compétent à savoir qu'est-ce que c'est qui se fait et ça qui se fait pas. Alors les projets et les préparatifs pour le mariage, c'est nous que ça regarde.

— Bien sûr. Quand donneras-tu ta réponse à Culum ?

— Bientôt, dit Brock en se levant. Allons rejoindre les dames.

— Quand, Tyler ?

— Allons, s'emporta Gorth. Vous avez entendu Pa ! Pourquoi le presser, hein ? »

Mais Struan fit la sourde oreille, et continua de regarder Tyler.

Culum craignit une grave dispute, ce qui ferait peut-être changer d'idée à Brock, et refuser son consentement. D'un autre côté, il voulait savoir combien de temps il devait attendre, et il était content que son père poussât Brock dans ses retranchements.

« Je t'en prie, dit-il. Je suis sûr que M. Brock ne... qu'il réfléchira soigneusement. Laissons cela pour le moment.

— Ce que tu penses te regarde, Culum ! cria Struan en feignant la colère. Mais moi, je veux savoir, tout de suite. Je veux savoir si on se sert de toi ou s'il y a là un jeu de chat et de souris, nom de dieu !

— C'est affreux de dire ça, protesta Culum.

— Sûr. Mais j'en ai fini avec toi pour le moment, alors tiens ta langue ! Tyler ! Combien de temps ?

— Une semaine. Une semaine, ni plus ni moins, répondit Brock et il se tourna vers Culum, affectueusement : Y a pas de mal à demander un peu de temps, petit, et pas de mal à exiger une réponse d'homme à homme. C'est dans les règles. Une semaine, Dirk. Est-ce que ça satisfait tes sales foutues mauvaises manières ?

— Sûr. Merci, Tyler. »

Struan se dirigea vers la porte et l'ouvrit.

« Après toi, Dirk. »

A l'abri, dans la sécurité de ses appartements à bord du *Resting Cloud*, Struan raconta la soirée à May-may. Elle l'écouta attentivement, et battit des mains.

« Oh ! parfait, Taï-pan. Oh ! très parfait ! »

Il ôta sa redingote et, comme elle allait la lui accrocher dans la penderie, un rouleau de parchemin glissa de la large manche de sa tunique. Struan le ramassa et le déroula.

C'était une délicate aquarelle chinoise, avec de nombreux caractères d'écriture, représentant une marine, et puis un tout petit homme s'inclinant devant une minuscule femme au pied d'une haute montagne embrumée. Un sampan quittait la rive rocheuse.

« D'où ça vient donc ?

— Ah Sam l'a acheté à Tai Ping Shan.

— C'est bien joli.

— Oui », dit paisiblement May-may encore tout émerveillée de l'admirable subtilité de son grand-père.

Jin-qua avait envoyé le rouleau à l'un de ses suppôts à Tai Ping Shan, à qui May-may achetait de temps en temps du jade. Ah Sam l'avait accepté sans méfiance comme un cadeau pour sa maîtresse. May-may savait qu'Ah Sam et Lim Din avaient examiné l'aquarelle et les caractères avec beaucoup d'attention, mais elle était sûre qu'ils ne pourraient jamais deviner qu'elle contenait un message secret. Il était trop bien dissimulé. Même le chop de famille personnel de son grand-père était adroitement recouvert d'un autre chop. Et le poème était charmant : « Six nids sourient aux aigles, Feu vert au lever du soleil, Et la flèche apporte une nichée d'espoir. » Allons, qui, à part elle, comprendrait qu'il la remerciait du renseignement concernant les six millions de taels, que « feu vert » était le Taï-pan et qu'il allait lui envoyer un messager, portant une flèche quelconque comme signe de reconnaissance, pour l'aider de toutes les manières possibles.

« Que signifient les caractères ? demanda Struan.

— Difficile à transdire, Taï-pan. Je ne sais pas bien les mots, mais ça dit : « Six maisons d'oiseaux sou-
« rient aux grands oiseaux, le feu vert est dans le lever
« du soleil, la flèche apporte... apporte des petits
« oiseaux d'espoir. »

— C'est du charabia, ça ? » déclara Struan en riant.

Elle poussa un petit soupir de félicité.

« Je t'adore, Taï-pan.

— Je t'adore, May-may.

— Cette prochaine fois que nous construisons la maison, première chose le monsieur fêng shui, s'il te plaît ? »

# 30

A L'AUBE, Struan monta à bord du *Calcutta Maharadjah*, le navire marchand qui ramenait Sarah dans son pays. Le navire appartenait à la Compagnie des Indes orientales britanniques. Il devait appareiller à la marée, dans trois heures ; et l'équipage s'affairait sur les ponts et dans les haubans.

Struan descendit et frappa à la porte de la cabine de Sarah.

« Bonjour, Sarah. »

La cabine était vaste et commode. Des jouets, des vêtements, des valises et des chaussures jonchaient le tapis. Lochlin sommeillait nerveusement dans un petit berceau, sous le hublot.

« Vous êtes bien prête, Sarah ?

— Oui. »

Il lui remit une enveloppe.

« Voilà un billet à vue de cinq mille guinées. Vous en recevrez un tous les deux mois.

— Vous êtes très généreux, persifla-t-elle.

— Cet argent est à vous. Du moins, c'est celui de Robb, pas le mien. Je respecte son testament, simplement. J'ai écrit pour organiser le fidéi-commis qu'il désirait, et vous recevrez les papiers nécessaires. J'ai également écrit à Père de vous accueillir au port. Voudriez-vous avoir la disposition de ma maison de Glasgow, en attendant d'en trouver une qui vous plaise ?

— Je ne veux rien de vous.

— J'ai écrit à nos banquiers d'honorer votre signature, toujours selon les instructions de Robb, à concurrence d'une somme de cinq mille guinées par an, en plus de votre pension. Il faut bien vous mettre dans la tête que vous êtes riche, et je dois vous conseiller la prudence, car nombreux seront ceux qui chercheront à vous priver de votre fortune. Vous êtes jeune, vous avez la vie devant vous et...

— Je n'ai que faire de vos conseils, Dirk, siffla Sarah d'une voix cinglante. Quant à prendre ce qui m'appartient, je saurai veiller sur mes intérêts. Je l'ai toujours fait. Quant à ma jeunesse, je me suis vue dans une glace. Je suis vieille et laide. Je le sais et vous le savez. Je suis usée ! Et vous, si gentiment assis sur votre sale mur pourri, jouant un homme contre un autre, une femme contre une autre ! Vous êtes heureux que Ronalda soit morte. Elle a plus que rempli sa mission. Et ça fait place nette pour la suivante. Ce sera qui ? Shevaun ? Miss Sinclair ? La fille d'un duc, peut-être. Vous avez toujours visé haut. Mais qui que ce soit, elle sera jeune et riche et vous en exprimerez tout, comme pour tous les autres. Vous vous nourrissez des autres et ne donnez rien en échange. Je vous maudis devant Dieu, et je prie le Ciel de me faire vivre assez longtemps pour cracher sur votre tombe ! »

Le bébé se mit à hurler mais ni sa mère ni Struan n'y prirent garde ; ils continuèrent à se dévisager durement.

« Vous oubliez une vérité, Sarah. Toute votre amertume vient de ce que vous imaginez que vous avez choisi le mauvais frère. Et à cause de ça, vous avez fait de la vie de Robb un enfer ! »

Struan sortit en claquant la porte.

« Je hais la vérité », dit Sarah au néant qui l'entourait.

Struan était affalé dans son fauteuil, au bureau du comptoir, la mine morose ; il haïssait Sarah, mais la comprenait un peu, et il était tourmenté par sa maladiction.

« Est-ce que je me nourris des autres ? se demanda-t-il à haute voix, en levant les yeux vers le portrait de May-may. Sûr, c'est bien possible. Est-ce que c'est mal ? Les autres ne se nourrissent-ils pas de moi ? Tout le temps ? Qui a tort, May-may ? Qui a raison ? »

Il se rappela soudain Aristote Quance.

« Vargas ! hurla-t-il.

— Oui, senhor ?

— Comment se porte Mr. Quance ?

— C'est triste, senhor. Très triste.

— Envoyez-le-moi, s'il vous plaît ? »

Quance ne tarda pas à apparaître sur le seuil.

« Entrez, Aristote. Et fermez la porte. »

Quance obéit, puis il vint se planter tristement devant le bureau. Struan lui parla rapidement :

« Aristote, vous n'avez pas une minute à perdre. Sortez discrètement du comptoir et descendez au port. Un sampan vous attend. Montez à bord du *Calcutta Maharadjah*. Il appareille dans quelques minutes.

— Quoi, Taï-pan ?

— Le secours est en vue, bonhomme. Faites une scène terrible en montant à bord, criez, agitez les bras, chantez, faites des grands signes en sortant de la rade. Que tout le monde sache que vous êtes à bord.

— Dieu vous bénisse, Taï-pan. Mais je ne veux pas quitter l'Asie. Je ne veux pas partir !

— Il y a un costume de coolie dans le sampan. Vous pourrez vous glisser à bord du lorcha du pilote, une fois hors de la rade. J'ai soudoyé l'équipage mais pas le pilote, alors attention à lui. »

Les yeux de Quance retrouvèrent leur pétillement joyeux, et il parut soudain grandir d'un empan.

« Grandes boules de feu ! rugit-il. Mais... Mais où vais-je me cacher ? A Tai Ping Shan ?

— Mrs. Fotheringill vous attend. J'ai pris des dispositions pour un séjour de deux mois. Mais vous me devez l'argent que j'ai avancé, mordieu ! »

Quance sauta au cou de Struan et poussa un rugissement que Struan coupa net.

« Sangdieu, attention, un peu ! Si Maureen a des soupçons, elle nous mènera une vie d'enfer et elle ne partira jamais !

— Très juste, chuchota Quance et il courut à la porte, puis il pivota brusquement. De l'argent ! J'ai besoin d'argent ! Pourriez-vous me consentir un petit prêt, Taï-pan ? »

Struan tendait déjà la bourse d'or.

« Voilà cent guinées. Je les ajoute sur votre note. »

La bourse disparut dans une poche. Aristote retourna embrasser Struan et souffla un baiser au portrait, au-dessus de la cheminée.

« Dix portraits de la plus belle des May-may. Dix guinées de moins que mon prix normal, par Dieu. Oh ! immortel Quance, je t'adore. Libre ! Libre, nom de dieu ! »

Il fit trois pas de cancan, sauta en l'air et disparut.

May-may examina le bracelet de jade, l'approcha du rayon de soleil tombant par le hublot ouvert et le retourna entre ses mains. La flèche délicatement gravée ne lui avait pas plus échappé que les caractères chinois qui disaient « nichées d'espoir ».

« C'est du jade magnifique, dit-elle en mandarin.

— Merci, Suprême des Suprêmes, répondit Gordon Chen dans la même langue.

— Oui, très beau. »

Elle lui rendit le bracelet. Il le tint un moment dans sa main, pour en savourer le toucher mais, au lieu de le remettre à son poignet, il le lança adroitement par le hublot et pencha la tête pour le regarder tomber dans la mer.

« J'aurais été honoré si tu l'avais accepté comme présent, Suprême Dame. Mais certains dons appartiennent aux ténèbres de la mer.

— Ta sagesse est infinie, mon fils. Mais je ne suis pas une Suprême Dame. Simplement une concubine.

— Père n'a pas de femme. Par conséquent, tu es sa Suprême des Suprêmes. »

May-may ne répondit pas. Elle avait été stupéfaite quand le messager attendu s'était révélé être Gordon Chen. Et en dépit du bracelet de jade, elle avait décidé d'être d'une prudence extrême et de parler par énigmes, au cas où il aurait intercepté le véritable messager et volé le bracelet ; elle savait d'ailleurs que Gordon Chen serait tout aussi prudent et s'exprimerait en paraboles.

« Veux-tu prendre le thé ?

— Cela te donnerait beaucoup trop de mal, Mère.

— Aucun mal, mon fils. »

Elle passa dans la cabine voisine. Gordon Chen la suivit, ébloui par la grâce de sa démarche et ses pieds minuscules et enivré par son parfum. Tu l'as aimée le premier jour que tu l'as vue, se dit-il. Par certains côtés, elle est ta créature, car c'est toi qui lui as appris le parler barbare et la pensée barbare.

Il bénit son joss que le Taï-pan fût son père et que son respect pour ce père fût immense. Il savait que sans ce respect son amour pour May-may ne pourrait demeurer filial. On servit le thé et May-may congédia Lim Din, mais garda Ah Sam, pour les convenances. Elle savait qu'Ah Sam ne pourrait comprendre un mot du dialecte soochow dans lequel elle reprit sa conversation avec Gordon.

« Une flèche peut être fort dangereuse.

— Oui, Suprême Dame, dans de mauvaises mains. Le tir à l'arc t'intéresse ?

— Quand j'étais toute petite, nous faisions voler des cerfs-volants, mes frères et moi. Une fois, je me suis servi d'un arc mais cela m'a fait peur. Encore qu'il peut arriver qu'une flèche soit un don des dieux, et donc pas dangereuse. »

Gordon Chen réfléchit un moment.

« Oui. Si elle est entre les mains d'un homme affamé et qu'elle est décochée contre un gibier et atteint la proie. »

Elle battit joliment de l'éventail, heureuse de si bien connaître la tournure d'esprit du jeune Eurasien, ce qui rendait l'échange de renseignements plus facile et plus amusant.

« Un tel homme devrait prendre bien garde s'il n'a qu'une occasion de toucher son gibier.

— Vrai, Suprême Dame. Mais un chasseur sage a plusieurs flèches dans son carquois. »

Quel gibier doit être traqué ? se demanda-t-il.

« Une malheureuse femme ne peut connaître les joies viriles de la chasse, dit-elle calmement.

— L'homme est le principe yang, il est le chasseur car les dieux l'ont voulu. La femme est le principe yin, celle à qui le chasseur apporte le gibier à préparer.

— Les dieux sont sages. Très sages. Ils enseignent au chasseur quel gibier est bon à manger et lequel ne l'est pas. »

Gordon Chen buvait élégamment son thé. Veut-elle dire qu'elle voudrait qu'on retrouve quelqu'un ? Ou veut-elle faire traquer et tuer quelqu'un ? Qui voudrait-elle retrouver ? L'ancienne maîtresse de l'oncle Robb et sa fille, peut-être ? Non, sans doute, car un tel secret serait inutile, et certainement Jin-qua ne me mêlerait pas à cela. Par tous les dieux, quelle est l'emprise de cette femme sur Jin-qua ? Qu'a-t-elle donc fait pour lui, qui le force à me donner l'ordre, avec l'appui de tous les Triades, de faire tout ce qu'elle voudra ?

Il se rappela alors une rumeur qu'il avait entendue ; on racontait que Jin-qua avait su avant tout le monde que la flotte retournait immédiatement à Canton, et ne cinglait pas vers le nord comme l'on croyait. Elle avait dû prévenir Jin-qua en secret, en en faisant ainsi son obligé. Ayeeee yah ! Quelle dette ! Ce renseignement avait certainement permis à Jin-qua de sauver trois à quatre millions de taels.

Son respect pour May-may s'accrut.

« Parfois, un chasseur doit employer ses armes pour se protéger contre les bêtes sauvages de la forêt, dit-il en lui ouvrant une autre voie.

— Vrai, mon fils. »

Elle frémit, ferma son éventail d'un claquement sec et ajouta :

« Les dieux protègent une pauvre femme de ces affreux dangers et de ces fauves. »

Bon, se dit Gordon Chen. Elle veut faire tuer quelqu'un. Qui ?

« C'est le joss, que le mal marche en bien des lieux. En haut et en bas. Sur le continent et dans cette île.

— Oui, mon fils, murmura May-may en rouvrant son éventail. Même sur la mer. Même chez ceux de haut rang et de grande fortune. Terrifiantes sont les voies des dieux. »

Gordon Chen faillit lâcher sa tasse de porcelaine et il tourna le dos à May-may pour se ressaisir. « Mer » et « haut rang » ne pouvaient signifier que deux personnes. Longstaff ou le Taï-pan. Dragons de la Mort, aller contre l'un ou l'autre déclencherait un holocauste ! Son estomac se révulsa. Mais pourquoi ? Et était-ce le Taï-pan ? Pas mon père, ô dieux ! Que ce ne soit pas mon père !

« Oui, Suprême Dame, murmura-t-il avec un peu

de mélancolie car il savait que son serment le contraignait à faire ce qu'elle commanderait. Les dieux ont des voies terribles. »

May-may remarqua le brusque changement d'expression de Gordon et ne put en deviner la cause. Elle hésita, perplexe. Puis elle se leva et alla aux fenêtres de l'arrière.

Le navire amiral mouillait dans la rade éblouissante, entouré de sampans. Le *China Cloud* était au-delà, sur ses ancres de tempête, le *White Witch* en deçà.

« Les navires sont si beaux à voir, dit-elle. Lequel trouves-tu le plus plaisant ? »

Il s'approcha. Il ne pensait pas que ce pouvait être Longstaff. Cela ne lui servirait à rien. A Jin-qua, peut-être, mais pas à elle. Il désigna le *China Cloud* de la tête et répondit gravement :

« Celui-là, je crois. »

May-may laissa échapper un cri étouffé, lâcha son éventail et s'exclama, en anglais :

« Sangdieu ! »

Ah Sam leva brièvement les yeux et May-may se maîtrisa aussitôt. Gordon Chen ramassa l'éventail ; il le rendit en s'inclinant profondément.

« Merci, dit-elle en reprenant le dialecte de Soochow. Mais je préfère ce navire-là. »

Du bout de son éventail, elle désignait le *White Witch*. Elle tremblait encore d'horreur à la pensée que Gordon Chen avait pu s'imaginer qu'elle voulait la mort de son Taï-pan adoré !

« L'autre, poursuivit-elle, est du jade le plus précieux. Inestimable, entends-tu ? Inviolé et inviolable, par tous les dieux ! Comment oses-tu avoir l'impertinence d'en douter ? »

Le soulagement de Gordon fut évident.

« Pardonne-moi, Suprême Dame. Je te ferais mille kowtow pour te présenter mes excuses les plus abjectes, mais ton esclave risque de s'étonner. Durant quelques secondes, un démon a pénétré dans mon esprit stupide et j'ai mal compris tes paroles. Il est bien évident que jamais, au grand jamais, je ne songerais à comparer ces deux navires si opposés.

— Oui. Si un fil de chanvre, si une écharde de bois effleure seulement l'autre, je poursuivrai quiconque a osé souiller ce trésor jusqu'au plus profond des enfers, et là je lui arracherai les testicules et les yeux et je les lui ferai manger avec ses entrailles ! »

Gordon Chen frémit, mais sa voix resta naturelle.

« Ne crains rien, Suprême Dame, ne crains rien. Je me prosternerai cent fois pour pénitence, pour n'avoir pas compris la différence entre le jade et le bois.

— Très bien.

— Si tu veux bien m'excuser maintenant, Suprême Dame, je m'en vais aller à mes affaires.

— Tes affaires ne sont pas finies, dit sèchement May-may. Et les bonnes manières exigent que nous prenions encore une tasse de thé. »

Elle fit un signe impérieux à Ah Sam, qui revint avec du thé et des serviettes bouillantes. May-may se mit alors à parler en cantonais.

« Il paraît que de nombreux navires vont très bientôt partir pour Macao », dit-elle.

Gordon Chen comprit immédiatement que Brock devait être éliminé discrètement et le plus tôt possible à Macao.

« As-tu entendu dire que le fils barbare de Père est fiancé depuis hier soir ? Peux-tu imaginer une chose pareille ? Il va épouser la fille de son ennemi. Ce sont vraiment des gens extraordinaires, ces barbares.

— Certes. »

L'Eurasien s'étonnait que May-may jugeât nécessaire d'insister ainsi sur l'élimination de Brock. Elle ne veut tout de même pas faire tuer toute la famille ? se demanda-t-il.

« Ce n'est pas tant au père que j'en veux, dit-elle. Il

est vieux et, si les dieux sont justes, son joss le quittera bientôt. Quant à la fille, ma foi, je suppose qu'elle fera de beaux fils, mais vraiment je ne puis imaginer ce qu'un homme peut trouver à cette grosse génisse aux grands pieds.

— En effet », murmura Gordon.

Donc, Brock ne doit pas être tué. Ni la fille. Restent la mère et le frère. La mère, c'est peu probable. Par conséquent, c'est le frère. Gorth. Mais pourquoi lui seulement, pourquoi Gorth Brock et non le père et le fils ? Car manifestement, ils menacent tous deux le Taï-pan. Le respect et l'admiration de Gordon pour son père s'accrurent immensément. Quelle subtilité, que de faire croire que May-may était l'instigatrice du stratagème ! Il a adroitement glissé un mot à May-may, qui est allée à Jin-qua, qui est venu à moi. Subtil, subtil ! Naturellement, se dit-il, cela veut dire que le Taï-pan sait que May-may transmet secrètement des renseignements ; c'est sûrement exprès qu'il lui a fait connaître l'information qui a fait de Jin-qua son obligé. Mais alors, connaît-il l'organisation des Triades ? Et moi ? Sûrement pas.

Il se sentait très las, épuisé par tant de surexcitation et de dangers. Et la pression que les mandarins exerçaient sur les Triades de Canton l'inquiétait fort. A Macao aussi, et même à Tai Ping Shan. Les mandarins avaient de nombreux agents parmi la population de la colline, et bien que la plupart fussent connus et quatre déjà éliminés, l'anxiété que leur présence lui causait était un lourd fardeau. Si l'on apprenait qu'il était le chef des Triades de Hong Kong, il ne pourrait jamais plus remettre les pieds à Canton, et sa vie ne vaudrait pas une journée de gages d'un sampanier.

« Je regrette de ne pouvoir aller à Macao, dit-il. Je suppose que tous les parents par alliance de Père vont partir ? Le fils, en particulier ?

— Oui, souffla May-may avec un sourire enchanteur, sûre à présent que son message avait été pleinement compris. Je pense.

— Hah ! intervint soudain Ah Sam, avec la hardiesse que son rôle de confidente autorisait. Il y aura de la joie et beaucoup de bonheur à Hong Kong lorsque le fils s'en ira.

— Pourquoi ? » demanda vivement May-may.

Gordon Chen dressa l'oreille. Ah Sam se pourléchait ; elle avait réservé ce succulent potin pour un moment dramatique comme celui-ci.

« Le fils est un vrai démon barbare. Il va dans une des maisons closes barbares deux ou trois soirs par semaine. »

Elle s'interrompit pour verser du thé.

« Eh bien, Ah Sam, s'impatienta May-may. Continue !

— Il les bat, déclara gravement Ah Sam.

— Peut-être lui déplaisent-elles. Une bonne correction ne pourra jamais faire de mal à ces putains barbares.

— Oui. Mais il les fouette et les malmène avant de coucher avec elles.

— Tu veux dire, chaque fois ? s'écria May-may.

— Chaque fois. Il paie pour le fouet et puis il paie pour le, ma foi, la manipulation, parce que je crois que c'est tout ce qu'il y a. Pffft ! Une fois dedans, tout de suite fini. Clac, comme ça.

— Beuh ! Mais comment sais-tu tout ça, hé ? Je crois que tu mérites un bon pinçon ! Je crois que tu inventes tout ça, vilaine diablesse menteuse !

— Je n'invente rien du tout, Mère. Cette madame barbare, la vieille sorcière qui a un nom impossible, heya ? Celle qui a du verre sur les yeux et ces incroyables dents qui bougent toutes seules.

— Fotheringill ? suggéra Gordon.

— Tout à fait ça, honoré visiteur. Fotheringill. Eh

bien cette madame-maîtresse-là, elle a la plus grande des mauvaises maisons de Queen's Town. Récemment, elle a acheté six petites Hoklos et une Cantonaise. Une des...

— Cinq Hoklos, rectifia Gordon Chen.

— Es-tu également dans ce commerce-là ? demanda poliment May-may.

— Oh ! oui. C'est devenu très lucratif.

— Ah Sam, ma chatte, continue.

— Eh bien, Mère, comme je le disais, une des Hoklos est parente d'Ah Tat qui, comme tu le sais, est cousine de ma mère, et cette fille a été désignée pour être sa partenaire d'une nuit. Une fois lui a suffi ! Il a failli la tuer. Il l'a fouettée sur le ventre et sur le dos jusqu'au sang et puis il lui a fait faire des choses particulières et bizarres et puis...

— Quelles choses particulières ? demanda Gordon Chen à mi-voix, en se penchant plus près.

— Oui, dit May-may. Quelles choses ?

— Ce n'est certainement pas à moi de raconter ces pratiques obscènes et répugnantes, dieux non, mais elle a dû honorer son sexe avec toutes les parties d'elles-même.

— Toutes ?

— Oui, et après avoir été fouettée et mordue, et les coups de pied et tout, elle a failli mourir de ça, la pauvre.

— C'est vraiment extraordinaire ! Mais je persiste à croire que tu l'inventes, Ah Sam. Je croyais que tu disais qu'il était... pffft, tout de suite fini ?

— Oui, et il dit que c'est la faute de la fille, il l'accuse hideusement, et c'est ça l'ennui, c'est sa faute à lui qui est si petit et tout mou, déclara Ah Sam en levant les bras au ciel, puis elle se mit à gémir : Que je n'aie jamais d'enfants si je mens ! Que je meure vierge et desséchée si je mens ! Que mes ancêtres soient dévorés par les vers si je mens ! Que...

— Ah ! c'est bon, Ah Sam, s'exclama May-may. Je te crois. »

Ah Sam se tut, vexée, but un peu de thé et observa :

« Je crois que sûrement les dieux devraient punir un tel animal barbare.

— Oui », dit Gordon Chen.

May-may sourit secrètement.

# LIVRE CINQUIÈME

# 31

Le *China Cloud* rentrait dans la rade par le chenal de l'ouest. Un soleil éclatant se levait, et le vent d'est, régulier, apportait de l'humidité.

Struan était sur le gaillard d'arrière, torse nu, la peau hâlée et ses cheveux roux décolorés par le soleil et les embruns, après sept jours passés en haute mer, à courir le Pacifique pour se laver des soucis, des deuils, du souvenir des paroles de Sarah... Il prit ses jumelles et les braqua sur les autres navires au mouillage. D'abord, le *Resting Cloud.* Les signaux battants étaient hissés au mât de misaine. « Zénith », propriétaire demandé à bord immédiatement. Il se rappela la dernière fois qu'un de ses navires avait signalé « zénith », le *Thunder Cloud,* il y avait une éternité de cela, quand il avait amené Culum, et apporté les nouvelles de tant de morts...

Dans la rade, le nombre des transports de troupes avait augmenté. Ils battaient tous le pavillon de la Compagnie britannique des Indes orientales. Bon, très bon. Les premiers renforts. Il aperçut un brigantin à trois mâts près du navire amiral. Il arborait à l'arrière le pavillon national russe et celui du tsar au grand mât.

Un nombre inhabituel de jonques et de sampans allaient et venaient un peu partout.

Après avoir méticuleusement examiné à la jumelle le reste de la flotte, il se tourna vers la terre. Il pouvait voir de l'animation près de la pointe de Glessing et de nombreux Européens à pied le long de Queen's Road, assaillis par des groupes de mendiants. Tai Ping Shan semblait s'être encore étendu.

Le Lion et le Dragon flottaient sur le comptoir abandonné et la Vallée Heureuse désertée.

« Quatre points tribord !

— Paré ! » répondit le timonier.

Struan enfila une chemise, fit mettre un canot à la mer et accosta le *Resting Cloud.* Il fut accueilli par le capitaine Orlov.

« Bonjour, Taï-pan, dit-il en se gardant bien de lui demander où il avait été.

— Bonjour. Vous signalez « zénith ». Pourquoi ?

— Les ordres de votre fils.

— Où est-il ?

— A terre.

— Qu'on aille le chercher.

— C'est fait. Dès que votre navire a été aperçu.

— Alors pourquoi n'est-il pas à bord ?

— Je peux ravoir mon navire, maintenant ? Par Thor, Taï-pan, je suis mortellement las d'être un capitaine sans commandement. Laissez-moi faire la course du thé ou de l'opium, ou bien laissez-moi l'emmener dans les eaux arctiques. Je connais cinquante endroits où obtenir une cargaison de fourrures — ce qui ferait encore affluer de l'or dans vos coffres. Ce n'est pas trop demander.

— J'ai besoin de vous ici. »

Struan sourit, et il sembla soudain rajeunir de dix ans.

« Vous pouvez rire, par la barbe d'Odin ! Vous avez été en mer, et j'ai été retenu sur un ponton ! Vous avez l'air d'un dieu, Taï-pan ! Avez-vous eu du gros temps ? Un typhon ? Je vois des haubans neufs, et vous avez changé la grand-voile et les trinquettes. Pourquoi ? Hé ? Avez-vous épuisé mon beau navire histoire de vous rincer l'âme ?

— Quel genre de fourrures, capitaine ?

— Du phoque, de la zibeline, du vison, ce que vous voudrez, je les trouverai, du moment que je serai maître à bord après Dieu. Et avant vous.

— En octobre, vous irez dans le Nord. Seul. Cela vous satisfait ? Des fourrures pour la Chine, hé ? »

Orlov dévisagea Struan, et comprit tout de suite que jamais il ne cinglerait vers le nord en octobre. Un petit frisson le parcourut. Il maudit sa double vue. Que va-t-il donc m'arriver, entre juin et octobre ? se demanda-t-il.

« Est-ce que je peux avoir mon navire tout de suite ? Oui ou non, bon Dieu ? Octobre est un mauvais mois et c'est loin. Alors ?

— Sûr. »

Orlov sauta dans le canot. Il éclata de rire et quelques instants plus tard, le *China Cloud* s'éloigna vers son mouillage au large de la Vallée Heureuse.

Struan descendit à l'appartement de May-may. Elle dormait profondément. Il dit à Ah Sam de ne pas la réveiller, qu'il viendrait plus tard. Puis il monta au pont supérieur, à sa cabine, où il se rasa, prit un bain et se changea. Lim Din apporta des œufs, des fruits et du thé.

La porte de la cabine s'ouvrit brusquement et Culum entra en trombe.

« Où étais-tu ? s'écria-t-il. Il y a mille choses à faire, et la vente des terres cet après-midi. Tu aurais pu me prévenir, avant de disparaître. Tout est sens dessus dessous et...

— Tu ne frappes jamais aux portes, Culum ?

— Si, mais j'étais pressé. Excuse-moi.

— Assieds-toi. Quelles sont ces mille choses ? Je croyais que tu pouvais t'occuper de tout.

— C'est toi le Taï-pan, pas moi.

— Sûr. Mais si je n'étais pas rentré aujourd'hui, qu'est-ce que tu aurais fait ? »

Culum hésita.

« Je serais allé à la vente. Acheter des terres.

— T'es-tu entendu avec Brock sur les parcelles pour lesquelles nous ne nous concurrencerons pas, aux enchères ?

— Eh bien, en quelque sorte, oui. Nous avons une entente tacite. A soumettre à ton approbation. »

Sous le regard pénétrant de son père, Culum se sentait mal à l'aise. Il prit une carte qu'il étala sur le bureau. Le site de la nouvelle ville couvrait la pointe de Glessing, à trois kilomètres à l'ouest de la Vallée Heureuse. Les montagnes ne laissaient guère de place pour la construction. Tai Ping Shan dominait le site et interdisait une expansion à l'est.

« Voilà les parcelles. J'ai choisi la 8 et la 9. Gorth dit qu'ils veulent la 14 et la 21.

— As-tu consulté Tyler à ce sujet ?

— Oui. »

Struan examina la carte.

« Pourquoi choisir deux parcelles voisines ?

— Ma foi, je ne connais pas grand-chose à la terre ni aux comptoirs ou aux jetées, alors j'ai demandé conseil à George Glessing. Et à Vargas. Et, secrètement, à Gordon Chen. Et...

— Pourquoi à Gordon ?

— Je ne sais pas. Il m'a semblé que ce serait une bonne idée. Il me paraît très intelligent.

— Continue.

— Eh bien, ils ont tous été d'accord pour trouver que les lots 8, 9, 10, 14 et 21 étaient les meilleures parcelles du bord de mer. Gordon en a suggéré deux contiguës, au cas où nous voudrions nous étendre, et une jetée pourrait alors servir à deux comptoirs. Sur les conseils de Glessing j'ai fait sonder la mer, devant. Il dit que c'est un bon fond de roches, mais peu profond. Nous serons obligés de gagner sur la mer et de construire notre jetée très longue.

— Quels lots urbains as-tu choisis ?

— Ceux-là. Gordon pense que nous devrions enchérir pour cette parcelle-ci. C'est... eh bien, c'est une colline et... ma foi, je crois que ce serait un bon emplacement pour la Noble Maison. »

Struan se leva, et contempla la colline à la jumelle. Elle était à l'ouest de Tai Ping Shan, de l'autre côté du site.

« Il nous faudra construire une route pour y monter, hein ?

— Vargas dit que nous pourrions acheter les lots urbains 9A et 15B, ce qui protégerait notre propriété. Plus tard, nous pourrions y construire des immeubles locatifs. Ou les revendre.

— En as-tu parlé à Brock ?

— Non.

— A Gorth ?

— Non.

— Tess ?

— Oui.

— Pourquoi ?

— Pour rien. J'aime causer avec elle. Nous parlons de beaucoup de choses ensemble.

— C'est dangereux de lui parler d'une affaire comme celle-ci. Que ça te plaise ou non, tu l'as mise à l'épreuve.

— Quoi ?

— Si Gorth ou Brock enchérissent sur les 9A et 15B, tu sauras que tu ne peux pas avoir confiance en elle. Sans les petites parcelles, la colline est un dangereux coup de dés.

— Elle ne dira jamais rien ! C'est entre nous, tout à fait. Et puis les Brock auront peut-être la même idée. Même s'ils enchérissent contre nous, ça ne prouvera rien. »

Struan examina son fils. Puis il proposa :

« Rhum ou thé ?

— Du thé, merci. »

Culum avait les mains moites. Il se demandait si Tess avait parlé à son père et à son frère.

« Où as-tu été ? demanda-t-il.

— Quelles sont les autres choses qui réclament une décision ? »

Culum rassembla ses pensées avec un effort.

« Il y a beaucoup de courrier, pour toi et pour l'oncle Robb. Je ne savais pas qu'en faire, alors j'ai tout rangé dans le coffre. Et puis Vargas et Chen Sheng ont estimé nos dépenses à la Vallée Heureuse et je... j'ai signé le reçu de l'argent. Longstaff a dédommagé tout le monde comme tu l'avais dit. J'ai signé le reçu et compté l'argent. Et hier un homme est arrivé d'Angleterre à bord du navire de Sergueyev. Un nommé Roger Blore. Il dit qu'il est monté à bord à Singapour. Il veut te voir de toute urgence. Il n'a pas voulu me dire ce qu'il veut mais... enfin, quoi qu'il en soit, je l'ai mis sur le petit ponton. Qui est-ce ?

— Sais pas, petit », murmura Struan, songeur.

Il agita la sonnette de son bureau et le steward entra. Struan fit mettre un canot à la mer pour aller chercher Blore.

« Quoi encore, petit ?

— Les commandes de matériaux de construction et de fournitures de navires s'entassent. Nous devons commander de nouveaux stocks d'opium... mille choses. »

Struan but son thé, et fit tourner sa tasse entre ses doigts.

« Brock t'a donné sa réponse ?

— Aujourd'hui, c'est le dernier jour. Il m'a invité ce soir à bord du *White Witch*.

— Tess ne t'a pas laissé soupçonner la décision de son père ?

— Non.

— Gorth ?

— Non plus. Ils partent demain pour Macao. Sauf Brock. J'ai été invité à les accompagner.

— Iras-tu ?

— Maintenant que tu es de retour, ça me ferait plaisir. Pour une semaine. S'il dit que nous pouvons nous marier bientôt. Il y a les meubles à acheter et... enfin, tout ça.

— As-tu vu Sousa ?

— Oh ! oui, nous l'avons vu ! La terre est merveilleuse, et les plans sont déjà dessinés. Nous ne pourrons jamais te remercier assez. Nous pensions... Eh bien, Sousa nous a parlé de la pièce à part que tu avais chez toi pour le bain et la garde-robe. Nous... nous lui avons demandé de faire la même chose chez nous. »

Struan choisit un cigare et l'alluma avec grand soin.

« Combien de temps aurais-tu attendu, Culum ?

— Je ne comprends pas.

— Mon retour. La mer aurait pu m'engloutir.

— Pas toi, Taï-pan.

— Elle le pourrait bien... un jour, elle le fera... Si jamais il m'arrive encore une fois de partir sans te dire où je vais, attends quarante jours. Pas plus. Ou je serai mort, ou je ne reviendrai jamais.

— Très bien, murmura Culum en se demandant où son père voulait en venir. Pourquoi es-tu parti comme ça ?

— Pourquoi causes-tu avec Tess ?

— Ce n'est pas une réponse.

— Que s'est-il passé d'autre en mon absence ? »

Culum cherchait désespérément à comprendre, et n'y parvenait pas. Il avait encore plus d'admiration pour son père, mais il n'éprouvait aucun amour filial.

Il avait causé avec Tess pendant des heures, et avait été surpris par son intelligence. Ils avaient parlé de leurs pères, en essayant de comprendre ces deux êtres qu'ils aimaient et craignaient et haïssaient parfois plus que tout au monde, et vers qui pourtant ils couraient au premier souffle de danger.

« Les frégates sont rentrées de Quemoy.
— Ah ! Et alors ?
— Elles ont coulé de cinquante à cent jonques. Grandes et petites. Et pris trois nids de pirates à terre. Elles ont peut-être envoyé Wu Kwok par le fond, on ne sait pas.
— On le saura bientôt, va.
— Avant-hier, je suis allé voir ta maison de la Vallée Heureuse. Les gardiens — enfin... tu sais que personne ne consent à y rester la nuit — les gardiens m'ont dit qu'on était entré et je crains qu'elle n'ait été bien pillée. »
Struan se demanda si l'on avait touché à son coffre-fort secret.
« Il n'y a donc pas de bonnes nouvelles ?
— Aristote Quance s'est échappé de Hong Kong.
— Ah ?
— Oui. Mrs. Quance ne veut pas le croire, mais tout le monde, presque tout le monde, l'a vu à bord du navire qui a emmené tante Sarah. La pauvre femme croit qu'il est toujours à Hong Kong. Tu sais que George et Mary Sinclair doivent se marier ? C'est très bien, mais le malheureux Horatio en est complètement bouleversé. Et là non plus, toutes les nouvelles ne sont pas bonnes. Je viens d'apprendre que Mary est gravement malade.
— La malaria ?
— Non. Une quelconque maladie de Macao. C'est très bizarre. Hier, George a reçu une lettre de la mère supérieure de l'hôpital catholique. Le pauvre se ronge les sangs ! On ne peut pas se fier à ces papistes.
— Que dit la mère supérieure ?
— Simplement qu'elle estimait devoir avertir les proches parents de Mary. Et que Mary avait dit d'écrire à George. »
Struan fronça les sourcils.
« Pourquoi diable est-elle allée à la mission catholique ? Et pourquoi n'a-t-elle pas prévenu Horatio ?

— Je n'en sais rien.
— Tu l'as dit à Horatio ?
— Non.
— Tu crois que Glessing le lui a dit ?
— J'en doute. On dirait qu'ils ne peuvent plus se souffrir, maintenant.
— Tu ferais bien de partir avec les Brock pour voir comment elle va.
— J'ai pensé que tu voudrais avoir des nouvelles précises, alors j'ai envoyé Jésus, le neveu de Vargas, hier, par lorcha. Longstaff n'a pas voulu accorder de permission à ce pauvre George et je voulais lui rendre service aussi. »

Struan se versa du thé, puis il considéra Culum avec un respect nouveau.

« Tu as très bien fait.
— Ma foi, je sais qu'elle est pour ainsi dire ta pupille.
— Sûr.
— La seule autre nouvelle, c'est l'enquête sur l'accident du grand-duc. Elle a eu lieu il y a quelques jours. Ils ont conclu que ce n'était qu'un accident.
— C'est ce que tu crois ?
— Naturellement. Pas toi ?
— As-tu été voir Sergueyev ?
— Une fois par jour, au moins. Il assistait à l'enquête, bien sûr, et il... il a dit beaucoup de choses aimables sur toi, comment tu l'avais aidé, soigné, que tu lui avais sauvé la vie, des choses comme ça. Sergueyev ne blâme personne, et il a dit qu'il a écrit au tsar dans ce sens. Il a dit ouvertement qu'il te devait la vie. Skinner a sorti une édition spéciale de l'*Oriental Times* sur l'enquête. Je te l'ai gardée. Je serais surpris si le tsar en personne ne te remerciait pas.
— Comment va le grand-duc ?
— Il peut marcher, mais sa hanche est raide. Je

crois qu'il souffre beaucoup, mais il n'en dit jamais rien. Il pense qu'il ne pourra plus jamais monter à cheval.

— Mais il va bien ?

— Aussi bien que possible, pour un homme dont les chevaux étaient la raison de vivre. »

Struan alla à la desserte et versa deux verres de xérès. Le gamin a changé, pensa-t-il. Oui, beaucoup changé. Je suis fier de mon fils.

Culum accepta le verre et regarda Struan.

« A ta santé Culum. Tu t'es bien débrouillé.

— A ta santé, Père. »

Il avait délibérément choisi ce mot.

« Merci.

— Ne me remercie pas. Je veux devenir Taï-pan de la Noble Maison. J'y tiens. Mais je ne veux pas des souliers d'un mort.

— Je ne l'ai jamais pensé !

— Oui, mais je l'ai envisagé. Et je peux dire sincèrement que cela ne me plairait pas. »

Struan se demanda comment son fils pouvait dire une chose pareille, si calmement.

« Tu as beaucoup changé, ces dernières semaines.

— J'apprends à mieux me connaître, peut-être. C'est surtout Tess... et puis d'avoir été seul pendant sept jours. Je me suis aperçu que je ne suis pas encore prêt à être seul.

— Est-ce que Gorth partage ton opinion sur les souliers d'un mort ?

— Je ne puis parler au nom de Gorth, Taï-pan. Rien qu'au mien. Je sais que tu as presque toujours raison, que j'aime Tess, que tu vas à l'encontre de toutes les choses auxquelles tu crois pour m'aider. »

Struan songea encore une fois aux paroles de Sarah. Il but son xérès, d'un air songeur.

Roger Blore avait une vingtaine d'années, un visage

crispé, des yeux soucieux. Ses vêtements étaient élégants mais élimés, et sa taille svelte. Il semblait affreusement las.

« Asseyez-vous, monsieur Blore, je vous en prie, lui dit Struan. Alors, pourquoi tout ce mystère ? Et pourquoi devez-vous me voir en secret ? »

Blore resta debout.

« Vous êtes bien Dirk Lochlin Struan, monsieur ? »

Struan s'étonna. Bien peu de gens connaissaient son second prénom.

« Sûr. Et vous ? Qui êtes-vous donc ? »

Ni le visage de cet homme ni son nom ne rappelaient quoi que ce fût à Struan. Mais sa voix était cultivée, son accent celui d'un grand collège, Eton, Harrow ou Charterhouse.

« Puis-je voir votre pied gauche, monsieur ? demanda poliment le jeune homme.

— Sangdieu ! Impertinent galopin ! Venez-en au fait ou sortez !

— Je comprends fort bien votre irritation, monsieur Struan. Il y a quatre-vingt-dix-neuf chances sur cent que vous soyez bien le Taï-pan. Mais je dois m'assurer que vous êtes bien celui que vous dites.

— Pourquoi ?

— Parce que j'apporte un message à Dirk Lochlin Struan, Taï-pan de la Noble Maison, dont le pied gauche a été à moitié emporté — un message de la plus haute importance.

— De qui ?

— De mon père.

— Je ne connais pas votre nom ni votre père et j'ai une infaillible mémoire des noms, nom de Dieu !

— Je ne m'appelle pas Roger Blore, monsieur. Ce n'est qu'un pseudonyme. Une question de sécurité. Mon père est au Parlement. Je suis presque sûr que vous êtes le Taï-pan. Mais avant de vous remettre le message, je dois en être absolument sûr. »

Struan tira la dague de sa botte droite et leva le pied gauche.

« Otez-la, dit-il d'une voix menaçante. Et si le message n'est pas de la plus grande importance, je graverai mes initiales sur votre front !

— Dans ce cas, je mets ma vie en jeu. Vie pour vie. »

Il tira la botte, poussa un soupir de soulagement et se laissa tomber dans le fauteuil.

« Je m'appelle Richard Crosse, dit-il. Mon père est Sir Charles Crosse, représentant Chalfont Saint Giles au Parlement. »

Struan avait vu Sir Charles deux fois, quelques années plus tôt. A l'époque, Sir Charles était un petit hobereau de province sans fortune, partisan véhément de la libre entreprise et du commerce asiatique, fort apprécié au Parlement. Au fil des ans, Struan l'avait soutenu financièrement et n'avait jamais regretté ce placement. Ce doit être au sujet de la ratification, se dit-il, le cœur battant.

« Pourquoi ne pas l'avoir dit tout de suite ? »

Crosse se passa une main sur les yeux.

« Pourrais-je avoir quelque chose à boire, s'il vous plaît ?

— Rhum, cognac, xérès, servez-vous.

— Merci, monsieur. »

Crosse se versa un verre de cognac.

« Merci, murmura-t-il. Je m'excuse, mais je... je suis bien fatigué. Père m'a dit d'être très prudent, de prendre un nom d'emprunt. De ne parler qu'à vous, ou, si vous étiez mort, à Robb Struan. Voici ce qu'il vous envoie. »

Il déboutonna sa chemise et ouvrit une poche de cuir portée sur une ceinture à même la peau. Il en tira une grosse enveloppe maculée qu'il tendit à Struan.

Struan l'examina. Elle était soigneusement scellée et cachetée, adressée à son nom et datée de Londres, le 29 avril. Il leva brusquement la tête et gronda :

« Vous êtes un menteur ! Il est impossible que vous soyez arrivé si vite ! Ça ne fait que soixante jours !

— En effet, monsieur, dit Crosse en retrouvant un peu d'aplomb. J'ai fait l'impossible. Père ne me pardonnera sans doute jamais, ajouta-t-il en riant.

— Personne n'a jamais fait le voyage en soixante jours ! Que signifie ce jeu ?

— Je suis parti le mardi 29 avril. Diligence Londres-Douvres. J'ai attrapé la malle de Douvres au dernier instant. Diligence pour Paris, puis Marseille. La malle française d'Alexandrie, presque en marche. Traversé l'isthme de Suez, grâce aux bons offices de Mehemet Ali, que mon père avait rencontré une fois, et puis la malle de Bombay par un poil. J'ai moisi trois jours à Bombay et puis j'ai eu un fabuleux coup de chance. J'ai pu payer mon passage à bord d'un clipper d'opium pour Calcutta. Ensuite...

— Quel clipper ?

— Le *Flying Witch,* appartenant à Brock et Fils.

— Continuez, dit Struan en haussant les sourcils.

— Ensuite, un navire de la Compagnie des Indes jusqu'à Singapour. Le *Bombay Prince.* Là, pas de chance, aucun navire pour Hong Kong avant des semaines. Et puis chance énorme. En discutant âprement, j'ai pu obtenir le passage sur un bateau russe — celui-ci, dit Crosse en montrant la rade par le hublot. C'était mon plus dangereux coup de dés, mais c'était ma dernière chance. J'ai donné au capitaine jusqu'à ma dernière guinée. D'avance. Je me disais qu'ils allaient certainement m'égorger et me jeter à la mer une fois au large, mais c'était ma dernière chance. Cinquante-neuf jours, monsieur, de Londres à Hong Kong. »

Struan se leva, servit encore un cognac à Crosse et une solide rasade pour lui. Sûr, c'est possible, pensait-il. Pas probable, mais possible.

« Savez-vous ce que contient cette lettre ?

— Non, monsieur. Je ne suis au courant que de la partie qui me concerne.

— Et quelle est-elle donc ?

— Mon père dit que je suis un vaurien, un bon à rien, un joueur fou de chevaux, déclara Crosse avec une franchise désarmante. Il dit qu'il y a un mandat d'arrêt lancé contre moi, pour dettes, et que je suis attendu à la prison de Newgate, qu'il me confie à votre générosité dans l'espoir que vous pourrez trouver l'emploi de mes « talents » — n'importe quoi, pourvu que je ne rentre pas en Angleterre et que je reste éloigné de lui jusqu'à la fin de ses jours. Et puis il fixe l'enjeu du pari.

— Du pari ?

— Je suis arrivé hier, monsieur. Le 28 juin. Votre fils et beaucoup d'autres personnes en sont témoins. Peut-être devriez-vous lire la lettre, monsieur. Je puis vous assurer que mon père ne parierait jamais avec moi, s'il ne s'agissait d'une chose de la plus haute importance. »

Struan examina les cachets, et les brisa. La lettre était longue.

« Westminster, le 28 avril 1841, 11 heures du soir. Mon cher monsieur Struan, Je viens tout juste d'avoir secrètement connaissance d'une dépêche que le ministre des Affaires étrangères, Lord Cunnington, a envoyée hier à l'Honorable William Longstaff, plénipotentiaire de Sa Majesté en Asie. Voici, en partie, ce que contient cette dépêche : « Vous avez désobéi et négligé mes directives et vous semblez les considérer comme du vent. Vous avez manifestement décidé de régler les affaires du gouvernement de Sa Majesté selon vos caprices. Avec impertinence, vous faites fi des instructions selon lesquelles cinq ou six ports chinois, sur le continent, doivent être rendus accessibles aux intérêts britanniques et que des relations diplomatiques permanentes doivent être établies en conséquence ; que ceci doit être fait rapidement, de préférence par la voie des négociations, mais si les négociations sont impossibles, par l'emploi du corps expéditionnaire envoyé à cet effet précis et à grands frais. Au lieu de cela, vous traitez pour un misérable rocher où il n'y a même pas une maison, vous signez un traité parfaitement inacceptable et en même temps, si l'on en croit les dépêches navales et militaires, vous faites continuellement un mauvais emploi des forces de Sa Majesté dont vous avez le commandement. En aucune façon Hong Kong ne peut devenir le centre commercial de l'Asie, pas plus que Macao n'en est devenu un. Le traité de Chuenpi est radicalement dénoncé. Sir Clyde Whalen, votre successeur, arrivera incessamment. Peut-être auriez-vous l'obligeance de vous démettre de vos fonctions entre les mains de votre adjoint, M. C. Monsey, au reçu de cette dépêche, et de quitter l'Asie sans retard par la frégate qui est ici dépêchée à cet effet. Vous êtes prié de venir au rapport à mon bureau dès que possible... » Je ne sais vraiment que faire... »

Impossible ! Impossible qu'ils puissent faire une sacrée bon Dieu de nom de Dieu de foutue erreur aussi incroyable ! pensa Struan. Il poursuivit sa lecture :

« Je ne sais vraiment plus que faire. Tant que cette nouvelle n'est pas officiellement annoncée à la Chambre, j'ai les mains liées. Je n'ose pas me servir ouvertement de ces renseignements. Cunnington réclamerait ma tête et je serais chassé de la politique. Il est même certain qu'en la confiant ainsi au papier de cette manière, je donne à mes ennemis — et qui n'en a pas, en politique ? — une occasion de me démolir et, avec moi, tous ceux qui défendent le commerce libre et la position pour laquelle vous luttez avec tant de zèle depuis si longtemps. Je prie Dieu que mon fils puisse la remettre en mains propres, seul (il ignore tout du contenu de cette lettre, naturellement). Comme vous le savez, le ministre des Affaires étrangères est un homme impérieux, qui fait la loi, et le rempart de notre parti Whig. Son attitude est clairement révélée par cette dépêche. Je crains que Hong Kong ne soit une question enterrée. Et à moins que le gouvernement ne tombe et que les Conservateurs de Sir Robert Peel ne prennent le pouvoir — une impossibilité, dirais-je, dans l'avenir immédiat — Hong Kong le restera certainement.

« La nouvelle de la faillite de votre banque a fait le tour de la City — grâce, il faut bien le dire, à vos rivaux et au jeune Morgan Brock. « En confidence », Morgan Brock a judicieusement semé des graines de méfiance, tout en laissant entendre que les Brock détiennent pratiquement tous vos billets et effets, ce qui a fait le plus grand tort à votre influence ici. Il est également arrivé une lettre de M. Tyler Brock et de plusieurs autres marchands, presque en même temps que la dépêche de Longstaff concernant le traité de Chuenpi, en opposition flagrante contre l'établissement de Hong Kong et contre la conduite des hostilités par Longstaff. La lettre était adressée au Premier ministre et au ministre des Affaires étrangères, et des copies à leurs ennemis qui, comme vous le savez, sont nombreux.

« Sachant que vous avez investi le reste de vos ressources, s'il y en a, dans votre île bien-aimée, je vous écris pour vous donner l'occasion de vous retirer et de sauver quelque chose du désastre. Il se peut que vous soyez parvenu à un arrangement quelconque avec Brock, ce que je souhaite de tout cœur, encore qu'à en croire l'arrogant Morgan Brock le seul arrangement qui leur convienne est l'anéantissement de votre maison. (J'ai de bonnes raisons de penser que Morgan Brock et un groupe d'intérêts bancaires du Continent — Français et Russes, dit la rumeur — ont déclenché la ruée soudaine sur votre banque. Le groupe Continental a suggéré la manœuvre quand le bruit a couru, je ne sais comment, que M. Robb Struan méditait une structure financière internationale. Le groupe a mis votre banque en faillite en échange de la moitié d'un plan similaire que Morgan Brock est en train d'essayer d'organiser.)

« Je suis désolé de vous apporter de si mauvaises nouvelles. Je le fais de bonne foi, dans l'espoir que ce renseignement pourra vous servir et que vous parviendrez à survivre pour continuer la lutte. Je persiste à croire que votre projet pour Hong Kong est le bon. Et j'ai l'intention de continuer à le défendre.

« Je sais peu de chose de Sir Clyde Whalen, le nouveau capitaine surintendant du Commerce. Il s'est distingué aux Indes et a une excellente réputation militaire. Ce n'est pas un administrateur, je crois. On m'a laissé entendre qu'il part demain pour l'Asie ; son arrivée est donc imminente.

« Un dernier point. Je vous confie mon plus jeune fils. C'est un vaurien, une brebis galeuse, un bon à rien dont le seul but dans la vie est le jeu, de préférence aux courses de chevaux. Il est sous le coup d'un mandat d'arrêt pour dettes. Je lui ai dit que je consentirais — pour la dernière fois — à payer ses dettes s'il entreprenait sur l'heure ce dangereux voyage. Il y a consenti, en pariant que s'il accomplissait l'impossible exploit d'arriver à Hong Kong en moins de soixante-cinq jours — la moitié du temps normal — je devrais lui donner mille guinées de plus.

« Pour assurer l'arrivée la plus rapide de ma lettre, j'ai consenti à cinq mille guinées s'il arrivait en soixante-cinq jours, et cinq cents guinées de moins pour chaque jour supplémentaire, tout cela à la condition qu'il reste éloigné de l'Angleterre jusqu'à la fin de mes jours, l'argent devant lui être remis à raison de cinq cents guinées par an jusqu'à épuisement de la somme. Ci-inclus, la première annuité. Je vous serais reconnaissant de me donner par retour du courrier la date exacte de son arrivée.

« Si vous voyez un moyen d'utiliser ses « talents » et de le raisonner, vous gagneriez la gratitude éternelle d'un père. J'ai tout essayé et j'ai échoué. Et pourtant, je l'aime tendrement.

« Je vous prie de croire à ma sincère compassion pour votre grande malchance. Mes amitiés à M. Robb, et je termine en espérant que j'aurai le plaisir de vous rencontrer personnellement en des circonstances plus heureuses. J'ai l'honneur d'être, monsieur, votre très dévoué serviteur, Charles Crosse. »

Struan se tourna vers la fenêtre et contempla la rade, et l'île. Il se rappela la croix qu'il avait brûlée le premier jour. Et les vingt pièces d'or de Brock. Et les trois dernières pièces de Jin-qua. Et les lacs d'argent à être investis pour quelqu'un qui, un jour, se présenterait avec un certain chop. Maintenant, tout le travail, le souci, l'organisation, les morts, tout était perdu. Par l'imbécile arrogance d'un seul homme, Lord Cunnington. *Nom de Dieu ! Que vais-je faire, maintenant ?*

Struan s'efforça de se remettre du choc et de réfléchir. Le ministre des Affaires étrangères était un homme brillant. Il ne repousserait pas Hong Kong à la légère. Il devait y avoir une raison. Laquelle ? Et comment vais-je diriger Whalen ? Comment intégrer dans l'avenir un « militaire mais pas administrateur » ?

Peut-être devrais-je empêcher d'acheter des terrains aujourd'hui. Laisser les autres marchands acheter, et qu'ils aillent au diable. Brock sera écrasé avec les autres, car Whalen arrivera avec la nouvelle dans un mois, sinon plus longtemps. A cette date, ils auront déjà commencé de construire à outrance. Sûr, c'est le moyen, c'en est un, et quand la nouvelle sera connue, nous nous retirerons tous à Macao — ou dans un des ports que Whalen obtiendra par traité — et tous les autres seront écroulés. Ou très touchés. Sûr. Mais si moi, je puis avoir ce renseignement, Brock peut l'avoir aussi. Alors peut-être ne se laissera-t-il pas faire. Peut-être.

Sûr. Mais de cette façon, tu perds la clef de l'Asie, ce misérable rocher stérile, sans lequel tous les ports ouverts de l'avenir ne serviront à rien.

L'autre choix était d'acheter et de construire et de miser que Whalen — comme Longstaff — pourrait être amené à outrepasser ses instructions, de miser que Cunnington en personne pourrait être influencé. De déverser les richesses de la Noble Maison dans la nouvelle ville. Un coup de dés. Faire prospérer Hong Kong. Vite. Pour forcer le gouvernement à accepter la colonie.

C'est mortellement dangereux, mon gars. Tu ne peux pas forcer la main de la Couronne. L'enjeu est terrible, les chances minimes. Quand même, tu n'as pas le choix. Il faut miser.

L'enjeu le fit penser au jeune Crosse. Là, tiens, voilà un garçon précieux. Comment pourrais-je l'utiliser ? Comment lui faire garder le secret sur son voyage fantastique ? Sûr, et comment faire produire à Hong Kong une impression favorable sur Whalen ? Et se rapprocher de Cunnington ? Comment puis-je garder le traité comme je le veux ?

« Eh bien, monsieur Crosse, vous avez fait un voyage remarquable. A qui avez-vous dit combien de temps vous avez mis ?

— A vous seul, monsieur.

— Alors gardez-le pour vous, dit Struan en griffonnant quelques mots sur une feuille de papier. Donnez cela à mon caissier. »

Crosse lut le papier.

« Vous me donnez les cinq mille guinées d'un coup ?

— Je les mets au nom de Roger Blore. Je crois que

vous feriez mieux de conserver ce nom. Pour le moment, du moins.

— Oui, monsieur. Je suis désormais Roger Blore, acquiesça le jeune homme en se levant. Avez-vous encore besoin de moi, monsieur Struan ?

— Voulez-vous un emploi, monsieur Blore ?

— Je crains que... Ma foi, monsieur Struan, j'ai tâté d'une dizaine de choses mais ça n'a jamais marché. Mon père a tout essayé et... ma foi, c'est peut-être écrit, je suis ce que je suis. Je regrette, mais vos bonnes intentions seraient perdues.

— Je vous parie cinq mille guinées que vous accepterez l'emploi que je vais vous offrir. »

Le garçon savait qu'il gagnerait le pari. Il n'y avait aucun travail, aucun emploi que le Taï-pan avait à offrir, qu'il accepterait.

Mais attends donc. Voilà un homme avec qui il ne ferait pas bon s'amuser, avec qui on ne peut jouer à la légère. Ces yeux de démon sont d'un calme trompeur. Je n'aimerais pas les voir en face de moi au poker. Ou au baccara. Attention, Richard Crosse Roger Blore. Voilà un homme qui se ferait régler une dette.

« Eh bien, monsieur Blore ? Où est votre cran ? Ou bien n'êtes-vous pas le joueur que vous prétendez ?

— Les cinq mille guinées sont ma vie, monsieur. Ma dernière mise.

— Et alors ? Jouez votre vie, par Dieu !

— Vous ne risquez pas la vôtre, monsieur. Donc le pari est inégal. Pour vous, la somme est méprisable. Donnez-moi une chance égale. Cent contre un. »

Struan admira l'audace du jeune homme.

« Très bien. La vérité, monsieur Blore. Devant Dieu. »

Il tendit la main et Blore se sentit défaillir, car il avait parié avec lui-même qu'en demandant une telle chance le pari ne tiendrait plus. Ne fais pas ça, idiot, s'était-il dit. Cinq cent mille guinées !

Il serra la main de Struan.

« Secrétaire du Jockey Club de Hong Kong, dit Struan.

— Quoi ?

— Nous venons juste de fonder le Jockey Club. Vous êtes secrétaire. Votre mission est de trouver des chevaux. De créer un champ de courses. De construire un club. De créer les plus riches, les plus belles écuries de courses d'Asie. Un hippodrome aussi bon qu'Aintree, le plus beau du monde. Qui gagne le pari, petit ? »

Blore avait le vertige. Ses idées tourbillonnaient. Pour l'amour de Dieu, maîtrise-toi, réfléchis !

« Un hippodrome ?

— Sûr. Vous le créez, vous le dirigez — les chevaux, les paris, les guichets, les tribunes, la cote, les prix, tout. Commencez aujourd'hui.

— Mais, Jésus, où allez-vous trouver des chevaux ?

— Vous. Où allez-*vous* trouver des chevaux ?

— En Australie, bon Dieu, s'écria Blore. Il paraît qu'ils ont des chevaux à ne savoir qu'en faire, là-bas. »

Il fourra l'effet de banque dans les mains de Struan et hurla :

« Monsieur Struan, jamais vous ne le regretterez ! »

Sur quoi il courut à la porte.

« Où allez-vous comme ça ? demanda Struan.

— En Australie, naturellement.

— Pourquoi n'iriez-vous pas d'abord voir le général ?

— Hein ?

— Il me semble me souvenir qu'il a de la cavalerie. Empruntez des chevaux. Je dirais que vous pourriez organiser la première réunion samedi prochain.

— Je pourrais ?

— Sûr. Samedi est un bon jour pour les courses. Et les Indes sont plus près que l'Australie. Je vous y enverrai par le premier navire en partance.

— C'est vrai ? »

Struan sourit.

« Sûr, dit-il en lui rendant le papier. Cinq cents guinées, une prime sur votre première année de salaire, monsieur Blore, fixé à cinq cents par an. Le reste est l'argent des prix pour les quatre ou cinq premières réunions. Je dirais huit courses, cinq chevaux par course, tous les quinze jours, le samedi.

— Monsieur Struan... Que Dieu vous garde ! »

Struan se retrouva seul. Il craqua une allumette et regarda brûler la lettre. Il réduisit les cendres en poudre et sortit de sa cabine.

May-may était encore au lit, mais sa toilette était faite, elle était coiffée, et ravissante.

« Heya, Taï-pan, dit-elle distraitement en l'embrassant du bout des lèvres, sans cesser de s'éventer. Je suis gracieusement contente de ton retour. Je veux que tu m'achètes un petit morceau de terrain parce que j'ai décidé d'entrer dans les affaires.

— Quel genre d'affaires ? demanda-t-il, un peu vexé de cet accueil négligent, mais heureux de la voir accepter ses allées et venues sans poser de questions et sans faire d'histoires.

— Tu verras, ça ne fait rien. Mais je veux des taels pour débuter. Je paie dix pour cent d'intérêt, ce qui est première classe. Cent taels. Tu seras homme d'action.

— Homme d'... Ah ! actionnaire ? dit-il en avançant la main vers ses seins. A propos d'action... »

Elle le repoussa.

« Les affaires avant cette action-là. Tu m'achètes le terrain et tu me prêtes cent taels ?

— L'action avant les affaires !

— Ayee yah, avec cette chaleur ? s'écria-t-elle en riant. Très bien. C'est terrificalement mauvais se fatiguer dans cette chaleur, déjà ta chemise te colle au dos. Viens donc, ça ne fait rien.

— Je te taquinais. Comment vas-tu ? Le bébé ne te donne pas trop de mal ?

— Bien sûr que non. Je suis une mère très attentive et je mange seulement des nourritures spéciales pour construire un beau fils. Et je pense des pensées de guerre pour le faire Taï-pan-brave.

— Combien de taels veux-tu ?

— Cent. Je l'ai dit. Tu n'as pas d'oreilles ? Tu es terrifical bizarre aujourd'hui, Taï-pan. Oui. Très bizarre en vérité. Tu n'es pas malade, dis ? Tu as les mauvaises nouvelles ? Ou juste fatigué ? !

— Juste fatigué. Cent taels, certainement. Quelles sont ces fameuses affaires ? »

Elle battit des mains en riant.

« Oh ! tu verras. J'ai beaucoup réfléchi quand tu n'es pas là. Qu'est-ce que je fais pour toi ? L'amour et le guidage, conseils, tout ça terrifical bon, sûr, mais pas assez. Alors maintenant, je fais aussi des taels pour toi, et pour mes vieux jours. Mais seulement des barbares, je prends. Je ferai des fortunes — oh ! oui, et tu penseras que je suis très maligneuse.

— C'est un mot qui n'existe pas !

— Tu comprends très bien. »

Elle lui sauta au cou en riant et ce rire lui fit chaud au cœur. Il la serra contre lui.

« Tu veux venir maintenant ? souffla-t-elle.

— Il y a la vente des terres dans une heure.

— C'est vrai. Mieux vaut changer habits vite et tu reviens. Un petit terrain le long de Queen's Road. Mais je paie pas plus de dix taels de loyer par an ! Tu m'as apporté un cadeau ?

— Quoi ?

— Allons, c'est une bonne coutume que lorsqu'un homme quitte sa femme, il rapporte un présent. Du jade. Des choses comme ça.

— Pas de jade. Mais la prochaine fois, je serai plus prévenant.

— Une bonne coutume, soupira-t-elle. Ta pauvre vieille mère est très impauvrie. On mange plus tard, heya ?

— Sûr. »

Struan monta à sa cabine au pont supérieur. Lim Din s'inclina :

« Bain très froid, tout pareil, Massi. Voulez ?

— Sûr. »

Struan ôta ses vêtements, se plongea dans son bain et réfléchit à la lettre de Sir Charles, rageant contre la stupidité de Lord Cunnington. Il se frictionna ensuite et mit des vêtements propres, et en quelques minutes, sa chemise fut de nouveau trempée de sueur.

Mieux vaut que je reste ici et que je pense à tout ça, se dit-il. Culum peut s'occuper des terrains. Je parie ma vie que Tess a parlé à son père de son projet, pour la colline. Culum sera peut-être pris au piège des enchères. Mais le gamin s'est bien débrouillé. Je peux lui faire confiance, pour ça.

Il fit donc avertir Culum d'avoir à enchérir pour la Noble Maison, et il lui fit dire aussi d'acheter une petite parcelle bien placée sur Queen's Road. Il envoya un message à Horatio le prévenant que Mary était souffrante, et il fit aussi préparer un lorcha pour le conduire immédiatement à Macao.

Puis il s'assit dans son grand fauteuil de cuir, regarda l'île par le hublot et laissa vagabonder son esprit.

Culum acheta les parcelles urbaines et du bord de mer, fier d'enchérir pour la Noble Maison et de gagner encore plus de face. De nombreuses personnes lui demandèrent où était le Taï-pan, et où il était allé, mais il répondait sèchement qu'il n'en savait rien, et continuait de feindre une hostilité qu'il n'éprouvait plus.

Il acheta la colline — et les terrains qui en garantissaient la sécurité —, soulagé que les Brock n'aient pas enchéri contre lui, prouvant ainsi qu'il pouvait avoir confiance en Tess. Il décida néanmoins d'être plus prudent à l'avenir, et de ne plus la mettre dans une telle situation. C'était trop dangereux, pour elle comme pour lui. Il songeait aussi à son désir frénétique, que la vue de Tess, sa pensée, le plus léger contact de la main exacerbait. Il ne pouvait en parler à personne, qu'à Gorth, qui comprenait, et qui lui proposait tous les jours de l'emmener dans une maison accueillante de Macao. Mais Culum supportait sa douleur physique, et se jurait que si Brock consentait à les marier le mois suivant, il n'irait pas au bordel.

Au coucher du soleil, Culum et Struan montèrent à bord du *White Witch*. Brock les attendait sur le gaillard d'arrière, Gorth à ses côtés. La nuit était fraîche et plaisante.

« J'ai pris ma décision au sujet du mariage, Culum, dit Brock. Le mois prochain ne serait pas convenable. L'année prochaine, ça vaudrait mieux. Mais je vais vous dire. Dans trois mois, Tess aura dix-sept ans, et ce jour-là, le dix, vous pourrez vous marier.

— Merci, monsieur Brock, murmura Culum. Merci. »

Brock sourit à Struan.

« Ça te convient, Dirk ?

— C'est toi qui décides, Tyler, pas moi. Mais à mon avis, deux mois ou trois, ça ne fait guère de différence. Je persiste à proposer le mois prochain.

— Le mois de septembre vous va, Culum ? Comme je dis ? Soyez franc, mon garçon.

— Oui. Naturellement. J'avais espéré... mais... eh bien, oui, monsieur Brock. »

Culum se jura qu'il attendrait les trois mois. Mais au fond de son cœur, il savait qu'il en serait incapable.

« Alors c'est dit !

— Sûr, dit Struan. Dans trois mois, alors donc. »

Sûr, se dit-il, ce sera trois mois. Tu viens de signer une condamnation à mort, Tyler. Et peut-être deux.

« Dirk, dis-moi, tu pourras peut-être m'accorder un moment demain ? Nous devons décider de la dot, et tout.

— A midi ?

— Ouais. Midi. Et maintenant, je crois que nous allons rejoindre ces dames en bas. Tu restes à souper, Dirk ?

— Merci, mais j'ai à faire.

— Les courses, par exemple, hé ? Le chapeau, je te tire. Très malin de faire venir de chez nous ce gars Blore. C'est un jeune gandin tout vif. La dernière course de chaque réunion sera le Prix Brock. Nous avançons l'argent du prix.

— Oui, il paraît. C'est légitime que nous ayons le meilleur hippodrome d'Asie. »

Blore avait annoncé la nouvelle à la vente des terres. Longstaff avait accepté d'être le premier président du Jockey Club. La cotisation annuelle avait été fixée à dix guinées, et tous les Européens de l'île s'étaient immédiatement inscrits. Blore était assiégé par des volontaires désireux de monter les chevaux de la cavalerie que le général avait consenti à fournir.

« Tu sais monter, Dirk ?

— Sûr. Mais j'ai jamais fait de courses.

— Moi de même. Mais on devrait peut-être en tâter un brin, hé ? Culum, vous montez ?

— Oh ! oui. Mais je ne suis pas expert. »

Gorth lui assena une claque dans le dos.

« Nous pouvons nous procurer des montures à Macao, Culum, et nous exercer un peu. On lancera un défi à nos papas, hé ? »

Culum répondit par un sourire gêné.

« Pourquoi pas, Gorth, dit Struan. Eh bien, bonsoir. Je te verrai demain à midi, Tyler.

— Ouais. 'Soir, Dirk. »

Struan les quitta.

Pendant le dîner, Culum essaya d'apaiser l'hostilité latente entre Gorth et Brock. Il trouvait étrange de les apprécier tous les deux, et comprenait pourquoi Gorth voulait être Taï-pan et pourquoi Brock répugnait à passer la main. Et il s'étonnait de se sentir plus sage que Gorth. Au fond, ce n'est pas tellement surprenant, pensa-t-il. Gorth n'a pas été brusquement livré à lui-même pendant sept longs jours, en endossant toutes les responsabilités. Le jour où j'épouserai Tess, se dit-il, je jetterai les vingt pièces d'or de Brock. Ce ne serait pas très bien de les garder. Quoi qu'il arrive, nous commencerons à zéro. Trois mois seulement ! Merci, mon Dieu !

Après le dîner, Tess et Culum montèrent seuls sur le pont. La main dans la main sous les étoiles, ils brûlaient de désir. Culum l'embrassa timidement, et Tess se rappela la violence des baisers de Nagrek, et ses mains de feu et la douleur délicieuse qu'elles provoquaient. Elle était heureuse de savoir que bientôt elle pourrait apaiser l'incendie qui faisait rage en elle. Plus que trois mois, et la paix.

Ils redescendirent dans la cabine étouffante, et après le départ de Culum elle se coucha, mais ne put dormir. Son désir lui faisait mal ; elle pleura, parce qu'elle savait que Nagrek l'avait caressée d'une façon qui n'aurait dû être réservée qu'à Culum, et parce qu'elle devait garder éternellement ce secret. Mais comment ferait-elle ? Oh ! mon amour, mon amour...

Dans la grande cabine, d'une voix basse et tendue, Gorth dit à son père :

« Je te le répète, Pa, on a fait une erreur. Une erreur terrible ! »

Brock posa brusquement sa chope sur la table et la bière jaillit sur le bois et le plancher.

« C'est moi qui décide, Gorth, et on n'en parle plus ! Ils seront mariés en septembre !

— Et on a eu tort de ne pas enchérir pour la colline ! Ce démon nous a volé encore un point, bon Dieu !

— Réfléchis, Gorth, gronda Brock. Si nous avions fait ça, alors le jeune Culum aurait compris que Tess, dans sa candeur, m'avait tout raconté. La colline n'a pas d'importance. Y aura peut-être un jour où elle nous dira quelque chose qui sera la mort de Dirk, et c'est ça que nous voulons savoir, pas autre chose. »

Brock avait honte d'écouter Tess et de se servir d'elle à son insu pour espionner Culum, et comme instrument contre Dirk Struan. Mais il avait plus encore honte de Gorth, et se méfiait plus que jamais de lui. Parce qu'il savait que Gorth avait raison. Mais le bonheur de Tess lui importait plus que tout, et cela le rendait dangereux. Et maintenant, le rejeton de ce démon de Struan allait s'accoupler avec sa Tess adorée !

« Je jure devant Dieu que je tuerai Culum s'il touche à un seul de ses cheveux ! rugit-il d'une voix terrible.

— Alors pourquoi, bon Dieu, laisser Culum l'épouser si vite ? Sûr, qu'il lui fera du mal et qu'il se servira d'elle contre nous, à présent !

— Et qu'est-ce qui t'a fait changer d'idée, hé ? Tu étais pour, t'étais enthousiaste !

— Oui, mais pas dans trois mois, nom de Dieu ! C'est la fin de tout !

— Pourquoi ?

— Parce que tout est foutu ! Quand j'étais pour, Robb était vivant, pas vrai ? Le Taï-pan devait partir cet été pour de bon et passer la main à Robb, et puis à Culum au bout d'un an. C'était vrai. Un mariage au bout d'un an était parfait. Mais à présent, le Taï-pan reste ici. Et maintenant que tu consens au mariage dans trois mois, le Taï-pan va nous arracher Tess et dresser Culum contre nous, et à présent je crois qu'il ne partira plus jamais. En tout cas, pas tant que tu es le Taï-pan de Brock et Fils !

— Il ne partira jamais, de toute façon. Il peut dire ce qu'il veut à Culum, il ne quittera jamais l'Asie. Je connais Dirk.

— Et moi je te connais.

— Quand il partira, ou qu'il sera crevé, alors moi je partirai.

— Alors vaut mieux qu'il crève un peu vite !

— Je te conseille de prendre patience.

— Je suis patient, Pa... »

Gorth avait sur le bout de la langue de dire à Brock quelle vengeance il projetait contre Struan — à travers Culum — à Macao. Mais il se tut. Le bonheur de Tess importait plus à son père que de devenir Taï-pan de la Noble Maison. Son père ne possédait plus cette hardiesse sans scrupules qu'avait Struan et qui faisait de lui le seul Taï-pan possible.

« Souviens-toi, Pa. Il a été plus malin que toi pour les lingots, pour leur maison, le mariage et même le bal. Tess est ta faiblesse ! Il le sait bien, et elle est pour toi comme le fanal d'un naufrageur et tu cours droit sur les récifs !

— Pas vrai ! Pas vrai ! Je sais ce que je fais ! gronda Brock à voix basse, les veines ressortant sur ses tempes comme les nœuds au bout des lanières du chat-à-neuf-queues. Et je t'ai déjà prévenu. Ne pars pas en guerre tout seul contre ce démon. Il te coupera les couilles et te les fera bouffer ! Je le connais !

— Oui, ça oui, Pa ! »

Gorth sentait vieillir son père, et pour la première fois, il se rendait compte qu'il pourrait l'écraser, d'homme à homme.

« Alors ôte-toi du chemin, lui dit-il, et laisse un homme faire un travail d'homme, nom de Dieu ! »

Brock se leva si brusquement que la chaise tomba. Gorth était debout, attendant que son père dégaine son couteau, sachant que désormais il pouvait se permettre d'attendre, car il était le plus fort.

Brock comprit que c'était sa dernière chance de dominer son fils. S'il ne tirait pas le couteau, il était perdu. S'il le tirait, il devrait tuer Gorth. Il savait qu'il en était capable, mais plus seulement par la force seule ; il lui faudrait user de ruse. Gorth, bon Dieu, c'est ton fils, ton aîné. C'est pas un ennemi.

« C'est pas bien, ça, dit-il en réprimant son envie de tuer. Pas bien pour toi, pour toi et moi, tout ça. Non, bon Dieu ! Je te le répète une dernière fois, tu t'attaques à lui, tu feras connaissance avec ton Créateur ! »

Gorth éprouva l'exaltation de la victoire. Il repoussa sa chaise.

« Seul, le joss nous tirera de ce merdier. Je descends à terre. »

Brock était seul. Il vida sa chope, en but une autre, puis une autre. Liza ouvrit la porte mais il ne la vit pas et elle le laissa boire ; elle alla se coucher, et pria pour la réussite du mariage. Et pour son homme.

Gorth, à terre, alla tout droit chez Mrs. Fotheringill.

« Je ne veux pas de votre clientèle, monsieur Brock, lui déclara-t-elle. La dernière a été trop abîmée.

— Qu'est-ce que c'est qu'une singesse pour toi, vieille sorcière ? Tiens ! cria Gorth en jetant vingt souverains d'or sur la table. Et voilà encore la même chose pour que tu fermes ton clapet ! »

Elle lui donna une jeune Hakka, et une chambre en sous-sol au plus profond de la maison.

Gorth violenta la fille, la fouetta brutalement et la laissa mourante.

Le lendemain, il partit à bord du *White Witch* pour Macao, à quarante milles au sud-ouest. Il ne manquait que Brock, Culum était là, sur le gaillard d'arrière, tenant Tess par le bras.

## 32

CINQ jours plus tard, c'étaient les courses.

Et durant ces cinq jours, on avait creusé les fondations de la nouvelle ville. Suivant l'exemple de la Noble Maison, tous les marchands avaient recruté tous les travailleurs de Tai Ping Shan pour creuser, transporter des matériaux, construire, et ils se hâtaient de réinvestir sur l'île tout l'argent que Longstaff leur avait remboursé. Les briquetiers de Macao, les scieries de Canton, tous les métiers intéressés par le bâtiment se mirent à travailler jour et nuit pour satisfaire aux demandes frénétiques des marchands, pressés de remplacer ce qu'ils avaient dû abandonner. Les salaires augmentèrent. Il y eut pénurie de coolies (la Noble Maison à elle seule employait trois mille maçons, manœuvres et artisans de toute espèce) bien que chaque marée amenât de nouveaux travailleurs, qui trouvaient vite à se placer. Tai Ping Shan s'enfla monstrueusement. Toute la pointe de Glessing était le théâtre d'une animation fiévreuse.

Le jour des courses était le quatorzième, depuis que Struan et May-may avaient quitté leur maison de la Vallée Heureuse pour s'installer à bord du *Resting Cloud.*

« Tu n'as pas bonne mine, fillette, dit Struan. Vaudrait mieux que tu restes au lit, aujourd'hui.

— Je crois que oui, soupira-t-elle. Mais ce n'est rien, ça ne fait rien. »

Elle avait mal dormi et souffrait de courbatures dans la nuque et la colonne vertébrale.

« Tu as l'air terrifical beau », déclara-t-elle.

Struan portait un costume neuf, qu'il avait fait faire spécialement pour assister aux courses. Redingote vert foncé du drap le plus fin, pantalon de nankin blanc à sous-pieds sur ses demi-bottes noires, gilet de cachemire primevère, cravate verte.

May-may se hissa péniblement sur l'oreiller qu'Ah Sam arrangeait pour elle.

« Ce n'est qu'un diable d'été. J'ai demandé le docteur. Tu vas à terre maintenant ?

— Oui. La réunion commence dans une heure. Je crois que je vais t'envoyer notre médecin. Il...

— Mon docteur chinois. Pas un autre. Et n'oublie surtout pas. Vingt taels sur le cheval numéro quatre dans la quatrième course. L'astrologue m'a dit que c'est le bon gagnant absolument.

— Je n'oublierai pas. Repose-toi, maintenant.

— Quand j'aurai gagné, je me sentirai fantasticalement mieux, heya ? Va vite, maintenant. »

Il l'embrassa tendrement, remonta ses couvertures et s'assura qu'elle avait du thé et de l'eau bouillante pour son dos. Puis il descendit à terre.

L'hippodrome avait été tracé à l'ouest de la pointe de Glessing. Une foule nombreuse l'envahissait. Une partie de l'étendue, proche du poteau de départ et d'arrivée, avait été réservée pour les Européens et des cordes empêchaient les hordes de Chinois curieux d'en approcher. Des tentes étaient dressées ici et là. On avait construit un paddock et des guichets. Des oriflammes claquant au sommet de perches de bambou délimitaient la piste ovale.

On pariait gros et Henry Hardy Hibbs était le principal bookmaker.

« Choisissez vos gagnants, messieurs, clamait-il en tapant le tableau noir sur lequel il inscrivait les cotes.

Major Trent sur Stan, l'étalon noir, favori dans la première ! A égalité. Le champ à trois contre un !

— Sacré Hibbs, grommela Glessing, rouge et suant. Le champ à trois contre un et vous êtes sûr de gagner. Je prends la jument grise à six contre un. Une guinée ! »

Hibbs consulta son tableau et graillonna :

« Pour vous, mon capitaine, cinq, ce sera. Une guinée, c'est tenu. Sur Mary Jane ! »

Glessing se détourna. Il était furieux de ne pas être à Macao et de ne pas avoir reçu la lettre promise par Culum. Mon Dieu, mon Dieu, songeait-il, rongé d'inquiétude, j'aurais dû déjà avoir des nouvelles ! Que signifie ce retard ? Et que fait ce bougre d'Horatio ? Est-ce qu'il essaie de lui faire changer d'avis, mon Dieu ?

Morose, il descendit vers le paddock et vit Struan et Sergueyev, mais Longstaff les rejoignait, aussi ne s'arrêta-t-il pas.

« Quel est votre choix, Altesse ? demanda aimablement Longstaff.

— Le hongre », répondit le Russe sans hésiter.

Il s'appuyait sur une canne. L'odeur des chevaux, la surexcitation ambiante l'exaltaient et lui faisaient oublier sa douleur constante. Il regrettait de ne pouvoir monter, mais remerciait la providence d'avoir survécu à sa blessure. Et il bénissait Struan. Il savait que sans l'opération de Struan, il serait mort.

« Eh bien, Altesse, murmura Shevaun en s'approchant, au bras de Jeff Cooper, avez-vous un tuyau pour moi ? »

Elle portait une robe de soie verte et une ombrelle orange, et souriait à tout le monde, mais plus particulièrement à Struan.

« Le hongre est le meilleur cheval, mais je ne saurais dire quel est le meilleur cavalier, Shevaun », dit le grand-duc.

Shevaun examina le grand cheval bai à la robe luisante. Ses yeux pétillèrent.

« Hélas ! pauvre cheval ! Si j'étais cheval et qu'on me fasse une chose pareille, je jurerais de ne pas courir une toise. Pour personne. C'est barbare ! »

Tous les hommes rirent avec elle.

« Pariez-vous sur le hongre, Taï-pan ?

— Je ne sais pas, murmura Struan, qui ne pensait qu'à May-may, et s'inquiétait. J'aime bien la pouliche. Mais je crois que je me déciderai quand ils seront au départ. »

Elle l'examina un instant, en se demandant s'il parlait par parabole.

« Allons voir la pouliche de près, proposa Jeff Cooper avec un rire forcé.

— Allez-y donc, Jeff, voulez-vous ? Je vous attends ici.

— Je vous accompagne », déclara Longstaff, sans remarquer l'irritation soudaine de Cooper.

Cooper hésita, puis les deux hommes s'éloignèrent.

Brock souleva poliment son chapeau à Shevaun, mais passa sans s'arrêter. Il était heureux que Struan ait décidé de ne pas monter en course, car il n'aimait pas tellement monter et le défi lancé à Struan avait été machinal.

« Comment va votre blessure, Altesse ? demanda Shevaun.

— Très bien. Grâce au Taï-pan, je suis presque redevenu moi-même.

— Je n'ai rien fait », protesta Struan que les éloges de Sergueyev gênaient.

Il remarqua Blore au paddock, en grande conversation avec Skinner. Je me demande si j'ai misé juste sur ce galopin, songea-t-il.

« Vous avez un fort beau navire, Altesse », disait Shevaun au grand-duc.

Struan remarqua que Sergueyev la contemplait avec une franche admiration.

« J'aimerais avoir l'honneur de vous le faire visiter, dit le Russe. Mon capitaine est à votre disposition.

— Merci, j'en serais ravie.

— Vous aussi, monsieur Struan. Peut-être pourrions-nous parler de ses qualités et de ses défauts ?

— Avec plaisir et... »

Blore arriva alors en courant, épuisé, couvert de poussière.

« On va bientôt commencer, Taï-pan — oh ! dites, vous êtes vraiment chic, Miss Tillman — mes respects, Altesse, dit-il d'une traite. Tout le monde a mis votre argent sur le quatre dans la quatrième, j'ai décidé de la monter moi-même et... ah ! oui, Taï-pan, j'ai examiné l'étalon, hier soir. Il a pris le mors, alors on pourra l'essayer la prochaine fois... Altesse, si vous voulez bien, je vais vous conduire à votre poste. Vous donnez le départ de la première.

— Moi ?

— Son Excellence ne vous en a rien dit ? Au diable le... Je veux dire, cela vous plaît-il ? Si vous voulez me suivre ? »

Jamais Blore n'avait tant travaillé, et il n'avait jamais été aussi énervé. Il conduisit Sergueyev en lui frayant un passage dans la foule.

« Blore a l'air d'un gentil garçon, observa Shevaun, heureuse d'être enfin seule avec Struan. Où l'avez-vous trouvé ?

— C'est lui qui m'a trouvé. Et je m'en félicite. »

Son attention fut attirée par une altercation du côté des tentes. Un groupe de soldats de garde repoussaient un Chinois hors du pesage. Le chapeau de coolie tomba... et la longue natte avec. C'était Aristote Quance.

« Excusez-moi une seconde », murmura Struan.

Il courut vers le groupe et se planta devant le petit homme, en le cachant de toute sa masse.

« Laissez, laissez, dit-il aux soldats. C'est un de mes amis. »

Ils s'éloignèrent, en haussant les épaules.

« Tonnerre d'un boulet de canon, Taï-pan, s'écria Quance en remettant vivement son chapeau. Il s'en est fallu d'un cheveu. Merci, de grand cœur ! »

Struan tira Quance à l'abri de la tente.

« Que diable faites-vous ici, bon dieu ? chuchota-t-il.

— Fallait que je voie les courses. Et puis j'avais à vous parler.

— Ce n'est pas le moment ! Maureen est par là dans la foule ! »

Quance blêmit.

« Que Dieu me protège !

— Sûr ; encore que je me demande pourquoi Il le ferait ! Courez vite et disparaissez pendant qu'il en est temps. Il paraît qu'elle doit prendre le bateau pour rentrer en Angleterre dans huit jours. Si elle soupçonnait... ma foi, c'est vous que ça regarde.

— Rien que la première course, Taï-pan ! supplia Quance. Je vous en prie. Et j'ai un renseignement pour vous.

— Quoi donc ? »

Suffoqué, scandalisé, Struan apprit ce que Gorth avait fait à la petite prostituée.

« Une horreur ! La pauvre fille est à la mort, Taï-pan. Gorth est fou. Fou furieux.

— Faites-moi prévenir si elle meurt. Alors nous... ma foi, il faudra que j'y réfléchisse. Merci, Aristote. Mais je vous conseille de disparaître.

— Rien que la première course ? Je vous en supplie. Vous ne savez pas ce que ça représente pour un pauvre homme. »

Struan regarda autour de lui. Shevaun se détournait ostensiblement. Puis il remarqua Glessing qui passait.

« Capitaine ! »

En reconnaissant le peintre, Glessing ouvrit des yeux ronds.

« Ah ! par exemple ! Diable ! Je vous croyais en haute mer !

— Rendez-moi service, voulez-vous ? lui dit rapidement Struan. Mrs. Quance est près du poteau. Voulez-vous veiller sur Aristote et faire en sorte qu'elle ne le voie pas ? Mieux encore, emmenez-le là-bas, avec les Chinois. Qu'il regarde la première course et puis vous l'accompagnerez chez lui.

— Certainement. Grands dieux, Aristote, je suis content de vous voir, dit Glessing, puis il se tourna vers Struan : Avez-vous eu des nouvelles de Culum ? Je suis mortellement inquiet au sujet de Miss Sinclair.

— Non. Mais j'ai dit à Culum d'aller la voir dès son arrivée. Nous devrions recevoir un mot d'un moment à l'autre. Je suis certain qu'elle va bien.

— Je l'espère. Ah ! où dois-je conduire Aristote après la course ?

— Chez Mrs. Fotheringill.

— Dieu de Dieu ! Comment est-ce, Aristote ? » demanda Glessing, dévoré de curiosité.

Quance lui prit le bras.

« Terrible, mon garçon, terrible. Impossible de dormir et la cuisine est abominable. Taï-pan, pouvez-vous me prêter quelques guinées ? »

Struan grogna et s'éloigna pour rejoindre Shevaun.

« Un de vos amis, Taï-pan ?

— Ce n'est pas diplomatique de remarquer certains amis, Shevaun. »

Elle lui donna en riant un petit coup d'éventail.

« Inutile de me rappeler la diplomatie, vous le savez bien. Vous m'avez manqué, Dirk.

— Oui... »

Il se dit que ce serait facile, et sage, d'épouser Shevaun. Mais impossible. A cause de May-may.

« Pourquoi avez-vous voulu vous faire peindre nue ? demanda-t-il brusquement, et il comprit à l'éclair de son regard qu'il avait deviné juste.

— Aristote vous a dit ça ? dit-elle sans s'émouvoir.

— Dieu, non ! Il ne ferait jamais ça. Mais il y a quelques mois, il nous a taquinés. Il parlait d'une certaine commande de nu. Pourquoi ? »

Elle rougit, s'éventa et se mit à rire.

« Goya a peint la duchesse d'Albe. Deux fois, je crois. Elle est devenue la coqueluche du monde entier.

— Vous êtes une diablesse, Shevaun, dit-il, ses yeux pétillant d'amusement. Lui avez-vous vraiment permis de... de voir le sujet ?

— Licence poétique de sa part. Nous avons envisagé deux portraits. Vous n'approuvez pas ?

— Je pense que votre oncle, et votre père sauteraient au plafond s'ils en entendaient parler, ou si les portraits tombaient en de mauvaises mains.

— Les achèteriez-vous, Taï-pan ?

— Pour les cacher ?

— Pour les admirer.

— Vous êtes une fille étrange, Shevaun.

— Je méprise peut-être simplement l'hypocrisie... Tout comme vous.

— Sûr. Mais vous êtes fille dans un monde d'hommes, et il est des choses que vous ne pouvez faire.

— Il est des choses que je voudrais bien faire, moi ! »

Des cris s'élevèrent. Les chevaux défilaient. Shevaun prit brusquement une décision.

« Je crois que je vais quitter l'Asie. Dans deux mois.

— Vous dites cela comme une menace.

— Non, Taï-pan. Mais je suis amoureuse — et amoureuse de la vie, aussi. Et je suis d'accord avec vous. Le bon moment, pour choisir le gagnant, c'est au poteau du départ. »

Elle s'éventa nerveusement, en priant que son coup de dés justifiât le risque.

« Qu'avez-vous choisi ? » demanda-t-elle.

Sans regarder les chevaux, il répondit doucement :
« La poulilche, Shevaun.

— Comment s'appelle-t-elle ?

— May-may », murmura-t-il.

L'éventail hésita puis se remit à voleter.

« Une course n'est pas perdue tant que les juges n'ont pas désigné le vainqueur. »

Elle sourit et s'éloigna, la tête haute, plus belle qu'elle ne l'avait jamais été.

La pouliche fut battue. D'une demi-tête. Mais battue quand même.

« Déjà de retour, Taï-pan ? souffla May-may.

— Sûr. J'étais las des courses, et je me faisais du souci pour toi.

— Est-ce que j'ai gagné ? »

Il hocha la tête. Elle sourit et soupira.

« Enfin... Tant pis, ça ne fait rien. »

Elle avait les yeux rouges, et le teint plombé.

« Le docteur est venu ? demanda Struan.

— Pas encore. »

May-may se tourna sur le côté, mais cela ne la soulagea pas. Elle ôta un oreiller, se retourna, et puis le remit en place.

« Ta pauvre vieille mère se fait vieille, dit-elle avec un petit sourire triste.

— Où as-tu mal ?

— Nulle part. Partout. Une bonne nuit de sommeil guérira tout, ça ne fait rien. »

Il lui massa la nuque et le dos et refusa d'envisager l'impensable. Il commanda du thé et un repas léger et voulut la forcer à manger un peu, mais elle n'avait aucun appétit.

Au coucher du soleil, Ah Sam entra et dit quelques mots à May-may, qui traduisit pour Struan :

« Le docteur est là. Avec Gordon Chen.

— Parfait. »

Ah Sam alla ouvrir un petit cabinet à bijoux, y prit une statuette d'ivoire représentant une femme nue couchée sur le côté et l'apporta à May-may. Avec stupéfaction, Struan vit May-may montrer diverses parties du corps de la statue et parler longuement à Ah Sam. L'esclave sortit et Struan, perplexe, la suivit.

Le médecin était un vieillard très digne, à la longue natte bien brillante, vêtu d'une robe noire élimée. Il avait des yeux vifs, de longs doigts effilés et le dessus de ses mains fines était couvert de veines bleues.

« Si navré, Taï-pan, dit Gordon en s'inclinant, ainsi que le médecin. Voici Kee Fa Tan, le meilleur docteur de Tai Ping Shan. Nous sommes venus aussi vite que possible.

— Merci. Venez vite par... »

Struan se tut brusquement. Ah Sam s'approchait du médecin, lui montrait la statuette et indiquait les diverses parties du corps, comme l'avait fait May-may. Et elle répondait longuement à des questions.

« Mais qu'est-ce qu'il fait, bon dieu ? s'écria-t-il.

— Son diagnostic, expliqua Gordon Chen en écoutant attentivement Ah Sam et le médecin.

— Sur la statue ?

— Oui. Il serait inconvenant qu'il voie la Dame, si cela n'est pas nécessaire, Taï-pan. Ah Sam lui explique où elle a mal. Soyez patient, je vous en prie, je suis sûr que ce n'est rien de grave. »

Le médecin examinait la statue en silence. Enfin il se retourna vers Gordon et lui parla tout bas.

« Il dit que ce n'est pas un diagnostic facile. Avec votre permission, il aimerait examiner la Dame. »

Brûlant d'impatience, Struan montra le chemin de la chambre. May-may avait tiré les rideaux entourant le lit et n'était qu'une ombre discrète derrière les voiles.

Le médecin chinois alla à son chevet et resta un

moment silencieux, puis il dit quelques mots à voix basse. Docilement, May-may passa sa main gauche entre les rideaux. Le médecin la prit et l'examina avec soin. Puis il posa le bout de ses doigts sur le pouls et ferma les yeux. Ses doigts tapotaient légèrement le poignet.

Les minutes passaient. Les doigts tâtonnaient, comme s'ils cherchaient.

« Qu'est-ce qu'il fait, à présent ? demanda Struan.

— Il écoute son pouls, Taï-pan, chuchota Gordon. Nous ne devons pas faire de bruit. Il y a neuf pouls sur chaque poignet. Trois à la surface et trois un peu en dessous et trois très profonds. Ceux-là lui disent la raison de la maladie. Je vous en prie, Taï-pan, soyez patient. Il est très difficile d'écouter avec les doigts. »

Le léger tapotement continuait. Ah Sam et Gordon Chen regardaient, fascinés. Struan se maîtrisait, pour ne pas bouger ni faire de bruit. Le médecin semblait plongé dans une rêverie mystique. Brusquement, le tapotement cessa et les doigts serrèrent le mince poignet. Puis le médecin prit le poignet droit et recommença.

Enfin, il ouvrit les yeux, posa la main de May-may sur le couvre-pieds, délicatement, et fit signe à Gordon Chen et à Struan.

Ils le suivirent ; Gordon ferma la porte de la chambre. Le médecin eut un petit rire nerveux et se mit à parler rapidement. Gordon haussa les sourcils.

« Qu'est-ce qu'il dit ? s'écria Struan.

— Je ne savais pas que Mère attendait un enfant, Taï-pan », dit Gordon, puis il posa une question au médecin qui répondit longuement.

Un silence suivit. Struan s'impatientait.

« Alors, quoi ? Qu'est-ce qu'il dit ? »

Gordon le regarda et s'efforça, sans grand succès, de paraître très calme.

« Il dit que Mère est très malade, Taï-pan. Qu'un

poison est entré dans son sang par les membres inférieurs. Que ce poison s'est fixé dans le foie, et que le foie est maintenant — euh — dérangé. Bientôt il y aura de la fièvre, une très mauvaise fièvre. Et puis trois ou quatre jours bien et encore de la fièvre. Et encore une fois.

— La malaria ? La fièvre de la Vallée Heureuse ? »

Gordon se retourna pour poser la question.

« Il dit que oui.

— Tout le monde sait que ce sont les gaz de la nuit ! Pas du poison par la peau, bon dieu ! Ça fait quinze jours qu'elle en est partie !

— Je répète seulement ce qu'il dit, Taï-pan. Je ne suis pas médecin. Mais je ferais confiance à celui-là — je crois que vous devez avoir confiance en lui.

— Quel est son remède ? »

Gordon interrogea le vieux Chinois.

« Il dit, Taï-pan, il dit ceci : « J'ai soigné certains « qui ont souffert du poison de la Vallée Heureuse. « Ceux qui ont guéri étaient des hommes forts qui ont « pris un certain remède avant la troisième crise de « fièvre. Mais cette malade est une femme, et bien « qu'elle ait vingt et un ans et un esprit de feu, ses « forces vont à l'enfant qui depuis quatre mois est « dans son sein... » Il craint, murmura Gordon, pour la Dame et pour l'enfant.

— Dis-lui d'aller chercher son remède et de la soigner maintenant. Pas après une crise !

— Voilà l'ennui. Il ne peut pas, monsieur. Il ne lui reste plus de remède.

— Bon dieu, dis-lui d'aller en chercher !

— Il n'y en pas à Hong Kong, Taï-pan. Il en est sûr. »

La figure de Struan s'assombrit de colère.

« Il doit y en avoir. Dis-lui de s'en procurer, à n'importe quel prix !

— Mais, Taï-pan, il...

— Sangdieu ! Dis-le-lui ! »

De nouveau, ce fut un échange de paroles incompréhensibles pour Struan.

« Il dit qu'il n'y en a pas à Hong Kong. Qu'il n'y en aura pas à Macao, ni à Canton. Que le remède est fait de l'écorce d'un arbre très rare qui pousse quelque part dans les mers du Sud, ou dans les pays au-delà des mers. La petite quantité qu'il tenait de son père, qui était médecin aussi, lequel le tenait de son père, est épuisée. Il dit qu'il est absolument sûr qu'il n'y en a plus.

— Vingt mille taels d'argent si elle guérit ! »

Gordon ouvrit de grands yeux. Il réfléchit un instant, puis il parla au médecin. Ils s'inclinèrent tous deux et sortirent en hâte.

En s'épongeant le front, Struan retourna dans la chambre.

« Heya, Taï-pan, murmura May-may. Qu'est-ce que c'est mon joss ?

— Ils sont allés chercher un remède spécial qui te guérira. Tu n'as pas à t'inquiéter. »

Il l'installa du mieux qu'il put, resta un moment à son chevet, le cœur troublé, puis il se fit conduire au navire-amiral et consulta le médecin de la marine au sujet de cette écorce.

« Navré, mon cher Struan, mais c'est un conte de bonne femme. Il y a une légende, qui raconte que la comtesse Cinchon, femme d'un vice-roi espagnol du Pérou, a introduit en Europe, au XVII^e siècle, l'écorce d'un arbre d'Amérique du Sud. On l'appelait l'écorce des Jésuites, et parfois l'écorce *cinchona*. Réduite en poudre et prise avec de l'eau, il paraît qu'elle guérit la fièvre. Mais quand on l'a essayée aux Indes, ce fut un échec complet. Aucune valeur. Ces foutus papistes diraient n'importe quoi pour convertir les gens !

— Où diable puis-je m'en procurer ?

— Je n'en sais vraiment rien, mon bon ami. Au

Pérou, je suppose. Mais pourquoi cette anxiété ? Queen's Town a été abandonnée. Inutile de vous inquiéter si vous ne respirez pas les miasmes de la nuit.

— Un de mes amis vient de tomber malade de la malaria.

— Ah ! Purge héroïque au calomel ! Dès que possible. Je ne peux rien promettre, bien sûr. Nous lui mettrons tout de suite des sangsues. »

Struan alla ensuite consulter le médecin-chef de l'armée, puis les moindres praticiens, militaires et civils, et tous lui dirent la même chose.

Struan se rappela alors que Wilf Tillman était vivant. Il se fit conduire en toute hâte à bord du coureur d'opium de Cooper-Tillman.

Et pendant que Struan interrogeait tous les médecins possibles, Gordon Chen était retourné à Tai Ping Shan et avait convoqué les dix chefs triades qu'il avait sous ses ordres. Ensuite, chacun était retourné à son quartier général et avait fait venir ses dix sous-chefs. Avec une rapidité incroyable, l'ordre courut d'avoir à trouver l'écorce d'un certain arbre. Par sampan, par jonque, l'ordre fut transmis de l'autre côté de la rade, à Kowloon, et vola, de là, aux hameaux, aux villages et aux villes, le long des côtes et à l'intérieur des terres. Bientôt, tous les Chinois de Hong Kong — les Triades et ceux qui n'en faisaient pas partie — surent que l'on recherchait une certaine écorce. Ils ne savaient pas pourquoi ni pour qui, simplement qu'une forte récompense était promise. Et cela parvint aux oreilles des agents des mandarins luttant contre les Triades. Eux aussi, ils se mirent en quête de l'écorce, et pas seulement pour la récompense ; ils savaient qu'une petite partie de cette écorce pourrait peut-être servir d'appât pour démasquer les chefs de la société secrète.

« Désolé de venir sans être invité, Wilf, mais... »

Struan se tut, alarmé par le spectacle que présentait Tillman.

Il était soutenu par un oreiller trempé de sueur, le visage squelettique et grisâtre — couleur de linge sale —, la cornée jaune.

« Entrez », souffla-t-il.

Struan vit alors que Tillman, qui avait eu des dents très blanches et bien solides, était édenté.

« Bon dieu, qu'est-il arrivé à vos dents ?

— Le calomel. Certains sont affectés par... »

La voix rauque se tut et soudain un éclat particulier brilla dans les yeux de l'Américain.

« Je vous attendais. La réponse est non !

— Quoi ?

— Non. Un simple non. Je suis son tuteur et jamais elle ne vous épousera !

— Je ne viens pas la demander. Je suis simplement venu voir comment vous allez et comment la malaria...

— Je ne vous crois pas, se mit à crier Tillman. Vous espérez seulement que je vais mourir !

— C'est ridicule ! Pourquoi souhaiterais-je votre mort ? »

Péniblement, Tillman leva une main affaiblie vers le cordon de sonnette graisseux et le tira. La porte s'ouvrit. Un grand noir, pieds nus, entra. C'était l'esclave de Tillman.

« Jebidiah, demande à Massi Cooper et à Missi de venir ici tout de suite. »

Jebidiah s'inclina et ressortit.

« Toujours le trafic d'hommes, Tillman ?

— Jebidiah est heureux comme il est, bon dieu ! Vous avez vos façons et nous avons les nôtres ! Espèce de porc vérolé !

— La vérole pour vos façons, sale négrier ! »

Le deuxième navire de Struan restait gravé dans sa mémoire, et il avait encore des cauchemars, quand il rêvait qu'il était encore à son bord. Avec sa part du butin de Trafalgar, il s'était payé sa libération de la marine anglaise et s'était engagé comme garçon de cabine à bord d'un navire marchand britannique qui faisait la route de l'Atlantique. En haute mer, il avait découvert que c'était un négrier clandestin, qui allait chercher des esclaves à Dakar et ramenait à Savannah des hommes, des femmes et des enfants entassés dans l'entrepont comme des cancrelats. Leurs cris d'agonie et leurs gémissements l'avaient empêché de dormir et leur puanteur le prenait à la gorge. Il avait huit ans, à l'époque, et ne pouvait rien faire. A Savannah, il avait déserté. C'était le seul navire dont il avait déserté.

« Vous êtes pire que les marchands d'esclaves, gronda-t-il. Vous achetez simplement la chair humaine et vous la livrez et vous empochez les bénéfices. J'ai vu un marché d'esclaves !

— Nous les traitons bien ! glapit Tillman. Ce ne sont que des sauvages et nous leur offrons une bonne vie ! Si, c'est vrai ! »

Tillman grimaça et sa tête retomba sur l'oreiller. A bout de forces, il contemplait Struan, lui enviait sa vitalité et se sentait proche de la mort.

« Vous ne profiterez pas de ma mort, nom de dieu ! Que Dieu vous damne pour l'éternité ! »

Struan se retourna pour sortir.

« Feriez mieux d'attendre. Ce que j'ai à dire vous concerne.

— Rien de ce que vous avez à dire ne peut me concerner !

— Vous me traitez de négrier ? Comment avez-vous eu votre maîtresse, sale hypocrite ? »

La porte s'ouvrit brusquement et Cooper entra en trombe.

« Ah ? Bonjour, Taï-pan ! Je ne savais pas que vous étiez à bord.

— Bonjour, Jeff », dit Struan en maîtrisant difficilement sa colère.

Cooper regarda Tillman.

« Qu'est-ce que c'est, Wilf ?
— Rien. Je voulais vous voir, toi et ma nièce. »
Shevaun entra à son tour et s'arrêta net, surprise.
« Tiens, Taï-pan. Bonjour. Tu vas, mon oncle ?
— Non, ma fille. Je vais très mal.
— Qu'est-ce qu'il y a, Wilf ? » demanda Cooper.
Une quinte de toux secoua Tillman, puis il murmura :
« Le taï-pan est venu... « en visite ». J'ai pensé que le moment était bien choisi pour régler une affaire importante. Je dois avoir une nouvelle crise de fièvre demain et je crois... eh bien, souffla-t-il en posant son regard fiévreux sur Shevaun, je suis fier de t'annoncer que Jeff a officiellement demandé ta main et que je la lui ai accordée de grand cœur. »
Shevaun pâlit.
« Je ne veux pas encore me marier.
— J'ai tout considéré avec grand soin et...
— Non ! Je refuse ! »
Tillman se souleva sur un coude, péniblement.
« Tu vas m'écouter, cria-t-il d'une voix aigre et sa colère lui donna soudain des forces. Je suis ton tuteur légal. Depuis des mois, je corresponds avec ton père. Mon frère a officiellement approuvé le mari que je t'ai choisi, dans ton intérêt. Et...
— Oui, mais pas moi, mon oncle. Nous sommes au XIXe siècle, pas au Moyen Age ! Je ne veux pas encore me marier.
— Ce que tu veux ne m'intéresse pas et, tu as raison, nous sommes au XIXe siècle. Tu es bel et bien fiancée. Tu vas bel et bien te marier. Ton père et moi caressions l'espoir qu'au cours de ton séjour ici, tu plairais à Jeff. C'est arrivé. C'est une union parfaitement assortie. Et tu n'as plus rien à dire. »
Cooper s'approcha de Shevaun.
« Shevaun, ma chérie. Vous connaissez mes sentiments. Je ne savais pas que Wilf... j'espérais... enfin... »

Shevaun recula vivement et se tourna vers Struan. « Taï-pan ! Dites à mon oncle... dites-lui qu'il ne peut pas faire ça... Il ne peut pas me fiancer... Dites-lui qu'il n'a pas le droit !

— Quel âge avez-vous, Shevaun ? demanda Struan.

— Dix-neuf ans.

— Si votre père approuve, si votre oncle approuve, vous n'avez pas le choix, dit-il et il regarda Tillman. Je suppose que vous avez cette approbation par écrit ?

— La lettre est là, murmura Tillman en désignant son bureau. Encore que cela ne vous regarde pas.

— C'est la loi, Shevaun. Vous êtes mineure, et soumise aux désirs de votre père. »

Struan, le cœur lourd, recula vers la porte mais Shevaun l'arrêta.

« Savez-vous pourquoi je suis vendue ? cria-t-elle.

— Tiens ta langue, ma fille, glapit Tillman. Tu ne m'as causé que des ennuis depuis ton arrivée, et il est temps que tu apprennes à bien te tenir, et à respecter tes aînés et tes supérieurs !

— Je suis vendue contre des actions, déclara-t-elle amèrement, des actions de Cooper-Tillman.

— Ce n'est pas vrai, protesta Tillman, le visage cireux.

— Shevaun, intervint Cooper avec gêne, vous êtes énervée. C'est la soudaineté de... »

Struan voulut partir mais encore une fois elle le retint.

« Attendez, Taï-pan. C'est un marché. Je sais comment fonctionne l'esprit d'un politicien. La politique est une affaire coûteuse !

— *Tiens ta langue !* » cria Tillman, puis il laissa échapper un gémissement de douleur et retomba sur son oreiller.

Elle continua de parler, précipitamment :

« Sans le revenu d'ici, papa n'a pas les moyens d'être sénateur. Mon oncle est l'aîné et si mon oncle meurt, Jeff peut racheter les actions des Tillman pour une somme...

— Voyons, Shevaun, intervint vivement Cooper. Cela n'a rien à voir avec mon amour pour vous. Pour qui me prenez-vous ?

— Soyez franc, Jeff. C'est vrai, n'est-ce pas ? La somme de pure forme ?

— Oui, finit par répondre Cooper. Je pourrais racheter les intérêts des Tillman, dans ce cas-là. Mais je n'ai pas proposé un tel marché. Je n'achète pas un meuble. Je vous aime. Je veux que vous deveniez ma femme.

— Et si je ne le deviens pas, ne rachèterez-vous pas les parts de mon oncle ?

— Je ne sais pas. Je verrais cela le moment venu. Votre oncle pourrait racheter mes parts si je devais mourir avant lui. »

Shevaun fit de nouveau appel à Struan.

« Taï-pan, je vous en prie, achetez-moi !

— Je ne peux pas, fillette. Mais je ne crois pas que Jeff vous achète. Je sais qu'il vous aime.

— Je vous en supplie, achetez-moi !

— Je ne peux pas, petite. La loi l'interdit.

— Ce n'est pas vrai ! Non, ce n'est pas vrai... »

Elle se mit à sangloter éperdument. Mal à l'aise, Cooper la prit timidement dans ses bras et Struan put enfin partir.

Quand il retourna à bord du *Resting Cloud*, May-may dormait d'un sommeil agité.

En la veillant, il se demandait ce qu'il devait faire de Culum et de Gorth. Il savait qu'il devrait aller immédiatement à Macao. Mais pas avant que May-may soit guérie... Mon Dieu, faites qu'elle guérisse. Est-ce que j'envoie le *China Cloud* et Orlov... peut-être Mauss ? Ou dois-je attendre ? J'ai dit à Culum de prendre garde, mais le fera-t-il ? Mon Dieu, Jésus, aidez May-may !

A minuit, on frappa à la porte.

« Oui ? »

Lim Din entra sans bruit. Il jeta un coup d'œil à May-may et soupira, puis il annonça :

« Grand Gros Massi vient Taï-pan voir, peux ? Heya ? »

D'un pas lourd, les épaules et la nuque douloureuses, Struan monta à sa cabine, au pont supérieur. Morley Skinner extirpa sa masse suante d'un fauteuil.

« Désolé de venir comme ça à l'improviste et si tard, Taï-pan. C'est assez important.

— Toujours enchanté de recevoir la presse, monsieur Skinner. Asseyez-vous, je vous prie. Vous buvez quelque chose ? »

Struan s'efforça de chasser May-may de son esprit, de concentrer sa pensée sur l'immédiat, car il savait que ce n'était pas là une simple visite de bon voisinage.

« Merci. Du whisky, volontiers. »

Skinner examinait la luxueuse cabine, les tapis de Chine verts sur le plancher bien ciré, les fauteuils et les canapés, humait la bonne odeur de cuir bien entretenu, de chanvre et de sel, et le parfum douceâtre, presque imperceptible, montant des cales à opium. Des lampes aux mèches bien mouchées diffusaient une lumière franche et faisaient danser des ombres entre les barrots du plafond. Quel contraste avec son taudis de Hong Kong, une misérable chambre nauséabonde et sale, au-dessus de la grande salle d'imprimerie !

« C'est aimable à vous de me recevoir si tard », dit-il.

Struan leva son verre.

« Santé !

— Oui. Santé, c'est le toast qui convient en ces temps de misère. Avec la malaria et tout... Il paraît que vous avez un ami qui a la malaria, dit-il.

— Savez-vous où je pourrais me procurer du cinchona ? »

Skinner hocha la tête.

« Non, Taï-pan. Tout ce que j'ai lu là-dessus affirme que c'est une légende. »

Il tira de sa poche une morasse de la prochaine édition de son hebdomadaire, l'*Oriental Times*, et la tendit à Struan.

« J'ai pensé que ça vous amuserait de voir l'éditorial sur les courses d'aujourd'hui. Je fais une édition spéciale demain.

— Merci. C'était pour ça que vous vouliez me voir ?

— Non, monsieur. »

Skinner avala goulûment son whisky et contempla son verre vide.

« Servez-vous, je vous en prie.

— Merci, Taï-pan. »

Skinner se déplaça lourdement pour aller prendre la carafe sur la desserte.

« Ah ! j'aimerais avoir votre silhouette, monsieur Struan.

— Ne mangez pas tant, alors. »

Skinner se mit à rire.

« Manger n'a rien à voir. On est gros ou on ne l'est pas. C'est une de ces choses que le bon Dieu arrête à la naissance. J'ai toujours été fort. »

Il remplit son verre, retourna s'asseoir et dit :

« Il m'est venu aux oreilles un petit renseignement, hier soir. Je ne puis en révéler la source, mais j'aimerais vous en parler avant de le publier. »

Quel squelette as-tu donc découvert, mon bon ami ? se demanda Struan. Il y a tant de charognes à choisir ! J'espère que c'est ce que je crois.

« Je suis propriétaire de l'*Oriental Times*, oui. Autant que je sache, nous sommes les seuls à le savoir. Mais je ne vous ai jamais dit ce qu'il fallait publier ou cacher. Vous êtes directeur et rédacteur en chef. Vous êtes entièrement responsable et si ce que vous publiez est diffamatoire, on portera plainte et on vous fera un procès. Quiconque sera diffamé.

— Oui, monsieur Struan. Et je vous suis reconnaissant de la liberté que vous me laissez. La liberté suppose des responsabilités — envers soi-même, le journal, la société. Pas forcément dans cet ordre-là. Mais ceci est autre chose. Les — comment dirais-je ? — les implications vont loin. »

Il tira un bout de papier couvert d'espèces d'hiéroglyphes griffonnés qu'il était le seul à pouvoir lire, puis il leva les yeux.

« Le traité de Chuenpi a été dénoncé par la Couronne, et Hong Kong avec.

— Est-ce que c'est une plaisanterie, monsieur Skinner ? »

Struan se demandait à quel point Blore avait été convaincant. Est-ce que tu as misé sur le bon cheval, mon gars ? se demanda-t-il. Le gamin a un joli sens de l'humour. *L'étalon a pris le mors.* Hum. Percheron serait plus juste.

« Non, monsieur, répliqua Skinner. Je ferais peut-être bien de le lire moi-même tout haut. »

Sur quoi, il lut presque mot pour mot ce que Sir Charles Crosse avait écrit, ce que Struan avait dit à Blore de souffler secrètement à l'oreille de Skinner. Struan avait jugé que Skinner était le mieux placé pour donner un coup de fouet aux marchands et les pousser à une colère telle que tous, chacun à sa façon, refuseraient de laisser périr Hong Kong, qu'ils s'agiteraient comme ils s'étaient tellement démenés, pendant si longtemps, pour réussir enfin à vaincre la Compagnie des Indes.

« Je n'en crois pas un mot, dit-il.

— Je crois que peut-être vous avez tort, Taï-pan, répondit Skinner et il vida son verre. Je peux ?

— Bien sûr. Ramenez donc la carafe, ça vous évitera de vous déranger. Qui vous a donné ce renseignement ?

— Je ne puis vous le dire.
— Même si j'insiste ?
— Même. Cela mettrait fin à ma carrière de journaliste. Une question d'éthique, qui est très importante. »
Struan voulut le mettre à l'épreuve.
« Un journaliste doit avoir un journal.
— Très juste. Alors c'est un risque que je cours, un coup de dés que je jette, en m'adressant à vous. Mais si vous le présentez comme ça, je ne vous le dirais quand même pas.
— Êtes-vous sûr que c'est vrai ?
— Sûr, non. Mais je le crois.
— La dépêche est datée de quand ?
— Du 27 avril.
— Et, sérieusement, vous croyez qu'elle aurait pu arriver si vite ? Ridicule !
— Je pense de même. Mais je persiste à croire que le renseignement est exact.
— Dans ce cas, nous sommes tous ruinés.
— Probablement.
— Pas probablement. Certainement.
— Vous oubliez le pouvoir de la presse et la puissance collective des marchands.
— Nous n'avons aucun pouvoir contre le ministre des Affaires étrangères. Et le temps joue contre nous. Allez-vous publier ça ?
— Oui. Au moment choisi. »
Struan fit tourner son verre entre ses doigts et regarda la lumière jouer sur le cristal taillé.
« Je pense que lorsque vous ferez ça, vous déclencherez une panique monumentale. Et Longstaff vous écrasera très proprement.
— Je ne m'inquiète pas de ça, monsieur Struan. »
Skinner était perplexe ; Struan n'avait pas les réactions qu'il avait attendues. A moins que le Taï-pan ne fût déjà au courant, se dit-il pour la centième fois.

Mais il n'aurait aucun intérêt à m'envoyer Blore. Blore est arrivé il y a huit jours — et cette semaine le Taï-pan a investi des milliers et des milliers de taels à Hong Kong. Ce serait le geste d'un fou. Alors de qui Blore est-il le messager ? De Brock ? Peu probable. Il dépense aussi largement que Struan. Ce soit être l'amiral, ou le général ou Monsey. Monsey ! Qui d'autre que Monsey a des relations en haut lieu ? Qui d'autre que Monsey hait Longstaff et guigne son poste ? Qui d'autre que Monsey est intéressé à ce point par la réussite de Hong Kong ? Car sans un Hong Kong prospère, Monsey n'a aucun avenir dans le corps diplomatique.

« On dirait que Hong Kong est mort. Tout l'argent et tous les efforts que vous avez consacrés, que nous avons tous consacrés à Hong Kong auront été vains.

— Hong Kong ne peut pas être fini. Sans l'île, tous les futurs ports que nous aurons sur le continent ne serviront à rien.

— Je sais. Nous le savons tous.

— Sûr. Mais le ministre pense autrement. Pourquoi ? Je me demande pourquoi. Et que pourrions-nous faire ? Comment le convaincre ? Hein ? »

Skinner était un partisan de Hong Kong aussi fervent que Struan. Sans Hong Kong, il n'y aurait pas de Noble Maison, et sans la Noble Maison, pas d'*Oriental Times* hebdomadaire, et plus de situation.

« Peut-être n'aurons-nous pas à convaincre ce bougre, dit-il, le regard aigu.

— Hé ?

— Ce bougre ne sera pas toujours au pouvoir. »

L'intérêt de Struan s'éveilla. C'était une nouvelle perspective inattendue. Skinner était un lecteur vorace de tous les journaux et périodiques et un des hommes les mieux informés des affaires politiques « publiées ». En même temps — avec une mémoire extraordinaire et un intérêt très vif — Skinner avait de multiples sources d'information.

« Vous croyez qu'il y a une chance que le gouvernement tombe ?

— Je veux bien parier la forte somme que Sir Robert Peel et les Conservateurs renverseront les Whigs dans l'année.

— Voilà un diable de pari bien dangereux. J'avancerais moi-même de l'argent contre vous.

— Parieriez-vous l'*Oriental Times* contre la chute des Whigs avant la fin de l'année — et une acceptation de Hong Kong par la Couronne ? »

Struan savait bien qu'un tel pari placerait Skinner entièrement de son côté ; la perte du journal était peu de chose, à côté. Mais il se trahirait en acceptant trop vite.

« Vous n'avez pas une chance au monde de gagner ce pari !

— Pas d'accord, monsieur Struan. L'année dernière, l'hiver, chez nous, a été des plus terribles, industriellement et économiquement. Le chômage est incroyable. Les récoltes ont été épouvantables. Savez-vous que le prix du pain est monté à un shilling et deux *pence* la miche, à en croire le courrier de la semaine dernière ? Le sucre est à huit *pence* la livre, le thé à sept shillings et huit *pence*, le savon neuf *pence* le pain, les œufs quatre shillings la douzaine, les pommes de terre un shilling la livre, le bacon trois shillings six *pence* la livre. Prenez les salaires. Les artisans, maçons, plombiers, charpentiers, gagnent dix-sept shillings et six *pence* par semaine pour soixante-quatre heures de travail, les ouvriers agricoles neuf shillings par semaine pour Dieu sait combien d'heures de travail. Les ouvriers d'usine se font dans les quinze shillings, quand ils trouvent du travail. Bon dieu, monsieur Struan, vous vivez sur des sommets incroyablement riches où vous pouvez donner mille guinées à une fille, simplement parce qu'elle a une jolie robe, alors vous ne savez pas, vous ne pouvez pas savoir, mais en Angleterre, une personne sur onze est un miséreux. A Stockton, près de dix mille personnes ont gagné moins de deux shillings par semaine, l'année dernière. A Leeds, trente mille, moins d'un shilling. Presque toute la population meurt de faim, et nous sommes le pays le plus riche de la terre. Les Whigs ne veulent rien voir et ils refusent de reconnaître des conditions évidentes et monstrueusement injustes. Ils n'ont rien fait contre les chartistes, à part prétendre que ce sont des anarchistes. Bon dieu ! Des enfants de six ou sept ans travaillent douze heures par jour, des femmes aussi, et c'est de la main-d'œuvre à bon marché et ils mettent les hommes en chômage. Pourquoi les Whigs s'en soucieraient-ils ? Ils possèdent la majorité des fabriques et des usines. L'argent est leur dieu, de plus en plus, et au diable les autres gens. Les Whigs refusent d'aborder le problème irlandais. Il y a eu une famine l'année dernière, et s'il y en a une autre cette année, l'Irlande entière se révoltera et ce ne sera pas trop tôt. Et les Whigs n'ont pas levé le petit doigt pour réformer la banque. Pourquoi le feraient-ils ? Ils possèdent aussi les banques ! Voyez donc votre coup de malchance. Si nous avons de bonnes lois pour protéger les titulaires de comptes des maudites machinations de ces maudits Whigs... »

La figure congestionnée, les bajoues frémissantes, hors d'haleine, il se tut brusquement.

« Excusez-moi. Je ne voulais pas faire un discours. Mais naturellement, les Whigs doivent céder la place ! Je dirai même que s'ils ne partent pas d'ici six mois, il y aura en Angleterre un bain de sang à côté duquel la Révolution française aura l'air d'une partie de plaisir. Le seul homme qui puisse nous sauver est Sir Robert Peel, par tout ce qu'il y a de sacré ! »

Struan se rappelait ce que Culum lui avait dit, sur les conditions de vie en Angleterre. Robb et lui-même avaient considéré cela comme les divagations d'un étudiant idéaliste. Et lui-même avait négligé ce que son propre père écrivait, en jugeant cela exagéré.

« Si Lord Cunnington est débarqué, qui sera aux Affaires étrangères ?

— Sir Robert lui-même. A défaut, Lord Aberdeen.

— Mais tous deux sont opposés au commerce libre.

— Oui, mais tous deux sont libéraux et pacifistes. Et une fois au pouvoir, ils devront changer. Chaque fois que l'opposition obtient le pouvoir et les responsabilités, elle change. Le commerce libre est la seule chance de survie de l'Angleterre — vous le savez — et ils seront obligés de le défendre. Et ils auront besoin de tout le soutien possible des puissants et des riches.

— Vous voulez dire que je devrais les soutenir ?

— L'*Oriental Times*, les bâtiments, les presses et le papier, contre la chute des Whigs cette année. Et Hong Kong.

— Vous croyez pouvoir appuyer cela ?

— Hong Kong, oui. Oh ! oui. »

Struan étendit plus confortablement sa jambe gauche et se renversa contre le dossier de son fauteuil. Il laissa le silence s'appesantir.

« Un intérêt de cinquante pour cent, et je tiens le pari, dit-il enfin.

— Tout ou rien.

— Je devrais peut-être vous jeter dehors et qu'on n'en parle plus.

— Peut-être. Vous avez plus qu'assez de fortune pour vous et les vôtres, éternellement. Je vous demande à quel point vous tenez à Hong Kong — et à l'avenir de l'Angleterre. Je crois avoir une clef. »

Struan se versa du whisky et remplit le verre de Skinner.

« Tenu, dit-il. Tout ou rien. Voudriez-vous partager un petit en-cas avec moi ? Je me sens une légère faim.

— Oui, très volontiers. Merci. Parler aiguise l'appétit. Merci de bon cœur. »

Struan agita la sonnette et remercia son joss d'avoir bien misé. Lim Din entra ; il lui commanda un souper.

Skinner but son whisky et remercia Dieu d'avoir bien jugé le Taï-pan.

« Vous ne le regretterez pas, Taï-pan. Maintenant, écoutez-moi un moment. La perte de Longstaff — je sais qu'il est de vos amis, mais je parle politiquement — est un énorme coup de chance pour Hong Kong. D'abord, il est noble, ensuite il est Whig et troisièmement c'est un imbécile. Sir Clyde Whalen est fils de hobereau, deuxièmement ce n'est pas un imbécile, et troisièmement il est homme d'action. Quatrièmement, il connaît les Indes, il a servi pendant trente ans dans la Compagnie des Indes. Auparavant, il appartenait à la Royal Navy. Enfin, le plus important, bien qu'il soit ostensiblement un Whig, je suis sûr qu'il doit secrètement haïr Cunnington et le gouvernement actuel et qu'il ferait tout ce qui est en son pouvoir pour précipiter leur chute.

— Pourquoi ?

— Il est irlandais. Cunnington a été le fer de lance de presque toute la politique irlandaise au cours des quinze dernières années, et il est directement responsable — tous les vrais Irlandais le pensent — de ses résultats désastreux. C'est la clef de Whalen, ça... si nous trouvons le moyen de nous en servir. »

Lim Din et un autre domestique arrivèrent, avec des plats de viandes froides, des saucisses fumées, des pâtisseries, des pâtés, des tartes, d'énormes chopes de bière fraîche et du champagne dans un baquet à glace.

Un sourire gourmand détendit les traits de Skinner.

« Un festin de propriétaire d'usine !

— Digne d'un propriétaire de journal. Servez-vous. »

Les idées de Struan tournoyaient à toute allure. Comment tourner Whalen à son profit ? Les Whigs seront-ils renversés ? Dois-je déjà changer mon fusil d'épaule et soutenir les Conservateurs ? Cesser de soutenir des hommes comme Crosse ? Maintenant, on doit savoir en Angleterre que la Noble Maison est toujours la Noble Maison, et plus puissante que jamais. Est-ce que je joue la carte Sir Robert Peel ?

« Quand vous publierez cette dépêche, dit-il, tout le monde sera pris de panique.

— Oui, monsieur Struan. Si je n'étais pas violemment opposé au largage de Hong Kong, je songerais à l'avenir de mon journal, déclara Skinner, la bouche pleine. Mais il y a des façons et des façons de présenter une nouvelle. C'est ça qui est passionnant, dans le journalisme. Oh ! oui, il faut que je songe à l'avenir de mon journal ! »

Struan, perdu dans ses pensées, ne faisait guère honneur au souper. Enfin, lorsque Skinner fut repu, il se leva et le remercia de son renseignement et de ses conseils.

« Je vous préviendrai en particulier avant de publier la dépêche, dit le journaliste. Ce sera dans quelques jours, mais j'ai besoin d'un peu de temps pour tirer des plans. Merci, Taï-pan. »

Il partit, et Struan descendit au pont inférieur.

May-may s'agitait dans son sommeil. Il fit dresser un lit de fortune dans sa chambre et se laissa glisser dans une vague somnolence.

A l'aube, May-may se mit à grelotter. Elle avait de la glace dans les veines, dans la tête, dans le ventre. C'était le quinzième jour.

# 33

FRÊLE et sans défense comme un bébé, May-may gisait sous le poids de douze couvertures. Sa figure était grisâtre, ses yeux faisaient peur. Et puis, brusquement, les grelottements firent place à la fièvre. Pendant quatre heures, elle claqua des dents. Struan lui bassina le visage avec de l'eau glacée, mais cela ne la soulageait pas. Elle eut le délire. Elle s'agitait dans son lit, marmonnait et criait dans un mélange incohérent de chinois et d'anglais, consumée par le feu terrible. Struan la serrait dans ses bras et s'efforçait de la réconforter, mais elle ne le reconnaissait pas, ne l'entendait pas.

La fièvre cessa aussi brusquement qu'elle avait commencé. May-may était trempée de sueur. Elle entrouvrit les lèvres et poussa un soupir de soulagement extasié. Ses yeux s'ouvrirent lentement.

« Je me sens bien, mais si fatiguée », souffla-t-elle.

Struan aida Ah Sam à changer les draps et les taies d'oreiller. May-may mit une chemise sèche et propre, puis elle s'endormit paisiblement. A son chevet, Struan la veilla.

Elle s'éveilla au bout de six heures, sereine mais épuisée.

« Bonjour, Taï-pan. J'ai la fièvre de la Vallée Heureuse ?

— Oui. Mais ton docteur a un remède pour ça. Il te l'apportera dans un jour ou deux.

— Bien. Très bien. Ne t'en fais pas, ça ne fait rien.

— Pourquoi souris-tu, fillette ?

— Ah ! murmura-t-elle en s'étirant entre les draps frais. Comment peut-on autrement dominer son joss ? Si tu souris quand tu perds, alors tu gagnes, dans la vie.

— Tu vas guérir. Tu vas voir. Ne te fais pas de souci.

— Je n'ai pas de soucis pour moi. Rien que pour toi.

— Que veux-tu dire ? »

Sa veille avait épuisé Struan, et il était angoissé de voir May-may amaigrie, fragile, les yeux cernés. Et vieillie.

« Rien. Je voudrais du bouillon. Du bouillon de poulet.

— Le médecin a envoyé un remède pour toi. Pour te donner des forces.

— C'est bien. Je me sens fantasticalement faible. Je prendrai le remède après le bouillon. »

Il en commanda et May-may en but un peu, puis elle se laissa retomber sur les oreillers.

« Maintenant, tu vas te reposer, Taï-pan, murmura-t-elle, et puis elle demanda : Combien de jours avant la prochaine fièvre ?

— Trois ou quatre.

— T'en fais pas, Taï-pan. Quatre jours, c'est l'éternité, ça ne fait rien. Va, repose-toi, je t'en prie, et après on causera. »

Il monta dans sa cabine, et dormit mal, en s'éveillant à chaque instant, rêvant qu'il était éveillé, ou bien dormant d'un sommeil de plomb qui n'apportait pas de repos.

Le soleil touchait à l'horizon quand il se réveilla. Il prit un bain, se rasa et se contempla dans la glace avec terreur. Car ses yeux lui disaient que May-may ne pourrait jamais survivre à trois crises de ce genre. Il ne pouvait lui rester que douze jours à vivre.

On frappa à sa porte.

« Oui ?
— Taï-pan ?
— Ah ! bonjour, Gordon. Quoi de neuf ?
— Rien, hélas ! Je fais tout ce que je peux. Comment va notre Dame ?
— La première crise est passée. Elle ne va pas bien, petit.
— Tout a été mis en œuvre. Le docteur a envoyé un remède pour lui donner des forces, et des aliments spéciaux. Ah Sam sait ce qu'il faut faire.
— Merci. »
Gordon sortit, laissant Struan à ses tristes réflexions. Au désespoir, il tâtonnait, à la recherche d'une solution. Où trouver du cinchona ? Il doit bien y avoir un endroit... Où trouver de l'écorce du Pérou en Asie ? Non, pas de l'écorce du Pérou, de l'écorce des Jésuites.
Soudain, ses pensées vagabondes se cristallisèrent en une idée. L'espoir au cœur, il cria tout haut :
« Pour l'amour de Dieu ! Si on veut des mouches d'âne, on cherche un âne ! Si tu veux de l'écorce des Jésuites... où veux-tu chercher, bougre d'imbécile ? »

En deux heures, le *China Cloud* avait été paré, appareillait et cinglait dans la baie ensanglantée par le coucher du soleil, comme une Valkyrie, toutes voiles au vent mais bien prises, contre la mousson. Quand il déboucha du chenal ouest et affronta soudain la violence de la houle et du vent du Pacifique, il roula et les haubans chantèrent joyeusement.
« Sud-sud-est ! rugit Struan dans la brise.
— Sud-sud-est, paré ! » répondit l'homme de barre.
Le *China Cloud* changea de cap et fonça dans la nuit tombante, luttant encore contre le vent et la mer. Bientôt, il virerait à nouveau et alors il aurait le vent en poupe et pourrait cingler librement.
Au bout d'une heure, Struan hurla :

« Tout le monde sur le pont ! »

L'équipage surgit en courant du gaillard d'avant et se tint prêt, au pied des enfléchures.

« Ouest-sud-ouest ! » cria Struan.

L'homme de barre prit le nouveau cap et le clipper vira sous le vent. Les voiles chantèrent, les haubans grincèrent en protestant et Struan ordonna :

« Larguez les ris dans la grand-voile et le cacatois ! »

Le navire fendait les vagues, par bon vent arrière et l'étrave soulevait deux gerbes d'écume.

« Comme ça ! ordonna enfin Struan. Capitaine Orlov, prenez la relève.

— Il est grand temps, Taï-pan.

— Peut-être pourriez-vous lui faire donner plus de vitesse. J'aimerais être à Macao au plus tôt. »

Orlov remercia ses dieux de s'être tenu prêt, comme toujours, pour un appareillage immédiat. Dès qu'il avait vu la figure du Taï-pan, il avait compris que le *China Cloud* ferait bien de sortir de la rade en un temps record, sinon il se retrouverait sans navire. Et bien que sa prudence de vieux marin lui soufflât qu'il était dangereux de naviguer la nuit dans ces eaux infestées de récifs et de hauts-fonds, il exultait d'être au large, et libre, et au commandement, après tant de longs jours au mouillage. Il largua de nouveaux ris, vira un point à tribord et força l'allure.

« Préparez le canot tribord avant, monsieur Cudahy, cria-t-il. Vaudrait mieux qu'il soit prêt quand il remontera sur le pont, Dieu sait ! Et hissez le fanal du pilote.

— Bien, capitaine.

— Et puis non. Pas la peine. On n'aura pas de pilote en pleine nuit et je m'en vais pas attendre le jour et un foutu pilote de malheur qui confondrait un foc et une trinquette. J'entrerai moi-même au port. Nous avons de la cargaison urgente à bord. »

Cudahy se pencha et souffla contre l'oreille de son capitaine :

« C'est-y celle-là, capitaine ? La celle qu'on dit qu'il l'a payée son poids en or ? Vous avez vu sa figure ?

— Va-t'en à l'avant ou je prendrai tes tripes pour en faire des bretelles ! Monsieur Cudahy, fermez votre grande gueule et passez la consigne, nom de dieu ! Tout le monde est consigné à bord, quand on sera à Macao !

— Oui, sûr, capitaine, répondit Cudahy en se redressant de toute sa taille pour dominer le petit homme contrefait qu'il aimait et admirait. Nos bouches sont des huîtres, par la barbe de saint Patrick. N'ayez crainte. »

Il descendit quatre à quatre l'échelle de la passerelle et courut à l'avant.

Orlov arpentait le gaillard d'arrière, en se demandant ce que signifiait tout le mystère, et ce que pouvait bien avoir la menue jeune femme que le Taï-pan avait portée à bord dans ses bras, tout enveloppée de voiles. Il vit le solide Chinois trapu, Fong, qui suivait Cudahy comme un chien patient, et se demanda encore une fois pourquoi cet homme était venu à bord pour y apprendre à devenir capitaine, et pourquoi le Taï-pan avait mis un de ces mécréants à bord de chacun de ses navires.

J'aurais bien aimé voir la figure de la petite, se dit-il. Son poids en or, oui, à ce qu'il paraît. J'aimerais... Mon Dieu, que j'aimerais ne pas être ce que je suis, pouvoir regarder un homme ou une femme en face sans voir dans leurs yeux de la révulsion, ne pas avoir à prouver que je suis un homme comme les autres, et meilleur en mer que n'importe quel marin. J'en ai assez d'être Stride Orlov le bossu ! Est-ce pour ça que j'ai eu peur quand le Taï-pan m'a dit qu'en octobre j'irai dans le Nord ?

Il se pencha lugubrement à la lisse et regarda filer l'eau sombre. T'es ce que t'es et la mer t'attend. Et tu es le capitaine du plus beau navire du monde. Et une fois dans ta vie, tu as regardé un visage et tu as vu des yeux verts qui te considéraient, comme ils auraient soupesé *un homme.* Ah ! Taï-pan aux yeux verts, pensa-t-il en oubliant sa détresse, pour cet instant-là que tu m'as donné, j'irais volontiers en enfer pour toi !

« Ho là ! Vous autres, calfats de malheur ! Hissez le perroquet, nom de dieu ! » hurla-t-il.

Sur son ordre, des hommes grimpèrent comme des singes dans les enfléchures pour tirer du vent le maximum de la vitesse qu'il pouvait donner.

Enfin, lorsque Orlov aperçut à l'horizon les feux de Macao, il fit carguer des voiles et fit entrer le navire prudemment, mais aussi rapidement que possible, dans la baie peu profonde de Macao, tandis que le timonier criait ses sondages.

« Belle manœuvre, capitaine », dit Struan.

Orlov sursauta et se retourna.

« Ah ! vous avais pas vu. Vous arrivez sur un bonhomme comme un fantôme. Le canot est paré à mettre à la mer, dit-il, et il ajouta, négligemment : Ma foi, j'ai pensé que je pouvais aussi bien le rentrer au port et pas attendre l'aube et un pilote.

— Vous lisez dans les pensées, capitaine. »

Struan examina les feux, et la ligne sombre de la ville.

« Mouillez à l'endroit habituel, dit-il. Montez vous-même la garde devant ma cabine. Vous ne devez pas entrer, ni vous ni personne. Tout le monde est consigné à bord. Et bouche cousue.

— J'ai déjà donné les ordres.

— Quand les autorités portugaises monteront à bord, excusez-vous de ne pas avoir attendu le pilote, et payez les droits usuels. Et le pot-de-vin aux Chinois. Dites que je suis à terre. »

Orlov n'était pas assez bête pour demander combien de temps le Taï-pan resterait absent.

L'aurore pâlissait à l'horizon quand le *China Cloud* mouilla à un demi-mille des jetées encore invisibles du port. Il n'osait pas s'approcher davantage ; la rade était dangereusement peu profonde et, partant, presque inutilisable — une raison de plus de posséder Hong Kong qui devenait une nécessité économique. En exhortant les matelots à souquer ferme vers la terre, Struan aperçut les feux de position d'un autre clipper, au sud, le *White Witch*. Il y avait encore quelques petits bâtiments européens au mouillage, et des centaines de sampans et de jonques, naviguant silencieusement.

Struan courut sur la jetée que la Noble Maison avait encore en location. Il vit que tout était éteint dans la vaste demeure de la Compagnie, également louée aux Portugais. C'était une imposante maison à colonnes, de quatre étages, au fond de la place bordée d'arbres. Struan contourna les douanes chinoises, traversa une avenue et se mit à gravir la petite colline vers l'église Sao Francisco.

Il était heureux de se retrouver à Macao, dans un pays civilisé, dans les petites rues aux pavés ronds, dans la ville des églises majestueuses et des gracieuses maisons latines, des fontaines et des jardins fleuris.

Un jour, se promit-il, Hong Kong sera comme ça..., avec du joss. Et puis il songea à Skinner et Whalen, à la malaria et à May-may, à bord du *China Cloud*, si affaiblie, à la crise de fièvre attendue dans deux ou trois jours. Et le *Blue Cloud* ? Il devrait bientôt toucher Londres. Battra-t-il le *Gray Witch* ? Ou est-il à mille milles derrière, et au fond des mers ? Et les autres clippers ? Le *Blue Cloud* arrivera la premier ! Comment va Winifred ? Et que fait Culum, et que médite Gorth, et est-ce aujourd'hui qu'on réglera les comptes ?

La ville dormait encore, mais il sentait des regards chinois le suivre dans le petit jour. Il arriva au sommet de la colline et traversa la magnifique Praça Sao Francisco.

Au-delà de la place, sur le point culminant de l'isthme, se dressaient les remparts de l'ancien fort de Sao Paulo de Monte. Et au-delà, c'était le quartier chinois de Macao, des ruelles étroites, des taudis, des cabanes, recouvrant le versant nord de la colline et les terres basses.

La petite plaine s'étendait sur quelque huit cents mètres et l'isthme se rétrécissait ; il n'avait plus que cent cinquante mètres de large. Il y avait des jardins, des promenades, la tache émeraude d'un petit hippodrome et d'un terrain de cricket que les Anglais avaient créés. Les Portugais réprouvaient les courses de chevaux et ne jouaient pas au cricket.

A cent mètres au-delà du terrain de cricket, Macao finissait contre un mur, et la Chine commençait.

Le mur était haut de sept mètres, épais de trois, et s'étirait d'une rive à l'autre. C'était seulement après la construction du mur, trois siècles plus tôt, que l'Empereur avait accepté d'abandonner l'isthme aux Portugais et leur avait permis de s'établir.

Au centre exact du mur, il y avait une tour de guet et un majestueux portail. La porte de la Chine était perpétuellement ouverte, mais aucun Européen ne pouvait la franchir.

Struan traversa vivement la place et poussa les hautes grilles en fer forgé de l'évêché ; il pénétra dans le jardin parfaitement soigné depuis trois siècles. Un jour, j'aurai un jardin comme ça, se promit-il.

Ses bottes résonnèrent sur les dalles de la cour d'honneur et il gravit les marches du perron. Il tira la sonnette, l'entendit se répercuter à l'intérieur et sonna encore, et encore, avec insistance.

Enfin, une lumière clignotante apparut à une fenêtre du rez-de-chaussée, et Struan entendit un bruit de pas traînants, puis un torrent de portugais interrogatif. La lourde porte de chêne s'entrebâilla.

« *Bom dia.* Je veux voir Monseigneur. »

Le domestique mal réveillé et à demi vêtu regarda l'intrus sans comprendre, grommela quelques mots et voulut lui claquer la porte au nez. Struan avança sa botte, poussa la porte et entra dans le vestibule, puis dans la première pièce venue, une charmante bibliothèque aux murs tapissés de livres. Il alla s'asseoir dans un fauteuil de bois sculpté, et se tourna vers le domestique ahuri :

« L'évêque », dit-il.

Une demi-heure plus tard, Falarian Guineppa, évêque de Macao, entra majestueusement dans la pièce que Struan semblait avoir réquisitionnée. C'était un patricien de haute stature qui portait ses cinquante ans avec alacrité. Il avait le nez aquilin, le front haut, les traits burinés. Il était vêtu de la soutane et de la calotte violettes, et un crucifix d'améthyste pendait à sa ceinture. Ses yeux noirs, sous la paupière lourde, étaient hostiles. Mais quand ils reconnurent Struan, ils s'animèrent brusquement et les paupières se relevèrent. L'évêque s'arrêta sur le seuil, toutes les fibres de son être sur le qui-vive.

Struan se leva.

« Bonjour, monseigneur. Je m'excuse de m'imposer et d'arriver si tôt.

— Soyez le bienvenu au nom du Seigneur, senhor, dit aimablement l'évêque, en désignant un fauteuil. J'allais déjeuner. Voulez-vous vous joindre à moi ?

— Merci. »

L'évêque se tourna vers le domestique et lui donna quelques ordres en portugais. L'homme s'inclina et s'en fut. L'évêque s'approcha alors de la fenêtre, en jouant machinalement avec son crucifix, et contempla le lever du soleil sur la baie. Il vit le *China Cloud* et tous les petits sampans qui se pressaient autour du navire, tout en bas dans la rade. Quelle urgente nécessité, se demanda-t-il, amène devant moi le Taï-pan de la Noble Maison ? L'ennemi que je connais si bien et que pourtant je n'ai jamais vu.

« Je vous remercie de ce réveil, dit-il. Cette aurore est radieuse.

— Sûr. »

Chacun de ces hommes feignait une amabilité que ni l'un ni l'autre n'éprouvait.

Pour l'évêque, Struan était le représentant des protestants anglais fanatiques, matérialistes, diaboliques, qui avaient rompu avec la loi de Dieu et qui, pour leur éternelle damnation, avaient renié le pape comme les juifs avaient renié le Christ, l'homme qui était leur chef, celui qui, à lui seul ou presque, avait détruit Macao et, avec Macao, la domination des catholiques sur les païens d'Asie.

Pour Struan, l'évêque représentait tout ce qu'il méprisait chez les catholiques, le fanatisme dogmatique de ces hommes avides de puissance, froids, qui arrachaient leurs richesses des pauvres au nom d'un Dieu catholique, en leur suçant le sang goutte à goutte, et, avec ces gouttes de sang, érigeaient des cathédrales à la gloire de leur propre version de Dieu, de ces hommes qui avaient idolâtrement installé à Rome un homme, sous le nom de pape, et en avaient fait un infaillible arbitre.

Des serviteurs en livrée apportèrent des plateaux d'argent, du chocolat fumant, des croissants feuilletés, du beurre frais, et cette gelée de cumquat qui était la spécialité du monastère.

L'évêque récita le bénédicité et les phrases latines augmentèrent le malaise de Struan, mais il baissa la tête et ne dit rien.

Les deux hommes déjeunèrent en silence. Les cloches des multiples églises sonnaient matines et le sourd bourdonnement des litanies des moines dans la cathédrale voisine meublait le silence.

Après le chocolat, on leur servit du café, provenant du Brésil portugais, un café brûlant, parfumé, délicieux.

Sur un signe de l'évêque, un domestique ouvrit un coffret et présenta des cigares à Struan.

« Ils sont de La Havane, dit l'évêque. Après le petit déjeuner, j'apprécie assez le cadeau qu'a fait Sir Walter Raleigh à l'humanité.

— Merci. »

Struan en prit un. Les valets offrirent du feu, puis le prélat les congédia.

L'évêque contempla un moment les volutes de fumée.

« Pourquoi le Taï-pan de la Noble Maison a-t-il besoin d'aide ? murmura-t-il enfin. D'un secours... papiste ?

— Vous pouvez parier, à coup sûr, que ce n'est pas à la légère, monseigneur. Avez-vous entendu parler de l'écorce de cinchona ? L'écorce des Jésuites ?

— Ainsi donc. Vous avez la malaria ? La fièvre de la Vallée Heureuse ?

— Navré de vous décevoir. Non. Je n'ai pas la malaria. Mais une personne que je chéris l'a attrapée. Est-ce que le cinchona guérit la malaria ?

— Oui. Si la malaria de la Vallée Heureuse est la même que celle qui sévit en Amérique du Sud, dit l'évêque en fixant sur Struan son regard pénétrant. Il y a de nombreuses années, j'étais missionnaire au Brésil. J'ai eu leur malaria. Le cinchona m'a guéri.

— En avez-vous ici ? A Macao ? »

Un silence tomba, animé par le tapotement des ongles du prélat sur le crucifix, qui rappela à Struan le médecin chinois tâtant le pouls de May-may. Il se demanda s'il avait bien jugé l'évêque.

« Je ne sais pas, senhor Struan, dit enfin le Portugais.

— Si le cinchona peut guérir notre malaria, alors je suis disposé à payer. Si vous voulez de l'argent, vous en aurez. La puissance ? Je vous en donnerai. Si vous voulez mon âme, elle est à vous. Je ne souscris pas à vos vues, alors ce serait un échange sans risques. Je suis même prêt, de grand cœur, à me convertir, à faire ce qu'il faut pour devenir catholique, mais ce serait sans valeur, comme nous le savons tous les deux. Tout ce que vous voudrez, et ce qu'il est en mon pouvoir de vous donner, vous l'aurez. Mais je veux de cette écorce. Je veux guérir une personne de la fièvre. Faites votre prix.

— Pour quelqu'un qui vient en quémandeur, vos façons sont étranges.

— Sûr. Mais je présume que, compte tenu de mes manières, ou de ce que vous pensez de moi et de ce que je pense de vous, nous avons une monnaie d'échange. Avez-vous du cinchona ? Si vous en avez, est-ce que ça guérira la malaria de la Vallée Heureuse ? Et dans ce cas, quel est votre prix ? »

Dans le grand silence, les esprits et les volontés s'affrontèrent.

« Je ne puis encore répondre à aucune de ces questions », dit l'évêque.

Struan se leva.

« Je reviendrai ce soir.

— Il est inutile de revenir, senhor.

— Vous voulez dire que vous refusez le marché ?

— Je veux dire que ce soir serait peut-être trop tôt. Il me faudra du temps pour faire prévenir tous ceux qui soignent les malades, et recevoir leurs réponses. Et comment répondre à toutes vos questions ? Où serez-vous ? A bord du *China Cloud* ou chez vous ?

— J'enverrai un homme s'asseoir sur une marche de votre perron pour attendre.

— Ce n'est pas nécessaire. Je vous avertirai aussitôt. »

Le prélat resta assis, puis, sentant la profondeur de l'inquiétude de Struan, il murmura avec compassion :

« Ne vous troublez pas, senhor. Je vous ferai avertir aux deux endroits, au nom du Christ.

— Merci. »

En franchissant le seuil, Struan entendit l'évêque murmurer : « Allez avec Dieu », mais il ne s'arrêta pas. La porte d'entrée claqua derrière lui.

Dans le silence de la petite bibliothèque, le prélat poussa un profond soupir. Les yeux fixés sur la croix d'améthyste, il pria tout bas. Puis il fit venir son secrétaire et donna l'ordre d'entamer les recherches. Resté seul, il se partagea en ces trois personnes que tous les princes de l'Église doivent être simultanément. D'abord, saint Pierre, l'élu du Christ et premier vicaire de Jésus, avec tout ce que cela impliquait de spirituel ; puis le gardien militant de l'Église temporelle avec tout ce que cela impliquait. Enfin, un homme, simplement, qui croyait aux enseignements du Fils de l'Homme qui était le Fils de Dieu.

Il se carra dans son fauteuil, et laissa ces trois facettes de sa personnalité discuter entre elles. Et il les écouta.

## 34

STRUAN gravit les marches de marbre du siège de la Compagnie, le corps las mais l'esprit étrangement en paix. J'ai fait tout ce que j'ai pu, pensait-il.

Avant qu'il ait le temps de sonner, la porte lui fut largement ouverte et Lo Chum, le majordome de la Noble Maison à Macao, lui sourit de toutes ses gencives édentées. C'était un petit vieux au visage de vieil ivoire qui était au service du Taï-pan depuis que Struan avait les moyens de se faire servir. Il portait une tunique bien blanche, un pantalon noir et des sandales de corde.

« Hallo-ah, Taï-pan. Bain prêt, tidéjeuner prêt, habits tout prêts, pourquoi quoi donc Taï-pan veut, heya ? Ça ne fait rien.

— Heya, Lo Chum. »

Struan ne cessait jamais de s'émerveiller de l'incroyable rapidité par laquelle les nouvelles se transmettaient. Il savait que s'il avait sauté à terre, couru à perdre haleine sur la jetée et s'était rendu directement chez lui, la porte lui aurait été ouverte de la même façon et Lo Chum aurait été là comme il l'était à présent.

« Bain, habits peux, dit-il.

— Compradore Chen Sheng venir parti. Dis reviens neuf heures, peut. Peut ?

— Peut », soupira Struan.

Lo Chum ferma la porte et trottina devant Struan dans l'escalier de marbre. Il ouvrit la porte de la chambre du maître. La grande baignoire sabot en fer-blanc était pleine d'eau chaude fumante, comme toujours, un verre de lait était posé sur une petite table à côté, comme toujours, ses affaires de toilette étaient préparées, une chemise propre et un habit disposés sur le lit — comme toujours. C'est bon de se retrouver chez soi, pensa Struan.

« Taï-pan veux cow chillo bain avec, heya ? »

Un hennissement de rire.

« Ayee yah ! Lo Chum. Toujours parler cow chillo jig-jig au bain quoi, ça ne fait rien. Réveiller Massi Culum, dire ici peut !

— Massi Culum pas là dormir.

— Où aller Massi Culum, heya ? »

Lo Chum ramassa les vêtements dont Struan venait de se dépouiller et haussa les épaules.

« Dehors la nuit, toute, Massi. »

Struan fronça les sourcils.

« Tout pareil, les nuits toutes, heya ? »

Lo Chum hocha la tête.

« Non, Massi. Une, deux nuits dormir ici. »

Il sortie en hâte.

Struan se plongea dans son bain, troublé par ce rapport sur les absences de Culum. Bon Dieu, j'espère que le galopin a suffisamment de bon sens pour ne pas aller au quartier chinois !

A neuf heures précises, une luxueuse chaise à porteurs s'arrêta devant le bâtiment. Chen Sheng, compradore de la Noble Maison, en descendit pesamment. Il portait une robe cramoisie, un chapeau orné de pierreries et il avait grande conscience de sa majesté.

Il gravit dignement les marches et la porte lui fut ouverte par Lo Chum en personne, comme toujours. Cela donnait beaucoup de face à Chen Sheng, car Lo Chum n'ouvrait la porte lui-même qu'au Taï-pan et à lui.

« Il m'attend ? demanda-t-il en cantonais.

— Naturellement, Excellence. Je suis désolé d'avoir pris rendez-vous pour vous de si bonne heure, mais j'ai pensé que vous voudriez être le premier.

— Il paraît qu'il a quitté Hong Kong en toute hâte. Sais-tu ce qui se passe ?

— Il est allé tout droit au Taï-pan des longues jupes et...

— Je sais, je sais, grommela impatiemment Chen Sheng, qui se demandait bien ce que Struan était allé faire à l'évêché. Je ne sais vraiment pas pourquoi je suis aussi tolérant avec toi, Lo Chum, ni pourquoi je continue à te payer tous les mois pour me tenir au courant en ces temps très troublés. Je savais que le navire était dans la rade avant d'avoir reçu ton message. Ce manque d'intérêt pour les affaires est déplorable.

— Excellence, je suis abjectement navré. Naturellement, le Taï-pan a amené sa concubine sur son navire.

— Ah ! »

Bon, très bon, pensa-t-il. Je serai content de lui rendre les enfants et de me décharger de cette responsabilité.

« C'est un peu mieux, ça, encore que d'autres me l'auraient dit avant une heure. Quelles autres perles d'information as-tu qui méritent les fortunes que je te paie ? »

Lo Chum leva les yeux au ciel.

« Que pourrais-je savoir, moi misérable esclave, que ne sait pas un haut mandarin tel que vous, Excellence ? Les temps sont durs, soupira-t-il. Ma femme me harcèle et réclame de l'argent et mes fils gaspillent les taels au jeu comme si l'argent pur poussait dans les rizières. Désolant. C'est seulement en connaissant à l'avance les choses de grande importance que l'on peut se prémunir contre le mauvais sort. C'est affreux de penser que ces choses pourraient tomber en de mauvaises oreilles. »

Chen Sheng croisa les mains sur son ventre, certain maintenant que Lo Chum avait des renseignements de grand intérêt.

« Je suis entièrement d'accord. En des temps aussi difficiles que ceux que nous traversons il est essentiel, les dieux l'ont décrété, de venir en aide aux pauvres. J'avais dans l'idée de t'envoyer un misérable et indigne présent au nom de tes illustres ancêtres ; trois cochons rôtis, quatorze poules pondeuses, deux pièces de soie de Shantoung, une perle valant dix taels de l'argent le plus pur, une belle boucle de jade du début de la dynastie Ch'ing valant cinquante taels, et quelques menues douceurs et pâtisseries qui sont tout à fait indignes de ton palais délicat mais que tu voudras peut-être donner à tes serviteurs.

— Il m'est impossible d'accepter un présent d'une telle munificence, dit Lo Chum en s'inclinant très bas. Cela m'endetterait à jamais auprès de vous.

— Si tu refuses, je vais penser que mon présent est par trop indigne de tes glorieux ancêtres et je perdrai la face. »

Finalement, Lo Chum se laissa persuader d'accepter et Chen Sheng voulut bien reconnaître que son cadeau était princier.

« J'ai appris que le Taï-pan est à la recherche de quelque chose, chuchota Lo Chum, pour guérir sa concubine qui est très malade. Elle a la fièvre empoisonnée de Hong Kong !

— Quoi ! »

Chen Sheng était horrifié par cette nouvelle, mais satisfait de n'avoir pas dépensé en vain l'argent des cadeaux.

Lo Chum lui parla du médecin chinois et de l'étrange remède et répéta tout ce qu'Ah Sam avait chuchoté à l'aurore au sampanier qu'il lui avait envoyé.

« Le bruit court même que le Taï-pan a offert une récompense de vingt mille taels. Son fils, l'illustre fils de votre troisième femme et votre beau-fils, a déclenché des recherches frénétiques pour ce remède, à Hong Kong. »

L'esprit subtil de Chen Sheng subodorait mille conséquences. Il fit un signe à Lo Chum et fut introduit dans le bureau de Struan.

« Hallo-ah, Taï-pan, s'exclama-t-il avec bonne humeur. Content vous voir à Macao, ça ne fait rien.

— Hallo-ah, Chen Sheng. Assis-ah ?

— Navire *Blue Cloud* premier arrivé, heya ?

— Sais pas. Quand je sais pas mal vite-vite je dis. Chen Sheng voulait voir moi, heya ? »

Chen Sheng était soucieux. Jin-qua lui avait personnellement confié — à lui, le chef des Triades de Macao — la responsabilité de T'chung May-may et de ses enfants. Lui seul, de toutes les relations de Jin-qua, savait qu'elle était sa petite-fille et que pour eux, sa valeur en tant que concubine du Taï-pan était colossale, et inestimable pour la cause des Triades — qui était celle de la Chine. La nouvelle que la flotte se dirigeait sur Canton, au lieu de se rendre directement à Pékin comme tout le monde le croyait, leur avait permis de sauver près de quatre millions de taels, cent fois le prix de l'éducation de May-may. Chen Sheng la bénit ; sans elle, il aurait été obligé de fournir lui-même une bonne partie de cette rançon.

Et maintenant, l'idiote misérable avait eu le mauvais joss d'attraper l'incurable maladie. Incurable, du moins rectifia-t-il vivement en son for intérieur, si nous ne parvenons pas à trouver de ce remède. Et si nous le pouvons, elle guérira et ce que nous avons investi sur elle, et sur le Taï-pan, sera préservé et il y aura en plus vingt mille taels à la clef. Un renseignement qu'il avait reçu prit alors toute signification. Ainsi donc, voilà pourquoi Gordon Chen avait envoyé la veille quarante Triades, membres de la loge de Hong Kong, dans le plus grand secret à Macao. Il doit y avoir du remède ici. Il se demanda ce que Gordon Chen dirait s'il savait que Jin-qua était le grand maître des Triades de Hong Kong et lui-même, Chen Sheng, son lieutenant. Ah ! se dit-il, c'est très sage de garder de multiples choses secrètes ; on ne sait jamais si quelqu'un ne parlera pas...

« Taï-pan chillo petits dans ma maison très bien, très heureux, dit-il avec un bon sourire. Voir les, veux ? Ramener à Hong Kong ?

— Voir aujourd'hui. Ramener pas mal bientôt. Je dirai quand. »

Struan se demandait s'il devait dire à Chen Sheng que May-may avait la malaria.

« Taï-pan. Tes chillo petits sages et bien. Croire mieux amener mama chillo à terre. Mama chillo pas mal plus heureuse, peut. Très pas mal docteur numéro un ici peux. Très pas mal numéro un médecine peux. Pas de souci. Croire médecine ici à Macao. Chen Sheng arrange tout pas mal bien.

— Comment sais-tu qu'elle est ici ? Et qu'elle est malade ?

— Quoi ? No compris.

— Comment savoir cow chillo ici pas mal beaucoup malade, heya ? »

Chen Sheng rit tout bas, et haussa une épaule.

« Savoir tout pareil, ça ne fait rien.

— Médecine ici ? Vérité ?

— Si ici, je trouve, peux. J'envoie jonque pas mal vite-vite *China Cloud.* Ramener cow chillo à terre. Chen Sheng arranger. »

Il s'inclina courtoisement et sortit.

Struan se rendit à bord du *China Cloud* et autorisa des bordées de terre. La jonque de Chen Sheng arriva bientôt et May-may y fut délicatement déposée. Un médecin chinois était là pour veiller sur elle et elle fut transportée à sa maison nichée sur la colline de Sao Antonio.

La demeure était impeccable, les nombreux serviteurs s'affairaient et le thé attendait. Ah Sam courut partout, embrassa les enfants qui étaient venus avec leurs amahs personnelles, installa May-may dans son immense lit et lui amena les petits. Ce furent des pleurs de bonheur, des cris de joie, une activité fébrile, et Ah Sam et May-may furent heureuses de se retrouver enfin à la maison.

Le médecin avait apporté des aliments spéciaux et des remèdes pour soutenir les forces de May-may et fortifier le bébé qu'elle portait. Il lui ordonna le lit.

« Je reviendrai bientôt, promit Struan.

— Bien. Merci, Taï-pan. Merci.

— Je vais au siège, et puis peut-être chez Brock.

— Ils sont à Macao ?

— Sûr. Tous sauf Tyler. Je croyais te l'avoir dit. Tu as oublié ? Culum et Tess sont là aussi.

— Ah ! oui, souffla-t-elle, en songeant soudain à ce qu'elle avait commandé à Gordon Chen. Pardon. Je n'y pensais plus. Ma tête est comme la passoire. Naturellement, je me souviens. Je suis très gracieusement heureuse avoir quitté le navire et retrouvé ma maison. Merci. »

Struan retourna à la résidence de la Noble Maison. Culum n'était toujours pas rentré, aussi suivit-il la *praia* pour se rendre chez les Brock. Mais ni Tess, ni Liza ne savaient où était Culum. Gorth lui dit que la veille au soir, ils étaient allés tous les deux jouer à l'English Club, et que lui-même était rentré de bonne heure.

« Je vous raccompagne, dit-il et puis, lorsqu'ils furent seuls dans le vestibule, il ricana en savourant la douceur de la vengeance : Vous savez ce que c'est, je visitais une dame. Si ça se trouve, il visitait de même, hé ? Y a pas de mal à ça. Quand je l'ai quitté, il avait une main gagnante, si c'est ça qui vous fait souci.

— Non, Gorth. C'est pas ça. Tu sais qu'il y a de bonnes lois britanniques, sur le meurtre — un procès rapide et une bonne corde au cou sans tarder, pour qui que ce soit. Même si la victime n'est qu'une prostituée. »

Gorth pâlit.

« Qu'est-ce que ça veut dire, ça ?

— Si quelqu'un devient gibier de potence, je ferai très volontiers le bourreau.

— Ça serait-y que vous me menacez ? Y a aussi des lois contre ça, nom de Dieu !

— S'il y a mort, alors il y a inculpation, nom de Dieu !

— Sais pas ce que vous voulez dire, gronda Gorth. Vous m'accusez à tort !

— Je ne t'accuse de rien du tout, Gorth. Je te rappelle simplement quelques vérités. Sûr. Paraît qu'il y aurait deux témoins possibles à une mort possible. Et qui seraient prêts à témoigner en justice. »

Gorth maîtrisa à grand-peine sa terreur panique. C'est cette foutue salope de Fotheringill, et ce bougre de Quance, se dit-il. Elle est assez payée pour se taire, la garce. Ma foi, je lui réglerai bien proprement son compte, si c'est nécessaire, mais ça sera pas la peine, parce que la petite pute ne va pas mourir, d'abord.

« J'ai pas peur des types comme vous, dit-il, ni de ces foutues fausses accusations.

— Je ne t'accuse pas, Gorth. »

Struan était bien tenté de provoquer tout de suite l'inévitable combat. Mais il savait qu'il devait attendre la première faute de Gorth, une impardonnable insulte en public. Seulement alors pourrait-il ouvertement lui envoyer ses témoins, et le tuer en duel, en public. Seulement alors pourrait-il éviter la rupture des fiançailles de Tess et de Culum, et éviter de donner à

Brock les moyens de l'anéantir devant un tribunal. Car May-may avait raison ; en Asie, tout le monde savait qu'il mourait d'envie de massacrer Gorth.

« Si tu vois Culum, lui dit-il, préviens-le que je le cherche.

— Faites vos commissions vous-même ! Je suis pas votre valet ! Et ça sera plus bien longtemps que vous serez Taï-pan de la Noble Maison, nom de Dieu !

— Prends garde, conseilla Struan. Tu ne me fais pas peur. »

Gorth mordit aussitôt à l'hameçon :

« Ni vous non plus, Dirk. Je vous le dis, entre quatre-z-yeux et d'homme à homme, faites attention sinon moi j'irai vous chercher ! »

Struan regagna sa résidence, enchanté de lui-même. Je te tiens, Gorth !

Culum n'était pas rentré. Et l'évêque n'avait donné aucune nouvelle. Struan demanda à Lo Chum d'essayer de retrouver Culum. Il sortit ensuite, gravit la colline vers la cathédrale et s'engagea dans les ruelles tortueuses, en passant devant les charmants restaurants en plein air aux parasols pittoresques. Il traversa la vaste *praça* et franchit un grand portail.

La religieuse assise au bureau de réception leva les yeux.

Struan lui demanda si elle parlait anglais.

« Un peu, senhor.

— Vous avez ici une malade, Miss Mary Sinclair. Je suis un de ses amis. »

Il y eut un long silence.

« Vous voulez la voir ?

— S'il vous plaît. »

Elle fit signe à une religieuse chinoise et lui parla rapidement en portugais. Struan suivit la Chinoise dans un couloir et monta un étage.

La chambre de Mary était petite, maculée de crasse, nauséabonde, les fenêtres solidement fermées. Une croix de bois était accrochée au-dessus du lit.

Mary avait les traits tirés. Elle sourit faiblement. Ses souffrances l'avaient vieillie.

« Bonjour, Taï-pan.

— Qu'est-ce qui se passe, Mary ? demanda-t-il avec douceur.

— Rien que je ne mérite pas.

— Avant tout, je m'en vais te tirer de cet endroit maudit.

— Je suis très bien ici, Taï-pan. On me soigne bien.

— Sûr, mais ce n'est pas la place d'une Anglaise protestante. »

Un religieux tonsuré entra. Il était vêtu d'une robe de bure tachée de sang et de remèdes divers.

« Bonjour, dit-il. Je suis le frère Sébastien. Le médecin de la jeune fille.

— Bonjour. Je crois que je vais vous débarrasser d'elle.

— Je ne le conseille pas, monsieur Struan. Elle ne devrait pas être transportée avant un mois et plutôt deux.

— Qu'est-ce qu'elle a ?

— Une affection interne.

— Vous êtes anglais ?

— Est-ce si étrange, monsieur Struan ? Il y a beaucoup d'Anglais, d'Écossais même, qui reconnaissent la véritable Église du Christ. Mais parce que je suis catholique je n'en suis pas moins médecin.

— Avez-vous de l'écorce de cinchona ici ?

— Quoi ?

— De l'écorce de cinchona. L'écorce des Jésuites.

— Non. Je n'en ai jamais employé. Je n'en ai jamais vu. Pourquoi ?

— Pour rien. Quelle est la maladie de Miss Sinclair ?

— C'est très compliqué. Miss Sinclair ne devrait pas bouger avant au moins un mois.

— Te sens-tu assez bien pour être transportée, fillette ?

— Son frère, M. Sinclair, ne s'oppose pas à ce qu'elle reste ici. Et je crois que M. Culum Struan est d'accord également.

— Culum est passé aujourd'hui, Mary ? »

Elle hocha la tête et s'adressa au religieux, d'une voix tragique :

« Je vous en prie, dites au Taï-pan ce que... ce que j'ai.

— Je crois que c'est la sagesse, répondit gravement le frère Sébastien. Quelqu'un doit savoir. Miss Sinclair est très malade, monsieur Struan. Elle a bu une potion d'herbes chinoises, un poison devrais-je dire, pour provoquer un avortement. Le poison a délogé le fœtus mais en causant une hémorragie qui est maintenant, par la grâce de Dieu, presque maîtrisée. »

Struan se sentit brusquement couvert de sueur.

« Qui d'autre le sait, Mary ? Culum ? Horatio ? »

Elle hocha négativement la tête. Struan se tourna vers le moine.

« Presque maîtrisée ? Est-ce que ça veut dire que la fillette est tirée d'affaire ? Que dans un mois environ elle ira bien ?

— Physiquement, oui. S'il n'y a pas de gangrène. Et si telle est la volonté de Dieu.

— Qu'est-ce que ça veut dire, physiquement ?

— Cela veut dire, monsieur Struan, qu'il est impossible de considérer le physique sans le spirituel. Cette jeune personne a gravement péché contre les lois de Dieu, contre les lois de l'Église catholique et de votre Église aussi. Alors la paix doit être faite avec Dieu avant que l'on puisse parler de guérison. Voilà ce que je voulais dire.

— Comment... comment est-elle venue ici ?

— Elle nous a été amenée par son amah, qui est catholique. J'ai obtenu une dispense spéciale pour la soigner et, ma foi, nous l'avons hospitalisée et nous la traitons de notre mieux. La mère supérieure a insisté pour informer quelqu'un, parce que nous la sentions partir. Nous avons prévenu le capitaine Glessing, en pensant qu'il était le père de l'enfant, mais Miss Sinclair nous jure que non. Et elle nous a supplié de ne pas révéler la nature de sa maladie... Cette crise, par la grâce de Dieu, est passée.

— Vous garderez le secret ? Que... que lui est-il arrivé ?

— Vous seul, les religieuses et moi sommes au courant. Nous sommes liés à Dieu par des serments qui ne peuvent être rompus. Vous n'avez rien à craindre de nous. Mais je sais qu'il n'y aura pas de guérison possible pour cette pauvre pécheresse tant qu'elle n'aura pas fait sa paix avec Dieu. Car Il sait. »

Le frère Sébastien les laissa.

« Le... le père est un de tes « amis », Mary ?

— Oui. Je ne regrette pas ma vie, Taï-pan. Je... Je ne peux pas. Ni ce que j'ai fait. C'est le joss... Le joss... J'ai été violée alors que j'étais très jeune, du moins... Non, ce n'est pas vrai. Je ne savais pas... Je ne comprenais pas, mais la première fois j'ai été un peu forcée. Ensuite, ce n'était plus la peine de forcer. J'étais consentante.

— Qui était-ce ?

— Un des garçons, à l'école. Il est mort. Il y a si longtemps ! »

Struan fouilla sa mémoire, mais ne put se rappeler aucun garçon qui était mort. Pas un garçon qui aurait eu ses entrées chez les Sinclair.

« Ensuite, poursuivit Mary d'une voix entrecoupée. J'avais ce besoin. Horatio... il était en Angleterre, alors j'ai demandé à une de mes amahs de me trouver un amant. Elle m'a expliqué que je pouvais avoir un amant, beaucoup d'amants, que si j'étais astucieuse, et elle aussi, je pourrais avoir une vie secrète, et de jolies choses. Mon existence réelle n'a jamais été agréable. Vous savez quel père j'ai eu. Alors l'amah m'a montré comment... Elle... Elle faisait l'entremetteuse. Nous nous sommes enrichies, toutes les deux, et je suis contente. J'ai acheté les deux maisons, et elle m'a toujours amené des hommes très riches. »

Elle se tut, et puis, au bout d'un long moment de silence, elle gémit :

« Ah ! Taï-pan, j'ai si peur ! »

Struan s'assit à son chevet. Il se souvenait de ce qu'il lui avait dit, il y avait quelques mois à peine. Et de sa réponse confiante.

# 35

A LA fenêtre ouverte, Struan contemplait sombrement la foule des passants, sur la *praia*. Le soleil se couchait. Les Portugais étaient tous en vêtements du soir, et ils se promenaient de long en large, se saluaient, s'entretenaient avec animation, les jeunes *fidalgos* et les jeunes filles flirtant prudemment sous le regard attentif des parents et des duègnes. Quelques chaises à porteurs passaient, les coolies cherchant les clients éventuels ou amenant des promeneurs tardifs. Ce soir, il y avait bal chez le gouverneur et Struan avait été invité, mais il ne savait pas encore s'il irait. Culum n'avait toujours pas reparu. Et aucune nouvelle n'était arrivée de l'évêché.

Il avait vu Horatio, dans l'après-midi. Horatio était furieux parce qu'Ah Tat, l'amah de Mary, avait disparu.

« Je suis sûr que c'est elle qui a fait prendre le poison à la pauvre Mary, Taï-pan ! »

Mary avait simplement dit à son frère qu'elle avait bu par mégarde une tisane qu'elle avait trouvée à la cuisine, la prenant pour du thé.

« C'est ridicule, Horatio ! avait protesté Struan. Ah Tat est avec vous deux depuis des années. Pourquoi ferait-elle une chose pareille ? C'est un accident. »

Après le départ d'Horatio, Struan avait cherché les hommes avec qui Gorth et Culum s'étaient trouvés, ce dernier soir. C'étaient des amis de Gorth, et ils dirent que Culum les avait quittés quelques heures après Gorth, qu'il avait bu mais qu'il n'était pas plus ivre qu'il ne l'était d'autres soirs.

Struan pesta contre son fils.

De la fenêtre, il vit soudain un valet en livrée s'approcher de la maison et il reconnut tout de suite le blason de l'évêque. L'homme traversait la *praia* sans se presser. Mais il passa sans s'arrêter devant la résidence et disparut dans la foule.

Le jour tombait, et les vieux réverbères à huile de la promenade luttaient avec les ombres du crépuscule. Struan vit une chaise à porteurs fermée s'arrêter devant sa porte. Deux coolies emmitouflés la laissèrent là et disparurent rapidement dans une ruelle.

Struan se rua hors de la pièce et dévala l'escalier.

Culum était vautré dans la chaise, sans connaissance, les vêtements déchirés et souillés. Il empestait l'alcool.

Struan était plus amusé que fâché. Il tira Culum de la chaise, le jeta sur son épaule et, sans se soucier des regards curieux des passants, il le porta dans la maison.

« Lo Chum ! Bain, vite-vite ! »

Struan allongea Culum sur le lit et le déshabilla. Il ne portait pas de blessures, mais des coups d'ongle sur le ventre, et des suçons.

« Imbécile », grommela-t-il en l'examinant avec soin.

Pas de fractures, rien de cassé, pas de dents arrachées. La chevalière et la montre avaient disparu, les poches étaient vides.

« T'as été proprement entôlé, petit. Peut-être pour la première fois, mais sûrement pas pour la dernière. »

Struan savait que le puissant narcotique glissé dans le dernier verre du gamin était une pratique classique des bordels.

Des serviteurs apportèrent des baquets d'eau chaude et remplirent la baignoire de fer. Struan y déposa Culum, le savonna et le rinça. Lo Chum soutenait la tête ballante.

« Massi pas mal plein terrible boisson folle, pas mal terrible jig-jig, heya.

— Ayee yah ! »

En sortant Culum du bain, Struan éprouva une douleur aiguë à sa cheville gauche et comprit que les longues marches de la journée l'avaient trop fatigué, sans qu'il y prît garde. Je ferai bien de la bander serrée pendant quelques jours, se dit-il.

Il essuya Culum et le mit au lit. Puis il le gifla doucement. Culum ne se réveilla pas. Struan dîna, et attendit. Son inquiétude croissait au fil des heures, car il savait que, quelle que fût la quantité d'alcool ingurgitée par Culum, il devrait s'être déjà réveillé.

Le jeune homme respirait bien régulièrement, et son cœur battait normalement.

Struan se leva et s'étira. Il n'y avait rien à faire, qu'attendre.

« Je vais voir Massi numéro un. Toi rester bien veiller, heya ?

— Lo Chum veiller tout pareil momman !

— Envoyer mot prévenir, savvez ? Quelle heure Massi réveiller, ça ne fait rien, envoyer mot. Savvez ?

— Pourquoi faire Taï-pan dire savvez, heya ? Toujours savvez pas mal très bien, ça ne fait rien. Heya ? »

Mais Lo Chum ne le fit pas prévenir de la nuit.

A l'aube, Struan quitta la maison de May-may et regagna sa résidence. Elle avait dormi paisiblement, mais Struan avait entendu tous les passants et toutes les chaises à porteurs — et d'autres qui n'étaient que les fantasmes de son imagination.

Lo Chum lui ouvrit la porte.

« Pour quoi faire Massi bonne heure, heya ? Déjeuner prêt, bain prêt, pourquoi faire lequel veux, heya ?

— Massi réveillé, heya ?

— Pourquoi faire demander ? Si réveiller moi envoyer mot. Savvez pas mal très bien moi, Taï-pan », répliqua Lo Chum, offensé dans sa dignité.

Struan monta. Culum dormait toujours, d'un sommeil lourd.

« Une fois, deux fois, Massi faire comme... »

Et Lo Chum grogna et gémit et claqua des dents et renifla et bâilla bruyamment.

Après avoir déjeuné, Struan fit prévenir Liza et Tess du retour de Culum, mais sans dire dans quelles conditions ce retour s'était effectué. Ensuite, il s'efforça de se consacrer aux affaires.

Il signa des papiers, approuva des dépenses accrues pour la construction de Hong Kong et s'indigna des prix de plus en plus élevés du bois de charpente, de la brique, de la main-d'œuvre et des réparations des navires et du matériel.

Nom de dieu! Les prix ont monté de cinquante pour cent, tempêta-t-il, et il n'y a aucun signe de baisse prochaine. Est-ce que je fais mettre en chantier de nouveaux clippers pour l'année prochaine, ou bien je m'arrange avec ceux qu'on a ? En comptant que la mer ne m'en enverra aucun par le fond ? Tu dois en acheter d'autres.

Il commanda donc un nouveau clipper. Il l'appellerait le *Tessan Cloud* et ce serait le cadeau d'anniversaire de Culum. Mais il n'était pas heureux et enthousiasmé comme il l'aurait dû, en songeant à un beau clipper neuf. Cela lui rappelait le *Lotus Cloud*, dont la construction allait bientôt commencer à Glasgow, et le combat naval de l'année prochaine contre Wu Kwok — s'il était encore en vie — ou contre Wu Fang Choi et ses pirates. Il se demanda si les gamins de Scragger arriveraient à bon port. Il faudrait attendre un mois avant qu'ils arrivent en Angleterre, et trois mois de plus pour le savoir.

Il ferma son bureau, se rendit au club anglais et bavarda un moment avec Horatio, puis avec quelques marchands ; il fit une partie de billard mais n'y trouva aucun plaisir. On ne parlait que de commerce, de l'incertitude des temps, des signes de danger à l'échelle internationale.

Il alla s'asseoir dans la vaste salle de lecture silencieuse et prit un des journaux du dernier courrier, dont les nouvelles étaient vieilles de trois mois.

Avec effort, il parcourut un éditorial. Il parlait de l'agitation dans la zone industrielle des Midlands et déclarait qu'il était impératif de payer des salaires honnêtes pour un travail honnête. Un autre article déplorait le chômage et réclamait l'ouverture de nouveaux marchés pour soutenir la production, demandait à la production des marchandises meilleur marché, de l'embauche, des salaires plus élevés.

Il y avait des articles sur la tension et le danger de guerre entre la France et l'Espagne au sujet de la succession d'Espagne ; la Prusse étendait ses tentacules sur tous les États allemands et un conflit franco-prussien était imminent ; des nuages de guerre planaient sur la Russie et le Saint-Empire des Habsbourg, et sur les États italiens qui voulaient se débarrasser du roi de Naples, l'usurpateur français, et s'unir ou ne pas s'unir, et le pape, soutenu par la France, était entraîné dans l'arène politique ; la guerre menaçait en Afrique du Sud, parce que les Boers — qui au cours des quatre dernières années avaient quitté la colonie du Cap pour créer le Transvaal et l'État libre d'Orange — visaient à présent la colonie anglaise du Natal et l'on s'attendait à ce que le prochain courrier annonçât la guerre. Il y avait des émeutes antisémites et des pogroms en Europe centrale ; les catholiques se battaient contre les protestants, les musulmans contre les hindous, les catholiques et les protestants, et se battaient entre eux ; il y avait des guerres indiennes en Amérique, de l'hostilité entre les États du Nord et du Sud des États-Unis, de l'animosité entre l'Amérique et la Grande-Bretagne à cause du Canada, des troubles en Irlande, en Suède, en Finlande, aux Indes, en Égypte, dans les Balkans...

« Peu importe ce qu'on lit ! fulmina soudain Struan sans s'adresser à personne. Le monde entier est fou, nom de dieu !

— Qu'est-ce qui ne va pas, Taï-pan ? demanda Horatio, tiré de sa rêverie haineuse.

— Le monde entier devient fou, voilà ce qui ne va pas ! Pourquoi diable les gens ne veulent-ils pas vivre en paix ? Pourquoi se battre perpétuellement ?

— Tout à fait d'accord, cria Masterson de l'autre bout de la pièce. Absolument. Un endroit terrible pour y mettre des enfants au monde, par Dieu. Le monde entier s'en va à vau-l'eau. C'était bien mieux autrefois, non ? Répugnant.

— Oui, dit Roach. Le monde va trop vite. Le maudit gouvernement a la tête à la place du cul, comme toujours. Bon dieu, on croirait qu'ils comprendraient, mais pensez-vous. Tous les foutus jours que Dieu fait, on lit que le Premier ministre a déclaré qu'il fallait se serrer la ceinture. Pour l'amour de Dieu ! Avez-vous jamais entendu quelqu'un dire qu'on pouvait la desserrer d'un cran ?

— Il paraît que la taxe d'importation sur le thé a été doublée, annonça Masterson. Et si jamais cet aliéné de Peel prend le pouvoir, le bougre est sûr de nous amener l'impôt sur le revenu ! Cette invention du diable ! »

Il y eut des vociférations générales et chacun jeta son venin sur la tête de Peel.

« C'est un foutu anarchiste ! déclara Masterson.

— Ridicule, protesta Roach. C'est pas les impôts ; c'est tout simplement qu'il y a trop de gens. La régulation des naissances, voilà ce qu'il faut.

— Quoi ? rugit Masterson. Vous n'allez pas recommencer avec cette répugnante idée blasphématoire ! Bon dieu, est-ce que vous êtes contre le Christ ?

— Non, bon dieu. Mais nous sommes envahis et débordés par les basses classes. Je ne dis pas que *nous* devrions le faire, mais ces gens-là oui, par Dieu ! Du gibier de galère, tous tant qu'ils sont ! »

Struan jeta les journaux sur la table et s'en alla à l'English Hotel. C'était une grande bâtisse imposante, à colonnes, comme le club.

Chez le barbier, il se fit faire une coupe de cheveux et un shampooing, puis il demanda Svenson, le masseur suédois.

Le vieux marin noueux le pétrit avec des mains d'acier, le flotta de glace et le frictionna avec une serviette rugueuse.

« Par la barbe de saint Pierre, Svenson, je suis un homme neuf ! »

Svenson rit mais ne dit rien. Il avait eu la langue coupée par des pirates, en Méditerranée, jadis. Il fit signe à Struan de se reposer sur la table capitonnée, et l'enveloppa de couvertures, puis il le laissa dormir.

« Taï-pan ? »

C'était Lo Chum. Struan fut immédiatement éveillé et lucide.

« Massi Culum ? »

Lo Chum hocha la tête et sourit :

« Massi Longue Jupe. »

Struan suivit le jésuite taciturne sous le cloître de la cathédrale, autour du ravissant jardin.

Quatre heures sonnèrent au clocher.

Le religieux tourna au fond du passage et franchit un grand portail de teck pour pénétrer dans une vaste antichambre aux murs ornés de tapisseries. Le sol de marbre ancien, poli par les ans, était réchauffé par des tapis.

Il frappa respectueusement à la porte du fond, et entra. L'évêque était majestueusement assis dans un fauteuil à haut dossier sculpté qui ressemblait à un trône. Il congédia le religieux d'un geste et sourit à Struan.

« Asseyez-vous, senhor, je vous en prie. »

Struan prit le siège qu'on lui indiquait. Il était un peu plus bas que le fauteuil de l'évêque et il se sentit dominé par la force de la volonté de cet homme.

« Vous vouliez me voir, monseigneur ?

— Je vous ai fait venir, oui. Le cinchona. Il n'y en a pas à Macao, mais je crois que nous en avons à notre mission de Lo Ting.

— Où est-ce ?

— A l'intérieur des terres. A quelque deux cent cinquante kilomètres au nord-ouest. »

Struan se leva.

« J'y envoie quelqu'un immédiatement !

— Je l'ai déjà fait, senhor. Asseyez-vous, je vous prie. Notre courrier est parti à l'aube avec l'ordre de brûler les étapes. Je crois qu'il le fera. Il est chinois et vient de cette région.

— Combien de temps mettra-t-il ? Sept jours ? Six ?

— C'est une chose qui m'inquiète aussi. Combien de crises de fièvre a eues la jeune fille ? »

Struan aurait aimé demander à l'évêque comment il savait qu'il s'agissait de May-may, mais il se retint. Il n'ignorait pas que les sources secrètes de renseignements des catholiques étaient légion et que, d'autre part, « jeune fille » serait une déduction facile à faire pour un homme aussi astucieux que l'évêque.

« Une. La fièvre est tombée il y a deux jours, vers cette heure-ci.

— Alors elle aura une nouvelle crise demain, en tout cas avant quarante-huit heures. Le courrier mettra sept jours à aller à Lo Ting et revenir, si tout va bien et s'il ne rencontre pas de difficultés imprévues.

— Je ne crois pas qu'elle pourra supporter deux autres crises.

— Il paraît qu'elle est jeune, et solide. Elle devrait pouvoir tenir huit jours.

— Elle est enceinte de quatre mois.

— Voilà qui n'est pas bon.
— Non. Où est Lo Ting ? Donnez-moi une carte. Je pourrais peut-être gagner un jour.
— Pour ce voyage, mes relations pèsent mille fois plus lourd que les vôtres. Peut-être durera-t-il sept jours, si telle est la volonté de Dieu. »
Sûr, pensa Struan. Mille fois plus. Je donnerais cher pour savoir tout ce que les catholiques ont accumulé au cours des siècles, par leurs constantes incursions en Chine. Quel Lo Ting ? Il pourrait y en avoir cinquante dans un rayon de trois cents kilomètres.
— Sûr, murmura-t-il. Si telle est la volonté de Dieu.
— Vous êtes un homme étrange, senhor. Je suis heureux d'avoir cette occasion de vous connaître. Voulez-vous un verre de madère ?
— Combien coûte l'écorce ? Si elle existe et si elle arrive à temps et si elle guérit ?
— Voulez-vous un verre de madère ?
— Merci. »
L'évêque tira un cordon de sonnette et un valet en livrée apparut aussitôt, avec une carafe et deux verres de cristal sur un plateau d'argent ciselé.
« A une meilleure compréhension de beaucoup de choses, senhor. »
Ils burent — et se mesurèrent du regard.
« Le prix, monseigneur ?
— Il y a encore trop de « si » pour le moment. Cette réponse peut attendre. Mais deux choses ne le peuvent pas. »
Le prélat savoura son vin.
« Le madère est un apéritif parfait », murmura-t-il, puis il parut ordonner ses pensées et déclara :
« La senhorita Sinclair m'inquiète beaucoup.
— Moi aussi.
— Le frère Sébastien est un merveilleux guérisseur. Mais il me laisse entendre que si la senhorita n'est pas aidée, spirituellement, elle risque de se tuer volontairement.

— Pas Mary ! Elle est très forte. Elle ne ferait pas ça. »

Falarian Guineppa joignit ses longues mains. Un rayon de soleil fit flamber son énorme améthyste.

« Si elle se confiait aujourd'hui au frère Sébastien, et à l'Église du Christ, nous pourrions transformer sa damnation en bénédiction. Ce serait le mieux, pour elle. Je crois, du fond du cœur, que c'est la seule solution réelle. Mais si cela n'est pas possible, avant de la laisser aller je devrai la confier en toute responsabilité à quelqu'un qui voudra bien assumer cette charge.

— Je ne demande pas mieux.

— Très bien, mais je ne crois pas que vous agissiez avec sagesse, senhor. Cependant, votre vie et votre âme — et les siennes — sont aussi entre les mains de Dieu. Je prie qu'il vous soit donné la grâce de comprendre. Très bien. Avant qu'elle parte, je ferai tout ce qui est en mon pouvoir pour sauver son âme, mais dès qu'elle sera assez vaillante pour être transportée, je vous aviserai. »

Les cloches de la cathédrale sonnèrent cinq heures.

« Comment va la blessure du grand-duc Alexei Sergueyev ? »

Les sourcils de Struan se froncèrent.

« C'est la deuxième chose qui ne peut pas attendre ?

— Pour vous autres Britanniques, peut-être. »

Le prélat ouvrit un tiroir et y prit un volumineux portefeuille de cuir, scellé.

« Il m'a été demandé de vous donner ceci avec prudence. Il paraîtrait que certaines autorités diplomatiques s'inquiètent vivement de la présence du grand-duc en Asie.

— Les autorités de l'Église ?

— Non, senhor. On m'a demandé de vous dire que vous pouvez, si vous le désirez, repasser ces documents à qui de droit. Je crois que certains sceaux prouvent leur validité. Le portefeuille est scellé, lui aussi », ajouta l'évêque avec un mince sourire.

Struan reconnut le sceau du bureau du gouverneur général.

« Pourquoi me confierait-on des secrets diplomatiques ? Il y a les voies diplomatiques. Mr. Monsey n'est qu'à huit cents mètres d'ici et Son Excellence à Hong Kong. Ils connaissent tous deux le protocole.

— Moi, je ne vous remets rien. Je fais simplement ce qu'on m'a demandé de faire. N'oubliez pas, senhor, que même si je réprouve tout ce que vous représentez, vous êtes puissant à la cour de Saint James, et vos relations commerciales s'étendent dans le monde entier. Nous vivons des temps dangereux et le Portugal est un des plus anciens alliés de la Grande-Bretagne. La Couronne a là un excellent ami, et les amis doivent s'entraider, n'est-ce pas ? C'est aussi simple que cela. »

Struan prit le portefeuille.

« Je vous ferai prévenir dès que le courrier de Lo Ting sera de retour, dit le prélat. A quelque heure que ce soit. Voudriez-vous que le frère Sébastien examine la jeune femme ?

— Je ne sais pas... Peut-être. J'aimerais y réfléchir, Monseigneur.

— A votre aise, senhor. »

Struan se leva. L'évêque hésita, puis il murmura : « Allez avec Dieu.

— Allez avec Dieu, monseigneur », répondit Struan.

« Bonjour, Taï-pan, marmonna Culum, la tête douloureuse et la voix embarrassée.

— Bonjour, petit. »

Struan posa le portefeuille encore scellé, qui lui brûlait les mains depuis qu'il l'avait pris, et alla se verser une solide rasade de cognac.

« Manger, Massi Culum ? demanda avidement Lo Chum. Cochon ? Pataterres ? Sauce-ah ? Heya ? »

Culum hocha faiblement la tête et Struan congédia Lo Chum.

« Tiens, bois, dit-il en tendant le cognac à son fils.

— Je ne pourrais pas, protesta Culum, écœuré.

— Bois. »

Culum l'avala d'un trait, s'étrangla, toussa et se précipita sur le thé, sur la petite table de nuit. Les tempes bourdonnantes, il se laissa retomber sur son oreiller.

« Te sens-tu de parler ? Raconte-moi ce qui s'est passé.

— Je ne me souviens de rien. Bon dieu, que je me sens mal ! »

Culum avait le teint terreux, et les yeux rouges.

« Commence par le commencement.

— J'ai joué au whist avec Gorth et quelques amis. Je me rappelle avoir gagné cent guinées. Nous avions pas mal bu. Mais je me souviens très bien d'avoir mis l'argent dans ma poche. Et puis... ma foi, plus rien.

— Te rappelles-tu où tu es allé ?

— Non. Pas précisément... Dieu, j'ai l'impression de mourir...

— Te rappelles-tu dans quel bordel tu es allé ? »

Culum hocha la tête.

« Y en a-t-il un où tu vas régulièrement ?

— Dieu de Dieu ! Non !

— Pas la peine de monter sur tes grands chevaux, mon garçon. Tu en as visité un, c'est clair. Tu as été entôlé, c'est clair aussi. Ton alcool a été drogué, c'est clair.

— J'ai été drogué ?

— C'est le plus vieux truc du monde. C'est pour ça que je t'ai dit de ne jamais aller dans une maison qui ne t'a pas été recommandée par un homme en qui tu peux avoir confiance. C'est la première fois que tu vas dans un bordel de Macao ?

— Oui. Oui. Mon Dieu ! J'ai été drogué ?

— Réfléchis un peu, que diable ! Tu ne te souviens pas de la maison ?

— Non. Rien. Un trou noir.

— Qui t'a indiqué la maison, hé ? »

Culum se souleva.

« Nous buvions, nous jouions aux cartes. J'étais — ma foi — j'avais beaucoup bu. Et puis, je ne sais pas, tout le monde s'est mis à parler de... des filles. De bordels. Et puis, ma foi, murmura-t-il sans oser regarder Struan, honteux et confus, j'étais — l'alcool, et tout, et, eh bien, j'avais envie d'une fille. J'étais en feu. Voilà. J'ai décidé qu'il fallait que... que j'aille dans une de ces maisons.

— Y a pas de mal à ça, petit. Qui t'a donné l'adresse ?

— Je crois... je ne sais pas, mais je crois qu'ils m'en ont chacun donné une. Ils ont écrit les adresses, ou bien ils me les ont données comme ça, je ne me souviens plus. Attends, attends ! Oui ! Je me rappelle ! Je lui ai dit d'aller au F et E !

— Jamais ils ne t'entôleraient là-bas, petit. Pas plus qu'ils ne te renverraient chez toi comme ça. Leur réputation vaut plus que ça.

— Non. J'en suis sûr. C'est ce que j'ai dit à l'homme. Oui, j'en suis absolument sûr.

— De quel côté t'a-t-il emmené ? Au quartier chinois ?

— Je ne sais pas. Il me semble... Non, je ne sais pas.

— Tu m'as dit que t'étais en feu. Quel genre de feu ?

— Eh bien, c'était comme... Je me rappelle avoir eu très chaud et... Sangdieu ! Je suis malade de désir pour Tess, et puis l'alcool, et tout... Je n'avais plus de paix, alors... alors, je suis allé à cette maison... Dieu, ma tête éclate. Je t'en prie, laisse-moi tranquille.

— Est-ce que tu portais une protection ? »

Culum fit signe que non.
« Ce feu. Ce besoin. C'était différent, hier soir ? »
Culum hocha de nouveau la tête.
« Non. C'était comme depuis des semaines, mais — ma foi, dans un sens je suppose que c'était — mais non, pas exactement. J'avais les reins en feu et il me fallait une fille et... Oh ! je ne sais pas. Laisse-moi tranquille, je t'en prie ! Excuse-moi... Mais... »
Struan alla ouvrir la porte et hurla :
« Lo Chum !
— Massi ?
— Va vite maison Chen Sheng. Prends pas mal vite-vite médecin cow chillo numéro un malade et ici ! Savvez ?
— Savvez pas mal bien ! grommela Lo Chum. Déjà pas mal bon médecin en bas pour tête boum-boum malade et tout malade différent. Jeune Massi comme Taï-pan, tout pareil, ça ne fait rien ! »
En bas, Struan s'entretint avec le médecin par l'entremise de Lo Chum. Il promit d'envoyer promptement des remèdes et des aliments spéciaux, et accepta de généreux honoraires.
Struan remonta.
« Tu ne peux rien te rappeler d'autre, petit ?
— Non, rien. Excuse-moi. Je ne voulais pas te parler comme ça.
— Écoute-moi, petit ! Allons, Culum ! C'est important !
— Je t'en prie, Père, pas si fort, soupira Culum. Quoi ?
— J'ai l'impression qu'on t'a fait boire un aphrodisiaque.
— Quoi ?
— Sûr. Un aphrodisiaque. Il en existe des douzaines qu'on peut glisser dans un verre.
— Impossible. C'était simplement l'alcool et mon... mon besoin de... C'est impossible !

— Il n'y a que deux explications. Premièrement, les coolies t'ont conduit dans une maison, qui n'était pas la succursale de Mrs. Fotheringill à Macao, où ils ont touché une commission plus importante pour un riche client, et leur part sur le vol par-dessus le marché. Là les filles t'ont drogué, t'ont volé et t'ont réexpédié. J'espère pour toi que c'est ça qui t'est arrivé. L'autre possibilité c'est qu'un de tes amis t'a fait boire un aphrodisiaque au club, s'est arrangé pour que la chaise à porteurs t'attende et t'a fait conduire dans cette maison-là.

— C'est grotesque. Qui voudrait faire ça ? Pourquoi ? Pour cent guinées, une montre et une chevalière ? Un de mes amis ? C'est de la folie !

— Mais supposons que quelqu'un te haïsse, Culum. Supposons que le plan était de te jeter dans les bras d'une fille malade. D'une fille vérolée.

— Quoi !

— Sûr. C'est ce que je crains. »

Culum crut mourir.

« Tu cherches à me faire peur !

— Par le Seigneur Dieu, non, mon garçon. Mais c'est une possibilité très nette. Je dirais qu'elle est plus probable que l'autre parce qu'on t'a ramené.

— Qui me ferait une chose pareille ?

— Faudra trouver tout seul ta réponse à celle-là, petit. Mais même si c'est ça qui s'est passé, tout n'est pas perdu. Pas encore. J'ai envoyé chercher des remèdes chinois. Tu les prendras tous, tous, tu entends ?

— Mais il n'y a pas de remède contre la vérole !

— Sûr. Une fois que la maladie est bien installée. Mais les Chinois croient qu'on peut tuer le poison de la vérole ou ce qui la cause, si on prend immédiatement des précautions pour purifier le sang. Il y a bien des années, au début que j'étais ici, la même chose m'est arrivée. Aristote m'a trouvé dans un ruisseau du quartier chinois, il a fait venir un médecin chinois et je n'ai rien eu. C'est comme ça que j'ai fait sa connaissance, c'est pour ça qu'il est mon ami depuis si longtemps. Je ne peux pas affirmer que la maison — ou la fille —, était malade, mais tout ce que je sais, c'est que j'ai jamais eu la vérole.

— Seigneur, ayez pitié de moi !

— Sûr. Nous ne saurons rien avant une semaine. S'il n'y a pas d'enflure, ni de douleurs, ni d'écoulement à ce moment, alors tu y auras échappé pour cette fois. »

Il vit la terreur dans les yeux de son fils, et son cœur se serra.

« Une semaine d'enfer devant toi, petit, dit-il avec douceur. Faut attendre. Je sais ce que c'est, alors te fais pas de mauvais sang, je t'aiderai de mon mieux. Comme Aristote m'a aidé.

— Je me tuerai. Je me tuerai si... Mon Dieu, comment ai-je pu être aussi fou ? Tess ! Dieu, je ferais mieux de lui dire...

— Tu ne feras rien de tel ! Tu lui diras que tu as été attaqué par des voleurs en rentrant chez toi. Nous dirons ça à tout le monde, à tes amis. Que tu crois avoir un peu trop bu — *après* la fille. Que tu ne te souviens de rien, sauf que tu as rudement bien rigolé et que tu t'es réveillé ici. Et pendant cette semaine, tu te comporteras aussi normalement que possible.

— Mais Tess ! Comment pourrais-je...

— C'est ce que tu feras, petit ! Bon dieu, c'est ce que tu feras !

— Je ne peux pas, Père, c'est imp...

— Et sous aucun prétexte tu ne parleras des remèdes chinois. Ne va pas dans une de ces maisons avant d'être sûr, et ne touche pas Tess avant d'être marié.

— Ah ! que j'ai honte !

— Y a pas de quoi, mon gars. C'est difficile d'être jeune. Mais dans ce monde-ci, un homme doit veiller sur ses arrières. C'est pas les chiens enragés qui manquent autour de soi.

— Tu dis que c'était Gorth ?
— Je ne dis rien. Tu le crois ?
— Non, bien sûr que non. Mais c'est ce que tu penses, n'est-ce pas ?
— N'oublie pas, tu dois agir normalement, ou tu perdras Tess.
— Pourquoi ?
— Tu crois que Liza et Brock te laisseraient l'épouser s'ils découvraient que tu n'es qu'un gamin idiot, un petit morveux sans cervelle si bête qu'il s'en va courir les bordels de Macao ivre mort et se faire entôler dans un bordel inconnu après s'être laissé glisser un aphrodisiaque ? Si j'étais Brock, je dirais que t'as pas assez de bon sens pour être mon gendre !
— Pardon...
— Allez, repose-toi, petit. Je reviendrai plus tard. »

Sur le chemin de la maison de May-may, Struan envisageait des moyens de tuer Gorth... si Culum avait la vérole. De la façon la plus cruelle. Sûr, pensa-t-il froidement, je sais très bien être cruel. Ce ne sera pas un simple assassinat... ni une mort rapide, bon dieu !

« Tu as une mine épouvantable, Culum chéri, dit Tess. Tu devrais vraiment te coucher de bonne heure.
— Oui. »

Ils se promenaient sur la *praia*, dans la nuit paisible, après le dîner. Il avait la tête plus dégagée, mais ses souffrances étaient presque intolérables.

« Qu'est-ce que tu as ? demanda-t-elle, devinant son tourment.
— Rien, ma chérie. J'ai un peu trop bu, c'est tout. Et ces bandits ne sont pas toujours très aimables. Par le Seigneur Dieu, je jure de ne plus boire d'un an ! »

Mon Dieu, faites qu'il n'arrive rien. Que la semaine passe vite — et qu'il n'arrive rien !

« Rentrons, dit-elle en lui prenant fermement le bras pour retourner chez les Brock. Une bonne nuit de repos te fera le plus grand bien. »

Elle se sentait très maternelle, et ne pouvait s'empêcher d'être heureuse de le voir ainsi sans défense.

« Je suis contente que tu jures de ne plus boire, chéri. Papa s'enivre affreusement, de temps en temps, et Gorth ! Les fois où que je l'ai vu rouler sous la table !

— Les fois où je l'ai vu... rectifia-t-il.

— Les fois où je l'ai vu... Oh ! que je suis heureuse de penser que nous serons bientôt mariés ! »

Quelle raison invraisemblable Gorth aurait-il pu avoir de faire ça ? se demanda Culum. Le Taï-pan exagère sûrement.

Un domestique leur ouvrit la porte et Culum escorta Tess au salon.

« Déjà de retour, mon cœur ? s'étonna Liza.

— Je me sens un peu lasse, Ma.

— Eh bien, dit Culum, je vais rentrer. A demain. Irez-vous au cricket ?

— Oh ! oui, allons-y, Ma !

— Vous nous escorterez peut-être bien, Culum, petit ?

— Merci, très volontiers. A demain. Bonsoir, Mrs. Brock. »

Culum embrassa la main de Tess et se retourna comme Gorth entrait.

« Salut, Culum. Je t'attendais. Je vais boire un verre au club. Viens donc.

— Pas ce soir, merci. Je suis vanné. Trop de sorties. Et demain, il y a le cricket.

— Un petit coup te fera pas de mal. Après avoir été attaqué, rien de tel.

— Pas ce soir, Gorth. Merci quand même. A demain.

— Comme tu veux, mon vieux. Allez, soigne-toi bien ! »

Gorth l'accompagna jusqu'à la porte et la ferma sur lui, puis il rentra au salon. Liza l'examina attentivement.

« Gorth, qu'est-ce qui s'est passé hier soir ?

— Le pauvre en a pris une terrible. J'ai quitté le club, comme je t'ai dit, avant lui, alors j'en sais rien. Qu'est-ce qu'il t'a dit, Tess ?

— Simplement qu'il avait trop bu, et que des bandits l'avaient attaqué. Pauvre Culum, dit-elle en riant, je crois qu'il est guéri pour bien longtemps du démon de l'alcool !

— Tess, chérie, tu veux aller me chercher mes cigares ? Ils sont sur ma commode. »

Tess sortit en courant.

« Il paraît, dit Gorth, paraît que notre Culum a comme on dit pris le mors aux dents.

— Quoi ?

— Y a pas de mal. J'aurais peut-être mieux fait de me taire. Y a pas de mal si un homme fait attention, bon dieu. Tu sais ce que c'est qu'un homme.

— Mais il va se marier avec Tess ! Elle va pas épouser un roué !

— Ouais. Je crois que je dirai deux mots au gamin. A Macao, mieux vaut faire attention, y a pas de doute. Si Pa était là, ce serait différent. Mais faut que je protège la famille, et le pauvre gars de ses faiblesses. Tu ne diras rien de tout ça, hé ?

— Non, naturellement, grommela Liza, en pensant qu'elle devrait peut-être se raviser... Tess ira pas épouser un coureur ! Mais Culum est pas comme ça. Tu es bien sûr de ce que tu racontes ?

— Ouais. Du moins, c'est ce que les camarades ont dit.

— J'aimerais bien que votre père soit là.

— Ouais », dit Gorth, puis il ajouta, comme s'il prenait brusquement une décision : « Je crois que je m'en vais aller faire un tour à Hong Kong dans un jour ou deux. Je causerai à Pa. Ce sera le mieux. Et puis j'aurai une bonne conversation avec Culum. Oui. Je partirai par la marée. »

# 36

STRUAN posa le dernier feuillet de la traduction anglaise des documents russes. Lentement, il rassembla les pages et les rangea dans le portefeuille.

« Et alors ? dit May-may. Pourquoi si fantastical silencieux, heya ? »

Elle était assise dans son lit, sous une moustiquaire, sa robe de soie jaune d'or faisant ressortir sa pâleur.

« Ce n'est rien, fillette.

— Mets les affaires de côté et parle-moi. Pendant une heure, tu es comme un savant.

— Laisse-moi réfléchir cinq minutes. Après on causera, hein ?

— Ha. Si c'était pas ma maladerie, alors tu voudrais coucher tout le temps.

— Allez donc, fille ! »

Struan alla à la porte du jardin, et contempla le ciel étoilé. La nuit claire et les étoiles scintillantes présageaient du beau temps.

May-may l'observait. Il a l'air bien fatigué, pensa-t-elle. Pauvre Taï-pan, trop de soucis.

Il lui avait parlé de Culum et de ses craintes, mais pas de Gorth. Il lui avait également annoncé que dans quelques jours, elle aurait l'écorce contre la fièvre. Et il lui avait parlé de Mary, en maudissant Ah Tat.

« Foutue imbécile criminelle. Jamais elle n'aurait dû... Et puis si Mary s'était confiée à moi, ou à toi, nous aurions pu l'envoyer au loin pour avoir son bébé en sécurité, discrètement. En Amérique, je ne sais pas. Le bébé aurait pu être adopté et...

— Et l'homme Glessing ? Est-ce qu'il l'aurait épousée quand même ? Après neuf mois ?

— De toute façon, ça, c'est fini.

— Qui est le père ? avait demandé May-may.

— Elle n'a pas voulu me le dire, avait répondu Struan, sans remarquer l'imperceptible sourire de May-may.

— Pauvre Mary, avait-il soupiré. Maintenant, sa vie est finie.

— Ridicule, Taï-pan. Le mariage peut se faire, si le Glessing et l'Horatio ne savent jamais rien.

— As-tu perdu l'esprit, fille ? Bien sûr que c'est fini. Ce que tu dis est impossible. Malhonnête, terriblement malhonnête.

— Sûr. Mais ce qui n'est jamais connu n'a pas d'importance, et la raison du secret est bonne et pas mauvaise, ça ne fait rien.

— Comment pourrait-il ne jamais rien savoir, bon Dieu ? Hein ? Il s'en apercevra bien. Il verra bien qu'elle n'est plus vierge ! »

Il y a des moyens, Taï-pan, songeait May-may. Des moyens de tromper. Vous, les hommes, vous êtes bien simplets, pour certaines choses. Les femmes sont tellement plus habiles que les hommes pour presque toutes les choses importantes !

Elle prit la résolution d'envoyer à Mary quelqu'un qui saurait lui expliquer ce qui était nécessaire et mettre ainsi fin à ces ridicules idées de suicide. Qui ? De toute évidence, Sœur Aînée, la troisième épouse de Chen Sheng, qui avait été en maison et connaissait ces secrets. Je l'enverrai demain. Elle savait ce qu'il fallait dire à Mary. Donc, les ennuis de Mary, c'est fini. Avec du joss. Mais Culum et Gorth et Tess ? Bientôt pas du tout d'ennuis, car un assassinat se produire. Ma fièvre ? Cela se résoudra selon mon joss. Toutes choses se résolvent selon le joss, alors pourquoi est-il nécessaire de s'inquiéter ? Mieux vaut accepter.

Je te plains, Taï-pan. Tu penses et tu réfléchis et tu tires des plans et tu essaies éternellement de plier le joss à ta volonté et à tes humeurs — mais non, ce n'est pas vrai, n'est-ce pas ? se demanda-t-elle. Il ne fait sûrement pas ce que tu fais, ce que font tous les Chinois. Il rit au destin et au joss et aux dieux et il essaie d'utiliser des hommes et des femmes pour parvenir à ses fins. Et tourner le joss. Oui, c'est sûrement ça. Par bien des côtés, Taï-pan, tu es plus chinois que moi !

May-may s'enfonça douillettement sous le couvre-pied parfumé et attendit que Struan veuille bien venir lui faire la conversation.

Struan, cependant, n'était occupé que de ce qu'il avait appris des documents contenus dans le porte-feuille.

Il y avait parmi ces papiers la copie traduite d'un rapport secret à l'intention du tsar Nicolas I$^{er}$, daté du mois de juin 1840, il y avait donc un an, accompagné, chose incroyable, de cartes des terres entre la Russie et la Chine. Ces cartes seules, les premières que Struan voyait, étaient inestimables. Il y avait aussi une analyse des implications de ces documents.

Le rapport secret avait été rédigé par le prince Tergine, chef du Comité secret des Affaires étrangères. Il disait en substance :

« Notre opinion réfléchie est que d'ici un demi-siècle, le tsar régnera de la Baltique au Pacifique, de la mer de Glace du Nord à l'océan Indien, et sera en mesure de dominer le monde, *si* la stratégie suivante est adoptée au cours des trois prochaines années.

« La clef de l'hégémonie mondiale est l'Asie, plus l'Amérique du Nord. L'Amérique du Nord est presque entre nos mains. Si la Grande-Bretagne et les États-Unis nous laissent dix ans de liberté en Alaska russo-américain, toute l'Amérique du Nord est à nous.

« Notre position là-bas est solide et amicale. Les

États-Unis ne considèrent absolument pas notre vaste expansion territoriale dans les terres désertiques du Nord comme une menace. La consolidation de notre position de l'Alaska jusqu'à notre « fort de commerce » le plus méridional en Californie du Nord — et de là par voie de terre jusqu'à l'Atlantique — peut être accomplie selon la méthode habituelle : immigration immédiate sur une grand échelle. La majorité des États de l'Ouest, et le Canada tout entier, à part une petite zone à l'Est, sont à l'heure actuelle déserts, sans colons. Par conséquent, l'importance de notre émigration dans les solitudes de l'Ouest pourrait être tenue secrète, comme il se doit. De là les émigrants, choisis parmi nos solides tribus guerrières euro-asiatiques — Uzbeks, Turcomans, Sibériens, Kirghizes, Tadzhiks et Ouigours — et les nomades, se déploieraient en éventail et s'empareraient du territoire pratiquement à leur guise.

« Nous devons maintenir des relations cordiales avec la Grande-Bretagne et les États-Unis pendant les dix années qui viennent. A cette date, l'émigration aura fait de la Russie une puissance américaine, la plus virile, et nos tribus, qui aux temps anciens ont composé les hordes de Gengis Khan et de Tamerlan, équipées d'armes modernes et commandées par des Russes, pourront à notre gré balayer les Anglo-Saxons dans la mer.

« Mais il y a plus important, mille fois plus important : *l'Asie*. Nous pouvons renoncer aux Amériques, jamais à l'Asie.

« La clef de l'Asie est la Chine. Et la Chine s'étend à nos pieds. Nous partageons près de huit mille kilomètres de frontière commune continue avec l'Empire Céleste. *Nous devons contrôler la Chine sinon nous ne serons jamais en sécurité.* Nous ne pourrons jamais l'autoriser à devenir forte, ni dominée par une autre Grande Puissance, sinon nous nous trouverions pris au piège entre l'Orient et l'Occident, et risquerions de devoir faire la guerre sur deux fronts. Notre politique asiatique est axiomatique : la Chine doit être maintenue faible, vassale et transformée en zone d'influence russe.

« Une seule puissance — la Grande-Bretagne — se dresse entre notre but et nous. Si elle est empêchée, par ruse ou par pressions, d'acquérir et de consolider une île-forteresse définitive au large de la Chine, l'Asie est à nous.

« Naturellement, nous n'osons pas encore nous aliéner la Grande-Bretagne. La France, la Pologne, la Prusse et les Habsbourg ne sont pas du tout satisfaits de la détente des Dardanelles, pas plus que ne l'est la Russie, et nous devons être constamment sur le qui-vive, contre leur harcèlement. Sans le soutien britannique, notre sainte patrie serait ouverte à l'invasion. A condition que la Grande-Bretagne adhère à son statut en Chine, tel qu'elle l'annonce — « nous désirons simplement établir des relations commerciales et des comptoirs d'échange que toutes les nations occidentales pourront se partager à égalité » — nous pouvons nous avancer dans le Sinkiang, le Turkestan et la Mongolie, et nous rendre maîtres de la route de terre vers la Chine. (Nous sommes déjà maîtres des grandes voies d'invasion à portée du col de Khyber et du Cachemire conduisant aux Indes britanniques.) Si jamais la nouvelle se répandait de nos conquêtes territoriales, notre position officielle serait que « La Russie réduit simplement des tribus sauvages hostiles dans ses marches de l'est ». En cinq ans, nous devrions être installés au seuil du cœur de la Chine, au nord-ouest de Pékin. Alors, par simple pression diplomatique, nous serions en mesure de placer de force des conseillers auprès de l'empereur mandchou, et, à travers lui, de nous rendre maîtres de l'Empire chinois jusqu'à ce que le moment soit venu de le partager en

États vassaux. L'hostilité entre les seigneurs mandchous et les sujets chinois est un immense avantage pour nous et, naturellement, nous ne manquerons pas de l'entretenir.

« A n'importe quel prix, nous devons encourager et soutenir les intérêts commercieux britanniques et les pousser à s'installer dans les ports du continent chinois, où les Britanniques seraient soumis à une pression directe des Chinois qui, avec le temps, deviendrait un contrôle diplomatique. Et à n'importe quel prix, nous devons décourager l'Angleterre de fortifier et de coloniser l'île, quelle qu'elle soit — comme elle l'a fait pour Singapour, Malte, Chypre (ou un rocher imprenable comme Gibraltar) — qui ne pourrait être soumise à nos pressions et servirait de bastion permanent pour sa puissance navale et militaire. Il serait avantageux de créer dès maintenant d'étroits rapports commerciaux avec quelques maisons choisies dans cette zone.

« Le clef de voûte de notre politique étrangère doit être : « Que l'Angleterre règne sur mer et sur les routes commerciales, et qu'elle soit la première nation industrielle du monde. Mais que la Russie règne sur terre ! » Car une fois la terre assurée — et notre droit sacré, notre apanage divin, est de civiliser la terre — les mers deviendront russes. Et, ainsi, le tsar de toutes les Russies régnera sur le monde. »

Sergueyev pourrait bien être une clef de ce plan, songea Struan. Est-il l'homme envoyé pour sonder notre puissance en Chine ? Pour établir « des rapports commerciaux étroits avec quelques maisons choisies » ? Sa mission est-elle de faire un rapport, de première main, sur l'attitude américaine en Alaska russe ? L'homme a-t-il été envoyé pour préparer l'Alaska russe aux hordes d'invasion ? Rappelle-toi qu'il t'a dit : « A nous la terre, à vous les mers ! »

Ce rapport était suivi d'un commentaire également hardi et pénétrant :

« En se fondant sur ce document secret et les cartes attenantes, dont la validité est incontestable, certaines conclusions d'une importance à long terme peuvent être tirées :

« Premièrement, en ce qui concerne la stratégie américaine : il faut noter que tout en étant gravement préoccupés par l'actuelle querelle de frontière entre les États-Unis et le Canada britannique, les États-Unis ne semblent pas désirer acquérir de nouveaux territoires sur le continent nord-américain. Et par suite des relations amicales existant entre les États-Unis et la Russie — relations soigneusement cultivées, il faut le dire — l'actuel sentiment politique, à Washington, est que la présence de la Russie en Alaska et plus au sud le long de la côte occidentale ne menace pas leur souveraineté. En bref, les États-Unis d'Amérique n'invoqueront pas la Doctrine Monroe contre la Russie et sont prêts en conséquence — chose ahurissante — à laisser leur porte de derrière ouverte à une puissance étrangère, contrairement à leur évident intérêt. Contrairement, c'est certain, aux intérêts du Canada britannique. Si cinq cent mille hommes appartenant aux tribus euro-asiatiques devaient être discrètement introduits dans le nord, comme la chose est possible, les Anglais et les Américains se trouveraient certainement dans une situation des plus précaires.

« On doit noter, de plus, que bien que le tsar actuel méprise la Russie d'Amérique, ce territoire est véritablement une clef russe du continent. Et s'il devait y avoir une guerre civile aux États-Unis au sujet de la gestion esclavagiste, comme cela semble inévitable, ces tribus russes seraient en mesure d'influer sur ce conflit, ce qui ne manquerait pas d'entraîner dans la guerre la France et l'Angleterre. Des hordes nomades russes, avec des voies de communications rapides par le détroit de Béring et la faculté primitive de vivre des ressources de la terre, auraient un avantage très net.

Et comme la plus grande étendue des terres occidentales et du sud-ouest sont très peu peuplées, ces colons — ou « guerriers » — pourraient sans peine envahir le sud.

« Ainsi, si la Grande-Bretagne désire maintenir son hégémonie et contrecarrer le désir exacerbé de la Russie de dominer le monde, elle devra d'abord éliminer la menace que présente l'Alaska russe pour le Canada et les Étas-Unis affaiblis. Elle devra persuader les États-Unis, par tous les moyens en son pouvoir, d'invoquer la Doctrine Monroe pour pallier la menace russe. Ou bien elle devra exercer des pressions diplomatiques et acheter ce territoire ou s'en emparer par la force. Car à moins que la Russie ne soit rapidement éliminée, l'Amérique du Nord tout entière sera, d'ici un demi-siècle, entre ses mains.

« Deuxièmement, l'Angleterre doit conserver une domination absolue sur la Chine. Il est nécessaire de retracer les conquêtes russes au-delà de l'Oural et de voir la longue pénétration déjà effectuée dans des territoires placés sous le commandement historique relâché de l'empereur de Chine. »

Grâce à une suite de cartes, de dates et de lieux et à la traduction de traités, tout le panorama du mouvement russe vers l'est était explicite.

« Depuis trois siècles (depuis 1552) les armées moscovites s'étendent régulièrement vers l'est à la recherche d'une frontière définitive. Okhotsk, sur la mer d'Okhotsk — au nord de la Mandchourie, sur l'océan Pacifique — a été atteint en 1640. Ces armées ont aussitôt fait mouvement vers le sud et se sont heurtées pour la première fois aux hordes sino-mandchoues.

« En 1689, le traité de Nerchinsk, signé entre la Russie et la Chine, établissait la frontière septentrionale entre les deux pays le long de la rivière Argoun et des monts Stanovoi. L'ensemble de la Mandchourie sibérienne orientale était cédée à la Russie. Depuis, cette ligne a été la frontière « définitive » de la Russie au nord de la Chine.

« Vers cette époque (en 1690), un Russe nommé Zaterev fut envoyé par terre à Pékin, comme ambassadeur. En chemin, il chercha d'éventuelles voies d'invasion dans le cœur incroyablement riche de la Chine. La meilleure route qu'il trouva était le corridor naturel de la rivière Selenga, dans les plaines au nord de Pékin. La clef de cette route est la possession du Turkestan, de la Mongolie extérieure et de la province chinoise du Sinkiang.

« Et, comme en fait état le rapport du prince Tergine, leurs armées sont déjà maîtresses de l'Eurasie, du nord de la Mandchourie au Pacifique, et sont déjà installées sur les frontières du Turkestan, du Sinkiang et de la Mongolie extérieure. C'est par là que viendra l'investissement de la Chine proprement dite, et qu'il continuera de se faire pendant de longues années. »

Le rapport ajoutait :

« A moins que la Grande-Bretagne ne soutienne fermement que la Chine et l'Asie sont sa zone d'influence, les conseillers russes seront à Pékin au cours de la génération actuelle. Les armées russes maîtriseront facilement les routes d'accès faciles du Turkestan, de l'Afghanistan, du Cachemire, ouvrant sur les Indes britanniques, et tout l'Empire des Indes pourra être envahi et conquis.

« Si la Grande-Bretagne désire demeurer puissance mondiale, il est capital que la Chine devienne un rempart contre la Russie. Il est capital que l'avance russe soit arrêtée dans la région du Sinkiang. Il est capital qu'une forteresse britannique s'établisse en Chine, car la Chine, par elle-même, est impuissante. Si la Chine est autorisée à se scléroser dans ses anciennes habitudes et n'est pas aidée à prendre pied dans une ère moderne, elle sera facilement conquise par la Russie et l'équilibre de l'Asie sera détruit.

« En conclusion : Il est extrêmement regrettable que le Portugal ne soit pas assez fort pour tenir en échec la boulimie territoriale russe. Notre seul espoir est que notre ancienne alliée, la Grande-Bretagne, empêche par la force ou par sa seule puissance ce qui semble *inévitable.*

« C'est pour cette seule raison que nous avons illégalement établi ce dossier, sans aucune autorisation officielle ou officieuse. Le rapport du prince Tergine et les cartes ont été acquis à Saint-Pétersbourg et ont abouti entre des mains amies officieuses, au Portugal, et de là entre les nôtres.

« Nous avons demandé à Monseigneur — qui n'est au courant de rien de ce que renferme ce dossier — de bien vouloir placer ces documents entre les mains du Taï-pan de la Noble Maison, un homme qui, nous le pensons, veillera à leur faire atteindre leur bonne destination, afin que des mesures soient prises avant qu'il ne soit trop tard. Et pour donner la preuve de notre sincérité, nous avons signé de nos noms, en priant Dieu que nos carrières, et nos vies même, seront placées en des mains sûres. »

Le rapport portait la signature de deux Portugais subalternes experts en politique étrangère, que Struan connaissait un peu.

Il jeta dans le jardin le mégot de son cigare et le regarda se consumer puis s'éteindre. Sûr, se dit-il, c'est inévitable. Mais pas si nous conservons Hong Kong ! Au diable, ce maudit Lord Cunnington !

Comment utiliser ces renseignements ? C'est facile. Dès que je serai de retour à Hong Kong, un mot dans l'oreille de Longstaff et dans celle de Cooper. Mais qu'est-ce que j'ai à y gagner ? Pourquoi ne pas aller moi-même à Londres ? Ce genre de connaissances, c'est la chance d'une vie. Et Sergueyev ? Parlerons-nous de « spécifiques » maintenant ? Est-ce que je cherche à marchander avec lui ?

« Taï-pan !

— Fillette ?

— Tu ne voudrais pas fermer la porte-fenêtre ? Il fait très gracieusement froid, ce soir. »

Or, la nuit était chaude.

# 37

Les frissons secouaient May-may. La fièvre la dévorait. Dans son délire, elle sentit ses entrailles se déchirer et elle hurla. La vie à venir la quitta, et en mourant ne lui laissa qu'une infime étincelle d'âme et de force. Pendant quatre heures, elle vacilla entre la vie et la mort. Mais son joss avait décidé qu'elle reviendrait.

« Bonjour, Taï-pan, souffla-t-elle enfin. Mauvais joss de perdre le bébé.

— Ne t'inquiète pas. Prends des forces, c'est tout. L'écorce de cinchona va arriver d'un moment à l'autre. J'en suis sûr. »

May-may fit un effort et retrouva un peu de sa vivacité agressive :

« La vérole sur les longues jupes ! Comment faire un homme peut courir avec des jupes, heya ? »

Mais elle avait présumé de ses forces ; elle sombra dans l'inconscience.

Deux jours plus tard, elle allait beaucoup mieux.

« Alors, petite ? Comment te sens-tu ce matin ?

— Fantasticalement bien. Il fait joli, heya ? Tu as vu Mary ?

— Sûr. Elle a bien meilleure mine. Un changement énorme. Presque miraculeux !

— Pourquoi faire si bon changement, heya ? demanda-t-elle innocemment, sachant que Sœur Aînée était allée la voir la veille.

— Sais pas. J'ai vu Horatio juste avant de partir. Il lui apportait des fleurs. Au fait, elle te remercie de ce que tu lui as fait porter. Qu'est-ce que tu as envoyé ?

— Des mangues et des tisanes que mon docteur a recommandées. Ah Sam est allée la voir il y a deux ou trois jours. »

May-may se tut. Parler la fatiguait énormément. Et elle se disait qu'aujourd'hui, elle devait être très forte.

Il y a beaucoup à faire aujourd'hui, et demain ce sera de nouveau la fièvre. Enfin, il n'y a au moins plus de problème pour Mary, elle est sauvée. Si facile, maintenant que Sœur Aînée lui a expliqué ce que toutes les jeunes filles apprennent dans les maisons, et qu'avec du soin et une comédie bien jouée et des larmes de douleur feinte et de peur, et le détail final de taches révélatrices soigneusement placées, une fille peut, s'il le faut, être vierge dix fois, pour dix hommes différents.

Ah Sam entra, se prosterna et murmura quelques mots. La figure de May-may s'éclaira.

« Ah ! très bien, Ah Sam ! Tu peux aller, dit-elle, puis elle se tourna vers Struan : Taï-pan, j'ai besoin de taels d'argent, s'il te plaît.

— Combien ?

— Beaucoup. Je suis très pauvre. Ta vieille mère t'aime beaucoup. Pourquoi tu demandes ça ?

— Si tu te dépêches de guérir, je te donnerai tous les taels que tu voudras.

— Tu me donnes beaucoup de face, Taï-pan. La plus grande face. Vingt mille taels pour le remède — ayee yah, je vaux pour toi autant qu'une dame impératrice !

— Gordon te l'a dit ?

— Non. J'écoutais à la porte. Naturellement ! Tu crois que ta vieille mère ne veut pas savoir ce que le docteur dit et ce que tu dis, heya ? »

Elle se tourna vers la porte. Struan se retourna aussi, et vit une ravissante jeune fille qui se prosternait avec grâce. Ses cheveux noirs formaient un épais cordage noué au sommet de sa tête exquise et des ornements de jade et des fleurs la couronnaient. Son visage en amande était de l'albâtre pur.

« Voici Yin-hsi, dit May-may. C'est ma sœur.

— Je ne savais pas que tu avais une sœur, petite. Elle est très jolie.

— Oui, enfin, elle n'est pas vraiment ma sœur, Taï-pan. Les dames chinoises s'appellent souvent « sœurs ». C'est la politesse. Yin-hsi est ton cadeau d'anniversaire.

— Quoi !

— Je l'ai achetée pour ton anniversaire.

— Est-ce que tu as complètement perdu la tête ?

— Oh ! Taï-pan, des fois tu es pas mal beaucoup fatigant, gémit May-may en se mettant à pleurer. Ton anniversaire est dans quatre mois. A ce moment, j'aurais été grosse du bébé alors je me suis arrangée pour te chercher une sœur. C'était difficile de trouver ce qu'il y avait de mieux. Elle est la mieux, et maintenant parce que je suis malade, je te la donne tout de suite, sans attendre. Elle ne te plaît pas ?

— Bon dieu, fillette, ne pleure pas ! May-may, ne pleure pas, écoute... Bien sûr, que ta sœur me plaît. Mais on n'achète pas une fille comme cadeau d'anniversaire, pour l'amour de Dieu !

— Pourquoi pas ?

— Eh bien, parce que ça ne se fait pas.

— Elle est très bien. Je veux qu'elle soit ma sœur. Je voulais bien la dresser et tout lui apprendre pour les quatre mois, mais maintenant... »

Sa voix se brisa et elle éclata en sanglots.

Yin-hsi courut au lit, s'agenouilla près de May-may, lui prit la main, essuya doucement ses larmes et l'aida à boire un peu de thé. May-may l'avait avertie que les barbares sont parfois étranges et montrent leur joie en criant et en jurant, mais qu'il n'y avait pas à s'inquiéter.

« Regarde, Taï-pan, comme elle est jolie ! murmura May-may. Sûrement, elle te plaît ?

— Là n'est pas la question, May-may. Bien sûr.

— Alors c'est réglé, soupira-t-elle en fermant les yeux.

— Rien n'est réglé ! »

May-may eut recours à une dernière offensive :

« Si, et je ne veux plus discuter avec toi, bon dieu ! J'ai payé beaucoup d'argent et elle est la mieux et je ne peux pas la renvoyer parce qu'elle perdra la face et sera obligée de se pendre.

— Ne sois pas stupide !

— Je te promets qu'elle le fera, Taï-pan. Tout le monde sait que je cherchais une nouvelle sœur, pour moi et pour toi, et si tu la renvoies sa face est perdue. Fantasticalement perdue. Elle se pendra, de sûr !

— Ne pleure pas, fillette ! Je t'en prie.

— Mais tu n'aimes pas mon cadeau d'anniversaire !

— Je l'aime bien et tu n'as pas besoin de la renvoyer, dit-il vivement. Garde-la ici. Elle... elle sera une sœur pour toi et quand tu iras mieux, eh bien, nous lui trouverons un bon mari. Là. Tu vois ? Pas besoin de pleurer. Allons, sèche tes larmes. »

May-may se calma et se laissa retomber sur ses oreillers. Son éclat avait trop sapé sa précieuse énergie. Mais ce n'était pas trop payé, exultait-elle. Maintenant, Yin-hsi va rester. Si je meurs, il sera en bonnes mains. Si je vis, elle sera ma sœur, et la deuxième sœur de cette maison, car naturellement il aura envie d'elle. Bien sûr qu'il la voudra, se dit-elle en s'abandonnant. Elle est si jolie.

Ah Sam entra.

« Massi ? Jeune Massi dehors. Voir peut ? »

La pâleur mortelle de May-may terrifia Struan.

« Docteur pas mal vite-vite ! Savvez ?

— Savvez, Massi. »

Le cœur serré, Struan sortit de la chambre. Ah Sam ferma la porte derrière lui, s'agenouilla près du lit et dit à Yin-hsi :

« Seconde Mère, je dois changer Suprême Dame avant l'arrivée du docteur.

— Oui. Je vais t'aider, Ah Sam. Père est certainement un bien curieux géant. Si Suprême Dame et toi ne m'aviez pas prévenue, j'aurais eu très peur.

— Père est très bien. Pour un barbare. Il faut dire naturellement que Suprême Dame et moi, nous l'avons bien dressé. »

Ah Sam considéra May-may, profondément endormie.

« Elle a vraiment l'air bien malade.

— Oui, mais mon astrologue prévoit de bonnes choses, alors nous devons prendre patience. »

Struan descendit dans le ravissant jardin clos.

« Culum ?

— Bonjour, Taï-pan. J'espère que tu ne m'en veux pas d'être venu ici, dit Culum en se levant, et tendant une lettre. Ceci vient d'arriver et... ma foi, au lieu d'envoyer Lo Chum, j'ai pensé que je pourrais venir voir comment tu allais. Et prendre de ses nouvelles. Comment est-elle ? »

Struan prit la lettre. Elle était de Morley Skinner et portait les mots « Personnel et Urgent ».

« Elle a perdu le bébé avant-hier.

— C'est affreux ! Le cinchona est arrivé ?

— Non... Assieds-toi, petit. »

Il ouvrit la lettre. Morley Skinner lui écrivait qu'il avait eu l'intention de garder la nouvelle de la « répudiation » jusqu'au retour de Struan — il estimait qu'il serait dangereux de la publier en son absence — mais qu'à présent il était urgent de publier le rapport immédiatement : « Une frégate d'Angleterre est arrivée ce matin. Mon informateur à bord du navire amiral me dit que l'amiral a été enchanté de la dépêche secrète de l'Amirauté qu'il vient de recevoir et il l'a entendu dire textuellement : « Il était grand temps, « nom de dieu. Avec un peu de chance, nous serons « dans le Nord avant un mois. » Cela ne peut que signifier qu'il est lui aussi au courant de la nouvelle et que l'arrivée de Whalen est imminente. Je ne saurais trop insister sur l'urgence de votre retour. A propos, il paraît qu'il y a un curieux codicille privé à l'accord Longstaff-Ching-so au sujet de la rançon de Canton. Enfin, j'espère que vous avez eu l'occasion de prouver, d'une façon ou d'une autre, la valeur de l'écorce de cinchona. Je regrette bien que, autant que je sache, on n'en trouve pas ici. Je demeure, monsieur, votre très humble serviteur, Morley Skinner. »

May-may ne supportera pas une nouvelle crise de fièvre, se dit Struan avec angoisse. C'est la vérité et tu dois l'accepter. Demain, elle sera morte — à moins que le cinchona arrive. Et qui sait si ça la guérira ?

Si elle meurt, tu dois sauver Hong Kong. Si elle vit, tu dois sauver Hong Kong. Mais pourquoi ? Pourquoi ne pas laisser cette île maudite ? Tu te trompes peut-être ; Hong Kong n'est peut-être pas indispensable à la Grande-Bretagne. Qu'est-ce que tu veux prouver, avec ta folle croisade pour l'ouverture de la Chine, pour l'amener, à ta façon, selon tes conditions, dans le monde actuel ? Laisse la Chine à son joss et rentre chez toi. Avec May-may, si elle vit. Laisse Culum devenir Taï-pan à sa manière. Un jour tu mourras et la Noble Maison continuera sans toi. C'est la loi — la loi de Dieu, la loi de nature, et la loi du joss.

« Encore de mauvaises nouvelles ?

— Hé ? Pardon, Culum, je t'avais oublié. Que disais-tu ?

— Mauvaises nouvelles ?

— Non, mais urgentes. »

Struan remarqua que ces derniers sept jours avaient marqué Culum. Il était devenu un homme. Et puis il songea à Gorth et comprit qu'il ne pourrait jamais quitter l'Asie sans avoir réglé ses comptes avec Gorth, et avec Brock.

« Aujourd'hui, c'est ton septième jour, le dernier, hé ?

— Oui. »

Mon Dieu, pensa Culum, épargnez-moi de vivre encore pareille semaine ! A deux reprises, il avait eu une peur terrible. Une fois, il avait eu des brûlures en urinant, une autre fois il avait cru déceler une enflure et une inflammation. Mais le Taï-pan l'avait réconforté et le père et le fils s'étaient rapprochés. Struan lui avait parlé de May-may.

Et durant les longues veilles, Struan avait parlé à Culum comme un père le peut parfois, lorsque le chagrin — et parfois le bonheur — ouvre des portes. Parlé de projets d'avenir, du passé.

Struan se leva.

« Je veux que tu ailles immédiatement à Hong Kong, lui dit-il. Tu partiras par le *China Cloud*, avec la marée. Je placerai le capitaine Orlov entièrement sous tes ordres. Pour ce voyage, tu seras le maître du *China Cloud*. »

Culum était enchanté à l'idée d'être le maître d'un vrai clipper. Oui.

« Dès que tu arriveras à Hong Kong, demande à Orlov de faire venir Skinner à bord. Tu lui remettras en mains propres la lettre que je vais te confier. Tu feras de même pour Gordon. Sous aucun prétexte ne descends toi-même à terre et ne laisse venir personne d'autre à bord. Dès que Skinner et Gordon auront écrit leurs réponses, renvoie-les à terre et reviens ici immédiatement. Tu devrais être de retour demain soir. Pars par la marée de midi.

— Bien. Je ne pourrai jamais te remercier assez... pour tout.

— Qui sait, petit ? Tu n'as peut-être jamais été seulement menacé par la vérole.

— Oui. Quand même... merci.

— Je te verrai dans mon bureau dans une heure.

— Bon. Cela me donnera le temps de dire au revoir à Tess.

— As-tu envisagé de prendre vos vies entre tes mains ? De ne pas attendre trois mois ?

— Tu veux dire, l'enlever ?

— Je te demande si tu y as songé, c'est tout. Je ne dis pas que tu devrais le faire.

— J'aimerais bien pouvoir... Cela résoudrait... C'est impossible, sinon je le ferais. Personne ne nous marierait.

— Brock serait certainement furieux. Et Gorth. Je ne le recommande pas. Gorth est de retour ? demanda Struan, sachant qu'il ne l'était pas.

— Non. On l'attend ce soir.

— Fais prévenir le capitaine Orlov de nous rejoindre dans mon bureau, dans une heure.

— Tu le placeras sous mes ordres absolus ? demanda Culum.

— Pas en ce qui concerne la manœuvre, mais pour le reste, oui. Pourquoi ?

— Pour rien, Taï-pan. A tout à l'heure. »

« Bonsoir, Dirk, dit Liza en entrant résolument dans la salle à manger de la résidence. Navrée d'interrompre votre souper.

— Ça ne fait rien, Liza, dit-il en se levant. Asseyez-vous, je vous en prie. Voulez-vous vous joindre à moi ?

— Non, merci. Les jeunes gens sont là ?

— Hein ? Comment pourraient-ils être ici ?

— J'ai attendu plus d'une heure avec leur souper, grommela Liza. Je pensais qu'ils étaient encore à traîner.

— Je ne comprends pas. Culum est parti par la

marée de midi avec le *China Cloud*. Comment pouviez-vous l'attendre à souper ?

— Quoi ?

— Il a quitté Macao par la marée de midi, répéta Struan.

— Mais Tess... Je croyais qu'elle était avec lui. Cet après-midi au cricket.

— J'ai dû l'envoyer là-bas brusquement. Ce matin. Aux dernières nouvelles, il allait dire au revoir à Tess. Oh ! ça devait être juste avant midi.

— Ils ne m'ont jamais dit qu'il partait aujourd'hui, simplement qu'il me verrait plus tard. Oui, c'était avant midi. Alors, où est Tess ? Elle est pas rentrée de la journée !

— Il n'y a pas de quoi s'inquiéter. Elle doit être chez des amis. Vous savez bien que la jeunesse ne voit pas passer le temps. »

Liza se mordit la lèvre, d'un air anxieux.

« Elle n'est jamais rentrée si tard. Jamais. C'est une petite fille sage, pas de ces coureuses... Si jamais il lui arrive quelque chose, Tyler, je... Si elle est partie avec Culum, ça va faire du bruit !

— Mais pourquoi feraient-ils ça, Mrs. Brock ?

— Dieu leur pardonne s'ils l'ont fait ! Et vous, si vous les avez aidés ! »

Après le départ de Liza, Struan se versa un verre de cognac et s'approcha de la fenêtre pour contempler la *praia* et la rade. Quand il vit mouiller le *White Witch*, il descendit.

« Club je vais, Lo Chum.

— Oui, Massi. »

# 38

GORTH fonça dans le hall du club comme un taureau furieux, un chat-à-neuf-queues à la main. Il repoussa brutalement les clients et les serviteurs stupéfaits et se rua dans la salle de jeu.

« Où est Struan ?

— Je crois qu'il est au bar, Gorth », répondit Horatio, effrayé par l'expression de Gorth et par le fouet à neuf lanières qu'il brandissait.

Gorth tourna les talons, traversa le foyer d'un bond et entra au bar. Il aperçut Struan à une table avec un groupe de marchands. Tout le monde s'écarta quand il avança sur le Taï-pan.

« Où est Tess, sale enfant de putain ? »

Un silence mortel tomba brusquement. Horatio et quelques autres se pressaient sur le seuil.

« Je ne sais pas, répondit Struan. Et si tu m'appelles encore une fois ainsi, je te tuerai. »

Gorth empoigna le bras de Struan et le fit lever de force.

« Elle est à bord du *China Cloud* ? »

Struan se dégagea avec rage.

« Je ne sais pas. Et si elle y est, qu'est-ce que ça peut faire ? Y a pas de mal à ce que des jeunes gens...

— Vous l'avez voulu ! Vous avez fait ça, racaille ! Vous avez dit à Orlov de les marier !

— S'il l'a enlevée, ce n'est pas grave. Qu'ils soient mariés maintenant plutôt que dans trois mois, qu'est-ce que ça peut faire ? »

Gorth leva le bras et cingla la figure de Struan avec

le chat. Une des mèches à pointe de fer lui trancha la joue. Gorth rugit :

« Notre Tess mariée à ce fumier vérolé ! Fils de putain maudite ! »

Ainsi, je ne me suis pas trompé, se dit Struan. C'est bien toi ! Il se rua sur Gorth et saisit le manche du fouet, mais les autres s'interposèrent et les séparèrent. Au cours de la mêlée, un chandelier tomba d'une table et Horatio se hâta de piétiner les flammes qui léchaient déjà l'épais tapis.

Struan se libéra et regarda fixement Gorth.

« Je t'enverrai mes témoins ce soir, dit-il.

— Pas besoin de témoins, nom de Dieu ! Tout de suite ! Choisissez vos foutues nom de Dieu d'armes ! Allez ! Et après vous, Culum ! Je le jure !

— Pourquoi me provoquer, Gorth ? Et pourquoi menacer Culum ?

— Vous le savez bien, enfant de putain ! Il a la vérole, nom de Dieu !

— Tu es fou !

— Vous l'avez caché, bon Dieu ! Lâchez-moi ! Mais lâchez-moi, nom de Dieu !

— Culum n'a pas la vérole ! Qui le dit ?

— Tout le monde le sait. Il a été au quartier chinois. Vous le saviez et c'est pour ça qu'il est parti — avant que ça se voie trop ! »

Struan fit passer le fouet dans sa main droite.

« Lâchez-le, les amis. »

Tout le monde recula. Gorth dégaina son couteau et se prépara à l'assaut, mais un couteau apparut comme par magie dans la main gauche du Taï-pan.

Gorth feinta, mais Struan resta de marbre et laissa voir un instant à Gorth la soif de meurtre qui le dévorait. Et sa joie. Gorth s'immobilisa, hésita, ses sens sonnant l'alarme.

« Ce n'est pas un lieu pour se battre, dit Struan. Ce n'est pas moi qui ai voulu ce duel. Mais il n'y a rien que je puisse faire. Horatio, voulez-vous être mon témoin ?

— Oui. Oui, bien sûr. »

La conscience d'Horatio le tourmentait, parce qu'il s'était occupé de l'affaire des graines de thé pour Longstaff. Est-ce ainsi que tu le repaies d'une vie entière de soutien et d'amitié ? Le Taï-pan t'a fait prévenir de la maladie de Mary et il a envoyé un lorcha pour te conduire à Macao. Il a été un père pour toi et pour elle, et maintenant tu lui plantes un couteau dans le dos. Oui... mais tu n'es rien pour lui. Tu ne fais que détruire quelque chose de maudit. Si tu y réussis, cela compensera ta propre malédiction quand tu te trouveras devant Dieu...

« Je serais honoré d'être votre second témoin, Taï-pan, dit Masterson.

— Si vous voulez venir avec moi, messieurs. »

Struan essuya le filet de sang sur sa figure et se dirigea vers la porte.

Gorth avait retrouvé son assurance confiante.

« Vous êtes mort ! hurla-t-il. Faites vite, fumier de chien ! »

Struan ne se retourna pas. Il sortit du club et une fois dehors il dit à ses témoins :

« Je choisis le fer de combat.

— Dieu de Dieu, Taï-pan, s'écria Horatio. Ce n'est pas très... Ça ne s'est jamais vu ! Et puis vous... il est jeune et très fort et vous venez de passer une semaine harassante et...

— Tout à fait d'accord, intervint Masterson. Une balle entre les deux yeux. Que oui, Taï-pan. Ce serait plus sage.

— Retournez lui annoncer mon choix des armes. Ne discutez pas. Ma décision est prise.

— Où... où voulez-vous que... Ma foi, il faut sûrement agir discrètement, n'est-ce pas ? Les Portugais tenteraient peut-être de vous en empêcher ?

— Sûr. Louez une jonque. Vous deux, moi, Gorth et ses témoins, nous partirons à l'aube. Je veux des témoins et un duel régulier. Il y a bien assez de place sur le pont d'une jonque. »

Et je ne te tuerai pas, Gorth, exultait Struan. Non, oh ! non, ce serait trop facile. Mais par Dieu, à partir de demain tu ne marcheras plus, tu ne mangeras plus tout seul, tu ne verras plus, tu ne coucheras plus avec une fille, jamais. Je m'en vais te montrer ce que c'est que la vengeance !

Le soir venu, la nouvelle du duel était sur toutes les lèvres, volant de bouche en bouche, et les paris commencèrent. Beaucoup misaient sur Gorth : il était dans la force de l'âge et, après tout, il avait de bonnes raisons de porter un défi au Taï-pan si c'était vrai ce qu'on racontait, que Culum avait attrapé la vérole et que, le sachant, le Taï-pan l'avait envoyé en mer avec Tess pour qu'un capitaine les marie au-delà des eaux territoriales.

Ceux qui misaient sur le Taï-pan le faisaient parce qu'ils espéraient, sans le croire, qu'il gagnerait. Tout le monde était au courant de son attente fébrile du cinchona et savait que sa mystérieuse maîtresse agonisait. Tout le monde pouvait voir qu'il ne dormait pas depuis huit jours, et qu'il était épuisé. Seuls, Lo Chum, Ah Sam et Yin-hsi avaient emprunté tout ce qu'ils pouvaient pour miser avec confiance sur le Taï-pan et faire des pétitions aux dieux afin qu'ils le protègent. Sans le Taï-pan, ils étaient perdus, de toute manière.

Personne ne parla du duel à May-may. Struan la quitta de bonne heure et retourna chez lui. Il voulait passer une bonne nuit. Le duel ne l'inquiétait pas, il était sûr de pouvoir résister à Gorth. Mais il ne tenait pas à se faire mutiler dans cette affaire et il savait qu'il lui faudrait être très rapide et très puissant.

Calmement, il marcha dans les rues paisibles, sous un merveilleux ciel étoilé.

Lo Chum lui ouvrit la porte et fit un signe discret, pour montrer l'antichambre.

Liza Brock attendait.

« Bonsoir, dit Struan.

— Est-ce que Culum est vérolé ?

— Jamais de la vie ! Sangdieu, nous ne savons même pas s'ils se sont mariés ! Ils sont peut-être simplement allés faire une promenade en mer à deux !

— Mais il a été dans cette maison... qui sait où ? Cette nuit-là, des bandits ?

— Culum n'a pas la vérole, Liza.

— Alors pourquoi les autres ils disent qu'il l'a ?

— Demandez à Gorth.

— J'y ai demandé et il dit qu'on lui a dit.

— Je le répète, Liza. Culum n'a pas la vérole. »

Les lourdes épaules de Liza furent soudain secouées de sanglots.

Elle aurait aimé empêcher le duel. Elle aimait bien Gorth, bien qu'il ne fût pas son propre fils. Elle savait que ses mains, à elle, seraient souillées aussi du sang qui allait être versé, celui de Gorth, ou du Taï-pan, ou de Culum, ou de son homme à elle. Si elle n'avait pas forcé Tyler à conduire Tess au bal, rien ne serait arrivé.

« Allons, Liza, calmez-vous, lui dit Struan avec gentillesse. Tess ne risque rien, j'en suis sûr. S'ils se mariaient, alors vous n'auriez rien à craindre.

— Quand va-t-il revenir, le *China Cloud* ?

— Demain soir.

— Vous laisserez mon docteur l'examiner ?

— C'est Culum que ça regarde. Mais je ne le lui interdirai pas. Il n'a pas la vérole, Liza. S'il l'avait, vous croyez que j'autoriserais le mariage ?

— Oui, je le crois, gémit Liza. Vous êtes un diable et seul le Diable sait ce qui se passe dans votre esprit,

Dirk Struan. Mais je jure devant Dieu, si vous mentez, moi je vous tuerai si mes hommes le font pas ! »

En larmes, elle chercha la porte à tâtons. Lo Chum la lui ouvrit et la referma sur elle.

« Massi, mieux bon dormir, dit-il joyeusement. Demain bientôt, heya ?

— Va-t'en au diable ! »

Le heurtoir de fer de la grande porte réveilla de sourds échos dans la résidence endormie. Struan tendit l'oreille dans les ténèbres aérées de sa chambre et entendit le pas léger de Lo Chum. Il sauta du lit, le couteau à la main, et enfila vivement sa robe de chambre de soie, puis il courut sans bruit sur le palier et se pencha sur la rampe. Deux étages plus bas, Lo Chum posait sa lanterne et tirait les verrous. L'horloge sonna le quart d'une heure du matin.

Le frère Sébastien fit un pas dans le vestibule.

« Taï-pan me voir peut ? »

Lo Chum hocha la tête et posa le hachoir à viande qu'il cachait derrière son dos. Il s'engageait dans l'escalier quand Struan hurla :

« Oui ! »

Le frère Sébastien sursauta et s'étira le cou pour voir dans les ténèbres du grand escalier.

« Monsieur Struan ?

— Sûr, répondit le Taï-pan d'une voix sourde d'angoisse.

— Monseigneur m'envoie. Nous avons l'écorce de cinchona.

— Où est-elle ? »

Le jésuite leva un petit sac.

« Ici. Monseigneur m'a dit que vous attendiez un messager.

— Et le prix ?

— Je ne suis pas du tout au courant, monsieur

Struan. Monseigneur a simplement dit que je devais soigner la personne auprès de qui vous me conduirez. C'est tout.

— Je descends dans une seconde, cria Struan en courant déjà vers sa chambre. »

Il enfila précipitamment ses vêtements, ses bottes, courut à la porte et s'arrêta net. Il hésita, puis il prit le fer de combat et descendit quatre à quatre.

En voyant l'arme insolite le frère Sébastien ne put réprimer un sursaut.

« Bonsoir, frère. Lo Chum, quand Massi Sinclair ici, tu cherchez, savvez ?

— Savvez, Massi.

— Venez, frère Sébastien. »

Struan était écœuré par la saleté de la robe du moine et son horreur des médecins lui revint.

« Un instant, monsieur Struan. Je dois vous expliquer quelque chose. Je n'ai jamais employé le cinchona. Aucun de nous ne le connaît.

— Et alors, qu'est-ce que ça peut faire, hé ?

— Mais c'est important ! Tout ce que je sais, c'est que nous devons faire une tisane, en le faisant bouillir. L'ennui, c'est que nous ne savons pas exactement combien de temps cela doit infuser ni s'il faut le faire fort ou non. Ni combien le patient doit en boire. Ni combien de jours il doit en prendre, ni à quelles heures. Le seul ouvrage que nous ayons traitant du cinchona est en mauvais latin, et très vague.

— L'évêque a dit qu'il avait eu la malaria. Il en a pris combien, de ces tisanes ?

— Monseigneur a oublié. Il se souvient seulement que c'était très amer et lui donnait la nausée. Il en a bu pendant quatre jours, croit-il. Monseigneur m'a bien recommandé de vous dire que le traitement se fait à vos risques et périls.

— Sûr. Je comprends. Venez. »

Struan courut dans l'avenue, le jésuite sur ses talons.

Ils suivirent d'abord la *praia,* puis s'engagèrent dans une avenue silencieuse, bordée d'arbres.

« Je vous en prie, monsieur Struan, haleta le frère Sébastien. Pas si vite, je n'en puis plus.

— Une fièvre doit se déclarer de nouveau demain. Il n'y a pas de temps à perdre ! »

Struan traversa la place Sao Paulo et fonça dans une autre rue, mais soudain son instinct lui lança un avertissement ; il s'arrêta net et se jeta de côté. Une balle de mousquet s'écrasa contre le mur, à côté de lui. Il s'aplatit sur la chaussée, en tirant avec lui le religieux terrifié. Un autre coup de feu claqua. La balle érafla l'épaule de Struan et il se maudit de ne pas avoir songé à prendre ses pistolets.

Des lumières s'allumaient à quelques fenêtres. Struan aida le moine à se relever et le poussa à l'abri d'une encoignure de porte.

« Par ici ! » siffla-t-il en ressortant en courant.

Il changea brusquement de direction et une nouvelle balle le manqua de peu comme il atteignait le havre d'une ruelle, le frère Sébastien à côté de lui.

« Vous avez toujours le cinchona ? demanda Struan.

— Oui. Pour l'amour de Dieu, que se passe-t-il ?

— Des bandits. »

Struan prit le moine terrifié par le bras et courut dans la ruelle, puis sur la place devant le fort de Sao Paulo do Monte. A l'ombre du fort, il s'arrêta pour reprendre haleine.

« Où est le cinchona ? »

Le frère Sébastien souleva le sac d'une main tremblante. Le clair de lune éclaira la marque livide sur la joue de Struan, et alluma dans ses yeux des reflets qui lui donnèrent une expression démoniaque.

« Qui était-ce ? demanda le moine. Qui nous a tiré dessus ?

— Des bandits », répéta Struan.

Il était convaincu que c'était les hommes de Gorth

— ou Gorth lui-même — qui lui avaient tendu une embuscade. Il se demanda un instant si le frère Sébastien n'avait pas été envoyé pour l'y attirer. Non, peu probable de la part de l'évêque, et pas avec le cinchona. Enfin, on le saura bientôt. Et si c'est le cas, je m'en vais trancher quelques gorges papistes !

Prudemment, il fouilla les ténèbres du regard. Il tira son couteau de sa botte et assura la courroie du fer de combat à son poignet. Lorsque le souffle du frère parut plus normal, Struan repartit le premier, passa l'église et Sao Antonio, descendit sur l'autre versant de la colline et longea le grand mur du jardin de May-may. Une porte y était percée.

Il frappa rapidement avec le heurtoir. Quelques instants plus tard, Lim Din regardait par le judas. La porte s'ouvrit. Ils entrèrent dans le jardin et les verrous furent solidement poussés sur eux.

« Nous sommes en sécurité, à présent, dit Struan. Lim Din, thé — pas mal vite-vite boire beaucoup ! »

Il posa son fer de combat sur la table et fit signe à frère Sébastien de s'asseoir.

« Reprenez haleine, d'abord. »

Le moine lâcha le crucifix qu'il serrait dans sa main et s'épongea le front.

« Est-ce que vraiment on a cherché à nous tuer ?

— C'est l'impression que j'ai eue », grommela Struan.

Il ôta sa redingote et regarda son épaule. La balle avait foré une rigole de feu dans la chair.

« Laissez-moi vous soigner, dit le moine.

— Ce n'est rien, grommela Struan en se revêtant. Ne vous inquiétez pas. Vous allez la soigner à mes risques et périls. Ça va ?

— Oui, souffla le jésuite, mort de peur. D'abord, il faut préparer la tisane de cinchona.

— Bien. Mais avant de commencer, vous allez jurer sur la Croix que vous ne parlerez jamais à personne de cette maison ni de ce qui s'y passe.

— Mais...
— Si vous ne jurez pas, je la soignerai moi-même. J'ai dans l'idée que j'en sais autant que vous sur le traitement au cinchona. Alors ? »
Le moine hésita, désespéré par son ignorance, et prêt à tout pour guérir au nom de Dieu.
« Très bien. Je jure sur la Croix que mes lèvres resteront scellées.
— Merci. »
Struan le fit entrer dans la maison et longer un couloir. Ah Sam sortit de sa chambre et s'inclina, en hésitant. Elle avait la figure bouffie de sommeil et les cheveux défaits. Elle les suivit dans la cuisine, avec une lanterne.
La cuisine était petite ; il y avait un âtre et un brasero, et une multitude de casseroles de toutes tailles, de marmites et de théières. Les murs noircis par la fumée étaient couverts de petits paquets d'herbes et d'épices, de saucisses et de légumes accrochés à des clous.
« Thé, Massi ? » demanda Ah Sam, ahurie.
Struan hocha la tête, dégagea la table d'un tas de vaisselle sale et choisit une casserole propre. Puis il prit le petit sac des mains du moine et l'ouvrit. Il était plein de petits morceaux d'écorce brune. Il renifla. Cela ne sentait rien.
« Et maintenant ?
— Il nous faut le faire cuire.
— Bon, mais d'abord, lavez-vous les mains, s'il vous plaît, dit Struan en montrant un petit baquet et un morceau de savon posé à côté.
— Comment ?
— Lavez-vous les mains. Là. Vous ne ferez rien tant que vous ne vous serez pas lavé les mains.
— Pourquoi est-ce nécessaire ?
— J'en sais rien. Vieille coutume chinoise. Je vous en prie... »

Ah Sam, les yeux brillants, regarda le frère Sébastien se frotter consciencieusement les mains avec le savon, les rincer, les essuyer sur un torchon propre.

Puis le jésuite ferma les yeux, joignit les mains et murmura une prière.

« Maintenant, dit-il en revenant sur terre, il nous faut une mesure. »

Il prit au hasard un petit bol, le remplit de cinchona à ras bord, le versa dans la casserole et y ajouta lentement, avec méthode, dix bols d'eau. Il mit la casserole à chauffer sur le brasero au charbon de bois.

« Dix mesures pour une, pour commencer, soufflat-il d'une voix altérée. Maintenant, j'aimerais voir la malade. »

Struan fit signe à Ah Sam et lui montra la casserole.

« Pas toucher-ah !

— Pas toucher-ah, Massi ! » assura Ah Sam.

Maintenant qu'elle s'était remise de son brusque réveil, elle commençait à savourer ces étranges procédés.

« Pas toucher-ah, Massi, ça ne fait rien ! »

Struan et le moine sortirent de la cuisine et montèrent dans la chambre de May-may. Ah Sam les suivit.

Une lanterne jetait des taches de lumière dans l'ombre. Yin-hsi se brossait les cheveux devant la glace. Elle s'interrompit et se prosterna en hâte. Sa paillasse était par terre, à côté du grand lit à colonnes de May-may.

Sous le poids des multiples couvertures, May-may grelottait.

« Bonsoir, fillette. Voilà le cinchona, lui dit Struan en s'approchant. Enfin, nous l'avons. Tout va bien, maintenant.

— J'ai si froid, Taï-pan, chevrota-t-elle. Si froid. Qu'est-ce que tu as fait à ta figure ?

— Rien, petite.

— Tu t'es coupé... J'ai froid... »

Struan se tourna vers le jésuite et vit son expression atterrée.

« Qu'est-ce qui ne va pas, hé ?

— Rien, rien. »

Le moine posa un petit sablier sur une table, s'agenouilla près du lit, prit le poignet de May-may et se mit à compter les battements de cœur. Comment une Chinoise peut-elle parler anglais ? L'autre est-elle la seconde maîtresse ? se demanda-t-il. Suis-je dans le harem du Diable ? Mon Dieu, protégez-moi, et donnez-moi cette nuit le pouvoir de guérir et de soulager !

Le pouls de May-may était très lent et si léger qu'il avait du mal à le tâter. Avec une extrême douceur, il lui prit la figure et la fit retourner, pour regarder dans ses yeux.

« N'ayez pas peur, dit-il. Il ne faut pas avoir peur. Vous êtes entre les mains de Dieu. Je dois vous regarder dans les yeux. N'ayez pas peur. »

Pétrifiée, May-may obéit. Yin-hsi et Ah Sam se tenaient à l'écart et contemplaient anxieusement la scène.

« Qu'est-ce qu'il fait ? Qui est-ce ? chuchota Yin-hsi.

— Un diable barbare qui est docteur sorcier, répondit Ah Sam tout bas. C'est un moine. Un des prêtres à longue jupe de l'Homme-Dieu nu qu'ils ont cloué sur la croix.

— Oh ! frémit Yin-hsi. J'en ai entendu parler. C'est affreux de faire une chose pareille ! Ce sont vraiment des diables. Tu devrais apporter du thé à Père. C'est toujours bon pour l'anxiété.

— Lim Din en prépare, Seconde Mère, murmura Ah Sam en se jurant que pour rien au monde elle ne bougerait, de peur de manquer quelque chose de passionnant. J'aimerais bien comprendre cette affreuse langue. »

Le moine posa la main de May-may sur le couvre-pieds et leva les yeux vers Struan.

« Monseigneur m'a dit que la malaria avait provoqué une fause couche. Je dois l'examiner.

— Allez-y. »

Quand le jésuite rabattit les draps et les couvertures, May-may voulut s'y opposer et Yin-hsi et Ah Sam se précipitèrent, mais Struan les repoussa. Il s'assit sur le bord du lit et prit les mains de May-may.

« Tout va bien, laisse-toi faire, fillette, là... »

Le frère Sébastien l'examina, puis l'installa de nouveau confortablement.

« L'hémorragie est presque tarie. Tout va très bien. Avez-vous une montre, monsieur Struan ?

— Sûr.

— Descendez à la cuisine et dès que l'eau bouillira, notez l'heure. Lorsqu'elle aura frissonné une heure... »

Une heure ? Deux ? Combien de temps d'infusion ? Mon Dieu, aidez-moi en cette heure de détresse ! Les yeux du moine reflétaient son désespoir.

« Une heure, dit Struan avec fermeté et confiance. Nous allons mettre la même quantité à infuser pendant deux heures. Si le premier thé n'est pas bon, nous essaierons le deuxième.

— Oui. Oui. »

Struan vérifia l'heure encore une fois sous la lanterne de la cuisine. Il prit la décoction sur le brasero et plongea la casserole dans une bassine d'eau froide. La seconde casserole bouillait déjà.

« Comment va-t-elle ? demanda-t-il en voyant entrer le religieux, suivi d'Ah Sam et de Yin-hsi.

— Les frissons sont terribles. Son cœur est très faible. Vous souvenez-vous combien de temps elle a grelotté avant que la fièvre se déclare complètement ?

— Quatre heures, cinq, peut-être. Je ne sais pas. »

Struan versa un peu d'infusion chaude dans une minuscule tasse à thé, la goûta et s'écria :

« Sangdieu, que c'est amer ! »

Le moine prit la tasse et goûta à son tour. Il fit la grimace.

« Eh bien, commençons. Je prie Dieu qu'elle le garde. Une tasse à thé toutes les heures. »

Il chercha un récipient, mais Struan avait préparé une théière de porcelaine immaculée et un passe-thé. Il versa l'infusion dans la théière avec grand soin, en espérant que les proportions étaient bonnes.

Il porta lui-même le plateau dans la chambre.

May-may rejeta la première tasse et la deuxième. En dépit de ses supplications, Struan la força à en boire une troisième. Cette fois, May-may l'avala et la garda, surtout de peur d'en avoir une autre à boire.

Les frissons augmentèrent.

Une heure plus tard, Struan la fit encore boire. Elle ne rejeta pas l'infusion, mais les frissons continuèrent d'empirer.

« On va lui donner deux tasses », décida Struan, en luttant contre la panique, et il la força à ingurgiter la double ration.

Toutes les heures, ils recommencèrent. Le jour pointait.

Struan consulta sa montre. Six heures. Aucune amélioration. May-may tremblait de froid comme une brindille au vent d'hiver.

« Pour l'amour de Dieu ! explosa Struan. Il faut que ça réussisse !

— Avec l'amour de Dieu, ça réussit, monsieur Struan, dit le frère Sébastien, qui ne lâchait pas le poignet de May-may. La grosse chaleur de fièvre devait apparaître il y a deux heures. Si elle ne se déclare pas, nous avons une chance. Son pouls est imperceptible, certes, mais le cinchona fait réellement son effet.

— Tiens bon, fillette, murmura Struan en serrant entre les deux siennes la petite main de May-may. Encore quelques heures. Tiens bon ! »

Un peu plus tard, on frappa à la porte, dans le mur du jardin. Struan sortit de la maison, les yeux rouges et piquants, et alla tirer lui-même les verrous.

« Bonjour, Horatio. Heya, Lo Chum.

— Elle est morte ?

— Non, petit. Je crois qu'elle est guérie, par la grâce de Dieu.

— Vous avez reçu le cinchona ?

— Sûr.

— Masterson est à la jonque. Il est temps, pour Gorth. Je vais leur dire de... je vais dire à ses témoins de remettre le duel à demain. Vous n'êtes pas en état de vous battre !

— Allons donc. Il y a d'autres façons de tuer un serpent qu'en lui marchant sur la tête. J'y serai dans une heure.

— Très bien, Taï-pan. »

Horatio s'en alla rapidement, avec Lo Chum.

Struan referma soigneusement la porte et remonta dans la chambre.

May-may était parfaitement immobile, au milieu du lit. Le frère Sébastien paraissait angoissé. Il se courba et posa l'oreille sur son cœur. Des secondes passèrent, puis il leva les yeux et dévisagea attentivement Struan.

« Pendant un instant, j'ai cru... mais elle va. Ses battements de cœur sont terriblement lents, mais quoi, elle est jeune. Avec l'aide de Dieu... la fièvre est vaincue, monsieur Struan. Le cinchona péruvien guérit la fièvre de la Vallée Heureuse. Ah ! que les voies du Seigneur sont admirables ! »

Struan se sentait étrangement détaché.

« La fièvre reviendra-t-elle ?

— Peut-être. De temps en temps. Mais de nouveau le cinchona la vaincra — il n'y a plus d'inquiétude à avoir, maintenant. La fièvre est *vaincue* ! Comprenez-vous ce que je dis ? Elle est guérie de la malaria.

— Vivra-t-elle ? Vous dites que son cœur est très faible. Est-ce qu'elle vivra ?

— Dieu aidant, ses chances sont bonnes. Très bonnes. Mais je ne puis rien dire de certain.

— Il faut que je parte, maintenant. Voulez-vous rester ici jusqu'à mon retour ?

— Oui. »

Le frère Sébastien allait machinalement faire le signe de la croix sur lui, mais il se ravisa.

« Je ne puis bénir votre départ, monsieur Struan. Vous allez tuer, n'est-ce pas ?

— L'homme est né pour mourir, mon frère. J'essaie simplement de me protéger, moi et les miens, du mieux que je peux, et de choisir moi-même l'heure de ma mort, c'est tout. »

Il prit le fer de combat sur la table, l'accrocha à son poignet et sortit de la maison.

En marchant d'un bon pas, il sentait des regards qui le suivaient, mais il n'y prit pas garde. Il tirait sa force du petit matin et du soleil, et de la vue et de l'odeur de la mer.

C'est une bonne journée pour écraser un serpent, se dit-il. Mais c'est toi qui es mort. Tu n'as plus assez de forces pour affronter Gorth avec un fer de combat. Pas aujourd'hui.

## 39

Une véritable foule s'agglutinait près de la jonque. Des marchands, un détachement de soldats portugais sous les ordres d'un jeune officier, des marins... La jonque était amarrée à une jetée de la *praia*. Lorsque Struan apparut, ceux qui avaient misé sur lui furent accablés, et les tenants de Gorth exultèrent.

L'officier portugais barra fermement mais courtoisement la route au Taï-pan.

« Senhor, le gouverneur général désire que vous sachiez qu'à Macao les duels sont interdits.

— Je le comprends. Peut-être auriez-vous la bonté, capitaine Machado, de remercier le gouverneur pour moi, et de lui dire que je serais le dernier à violer les lois portugaises ? Je sais que nous sommes des invités, et les invités sont tributaires de leur hôte. »

Struan fit passer le fer de combat dans son autre main ; le capitaine s'écarta et le laissa marcher vers la jonque. La foule recula ; Struan vit de l'animosité dans les yeux des hommes de Gorth, et de ceux qui voulaient la mort du Taï-pan. Ils étaient nombreux.

Lo Chum attendait sur le gaillard d'arrière surélevé, avec Horatio.

« Bonjour, Massi, dit-il en tendant le nécessaire de toilette. Voulez raser ?

— Où est Gorth, Horatio ?

— Ses témoins le cherchent. »

Struan pria la providence que Gorth soit sur le dos dans une maison close, ivre mort. Dieu, si nous pouvions nous battre demain.

Il commença de se raser. La foule le regardait faire, silencieuse, et nombreux furent ceux qui se signèrent, avec une admiration craintive, en voyant la sérénité du Taï-pan.

Une fois soigneusement rasé, il se sentit mieux. Il contempla le ciel. Des bandes de cirrus s'effilochaient et la mer était calme comme un lac. Il appela Cudahy, qu'il avait pris au *China Cloud*.

« Montez la garde à mon dos, lui dit-il.

— Oui, monsieur. »

Struan s'étendit sur un panneau de cale et s'endormit aussitôt.

« Bon Dieu, s'écria Roach. Il est pas humain !

— Oui, reconnut Vivien. C'est le Diable, pas de doute.

— Doublez la mise, alors, hein ? Si vous avez tellement confiance ?

— Non. A moins que Gorth arrive fin soûl.

— Une supposition qu'il tue Gorth. Et Tyler ?

— Ils se battront à mort, probablement.

— Et Culum, qu'est-ce qu'il va faire ? Si Gorth est vainqueur aujourd'hui ?

— Rien. Qu'est-ce qu'il peut faire ? Haïr, peut-être. Pauvre gamin, il me plaît assez. N'importe comment, il déteste le Taï-pan — alors si ça se trouve, il bénira Gorth, non ? Il devient Taï-pan, de droit. Mais où diable est Gorth ? »

Inexorablement, le soleil montait dans le ciel. Un soldat portugais déboucha en courant d'une rue adjacente et parla précipitamment à l'officier, qui mit immédiatement ses hommes en marche et leur fit remonter la *praia* au pas accéléré. Une partie de la foule les suivit.

Struan se réveilla à la douloureuse réalité, toutes les fibres de son corps protestant et réclamant du sommeil. Il se releva, péniblement. Horatio le contemplait d'un air étrange.

Le corps sauvagement mutilé de Gorth gisait dans l'ordure d'une impasse près des docks du quartier chinois, entouré des cadavres de trois Chinois. Un quatrième, plus mort que vivant avec la moitié d'une lance cassée dans l'aine, gémissait aux pieds d'une patrouille portugaise.

Marchands et Portugais se pressaient pour mieux voir. Ceux qui avaient pu apercevoir Gorth se détournaient avec la nausée.

« La patrouille dit qu'elle a entendu des cris et des bruits de bataille, dit à Struan l'officier portugais. Quand les soldats se sont précipités, ils ont trouvé le senhor Brock par terre, comme il est à présent. Trois ou quatre Chinois le transperçaient à coups de lance. Quand les assassins ont vu arriver nos soldats, ils ont disparu par là (il montrait un labyrinthe de ruelles et de taudis), et nos soldats leur ont donné la chasse, mais... »

Il haussa les épaules. Struan comprenait qu'il avait été sauvé par les assassins.

« J'offre une récompense pour ceux qui se sont échappés, dit-il. Cent taels morts, cinq cents vivants.

— Inutile de gaspiller votre argent pour les « morts », senhor, conseilla l'officier. Les mécréants présenteront simplement trois cadavres, les premiers qu'ils trouveront. Quant à les trouver vivants, si ce *bastardo degenerado* ne nous révèle pas qui sont les autres, votre argent ne risque rien. Réflexion faite, je crois que les autorités chinoises seraient — comment dire — plus habiles à l'interrogatoire. »

Il donna quelques ordres en portugais ; des soldats déposèrent l'homme sur un volet arraché, et l'emportèrent.

« Une mort stupide et inutile, grommela l'officier. Le senhor Brock n'aurait pas dû avoir l'imprudence de s'aventurer dans ce quartier. Il semblerait qu'aucun honneur ne va être satisfait.

— Vous avez de la chance, Taï-pan ! ricana un des amis de Gorth. Une sacrée chance, oui !

— Sûr. Je suis heureux de ne pas avoir son sang sur les mains. »

Struan tourna le dos au cadavre et s'éloigna à pas lents.

Il déboucha de la ruelle et gravit la colline vers l'ancien fort. Au sommet, entouré par la mer et le ciel, il s'assit sur un banc et remercia l'infini pour la grâce de la nuit et la grâce du matin.

Il ne prenait pas garde aux passants, ni aux sentinelles du fort, ni au carillon de la cathédrale. Il n'entendait pas les oiseaux chanter, il ne sentait pas la brise légère ni le soleil guérisseur. Ni le temps qui passait.

Il essaya finalement de savoir ce qu'il devait faire, mais son esprit refusait de fonctionner.

« Ressaisis-toi ! » s'écria-t-il à haute voix.

Il redescendit de la colline et se rendit à l'évêché. L'évêque n'y était pas. Il alla le demander à la cathédrale et un moine lui dit d'aller attendre dans le jardin du cloître.

Struan s'assit sur un banc, à l'ombre, et il écouta le murmure des fontaines. Les fleurs lui semblaient plus éclatantes, leur parfum plus exquis. Les battements de son cœur, la force de ses membres, et même la douleur constante à sa cheville — tout cela n'était pas un rêve, mais la réalité.

Dieu ! Mon Dieu, merci pour la vie.

De l'ombre du cloître, l'évêque observait Struan.

« Ah ! Monseigneur, bonjour, dit le Taï-pan, merveilleusement rafraîchi. Je suis venu vous remercier. »

L'évêque pinça ses lèvres minces.

« Que contempliez-vous, senhor ?

— Je ne sais pas. Je regardais le jardin. Je l'appréciais. J'appréciais la vie, je suppose. J'en sais rien.

— Je crois que vous étiez très près de Dieu, Senhor. Vous ne le pensez peut-être pas, mais je le sais. »

Struan hocha la tête.

« Que non, monseigneur. Simplement heureux par une journée radieuse dans un beau jardin. Pas plus. »

Mais l'expression du prélat ne changea pas. Ses longs doigts effilés caressèrent son crucifix.

« Il y a un long moment que je vous observe. Je sentais que vous étiez très près. *Vous !* C'est sûrement mal. Et pourtant, soupira-t-il, les pauvres pécheurs que nous sommes ignorent les voies de Dieu. Je vous envie, senhor. Vous désiriez me voir ?

— Sûr, monseigneur. Le cinchona a guéri la fièvre.

— *Deo gratias !* Mais c'est merveilleux ! Que les voies du Seigneur sont admirables !

— Je vais immédiatement affréter un navire pour le Pérou, pour aller chercher une cargaison de cinchona. Avec votre permission, j'aimerais y envoyer frère Sébastien, pour qu'il découvre comment ils récoltent l'écorce, d'où elle provient, comment ils traitent leur malaria — tout. Nous partageons la cargaison et les renseignements à parts égales, à son retour. J'aimerais que, sous votre autorité, il rédige un article médical immédiatement, pour l'envoyer au *Lancet* en Angleterre — et au *Times* —, relatant votre traitement efficace de la malaria au cinchona.

— Un tel traité médical devrait être expédié par les voies officielles du Vatican. Mais je lui donnerai l'ordre de le rédiger. Quant à l'envoyer, lui... je dois y réfléchir. Cependant, j'enverrai certainement quelqu'un par votre navire. Quand partira-t-il ?

— Dans trois jours.

— Très bien. Nous partagerons à parts égales la cargaison et les connaissances. C'est extrêmement généreux.

— Nous n'avions pas fixé de prix pour le traitement. Elle est guérie. Alors maintenant, voulez-vous me dire le prix, s'il vous plaît ?

— Rien, senhor.

— Je ne comprends pas.

— Il n'y a pas de prix pour une poignée de cinchona qui a sauvé la vie d'une jeune femme.

— Sûr ! Naturellement, qu'il y a un prix. J'ai dit que je vous donnerais ce que vous voulez ! Je suis prêt à payer. Vingt mille taels, j'avais offert à Hong Kong. Je vous enverrai un billet à ordre.

— Non, senhor, répondit patiemment le grand prélat. Si vous le faites, je déchirerai le papier. Je ne veux pas être payé, pour l'écorce.

— Je ferai construire une église catholique à Hong Kong ! Un couvent, si vous voulez. Ne jouez pas avec moi, monseigneur ! Un marché est un marché. Faites votre prix.

— Vous ne me devez rien, senhor. Vous ne devez rien à l'Église. Mais vous devez beaucoup à Dieu. »

Il leva la main et fit lentement le signe de la croix devant Struan.

« *In nomine Patris, et Filii, et Spiritu sancto, amen* », murmura-t-il, et il s'éloigna.

# 40

MAY-MAY s'éveilla lentement, pour se trouver soutenue par Struan, et la tasse à ses lèvres. Vaguement, elle entendit Struan murmurer quelque chose au frère Sébastien, mais elle ne fit pas l'effort de comprendre les paroles anglaises. Docilement, elle avala le cinchona et se laissa retomber dans une demi-inconscience.

Elle entendit partir le moine et le départ de cette présence étrangère lui fit plaisir. Struan la souleva encore une fois et lui fit boire la deuxième tasse de la décoction au goût horrible, qui lui donnait la nausée.

Dans un brouillard plaisant, elle comprit que Struan s'installait dans le fauteuil de bambou, et elle ne tarda pas à entendre sa respiration régulière. Il dormait. Ce sommeil lui donna une impression de grande sécurité. Les bruits des amahs jacassant à la cuisine, et du rire d'Ah Sam, et le parfum de Yin-hsi étaient si agréables que May-may lutta contre la somnolence.

Elle ne bougeait pas, et sentait revenir ses forces, de seconde en seconde. Et elle savait qu'elle ne mourrait pas.

Je ferai brûler de l'encens aux dieux pour mon joss. Peut-être même une chandelle au dieu des longues jupes. Après tout, c'est le moine qui a apporté l'écorce, n'est-ce pas. Je devrais peut-être devenir chrétienne longues jupes. Cela donnerait une grande face au moine. Mais mon Taï-pan n'aimerait pas ça. Mais tout de même, je devrais, peut-être... car s'il n'y a pas de dieu des longues jupes, ça ne peut pas faire de mal, et s'il y en a un — alors j'aurais été très habile.

Elle entendit bruire les vêtements de Yin-hsi et respira son parfum près d'elle. Elle ouvrit les yeux.

« Tu as bien meilleure mine, Suprême Dame, chuchota Yin-hsi en s'agenouillant auprès du lit. Regarde, je t'ai apporté des fleurs. »

Le minuscule bouquet était ravissant. May-may sourit faiblement. Struan était vautré dans le fauteuil, profondément endormi, sa figure au repos rajeunie, mais avec de grands cernes sous les yeux et une balafre à la joue.

« Père est là depuis plus d'une heure », souffla Yin-hsi.

Elle portait un pantalon de soie bleu pâle, une tunique de soie croisée vert océan qui lui tombait aux genoux, et des fleurs dans les cheveux. May-may lui sourit, tourna la tête vers la fenêtre et s'aperçut que le soir tombait.

« Combien de jours depuis le commencement de la fièvre, Petite Sœur ?

— C'était hier soir. Père est venu avec le moine longue jupe. Ils apportaient la potion magique, as-tu oublié ? J'ai envoyé Ah Sam, la misérable esclave, à la maison du joss, ce matin de bonne heure, pour remercier les dieux. Tu ne veux pas que je te fasse ta toilette ? Laisse-moi te coiffer. Tu te sentiras beaucoup mieux.

— Oh ! oui, Petite Sœur ! Je dois être affreuse.

— Oui, Suprême Dame, mais c'est seulement parce que tu as failli mourir. Dans dix minutes, tu seras belle comme toujours, je te le promets !

— Sois discrète comme un papillon, Petite Sœur. Ne réveille pas Père, quoi que tu fasses, et dis à ces excréments de tortue d'esclaves que si Père se réveille avant que je sois présentable tu leur mettras les poucettes, toi-même, sur mon ordre. »

Avec délices, Yin-hsi s'éloigna. Un grand silence tomba sur la maison.

Yin-hsi et Ah Sam, à pas de loup, soulevèrent May-may, la baignèrent, la frottèrent d'huiles parfumées, et l'aidèrent à revêtir un pantalon carmin du shantoung le plus fin, avec la tunique assortie. Elles lui soignèrent les pieds et changèrent les bandelettes. May-may se lava les dents et mâchonna quelques feuilles de thé odorantes ; elle se sentit toute purifiée. Ah Sam et Yin-hsi la coiffèrent ensuite, brossant longuement ses cheveux et les tressant pour en faire une couronne entremêlée de fleurs fraîches. Elles changèrent les draps et les oreillers, les arrosèrent d'un peu de parfum frais et glissèrent un bouquet d'aromates sous les coussins.

Bien que tout ce remue-ménage l'eût épuisée, May-may se sentait revivre.

« Maintenant, du bouillon, Suprême Dame. Et puis une belle mangue, proposa Yin-hsi.

— Et après, annonça fièrement Ah Sam, nous avons de merveilleuses nouvelles pour toi.

— Quoi donc ?

— Seulement quand tu auras mangé, Mère, dit Ah Sam et elle coupa court aux protestations de May-may : Nous devons veiller sur toi, tu es encore notre malade. Seconde Mère et moi nous savons que la nouvelle sera merveilleuse pour la digestion. Mais avant, il faut que tu aies quelque chose à digérer. »

May-may but du bouillon de poulet, et la moitié de la mangue au sirop. Elles la pressèrent de tout manger.

« Tu dois prendre des forces, Suprême Dame !

— Je finirai la mangue si vous me dites la nouvelle tout de suite. »

Yin-hsi soupira, puis elle regarda Ah Sam.

« Raconte, Ah Sam. Mais commence par ce que Lo Chum t'a dit. Comment tout a commencé.

— Pas si fort ! chuchota May-may. Vous allez le réveiller !

— Eh bien, commença tout bas Ah Sam, la nuit avant notre arrivée — il y a sept abominables jours

— le fils barbare de Père est tombé entre les griffes du démon incarné, un barbare. Ce monstrueux barbare avait conçu un projet si abominable que je ne puis presque pas le dire... »

Elle raconta toute l'histoire, avec des pauses haletantes, des soupirs incroyables et des gestes d'horreur.

« Et là, dans l'ordure de l'impasse, acheva Ah Sam en étouffant un sanglot d'émotion, coupé en quarante morceaux, entouré des cadavres de quinze assassins, gisait le corps du démon barbare. Gorth ! Ainsi, Père a été sauvé ! »

May-may battit joyeusement des mains, et se félicita de sa prévoyance. Les dieux veillent sur nous, c'est certain ! Heureusement que j'ai parlé à Gordon Chen ce jour-là ! Sans lui...

« Ah ! comme c'est merveilleux ! Ah Sam, tu as raconté l'histoire admirablement. J'ai failli mourir quand tu en es venue au moment où Père quittait la maison ce matin, et si vous ne m'aviez pas dit que ce serait une bonne nouvelle, je serais vraiment morte !

— Heya, fillette ? »

Struan se redressait, réveillé par les battements de main de May-may. Yin-hsi et Ah Sam se relevèrent et se prosternèrent vivement.

« Je me sens fantasticalement mieux, Taï-pan, déclara May-may.

— Tu en as l'air.

— Tu as besoin de manger, Taï-pan. Tu n'as sans doute rien du tout mangé de la journée.

— Merci, petite, mais je n'ai pas faim. Je me ferai servir quelque chose à la résidence, tout à l'heure.

— Je t'en prie, mange ici. Reste ici cette nuit. Je t'en prie. Je ne veux pas... enfin, reste ! J'en serais très heureuse.

— Bien sûr, fillette. Il faut que tu prennes encore le cinchona pendant quatre jours. Trois fois par jour.

— Mais, Taï-pan, je me sens gracieusement bien. Je t'en supplie, fini !

— Trois fois par jour, May-may. Pendant encore quatre jours.

— Sangdieu ! On croirait boire des fientes d'oiseaux diluées dans du vinaigre et de la bile de serpent ! »

On apporta dans la chambre une table dressée. Yinhsi fit le service, puis les laissa seuls. May-may choisit délicatement des langoustines frites.

« Qu'est-ce que tu as fait aujourd'hui ? demanda-t-elle.

— Rien d'important. Mais un problème est résolu. Gorth est mort.

— Ah ? Comment ? s'exclama May-may, surprise et choquée comme il convenait. Tu es très malin, Taï-pan. Mais ton joss est fantastical. »

Struan repoussa son assiette, étouffa un bâillement et songea au joss en général.

« Sûr.

— Est-ce que Brock va être terrible furieux ?

— La mort de Gorth n'est pas sur mes mains. Et même si son sang y était, il méritait de mourir. D'un côté, je regrette qu'il soit mort comme ça. »

La mort de Gorth et l'enlèvement vont rendre Brock complètement fou. Je ferais bien de me tenir prêt, avec le couteau et le pistolet. Est-ce qu'il viendra m'attaquer comme un assassin dans la nuit ? Ou bien ouvertement ? Bah, je m'inquiéterai demain.

« Culum devrait bientôt rentrer, dit-il.

— Pourquoi tu ne te couches pas ? Tu as l'air très fatigué. Quand Lo Chum apportera la nouvelle, Ah Sam te réveillera, heya ? Je crois que je vais dormir un peu maintenant.

— Je crois que je vais y aller aussi, fillette. »

Struan se pencha, l'embrassa tendrement, puis il la serra dans ses bras.

« Ah ! fillette, fillette, j'ai eu bien peur !

— Merci, Taï-pan. Va dormir, maintenant et demain j'irai encore bien mieux, et toi aussi.

— Il faut que j'aille à Hong Kong, petite. Dès que possible. Pour quelques jours. »

Le cœur de May-may se serra.

« Quand tu pars, Taï-pan ?

— Demain, si tu vas bien.

— Tu veux faire quelque chose pour moi, Taï-pan ?

— Bien sûr.

— Emmène-moi. Je ne veux pas... je ne veux pas rester seule ici quand tu n'es pas là.

— Tu n'es pas assez vaillante pour bouger, fillette, et moi je dois partir.

— Oh ! mais demain je serai tout à fait bien, je te le promets. Je resterai au lit sur le bateau et nous pourrons habiter *Resting Cloud*, comme avant. Je t'en supplie.

— Ce ne sera que pour quelques jours, petite, et tu es vraiment mieux ici. Vraiment. »

May-may se pelotonna contre lui, et insista tendrement :

« S'il te plaît. Je serai très sage et je boirai le cinchona sans rien dire et je resterai au lit et je guérirai et je mangerai, plein, plein, plein et je serai fantastiquement sage. Je promets. Je t'en supplie, ne me quitte pas avant que j'aille mieux !

— Bon, bon. On verra. Et nous ne partirons pas demain. Après-demain, à l'aube. Si tu te sens tout à fait bien. Si tu...

— Ah ! merci, Taï-pan ! J'irai très bien. »

Il la serra très fort, puis la tint à bout de bras et l'examina attentivement. Il savait qu'il lui faudrait des mois pour retrouver sa fraîche beauté. Mais ce n'est pas une figure qui fait la beauté d'une personne, se dit-il. C'est ce qu'il y a en dessous, dans le cœur et dans les yeux.

« Ah ! fillette ! Tu es belle. Je t'aime. »

Elle lui noua les bras autour du cou et soupira :

« Pour quoi faire tu dis ça à ta vieille mère ? Toi, je te trouve fantasticalement joli ! »

Il lui fit boire ses deux tasses de cinchona ; elle se pinça le nez et les but sans protester, puis elle mâchonna quelques feuilles odorantes pour chasser l'abominable goût. Il la borda comme un bébé, l'embrassa une dernière fois et alla dans sa propre chambre.

Nu entre les draps délicieusement frais, il s'endormit presque aussitôt.

Et pendant que Struan dormait, l'assassin chinois continuait d'être questionné avec beaucoup de raffinement. Ses bourreaux étaient très patients, et très habiles dans l'art de soutirer des aveux et des renseignements.

# 41

Le *China Cloud* revint à Macao juste avant le lever du jour. Struan se hâtait déjà sur la jetée quand il mouilla. Son canot l'attendait.

« Dirk ! »

Il sursauta et se retourna.

« Ah ! Bonjour, Liza.

— Je vais avec vous », déclara Liza Brock.

Elle était hagarde, les traits tirés. Struan lui tendit la main pour l'aider à descendre dans le canot, mais elle refusa son aide.

« Larguez les amarres », ordonna-t-il quand elle fut assise.

Il faisait une journée radieuse ; la mer était d'huile. Struan aperçut la petite silhouette du capitaine Orlov sur le gaillard d'arrière et comprit qu'on l'observait. Bien, pensa-t-il.

« Je ramène le corps de Gorth demain à Hong Kong », déclara Liza.

Struan ne répondit pas. Il se contenta de hocher la tête, et contempla son navire. Quand ils arrivèrent à l'échelle de coupée, il laissa Liza monter la première.

« Bonjour, grogna le capitaine Orlov.

— Miss Brock est à bord ? demanda Struan.

— C'est-y... c'est-y que vous les avez mariés ? Culum et ma Tess ? s'écria Liza.

— Sûr, répondit Orlov et il se tourna vers Struan : Vous m'avez placé sous ses ordres. Il m'a donné l'ordre de les marier. Le maître est le maître et c'est votre loi. J'ai obéi aux ordres.

— Je le comprends fort bien, dit aimablement Struan. Vous n'étiez responsable qu'en matière de manœuvre. Je l'ai dit très nettement à Culum. »

Furieuse, Liza se tourna vers Struan.

« Alors c'était exprès ! C'est vous qui avez organisé tout ça ! Vous saviez qu'il l'enlevait !

— Non, Mrs. Brock, il ne le savait pas, assura Culum en arrivant sur le pont, crispé mais confiant. C'est moi qui en ai eu l'idée. Bonjour, Taï-pan. J'ai donné l'ordre à Orlov de nous marier. Je suis entièrement responsable.

— Sûr. Descendons à la cabine, petit. »

Liza, blême et défaite, prit Culum par l'épaule.

« La vérole ? haleta-t-elle.

— Mais non, voyons ! Qui diable vous a mis ça dans la tête ? Vous croyez que j'aurais épousé Tess si j'avais été malade ? C'est insensé !

— Je prie Dieu que vous disiez la vérité. Où est Tess ?

— Dans la cabine. Nous... Mais venez donc.

— Mon Dieu... Elle... comment est-elle ?

— Très bien, Mrs. Brock.

— Ce n'est pas un endroit pour les affaires de famille », intervint Struan.

Il descendit par l'échelle et Liza le suivit.

Timidement, Tess sortit de la cabine principale.

« Maman... Bonjour, maman.

— On t'a rien fait ? Tu vas bien ?

— Oh ! non. Oh ! oui. »

Et puis la mère et la fille se jetèrent dans les bras l'une de l'autre. Struan fit signe à Culum de le rejoindre dans la coursive.

« Je suis désolé, Taï-pan, mais nous avons décidé que c'était ce qu'il y avait de mieux.

— Écoute, petit. Il y a eu des événements pendant ton absence. »

Il lui raconta les menaces de Gorth et sa mort, en ajoutant :

« Il n'y a aucun doute, c'était bien lui. Il t'a attiré dans un piège, comme nous le pensions.

— Il n'y a... je ne risque rien, après sept jours, n'est-ce pas ?

— Non. Mais je te conseille de voir le médecin de Brock. Ça tranquillisera Liza.

— Tu avais raison, encore une fois. Tu m'avais prévenu. Dieu du Ciel, tu m'avais averti ! Mais pourquoi Gorth a-t-il fait ça ? Comment a-t-il pu ?

— Sais pas. Tout va bien, entre Tess et toi ?

— Oh ! oui. Maudit soit Gorth ! Il a tout gâché ! Tiens, dit Culum en tirant deux lettres de sa poche, voilà les réponses de Skinner et de Gordon.

— Merci, petit. Ne te fais pas de souci pour...

— Nous descendons à terre, annonça Liza, formidablement dressée sur le seuil. J'emmène Tess et...

— Vous n'emmènerez pas ma femme, Mrs. Brock ! Quant à ces rumeurs de vérole, nous allons immédiatement voir votre docteur pour régler cette question.

— Tyler fera casser le mariage. C'était sans consentement.

— Nous avons été mariés devant Dieu, légalement, et c'est définitif. Je regrette d'avoir enlevé... Non, nous ne regrettons rien. Nous sommes mariés et je ferai tout ce qui est en mon pouvoir pour être un bon gendre, mais Tess reste avec moi et fait ce que je lui dis !

— Tyler vous fouettera !

— Oh ! maman, non ! cria Tess en courant dans les bras de Culum. Nous sommes mariés et c'est la même chose que dans trois mois et c'est fini. Dites-le-lui, Taï-pan, dites-lui qu'elle a tort !

— Je suis sûr que votre père sera furieux, Tess. À juste titre. Mais je suis certain aussi qu'il vous pardonnera à tous les deux. Liza, ne pouvez-vous leur pardonner tout de suite ?

— Ce n'est pas moi, Dirk Struan, qui dois pardonner.

— Allons, viens, maman. Nous allons prendre le petit déjeuner tous ensemble. »

Rien ne peut nous arriver maintenant, pensait-elle. Maintenant que nous sommes mari et femme, et qu'il m'a aimée et que j'ai eu mal comme avant mais d'une autre façon. Et il est satisfait et si doux et si tendre et si merveilleux ! Nagrek était à jamais oublié.

Liza soupira.

« Nous ferions mieux de rentrer à la maison. Et toi de venir chez nous. Je vais faire prévenir ton Pa.

— Nous descendons à l'English Hotel, dit Culum.

— Pas la peine, petit, voyons. Il y a un appartement pour vous à la résidence.

— Merci, mais nous pensons que cela vaut mieux. Nous pensons que nous devrions retourner immédiatement à Hong Kong pour voir Mr. Brock et lui demander pardon. Je vous en prie, Mrs. Brock, soyons amis. Père m'a dit ce qui est arrivé à Gorth. Ce n'est pas lui le responsable.

— Je crois que oui, petit. Et vous ne pouvez pas partir immédiatement. Nous devons ramener le cercueil demain.

— Le... quoi ? demanda Tess.

— Gorth a été tué, ma chérie, lui dit Culum. Hier.

— Quoi !

— Il a été lâchement assassiné par des tueurs à gages ! glapit Liza.

— Oh ! mon Dieu ! Non ! »

Struan lui raconta tout, sauf ce que Gorth avait essayé de faire à Culum. Tess sanglotait tout bas, dans les bras de Culum.

« Allons, viens, ma chérie, murmura-t-il. Ce n'est pas notre faute, ni celle de Père. Viens... »

Il la fit sortir de la cabine. Et puis Struan rompit le silence :

« Ils sont mariés, et heureux, Liza. Pourquoi ne pas les laisser tranquilles ?

— S'il n'y avait que moi, je dirais oui. Si Culum dit la vérité. Mais pas Tyler. Vous le connaissez comme il vous connaît. Je sais que vous avez arrangé tout ça, Dirk. Il le saura aussi. Il vous tuera — ou il essaiera de vous tuer et je crois que c'est ce que vous avez cherché. Tyler et vous, vous allez vous entre-tuer, une fois que vous aurez commencé à vous battre. Pourquoi avez-vous fait ça ? Trois mois, c'était pas long à attendre ! Mais maintenant... Seigneur ! »

Struan leva les yeux des deux lettres, tandis que Culum entrait et s'asseyait d'un air las.

« Alors ? Tout va bien ?

— Oui, le docteur a dit que je n'avais rien.

— As-tu déjeuné ?

— Non. Nous n'avions pas faim. Ah ! bon dieu, tout allait si bien ! Maudit soit Gorth et sa maudite folie de malheur !

— Comment va Mrs. Brock ?

— Aussi bien qu'on peut l'espérer, comme diraient les journaux. Comment va... est-ce que le cinchona est arrivé ?

— Sûr. Elle va tout à fait bien, maintenant.

— Ah ! c'est merveilleux !

— Sûr. »

Mais en dépit de sa joie, Struan se sentait troublé par un vague malaise, une sourde angoisse. Ce n'était rien de défini, rien qu'une impression de danger latent. Les lettres ne lui apportaient aucun indice de ce que pourrait être ce danger. Gordon Chen écrivait qu'il avait encore bon espoir de trouver le cinchona, et Skinner annonçait qu'il publiait immédiatement la dépêche et qu'il attendait Struan ce jour-là.

Mais je ne peux pas être là aujourd'hui, bon dieu.

J'aurais dû être catégorique et dire à May-may qu'elle restait.

« Je retourne demain à Hong Kong, dit-il. Vous feriez bien de m'accompagner tous les deux.

— Je crois qu'il serait préférable que nous y allions par le *White Witch*, avec Mrs. Brock et Lillibet. Elle a fait prévenir Brock ce matin, par lorcha. A notre sujet, et puis... et puis pour Gorth.

— Te soucie pas, petit, va. Liza Brock se radoucira et Tyler aussi. Il a fait un serment sacré, rappelle-toi. »

Culum examina son père un moment.

« Tu savais que j'allais emmener Tess à bord du *China Cloud* ?

— Ma foi, petit, quand j'ai su qu'elle avait disparu, je l'ai bien espéré. »

Culum prit sur la table un lourd presse-papier en jade blanc, le soupesa un instant et murmura :

« J'ai été parfaitement stupide.

— Je ne pense pas. C'était ce que tu pouvais faire de mieux. Tu es établi, maintenant.

— J'ai été stupide parce qu'une fois de plus, j'ai été un pantin.

— Hein ?

— Je crois que c'est toi qui m'as mis dans la tête cette histoire d'enlèvement. Je crois que tu as délibérément placé Orlov sous mon commandement, sachant que je lui donnerais l'ordre de nous marier. Je crois que tu m'as fait enlever Tess parce que tu savais que ça rendrait Gorth fou furieux, que ça le pousserait à t'insulter publiquement et te donnerait l'occasion de le tuer ouvertement ! C'est vrai ? »

Struan était immobile, à son bureau. Ses yeux ne quittaient pas ceux de Culum.

« Je ne sais pas très bien comment te répondre, Culum. Je ne sais pas si tu tiens vraiment à une réponse. Le fait est que tu voulais épouser Tess rapidement, et vous êtes mariés. Le fait est que Gorth a cherché à t'assassiner de la manière la plus abjecte et la plus lâche qui se peut concevoir. Le fait est qu'il est mort. Le fait est que je regrette de ne pas avoir eu le plaisir de le tuer, mais le fait est que je n'ai pas son sang sur mes mains. Le fait est que parce qu'il est mort, tu es vivant — toi et Tess. Le fait est que quoi que Brock en veuille faire, il a fait le serment sacré de vous donner bon bord et bonne rade. Et, pour conclure, le fait est que bientôt tu pourras prendre la relève. En tant que Taï-pan. »

Culum posa le presse-papier.

« Je ne suis pas prêt.

— Je sais. Mais tu le seras bientôt. Je vais rentrer chez nous pour quelques mois. Je ramènerai le *Lotus Cloud* l'année prochaine et je m'occuperai de Wu Kwok. Mais tout le reste te regardera. »

Culum réfléchit... être Taï-pan, être libre. Mais il n'était plus libre. Il avait Tess.

« Je crois que je peux faire ma paix avec Brock, dit-il, si tu n'essaies pas de le faire pour moi. Est-ce que tu as projeté tout cela ? Peux-tu me répondre par oui ou par non ? »

Culum attendit désespérément un « non ».

« Sûr, dit posément Struan. Je me suis servi de certains faits pour atteindre un but calculé.

— Quand je serai Taï-pan, j'associerai la Noble Maison à Brock et Fils. Brock sera le premier Taï-pan et je lui succéderai ! »

Struan se dressa d'un bond :

« Ce fumier ne sera pas Taï-pan de la Noble Maison ! Il ne commandera pas mes navires !

— Ce ne sont pas tes navires ! Ce sont ceux de la Compagnie. Brock n'est-il pas simplement un autre pion qu'on peut utiliser et abuser par caprice ?

— Je jure devant Dieu, Culum, que je ne te comprends pas. On te met toute ta vie entre tes mains, et la première chose que tu fais, c'est justement ce qui la détruira ! »

Brusquement, Culum vit son père clairement — comme un homme. Il vit la taille et la force et la dure figure burinée, les cheveux d'or roux et l'étonnant vert des yeux. Et il comprit qu'il serait toujours l'instrument de cet homme. Il savait qu'il ne pourrait jamais lutter contre lui, ni le persuader que le seul moyen de survivre seul en tant que Taï-pan serait pour lui de s'associer avec Brock, en espérant que Brock les laisse en paix, Tess et lui.

« Je ne pourrai jamais être *le* Taï-pan de *la* Noble Maison. Je ne suis pas comme toi. Je ne veux pas l'être et je ne le serai jamais. »

Dans le silence, on frappa à la porte.

« Oui ? gronda Struan.

— Soldat Massi là voir, peut ? demanda Lo Chum.

— Une minute. »

Culum se leva.

« Je crois que je vais aller...

— Un instant, Culum. Lo Chum, voir tout de suite, savez ? »

Lo Chum renifla d'un air irrité et ouvrit la porte en grand. Le jeune officier portugais entra.

« Asseyez-vous donc, capitaine Machado. Vous connaissez mon fils Culum ? »

Ils se serrèrent la main et l'officier s'assit.

« Mes supérieurs m'ont prié de vous annoncer officiellement, en votre qualité de chef des ressortissants britanniques, le résultat de notre enquête sur le meurtre du senhor Brock.

— Avez-vous arrêté les autres ? »

L'officier hocha la tête en souriant.

« Non, senhor. Je doute que nous les retrouvions un jour. Nous avons remis le tueur entre les mains des autorités chinoises, comme il se doit. Il a été interrogé, à leur inimitable façon. Il a avoué appartenir à une société secrète, le Hung Mun Tong. Je crois que vous les appelez les Triades. Il paraît qu'il est arrivé de Hong Kong, il y a quelques jours. A l'en croire, il y a une loge très prospère à Tai Ping Shan. Il paraît aussi que vous avez beaucoup d'ennemis, senhor Struan. Ce brigand a prétendu que votre... votre fils naturel, Gordon Chen, en était le chef.

— Ça, c'est la meilleure plaisanterie que j'entends depuis des années ! » s'écria Struan en riant.

Mais au fond de lui-même il envisageait très sérieusement que ce pût être vrai. Possible, en tout cas. Et s'il l'est ? se demanda-t-il. Sais pas. Mais tu ferais bien de t'en assurer au plus tôt, d'une manière ou d'une autre.

« Les mandarins ont beaucoup ri, eux aussi, assura Machado. Quoi qu'il en soit, le mécréant est malheureusement mort avant qu'ils puissent lui faire avouer le nom du véritable chef. Cet homme proclamait avoir été envoyé par le chef pour assassiner le senhor Brock. Il a donné les noms de ses complices, naturellement, mais cela n'a pas plus de valeur que le reste de son récit. Ces fichus Triades ne sont que des bandits de grand chemin. A moins, ajouta-t-il, que ce ne soit une vengeance.

— Hein ?

— Ma foi, senhor, le jeune senhor Brock était — comment dire — n'était pas précisément apprécié dans certains quartiers mal famés. On raconte qu'il fréquentait une certaine maison près de laquelle il a été retrouvé. Il a sauvagement assailli et frappé une prostituée, il y a une semaine. Elle est morte avant-hier. Nous venons de recevoir une plainte des mandarins contre lui. Qui sait ? Les mandarins ont peut-être décidé que la loi du talion s'imposait, et le reste n'est que diversion. Vous savez combien ils sont subtils et sournois. Peut-être cela vaut-il mieux qu'il soit mort, car nous aurions été forcés de prendre des mesures qui risquaient d'être gênantes pour tout le monde. (Il se leva.) Mes supérieurs vont naturellement envoyer un rapport officiel à Son Excellence, puisque c'est un sujet de Sa Majesté qui est en cause.

— Voulez-vous les remercier de ma part ? dit Struan en tendant la main. Et... Je me demande si on ne pourrait pas étouffer tout cela ? L'histoire de cette prostituée, par exemple. Mon fils vient d'épouser sa sœur, et j'aimerais préserver le nom de Brock d'une souillure. Tyler Brock est une vieille connaissance.

— Je sais, dit l'officier en réprimant un sourire ironique, puis il s'inclina légèrement vers Culum. Toutes mes félicitations, monsieur.

— Merci.

— Je ferai part de votre suggestion à mes supérieurs, senhor Struan. Je suis sûr qu'ils comprendront la délicatesse de la situation.

— Merci. Et si vous attrapez les autres, la récompense est toujours bonne. »

L'officier salua et sortit.

« Merci d'avoir eu cette pensée, dit Culum. Que serait-il arrivé à Gorth ?

— Il aurait été pendu. Il existe de bonnes lois anglaises contre le meurtre.

— Ce serait ironique, si l'histoire était vraie !

— Laquelle ?

— Gordon Chen et la société secrète. Si en réalité tu n'avais pas poussé Gorth au défi parce que tu t'étais déjà secrètement arrangé pour le faire assassiner !

— C'est une accusation terrible ! Terrible.

— Je ne t'accuse pas. Je dis simplement que ce serait ironique. Je sais que tu es ce que tu es ; toute tuerie que tu projettes, elle doit se faire à ciel ouvert. C'est comme ça que marche l'esprit du Taï-pan. Mais pas le mien. Jamais. J'en ai assez de prendre des gens au piège, de me servir d'eux. Je ne suis pas toi, et je ne le serai jamais. Il faudra que tu me supportes du mieux que tu pourras. Et si la Noble Maison meurt entre mes mains — eh bien, pour parler comme toi, c'est le joss. Tu auras sauvé la face. Tu quitteras la place en tant que Taï-pan, *le* Taï-pan, quoi qu'il arrive ensuite. Je ne te comprendrai jamais et je sais que tu ne me comprendras jamais. Mais nous pouvons quand même être amis.

— Mais bien sûr, nous sommes amis ! Une seule chose — promets de ne jamais t'associer avec Brock !

— Quand je serai Taï-pan, je ferai ce que je jugerai bon pour la Maison. Ce ne sera plus toi qui décideras. C'est la loi que tu as faite, celle à laquelle j'ai juré d'obéir. »

Dans le lointain, les cloches de la cathédrale se mirent à sonner.

« Tu dîneras avec nous, ce soir ? Au club ?

— Sûr. »

Culum partit. Struan resta assis à son bureau.

Comment puis-je enflammer Culum ? se demanda-t-il, et il ne trouva pas de réponse.

Il demanda son secrétaire et prit des dispositions pour que toutes les affaires de la compagnie soient conclues avant qu'il retourne à Hong Kong, puis il sortit.

Sur le chemin de la maison de May-may, il songea à Brock. Est-ce qu'il surgira en trombe au club, ce soir, comme l'a fait Gorth ?

Struan s'arrêta un moment et regarda au large. Le *White Witch* et le *China Cloud* étaient merveilleux sous le soleil de l'après-midi. Ses yeux glissèrent sur les toits de Macao, et sur la cathédrale. Pourquoi diable ce démon d'évêque n'a-t-il pas mis un juste prix à son cinchona ? Sois juste toi-même, Dirk. C'est pas un démon. Sûr, mais il t'a pris au piège. Maintenant, tu ne pourras plus jamais l'oublier jusqu'à la fin de ta vie — et tu feras toutes sortes de dons à l'Église. Et des faveurs aux démons catholiques. Est-ce que ce sont des démons, au fond ? Allons, la vérité.

Non.

Le seul démon que tu aies connu, c'est Gorth, et Gorth est mort — fini. Grâce à Dieu !

Sûr. Gorth est mort. Mais pas oublié.

# LIVRE SIXIÈME

# 42

Le *China Cloud* appareilla à l'aube. La mer était calme, le vent d'est bien établi. Mais au bout de deux heures de route, la brise fraîchit et Struan quitta May-may, la laissant dans la cabine principale, et monta sur le pont.

Orlov examinait le ciel avec attention. Il était clair à l'horizon mais très loin quelques cumulus s'amassaient.

« Pas de danger de ce côté, dit-il.

— Rien de mauvais par là non plus », répondit Struan en désignant la mer.

Il longea le pont, puis il sauta d'un bond dans les enfléchures de la misaine et se mit à grimper avec aisance, agréablement tiraillé par le vent, pour ne s'arrêter qu'au sommet du mât, les pieds calés sur les marchepieds de la vergue de petit cacatois.

Il fouilla le ciel et la mer, cherchant méticuleusement le grain ou le coup de chien qui se préparait peut-être, ou le récif caché, le haut-fond inconnu. Mais aussi loin qu'il pouvait voir, il ne distinguait aucun signe menaçant.

Pendant quelques instants, il savoura la rapidité du beau navire effilé, le vent et l'immensité infinie, en remerciant son joss de vivre et d'avoir May-may guérie. Elle était encore affaiblie, mais en comparaison de la veille, elle était pleine de forces.

Il examina la mâture, les voiles et les haubans à sa portée, puis il redescendit et regagna le gaillard d'arrière. Une heure plus tard, le vent fraîchit encore et le clipper se coucha légèrement, ses basses voiles trempées d'écume.

« Je serai content d'être dans la rade, ce soir, bougonna Orlov.

— Sûr. Vous avez aussi cette impression ?

— J'ai pas d'impression. Je dis simplement que je serai content d'être dans la rade ce soir, grogna Orlov. La mer est belle, la brise est bonne, le temps est clair mais, quand même, y a de la diablerie qui mijote. »

Il cracha un long jus de tabac sous le vent et fit passer sa chique à l'autre joue.

« Il en mijote toujours dans ces eaux, observa Struan.

— Avec votre permission, on va prendre un ris et je vais dire au gabier de sonder et de crier les brasses. Si ça se trouve, c'est rien qu'un foutu haut-fond ou un sale crevard de récif par là, quelque part. »

Orlov frissonna et releva le col de sa vareuse, bien que la journée fût chaude et le vent sûr.

« Oui. »

On envoya le gabier à l'avant, et il commença à annoncer les brasses de fond. Et l'équipage envahit la voilure pour la réduire.

A la fin de l'après-midi, le *China Cloud* était à l'abri dans le chenal ouest, avec l'île de Hong Kong à tribord et le continent à bâbord. La traversée avait été parfaite, sans le moindre incident.

« Je dois me faire vieux, dit Struan avec un rire amer.

— Plus on devient vieux, plus la mer cherche à vous aspirer par le fond, murmura Orlov en contemplant l'horizon sans rancune. Si c'était pas mon beau navire, j'en finirais tout de suite. »

Struan alla à la barre.

« Je vous relève un coup, gabier. Allez faire un tour à l'avant.

— Bien, monsieur. »

Le matelot les laissa seuls sur le gaillard d'arrière.

« Pourquoi ? demanda Struan à Orlov.

— Je sens la mer qui me guette. Elle guette toujours le marin, elle le met à l'épreuve, elle le jauge. Mais vient un temps où elle le guette d'une autre façon, elle est jalouse, sûr, comme la femme qu'elle est. Et aussi dangereuse. (Orlov cracha son tabac par-dessus bord, et se rinça la bouche avec le thé froid du sac de toile accroché près de la roue.) J'ai jamais point fait le curé ni marié personne, avant. C'était bizarre, hé, bougrement bizarre, Taï-pan, de regarder ces deux-là, si jeunes, si enthousiastes, si confiants. Et d'écouter un écho de vous, tout gonflé comme un paon : « Par « Dieu, Orlov, vous allez nous marier, nom de dieu, « je suis le maître du *China Cloud*, par Dieu. Vous « connaissez la loi du Taï-pan, par Dieu ! » Et moi j'étais là à faire des euh et des ah et à lever les bras au ciel en tempêtant et je renâclais terriblement, pour lui donner de la face, tout en sachant bien tout le temps que le vieux Taï-pan tirait les ficelles. Ouais, de quoi rire. Mais j'ai bien joué la comédie et je l'ai laissé me commander, comme c'est que vous vouliez qu'il me commande. C'était comme qui dirait mon cadeau de mariage au gamin. Je vous ai pas dit notre marché ?

— Non.

— Mariez-nous et vous conserverez votre navire, bon dieu. Sinon, je vous chasserai des mers, par Dieu. Bah, je les aurais mariés quand même, tiens, dit Orlov en riant.

— J'étais en train de songer à vous retirer votre navire moi-même. »

Le sourire d'Orlov s'effaça.

« Quoi ?

— Je songe à réorganiser la compagnie, à placer la flotte sous l'autorité d'un seul homme. Vous aimeriez ça ?

— A terre ?

— Sûr, bien sûr, à terre. On peut pas diriger une flotte entière du gaillard d'arrière d'un clipper ! »

Orlov crispa le poing et le secoua sous le nez de Struan.

« Vous êtes un démon monté de l'enfer ! Vous me tentez avec un pouvoir dépassant mes rêves, pour m'ôter la seule chose que j'aime au monde. Sur un gaillard, j'oublie ce que je suis, bon Dieu, vous le savez bien ! A terre, qu'est-ce que je suis, hein ? Stride Orlov le bossu !

— Vous pourriez être Stride Orlov, taï-pan de la plus noble flotte du monde. Il me semble que c'est un travail d'homme. »

Le regard de Struan ne quittait pas celui du bossu. Orlov fit demi-tour, courut au bordé du vent et se mit à débiter une tempête de jurons russes et norvégiens. Enfin, un peu calmé, il revint vers Struan.

« Ça serait pour quand ?

— La fin de l'année. Plus tard, peut-être.

— Et mon voyage dans le Nord ? Les fourrures ? Vous avez oublié ?

— Vous voudriez l'annuler, non ?

— Qu'est-ce qui vous donne le droit de tirer les ficelles du monde entier, hé ?

— Gabier ! A l'arrière ! »

Struan lui rendit la barre au moment où le *China Cloud* débouchait du chenal dans les eaux calmes de la rade. Devant eux, à un mille sur bâbord avant, la péninsule de Kowloon avançait vers la baie. De chaque côté, la terre était aride et desséchée. Ils doublèrent le promontoire rocheux, et se dirigèrent majestueusement vers le nouveau port.

« Alors ? dit Struan à Orlov.

— J'ai pas le choix. Je vous connais quand vous avez une idée en tête. Vous me débarqueriez sans hésiter. Mais j'ai des conditions.

— Quelles ?

— D'abord, je veux le *China Cloud*. Pour six mois. Je veux rentrer chez nous. Une dernière fois. »

Ou bien ta femme et tes fils reviendront avec toi, ou bien ils voudront rester, se dit Orlov. Ils resteront et ils te cracheront à la figure et ils te maudiront jusqu'en enfer et t'auras encore gaspillé six mois de ta vie.

« Accordé. Dès que j'aurai un nouveau clipper, le *China Cloud* est à vous. Vous rapporterez une cargaison de fourrures. Ensuite ?

— Ensuite, Taï-pan, votre loi ; que lorsque vous êtes à bord, vous êtes capitaine. Je veux que ça marche pour moi.

— Accordé. Ensuite ?

— Y a pas d'ensuite.

— Nous n'avons pas discuté argent.

— La vérole de l'argent ! Je serai taï-pan de la flotte de la Noble Maison. Qu'est-ce qu'un homme peut désirer de plus ? »

Struan avait une réponse à cela. *May-may*. Mais il se tut. Ils se serrèrent la main pour sceller le marché, et quand le navire fut à un quart de mille de Kowloon, Struan ordonna un changement de cap et fit entrer le *China Cloud* dans la rade proprement dite.

« Tout le monde sur le pont ! Paré à manœuvrer ! Prenez la relève, capitaine. Accostez bord contre bord au *Resting Cloud*. Nos passagers transborderont en premier. Ensuite, au mouillage de tempête. »

Struan examina la côte à la jumelle. Il voyait maintenant les profondeurs de la Vallée Heureuse, les bâtiments abandonnés, la solitude. Il déplaça légèrement les jumelles et les mit au point ; les sites en construction de la nouvelle Queen's Town à la pointe de Glessing se précisèrent. Il voyait l'échafaudage déjà terminé de son nouvel immense comptoir et les coolies grouillant comme des fourmis, qui portaient des briques, creusaient, élevaient des murs. Il y avait aussi des échafaudages sur la colline où il avait ordonné que l'on érigeât la Grande Maison. Et il distinguait l'étroit ruban de route qui serpentait à présent vers le sommet.

Tai Ping Shan s'était encore étendu. Là où quelques centaines de sampans avaient fait la navette entre l'île et le continent, ils étaient à présent plus d'un millier.

Il y avait davantage de bâtiments de guerre et de transports de troupes et quelques navires marchands de plus, aussi. Des maisons, des cabanes, des abris provisoires s'étalaient de part et d'autre de Queen's Road, le long de la côte. Toute la plage bouillonnait d'activité.

Le *China Cloud* salua le navire amiral en contournant la pointe et un coup de canon lui répondit.

« Signal du navire amiral, capitaine ! » cria la vigie.

Struan et Orlov braquèrent leurs jumelles sur les signaux battants et lurent : Capitaine demandé à bord au rapport immédiatement. »

« Je l'accoste ? demanda Orlov.

— Non. Faites-moi mettre mon canot à la mer quand nous serons à deux encâblures. Vous êtes responsable du transbordement de mes passagers à bord du *Resting Cloud*. Sans des yeux à renifler partout, hé ?

— Laissez-moi faire. »

Struan descendit et dit à May-may qu'il la verrait bientôt, et à Yin-hsi et à Ah Sam de se préparer au transbordement.

Orlov contemplait amoureusement son navire. Un poste à terre, hé ? Ma foi, on verra bien. Il y a encore bien des milles à couvrir, se dit-il. Le diable l'emporte. Oui, mais je me battrais contre le Diable en personne, pour ce diable-là, le chiot d'Odin ! Il a besoin d'un homme comme moi. Mais il a raison, encore une fois. Ce serait un travail *d'homme* !

Cette idée lui fit chaud au cœur.

Struan poussa la porte de la grande cabine du navire amiral.

Longstaff se précipita sur lui, en proie à la plus vive agitation, et lui secoua sous le nez un numéro de l'*Oriental Times*.

« Dirk ! Par la mordieu, nous sommes ruinés ! Vous avez vu ça ? Ruinés ! Ruinés ! »

Struan prit le journal. Le grand titre de la page éditoriale intérieure lui sauta aux yeux : LE MINISTRE DES AFFAIRES ÉTRANGÈRES RÉPUDIE LES MARCHANDS CHINOIS.

« Non, Will, dit-il.

— Par tout ce qu'il y a de sacré, comment ose-t-il faire une chose aussi stupide, quoi ? Fieffé imbécile ! Qu'allons-nous faire ?

— Laissez-moi lire ça, Will. Ensuite, je verrai de quoi il s'agit au juste.

— Ce crétin de Cunnington a résilié notre traité, voilà de quoi il s'agit. Et je suis saqué ! Révoqué ! Remplacé ! Moi ! Comment ose-t-il ? »

Struan haussa les sourcils et siffIota.

« Vous n'avez pas encore été informé par dépêche officielle ?

— Mais non, naturellement ! Qui diable va informer un plénipotentiaire, voyons, quoi !

— C'est peut-être une fausse nouvelle ?

— Ce Skinner jure qu'elle est vraie. Cela vaudra mieux pour lui, sinon je lui intente un procès en diffamation, par Dieu !

— Quand est-ce sorti, Will ?

— Hier. Comment diable ce grotesque poussah obèse de Skinner a-t-il pu mettre ses sales pattes graisseuses sur une dépêche secrète que je n'ai même pas encore reçue ? Il mérite le fouet ! »

Il se versa un verre de porto, le vida, s'en versa un autre et rebut.

« Pas fermé l'œil, la nuit dernière, terriblement

soucieux de mon avenir en Asie. Lisez, lisez ! Sale foutu Cunnington de malheur ! »

Au fur et à mesure qu'il lisait, Struan se sentait bouillir. Bien que l'article présentât ostensiblement les faits dans leur simplicité et répétât la dépêche mot pour mot, exactement comme Crosse l'avait écrite à Struan, l'éditorial de Skinner laissait entendre que Cunnington, bien connu pour sa façon impérieuse de traiter les affaires étrangères, avait totalement répudié non seulement le traité mais tout l'ensemble du commerce et des échanges avec l'Asie et la Royal Navy et l'armée par-dessus le marché.

« Lord Cunnington, qui n'est jamais allé plus à l'est que Suez, se prononce comme un expert sur la valeur de Hong Kong. Il est plus que probable qu'il ne sait pas si Hong Kong est à l'ouest de Pékin, au nord ou au sud de Macao. Comment ose-t-il laisser supposer que l'amiral de notre glorieuse flotte est un sac de vent et ne connaît rien à la mer et qu'il est incapable de comprendre la valeur historique de la plus vaste rade d'Asie ? Où serions-nous sans la Royal Navy ? Où, sans l'armée, qui est également méprisée — non, insultée — par la stupide interférence dans nos affaires ? Sans Hong Kong, où les soldats trouveront-ils un havre et nos navires un sanctuaire ? Comment cet homme, qui est depuis bien trop longtemps au gouvernement, ose-t-il prétendre que la longue expérience de tous les marchands sans exception qui tous ont à juste titre investi leur avenir et leur fortune à Hong Kong, ne compte pas et qu'ils sont des imbéciles ? Comment ose-t-il faire entendre que ceux qui ont donné leur vie en Chine pour la gloire de l'Angleterre ne connaissent rien aux affaires de Chine ni de l'immense valeur d'un port franc, centre commercial et forteresse dans une île... »

L'article évaluait l'île et décrivait comment, à grands frais et à leurs propres risques, les marchands avaient construit dans la Vallée Heureuse et, lorsqu'elle avait dû être abandonnée, s'étaient remis au travail avec acharnement pour construire une nouvelle ville, à la gloire de la Couronne. C'était un chef-d'œuvre de manipulation des nouvelles.

Struan dissimula son ravissement. Il savait que si lui-même qui avait soufflé l'histoire — pouvait être ému par un tel éditorial, les autres seraient emportés !

« Par exemple ! Je suis profondément choqué. Qu'il ait osé... ! Ce Cunnington devrait être mis en accusation !

— Mon avis, absolument, s'exclama Longstaff. Eh bien, voilà. Maintenant, je suis saqué. Tout le travail et le souci et l'angoisse et les discussions et les batailles, tout cela à vau-l'eau par la faute de ce fou furieux stupide et mégalomane qui se croit le maître du monde !

— Du diable s'il s'en tirera comme ça, Will ! Nous devons faire quelque chose ! Ah ! non, ça ne se passera pas comme ça !

— Mais ça s'est passé, nom de Dieu ! »

Longstaff vida son verre de porto, le plaqua rageusement sur la table et se mit à marcher de long en large, les mains derrière le dos. Struan avait presque pitié de lui.

« Qu'est-ce qui va se passer, quoi ? Ma carrière est fichue, fichue. Nous sommes tous ruinés !

— Qu'avez-vous fait à ce sujet, Will ?

— Rien, grommela Longstaff en s'arrêtant devant sa fenêtre. Cette maudite île est la cause de tout. Un fichu récif d'enfer, qui m'a démoli. Qui nous détruit tous ! Hier, dit-il plus calmement, en se retournant, il y a eu presque une émeute. Des marchands sont venus ici en députation pour me demander de refuser de partir. Une autre députation est arrivée sous les ordres de Brock, exigeant que je quitte immédiatement l'Asie avec la flotte pour aller me présenter à Londres et réclamer la mise en accusation de Cunnington et, s'il le faut, faire le blocus du port de Londres !... Enfin, c'est ma faute. J'aurais dû suivre mes instructions à la lettre. Mais ça n'aurait pas été juste. Je ne suis pas un conquérant avide de puissance et de terres. Ah ! vérole de Dieu, tiens ! »

Il se jeta dans un fauteuil, regarda Struan, et lui dit, plus calmement :

« L'amiral et le général sont enchantés, naturellement. Vous buvez quelque chose ?

— Merci. Tout n'est pas perdu, Will, répondit Struan en allant se verser un cognac. Au contraire. Une fois à Londres, vous pourrez mettre votre influence au travail.

— Hein ?

— Ce que vous avez fait ici est très bien. Vous pourrez en convaincre Cunnington. S'il est encore en poste. Face à face, votre position est très forte. Vous avez le droit pour vous. Absolument.

— Avez-vous déjà rencontré Cunnington ? demanda amèrement Longstaff. On ne discute pas avec ce monstre.

— Exact. Mais j'ai quelques amis. Supposons que vous ayez une clef pour prouver que vous avez raison et qu'il a eu tort ? »

Les yeux de Longstaff s'allumèrent. Si Struan n'était pas affolé par la terrible nouvelle, alors tout n'était pas perdu.

« Quelle clef, mon cher ami ? »

Struan goûta son cognac, le dégusta lentement.

« Les diplomates sont permanents ; les gouvernements changent. Avant que vous arriviez à Londres, Peel sera Premier ministre.

— Impossible !

— Très probable. Supposons que vous apportiez des nouvelles de la plus haute importance, prouvant que Cunnington est un idiot. Comment seriez-vous considéré par Peel et les Conservateurs, à votre avis ?

— Admirablement ! Parole d'honneur ! Quelle nouvelle, Dirk ! Et... »

Un fracas dans la coursive l'interrompit. Brock fit irruption dans la cabine, échappant à une malheureuse sentinelle qui tentait de se cramponner à ses basques. En un éclair, Struan fut debout, la main près de son couteau.

La figure de Brock grimaçait de haine.

« Ils sont mariés ?

— Sûr.

— Gorth a été assassiné ?

— Sûr.

— Quand arrive le *White Witch* ?

— Avant la nuit, je pense. Ils devaient appareiller dans la matinée.

— D'abord, j'ai à causer à Liza. Ensuite aux deux-là. Et enfin, bon dieu de dieu, c'est à toi que je dirai deux mots ! »

Il sortit en coup de vent. Longstaff renifla.

« Grossier personnage ! Il aurait pu frapper, il me semble. »

Struan se détendit, comme un chat lorsque le danger est passé, les muscles assouplis mais prêts à se bander à la première menace, et les yeux toujours sur le qui-vive.

« Vous n'avez rien à craindre de Cunnington, Will. Il est fini.

— Oui, bien sûr, Dirk. Et bon débarras ! »

Longstaff regarda la porte, se rappela le combat de boxe et se dit que la lutte entre Brock et Struan serait tout aussi impitoyable.

« Qu'est-ce qu'il a, Brock, hé ? Est-ce qu'il va vous provoquer ? Naturellement, j'ai entendu parler de votre altercation avec Gorth. Les mauvaises nouvelles ont la fâcheuse habitude de voyager vite, quoi ? Triste affaire. Une chance qu'il ait été tué par d'autres.

— Sûr. »

Maintenant que le danger était passé, Struan éprouvait comme une vague nausée.

« Mais qu'est-ce qui a pris, à ces deux enfants, de se marier comme ça ? Il est normal que Brock perde la tête. Petits imbéciles !

— Non, Will. Ce qu'ils avaient de mieux à faire.

— Bien sûr. Si vous le dites... »

Longstaff se demanda si les bruits qui couraient étaient fondés, si réellement le Taï-pan avait délibérément précipité le mariage et provoqué le duel. Le Taï-pan était astucieux...

« Et Peel, Dirk ?

— Vous êtes un diplomate. Les diplomates ne devraient pas être affiliés à un parti, ou tout au moins ils devraient être de tous les partis et bien vus de chacun.

— C'est entièrement mon avis. Alors... Vous voulez dire, que je devienne conservateur ? que je soutienne Peel ?

— Soyez Whig et Conservateur à égalité. Hong Kong est bon pour l'Angleterre. Vous êtes Hong Kong, Will. Cette histoire, dit Struan en agitant le journal, est peut-être un sacré coup de chance pour vous. Elle prouve que Cunnington est non seulement un crétin mais un bavard. C'est choquant de prendre connaissance d'une dépêche secrète par les journaux ! »

Il parla alors du contenu du portefeuille, mais à peine de quoi donner le vertige à Longstaff.

« Dieu de Dieu ! »

Si, comme le laissait entendre le Taï-pan, il y avait une copie du rapport secret avec des cartes des zones frontières russo-chinoises et des territoires voisins, Dieu de Dieu, ce serait un passeport pour une ambassade et, qui sait ? la pairie !

« D'où vous viennent ces documents ?

— D'une source digne de confiance, indiscutablement. Je le remettrai entre vos mains avant votre départ. Faites-en l'usage qui vous conviendra. Ces documents prouvent irréfutablement, en tout cas, que vous avez raison et Cunnington tort, en dehors de tout le reste.

— Voulez-vous dîner avec moi, Dirk ? proposa joyeusement Longstaff, qui se sentait revivre. Nous pourrions bavarder du bon vieux temps.

— Pas ce soir, si vous m'excusez. Demain, peut-être ?

— Parfait. Merci. Et je suis si heureux que notre jugement trouve sa justification !

— Une autre chose, la dernière, exige votre attention immédiate. Les Triades.

— Hein ?

— Gorth Brock a été assassiné par des Triades de Hong Kong, venus de Tai Ping Shan.

— Parole d'honneur ! Pourquoi ?

— Je ne sais pas. »

Struan lui rapporta ce que lui avait dit l'officier portugais, au sujet des Triades. Et de Gordon Chen. Il savait qu'il devait confier ce renseignement à Longstaff, sinon cela donnerait l'impression qu'il cherchait à protéger son fils, lorsque le rapport officiel lui parviendrait. Si Gordon faisait partie de cette bande, cela le débusquerait. Sinon, aucun mal n'était fait.

« Par exemple ! Quelle histoire ridicule ! s'écria Longstaff en riant.

— Sûr, répandue par mes ennemis, sans aucun doute. Mais publiez une proclamation au sujet des Triades et donnez au major Trente l'ordre de les écraser sans pitié. Autrement, nous allons avoir tous les maudits mandarins sur le dos.

— Bonne idée. Excellent, morbleu. Je vais demander à Horatio de... Ah ! diable, je lui ai accordé deux semaines de permission à Macao. Puis-je vous emprunter Mauss ?

— Certainement. Je vous l'envoie. »

Struan parti, Longstaff s'assit à son bureau.

« Mon cher Sir William, déclara-t-il à son verre, je nage dans l'euphorie. Pour parler franchement, je suis enchanté de quitter cette île malodorante. Je me moque éperdument de ce qui peut lui arriver — ainsi qu'aux marchands, aux Chinois ou aux foutus Triades. Nous verrons ce que contient ce fameux portefeuille. Et quand nous serons de retour en Angleterre, nous prendrons notre décision. Si Cunnington a été renversé, nous pourrons soutenir Hong Kong, à notre avantage... Si Cunnington est encore en place, je pourrai tomber d'accord avec lui et larguer cette île. Parce que j'aurai les papiers, la clef de la chambre à coucher de n'importe quel ministre des Affaires étrangères et aussi beaucoup de thé. »

Il se renversa dans son fauteuil en éclatant de rire. Quelques jours plus tôt, un émissaire privé de Ching-so était arrivé pour annoncer que les graines demandées par Horatio seraient expédiées dans deux semaines.

« Je dirai, Excellence, que vous n'avez pas perdu votre journée ! » jubila-t-il.

A bord du *Resting Cloud*, Struan trouva May-may déjà couchée dans ses appartements ; elle avait bien meilleure mine et paraissait plus forte.

« Je suis très gracieusement heureuse d'être chez nous, Taï-pan. Là, tu vois ! Ta vieille mère obéit comme un matelot. J'ai bu deux tasses de cinchona et je suis prête à en avaler trois de plus.

— Hein ? grogna Struan, pris de soupçons.

— Mais oui, absolu oui. Et ne me regarde pas comme ça ? C'est la vérité que je dis ! Est-ce que je suis une putain Hoklo. Une mendiante de moins que rien ? Est-ce que je mens comme je parle ? Une promesse est une promesse, et ne l'oublie pas. Naturellement, ajouta-t-elle d'une voix mielleuse, maintenant je prends la potion magique infecte avec du jus de mangue, ce que n'importe quelle femme normale aurait eu l'idée immédiate, mais pas un homme, grands dieux non, c'est bien trop simple. Pffft ! Les hommes ! »

Struan réprima son sourire et sa joie de la voir redevenir elle-même.

« Je vais revenir tout à l'heure. Et toi, reste au lit.

— Ha ! Est-ce que je romps les promesses ? Est-ce que je suis une fiente de tortue de rien ? protesta-t-elle en tendant la main comme une impératrice. Taï-pan ! »

Il lui baisa la main galamment ; elle lui sauta au cou, en éclatant de rire.

« Va vite, mon fils, et pas dans le sale bordel, heya ! »

Struan monta dans sa propre cabine, ouvrit son coffre et prit une des deux copies des rapports et des cartes du portefeuille, qu'il avait fait faire avec soin. Il les glissa dans sa poche, en même temps que le petit sac contenant le restant du cinchona.

Puis il reprit son canot.

« *Boston Princess* », dit-il, nommant le ponton de Cooper-Tillman.

Le soleil vacillait sur l'horizon, mais ses feux semblaient voilés par une brume invisible.

« Qu'est-ce que vous pensez de ça, bosco ?

— Sais pas. J'ai déjà vu ça dans les mers du Sud, avant du beau temps et du mauvais aussi. Si la lune a un halo cette nuit, peut-être bien qu'on va avoir de la pluie. »

Ou pire, se dit Struan. Il se leva et se tourna vers le chenal ouest. Pas le moindre signe du *White Witch*. Ma foi, pensa-t-il, ils ont peut-être attendu, pour appareiller à l'aube. Je ne veux pas encore penser à toi, Tyler.

Le canot accosta le long du *Boston Princess*. C'était

un énorme trois-ponts, un ancien navire marchand converti en ponton et définitivement au mouillage.

Struan escalada l'échelle de coupée et s'adressa à l'officier de pont américain :

« Permission de monter à bord. Mr. Cooper me recevra peut-être. C'est urgent.

— Une minute, monsieur Struan. »

En attendant le retour de l'officier, Struan alluma un cigare et contempla le *China Cloud* qui gagnait son mouillage en eau profonde, face à la Vallée Heureuse.

« Bonjour, Taï-pan, dit Jeff Cooper en s'avançant d'un pas vif. Je suppose que vous êtes au courant de ce que cet imbécile de Cunnington a fait ? Nous avons été navrés d'apprendre le duel, et tout. Est-ce que ces deux jeunes fous se sont mariés ?

— Sûr. Comment va Wilf ?

— Il est mort.

— Damnation ! Quand est-il mort ?

— Il y a trois jours.

— Descendons, voulez-vous ?

— Bon. Qu'est-ce que vous dites du renvoi de Longstaff et de la résiliation du traité ?

— Ça ne veut rien dire. Rien qu'une stupide gaffe politique. Je suis certain qu'elle sera réparée. »

Cooper descendit devant. La cabine principale était luxueuse.

« Cognac ?

— Merci, dit Struan en acceptant. A votre santé.

— Santé. »

Struan ouvrit le petit sac et prit une pincée de cinchona.

« Voyez ça, Jeff ? C'est de l'écorce. De l'écorce de cinchona. On l'appelle quelquefois écorce des jésuites. On en fait une infusion et ça guérit la malaria.

— Vous en êtes sûr ?

— Sûr. Ça a guéri ma maîtresse. Ceci entre nous, mais ça guérit, c'est certain. »

D'une main tremblante, Cooper prit un petit morceau d'écorce.

« Mon Dieu, Taï-pan, souffla-t-il, vous rendez-vous compte de ce que vous avez fait ? Vous rendez-vous compte de ce que vous dites ?

— Sûr. La malaria sévit partout dans le monde. Vous en avez aux États-Unis, en Floride et en Louisiane. Je connais le traitement et comment se procurer l'écorce. Qu'est-ce que ça représente ?

— Un grand service pour l'humanité — et la fortune pour quiconque arrive le premier.

— Sûr. Je vous propose une association... »

Struan remit l'écorce dans le sac et se sentit soudain très triste.

« C'est ironique, non ? Quelques semaines plus tôt, et nous aurions pu sauver Robb et la petite Karen. Et tous les autres. Même Wilf, encore que je le méprisais.

— Il a eu une sale mort.

— Je suis navré. »

Struan goûta son cognac et chassa le passé de son esprit.

« Ma proposition est simple. Nous formons une nouvelle compagnie spécialisée dans l'écorce. Nous avançons des fonds à parts égales. Quatre directeurs, vous et votre adjoint, moi-même et Culum. Vous dirigez la compagnie. Je fournis les connaissances et la matière première et vous commencez l'organisation dès demain. »

Cooper tendit la main.

« Marché conclu. »

Struan lui expliqua comment et par qui il s'était procuré l'écorce et lui parla du navire qu'il avait affrété et qui appareillait le lendemain de Macao pour le Pérou.

« L'évêque m'a fait prévenir que le frère Sébastien serait du voyage. La compagnie sera débitée du coût de cet affrètement, et nous enverrons un autre navire, mais directement d'Amérique. Nous embaucherons deux médecins et deux hommes d'affaires, qui feront le voyage. Ils découvriront tout ce qu'ils pourront sur le cinchona. Le jour du départ du navire américain, nous ferons annoncer la nouvelle aux États-Unis, par l'intermédiaire de vos relations. Nous aurons une bonne avance sur nos concurrents. Nous annoncerons la nouvelle tout de suite, ici, pour lever la malédiction de la Vallée Heureuse. Et dès que nous pourrons, en Europe. Le temps que nos navires soient de retour, les médecins du monde entier réclameront du cinchona à grands cris. Mes navires feront le transport dans l'Empire britannique, vous, vous vous occuperez du continent américain, et nous nous partagerons le reste du monde. Rien qu'en Italie, nous pourrions en vendre à la tonne.

— Qui d'autre est au courant ?

— Vous seul. Aujourd'hui. Si je peux mettre la main sur Skinner, je le lui annoncerai ce soir. Bon, finies les affaires. Comment va Shevaun ?

— Bien et mal. Elle accepte le fait d'être fiancée. Mais je dois reconnaître, malgré tout mon amour, qu'elle ne m'aime pas.

— Allez-vous racheter les parts de Wilf ?

— Pas si Shevaun m'épouse. Si elle n'avait pas consenti, ma foi, ce serait de mauvaise guerre de ne pas le faire. Maintenant que Wilf est mort, je dois me trouver un autre associé. Cela entend que je devrai remettre des parts... enfin, vous connaissez les problèmes.

— Sûr. Et Sergueyev ?

— Oh ! il est toujours là. Sa hanche ne le gêne pas trop. Nous le voyons souvent. Nous dînons avec lui deux ou trois fois par semaine. Il est très attaché à Shevaun, et semble lui plaire, soupira Cooper avec un triste sourire. Elle est à son bord, en ce moment. »

Struan se frotta le menton d'un air songeur.

« Dans ce cas, j'ai un autre coup de dés pour vous. Plus dangereux que le cinchona.

— Quoi donc ?

— Renvoyez Shevaun chez elle pour un an. Lâchez-lui la bride. C'est une pouliche pur sang. Si elle veut revenir à la fin de l'année, vous l'épouserez avec joie. Si elle refuse, vous lui rendez sa liberté. Quoi qu'il en soit, dites-lui que vous continuerez à payer sa « part » à son père sa vie durant. Ses frères peuvent crever. N'oubliez pas que pour l'affaire du cinchona, les relations du sénateur Tillman nous seront précieuses. L'argent que vous lui donnerez fera de nombreux petits. »

Cooper alla prendre une boîte de cigares sur son bureau, pour se donner le temps de la réflexion. Pourquoi le Taï-pan suggérait-il cela ? Avait-il l'intention de se mettre lui-même sur les rangs, auprès de Shevaun ? Non, il n'aurait pas à faire tant de façons. S'il faisait un signe, Shevaun se précipiterait.

« Il va falloir que je réfléchisse, Taï-pan. Un cigare ?

— Non, merci. Et pendant que vous réfléchissez, un troisième coup de dés. Demandez à Sergueyev de lui offrir un passage à son bord. Chaperonnée, bien sûr.

— Vous perdez la tête ?

— Non, petit, dit Struan en tirant de sa poche une copie des documents, soigneusement roulée et nouée d'un ruban vert. Tenez, lisez.

— Qu'est-ce que c'est ?

— Lisez. Prenez votre temps. »

Cooper s'assit à son bureau et dénoua le ruban.

Allons, se dit Struan, le cinchona est lancé. Et Culum ? Le gamin a peut-être raison, il a besoin d'un associé. Jeff serait parfait. Struan-Cooper-Tillman. Ou du moins Struan-Cooper, maintenant nous pouvons oublier Tillman. Pourquoi pas ? Pour Jeff, ce serait fort avantageux. De notre côté, les Américains seraient avantageux pour nous. Jeff est honnête et astucieux. Réfléchis bien. C'est une bonne solution. Longstaff ? Plus grand-chose à faire de ce côté. Une fois hors de ta vue, il fera ce que le prochain homme fort lui dira. Et Skinner ? Jusqu'ici, il a été très bien. Blore ? Le surveiller. Mauss aussi. Et quoi encore ? Ensuite ? Londres et May-may. Orlov a peut-être raison. Ce que tu ressentais, c'était peut-être simplement la mer qui te guettait — tu en as eu pour ton argent. N'écarte pas de telles impressions à la légère.

Inexorablement, son esprit le ramenait à Brock. Sûr. Il va y avoir à tuer. Liza avait raison. Une fois que ça commencera, ça ne finira peut-être jamais. Ou bien ça finira avec nous deux.

Cooper relevait la tête du dossier.

« Qu'y a-t-il de vrai dans tout ça ?

— La source pourrait être qualifiée de sûre, sans le moindre doute. Qu'en pensez-vous ?

— C'est diabolique. Sergueyev est manifestement celui — un de ceux-là, certainement — qui a été envoyé pour se rendre compte de la sphère d'influence britannique en Asie et pour étudier les moyens d'émigration en Alaska russe. »

Cooper mit un peu d'ordre dans ses pensées, puis il dit à Struan :

« Que faire ? Ma foi, je suis votre idée : Shevaun. Sergueyev serait enchanté de l'escorter en Amérique. Elle le séduit, délibérément ou à son insu, et l'emmène à Washington. Le père de Shevaun, qui est l'homme à qui tout ceci doit être confié, indiscutablement, dira à Sergueyev, officieusement, que les États-Unis sont irrités par la Russie et veulent la chasser de l'Alaska. Doctrine Monroe et tout le bazar. Était-ce ce que vous pensiez ?

— Vous êtes un homme habile, Jeff.

— Ces documents font passer Lord Cunnington pour un fieffé crétin.

— Pas de doute.

— Et ils rendent manifestement la nécessité et l'importance vitale de Hong Kong.

— Sûr.

— Maintenant, ce que nous devons établir, c'est comment faire parvenir ces documents rapidement et sûrement entre les mains du sénateur. Ça va faire monter ses actions dans les milieux politiques, alors il en tirera profit tant qu'il pourra. Devons-nous courir le risque de mettre Shevaun au courant, ou simplement lui donner une copie du dossier à remettre à son père ?

— Il ne faut pas le lui laisser lire, ni même lui dire ce qu'il renferme. C'est une femme, après tout. On ne sait jamais de quoi les femmes sont capables. Elle pourrait tomber amoureuse de Sergueyev. Alors elle larguerait les États-Unis d'Amérique, parce que la logique féminine lui dit qu'elle doit protéger le conjoint, sans tenir compte de l'héritage ni du reste. Ce serait désastreux que Sergueyev sache que nous sommes au courant de tout ce qu'il y a dans ce dossier.

— J'aimerais réfléchir à tout cela, dit Cooper en renouant le ruban. Je vais vous paraître pompeux, mais ma patrie saura vous remercier.

— Je ne veux pas de remerciements, Jeff. Mais ça me rendrait peut-être service si le sénateur Tillman et d'autres diplomates commençaient à tourner en ridicule la gaffe de Lord Cunnington au sujet de cette région-ci.

— Oui. Considérez que c'est fait. Au fait, vous me devez vingt guinées.

— Pour quoi ?

— Vous avez oublié notre pari ? A propos du nu ? Le premier jour, Dirk. La peinture d'Aristote, représentant la prise de possession de l'île, entrait dans le pari, souvenez-vous.

— Sûr. Qui est-ce ? » demanda Struan.

Vingt guinées, ce n'est pas beaucoup contre l'honneur d'une femme, pensa-t-il. Sûr, mais, sangdieu, j'aimais bien ce tableau.

« Shevaun. Elle me l'a dit il y a deux jours. Elle m'a dit qu'elle allait se faire peindre, comme la duchesse d'Albe.

— Vous allez la laisser faire ?

— Je ne sais pas. »

Un léger sourire éclaira les traits de Cooper, et en chassa, momentanément, l'angoisse habituelle.

« Le voyage en mer mettrait fin à cette histoire, n'est-ce pas ?

— Pas avec cette fillette. Je vous ferai porter une bourse demain. Si j'ai bonne mémoire, le perdant s'engageait à faire peindre le gagnant sur le tableau. Ce sera fait.

— Peut-être accepteriez-vous la peinture ? En cadeau. Je demanderai à Aristote de nous peindre tous les deux dessus, hé ?

— Ma foi, merci. Ce tableau m'a toujours bien plu. »

Cooper agita le rouleau de papiers.

« Nous reparlerons de tout cela demain. J'aurai pris une décision, sur le voyage de Shevaun.

— Très bien. Mettez les documents dans votre coffre-fort, pour plus de sécurité.

— Oui. Merci de votre confiance, Taï-pan. »

Struan descendit à terre et se rendit au bureau provisoire qu'il avait fait installer sur les nouvelles parcelles du bord de mer. Vargas l'y attendait.

« Commençons d'abord par toutes les mauvaises nouvelles, Vargas.

— Nous avons reçu un rapport de nos agents à Calcutta. Il semblerait que le *Gray Witch* a trois jours d'avance sur le *Blue Cloud*.

— Ensuite ?

— Les prix de la construction sont énormes, senhor. Après l'éditorial d'hier, ma foi, j'ai interrompu tous les travaux. Peut-être devrions-nous limiter les pertes.

— Faites reprendre le travail immédiatement et doublez notre main-d'œuvre demain.

— Bien, senhor. Les nouvelles de la bourse de Londres sont mauvaises. Le marché est très instable. Le budget n'a pas encore été équilibré et on s'attend à une crise financière.

— C'est normal. Vous n'avez donc pas de désastre particulier à rapporter ?

— Aucun, senhor. Naturellement, les vols sont incroyablement fréquents. Depuis votre départ, il y a eu trois actes de piraterie et une douzaine de tentatives. Deux jonques pirates ont été capturées et les équipages au complet pendus en public. Quarante à cinquante voleurs et coupe-jarrets sont fouettés tous les mercredis. Il ne se passe guère de nuit qu'une maison ne soit cambriolée. Désolant. Ah ! au fait, le major Trent a ordonné un couvre-feu pour tous les Chinois, au coucher du soleil. Il semble que ce soit le seul moyen de les maîtriser.

— Où est Mrs. Quance ?

— Toujours sur le petit ponton, senhor. Elle a fait annuler son passage pour l'Angleterre. Apparemment, le bruit court que le senhor Quance est toujours à Hong Kong.

— L'est-il ?

— Je n'aimerais pas penser que nous avons perdu l'immortel Quance, senhor.

— Et où en est notre Mr. Blore ?

— Il dépense de l'argent comme si les rochers de Hong Kong étaient en or massif. Naturellement, ce n'est pas notre argent, dit Vargas en essayant de ne pas montrer sa désapprobation, mais les « fonds du Jockey Club ». Je crois comprendre que le club ne doit pas faire de bénéfices, et que tous les profits doivent aller à l'amélioration de l'hippodrome, des chevaux, et tout. Il paraît que le senhor Blore organise un combat de coqs. Sous les auspices du Jockey Club. »

Le visage de Struan s'éclaira.

« Parfait. Quand doit-il avoir lieu ?

— Je ne sais pas, senhor.

— Et que fait Glessing ?

— Tout ce que doit faire un capitaine de port. Mais j'entends dire qu'il est furieux contre Longstaff qui lui interdit d'aller à Macao. Le bruit court qu'il va être renvoyé en Angleterre.

— Mauss ?

— Ah ! le révérend Mauss ! Il est revenu de Canton et a pris une chambre à l'hôtel.

— Pourquoi le « ah ! », Vargas ?

— Pour rien, senhor. Rien qu'une autre rumeur, répondit le Portugais en se maudissant d'avoir trop parlé. Eh bien, il semblerait... naturellement les catholiques le réprouvent et sont affligés que tous les protestants n'aient pas les mêmes croyances que nous, pour le salut de leurs âmes. Quoi qu'il en soit, il a un disciple bien-aimé, un Hakka baptisé nommé Hung Hsiu-ch'uan.

— Est-ce que Hung Hsiu-ch'uan aurait quelque chose à voir avec le Hung Mun ? Les Triades ?

— Oh ! non, senhor. C'est un nom courant.

— Ah ! oui, je le remets. Un grand bonhomme, l'air bizarre. Continuez.

— Eh bien, il n'y a plus grand-chose. C'est simplement qu'il s'est mis à prêcher les Chinois de Canton, à l'insu du révérend Mauss, en se faisant appeler le frère de Jésus-Christ, et il dit qu'il parle à son père, à Dieu, toutes les nuits. Qu'il est le nouveau Messie, qu'il va chasser les marchands du temple, comme l'a fait son frère, et un tas de sornettes idolâtres. Il est manifestement fou. Si ce n'était pas sacrilège, ce serait très amusant. »

Struan songea à Mauss. L'individu lui plaisait, et lui faisait pitié. Et puis il se rappela les paroles de Sarah. Sûr, se dit-il, tu as utilisé Wolfgang de bien des manières. Mais en retour, tu lui as donné ce qu'il désirait, l'occasion de convertir les païens. Sans toi, il y a longtemps qu'il serait mort. Sans toi... laisse donc. Mauss a son propre salut à trouver. Les voies de Dieu sont bougrement étranges.

« Qui sait, Vargas ? Hung Hsiu-ch'uan est peut-être ce qu'il prétend. Mais, ajouta-t-il en voyant le Portugais se hérisser, je suis d'accord. C'est pas amusant. Je parlerai à Wolfgang. Merci de me l'avoir dit. »

Vargas s'éclaircit la gorge.

« Est-ce que je pourrais avoir un congé, la semaine prochaine ? Cette chaleur et... ma foi, ce serait bon de revoir ma famille.

— Sûr. Prenez deux semaines, Vargas. Et je crois que ce serait bon pour la communauté portugaise d'avoir son propre club. Je vais lancer une souscription. Vous êtes nommé trésorier provisoire et secrétaire. »

Il griffonna rapidement quelques mots sur une feuille de papier et la tendit à Vargas.

« Encaissez ceci tout de suite. »

C'était un effet de mille guinées. Vargas en était suffoqué.

« Merci, senhor.

— Pas de merci. Sans le soutien de la communauté portugaise, nous n'aurions pas de communauté.

— Mais sûrement, senhor, cette nouvelle... l'éditorial ! Hong Kong est fini ! La Couronne a résilié le traité. Doubler la main-d'œuvre ? Mille guinées ? Je ne comprends pas.

— Hong Kong est vivant, tant qu'un seul marchand y demeure, tant qu'un navire mouille dans la rade. Ne vous inquiétez pas. Pas de messages pour moi ?

— Mr. Skinner a fait savoir qu'il aimerait vous voir, à votre convenance. Mr. Gordon Chen aussi.

— Faites dire à Skinner que je passerai au journal ce soir. Et à Gordon que je le verrai à bord du *Resting Cloud* à huit heures.

— Très bien, senhor. Ah ! autre chose. Vous vous souvenez, Ramsey ? Le matelot qui a déserté ? Eh bien, depuis, il vivait dans une grotte, dans les montagnes, comme un ermite. Sur le Peak. Il volait de quoi manger dans le village de pêcheurs d'Aberdeen. Il paraît qu'il y a violé plusieurs femmes et les Chinois se sont emparés de lui, l'ont ligoté et remis aux autorités. Il a été jugé hier. Cent coups de fouet et deux ans de bagne.

— Ils auraient aussi bien pu le pendre, grommela Struan. Il ne survivra pas deux ans. »

Les bagnes étaient mortels, indescriptibles.

« Oui, c'est terrible. Merci encore, senhor. Notre communauté saura l'apprécier. Merci. »

Vargas sortit mais reparut aussitôt.

« Excusez-moi, Taï-pan. Il y a là un de vos matelots. Le Chinois Fong.

— Faites-le entrer. »

Fong entra en se courbant en deux. Struan examina le Chinois trapu, au visage grêlé de petite vérole. Depuis trois mois qu'il était à bord, il avait beaucoup changé. Maintenant, il portait avec aisance le costume de marin européen, sa longue natte soigneusement roulée dans le bonnet de laine. Son anglais était passable. Excellent marin. Obéissant, docile, apprenant vite.

« Que fais-tu à terre ?

— Capitaine dit pouvoir, Taï-pan. Ma bordée de terre.

— Que me veux-tu, Fong ? »

Fong tendit un bout de papier froissé. L'écriture était enfantine : « Aberdeen. Même endroit. Huit coups, dernier quart. Venez seul. » C'était signé : « Le papa à Bert et Fred ».

« D'où tiens-tu ça ?

— Coolie m'a arrêté, m'a donné.

— Tu sais ce qui est écrit ?

— Je lis, oui. Pas facile lire. Très difficile, ça ne fait rien. »

Struan relut encore une fois le billet.

« Le ciel. Tu l'as remarqué ?

— Oui, Taï-pan.

— Qu'est-ce qu'il te dit ? »

Fong savait qu'on le mettait à l'épreuve.

« Tai-fung, dit-il.

— Combien de temps ?

— Sais pas. Trois jours, quatre, plus, moins. Tai-fung, ça ne fait rien. »

Le soleil avait déjà plongé derrière l'horizon, la nuit tombait vite. Des lanternes s'allumaient le long de la plage et sur les sites en construction. Le voile qui recouvrait le ciel s'était épaissi. Une gigantesque lune sanglante semblait accrochée à dix degrés au-dessus de l'horizon clair.

« Je crois que tu as un bon nez, Fong.

— Merci, Taï-pan. »

Struan agita le papier.

« Qu'est-ce que ton nez te dit, pour ça ?

— Pas y aller seul », répondit Fong.

## 43

AVEC la nuit, le ciel se couvrit et l'humidité augmenta. Les marchands chinois, habitués depuis longtemps aux humeurs du vent et de la mer, comprirent que la pluie ne tarderait pas. Les nuages annonçaient simplement la première des pluies de la saison, qui soulagerait momentanément de la touffeur moite et de la poussière. Une simple averse, si le joss était avec eux. Si leur joss était mauvais, ce serait une tempête. Et le joss seul déciderait si la tempête se transformerait en typhon.

« J'ai chaud, Taï-pan, soupira May-may, qui s'éventait dans son lit.

— Moi aussi, répliqua Struan. Je t'avais dit de rester à Macao. Il y fait bien plus frais.

— C'est possible, mais je n'aurais pas le plaisir de te dire que j'ai chaud, bon dieu !

— Je te préférais quand tu étais malade. Pas d'insolences, alors, et pas de jurons vulgaires. »

May-may laissa échapper un soupir forcé.

« Taï-pan veut-ah cow chillo jig-jig, Massi ? peux, oh ko, ça ne fait rien ! »

Struan s'approcha du lit et May-may recula.

« Non, Taï-pan, je plaisantais ! »

Il la prit dans ses bras et la serra très fort.

« Ah ! fillette, guéris vite, c'est la seule chose qui importe ! »

Elle portait une tunique de soie bleu pâle, et ses cheveux étaient élégamment coiffés, son parfum enivrant.

« Je te défends bien d'aller dans les maisons à filles, heya !

— Ne sois pas bête. »

Il acheva de s'habiller, glissa son couteau dans la petite gaine noire et la dague dans sa botte gauche, puis il renoua proprement ses cheveux sur la nuque avec un ruban.

« Pour quoi faire tu coupes les cheveux, Taï-pan ? Laisse pousser une natte comme une personne civilisée. Très joli. »

Lim Din frappa et entra.

« Massi ? Massi Chen ici. Peut ?

— Voir cabine à moi.

— Tu redescendras, Taï-pan ?

— Non, fillette. Je vais directement à terre.

— Demande à Gordon de me voir, oui ?

— Sûr.

— Où tu vas ?

— Je sors, bon Dieu. Et je te conseille d'être sage en mon absence. Je ne serai rentré qu'après minuit. Mais je passerai te voir !

— Oui, oh ! oui, ronronna-t-elle, mais réveille-moi si je dors. Ta vieille mère aime savoir son fils sain et sauf. »

Il lui caressa tendrement la joue et monta à sa cabine sur le pont supérieur.

« Bonsoir, Gordon. »

Gordon Chen paraissait extrêmement soucieux.

« Bonsoir, Taï-pan. Je suis si heureux d'apprendre la bonne nouvelle du cinchona. Comment va la Dame T'chung ?

— Très bien, merci.

— Je suis désolé que mes pitoyables efforts aient été vains.

— Merci d'avoir tout essayé. »

Gordon Chen était affreusement vexé, parce qu'il avait consacré un bon nombre de taels aux recherches, mais cette vexation n'était rien à côté de son angoisse pour Hong Kong. Toute la hiérarchie des Triades de Canton était en effervescence, après la divulgation de la dépêche d'Angleterre. Il avait été convoqué par Jin-qua qui lui avait ordonné de sonder le Taï-pan et d'employer tout le pouvoir des Triades et tous les moyens nécessaires — de l'argent, des pots-de-vin, un commerce accru — pour empêcher les barbares de quitter l'île.

« Il s'agit d'une affaire de la plus haute importance, Taï-pan, sinon je ne me serais pas permis. Hong Kong. Cet éditorial. Est-ce vrai ? Si c'est vrai, nous sommes perdus. Ruinés.

— Il paraît que tu es le Taï-pan des Triades de Hong Kong ?

— Quoi ?

— Taï-pan des Triades de Hong Kong, répéta paisiblement Struan, et il lui apprit ce qu'avait dit l'officier portugais. C'est stupide, non ?

— Pas stupide, Taï-pan, vraiment terrible ! Un mensonge éhonté, scandaleux ! »

Si Gordon avait été seul, il se serait déchiré les vêtements en poussant des cris de rage.

« Pourquoi les Triades auraient-ils assassiné Gorth ?

— Je ne sais pas. Comment voulez-vous que je sache ce que font ces anarchistes ? Taï-pan des Triades ? Moi ? Quelle infecte accusation ! »

Ma vie ne vaut pas le prix d'un excrément de coolie, se hurlait-il. Le traître ! Comment ose-t-il divulguer des secrets ? Allons, ressaisis-toi. Le Taï-pan des barbares te regarde et tu ferais bien de lui donner une réponse habile.

« Je n'en ai pas la moindre idée. Dieu du ciel ! Des Triades à Tai Ping Shan, sous mon nez ! Abominable !

— As-tu des ennemis qui feraient courir un pareil bruit ?

— Je dois en avoir, Taï-pan. Seigneur ! Je me demande...

— Quoi donc ?
— Eh bien, je... vous êtes mon père. Se pourrait-il qu'on cherche à vous attaquer, à travers moi ?
— C'est possible, Gordon. Il est possible aussi que tu sois vraiment le chef des Triades.
— Un anarchiste ? Moi ? »
Oh ! dieux, pourquoi m'avez-vous abandonné ? J'ai dépensé cinquante taels d'encens et d'offrandes et pour faire dire des prières, la semaine dernière encore. Et ne suis-je pas le plus généreux donateur de vos temples, tous sans préférences ? N'ai-je pas personnellement subventionné trois temples et quatre cimetières et n'ai-je pas parmi ma suite quarante-trois prêtres bouddhistes ?
« Pourquoi me compromettrais-je avec ces félons ? s'indigna-t-il. Grâce à vous, je deviens riche ; je n'ai pas besoin de voler.
— Mais tu aimerais chasser les Mandchous du trône de Chine ?
— Mandchous ou Chinois, c'est pareil pour moi, Taï-pan. Que voulez-vous que ça me fasse ? Cela ne me regarde pas. (Oh ! dieux, fermez vos oreilles un instant !) Je ne suis pas chinois, je suis anglais. Je crois que je suis bien la dernière personne en qui une société secrète chinoise aurait confiance. Ce serait dangereux, ne croyez-vous pas ?
— Peut-être. Je ne sais pas. Peut-être devrais-tu dépenser quelques taels, Gordon. Créer un réseau d'espionnage. Découvrir qui sont ces hommes, qui sont leurs chefs.
— Immédiatement, Taï-pan.
— Trois mois devraient suffire, pour un homme aussi astucieux que toi, pour livrer les chefs.
— Six mois », marchanda automatiquement Gordon Chen, en cherchant désespérément comment se tirer de ce piège.
Il eut une inspiration subite : Naturellement. Laisser

les barbares nous débarrasser des excréments de tortue antitriades. Nous recruterons des espions parmi eux et nous nous arrangerons pour les faire entrer dans une sous-loge où nous les initierons avec de fausses cérémonies. Excellent ! Ensuite... voyons. Nous laisserons entendre que le véritable chef des Triades est... est qui ? Je trouverai bien un ennemi, le moment venu. Alors nous les présenterons aux barbares comme de vrais Triades et ils y laisseront leur tête.

« Oui, Taï-pan, oui. Je m'en occupe sur l'heure.

— Je crois que tu le devrais. Parce que, d'une façon ou d'une autre, je vais écraser les Triades.

— Et je vous y aiderai dans la mesure de mes possibilités », assura Gordon avec ferveur.

Dix têtes devraient vous satisfaire. Dommage que Chen Sheng soit de la famille, autrement il serait parfait comme « chef des Triades ». Avec un peu de joss, je serais le suivant sur les rangs, pour devenir compradore de la Noble Maison. Ne t'inquiète pas ; Jin-qua t'aidera à trouver quelqu'un.

« Taï-pan ? Passons aux choses plus importantes. Cet éditorial ? Est-ce que c'est la fin de Hong Kong ? Nous risquons de perdre une fortune. Ce serait un désastre si nous perdions l'île.

— Il y a quelques petits problèmes mineurs. Mais ils seront résolus. Hong Kong est définitif. Ce gouvernement sera bientôt renversé. Ne t'inquiète pas. La Noble Maison et Hong Kong ne font qu'un. »

L'anxiété de Gordon Chen s'évapora.

« Vous en êtes sûr ? Ce Cunnington sera éliminé ?

— D'une façon ou d'une autre. Sûr. »

Il contempla son père avec admiration. Ah ! se dit-il, même par l'assassinat. Excellent. Il aurait aimé pouvoir dire qu'il avait éliminé Gorth, lui sauvant ainsi la vie. Mais cela pouvait attendre un moment plus opportun.

« Excellent, Taï-pan. Vous m'avez merveilleusement

rassuré. Je suis d'accord. Hong Kong et la Noble Maison ne font qu'un. (Sinon, tu es mort, songea-t-il. Mais tu ferais bien de ne plus jamais remettre les pieds sur le continent. Pas avec cette histoire de Triades. Non. Tu es voué à Hong Kong. Ce sera ton palais ou ta tombe.) Alors, nous ferions bien de miser gros, de nous étendre. Je travaillerai à rendre Hong Kong très fort. Oh ! oui. Vous pouvez compter sur moi ! Merci, Taï-pan, de m'avoir rassuré.

— Ma Dame désire te dire bonjour. Descends la voir, veux-tu ?

— Merci. Et merci de m'avoir averti de cette histoire ridicule mais dangereuse. »

Gordon s'inclina et sortit.

Struan avait très attentivement observé son fils. L'est-il, ne l'est-il pas ? se demanda-t-il. La surprise pouvait être réelle, et ce qu'il avait dit était plein de bon sens. Je ne sais pas. Mais si Gordon l'est, tu devras être très malin pour l'attraper. Et puis ensuite ?

Struan trouva Skinner à l'imprimerie de l'*Oriental Times*. La salle était étouffante et bruyante. Il félicita le journaliste de sa façon habile de présenter la nouvelle.

« Vous en faites pas, Taï-pan, dit Skinner. Il y aura une suite demain. Je serai heureux quand ce maudit été sera fini. »

Malgré la chaleur, il portait sa redingote de drap épais et un lourd pantalon de lainage. Il tendit à Struan une épreuve.

Struan lut l'article ; le texte était plein d'invectives et de sarcasmes, et préconisait à tous les marchands de s'unir pour attaquer le Parlement et abattre Cunnington.

« Il me semble que ça va faire bouillir quelques-uns de nos gars, ça, approuva-t-il.

— Je l'espère bien. Sacrée sale chaleur ! Vous risquez votre vie, Taï-pan, en vous promenant comme ça la nuit. »

Struan était vêtu d'une simple chemise et d'un pantalon de toile et chaussé de bottes molles.

« Vous devriez l'essayer. Vous sueriez moins. Et plus de gratouillis.

— Ne me parlez pas de ce maudit fléau. Mais y a rien à faire contre la chaleur, c'est la plaie de l'été. L'homme est né pour suer.

— Sûr, et pour être curieux. Vous m'avez parlé dans votre mot d'un étrange codicille à l'accord de Longstaff avec le vice-roi Ching-so. Qu'est-ce que c'était ?

— Rien qu'une de ces bribes d'informations bizarres qu'un journaliste récolte. »

Skinner s'épongea la figure avec un chiffon qui traînait et qui le barbouilla d'encre d'imprimerie. Il parla des graines à Struan.

« Des graines de mûrier, de camélia, de riz, de thé, de toutes espèces de fleurs. »

Struan réfléchit un moment.

« Oui, pas de doute, c'est curieux, ça.

— Longstaff n'est pas jardinier, que je sache. C'est peut-être une idée de Sinclair ? Il a la passion du jardinage. Sa sœur, tout au moins... A propos, il paraît qu'elle est très malade ?

— Elle se remet, je suis heureux de vous l'apprendre. Le médecin a dit que c'était une maladie de l'estomac.

— On dit que Brock était à bord du navire amiral cet après-midi.

— Vos renseignements sont bons.

— Je me demandais si je devais préparer une notice nécrologique.

— Parfois, je ne trouve pas votre humour très drôle. »

La sueur ruissela de plus belle sur les bajoues du journaliste et coula sur sa chemise maculée.

« Je ne voulais pas plaisanter, Taï-pan.

— Je préfère le prendre comme ça. Mauvais joss de parler de nécrologies. »

Struan contempla un moment les coolies qui s'affairaient autour des presses, et le journal du lendemain qui commençait à sortir des machines.

« J'ai pensé à une chose, au sujet de Whalen. Longstaff avait baptisé l'ancienne ville Queen's Town. Maintenant, nous avons une nouvelle ville. Peut-être Whalen devrait-il avoir l'honneur de lui donner un nouveau nom. »

Skinner rit doucement.

« Ça l'engagerait, pas de doute. Quel nom avez-vous choisi, Taï-pan ?

— Victoria.

— Victoria me plaît. Victoria, hé ? Un trait de plume annule Longstaff. Considérez que c'est déjà « suggéré », Taï-pan. Laissez-moi faire. Whalen ne saura jamais que ce n'est pas sa propre idée, je vous le garantis. Et quand est-ce que je serai propriétaire du journal ?

— Le jour où Hong Kong sera accepté par la Couronne et le traité ratifié par les deux gouvernements, dit Struan en lui tendant un document. Tout est là. Mon chop est dessus. A condition, naturellement, que l'*Oriental Times* soit toujours en vie à l'époque.

— N'en doutez pas, Taï-pan ! »

Skinner voyait l'avenir s'étaler devant lui. Dix ans, se dit-il. Alors je serai riche. Alors je rentrerai en Angleterre et j'épouserai la fille d'un hobereau et j'achèterai un petit manoir dans le Kent et je lancerai un journal à Londres. Oui, Morley, mon petit vieux, tu as fait un sacré chemin depuis les ruelles de Limehouse et ce maudit orphelinat et le ruisseau. Maudits soient les foutus démons qui m'ont mis au monde et abandonné !

« Merci, Taï-pan. Je ne faillirai pas, n'ayez crainte.

— Au fait, vous aimeriez peut-être avoir une nouvelle exclusivité. Le cinchona guérit la malaria de la Vallée Heureuse. »

Skinner resta un moment sans voix.

« Oh ! mon Dieu, Taï-pan ! Ce n'est pas une nouvelle, ça, c'est l'immortalité ! bredouilla-t-il enfin. Exclusive, vous dites ? C'est la plus grande nouvelle du monde ! Naturellement, ajouta-t-il d'un air rusé, l'essentiel de la nouvelle, c'est de savoir *qui* a été guéri.

— Imprimez ce que vous voudrez, mais n'y mêlez pas les miens, ni moi.

— Personne ne le croira à moins d'avoir vu la guérison de ses propres yeux. Les médecins diront que ce sont des sornettes.

— Laissez-les dire. Leurs malades mourront. Dites-le. Moi, j'y crois tellement que j'y engage de gros capitaux. Cooper et moi sommes maintenant associés dans le commerce du cinchona. Nous aurons des stocks disponibles dans six mois.

— Je peux publier ça ?

— Je ne vous le révélerais pas si c'était un secret », répliqua Struan en riant.

# 44

A MINUIT, le lorcha s'échoua sur la plage d'Aberdeen et Struan sauta dans l'eau, Fong à côté de lui. Quelques minutes plus tôt, il avait secrètement débarqué ses hommes à l'ouest et les avait postés autour du puits. Il traversa la plage et s'engagea dans le sentier du puits, vers la fourche. Fong, très nerveux, portait une lanterne.

Des nuages cachaient la lune, mais son reflet filtrait quand même. L'air était lourd et chargé du relent pestilentiel des algues de la marée basse. Dans l'étroit goulet, les centaines de sampans silencieux étaient sombres. Seule la lanterne de Fong trouait les ténèbres.

Le village était tout aussi menaçant. On n'entendait rien, que les chiens se disputant des ordures.

En débouchant de la fourche du chemin, Struan fouilla l'obscurité. Il sentait des milliers d'yeux qui l'observaient des sampans.

Il dégagea les pistolets à sa ceinture et s'avança avec circonspection dans la lumière de la lanterne que Fong avait posée sur la margelle du puits.

Le silence s'épaissit. Soudain, Fong se raidit et pointa un index tremblant. Juste au-delà de la fourche, en travers du sentier, il y avait un sac. On aurait dit un gros sac de riz. Pistolet au poing, Struan fit signe à Fong de marcher devant. Il n'avait guère confiance en lui. Fong avança, terrifié.

Quand ils atteignirent le sac, Struan lança une dague au Chinois, le manche en avant.

« Ouvre-le. »

Fong s'agenouilla et coupa la toile de chanvre. Il poussa un gémissement d'horreur et recula.

Dans le sac, il y avait Scragger. Il n'avait ni bras, ni jambes, ni langue, et ses moignons avaient été cautérisés au goudron.

« Bien le bonsoir, mon matelot ! »

Le rire mauvais de Wu Kwok se répercuta dans la nuit et Struan se redressa d'un bond.

Le rire semblait venir des sampans.

« Qu'est-ce que tu veux, diable d'enfer ? » rugit Struan.

Un torrent de chinois guttural lui répondit, et Fong frémit. Il répondit quelque chose, d'une voix étranglée.

« Qu'est-ce qu'il dit ?

— Il... Wu Kwok dit que... que je dois aller là-bas.

— Tu restes où tu es. Qu'est-ce que tu veux, Wu Kwok ? hurla Struan vers les sampans.

— Toi vivant ! Pour Quemoy, nom de Dieu ! Toi et tes foutues bon Dieu de sales frégates ! »

Soudain, des silhouettes jaillirent des sampans et s'élancèrent à l'assaut de la colline, avec des lances et des coutelas. Struan attendit de voir nettement le premier pirate et il l'abattit d'un seul coup de pistolet. Aussitôt, les mousquets de l'équipage embusqué crachèrent le feu. Des cris s'élevèrent, et la première vague de vingt à trente pirates fut anéantie.

Une nouvelle vague de tueurs hurlants se rua sur le sentier. Encore une fois, les mousquets les taillèrent en pièces, mais quatre d'entre eux atteignirent le puits. Struan en abattit un à la dague, Fong un autre et des balles de mousquet les deux derniers.

Et le silence retomba.

« La vérole sur toi, mon matelot !

— Et toi, Wu Kwok ! tonna Struan.

— Ma flotte va partir en guerre contre le Lion et le Dragon !

— Sors de ton trou de rat et viens donc que je te tue tout de suite, ordure !

— Quand je t'attraperai, voilà comment tu crèveras, mon gars. Un membre par semaine. Cette racaille a vécu cinq, six semaines, mais tu mettras un an à crever, je parie. On se rencontrera face à face dans un an, sinon avant ! »

Le mauvais rire résonna encore une fois, et puis ce fut le silence. Struan était tenté d'incendier les sampans, mais il savait qu'il y avait à bord des centaines d'hommes, de femmes et d'enfants.

Il contempla le sac entrouvert.

« Ramasse-le, Fong. Porte-le. Holà, vous autres, au lorcha ! »

Il couvrit Fong, et ils se retirèrent.

Lorsque le lorcha fut en haute mer, il fit mettre une chaîne autour du sac et lut la prière des morts avant de le confier aux profondeurs. Il le regarda plonger et disparaître dans un petit cercle d'écume.

Struan aurait aimé raconter à Scragger les adieux qu'il avait faits à ses fils.

Il les avait mis entre les mains du capitaine, à Whampoa, avec des lettres pour les agents de la Noble Maison à Londres qu'il chargeait des enfants, et de leur éducation.

« Eh bien, bonne chance, les enfants. Quand j'irai à Londres, j'irai vous dire bonjour.

— Est-ce que je peux vous voir, Votre Honneur, comme qui dirait en particulier ? avait demandé le petit Fred, en refoulant ses larmes.

— Sûr, petit. Viens donc. »

Struan l'avait emmené dans sa cabine ; Bert, l'Eurasien, avait paru inquiet d'être laissé seul, et Wu Pak lui avait pris la main.

« Alors, Fred ? avait-il demandé, une fois seul avec le petit garçon.

— Mon papa a dit qu'on devait avoir un nom bien comme il faut avant que c'était qu'on quitterait les eaux de chez nous, Vot' Honneur.

— Sûr, petit. C'est sur tes papiers. Je te l'ai dit hier soir. Tu ne te rappelles plus ?

— Sauf vot' respect, non Vot' Honneur. J'oublie. C'est-y que je pourrais le savoir encore un coup, s'il vous plaît !

— Tu es Frederick Mac Struan, avait répondu Struan, car il s'était attaché au gamin et le nom du clan était un beau nom. Et Bert est Bert Chen.

— Ah !... Oui, je me rappelle. Mais pourquoi c'est pas pareil, moi et mon frère ?

— Eh bien, vous avez des mamans différentes, pas vrai ? C'est pour ça. »

Struan avait ébouriffé les cheveux blonds du petit, en se rappelant son terrible chagrin à la mort des siens. Et puis il avait vu les yeux de Fred se remplir de larmes.

« Oui. Mais on est frères, Vot' Honneur. Sauf vot' respect, on pourrait pas avoir le même nom ? Chen est bien comme nom. Frederick Chen, ce serait bien, Taï-pan. »

Alors Struan avait changé le nom sur un des papiers et le capitaine avait été témoin de la signature.

« Voilà, mes enfants. Maintenant, vous êtes tous les deux Mac Struan. Albert et Frederick Mac Struan. »

Ils avaient pleuré de bonheur tous les deux, et lui avaient sauté au cou.

Struan descendit dans la cabine du lorcha et chercha le sommeil. Mais il ne put dormir. La mort de Scragger l'avait écœuré. Il savait que c'était une des tortures favorites de Wu Fang Choi, le père de Wu Kwok et le grand-père du petit Wu Pak. La victime qui devait être démembrée avait trois jours pour choisir quel membre serait arraché en premier. Et la troisième nuit, un ami de la victime lui était envoyé pour lui chuchoter que des secours arrivaient. Alors l'homme choisissait le membre dont il pensait pouvoir se passer, en attendant les secours. Une fois que le goudron avait cicatrisé le moignon, on lui demandait de choisir un autre membre, et encore une fois, il y avait la promesse d'un secours qui ne venait jamais. Peu d'hommes résistaient à deux amputations.

Struan quitta sa couchette et monta sur le pont. Il y avait une très légère houle et les nuages s'étaient épaissis. On ne voyait plus le reflet de lune. La mer s'agitait mais n'était pas dangereuse.

« De la pluie demain, monsieur Struan, dit Cudahy.

— Sûr. »

Struan se tourna à l'est, vers le vent. Il sentait la mer qui le guettait.

« Suprême Dame, chuchota Ah Sam en secouant légèrement May-may. Le canot de Père approche.

— Est-ce que Lim Din a préparé son bain ?

— Oui, Mère. Il est monté accueillir Père.

— Tu peux retourner te coucher, Ah Sam.

— Dois-je réveiller Seconde Mère ? »

Yin-hsi était pelotonnée sur une couchette à l'autre bout de la cabine.

« Non. Retourne te coucher. Mais d'abord, donne-moi ma brosse et mon peigne et assure-toi que Lim Din a préparé le petit déjeuner, si Père a faim. »

May-may attendit un moment, puis elle se leva avec précautions. Elle eut d'abord du mal à se tenir debout mais au bout d'une minute ou deux, elle cessa de vaciller et put se tenir droite.

« Ah ! dit-elle à haute voix. Ça va mieux ! »

Elle alla au miroir, et s'examina longuement d'un œil critique.

« Tu as l'air d'une vieille, dit-elle à son reflet.

— Pas du tout, s'écria Yin-hsi en se redressant. Et tu ne devrais pas être levée. Laisse-moi te brosser les cheveux. Père est de retour ? Je suis si heureuse que tu ailles mieux. Tu as l'air vraiment très bien.

— Merci, Petite Sœur. Le bateau approche. »

May-may se laissa coiffer sagement, puis elle se parfuma et se recoucha.

Struan entra sur la pointe des pieds.

« Qu'est-ce que tu fais là tout éveillée ? s'écria-t-il.

— Je voulais te voir bien de retour. Ton bain est prêt. Et le petit déjeuner. Je suis très heureuse que tu sois revenu sain et sauf.

— Je crois que je vais dormir quelques heures. Rendors-toi, fillette, et nous déjeunerons quand je me réveillerai. J'ai dit à Lim Din de me laisser dormir, à moins qu'il n'y ait quelque chose d'urgent. »

Il l'embrassa, brièvement parce que la présence de Yin-hsi le gênait. May-may le remarqua et sourit secrètement. Comme ces barbares étaient curieux !

Struan fit un vague signe de tête à Yin-hsi et quitta la cabine.

« Écoute, chère Petite Sœur, dit May-may quand elle fut sûre que Struan ne pouvait plus entendre. Frotte-toi d'eau parfumée et quand Père sera profondément endormi, va dans son lit et couche avec lui.

— Mais, Suprême Dame, je suis sûre que Père n'a indiqué en aucune façon qu'il veut que j'aille avec lui. Je l'observais très attentivement. Si je vais sans être priée, je... il risque d'être très en colère et de me renvoyer et alors je perdrai beaucoup de face devant toi et devant lui.

— Il faut que tu comprennes que les barbares ne sont pas comme nous, Yin-hsi. Ils ne savent pas comme nous ce que c'est que la face. Fais ce que je te dis. Il va prendre son bain et se coucher. Attends une heure et puis va le rejoindre. S'il se réveille et t'ordonne de sortir, tu n'auras qu'à être patiente et lui dire (elle passa à l'anglais) « Suprême Dame m'envoie ».

Yin-hsi répéta les mots anglais, et les apprit par cœur.

« S'il n'y a rien à faire, alors reviens ici. Tu ne perdras pas la face, je te le promets. N'aie pas peur. Je connais bien Père et ce qu'il pense de la face. Nous ne pouvons pas le laisser aller fréquenter de mauvaises maisons. Le vilain homme est allé hier soir dans une de ces maisons. »

May-may ne pouvait évidemment pas savoir que si Struan était allé chez Mrs. Fotheringill en quittant Skinner, c'était pour voir Quance.

« Non ! s'écria Yin-hsi. Nous avons terriblement perdu la face ! C'est affreux ! Je dois répugner à Père. Peut-être ferais-tu mieux de me vendre à un fossoyeur.

— Fi ! Si j'étais bien valide, je lui ferais quelque chose ! Ne t'inquiète pas, Yin-hsi. Il ne t'a même pas encore vue. Je te le répète. C'est un barbare. Ce dégoûtant, qui va au bordel alors que tu es ici, et même Ah Sam !

— Je suis bien d'accord. Oh ! le vilain homme !

— Ils sont tous mauvais, ma chérie. J'espère qu'il sera si fatigué qu'il ne te chassera pas comme je m'y attends. Dors dans son lit, c'est tout. Avec Père, il faut faire les choses patiemment. Même à son âge, il est encore très intimidé par les choses de l'amour.

— Est-ce qu'il sait que je ne suis pas vierge ?

— Il est bien trop jeune pour avoir besoin d'une vierge pour l'exciter, et bien trop vieux pour avoir la patience d'enseigner l'amour à une vierge. Tu n'as qu'à lui dire « Suprême Dame m'envoie ».

Yin-hsi répéta encore une fois la phrase anglaise.

« Tu es très jolie, Petite Sœur. Laisse-moi, maintenant. Dans une heure, va le retrouver. »

May-may ferma les yeux et s'installa confortablement pour dormir.

Yin-hsi contemplait Struan. Un bras levé autour de la tête, il dormait profondément. Les rideaux soigneusement tirés sur des hublots préservaient du petit matin. Tout était calme.

Yin-hsi ôta son pyjama et se glissa timidement entre les draps, à côté de lui.

La chaleur du lit l'excita.

Retenant son souffle, elle attendit, mais il ne se réveilla pas. Elle se rapprocha, posa doucement une main sur son bras et attendit. Il ne bougeait toujours pas. Elle se rapprocha plus près encore, jeta un bras en travers de sa poitrine et resta ainsi. Et elle attendit.

Il s'agita un peu, dans son sommeil, et se réveilla à demi pour sentir le corps tiède et doux à côté de lui, contre lui. Sa main s'égara, se referma sur un sein et il sentit un frisson les parcourir tous les deux.

Dans la pénombre de la chambre, il hésitait au bord du sommeil. Le sein était doux, dans sa main.

Il ouvrit enfin les yeux.

Yin-hsi sourit en baissant les yeux.

Struan se souleva sur un coude.

« Sangdieu ! Qu'est-ce que tu fais là ? »

Yin-hsi cligna des yeux, sans comprendre.

« Sup-rême Dame m'en-voie.

— Hein ? grogna Struan en s'efforçant de s'éclaircir les idées.

— Suprême Dame m'envoie, Taï-pan.

— Hein ? May-may ? Elle est complètement folle ? Allez, ouste, dehors », cria-t-il en montrant la porte.

Yin-hsi hocha la tête.

« Suprême Dame m'envoie.

— Je me fous que ce soit la reine d'Angleterre qui t'envoie, bon Dieu ! Dehors ! »

Yin-hsi fit la moue.

« Suprême Dame m'envoie », répéta-t-elle en posant résolument sa tête sur l'oreiller.

Struan éclata de rire.

Yin-hsi était stupéfaite. Ma parole, Suprême Dame avait raison. Les barbares sont ahurissants. Mais je ne bouge pas de ce lit ! Comment oses-tu aller dans une maison à filles et me faire perdre la face devant Taitai ? Est-ce que je suis une vieille horreur laide et ridée ? Oh ! non, Taï-pan. Je ne bouge pas ! Je suis très jolie et je suis Seconde Sœur et Seconde Dame dans ta maison et c'est comme ça !

« Par tous les dieux, s'écria Struan en se ressaisissant. Je m'en vais épouser May-may si c'est la dernière chose que je fais ! Et au diable tout le monde ! »

Il se rallongea et sourit à la pensée de ce que May-may et lui feraient, en Angleterre. Elle sera la coqueluche de Londres... tant qu'elle ne s'habillera pas à l'européenne. Maintenant, il faut que je rentre vite. Je pourrai peut-être abattre moi-même le ministre des Affaires étrangères ! Ou bloquer Whalen ! Sûr. Maintenant, la clef de Hong Kong est à Londres. Alors, je rentre — le plus tôt sera le mieux.

Il tourna la tête sur l'oreiller et regarda Yin-hsi, et la vit réellement pour la première fois. Elle était extrêmement désirable. Son parfum était exquis, sa peau délicate...

« Ah ! fillette, je suis bien tenté », murmura-t-il.

Elle se rapprocha plus près encore.

# 45

Le *White Witch* se traîna dans la rade juste avant midi. Son mât de misaine avait été emporté et un enchevêtrement d'espars, de voiles déchirées et de haubans tordus encombrait le pont.

Brock accosta en canot alors qu'il arrivait au mouillage.

« Nom de Dieu, rugit-il, quelqu'un va payer ! »

Il arpenta rageusement le pont, en remarquant instinctivement, au nombre de voiles en lambeaux et sans ris sur le pont, que le navire avait porté trop de toile.

« Qu'est-ce qui s'est passé, nom de Dieu ? »

Michaelmas s'approcha. C'était le second du bord, un homme dur au visage grêlé de petite vérole.

« Bonjour, monsieur. J'ai remplacé M. Gorth. Le temps de savoir ce que vous vouliez. On a rencontré un grain à deux heures hors de Macao. Une foutue bourrasque de bon Dieu qu'a failli nous faire virer cap pour cap. Nous a emporté le mât et chassés à cinquante milles de notre route. »

Brock serra son poing énorme et le brandit sous le nez du marin.

« T'es pas foutu de voir venir un grain ? T'as jamais appris qu'on prend des ris, en cette saison ?

— Sûr, monsieur Brock, répliqua Michaelmas, sans crainte. Mais la bourrasque est survenue sous le vent. Faut pas m'en vouloir pour un grain, nom de Dieu ! »

Le poing de Brock l'envoya contre le bordé et il s'écroula sans connaissance sur le pont.

« Pennyworth ! rugit Brock au premier officier, un jeune homme trapu. Tu seras capitaine jusqu'à nouvel ordre ! Mouille les ancres de tempête. On est bons pour du mauvais temps. »

Brock aperçut alors Culum sur le gaillard d'arrière. Les matelots disparurent dans toutes les directions quand ils le virent enjamber des haubans cassés et gravir les quelques marches. Il domina Culum de sa masse.

« Bonjour, monsieur Brock. Je voulais...

— Où est Mrs. Brock ?

— En bas, monsieur. Ce n'est pas la faute de M. Michaelmas. Et je voulais...

— Ferme ça ! » gronda Brock et il tourna le dos avec mépris.

Culum rougit sous l'insulte. Jamais Brock n'aurait ainsi tourné le dos au Taï-pan !

« Tout le monde consigné à bord ! tonna Brock. Qu'on me nettoie tout ça ! Pennyworth, fais-moi dégager ce fatras un peu vite si tu veux pas être débarqué comme Michaelmas ! Otez-moi ce bougre de mon navire ! »

Il se tourna vivement vers Culum et lui déclara d'une voix menaçante :

« Quant à vous, j'aurai deux mots à vous dire tout à l'heure.

— J'aimerais vous parler tout de suite.

— Encore un mot avant que je sois prêt et je te réduis en poussière ! »

Culum suivit Brock en bas, en regrettant que le Taï-pan ne soit pas là. Dieu, comment pourrais-je m'entendre avec Brock, le maîtriser ? Pourquoi avons-nous été surpris par ce foutu grain ?

Tess était à la porte de sa cabine. Elle sourit timidement et fit une petite révérence, mais Brock lui passa devant et poussa la porte de la grande cabine, qu'il claqua derrière lui.

« Oh ! mon Dieu, mon chéri, s'écria Tess en se jetant dans les bras de Culum. Dieu ait pitié de nous !

— Ne t'inquiète pas. Tout ira bien. »

Culum essayait de parler posément et se maudissait de ne pas avoir de pistolet. Il alla prendre un espar à un râtelier et fit signe à Tess de rentrer dans la cabine.

« Ne t'inquiète pas, répéta-t-il. Il a fait un serment sacré. Il a promis.

— Fuyons pendant qu'il est encore temps !

— Nous ne pouvons pas, ma chérie. Mais n'aie pas peur. Il vaut mieux que nous réglions la question tout de suite. Il le faut. »

« Alors, comme ça, tu as laissé Tess et ce bougre filer tous les deux, hein ? dit Brock.

— Oui, répondit Liza en s'efforçant de maîtriser sa terreur. Je faisais bien attention, et j'aurais jamais pensé, mais ils l'ont fait et j'ai pas fait de faute. Mais ils sont mariés, mon gars, et y a rien que...

— C'est moi qui décide, nom de Dieu ! Qu'est-ce qui est arrivé à Gorth ? »

Elle lui dit tout ce qu'elle savait.

« C'est Gorth qu'est allé provoquer Dirk Struan. C'est Gorth, Tyler. Il a traité le Taï-pan de noms terribles. Et il l'a frappé avec le fouet. Devant tout le monde, il l'a fait, au club. J'ai dit à Gorth d'attendre, de venir ici et te chercher — mais il m'a battue et il est parti.

— Quoi ? »

Elle écarta ses cheveux de son oreille droite. L'oreille était enflée et noirâtre et l'intérieur était couvert de sang séché.

« Ça fait mal, tu peux pas savoir, gémit-elle en déboutonnant son corsage pour montrer sa poitrine horriblement meurtrie. C'est lui qui a fait ça. Ton fils. C'était un vrai démon d'enfer et tu le sais bien.

— Bon Dieu... Nom de Dieu, Liza. S'il... Si j'avais su ça... vaut mieux qu'il soit mort. Mais pas par des assassins et pas sans honneur, bon Dieu. »

La figure de Brock était terrible. Liza se sentait prise de panique ; ce n'était pas seulement pour elle qu'elle avait peur, mais encore plus pour Tess et Culum et son homme. Si Tyler s'attaquait à un démon comme Struan... Brock alla se tirer une chope de bière et Liza se félicita d'avoir eu la prévoyance de faire mettre en perce un tonnelet frais.

« Le docteur est bien sûr, pour la vérole ? Ce jeune bougre ?

— Il a pas la vérole et c'est pas un bougre. C'est ton gendre.

— Je le sais. Dieu le maudisse !

— Tyler, pardonne aux deux enfants. Je t'en supplie. C'est un bon garçon et il est terriblement amoureux de Tess et elle est heureuse et...

— Tiens ta langue ! tonna Brock en plaquant sa chope sur la table. C'est Dirk qu'a manigancé tout ça. Je le sais. Pour me jouer un tour ! D'abord il détruit mon fils aîné, et puis il me prive de marier ma fille bien comme il faut. Dieu maudisse Struan ! Il m'a même volé ça ! »

Il reprit la chope et la jeta violemment contre la paroi.

« On ensevelira Gorth en mer aujourd'hui.

— Tyler, trésor, murmura Liza en lui effleurant le bras. Tyler, trésor, y a autre chose. Ça doit être dit. Tu dois pardonner... il y a beaucoup à pardonner. Pour Nagrek.

— Hein ?

— Gorth m'a dit ce que vous lui aviez fait, à Nagrek, tous les deux. C'était terrible, mais il le méritait. Parce qu'il a couché avec Tess. Oui, il l'a fait. Mais Culum n'en sait rien, à ce qu'il paraît. Alors ta petite fille a été sauvée d'un malheur terrible. »

Les muscles, autour de l'œil crevé de Brock, se mirent à tressauter nerveusement, sous le bandeau noir.

« Qu'est-ce que tu dis ?

— C'est la vérité. Je te l'ai caché parce que j'avais peur. Je le lui ai caché à elle, du moins je l'ai persuadée que Nagrek était pas... qu'enfin, c'était pas de vrai, que c'était pas ça l'amour et que ça n'avait rien fait.

— Qu'est-ce que tu dis ?

— C'est vrai, Tyler, s'écria Liza et puis son tourment prit le pas sur la peur. Donne-leur au moins une chance ! C'est ton serment, devant Dieu ! Et Dieu nous a aidés, pour Tess, ne l'oublie pas. Pardonne-leur ! »

Elle se laissa tomber sur une chaise devant la table, enfouit sa tête entre ses bras et se mit à sangloter. Brock bougea les lèvres, mais aucun son n'en sortit. Il traversa la coursive d'un pas lourd et se planta devant Tess et Culum.

Il vit dans les yeux de sa fille une terreur qui lui fit mal et sa douleur le rendit plus cruel encore.

« Tu as choisi d'aller contre ma volonté. Trois mois, j'avais dit. Mais tu...

— Oh ! Pa... Oh ! Pa !

— Monsieur, puis-je...

— Ferme ta gueule. T'auras à parler bien assez tôt ! Et toi, Tess, tu as préféré aller courir comme une putain des rues. Très bien ! Va dire adieu à ta mère. Et puis sors de ma vie, sors de notre vie et débarque avec ton homme.

— Pa, je t'en supplie, écoute...

— Va-t'en, j'ai à lui parler !

— Je ne sors pas, je ne sors pas, glapit Tess en pleurant. Et tu ne le toucheras pas ! Je te tuerai ! » hurla-t-elle en ramassant l'espar.

Il le lui prit des mains sans qu'elle l'ait même vu bouger.

« Dehors et à terre ! Va ! »

Brock se voyait agir comme dans un cauchemar. Il voulait pardonner, et il voulait sentir les bras de sa fille à son cou, mais un autre lui-même dépravé le poussait irrésistiblement.

« Dehors, nom de Dieu !

— Tout va bien, ma chérie, dit Culum. Va faire nos paquets. »

Elle sortit de la cabine à reculons puis s'enfuit en courant.

Brock ferma la porte d'un coup de pied.

« J'ai juré de vous donner bon bord et bonne rade. Mais ça, c'était pour quand vous seriez mariés comme il faut.

— Écoutez, monsieur Brock...

— Écoutez-moi vous-même, nom de Dieu ! ou je vous écrase comme une punaise ! Je vous ai demandé, tout bien, d'homme à homme, si trois mois c'était d'accord. Vous avez dit oui. Mais vous n'avez pas tenu votre parole ! J'ai dit « Soyez franc, mon gars ».

Culum ne répondit pas. Il priait Dieu de lui donner de la force mais il se savait battu.

« Alors, oui ou non ?

— Oui.

— Alors je pense que je suis relevé de mon serment.

— Puis-je parler maintenant ?

— J'ai pas fini. Vous avez triché, mais vous êtes mariés. Vous voulez répondre à une question ? Devant Dieu ? Alors on sera quittes.

— Naturellement. »

Culum voulait expliquer à Brock l'histoire de la vérole, du bordel, et ses raisons.

« Devant Dieu ?

— Oui. Je n'ai rien à cacher et... »

Brock l'interrompit.

« Est-ce que votre père a manigancé tout ça ? Cet enlèvement, il vous l'a fourré dans la tête ? Sachant que Gorth serait furieux ? Sachant qu'il rendrait Gorth si furieux qu'il irait le provoquer en public pour que votre papa puisse se battre en duel avec lui, régulier et tout ? Vous avez pas besoin de répondre. C'est écrit sur votre figure.

— Oui, mais vous devez m'écouter. Il y a beaucoup...

— Je vous donne bonne rade. Mais je vais vous le dire tout net. C'est à votre père que j'en ai. Après la Noble Maison, j'en ai. Je n'aurai pas de repos qu'elle ne soit écrasée. Maintenant, votre seule rade, c'est chez Brock et Fils. Seulement là, Culum foutre de Dieu Struan ! Et jusqu'à ce jour, vous êtes mort pour moi. Vous et Tess. »

Il ouvrit violemment la porte.

« Vous n'avez pas écouté ma version, hurla Culum. Ce n'est pas juste !

— Parlez pas de justice ! Je vous l'ai demandé en face ! Trois mois ! J'ai dit « Soyez franc, mon gars ». Mais malgré ça, vous avez failli à votre parole. Y a pas d'honneur devant moi, par Dieu ! »

Il tourna le dos et s'en alla. Culum le regarda partir, déchiré de soulagement, de honte, d'angoisse et de haine.

« Ce n'est pas juste », dit-il d'une voix brisée.

Brock surgit sur le pont et l'équipage garda ses distances.

« Pennyworth ! »

Le premier officier quitta la bordée qui dégageait le pont des vergues cassées et des voiles déchirées et monta avec méfiance sur le gaillard d'arrière.

« Trouve-moi Struan, lui dit Brock. Dis-lui que je l'attends à la Vallée Heureuse. Entre sa jetée et la mienne. Non ! »

Il s'interrompit et sa figure grimaça un sourire sans joie.

« Non. A la colline de la Vallée Heureuse. Et pareil comme il voulait aller contre Gorth. Compris ?

— Oui, monsieur, oui.

— Et si tu en souffles mot à tout autre que lui, par le Seigneur Dieu, je te couperai les couilles ! »

Brock lui tourna le dos pour redescendre et Pennyworth lui cria :

« Qui va s'occuper de remettre le navire en état ?

— Toi. T'es capitaine du *White Witch.* Après que t'auras porté le message ! »

Struan contemplait Yin-hsi, endormie à côté de lui. Il la comparait à May-may. Et May-may à sa maîtresse chinoise de jadis, et toutes les trois à Ronalda, sa seule femme. Si différentes. Et cependant si semblables par tant de côtés. Il se demanda pourquoi les trois Orientales l'excitaient plus que Ronalda, qui avait été son amour — jusqu'à ce qu'il connaisse May-may. Et il se demanda ce que c'était que l'amour.

Les trois Chinoises avaient beaucoup en commun, une peau incroyablement soyeuse, et une sagesse, une soumission dépassant tout ce qu'il avait pu connaître. Mais la plus merveilleuse était May-may. Elle était parfaite.

Il caressa affectueusement la joue de Yin-hsi. Elle remua un peu mais ne s'éveilla pas. Sans bruit, tout doucement, il se leva et alla regarder le ciel au hublot. Il était encore plus plombé. Struan s'habilla et descendit au pont inférieur.

« Alors », dit May-may.

Elle était assise dans son lit, sa toilette faite, adorable.

« Alors, dit-il.

— Où est ma sœur ?

— Sup-rême Dame m'en-voie.

— Ha ! s'écria May-may. Tu n'es qu'un luxurieux coureur et tu n'adores plus ta vieille mère.

— C'est vrai, taquina Struan. Je crois que je vais t'expédier ailleurs. »

Il la trouvait plus belle que jamais et son visage diaphane et amaigri était un charme de plus.

« Ayee yah ! Je m'en fiche pas mal ! »

Il rit et la souleva dans ses bras.

« Attention, Taï-pan ! As-tu bien aimé Yin-hsi ? J'en suis si heureuse ! Je le vois bien.

— Est-ce que ça te dirait d'être Tai-tai ?

— Quoi ?

— Ma foi, si ça ne t'intéresse pas, on n'en parlera plus.

— Oh ! non, Taï-pan ! Tu veux dire Tai-tai ? Vraiment Tai-tai selon les coutumes ? Oh ! tu te moques de moi, heya ? Je t'en supplie, ne me taquine pas pour quelque chose d'aussi important !

— Je ne te taquine pas, May-may, dit-il en s'asseyant dans un fauteuil, sans la lâcher. Nous allons rentrer. Ensemble. Nous prendrons le premier clipper en partance et nous serons mariés sur le chemin du retour. Dans quelques mois.

— Oh ! C'est merveilleux ! Oh !... Lâche-moi... »

Il la libéra et, en chancelant un peu, elle marcha jusqu'au lit.

« Là, tu vois. Je suis presque tout à fait guérie.

— Recouche-toi vite.

— Tu veux dire vraiment mariés ? Selon tes coutumes ? Et les miennes ?

— Sûr. Les deux, si tu veux. »

Elle s'agenouilla gracieusement devant lui et se prosterna, le front sur le tapis.

« Je jure d'être digne de ta confiance. »

Il la releva vivement et la mit au lit en grondant gentiment :

« Ne fais jamais ça, fillette.

— Je kowtow parce que tu m'as donné la plus énorme fantasticalement belle face du monde... Dis, tu as aimé mon cadeau d'anniversaire ? C'est pour ça que tu épouses ta pauvre vieille, heya ?

— Non et oui. C'est la pensée. Simplement.

— Elle est charmante. Je l'aime gracieusement beaucoup. Je suis heureuse que tu l'aimes aussi.

— Où l'as-tu trouvée ?

— Elle était concubine dans la maison d'un mandarin qui est mort il y a six mois. Elle a dix-huit ans, je te l'ai dit ? La maison du mandarin a passé des moments difficiles alors Tai-tai a demandé à un marieur de lui trouver un bon parti. J'ai entendu parler d'elle et je l'ai convoquée.

— Quand ? A Macao ?

— Oh ! non. Il y a deux ou trois mois. A Canton. La Tai-tai de Jin-qua m'a parlé d'elle. Quand je suis revenue avec un bébé, je me suis dit Ah ! très bien, je vais la faire venir. Parce que mon homme est luxurieux et coureur et au lieu de rester à la maison il ira dans les maisons des filles. Tu avais promis de ne pas y aller, mais hier soir tu es allé au bordel. Sale excrément de tortue !

— Je ne suis pas allé voir les filles. Rien qu'Aristote.

— Ha ! C'est toi qui le dis ! Les putains ça m'est égal, mais pas celles-là ! Oh ! bon, très bien, cette fois je veux bien te croire.

— Merci de bon cœur.

— Yin-hsi est spéciale gentille, alors pas besoin de maisons mauvaises. Oh ! je suis si heureuse ! Elle chante admirablement et elle joue de nombreux instruments et elle sait bien coudre et elle apprend très vite. Je lui apprendrai l'anglais. Elle viendra en Angleterre avec nous. Et aussi Ah Sam et Lim Din. Mais... Nous reviendrons en Chine ? Très souvent ?

— Sûr. Peut-être.

— Bon. Nous reviendrons bien sûr... Yin-hsi est très accomplie. Elle est bien, au lit ? »

Les yeux de Struan pétillèrent d'amusement.

« Je n'ai pas fait l'amour, si c'est ça que tu veux dire.

— Quoi ?
— J'aime choisir qui vient dans mon lit et quand.
— Elle est dans ton lit et tu n'as pas fait l'amour ?
— Eh non.
— Je jure devant Dieu, Taï-pan, jamais je ne te comprendrai. Tu ne l'as pas désirée ?
— Si, naturellement. Mais j'ai pensé qu'aujourd'hui n'était pas le jour. Ce soir, peut-être. Ou demain. Quand je le voudrai. Pas avant. Mais j'apprécie ta sollicitude.
— Je jure devant Dieu tu es pas mal beaucoup bizarre ! Ou peut-être tu étais trop épuisé après les sales putains, heya ?
— Allez donc ! »
Un coup à la porte les interrompit.
« Sûr ? »
Lim Din entra.
« Taï-pan ? Massi là. Voir Taï-pan. Peut ?
— Massi comment ?
— Massi Pennyworth. »

# 46

De l'ombre d'un pan de mur de l'église inachevée et abandonnée, Brock regardait Struan suivre le sentier serpentant au flanc de la colline. Il voyait le fer de combat roulé dans sa main et il éprouva comme une nausée. Cependant, il était heureux qu'enfin ils en fussent venus à s'affronter face à face.

Il serra la courroie de son propre fer de combat, se leva et avança au grand jour. Sa main gauche serrait le manche de son couteau.

Struan vit Brock dès qu'il eut quitté l'abri du mur et il oublia un instant le plan qu'il avait mûri. Il s'arrêta. Il oubliait tout, sauf que cet homme était son ennemi qu'il devait abattre. Avec un effort, Struan se secoua et reprit sa montée, les muscles frémissant d'impatience et d'angoisse.

Enfin, les deux hommes s'affrontèrent.

« T'as manigancé l'enlèvement et le duel, pas vrai ? grinça Brock.

— Sûr. »

Struan laissa se dérouler la chaîne de son arme qui cliqueta horriblement. Il dut encore faire un effort pour se rappeler ce qu'il avait projeté de dire. Brock serra les doigts sur le manche de son fouet de fer et avança d'un pas.

Seuls, les yeux de Struan bougèrent.

« Je regrette que Gorth soit mort comme ça, dit-il. J'aurais eu plaisir à le tuer. »

Brock ne répondit pas. Mais il changea imperceptiblement de position ; le vent d'est soulevait ses cheveux. La dague de Struan jaillit à sa main et il fléchit légèrement les genoux.

« Tess est vérolée », dit-il.

Brock sursauta.

« Elle l'est pas ! Le docteur a dit que Culum avait rien !

— Les docteurs, ça s'achète, insista Struan, cédant à l'appel du sang. Elle a été vérolée, délibérément !

— Bon Dieu, tu... »

Brock leva le fer de combat et se rua sur Struan. Les pointes de métal manquèrent d'un cheveu les yeux du Taï-pan. Struan recula et frappa à son tour, mais Brock avait fait un saut de côté et ils se mirent à tourner l'un autour de l'autre comme des bêtes fauves.

« Par Gorth ! C'était ce que Gorth voulait ! hurla Struan pressé d'en avoir fini de parler. T'entends ? C'est Gorth qui a fait ça ! »

La tête de Brock bourdonnait. Il ne pensait qu'à une chose, tuer son ennemi.

Il y eut une nouvelle escarmouche violente et les fers de combat cliquetèrent et se heurtèrent en l'air. Brock para un coup de couteau et Struan pivota hors de portée en comprenant qu'il ne pourrait plus se maîtriser longtemps.

« Gorth a voulu la vérole !

— Tu mens, nom de Dieu !

— Gorth a fait boire de l'alcool drogué à Culum. Et un aphrodisiaque. Gorth a payé un bordel pour qu'on le fasse coucher avec une fille vérolée. Il voulait que Culum ait la vérole ! Voilà ton maudit fils du diable ! Compris ?

— Menteur !

— Par la grâce de Dieu, Culum n'a pas la vérole. J'ai seulement dit ça pour te faire comprendre pourquoi je voulais tuer Gorth. Culum n'a rien et Tess non plus !

— Quoi ?

— Sûr. C'est la vérité, devant Dieu !

— Démon ! Blasphémateur ! Tu mens devant Dieu ! »

Struan feinta et Brock recula, menaçant. Mais Struan ne leva pas son arme. Il franchit le portail de l'église abandonnée et alla jusqu'à l'autel.

« Devant Dieu, je jure que c'est la vérité ! »

Il se retourna, et perdit toute raison. Il n'entendait plus rien qu'un sourd grondement de sang à ses tempes, et le monde entier n'était plus que Brock et le désir frénétique de tuer. Il redescendit vers le portail, lentement.

« Gorth a assassiné une putain à Macao et une autre ici, siffla-t-il. Voilà encore une vérité. Son sang n'est pas sur mes mains, mais le tien va y être. »

Brock recula à l'air, sans quitter Struan des yeux. Le vent était tombé et il comprit inconsciemment que c'était étrange, insolite. Mais il n'y prit pas garde.

« Alors... alors tu avais une raison, murmura-t-il. Je retire ce que j'ai dit. Tu avais une raison, bon Dieu. »

Il était maintenant dehors, et il s'arrêta, dérouté.

« Je retire tout ce que j'ai dit, pour Gorth. Mais c'est pas ça qui règle les comptes entre toi et moi. »

Sa rage le brûlait, sa fureur contre Gorth et contre Struan, et il savait maintenant qu'il devait se battre et frapper et tuer. Pour sauver sa peau.

Et puis il sentit un vent différent sur sa joue.

Brusquement, ses idées s'éclaircirent. Il se tourna vers le continent.

Struan fut décontenancé par le brusque mouvement de Brock, et il hésita.

« Le vent a changé, souffla Brock d'une voix rauque.

— Hein ? »

Méfiant, craignant une ruse, Struan recula. Puis il se tourna lui aussi vers le continent chinois, l'oreille tendue, goûtant le vent.

Il soufflait du nord.

Doucement, mais indiscutablement.

« Un grain, peut-être », gronda Brock.

Sa propre voix était douloureuse à ses oreilles, son cœur battait follement ; toutes ses forces l'abandonnaient.

« Ça viendrait pas du nord ! » dit Struan, calmé lui aussi.

Mon Dieu, songea-t-il, pendant une minute j'ai été comme une bête. Sans la saute de vent...

« Typhon ! »

Ils contemplèrent la rade. Les jonques et les sampans regagnaient précipitamment la terre.

« Sûr, dit Struan. Mais c'est la vérité que je disais. Pour Gorth. »

Brock sentit la bile dans sa bouche et cracha.

« Je te fais des excuses pour Gorth. Ouais. C'était provoqué et il est mort et c'est dommage. Ce qui est fait est fait. Je t'ai dit ce que j'avais à dire, à la Concession à Canton et j'ai pas changé. Je changerai pas plus que toi. Mais le jour où tu viendras encore contre moi avec le fouet sera le jour où rien ne nous arrêtera plus. Tu choisiras le jour, comme j'ai dit. D'accord ? »

Struan se sentait étrangement faible.

« D'accord. »

Il recula, défit la courroie du fer de combat, rengaina sa dague, en surveillant Brock avec méfiance.

Brock rangea aussi ses armes.

« Et tu pardonneras à Tess et à Culum ?

— Ils sont morts devant ma face, comme j'ai dit. Jusqu'à ce que Culum appartienne à Brock et Fils et que Brock et Fils soient la Noble Maison et que je sois Taï-pan de la Noble Maison. »

Struan laissa tomber par terre son fouet de fer et Brock l'imita.

En hâte, les deux hommes descendirent de la colline par des sentiers différents.

# 47

TOUTE la journée, le vent du nord fraîchit. A la nuit tombée, Queen's Town était aussi prête qu'elle pouvait l'être. Les volets étaient fermés et les portes solidement coincées et ceux qui avaient eu la prévoyance de creuser des caves bénissaient leur joss. Ceux qui vivaient dans des logements de fortune ou des cabanes provisoires cherchaient des bâtiments plus solides. Mais il y en avait peu, sauf à la Vallée Heureuse. Et peu d'hommes consentaient à courir le risque de respirer les miasmes de la nuit, bien qu'ils aient lu ce matin dans l'*Oriental Times* que la malaria était vaincue. Aujourd'hui, il n'y avait pas de cinchona.

Tous les navires étaient à sec de toile et avaient mouillé toutes leurs ancres. Ils étaient aussi éloignés que possible les uns des autres, afin de leur donner le plus d'évitage quand le vent tournerait.

Il y en avait, cependant, pour dire que puisque le vent était constant, du nord, il ne pouvait absolument pas annoncer un typhon. Jamais, de mémoire d'homme, on n'avait vu de typhon souffler seulement du nord. Un vent de typhon tournait et virait constamment.

Struan lui-même avait tendance à le penser. Jamais le baromètre n'était resté aussi haut. Et il n'y avait jamais eu de typhon sans que le baromètre baisse brusquement.

A la nuit, un crachin tomba d'un ciel bas, apportant un soulagement à la touffeur.

Struan avait soigneusement calculé les dangers. S'il n'avait eu à se soucier que de lui-même, il aurait immédiatement appareillé avec le *China Cloud* et aurait cinglé vers le sud jusqu'à ce que le vent s'abatte ou vire. Alors il aurait choisi la route la plus sûre pour la fuite. Mais un instinct qu'il ne comprenait pas lui disait de ne pas risquer la fuite en mer. Il installa alors May-may, Yin-hsi et Ah Sam dans le vaste comptoir abandonné de la Vallée Heureuse, dans ses appartements du deuxième étage. Il pensait que la pluie et le vent chasseraient les gaz nocturnes. May-may serait plus en sécurité, protégée par de la pierre et de la brique, qu'en mer ou dans une cave, et c'était tout ce qui importait.

Culum avait remercié Struan qui lui proposait de l'héberger dans le comptoir, mais répondit qu'il préférait mettre Tess à l'abri dans le bureau du capitaine du port. C'était un long bâtiment de granit bas, et Glessing avait trouvé de la place pour Tess et Culum dans ses propres appartements.

Struan leur avait raconté ce qui s'était passé sur la colline, et qu'une sorte de trêve avait été conclue. Et toute la journée, tandis qu'il prenait des dispositions en vue d'un typhon qui ne viendrait peut-être jamais, il songeait sombrement à la violence humaine.

« Qu'est-ce que tu as, Mari ? avait demandé May-may.

— Je ne sais pas. Brock, moi, le typhon... je ne sais pas. Le plafond des nuages est peut-être trop bas.

— Je m'en vais te dire ce qui ne va pas. Tu penses trop à ce qui s'est passé et pire que ça, tu te fais du souci pour ce qui aurait pu se passer. Ha ! Ridicule ! Sois Chinois ! Je te l'ordonne ! Le passé est le passé. La paix est faite avec Brock. Perds pas ton temps à être abattu comme un poulet constipé ! Mange des nourritures et bois du thé et fais l'amour à Yin-hsi. »

Elle se mit à rire et appela Yin-hsi, qui arriva en courant, s'assit sur le lit et lui prit la main.

« Regarde-la, bon Dieu ! Je lui ai déjà bien fait la leçon. »

Il sourit, et se sentit revivre.

« Là ! C'est mieux, s'écria May-may. Je pense à toi tout le temps, ça ne fait rien. Yin-hsi est dans la chambre à côté toute seule. Elle attend docilement toute la nuit.

— Allez donc, fillette ! »

Il rit, et elle se mit à parler à Yin-hsi, en chinois. Yin-hsi écouta avec beaucoup d'attention, puis elle battit des mains, regarda Struan d'un air extasié et s'enfuit en courant.

« Qu'est-ce que tu lui as dit, May-may ? demanda-t-il, soupçonneux.

— Je lui ai expliqué comment tu fais l'amour. Et comment te rendre fantastical excité. Et de ne pas avoir peur quand tu cries à la fin.

— Le diable t'emporte ! Je n'ai donc rien de privé ?

— Tai-tai sait ce qui est bon pour son petit garçon coléreux. Yin-hsi t'attend, maintenant.

— Quoi ?

— Yin-hsi. Je lui ai dit de se préparer. L'amour dans la soirée est plaisant, ça ne fait rien. Tu as oublié ? »

Struan rit de bon cœur.

« Merci, mais j'ai à faire », dit-il.

Il descendit et s'aperçut soudain qu'il se sentait beaucoup mieux. Sûr, c'était ridicule de s'inquiéter de ce qui était passé. Et, encore une fois, il bénit son joss de lui avoir donné May-may.

Brock avait fait démonter le mât de misaine cassé et l'avait fait solidement amarrer, par précaution. Tous les espars brisés, les haubans enchevêtrés et les lambeaux de voiles avaient été triés et rangés, et les panneaux et sabords condamnés. Il avait fait mouiller trois ancres à l'avant et à l'arrière une ancre de fortune en toile pour le garder nez au vent.

Brock avait passé une mauvaise journée. Il avait mal à la tête et dans la poitrine, et savait qu'il aurait des cauchemars la nuit prochaine. Il aurait aimé boire, à rouler sous la table, pour oublier, pour se perdre. Mais il savait que le danger n'était pas loin. Il fit une dernière fois le tour du pont luisant de pluie avec une lanterne, puis descendit voir Liza et Lillibet.

« Voilà ton thé, trésor, lui dit Liza. Tu ferais bien de mettre quelque chose de sec. Tout est prêt, là. »

Sur la couchette, la vareuse, le pantalon, le chapeau et les bottes attendaient.

« Merci, grommela-t-il en s'asseyant devant son thé.

— Pa, dit Lillibet, tu veux jouer un jeu avec moi ? »

Comme Brock ne répondait pas, parce qu'il n'entendait rien, elle tira le bas de sa vareuse mouillée.

« Pa, tu veux jouer avec moi, dis, s'il te plaît ?

— Laisse ton père, lui dit Liza. Viens, je vais jouer avec toi. »

Elle emmena Lillibet dans la cabine voisine en remerciant Dieu que la paix ait été faite entre son homme et Struan. Brock lui avait raconté ce qui était arrivé et elle remerciait le Seigneur d'avoir exaucé ses prières. Le vent est un miracle, se dit-elle. Maintenant, tout ce qu'il faut c'est de la patience. Il y viendra bien, à bénir Tess. Liza demanda à Dieu de protéger Tess et Culum, et le navire et eux tous, puis elle s'assit et se mit à jouer aux dames avec Lillibet.

Dans l'après-midi, le cercueil de Gorth avait été placé dans un canot. Liza et Brock étaient allés au large et Brock avait récité le service funèbre. Quand il eut fini, il maudit son fils et jeta le cercueil à la mer. De retour à bord, Brock s'était enfermé à double tour dans sa cabine et il avait pleuré sur son fils et sa fille. C'était la première fois qu'il pleurait depuis qu'il était homme. Il avait perdu toute sa joie de vivre.

Durant la nuit, le vent et la pluie empirèrent. A

l'aube, l'averse était diluvienne mais pas effrayante et la mer grosse mais pas menaçante.

Brock avait dormi tout habillé, et il monta sur le pont en bâillant, les yeux rougis. Il vérifia le baromètre. Il n'avait pas varié. Il le tapota de l'ongle, mais l'aiguille ne bougea pas.

« Bonjour, monsieur », dit Pennyworth.

Brock grogna une vague réponse.

« C'est simplement une grosse pluie, je crois », dit-il, troublé par l'attitude apathique de Brock.

Brock inspecta le ciel et la mer. Le plafond de nuages était très bas et cachait les montagnes de l'île, mais ce n'était pas extraordinaire.

Il se força à aller à l'avant vérifier les ancres. Les aussières tenaient bon. Il y avait trois ancres et trois cordages gros comme une cuisse d'homme. De quoi tenir dans n'importe quelle tempête, se dit-il. Mais cela ne lui fit pas plaisir. Il était comme privé de sentiment.

Le *China Cloud* était bien mouillé dans la rade, la bordée de quart tassée à l'abri du gaillard d'arrière. Tous les autres navires étaient au mouillage, paisiblement, le navire amiral trônant au milieu de la rade. Quelques sampans et jonques retardataires cherchaient leur mouillage près du village flottant, dans une petite crique près de la pointe de Glessing.

Brock redescendit, au grand soulagement de Pennyworth et des hommes de quart.

« Il a vieilli depuis hier, observa Pennyworth. Il a l'air de mourir debout. »

Dans la lumière grise de l'aube, Struan s'assurait que les gros volets de bois du rez-de-chaussée étaient bien fermés. Il alla consulter le baromètre. 29,8, régulier.

« Par tous les dieux, rugit-il. Tu vas tomber ou en finir avec cette foutue pluie, nom de Dieu !

— Taï-pan ? Qu'est-ce que tu as ? cria May-may, du palier.

— Rien, fillette. Va vite te recoucher. »

May-may écoutait le crépitement de la pluie et regrettait de ne pas être à Macao où le bruit de la pluie sur le toit était doux.

« Je n'aime pas cette pluie, dit-elle. J'espère que les enfants vont bien. Ils me manquent beaucoup.

— Sûr. Va te recoucher, voilà une gentille fille. Je sors un moment. »

Elle lui fit un signe affectueux de la main.

« Sois bien prudent, heya ? »

Struan enfila un gros manteau et sortit.

La pluie tombait en diagonale. Depuis une heure, elle ne s'était pas aggravée. De fait, pensa-t-il, elle a l'air de se calmer. Les nuages étaient très bas. Il examina le mouillage du *China Cloud.* Il est bien beau, et solidement mouillé, se dit-il.

Il rentra consulter encore une fois le baromètre. Pas de changement.

Il mangea un généreux petit déjeuner, et s'apprêta à ressortir.

« En haut ! En bas ! Pourquoi si impatient ? Où tu vas encore, heya ? demanda May-may.

— Chez le capitaine du port. Je veux voir si Culum est bien installé. En aucun cas n'ouvre les portes ou les fenêtres, Suprême Dame Tai-tai.

— Bien, Mari ! »

Queen's Road était presque déserte, et complètement détrempée. Mais le vent et la pluie semblaient vivifiants, et cela valait mieux que d'être enfermé dans le comptoir. C'est un peu comme le nordé de printemps en Angleterre, pensa Struan ; non, même pas si fort.

Il entra dans le bureau et secoua la pluie de ses vêtements. Glessing leva les yeux.

« Bonjour. Temps bizarre, hé ? Du thé ?... Je suppose que vous cherchez Culum et Mrs. Struan. Ils sont allés au premier service.

— Hein ?

— Ils ne vont pas tarder. C'est dimanche.

— Ah ! j'avais oublié. »

Glessing versa le thé, puis il alla remettre la grosse théière sur le brasero. La pièce était vaste, et tapissée de cartes. Un mât traversait le plafond aux poutres apparentes, avec un panneau de cale à côté. Des pavillons à signaux étaient soigneusement rangés dans des casiers, des mousquets au râtelier et tout était en ordre comme sur un navire.

« Qu'est-ce que vous pensez de cette tempête ?

— Si c'est un typhon, nous sommes en plein sur sa route. C'est la seule réponse. Si le vent ne tourne pas, alors le tourbillon nous passera dessus.

— Que Dieu nous garde si vous avez raison.

— Sûr.

— Il m'est arrivé d'être pris dans un typhon au large de Formose. Pour rien au monde je ne voudrais revoir une mer pareille, et nous n'étions même pas dans le centre, de loin. »

Une bourrasque soudaine fit claquer les volets. Ils se tournèrent vers l'indicateur de vent. Toujours du nord, régulier, inexorable.

Glessing posa sa tasse.

« Je vous suis endetté, monsieur Struan. J'ai reçu avant-hier une lettre de Mary. Elle m'a parlé de votre bonté, de ce que Culum et vous aviez fait pour elle. Vous surtout. Elle a l'air d'aller beaucoup mieux.

— Je l'ai vue juste avant de partir. Elle était indiscutablement dix fois mieux que la première fois que je l'avais vue.

— Elle dit qu'elle sera sur pied dans deux mois, et que vous aviez dit aux papistes que vous acceptiez d'être responsable pour elle. Naturellement, c'est moi que cela regarde, à présent.

— A votre aise. Ce n'est qu'une formalité. »

Struan se demanda ce que ferait Glessing s'il apprenait la vérité sur Mary. Et il s'en apercevrait, naturellement. Comment May-may pouvait-elle croire que non ?

« Qu'est-ce que le médecin a dit qu'elle avait ?

— Une maladie d'estomac.

— C'est ce qu'elle m'écrit. Encore une fois, merci. »

Glessing déplaça des papiers sur son bureau, repoussa sa tasse, essuya une goutte de thé sur le bois ciré.

« Culum m'a dit, je crois, que vous étiez dans la Royal Navy, dans votre enfance. A Trafalgar. J'espère que vous me pardonnerez de poser la question, mais mon père a eu l'honneur d'y être aussi. Je me demandais sur quel navire vous serviez. Il était officier d'ordonnance de l'amiral Lord Collingwood à bord...

— Du *Royal Sovereign,* acheva Struan à sa place. Sûr. J'étais à bord.

— Dieu de Dieu ! »

Glessing en avait le souffle coupé. Struan avait fait exprès de le lui cacher ; il savait qu'ainsi il avait toujours un atout dans la manche, au cas où il aurait besoin de s'assurer le soutien de Glessing.

« Sûr. Naturellement, je ne me rappelle pas votre père, j'étais moussaillon aux poudres et à moitié mort de peur. Mais l'amiral était à bord, et j'étais sur le *Royal Sovereign.*

— Dieu de Dieu, répéta Glessing. Un équipage de huit cent trente-six hommes et le futur Taï-pan de la Noble Maison. Pas étonnant qu'on ait eu la victoire, mordieu !

— Merci. Mais je n'avais pas grand-chose à voir dans la bataille.

— Bon Dieu, Taï-pan — si vous permettez que je vous appelle ainsi — je trouve ça admirable. Je suis très heureux. Si, si, heureux. Ma parole ! Je ne pouvais pas vous voir, comme vous le savez. C'est fini, ça. Je persiste à penser que j'ai pris la bonne décision à la bataille de Chuenpi, mais je comprends maintenant que cet âne bâté de triste fausse couche de Longstaff avait raison quand il disait que si j'avais été vous, et si vous aviez été moi nos attitudes auraient été les mêmes.

— Pourquoi en voulez-vous à Longstaff ? »

La figure de Glessing se ferma.

« Le foutu bougre a eu l'impertinence d'intervenir dans les affaires navales ! Il a « suggéré » à l'amiral de me renvoyer en Angleterre ! Grâce à Dieu, l'amiral est de la Royal Navy et le bougre est saqué ! Et puisque nous parlons d'imbéciles, vous avez certainement lu le journal hier soir. Ce bâtard fieffé de Cunnington ! Comment ose-t-il prétendre que Hong Kong est un maudit rocher stérile sans même une maison ? Quel infernal toupet ! La plus belle rade du monde ! Comment ose-t-il dire que nous ne connaissons rien à la mer ? »

Struan se rappela le premier jour — mon Dieu, il n'y avait que six mois ? — et il comprit qu'il avait eu raison. Glessing sombrerait peut-être avec Hong Kong, mais il se battrait jusqu'à la mort pour protéger la pointe de Glessing.

« Le nouveau, Whalen, sera peut-être de l'avis de Cunnington ?

— Pas si j'ai mon mot à dire ! Ou l'amiral. Il a failli tomber d'apoplexie en lisant ça. C'est normal. Regardez la flotte. Bien mouillée et aussi abritée que dans la baie de Portsmouth. Où diable serions-nous un jour comme aujourd'hui, sans Hong Kong ? Dieu du ciel ! Je serais mort de peur si j'étais mouillé à Macao. Il nous faut Hong Kong et voilà tout. Même cet imbécile de général a vu clair, une fois dans sa vie, et il est entièrement d'accord... »

Il continua un moment sur ce ton, maudissant Cunnington et Longstaff, au grand amusement de Struan.

La porte s'ouvrit et la bourrasque entra avec Tess et Culum, tout joyeux malgré le mauvais temps.

« Tiens, bonjour, Taï-pan. Glessing, vieux, nous pouvons avoir du thé ? Nous avons fait une prière en votre honneur.

— Merci... Servez-vous. »

Tess fit sa révérence à Struan et ôta sa cape trempée.

« Vous êtes bien jolie ce matin, Mrs. Struan. »

Elle rougit, baissa les yeux et alla prendre la théière.

« Vous avez l'air assez heureux, tous les deux.

— Oui, nous le sommes, assura Culum. Nous avons rendu grâces à Dieu. Et d'avoir envoyé le changement de vent.

— Tu ne veux pas changer d'avis, petit ? Venir à la résidence ?

— Non, merci, nous sommes en sécurité ici. »

Struan remarqua une petite boîte d'argent et de pierreries pendant en breloque à la chaîne de montre de Culum.

« Qu'est-ce que c'est que ça, petit ?

— Un souvenir. Tess me l'a donné. »

La petite boîte contenait les vingt souverains de Brock et Culum éprouva un nouveau pincement de culpabilité, parce qu'il n'avait pas avoué leur signification à Tess. Il avait mis les pièces d'or dans la boîte après qu'ils furent descendus du *White Witch* pour la dernière fois, pour qu'elles lui rappellent Tyler Brock, et qu'il n'avait pas été juste, en lui refusant de le laisser s'expliquer.

« C'était à ma grand-mère, dit Tess. Ce n'est pas un bien beau cadeau de noces, mais une fille qui n'a pas de dot...

— Ne vous souciez pas de ça, fillette. Vous faites partie de la Noble Maison. Quand allez-vous emménager dans votre maison à vous ?

— Dans trois semaines, répondirent en chœur Culum et Tess, et ils éclatèrent de rire.

— Très bien. Nous fêterons ça. Bon, à plus tard.

— Regardez-moi ce fou, Taï-pan ! s'écria Glessing, qui braquait sa longue-vue sur un lorcha ballotté dans le chenal est, voiles carguées ou presque.

— Qu'est-ce qu'il fait ? Ce n'est pas un jour à se promener en mer, bon Dieu, grommela Struan.

— Avec votre permission, monsieur Struan, je vais lui signaler de s'amarrer à votre jetée de la Vallée Heureuse. Il aurait du mal à venir mouiller par ici, et votre wharf est dégagé.

— Sûr, avec plaisir. Qui est-ce ?

— Lorcha naval. Battant le pavillon du capitaine surintendant adjoint, dit Glessing en refermant son télescope. Son capitaine a besoin de se faire soigner. Quitter Macao par un temps pareil ! Ou alors M. Monsey est diablement pressé. Qu'en pensez-vous ? »

Struan sourit.

« Je ne suis pas devin, capitaine Glessing. »

Le capitaine du port donna des ordres à un marin qui se hâta de glisser les pavillons sur une drisse. Puis il ouvrit le panneau du plafond. De la pluie tomba dans le bureau tandis que le signal était envoyé.

« Où est Longstaff ? demanda Struan.

— A bord du navire amiral. Je dois avouer que je serais plus heureux à flot, moi-même.

— Pas moi, déclara Culum.

— Oh ! mon Dieu, non », s'exclama Tess.

Struan avala son thé.

« Eh bien, je m'en vais. Vous savez où je suis, si vous avez besoin de moi.

— Mais... ce n'est pas dangereux, Taï-pan ? demanda Tess. La fièvre de la Vallée Heureuse et tout ? De rester là-bas ?

— Le vent et la pluie chasseront les gaz empoisonnés, allez, assura Struan avec une confiance qu'il n'éprouvait pas.

— N'oublie pas, Tess, qu'il reste du cinchona, et que bientôt nous en aurons tant que nous voudrons. Taï-pan, je trouve que cette entreprise est magnifique. Un service rendu à l'humanité ! »

Struan avait parlé à Culum de son accord avec Cooper avant la publication de la nouvelle dans le journal. Il avait aussi encouragé Culum à passer le plus de temps possible chez les Américains ; plus il envisageait une association entre Cooper et Culum, plus l'idée le séduisait.

« Jeff est très intelligent et habile, petit. Ça te plaira de travailler avec lui, dit-il en enfilant son manteau de pluie. Bon, cette fois je m'en vais. Écoutez, vous deux. Ne vous souciez pas de Brock. Ne vous inquiétez pas pour votre père, petite. Je suis sûr qu'il se radoucira si vous lui en laissez le temps. Laissez-lui le temps, simplement.

— Je l'espère, murmura Tess, je l'espère de tout mon cœur. »

En sortant, Struan s'arrêta devant le baromètre.

« Doux Jésus Dieu, s'écria-t-il. Il a baissé à 29,5 ! »

Angoissé, Glessing regarda l'heure. Il était presque dix heures.

« Il est tombé de près d'un demi-pouce en une demi-heure ! »

Il griffonna une note sur le tableau de la pression et suivit Struan, qui avait couru dehors.

Un quart de l'horizon, à l'est, était noir, et il n'y avait plus de division entre le ciel et la mer. Le vent était plus violent, irrégulier mais toujours plein nord, et la pluie redoublait.

« Le voilà, pas de doute, dit Struan entre ses dents. Claquemurez-vous tous ! »

Il se mit à courir le long de Queen's Road, vers la Vallée Heureuse.

« Rentrez ! Tess ! Culum ! » cria Glessing.

Il claqua la porte et poussa les verrous.

« Quoi que vous fassiez, n'ouvrez aucune porte ni fenêtre jusqu'à nouvel ordre ! »

Il rabattit les mantelets sur les hublots et vérifia soigneusement toutes les fermetures. Struan avait raison. Le tourbillon allait passer juste au-dessus d'eux.

« Je suis heureux que vous ayez fait la paix avec votre père, Culum. Et maintenant, je crois qu'il serait temps de déjeuner, dit-il d'une voix rassurante. Mrs. Struan, peut-être voudriez-vous donner des ordres ? »

# 48

STRUAN courait, aussi vite qu'il le pouvait. Quelques coolies de chaises à porteurs se hâtaient vers Tai Ping Shan et de rares Européens cherchaient un abri. A travers le rideau de pluie, Struan aperçut le lorcha de la marine dans la rade, à sa hauteur, cinglant vers la Vallée Heureuse en prenant des ris. La mer bouillonnante était d'un gris vert terne. La ligne sombre d'un grain courait à une vitesse incroyable en travers de la rade ; son extrémité cueillit le lorcha, arracha sa grand-voile et le fit virer cap pour cap. Struan se planta les jambes écartées, penché en avant, et le grain l'enveloppa. Cela ne dura que quelques secondes, mais il sentit le coup de fouet cinglant du vent chargé de pluie et faillit être jeté par terre. Lorsqu'il put enfin ouvrir les yeux, il se tourna vers la mer. Chose ahurissante, le lorcha était toujours à flot, sur le flanc, et se traînait encore avec sa seule misaine et les lambeaux de la grand-voile en bannière.

Struan se remit à courir. Il arriva sur sa jetée de la Vallée Heureuse à temps pour voir les rouleaux aux crêtes blanches soulever le lorcha et le projeter contre les pilotis. Un matelot sauta du plat-bord avec une amarre mais il glissa et tomba entre le wharf et le bateau. Il réussit à se cramponner des deux mains au bord de la jetée, mais la mer projeta le lorcha contre lui et il fut coupé en deux. Quand le bateau s'écarta, il avait disparu.

Struan héla les matelots affolés et se rua en avant. Un marin lui lança l'amarre et il réussit à l'assurer autour d'une bitte. Un autre matelot, risquant sa vie, sauta sur la jetée avec l'amarre arrière et réussit à prendre pied sans mal.

La mer se soulevait, le lorcha et les pilotis hurlaient et puis le bateau fut amarré solidement et les hommes sautèrent à terre.

« Au comptoir ! » leur cria Struan en s'élançant et en leur faisant signe de le suivre.

Il courut vers la grande porte, réussit à l'ouvrir et le vent faillit l'emporter. L'équipage de huit hommes se précipita à l'intérieur en jurant et en remerciant leur chance.

Struan se dépouilla de son manteau ruisselant, puis il reconnut Horatio et Monsey.

« Dieu de Dieu ! Qu'est-ce que vous faites là, Horatio ? Bonjour, monsieur Monsey.

— Je croyais... que nous ne reverrions jamais la terre », souffla Monsey.

Horatio, haletant, s'appuya au mur et vomit.

La porte se rouvrit et dans un tourbillon de vent et de pluie le capitaine — un jeune lieutenant — entra d'un pas rageur et s'ébroua comme un gros chien. Struan courut claquer la porte.

« Par le bon Dieu de Moïse ! s'écria l'homme en s'adressant à Struan. Vous avez vu ce ciel ?

— Bon Dieu, que diable foutiez-vous en mer par un temps pareil ? Vous n'étiez donc pas foutu de lever les yeux avant de quitter Macao ?

— Si, par Dieu ! Mais j'ai reçu l'ordre d'aller à Hong Kong, alors je suis allé à Hong Kong ! Nous sommes entre les mains d'un fou furieux.

— Hein ?

— Ce foutu fumier de capitaine surintendant du Commerce, Sir nom de Dieu Clyde mes fesses Whalen ! Ce foutu crétin de bougre d'Irlandais a bien failli nous faire perdre corps et biens. Je lui ai dit qu'il y avait du mauvais temps et il a regardé le ciel et m'a répondu tranquillement : « Bien assez de temps pour « arriver là-bas. Je vous donne l'ordre de prendre la « mer ! » Merci, mon Dieu, pour Hong Kong !

— Comment est la mer, au large ?

— Une heure de plus et nous n'arrivions jamais. Des vagues de huit, dix, douze mètres. Mais ce foutu vent ! Il ne vire pas, il ne tombe pas. C'est impossible ! C'est un typhon, ou non ? Comment est-ce possible ?

— La tempête est en route à l'est et nous sommes en plein sur son chemin, petit.

— Dieu nous garde !

— Faites comme chez vous. Je vais voir si on peut servir du thé et du rhum à tout le monde.

— Merci, dit le jeune homme. Pardonnez-moi mon éclat. »

Struan alla rejoindre Monsey et Horatio.

« Pouvez-vous monter un étage, monsieur Monsey ?

— Oui. Merci, Taï-pan. Vous êtes très prévenant.

— Aidez-moi à faire monter Horatio.

— Certainement. Je ne sais pas du tout ce qu'a ce pauvre garçon. Il gémit et marmonne des mots incohérents depuis le départ de Macao. Fort singulier.

— C'est la peur », jugea Struan.

Ils aidèrent Horatio à ôter son manteau trempé. Sa figure était grisâtre, et il était pratiquement incapable de se tenir debout. A eux deux, Monsey et Struan le portèrent dans l'escalier et l'allongèrent sur un canapé, dans l'aile ouest, dans les anciens appartements de Robb.

Struan ouvrit la desserte et servit du cognac. Monsey prit son verre d'une main tremblante et le vida d'un trait. Il en accepta un second.

« Merci.

— Faites-en boire à Horatio. Je reviens tout de suite. »

Struan traversa toute la longueur de l'immeuble et gagna ses propres appartements au bout de l'aile est.

May-may, Yin-hsi et Ah Sam jouaient au mah-jong devant une petite table dans le grand salon. Des lanternes étaient allumées et les flammes dansaient joyeusement.

« Ah ! Taï-pan. »

May-may prit une des petites pièces de bambou et d'ivoire et la plaqua rageusement sur la table.

« Oh ! jour maudit, Taï-pan ! Mon joss est terrifical mauvais. Je n'ai pas gagné une seule partie. J'ai perdu quatre cents taels et nous jouons depuis des heures. Malheur, malheur, malheur ! Je suis heureuse de te voir, ça ne fait rien. »

La pluie crépitait contre les volets et le vent hurlait.

« Maudit bruit ! Tu peux me prêter des taels ? Je suis impauvrie.

— Je te les retiendrai sur ton argent de poche. Retourne à ton jeu, fillette, dit Struan en riant. Nous avons de la compagnie, en bas et partout, alors ne sors pas.

— Pour quoi faire sortir ? »

Struan retourna chez Robb.

Monsey avait meilleure mine.

Il avait ôté ses vêtements mouillés et s'était enroulé dans une couverture. Horatio dormait d'un sommeil agité.

« Dieu nous a sauvés à temps, Taï-pan, dit Monsey.

— Pourquoi diable avez-vous quitté Macao ? C'était chercher les ennuis. Vous devriez bien avoir vu le temps !

— Affaires officielles, Taï-pan, ricana Monsey. Son Excellence Impériale Whalen est arrivée hier soir par frégate. Elle m'a ordonné de gagner Hong Kong avec une dépêche pour l'ex-plénipotentiaire. Par ce temps, s'il vous plaît ! Comme si un jour ou deux y changeaient quelque chose ! Je n'ai pas eu le cœur de lui dire que la « grande nouvelle » avait déjà été publiée dans notre journal.

— Comment est-elle ?

— Je dirais qu'elle est assez éprouvante. Elle est arrivée en rade de Macao vers minuit, à bord d'une frégate, sans être annoncée. Quatre minutes plus tard, j'étais convoqué à bord. Elle m'a présenté ses lettres de crédit, m'a donné à lire la dépêche du ministre des Affaires étrangères — c'est, mot pour mot, l'article de Skinner ; on se demande comment ces foutus journalistes se procurent des documents secrets, hé ? — et elle m'a ordonné de partir à l'aube pour porter immédiatement la dépêche à Longstaff. Elle dit qu'elle arrivera à Hong Kong au plus tôt, que Longstaff doit partir sur l'heure. Que je devais voir l'amiral et le général et les prévenir que tout doit être préparé pour un départ immédiat dans le nord. Un Irlandais ! Que voulez-vous que je vous dise de plus ? »

Monsey se laissa tomber dans un fauteuil.

« Pourquoi n'est-elle pas venue directement ici ?

— Peux pas voir deux plénipotentiaires en même temps, c'est contraire au règlement, monsieur Struan. Le protocole, voyons, qu'en faites-vous ? Je dois immédiatement prendre la relève de Longstaff. Dès qu'il aura quitté la rade j'en informerai Son Excellence. Alors elle arrivera. »

Une rafale de vent s'abattit contre les volets et les secoua.

« Au diable le bonhomme. Il a failli causer ma mort. Les choses vont drôlement marcher en Asie, avec lui à la tête des affaires. La première chose qu'il a dite, c'est : « Ce maudit rocher peut couler, en ce qui me concerne. » Mon Dieu ! Si ça ne vous fait rien, je vais aller me reposer un moment. Je ne me sens pas moi-même. »

Horatio se remit à gémir et puis il vomit.

« Donnez-lui encore du cognac, conseilla Struan. Il y a une chambre à coucher, à côté. »

Il descendit voir comment allait l'équipage du lorcha. Les hommes avaient déjà trouvé les provisions et l'alcool. Ceux qui ne mangeaient et ne buvaient pas dormaient, ou s'y efforçaient.

Le baromètre marquait 29,1, et continuait de baisser.

« Dieu de Dieu, ça fait plus de trois dixièmes de pouce à l'heure, soupira le jeune lieutenant. Ah ! au fait, monsieur Struan, je suis le lieutenant Vasserly-Smythe, de la Royal Navy. »

Struan serra la main tendue.

« Merci de nous donner asile. »

Une fenêtre au nord s'ouvrit brusquement et le vent chassa la pluie jusqu'au milieu du vestibule. Trois matelots coururent refermer les volets et la fenêtre.

« Je crois que je vais jeter un coup d'œil à mon navire, dit le lieutenant.

— Par ici, alors. »

Struan le conduisit dans un couloir, vers une fenêtre aux volets solidement clos, mais qui était à l'abri du vent du nord. Il l'ouvrit avec prudence et regarda dehors.

Le *China Cloud* et le *Resting Cloud* étaient solidement mouillés et ne semblaient pas souffrir. Les rouleaux soulevaient le lorcha du lieutenant qui grinçait et se heurtait aux pilotis. A l'est, il n'y avait pas d'horizon. Rien que du noir. Et ce noir se ruait vers eux.

« Votre bateau va aussi bien que possible, lieutenant.

— Oui. »

Le lieutenant jeta un dernier regard effrayé à l'est et referma les volets.

« C'est mon premier commandement, dit-il. Je ne suis dans ces eaux que depuis quelques mois. Qu'est-ce qu'il se passe, dans un typhon ?

— Les Vents Suprêmes sortent de la bourrasque pour vous attaquer.

— Quels sont-ils ?

— Des rafales. Des grains. On les appelle parfois les Vents du Diable. »

## 49

Le premier des Vents Suprêmes balaya la rade une heure plus tard et tomba sur le *Resting Cloud.* Ses cordages se rompirent net et le navire s'en alla dériver dans les ténèbres. Mauss, dans une des cabines, leva les yeux de sa bible et remercia Dieu de ses bienfaits, et pour Hung Hsiu-ch'uan. Le vent fit virer le *Resting Cloud* cap pour cap, projetant Mauss sans connaissance contre la paroi et le navire fut poussé par le travers vers la terre. Le *Boston Princess* de Cooper-Tillman se trouvait sur son passage. Les deux navires entrèrent violemment en collision et le beaupré du *Resting Cloud* emporta une partie du château du *Boston Princess* avant de se briser. Le navire reprit sa course folle, l'arrière touné vers l'île. La tempête le projeta dans le sillage flottant, écrasant des dizaines de sampans, et l'envoya échouer sur les rochers. Des centaines de Chinois se noyaient, et ceux qui étaient encore à l'abri sur leurs sampans se terraient sous leurs légers toits de bambou. Mais le Vent Suprême suivant arracha les toits et avec eux de nombreuses familles.

A bord du *Boston Princess,* Jeff Cooper se releva péniblement du plancher de la cabine principale et alla aider Shevaun. La tempête redoublait de violence mais les amarres tenaient bon.

« Vous n'avez rien ? hurla Cooper dans le tumulte.

— Je ne crois pas. Oh ! mon Dieu, protégez-nous !

— Restez là. »

Cooper ouvrit la porte de la cabine et se traîna sur le pont un instant, dans un enfer de violence. Mais la pluie horizontale et le vent le chassèrent en bas. Il descendit trois ponts au-dessous et suivit une coursive vers la cale. Avec une lanterne, il regarda autour de lui. Là où le *Resting Cloud* les avait heurtés, la paroi de bois était enfoncée et les joints commençaient à céder. Cooper remonta auprès de Shevaun.

« Tout va bien, dit-il pour la rassurer. Tant que nous ne romprons pas les amarres. »

Un Vent Suprême frappa la pointe de Glessing et brisa le mât du drapeau, le projetant comme un javelot dans le bureau du capitaine du port.

Le mât traversa le mur de granit et coupa le bras de Glessing au coude, puis continua sa course à travers le mur opposé, en jetant Culum à terre et faisant cascader sur Tess des briques et des charbons ardents du brasero avant de tomber.

Le vent et la pluie se ruèrent par les trous des murs. La robe de tess avait pris feu. Culum se précipita et étouffa les flammes avec les mains.

Quand il eut tout éteint, il prit Tess dans ses bras. Elle avait perdu connaissance. Sa figure était livide, ses cheveux en partie brûlés. Il lui arracha sa robe et l'examina. Elle était brûlée dans le dos.

Culum entendit hurler. Il se retourna et vit Glessing, le sang jaillissant de son moignon, et, de l'autre côté de la pièce, l'autre moitié de son bras. Culum voulut avancer, mais ses jambes refusèrent de lui obéir.

« Faites quelque chose, Culum ! » hurla Glessing.

Il se ressaisit, s'empara d'une drisse de pavillon, fit rapidement un garrot au bras et arrêta l'hémorragie. Il hésita un instant, en se demandant ce qu'il fallait faire, et puis il se rappela son père, quand Sergueyev avait été blessé.

« Nettoyer la plaie, dit-il à haute voix. Voilà ce qu'il faut faire. Et puis la cautériser. »

Il trouva la théière. Il restait encore de l'eau dedans. Il s'agenouilla près de Glessing et se mit à laver la blessure.

« Bougez pas, vieux », marmonna-t-il, l'horrible souffrance de Glessing lui déchirant les entrailles.

Tess gémit en reprenant connaissance. Elle se releva tant bien que mal dans le vent qui faisait danser des papiers, des pavillons et de la poussière, et l'aveuglait. Et puis sa vision s'éclaircit et elle poussa un hurlement aigu.

Pris de panique, Culum sursauta et se retourna. Il la vit qui regardait fixement le bras arraché.

« Viens m'aider ! Les pincettes ! » glapit-il dans le fracas de la tempête.

Elle hocha la tête et recula, comme une folle, sans quitter le bras des yeux et puis elle se mit à vomir.

« Trouve-moi les nom de Dieu de pincettes ! rugit Culum. Tu seras malade après ! »

Tess se redressa, choquée par la voix dure de Culum. Elle chercha les pincettes.

« Nom de Dieu, dépêche-toi ! »

Elle finit par les trouver et, dans un cauchemar, les tendit à Culum.

Il prit un charbon ardent avec les pincettes et l'appliqua sur la blessure. Glessing hurla et s'évanouit. La puanteur de chair grillée était intolérable. Culum lutta contre la nausée jusqu'à ce que le moignon soit tout à fait cautérisé.

Et puis il se détourna et fut atrocement malade.

Brock leva les yeux du baromètre. Le navire vibrait, le bois grinçait et protestait.

« 28,2, Liza ! Il n'a jamais été aussi bas ! »

Liza tenait Lillibet contre elle et s'efforçait de maîtriser sa terreur.

« Je me demande où est Tess. Mon Dieu, protégez-la !

— Ouais », grommela Brock.

Il y eut un assourdissant grincement de bois et le navire frémit tout entier, mais il se redressa.

« Je m'en vais sur le pont !

— Reste ici ! Pour l'amour de Dieu, ne va pas risquer... »

Elle se tut, car il était déjà parti.

« Maman, sanglota Lillibet, quand ça va s'arrêter ?

— Bientôt, ma chérie, dans quelques minutes. C'est fini. »

Brock sortit prudemment la tête du panneau de l'échelle sous le vent du gaillard d'arrière. Il haussa le cou pour voir les mâts. Ils étaient courbés comme des brindilles. Un monstrueux craquement retentit et sous ses yeux l'étai de grand-mât se fendit.

« Parez à la manœuvre ! hurla Brock. Bordée bâbord sur le pont ! »

Un Vent Suprême fonça du nord en hurlant et un hauban claqua, puis un autre et encore un autre. le grand mât se cassa à ras du pont et se jeta dans le mât de misaine et les deux mâts, les vergues, les haubans et le gréement s'écroulèrent sur le pont, écrasant l'échelle du gaillard d'arrière. Le *White Witch* prit une gîte terrible.

Brock se dégagea de l'enchevêtrement de voiles carguées et de haubans et hurla à son équipage pétrifié :

« Sur le pont, racaille ! Nom de Dieu, pour vos vies ! Jetez les mâts par-dessus bord ou nous sommes perdus ! »

Il aiguillonna ses hommes et, cramponné d'une main, secoué par les rafales, aveuglé par le vent, il se mit à sabrer frénétiquement les haubans, en se rappelant cet autre typhon qui lui avait coûté un œil, en priant Dieu de lui conserver son œil restant, que Tess fût en lieu sûr, que Liza et Lillibet ne périssent point en mer.

Les échafaudages de la nouvelle ville avaient été emportés depuis longtemps. Un Vent Suprême se rua sur la plage, démolissant ce qui restait des tentes des soldats et saccageant le chantier naval. Il emporta les bars et les tripots et les bordels des docks et il aplatit l'établissement de Mrs. Fotheringill, ensevelissant dans les décombres Aristote Quance et pulvérisant ses tableaux. Puis il se trancha une route droite comme une flèche dans les taudis de Tai Ping Shan, fit disparaître une centaine de familles et balaya les débris à deux kilomètres de là sur les contreforts de Peak.

Dans un très profond souterrain, sous la colline de Tai Ping Shan, Gordon Chen se terrait dans l'abri secret qu'il avait fait construire et se félicitait de sa prévoyance. La cave était creusée dans le roc, et très solide, et bien qu'il sût que sa maison, au-dessus, avait disparu, il se rappelait joyeusement que ses biens les plus précieux étaient là, en sécurité, et que la maison pourrait facilement être reconstruite. Ses yeux errèrent sur ses registres en tas, ses dossiers de titres de possession de terrains, ses billets à ordre, ses reçus, ses hypothèques, ses coffres d'argent en lingots ou en pièces, ses coffrets de jade, ses pièces de soie inestimable, ses tonneaux de vins fins. Et sur sa concubine, Fleur Précieuse. Elle était confortablement installée sous des couvre-pieds du duvet le plus fin, soutenue par des coussins de soie, sur un grand lit poussé contre une des parois. Il se versa encore une minuscule tasse de thé, puis il alla s'étendre auprès d'elle.

Tu es un garçon très astucieux, se dit-il.

Le vent et la pluie assenaient leurs coups de boutoir sur le mur nord du comptoir de Struan, à la Vallée Heureuse, et de temps en temps un des Vents du Diable essayait de tirer dessus. Mais à part un frémissement, de temps en temps, et le bruit infernal, la bâtisse tenait bon.

Struan allumait un cigare. Il avait horreur d'être là, enfermé, et de ne pouvoir rien faire.

« Tu fumes trop, lui cria May-may dans le tumulte de la tempête.

— Fumer calme les nerfs.

— Sale habitude puante. Puante. »

Il ne dit rien, et alla de nouveau consulter le baromètre.

« Pour quoi faire tu regardes ça toutes les dix minutes ?

— Il me dit où est la tempête. Quand il s'arrêtera de baisser, le tourbillon sera sur nous. Ensuite, il remontera. Je crois.

— Je ne suis pas très plaisamment heureuse d'être ici, Taï-pan. Ce serait bien mieux à Macao.

— Je ne crois pas.

— Quoi ?

— Je ne crois pas !

— Oh ! Il nous faut encore dormir ici ce soir ? demanda-t-elle, lasse de hurler. Je ne veux pas que Yin-hsi, ou toi, ou même cet excrément de tortue d'Ah Sam attrapent la fièvre.

— Je crois que nous ne risquons rien.

— Quoi ?

— Nous ne risquons rien ! »

Il regarda l'heure. Deux heures vingt. Mais quand il mit un œil à une fente du volet, il ne vit rien. Rien qu'un vague mouvement dans les ténèbres et des stries de pluie horizontales sur les carreaux. Il se félicita d'être sous le vent. Ce coin de la résidence donnait à l'est, au sud et à l'ouest, et il était protégé ainsi de la pleine violence du vent. Et Struan se félicitait d'être à terre. Aucun navire ne pourra survivre à ça, pensa-t-il. Aucune rade au monde n'est assez sûre pour protéger les flottes d'une telle force de Dieu. Je parie que Macao en subit sa part. Pas de protection, là-bas. Je parie que la moitié des navires sont en pontons et dix mille jonques et sampans par le fond sur cinq mille milles de côte. Sûr. Et le navire envoyé au Pérou ? Je parie qu'il s'est trouvé sur son passage et qu'il est allé par le fond, le frère Sébastien avec.

« Je vais voir les autres.

— Reviens vite, Taï-pan. »

En longeant le couloir, il vérifia les fermetures des volets. Puis il traversa le palier et redressa distraitement un tableau de Quance avant d'entrer dans l'ancien appartement de Robb.

Horatio était assis dans la pénombre, sur ce même fauteuil de rotin où Sarah avait été assise, il y avait, semble-t-il, si longtemps, et dans la pauvre lumière vacillante des lanternes, Struan crut un instant revoir sa belle-sœur.

« Bonjour, Horatio. Où est Monsey ? »

Horatio regarda Struan sans le reconnaître.

« J'ai trouvé Ah Tat, dit-il, d'une voix bizarre.

— Je n'entends pas, petit. Faudra crier.

— Ah Tat. Je l'ai retrouvée. Oh ! oui.

— Hé ? »

Horatio se mit à rire, d'un rire hideux, comme si Struan n'était pas là.

« Mary s'est fait avorter. Elle n'est qu'une sale putain de sales mécréants de païens et elle l'est depuis des années.

— Ridicule ! Vous êtes fou, petit. Ça ne tient pas debout. Faut pas croire ça, dit Struan.

— J'ai retrouvé Ah Tat et je lui ai fait cracher la vérité à coups de fouet. Mary est une sale catin de Chinois et elle portait un bâtard chinois en elle. Mais

Ah Tat lui a donné le poison pour assassiner le bâtard. »

Horatio poussa un hurlement de rire et poursuivit, en entrecoupant son récit de ricanements hideux :

« Mais j'ai retrouvé Ah Tat et je l'ai battue jusqu'à ce qu'elle me dise la vérité. Elle était la maquerelle de Mary. Mary s'est vendue aux païens. Glessing n'épousera jamais une pute à Chinois. Alors, elle sera de nouveau à moi. Rien qu'à moi. Je lui pardonnerai tout si elle rampe à mes genoux.

— Horatio ! Horatio !

— A moi. Elle sera toute mienne. Comme quand nous étions petits. Elle sera de nouveau à moi. Je lui pardonnerai. »

Une rafale du diable plus brutale encore secoua la bâtisse, suivie d'une autre, d'une autre encore, et il leur sembla qu'ils étaient au centre de dix mille maelstroms en furie. Struan entendit voler en éclats des volets et des fenêtres. Il s'élança et courut dans le couloir vers ses appartements. May-may et Yin-hsi étaient pelotonnées dans le lit et Ah Sam, pétrifiée, gémissait faiblement. Struan courut au lit et prit May-may dans ses bras. Les rugissements incroyables redoublèrent de violence.

Brusquement, la tempête cessa.

Ce fut le silence.

Du jour commença de filtrer par les fentes des volets, et devint plus brillant, plus éblouissant de seconde en seconde.

« Qu'est-ce qu'il s'est passé ? » demanda May-may, sa voix résonnant étrangement dans le silence stupéfiant.

Struan la posa sur le lit et alla à la fenêtre. Après avoir prudemment regardé par une fente, il ouvrit, lentement, et poussa les volets. Le soleil éclatant lui fit mal aux yeux. L'air était chaud, sec, léger.

Il contempla la rade, avec incrédulité.

Le *China Cloud* était toujours à son mouillage. Le *White Witch* était démâté, les bouts de ses haubans pendant par-dessus bord. Le *Resting Cloud* était échoué à la pointe de Glessing. Le lorcha était toujours bien amarré à la jetée de la Compagnie. Il aperçut une frégate échouée la quille en l'air, très haut au-dessus des vagues. Mais le reste de la flotte, les transports de troupes et les navires marchands étaient encore mouillés, intacts.

Au-dessus, c'était un grand ciel bleu, du soleil, de légères plumes de nuages blancs. Mais dans la rade la mer était devenue folle. Des vagues pyramidales jaillissaient et se heurtaient et retombaient en désordre, et Struan vit le *China Cloud* embarquer des paquets de mer par bâbord et tribord et à l'avant et à l'arrière en même temps. Au loin, un écran de nuages noirs gigantesques, en demi-cercle, montait de la mer et se dressait majestueusement à deux mille mètres d'altitude.

Et, par-dessus tout cela, si l'on écartait le bruit des vagues s'écrasant les unes contre les autres, le silence.

« Nous sommes dans l'œil du cyclone.

— Quoi ?

— L'œil du typhon. Le centre. C'est ça. »

May-may, Yin-hsi et Ah Sam accoururent à la fenêtre.

« La flotte est sauve, par tout ce qu'il y a de sacré ! jubila Struan. Les navires sont saufs ! Ils sont saufs ! »

Brusquement, sa joie s'évapora et il claqua les volets, les fenêtres et tira soigneusement tous les verrous.

« Venez », pressa-t-il en ouvrant la porte.

Ahuries, elles le suivirent. Il courut dans le couloir, et gagna l'aile opposée du bâtiment et poussa la porte de l'appartement le plus au nord.

Les volets étaient dans un triste état ; une fenêtre avait été brisée et il y avait des débris de verre partout.

« Restez ici, ordonna-t-il.

— Mais qu'est-ce que tu as, Taï-pan ? La tempête est partie.

— Faites ce que je dis ! »

May-may haussa les épaules et s'assit sur une chaise cassée.

« Qu'est-ce qu'il a donc, Père ? demanda Yin-hsi.

— Je ne sais pas. Par moments, vraiment, je ne le comprends pas. Dieu soit loué, le bruit a cessé. N'est-ce pas silencieux ? Tellement calme que ça fait mal. »

Yin-hsi alla à une fenêtre et l'ouvrit.

« Oh ! venez voir ! Que c'est joli ! Je suis bien heureuse que la tempête soit partie. »

May-may et Ah Sam se pressèrent à la fenêtre à côté d'elle.

Brock était debout sur le pont, paralysé. Il voyait des vagues venir sur lui de toutes les directions à la fois, mais là, à l'abri de la côte, elles n'étaient pas très hautes. Le soleil était chaud, l'air sec. De l'eau ruisselait bruyamment. Les nuages d'orage en cercle ressemblaient aux murs d'une imposante cathédrale, dont la nef aurait cinq milles de large. Mais les murs avançaient. Le quart de cercle à l'est se refermait sur eux.

« Qu'est-ce qu'il se passe, trésor ? demanda Liza en arrivant sur le pont avec Lillibet. Oh ! comme c'est beau !

— Oh ! oui, c'est joli, s'écria la petite fille.

— Nous sommes dans l'œil du typhon, dit Brock. Le centre ! »

Des matelots qui montaient sur le pont se retournèrent, surpris par le ton de sa voix.

« Oh ! regardez, cria Lillibet en montrant l'île du doigt. Regardez comme c'est drôle ! »

Les arbres de l'île étaient tout blancs sur le fond de terre brune. Leurs branches avaient été complètement dégarnies de leurs feuilles et de leur écorce. La Nouvelle Queen's Town avait pratiquement disparu et Tai Ping Shan n'était que ruines. De petites silhouettes commençaient à sortir au bord de l'eau.

« Descendez », grinça Brock.

Perplexe, Liza obéit.

« Capitaine Pennyworth !

— Monsieur ?

— Feriez bien de faire votre paix avec votre Créateur, lui dit Brock. Lui seul sait ce qu'il y a de l'autre côté de ces nuages du diable. Tout le monde dans l'entrepont ! »

Il prit sa longue-vue et la braqua sur la résidence de la Noble Maison. Il vit Struan dehors, devant la porte, au milieu d'un groupe. Aux fenêtres du deuxième étage on apercevait quelques têtes.

Il referma brusquement le télescope.

« Tu ferais bien de rentrer, Dirk », murmura-t-il.

Il remit en place les morceaux du panneau de l'échelle et les fixa aussi solidement que possible, puis il descendit dans la cabine.

« Ma foi, dit-il, je crois que nous allons faire les prières.

— Oh ! oui, s'écria Lillibet en battant des mains. Je peux dire la mienne d'abord ? Comme quand je me couche ? »

Culum avait un bras autour de Tess.

« Si nous sortons de ça vivants, du diable si je reste ici, grommela-t-il. Nous rentrerons en Angleterre et au diable ces lieux maudits !

— Oui », soupira Tess, atterrée par la destruction.

Terrifiée, elle regarda l'écran de nuages noirs qui avançait inexorablement. Il engloutit la péninsule de Kowloon.

« Nous ferions bien de rentrer », dit-elle.

Culum ferma la porte sur eux ; il s'était brûlé atrocement les mains et pouvait à peine remuer les doigts mais il poussa les verrous à bloc.

Tess enjamba les décombres, et alla s'agenouiller près de Glessing. Il avait la figure cadavérique, mais son cœur battait.

« Pauvre George », souffla-t-elle.

Struan évaluait la distance entre la jetée et le *China Cloud* et les nuages les plus à l'est. Il savait qu'il n'avait pas le temps de prendre un canot, aussi courut-il à l'extrémité de la jetée ; il mit ses mains en porte-voix.

« Orlov ! rugit-il de sa voix puissante qui se répercuta étrangement dans le silence de la Vallée Heureuse. Ohé ! du *China Cloud* ! »

Il vit Orlov agiter le bras et l'entendit répondre :

« Oui ?

— Cap au Sud ! Les vents vont souffler du sud, à présent ! Cap au Sud !

— Sûr », répondit Orlov.

Struan vit des matelots courir à l'avant, et mettre un canot à la mer, puis, fébrilement, haler le navire pour lui faire faire demi-tour.

Le Taï-pan courut rejoindre le groupe d'hommes devant la porte.

« Rentrez vite ! »

Certains obéirent, mais le jeune lieutenant continuait de regarder son lorcha, et la rade, d'un air de n'en pas croire ses yeux.

« Sacré Dieu de bon Dieu, il est encore à flot ! Et regardez la flotte ! Les navires ! Je croyais qu'ils auraient tous été emportés aux cent mille diables, à présent, mais il n'y a qu'une frégate d'échouée, et ce clipper démâté. Incroyable, bon Dieu ! Du sud, avez-vous dit ? Pourquoi ?

— Venez, insista Struan en le tirant par le bras. Rentrez vite et faites rentrer tous vos hommes !

— Mais que se passe-t-il ?

— Nom de Dieu, il se passe que dans quelques minutes l'œil du cyclone aura passé et que la tempête sera renversée et soufflera du sud ! Dites à vos hommes de... »

Il faillit être renversé par Horatio qui sortait en trombe et s'élançait dans Queen's Road, vers le chantier naval.

« Horatio ! Revenez ! Vous êtes fou ! Vous allez vous faire tuer ! » hurla Struan.

Mais Horatio ne l'écouta pas. Struan se lança à sa poursuite.

« Horatio ! Nom de Dieu, qu'est-ce qui vous prend ? cria-t-il en le rejoignant, et en l'empoignant par les épaules.

— Il faut que je le dise à Glessing ! Finie toute cette saloperie de mariage dégoûtant ! glapit Horatio. Éloignez-vous de moi, assassin ! Vous et votre sale putain criminelle ! Je vous ferai pendre tous les deux ! »

Il se dégagea d'une brusque secousse et repartit en courant. Struan le suivit, mais la pluie se remit à tomber et il s'arrêta net. Les murailles de nuages étaient déjà au milieu de la baie et la mer bouillonnait à leurs pieds. Il vit l'équipage du canot se hisser précipitamment à bord du *China Cloud* et disparaître dans l'entrepont. Orlov agita une dernière fois le bras et descendit à son tour.

Struan fit demi-tour et courut vers l'abri de la résidence. Une rafale le gifla et il redoubla d'efforts. Enfin, sous une averse diluvienne, il atteignit le seuil et se retourna.

Quittant la Vallée Heureuse, Horatio courait le long de la plage. Le mur de nuages recouvrait le chantier naval et Horatio s'enfonça dans le brouillard. Struan le vit s'arrêter, lever les yeux, et puis la petite silhouette fut emportée comme une feuille morte.

Struan poussa la porte et la reclaqua vivement, mais avant qu'il ait le temps de pousser les verrous, l'obscurité tomba et un Vent Suprême fit irruption dans le vestibule, rejetant Struan contre le mur du fond. Le vent brisa toutes les fenêtres du rez-de-chaussée et tua trois marins. Et puis il s'en alla.

Struan se ramassa, stupéfait d'être encore vivant. Il courut à la porte et banda tous ses muscles puissants pour la fermer et la verrouiller, et placer la barre en travers. Le tourbillon passa devant les fenêtres, aspirant des débris, des papiers, des lanternes, suçant au-dehors tout ce qui n'était pas solidement fixé.

En courant vers l'escalier, Struan buta sur le cadavre déchiqueté du jeune lieutenant. Il s'arrêta, mais une nouvelle rafale le repoussa et emporta le corps ; luttant contre la succion, Struan lui échappa brusquement et se retrouva dans l'escalier, courant vers l'abri des appartements.

Au moment où la tempête arriva du sud et frappa le *White Witch,* le navire prit une gîte terrible, sembla vouloir se coucher à bâbord, puis il vira sur ses amarres, se redressa par miracle et, en tremblant, pointa sa proue dans le vent. Brock ramassa Liza et Lillibet et les rallongea sur la couchette. Il leur cria des encouragements, mais elles ne pouvaient entendre ; tous trois se cramponnaient avec l'énergie du désespoir.

De l'eau ruissela le long de l'échelle et puis un paquet de mer s'écrasa contre la porte solidement barrée de la cabine et coula dessous. Un Vent du Diable s'abattit sur le navire. Il y eut comme un coup de tonnerre et le *White Witch* frémit. Brock comprit qu'une amarre venait de rompre.

A bord du *Boston Princess,* Shevaun plaquait ses

mains sur ses oreilles pour ne plus entendre les glapissements furieux du vent à l'assaut du navire. Cooper sentit partir la dernière amarre. Il cria à Shevaun de se cramponner à quelque chose, mais elle n'entendit pas. Il chancela vers elle et la colla contre un montant en faisant appel à toutes ses forces.

Le navire roula brusquement. Sa lisse bâbord embarqua un paquet de mer et il se mit à sombrer. La tempête, se repaissant de sa proie, la projeta contre le navire russe.

Dans la cabine principale de l'énorme brigantin, un cabinet vitré fut réduit en miettes, dans un éparpillement de bouteilles, de verres et d'argenterie ; Sergueyev se cramponna, jura et fit une prière. Tandis que son navire se redressait, nez au vent, il écarta les débris d'un coup de pied, murmura une autre prière et se versa encore du cognac.

La peste soit de l'Asie, pensa-t-il. Que je voudrais être chez nous ! La peste de cette tempête du diable. La peste des Britanniques. La peste de cette île empuantie. La peste de tout. La peste soit du prince Tergine qui m'a envoyé ici. La peste de l'Alaska — et de l'émigration. Et de l'Amérique et des Américains. Mais bénie soit Shevaun.

Oui, songeait-il tandis que le navire roulait et tanguait et hurlait dans le vent. Et bénie soit notre sainte Russie, notre petite mère, et sa place dans l'Histoire. Le plan du prince Tergine est admirable et juste, et je l'aiderai à le réaliser. Oui. Malédiction soit de cette foutue balle et de mes sacrées souffrances. Plus de longues chevauchées sur la plaine infinie. C'est terminé. Maintenant je suis obligé d'oublier le jeu. Regarde-toi en face, Alexei ! La balle est un coup de chance — voyons, comment dit le Taï-pan ? ah ! oui, le joss. La balle est un coup de joss. De bon joss. Maintenant je puis consacrer toute mon énergie au service de la Russie.

Que faire ? Quitter Hong Kong, à présent. Hong Kong est fini. Cet imbécile de Lord Cunnington étrangle l'Angleterre et nous offre la clef de l'Asie. Bonne chose. Prendre un accord commercial avec le Taï-pan ou avec Brock, et puis partir dès que possible pour l'Alaska. Prendre des dispositions pour les tribus. Et puis rentrer chez nous. Non, mieux encore — aller à Washington. Ouvrir les yeux et les oreilles, réfléchir, et faire ce que tu es né pour faire — servir notre Sainte Mère la Russie jusqu'aux extrémités de la terre. Sa terre.

Sergueyev sentit un élancement dans sa hanche et, pour la première fois, en fut heureux. Très bon joss, se dit-il. Ainsi, c'est décidé. Nous partons si nous survivons à ceci.

Mais Shevaun ? Ah ! voilà une fille qui mérite d'occuper les pensées, par la Croix ! Précieuse, politiquement, hein ? Et physiquement. Mais pas assez bien pour épouser, encore que son père soit sénateur. Mais au fond, pourquoi pas ? Ce serait peut-être une manœuvre habile. Songes-y, Alexei. Nous allons avoir besoin de chefs, pour la Russie d'Amérique. Le continent sera partagé en principautés. Le mariage entre différentes nationalités a toujours été une forme de conquête, hé ? Tu pourrais peut-être hâter le grand jour.

Par saint Pierre, j'aimerais l'avoir comme maîtresse. Comment arranger cela ? Accepterait-elle ? Un imbécile, ce Cooper. Agaçant qu'elle soit fiancée. Stupide. Dommage. Elle dit qu'elle ne l'aime pas.

Le typhon était à son paroxysme, mais l'écran de montagnes continuait de protéger la rade de sa plus grande violence.

Le *Boston Princess* dérivait au milieu de la baie, la lisse bâbord dans l'eau, embarquant d'énormes paquets de mer. Cooper savait que la fin n'était pas loin, et il serrait Shevaun contre lui en hurlant que tout allait bien.

Le navire s'enfonçait et filait à toute vitesse sur Kowloon. Là, il s'échoua lourdement. Les rochers l'éventrèrent, et les vagues se ruèrent dans ses cales, et puis un Vent Suprême le souleva, le sauva de ces attaques démentes et le jeta sur le flanc, au-dessus du niveau du ressac.

Maintenant que la tempête soufflait du sud, elle franchissait la chaîne de montagnes pour courir vers le continent. Et dans la cheminée que formait la Vallée Heureuse elle renforçait son incroyable puissance. Elle s'abattit sur la Noble Maison, cherchant son point faible.

Struan tenait May-may entre ses bras, dans l'abri relativement sûr de l'appartement du nord. Une lanterne vacillait nerveusement et projetait des ombres dansantes sinistres. Au-delà des fenêtres brisées, sous le vent furieux chargé de pluie, il n'y avait que des ténèbres brisées, sous le vent furieux chargé de pluie, il n'y avait que des ténèbres. Ah Sam était à genoux, et Yin-hsi se pelotonnait contre Struan, mendiant sa protection.

May-may tourna la tête, colla ses lèvres à l'oreille de Struan et hurla :

« Taï-pan, je suis très déplaisamment malheureuse avec tout ce bruit. »

Il rit et la serra plus fort ; elle lui noua ses bras autour du cou. Il savait que rien ne pouvait les toucher, maintenant. Le pire était passé..

« Trois ou quatre heures, fillette, et tout sera fini.

— Sale tempête du diable. Est-ce que je t'ai dit que c'était un dragon ? Un monstre marin de dragon ?

— Sûr.

— Sangdieu !

— Qu'est-ce que tu as ?

— J'ai oublié de prendre la dernière infecte excrémenteuse tasse de cinchona. Aujourd'hui, c'est le dernier jour, ça ne fait rien.

— Tu la prendras dans quelques heures, ça ne fait rien !

— Oui, Mari ! »

May-may se sentait très heureuse, et tout à fait guérie, et très forte. Elle joua avec les longs cheveux sur la nuque de Struan.

« J'espère que les enfants vont bien.

— Sûr. Ne te soucie pas. Chen Sheng s'en occupe bien.

— Quand nous s'en va, heya ? Je suis fantastiquement urgente pour le mariage.

— Trois mois. Avant Noël, c'est promis.

— Je crois que tu devrais prendre une autre femme barbare comme Troisième Sœur. »

Cela le fit rire.

« Très important avoir beaucoup de fils. Ne ris pas, nom de Dieu !

— C'est une bonne idée, peut-être. Nous devrions peut-être avoir trois barbares. Et puis il y aura toi et Yin-hsi. Je pense qu'il serait terrificalement important, taquina-t-il, d'acheter une nouvelle sœur chinoise avant de partir.

— Ha ! Si ton activité jusqu'ici avec Seconde Sœur est un signal, nous achèterons des amants, par Dieu ! cria May-may, puis elle l'embrassa tendrement et hurla : Je suis très gracieusement contente de mon joss qui t'a donné à moi, Taï-pan. »

Une canonnade de Vents Suprêmes enfonça toutes les fenêtres de l'aile sud, et l'immeuble tout entier fut secoué comme par un tremblement de terre. Les chevilles du toit hurlèrent et résistèrent de leur mieux à une attraction inouïe, et puis une bourrasque diabolique souleva le toit comme un couvercle de boîte et le projeta dans la mer.

Struan sentit Yin-hsi le quitter, aspirée par le tourbillon. Il voulut la retenir, mais elle avait disparu.

Struan et May-may se serrèrent plus étroitement l'un contre l'autre.

« Ne désespère pas, Tai-tai !

— Jamais ! Je t'aime, Mari ! »

Et les Vents Suprêmes s'abattirent sur eux.

# 50

Le soleil se leva bravement et répandit sa chaleur sur la ville en ruine et la rade sûre.

Culum trouva son père dans les décombres de la résidence. Struan était tassé dans un coin de l'appartement du nord, et serrait dans ses bras une petite Chinoise maigre. Culum se demanda comment son père avait pu l'aimer, car à ses yeux, elle n'était pas belle.

Mais la mort ne les rendait pas horribles. Leurs visages étaient calmes, paisibles, comme s'ils dormaient.

Culum quitta la pièce et descendit l'escalier écroulé, et sortit dans la légère brise d'est.

Tess l'attendait. Et quand elle le vit hocher tristement la tête, les larmes lui montèrent aux yeux et elle lui prit la main. Ils sortirent de la Vallée Heureuse, par Queen's Road, sans rien voir.

La ville neuve avait été ravagée, des décombres s'entassaient partout. Mais, çà et là, des immeubles se dressaient encore, certains de simples carcasses, d'autres à peine endommagés. Le bord de mer grouillait de gens pressés, ou attroupés devant les ruines d'une maison ou d'une entreprise commerciale. Beaucoup d'hommes dirigeaient des équipes de coolies, sauvaient leurs possessions détrempées ou bien commençaient déjà les réparations. Les coolies des chaises à porteurs cherchaient des clients, les mendiants aussi. Des pelotons avaient été postés en des points stratégiques, pour pallier l'inévitable pillage. Mais, chose étrange, il y avait très peu de pillards.

Des sampans et des jonques pêchaient dans la rade paisible, parmi les épaves des navires endommagés. D'autres arrivaient du continent, amenant de nouveaux colons. Et la procession de Chinois, de la plage aux hauteurs de Tai Ping Shan, avait repris.

De la fumée montait du flanc des collines. Dans la dévastation des cabanes, il y avait quelques incendies. Mais, sous la fumée, la vie reprenait, bourdonnante d'activité. Les restaurants, les maisons de thé, les magasins d'alimentation, les marchands en plein vent se remettaient à travailler tandis que les habitants — clouant, sciant, creusant, jacassant, — réparaient leurs demeures ou se mettaient à reconstruire, en bénissant leur joss d'être encore vivants.

« Ah ! Culum, trésor. Regarde ! » s'écria Tess.

Ils étaient arrivés près du chantier naval. Culum était comme engourdi, ahuri, l'esprit privé de réactions. Il suivit la direction de son regard. Sur une légère éminence, leur maison presque terminée n'avait plus de toit et penchait dangereusement d'un côté.

« Ah ! mon Dieu, gémit-elle. Qu'allons-nous faire ? »

Il ne répondit pas. Elle sentit sa panique et sa propre terreur augmenta.

« Viens, trésor. Viens. Allons... allons à l'hôtel, et puis... et puis à bord du *White Witch*. Allons, viens... »

Skinner accourait vers eux. Il avait la figure sale, les vêtements en lambeaux.

« Excusez-moi, monsieur Culum. Où est le Taï-pan ?

— Quoi ?

— Le Taï-pan. Savez-vous où je peux le trouver ? Il faut que je le voie tout de suite. »

Comme Culum ne répondait pas, ce fut Tess qui murmura :

« Il... il est mort.

— Hein ?

— Il est mort, monsieur Skinner. Nous... mon... Culum l'a vu. Il est mort. Dans le comptoir.

— Oh ! mon Dieu ! Oh ! non », souffla Skinner en maudissant son joss.

Il marmonna de vagues condoléances et retourna à son imprimerie et à ses presses en miettes.

« Tu es directeur-propriétaire ! hurla-t-il. De quoi donc, hé ? Tu n'as plus de presses et pas d'argent pour en racheter, et maintenant que le Taï-pan est mort, tu ne peux rien lui emprunter, donc tu ne possèdes rien et tu es fichu ! Fichu ! Qu'est-ce que tu vas faire, nom de Dieu ? »

Il donna des coups de pied dans les débris, sans se préoccuper des coolies qui se tenaient à l'écart, et attendaient patiemment.

« Pourquoi diable est-il allé mourir dans un moment pareil ? »

Il vociféra ainsi pendant quelques minutes, puis il s'assit sur un haut tabouret.

« Qu'est-ce que tu vas faire ? Allons, ressaisis-toi ! Réfléchis ! »

Ma foi, se dit-il, la première chose à faire est de sortir le journal. Comment ? La presse à main.

« Oui, la presse à main, répéta-t-il tout haut. Tu as la main-d'œuvre, tu peux le faire. Et après ? Quoi ? »

Il remarqua les coolies qui l'observaient. Après, se conseilla-t-il, tu te tais. Tu sors le journal et puis tu vas trouver ce jeune imbécile de Culum et tu le persuades d'avancer de l'argent pour une nouvelle presse. Tu peux le convaincre facilement. Oui. Et tu tu tairas.

Blore entra, l'air accablé.

« 'Jour, grogna-t-il. Quel foutu chaos ! Les guichets sont détruits, les tribunes, le paddock, tout. Perdu quatre chevaux, le hongre aussi, bon Dieu de bon Dieu !

— Le Taï-pan est mort.

— Oh ! mon Dieu ! Ça, c'est le bouquet. Enfin, c'était trop beau pour durer, tout ça.

— Hein ?

— Hong Kong, le Jockey Club, tout ça. Tout est foutu, maintenant. Faut voir les choses en face. La colonie est une catastrophe. Ce nouveau bougre de Whalen va jeter un seul coup d'œil et crever de rire. Plus d'espoir, à présent, sans le Taï-pan. Ah ! nom de Dieu, il me plaisait bien.

— C'est lui qui vous avait envoyé, hein ? Pour me donner la dépêche ?

— Non », assura Blore.

Le Taï-pan lui avait fait jurer le secret. Un secret était un secret.

« Pauvre type. Une chance qu'il n'ait pas vécu pour voir la mort de la colonie. »

Skinner le prit par le bras et tendit la main vers la rade, dans un grand geste.

« Qu'est-ce qu'il y a, là dehors ?

— Hein ? Quoi ? La rade, bien sûr.

— Voilà l'ennui, avec la plupart des gens. Ils ne se servent ni de leur tête ni de leurs yeux. La flotte est sauve, tous les navires marchands ! Nous avons perdu une frégate, échouée, et elle sera réparée et remise à flot en huit jours. Même chose pour le *Resting Cloud.* Le *Boston Princess* est éventré à Kowloon. Mais c'est tout. Non, vous ne comprenez pas ? Le plus terrible typhon de l'histoire a mis Hong Kong à l'épreuve, et il en est sorti toutes bannières au vent, par Dieu ! Le typhon est un fantastique coup de joss. Vous pensez que l'amiral ne le comprendra pas ? Vous vous figurez que cet âne bâté de Cunnington lui-même ne sait pas que notre puissance est entre les mains de notre flotte ? Quoi qu'en pense ce crétin de général ? La puissance sur mer, nom de Dieu ! La maîtrise des mers !

— Dieu du ciel ! Vous le croyez vraiment ? »

Skinner était déjà rentré et il écartait des débris à coups de pied pour dégager son chemin. Il s'assit, trouva une plume, de l'encre, du papier et se mit à écrire.

« Vous le croyez vraiment ?

— Si j'étais vous, je commencerais à tracer les plans des nouvelles tribunes. Vous voulez que je publie que la prochaine réunion aura lieu comme prévu ?

— Absolument ! Mais oui ! Oh ! parfait ! »

Blore hésita, réfléchit un moment, puis il proposa :

« Nous devrions inaugurer une tradition... je sais ! Une course spéciale. La plus grosse bourse de l'année. La dernière course de la saison. Nous l'appellerons le Prix Taï-pan.

— Excellent ! Vous lirez ça ce soir ! »

Blore regarda écrire Skinner, puis il demanda :

« Vous faites sa nécrologie ? »

Skinner ouvrit un tiroir et poussa vers le jeune homme une liasse de papiers.

« Je l'ai écrite il y a quelques jours. Lisez. Ensuite, vous pourrez peut-être m'aider à la presse à main. »

Culum et Tess étaient restés immobiles, où Skinner les avait laissés. Angoissée, Tess tira Culum par le bras :

« Allons, viens. »

Culum fit un effort de réflexion.

« Pourquoi ne montes-tu pas à bord du *White Witch* ? Je... je suis sûr qu'ils ont hâte de... de te savoir en vie. Je te rejoindrai plus tard. Laisse-moi seul un moment, tu veux, ma chérie ? Je... ma foi, j'ai besoin de rester seul.

— Oh ! Culum, qu'allons-nous devenir ?

— Je ne sais pas. Je ne sais pas. »

Elle le regarda un instant, et s'en alla.

Il se dirigea vers la pointe de Glessing, ne voyant rien, n'entendant rien. Pour lui, le temps avait cessé d'exister. Seigneur, Dieu qui êtes au ciel, que dois-je faire ?

« Monsieur Struan ? »

Culum sentit une main sur son bras qui le tirait de son hébétude. Il remarqua soudain que le soleil était haut dans le ciel, et qu'il était adossé au mât brisé, à la pointe. Le capitaine d'armes le dévisageait.

« Son Excellence vous fait ses compliments, monsieur, et demande si vous auriez la bonté de monter à bord.

— Oui... Oui, naturellement. »

Épuisé, la tête vide, il se laissa conduire au canot qui l'attendait.

Il escalada l'échelle de coupée du navire amiral et descendit à la cabine.

« Mon cher Culum, lui dit Longstaff. Une terrible nouvelle. Terrible. Un peu de porto ?

— Non. Non, merci, Excellence.

— Asseyez-vous. Oui, c'est terrible. Affreux. Dès que j'ai appris la nouvelle, je vous ai fait chercher pour vous présenter mes condoléances.

— Merci.

— Je pars demain avec la marée. Le nouveau plénipotentiaire a fait savoir par Monsey qu'il est arrivé à Macao. »

La peste soit de Whalen ! Pourquoi diable n'a-t-il pas attendu ? Maudit typhon ! La peste soit de Dirk ! De tout !

« Vous connaissez Monsey, n'est-ce pas ?

— Non... non, monsieur.

— Peu importe. Parole d'honneur, c'est exaspérant. Monsey était à la résidence, et pas une égratignure. Oui, terrible. C'est le joss... »

Longstaff prisa, renifla, éternua et s'épousseta la chemise.

« Vous savez qu'Horatio a été tué aussi ?

— Non... non, monsieur. Je... je le croyais à Macao. »

Stupide animal, pourquoi est-il allé se faire tuer lui aussi ? Complique tout.

« Ah ! au fait. Votre père avait des documents pour moi. Me les faut absolument avant mon départ. »

Culum fouilla sa mémoire. Ce simple effort l'épuisa.

« Il ne m'en a jamais parlé, Excellence. Je ne suis pas du tout au courant.

— Ma foi, je suis sûr qu'il devait les garder précieusement à l'abri, dit Longstaff, enchanté que Culum ne fût pas dans le secret des papiers. Un coffre, quoi ? Il avait bien un coffre-fort particulier ? Où est-il, Culum ?

— Je... je ne sais pas, monsieur. Je demanderai à Vargas.

— Allons, allons, Culum, ressaisissez-vous. La vie continue. Les vivants doivent enterrer leurs morts et tout ça, n'est-ce pas ? Jamais renoncer, quoi ? Où est son coffre privé ? Réfléchissez ! A la résidence ? A bord du *Resting Cloud* ?

— Je ne sais pas.

— Alors je vous conseille de chercher, et rapidement, déclara Longstaff plus sèchement. C'est d'une importance capitale. Et n'en soufflez mot à personne. Vous n'ignorez pas le châtiment des traîtres à la patrie ?

— Non... oui, certainement, bredouilla Culum, un peu effrayé et complètement désorienté.

— Très bien. Et n'oubliez pas que vous êtes toujours secrétaire colonial adjoint et que vous avez prêté serment à la Couronne. J'ai placé ces papiers entre les mains de votre père afin qu'il les mette en lieu sûr. Des documents diplomatiques secrets concernant une « puissance amie ». Des cartes, des documents en russe avec les traductions anglaises. Trouvez-les. Revenez au rapport à bord dès que vous les aurez trouvés. Revenez au rapport à bord au coucher du soleil, de toute manière. Si vous êtes incapable de les trouver, j'irai moi-même. Ah ! oui, je vais aussi vous confier des graines. Elles doivent arriver dans quelques jours. Vous seriez aimable de me les réexpédier et de garder le secret le plus total à ce sujet. Ordonnance ! » appela-t-il.

La porte s'ouvrit aussitôt.

« Excellence ?

— Reconduisez M. Culum à terre. »

Culum reprit le canot, la panique au ventre. Il se hâta d'aller voir le *Resting Cloud.* Il était au milieu du village de sampans, presque vertical. Des soldats le protégeaient des pillards. Il monta à bord et descendit aux cabines.

Lim Din montait la garde devant les appartements de Struan, une hachette à la main.

« Massi mort ? demanda-t-il.

— Oui. »

Lim Din ne dit rien. Son expression ne changea pas.

« Quand Taï-pan avoir papiers — papiers importants — où les mettre ? demanda Culum.

— Heya ?

— Papiers. Mettre lieu sûr. Coffre. Avoir coffre, boîte ? »

Lim Din le fit entrer et lui montra le coffre-fort encastré dans la paroi de la chambre de Struan.

« Cette morceau ?

— Clef a ?

— Clef non. Taï-pan a, ça ne fait rien. »

Où garderait-il la clef ? se demanda Culum, au comble du désespoir. Sur lui ! Sur lui, naturellement ! Il faut que je... Est-ce que Vargas aurait un double ? Mon Dieu, mon Dieu, aidez-moi. Il doit y avoir... oui, l'enterrement, le cercueil. Où vais-je... et... et la fille, la Chinoise ? Peut-on l'enterrer avec lui ? Non, ce ne serait pas bien. Est-ce qu'elle lui a donné des enfants ? Ne l'a-t-il pas dit ? Où sont-ils ? Dans les ruines ? Réfléchis, Culum ! Réveille-toi, nom de Dieu ! Et les navires ? Et l'argent ? A-t-il fait un testament ? Ne pense pas à ça, ça n'a pas d'importance pour le moment, rien n'a d'importance. Il faut que tu trouves les documents secrets. Qu'est-ce que Longstaff a dit ? Des cartes, un document russe ?

Brock entra dans la cabine, et il vit la peur et l'indécision sur le visage du jeune homme, et les taches de sang sur ses mains et ses vêtements.

« Bonjour, petit, dit-il avec douceur. Je suis venu dès que j'ai appris. Je suis navré, petit, mais ne vous inquiétez pas. Je m'occuperai de tout.

— Ah ! merci, monsieur Brock, s'écria Culum, soulagé. C'est seulement que je... »

Il se laissa tomber sur le sofa.

« Tess a dit que sans vous elle serait morte, et Glessing aussi. C'est un sale joss pour votre papa, mais ne vous affolez pas. J'ai été à la résidence et je ferai tout ce qu'il faut, tout bien. J'ai donné l'ordre à Orlov de mettre le Lion et le Dragon en berne, et j'aurai le *Resting Cloud* à flot en un rien de temps. Soufflez un peu. Je m'occupe de tout.

— Ah ! merci, monsieur Brock. Avez-vous vu sa clef ? J'ai besoin de... »

Culum était sur le point de parler des documents mais il se rappela que Longstaff avait parlé de trahison, et il se tut.

« Je pensais, dit-il simplement, que je devrais peut-être examiner ses papiers.

— J'ai point fouillé ses poches, déclara Brock, froidement. Simplement, je l'ai allongé comme il faut et j'ai fait ôter la femme, qu'on la voie pas. »

Ah ! Dirk, se dit-il, j'oublierai jamais de quoi tu avais l'air, toi et la mécréante. Ensemble. Mais pour toi, et pour les enfants, tu seras enterré en chrétien, tout seul.

« Je prendrai discrètement des dispositions pour elle.

— Oui, naturellement.

— Nous allons nous associer, Culum, Brock et Struan. Ce sera le mieux. La Noble Maison deviendra Brock-Struan. Je vais faire les papiers tout de suite et on n'en parlera plus. »

Ouais, pensa-t-il. Je veux pas te frotter le nez dans ton joss, Dirk, mais je suis *le* Taï-pan, désormais. C'est pas trop tôt. Culum prendra la suite, s'il en est digne, après Morgan et Tom.

« Tout est oublié et pardonné entre Tess et vous, et moi. Mieux vaut venir à bord du *White Witch,* petit. Tess a besoin d'être réconfortée.

— Oui. Très bien, monsieur Brock. Merci. Mais... ma foi, si ça ne vous fait rien, j'aimerais... je voudrais d'abord retourner à la résidence.

— Soyez à bord au coucher du soleil », dit Brock, et il le laissa.

Culum passa ses mains sur sa figure en sueur. C'est le mieux. Une association. C'est le mieux. Tu as toujours dit que tu le ferais. Allons, Culum, ressaisis-toi. *Va chercher la clef!*

« Massi ? »

Lim Din lui faisait signe de le suivre dans une autre cabine. Mauss gisait par terre. La mort l'enlaidissait étrangement.

« Joss. Ça ne fait rien », dit Lim Din avec un rire nerveux.

Culum quitta le navire à tâtons, le cœur douloureux, et suivit les chemins de planches du village flottant. Il s'aperçut soudain qu'il était à la pointe de Glessing. Il marcha lentement le long de Queen's Road, dans un enchevêtrement de décombres et de meubles brisés, murmurant des remerciements incohérents à tous ceux qui venaient, nombreux, prendre part à son deuil.

Dans sa tête, il n'y avait place que pour une seule pensée. Tu dois fouiller ses poches.

« Culum ! »

Sortant de son engourdissement, il vit Cooper et Shevaun devant l'hôtel, dans un groupe de marchands. Il continua sa route mais ils le rejoignirent.

« Nous venons à peine d'apprendre, Culum. Je suis affreusement désolé, dit Cooper. N'y a-t-il rien que nous puissions faire, pour vous aider ? C'est du terrible joss.

— Oui », murmura Shevaun.

Sa figure était meurtrie et ses vêtements en lambeaux.

« C'est affreux. Nous arrivons à peine de Kowloon. Je trouve ça abominable. Si injuste !

— Je... je... Excusez-moi, je n'ai pas le temps. Je... je dois... »

Ils le regardèrent s'éloigner, courant presque.

« Pauvre jeune homme, murmura Cooper.

— Il a l'air complètement terrifié.

— Rien de surprenant. Entre le Taï-pan et Glessing.

— Est-ce qu'il va se remettre ? Glessing ?

— Je ne sais pas. Je l'espère. »

Cooper contempla la rade. Il vit au loin l'épave du *Boston Princess* et remercia Dieu de les avoir sauvés.

« A sa place, moi aussi je serais affolé. »

Le pauvre gamin aura besoin de tous les secours qu'on pourra lui apporter, se dit Cooper. Dieu soit loué que le Taï-pan ait vécu assez longtemps pour me remettre ces papiers. Je me demande s'il a eu un pressentiment. Non, sûrement pas. Et Culum ? Que va-t-il faire ? Il n'a pas plus de ressources qu'un bébé. Je devrais peut-être veiller sur lui... je dois bien ça au Taï-pan, et plus encore. Nous avons l'affaire du cinchona ensemble, à présent. Pourquoi ne pas unir nos forces ? Faire la fusion totale des deux compagnies ? La nouvelle Noble Maison — Cooper-Struan. Non ! Struan-Cooper. Tu seras juste, avec Culum. Il sera le suivant. Une fusion offre des avantages illimités, c'est certain. Mais tu ferais bien d'agir vite sinon Brock ne tardera pas à entortiller le gamin et à le faire manger dans sa main. Taï-pan de la Noble Maison. *Le* Taï-pan. Pourquoi pas ?

« Pourquoi souriez-vous ? demanda Shevaun.

— Une simple idée », dit-il en lui offrant son bras.

Tu as été très sage, Dirk, mon ami. Les deux coups de dés. Oui. Il me faudra un an pour tout unifier.

« Je suis heureux d'être en vie. Allons jusqu'à la jetée. Nous devrions aller voir si Sergueyev va bien. Écoutez, Shevaun. J'ai décidé de vous envoyer en Amérique pour un an, par le prochain bateau.

— Quoi ! »

Shevaun s'arrêta et le regarda.

« Oui. Au bout d'un an, si vous pensez m'aimer et si vous acceptez de m'épouser, je serai le plus heureux des hommes. Non, ne dites rien ! Laissez-moi finir. Si vous prenez la décision contraire, je vous donnerai votre liberté, et ma bénédiction. Dans un cas comme dans l'autre, je ne rachèterai pas les parts de Tillman. Votre père recevra, sa vie durant... »

Shevaun se détourna, et ils se remirent en marche, bras dessus bras dessous, tandis que Cooper continuait de parler. Mais elle n'écoutait plus. Un an, jubilait-elle en dissimulant sa joie. Libre dans un an ! Libérée de ces lieux maudits. Et Père garde ses parts ! Mon Dieu, vous avez exaucé mes prières ! Merci, merci, merci. Pauvre Dirk, mon amour. Maintenant je suis libre et maintenant vous êtes mort.

Elle contempla le brigantin russe. Oui, songea-t-elle, le Taï-pan est mort. Mais tu es libre, et le grand-duc est un merveilleux parti.

« Excusez-moi, Jeff. Que disiez-vous ?

— Simplement que je voudrais que vous portiez certains documents privés à votre père.

— Certainement, mon cher ami. Et merci, encore merci. L'année passera vite. »

Gordon Chen se prosterna devant le Bouddha, dans le temple en ruine, et alluma un dernier bâton de joss. Il avait pleuré pour son père et pour May-may.

Mais maintenant, ce n'est plus le temps de pleurer,

se dit-il. Le joss est le joss. Maintenant, c'est le temps de réfléchir.

La Noble Maison est morte.

Culum n'a pas la force de poursuivre. Brock le dominera et fera la fusion des deux compagnies. Brock, je ne puis le manipuler. Si Culum s'associe à Brock, Culum est fini. Donc, dans un cas comme dans l'autre, il ne peut m'être utile. Puis-je l'aider ? Oui. Mais je ne peux pas lui être utile avec les barbares et je ne peux pas l'aider à devenir *le* Taï-pan. C'est une chose qu'un homme doit devenir par lui-même, seul.

La fumée d'encens montait lentement, en volutes légères, et il la contempla, en savourant son parfum.

Seul, mon père était au courant de notre accord. J'ai le lac d'argent et il deviendra avec le temps cinquante, cent lacs. Je suis le Chinois le plus riche de Hong Kong. Et le plus puissant. *Le* Taï-pan des Chinois.

Soyons franc. Je ne suis pas chinois, ni anglais. Non. Mais je suis satisfait de mon joss, et plus chinois qu'anglais. J'épouserai une Chinoise et mes enfants et les enfants de mes enfants aussi, ça ne fait rien.

Hong Kong ? J'aiderai l'île à devenir puissante. J'ai empêché le pillage aujourd'hui. La main-d'œuvre ne manque pas et à l'avenir elle sera nombreuse et docile.

Je crois que mon père a dit que le gouvernement britannique allait tomber. Il doit tomber. Oh ! mes dieux, j'exige qu'il tombe, pour l'avenir de la Chine ! Vous êtes chinois, pensez à la Chine ! Je ferai construire le plus vaste temple du sud de la Chine ! Enfin... au moins un temple digne d'être le quartier général des Triades, et digne de Tai Ping Shan, dès que le gouvernement tombera et que Hong Kong sera absolument et définitivement britannique.

Il fit son kowtow, et toucha du front le sol devant la statue pour confirmer la promesse.

Oui, Père seul savait quelles richesses allaient être les nôtres. Malgré tout, la moitié appartient à Culum.

Tous les mois, je lui présenterai les comptes et nous partagerons à parts égales tant qu'il accomplira ce que son père a promis et respectera sa part du marché : que je contrôle tout, sans qu'on me pose de questions, ou presque ; et que tout reste secret. Entre nous deux.

Va le trouver maintenant. Tout de suite, pour lui présenter tes respects.

Dommage que Culum ait épousé la petite Brock. Ce sera sa perte. Dommage qu'il n'ait pas la force de marcher seul. J'aimerais pouvoir changer de place avec lui. Je montrerais un peu aux barbares comment diriger la Noble Maison. Et l'empereur, aussi bien. Si Culum avait seulement un peu de force et qu'il soit prêt à écouter les conseils, Chen Sheng et moi pourrions tenir en échec Brock et tous les autres chacals.

Enfin, ça ne fait rien. Je donnerai à mon père et à sa Tai-tai des obsèques qui resteront légendaires durant cent ans. Je lui ferai faire une tablette, et à sa Tai-tai une tablette et je porterai le deuil pendant cent jours. Et ensuite, je brûlerai les tablettes pour leur bonne résurrection.

J'irai chercher Duncan et le bébé et je les élèverai comme mes propres enfants. Et je fonderai une dynastie.

Le soleil n'allait pas tarder à se coucher. Culum était assis sur les marches de l'église abandonnée et détruite, au sommet de la colline de la Vallée Heureuse, la tête dans les mains, le regard perdu dans le lointain. Il faut que tu trouves la clef, se répétait-il inlassablement. Il n'y a pas à avoir peur. Il faut que tu prennes la clef, et puis les papiers. Allez, Culum, remue-toi.

Il avait fini par maîtriser sa panique. Mais il était accablé, consumé du dégoût de soi-même, et très seul. Il contempla la résidence, à ses pieds. Vargas et Orlov se tenaient sur le seuil. Il se rappelait vaguement être arrivé dans la vallée, il y avait des heures de cela, et les avoir vus, là, et avoir couru pour leur échapper, et leur avoir crié de le laisser tranquille quand ils l'avaient suivi. Il remarqua Gordon Chen avec eux. Gordon n'était pas là, tout à l'heure, se dit-il. Que veut-il ? Ricaner ? Me prendre en pitié, comme les autres ? Longstaff... Brock... Cooper... Shevaun... Skinner... Vargas... Orlov. Même Tess. Oui, je l'ai bien vu dans tes yeux quand nous nous sommes arrêtés à Queen's Road. Même dans les tiens. Et tu as raison. Vous avez tous raison.

Que faire ? Que puis-je faire ? Je ne suis pas mon père. Je le lui ai dit, que je ne l'étais pas. J'ai été franc avec lui.

Trouve la clef. Trouve la clef et les documents. Tu dois remettre les papiers. Longstaff t'a donné l'ordre de monter à bord. Il est presque l'heure. Oh ! mon Dieu. Mon Dieu !

Il regarda les ombres s'allonger.

Est-ce que je parle à Brock des pièces de Jin-qua ? Et des trois demi-pièces qui restent et des trois faveurs et du serment sacré et du *Lotus Cloud* ? Il le faudra bien. Oh ! mon Dieu, et Wu Kwok ? Et les Chinois, apprentis capitaines, et les petits garçons, les pupilles de mon père ? Brock ne fera pas honneur à mon serment, je sais qu'il refusera. Je m'en moque. Qu'est-ce que ça peut faire ?

« Salut.

— Hein ? Ah ! bonsoir, monsieur Quance, murmura Culum en clignant des yeux dans la pénombre. Je vous en prie, laissez-moi seul. S'il vous plaît. »

Aristote Quance avait mal dans tout le corps. Une heure avant, à peine, il avait été tiré des décombres. Ses cheveux, sa figure, ses vêtements étaient couverts de sang séché et de plâtre. Il était en guenilles.

« Je suis navré, dit-il. C'était le joss. Rien que le joss.

— Je déteste ce mot. Je vous en prie, s'il vous plaît, laissez-moi seul ! »

Quance vit l'indécision, l'incertitude, la douleur et le dégoût de soi-même sur ce visage qui ressemblait vaguement à celui qu'il avait si bien connu. Il se rappela la première fois qu'il avait vu Struan. Dans une sombre ruelle de Macao, gisant sans connaissance parmi les ordures. Sans défense, lui aussi, tout pareil, se dit-il. Non, pas pareil, jamais. Pas le même. Dirk était comme un dieu, même couché dans les ordures. Ah ! Dirk, tu as toujours eu la figure d'un dieu et la puissance d'un dieu — éveillé, endormi. Oui, et même mort, je parie. *La face.* Voilà ce que tu avais.

Si différent de ton fils.

Oui, mais pas tellement différent. Culum t'a tenu tête pour la colline. Et il a tenu tête avec toi contre Brock. Et il a serré la main de Gordon Chen devant toi. Et il a enlevé la petite, en faisant fi des conséquences. Et il a sauvé la vie de Glessing. L'étincelle est bien là.

Rappelle-toi ce qu'il a dit en reprenant connaissance : « Je ne sais pas qui vous êtes, mais merci de m'avoir rendu la face. »

Tu ne l'avais jamais perdue, Dirk, mon ami.

« *Sûr. Mais rendez la sienne à mon fils.* »

N'est-ce pas ce qu'il dirait s'il était ici ? Est-ce que tu es là ? Tu me manques bien, mon gars.

Aristote Quance écarta sa propre tristesse et s'assit sur la marche à côté de Culum.

« Je sais que ce n'est guère le moment d'en parler, Taï-pan, mais est-ce que vous pourriez me prêter quatre cent cinquante guinées ?

— Quoi ? Qu'avez-vous dit ?

— Pourriez-vous me prêter quatre cent cinquante guinées, Taï-pan ? Je sais que c'est un moment terrible, et bien mal choisi, mais cette peste de Fotheringill est vivante — aucun typhon n'osera jamais la toucher, bon Dieu ! Elle me menace de la prison pour dettes. Je n'ai personne vers qui me tourner, excepté vous.

— Vous avez dit : « Taï-pan ». Vous m'avez appelé *Taï-pan* !

— Eh bien, vous l'êtes, pas vrai ? »

Culum se rappela alors les paroles de son père. La joie et la douleur d'être Taï-pan, d'être un homme, d'être seul ; ce qu'il avait dit de la vie, et de ses luttes.

Son impression de solitude disparut. Il regarda les trois hommes, au pied de la colline. Son anxiété le reprit. C'est assez simple pour Aristote de dire « Taï-pan », pensa-t-il. Mais eux ? Tu dois les gagner, les amener dans ton camp. Comment ? Qu'avait donc dit mon père ? « Tu gouvernes les hommes par l'esprit et par la magie. »

Il se releva, en vacillant un peu.

« Je... je vais essayer. Par le Seigneur Dieu, je vais réellement essayer. Je ne vous oublierai jamais, Aristote. Jamais. »

Le ventre crispé, mal à l'aise, il descendit la colline. Le capitaine d'armes arrivait du canot et ils se rejoignirent devant la porte de la résidence.

« Son Excellence vous réclame à bord au plus tôt.

— Dites-lui que j'irai dès que je pourrai, répondit Culum avec un calme qu'il n'éprouvait pas.

— Il vous demande tout de suite.

— Je suis occupé. Dites-lui que je suis occupé ! »

L'homme rougit, salua puis tourna les talons et s'en fut.

Et d'abord, qu'y a-t-il dans ces documents ? se demanda Culum. Il fit appel à toute sa volonté, et affronta Orlov, Vargas et Gordon Chen.

« Brock a envoyé des *ordres* à bord de mon navire ! » s'écria Orlov.

Il vit le sang sur les mains et les manches de Culum et frémit.

« Des ordres de mettre en berne, par Odin ! Je

l'aurais fait, n'importe comment, dès que j'aurais su. Est-ce que c'est lui qui donne les ordres, à présent ? Hein ?

— Brock nous écrasera, monsieur Culum, gémit Vargas en se tordant les mains. Qu'allons-nous faire ?

— Vargas, prenez des dispositions pour les obsèques. Mon père et sa dame seront enterrés ensemble.

— Quoi ?

— Oui. J'ai dit, ensemble. Elle est chrétienne et nous l'enterrerons avec lui. Gordon, attendez-moi. J'ai à vous parler. Orlov, allez à votre bord et hissez le Lion et le Dragon au sommet du grand mât. Ensuite, vous irez à bord du *White Witch* et vous ramènerez ma femme à terre.

— Je la *ramène,* vous avez dit ?

— Oui, et tenez, dit Culum en lui tendant les vingt souverains. Donnez ceci à Brock avec mes compliments. Dites-lui que je lui fais dire d'aller s'acheter un cercueil. »

Les trois hommes considérèrent Culum avec curiosité.

Puis ils répondirent :

« Bien, Taï-pan. »

Et ils lui obéirent.

DU MÊME AUTEUR

*aux Éditions Stock*

SHŌGUN

UN CAÏD

Composition réalisée par C.M.L., Montrouge

IMPRIMÉ EN FRANCE PAR BRODARD ET TAUPIN
Usine de La Flèche (Sarthe).
LIBRAIRIE GÉNÉRALE FRANÇAISE - 6, rue Pierre-Sarrazin - 75006 Paris.
ISBN : 2 - 253 - 04167 - X

# Biblio

Parmi les titres parus

**Karen BLIXEN**
Sept contes gothiques *(nouvelles)*
*« Car en vérité, rêver, c'est le suicide que se permettent les gens bien élevés. »*

**Daniel BOULANGER**
Les Portes
*« Mes portes... je les peins en trompe-l'œil quand mon désir d'évasion se fait trop pressant. »*

**André BRETON**
Anthologie de l'humour noir
*Allais, Crevel, Dali, Jarry, Kafka, Poe, Sade, Swift et beaucoup d'autres.*

**Italo CALVINO**
Le Vicomte pourfendu
*« ... mon oncle ouvrait son unique œil, sa demi-bouche, dilatait sa narine... Il était vivant et pourfendu. »*

**Elias CANETTI**
Histoire d'une jeunesse
*« Il est vrai qu'à l'instar du premier homme, je ne naquis qu'après avoir été chassé du paradis. »*

**Elias CANETTI**
Histoire d'une vie
*« Je m'incline devant le souvenir... et je ne cache pas les craintes que m'inspirent ceux qui osent le soumettre à des opérations chirurgicales... »*

**Blaise CENDRARS**
Rhum
*« Je dédie cette vie aventureuse de Jean Galmot aux jeunes gens d'aujourd'hui fatigués de la littérature... »*

**Jacques CHARDONNE**
Les Destinées sentimentales
*« Il y a en France une grande variété de bourgeois ; j'ai choisi les meilleurs ; justement je suis né chez eux. »*

**Jacques CHARDONNE**
L'amour c'est beaucoup plus que l'amour
*« J'ai choisi, dans mes livres, des phrases qui ont l'air d'une pensée... »*

**Joseph CONRAD et Ford MADOX FORD**
L'Aventure
*« Partir à la recherche du Roman... c'est un peu comme essayer d'attraper l'horizon. »*

**Iouri DOMBROVSKI**
La Faculté de l'inutile
*« Que savez-vous de notre vérité ? »*

**Lawrence DURRELL**
Cefalù
*« ... la signification profonde de toute sa vie allait peut-être se dégager de cette épouvantable aventure. Mais laquelle ? »*

**Julien GREEN**
Sud
*« Nous sommes en 1861, au milieu d'un siècle où pesait sur des passions de ce genre un silence écrasant. »*

**Jean GUEHENNO**
Carnets du vieil écrivain
*« J'ai le sentiment que tout était joué pour moi à vingt ans. »*

**Louis GUILLOUX**
Angelina
*« — Bah ! chère femme, sommes-nous pas tous des rois avec notre chandelle de suif ? »*

**Knut HAMSUN**
Sous l'étoile d'automne
*« Quand je pénètre dans la forêt, par le sentier ou l'herbe repousse, mon cœur tremble d'une joie non terrestre. »*

**Knut HAMSUN**
Un vagabond joue en sourdine
*« ... peut-être y a-t-il, à l'est ou à l'ouest d'ici, une forêt où un vieillard se plaira tout autant qu'un jeune homme. »*

**Hermann HESSE**
L'Enfance d'un magicien *(nouvelles)*
*« Comme tous les garçons, j'étais attiré par plusieurs professions... celle de charretier, de danseur de corde, d'explorateur... Mais par-dessus tout j'aurais aimé devenir magicien. »*

**Hermann HESSE**
L'Ornière
*« Le cordonnier... prit par le bras l'homme qui... allait, hésitant, perplexe, retrouver l'ornière de son existence habituelle. »*

**Hermann HESSE**
Le Voyage en Orient
*« Qui voyage au loin verra plus d'une fois des choses*
*Très éloignées de ce qu'il tenait pour la vérité. »*

**Hermann HESSE**
Le Poète chinois *(nouvelles)*
*« Rentre en toi-même et médite. »*

**Hermann HESSE**
Une petite ville d'autrefois *(nouvelles)*
*« ... un homme portant un numéro en fer-blanc à son chapeau... me demanda ce que je faisais là. Je lui dis que je me promenais. Alors lui : "Avez-vous un permis ?" »*

**Hermann HESSE**
Gertrude
*« Éperdu d'amour, grisé de musique, je ne me souciais de rien d'autre et Gertrude était la seule qui connût mon secret. »*

**Henry JAMES**
Roderick Hudson
*« On nous dit que le vrai bonheur consiste à sortir de soi-même ; mais il ne suffit pas d'en sortir ; il faut rester dehors. »*

**Ernst JUNGER**
Jardins et routes
*« ... dans la littérature, le journal est le meilleur médium. Dans l'état totalitaire, il reste le seul mode de discussion possible. »*

**Ernst JUNGER**
Premier journal parisien
*« Tandis que le crime se répandait sur la terre comme une peste, je ne cessais de m'abîmer dans le mystère des fleurs. Ah ! plus que jamais, gloire à leurs corolles... »*

**Ernst JUNGER**
Second journal parisien
*« 1944 — Pendant la nuit, raids aériens et violentes canonnades... Terminé* Passe-temps *de Léautaud. »*

**Ismaïl KADARE**
Avril brisé
*« Oui, maintenant... nous sommes bien entrés dans le royaume de la mort, dit Bessian. »*

**Franz KAFKA**
Journal
*« Il faut qu'une ligne au moins soit braquée chaque jour sur moi comme on braque aujourd'hui un télescope sur les comètes. »*

**Yasunari KAWABATA**
Les Belles Endormies
*« Sans doute pouvait-on appeler cela un club secret... »*

**Yasunari KAWABATA**
Pays de neige
*« ... ce blanc qui habitait les profondeurs du miroir, c'était la neige, au cœur de laquelle se piquait le carmin brillant des joues de la jeune femme. »*

**Yasunari KAWABATA**
La Danseuse d'Izu *(nouvelles)*
*« Peut-être un jour l'homme fera-t-il marche arrière sur le chemin qu'il a parcouru. »*

**Yasunari KAWABATA**
Le Lac
*« Plus repoussante était la femme et mieux elle lui permettait d'évoquer le doux visage de Machié. »*

**Andrzej KUSNIEWICZ**
L'État d'apesanteur
*« Cela commença le 31 janvier vers six heures et demie du matin... par une brusque explosion... Je restais en suspens... dans une sorte d'apesanteur psychique, proche par moments de l'euphorie. »*

**D.H. LAWRENCE**
L'Amazone fugitive *(nouvelles)*
*« La vie n'est supportable que si l'esprit et le corps sont en harmonie... et que chacun des deux a pour l'autre un respect naturel. »*

**D.H. LAWRENCE**
Le Paon blanc
*« Pourquoi n'apprenons-nous pas à dompter le cerveau au lieu de tuer les passions, les instincts, les sentiments ? »*

**D.H. LAWRENCE**
Le Serpent à plumes
*« Les dieux meurent en même temps que les hommes qui les ont créés, mais la divinité gronde toujours, ainsi que la mer... »*

**Sinclair LEWIS**
Babbitt
*« ... il avait, en ce mois d'avril 1920, quarante-six ans et ne faisait rien de spécial, ni du beurre, ni des chaussures, ni des vers... »*

**Carson McCULLERS**
Le Cœur est un chasseur solitaire
*« Il se sentait le cœur malade d'un amour irrité, inquiet. »*

**Carson McCULLERS**
Reflets dans un œil d'or
*« Il y a un fort, dans le sud, où il y a quelques années un meurtre fut commis. »*

**Carson McCULLERS**
La Ballade du café triste *(nouvelles)*
*« La ville même est désolée... C'est ici pourtant, dans cette ville, qu'on trouvait autrefois un café. »*

**Thomas MANN**
Le Docteur Faustus
*« Je n'ai aimé aucun de mes personnages autant que celui-ci. »*

**Henry MILLER**
Un Diable au paradis
*« ... un incurable dandy menant la vie d'un clochard. »*

**Henry MILLER**
Le Colosse de Maroussi
*« Debout dans le tombeau d'Agamemnon, j'ai vraiment passé par une seconde naissance. »*

**Vladimir NABOKOV**
Ada ou l'ardeur
*« ... chronique familiale, quatre-vingt-dix-sept pour cent de vérité, trois pour cent de vraisemblance. »*

**Liam O'FLAHERTY**
Famine
*« — ... Je ne suis pas encore affamée au point d'aller mendier de la soupe aux protestants ! s'exclama Sally. »*

**Luigi PIRANDELLO**
Feu Mathias Pascal
*« Car pour le moment... je suis mort, oui, déjà deux fois, mais la première par erreur, et la seconde... vous allez voir. »*

**Joseph ROTH**
Le Poids de la grâce
*« Le cœur de l'homme est insatiable... A peine un miracle vient-il de s'accomplir qu'il lui en faudrait déjà un nouveau. »*

**Raymond ROUSSEL**
Impressions d'Afrique
*« Vers quatre heures, ce 25 juin, tout semblait prêt pour le sacre de Talou VII, empereur du Ponukélé, roi du Drelchkaff. »*

**Arthur SCHNITZLER**
Les Dernières Cartes *(nouvelles)*
*« Elle est ravissante, songea Willi... Mais où diable avait-elle les onze mille florins ? »*

**Arthur SHNITZLER**
Le Lieutenant Gustel *(nouvelles)*
*« Mon petit, avant de quitter ce monde... un dernier adieu de ton Gustel... Elle en fera des yeux en lisant ça ! »*

**Isaac Bashevis SINGER**
Shosha
*« Je ne crois pas en Dieu. Mais je reconnais qu'il existe là-haut une main qui guide notre monde... une main vicieuse, une main sanglante... »*

**Virginia WOOLF**
Orlando
*« Hier matin j'étais au désespoir... Finalement, j'ai trempé ma plume dans l'encre et écrit presque machinalement : "Orlando, une biographie". »*

**Virginia WOOLF**
Les Vagues
*« J'espère avoir retenu ainsi le chant de la mer et des oiseaux... la vie elle-même qui s'écoule. »*

**Virginia WOOLF**
Mrs. Dalloway
*« Alors vint le moment le plus délicieux de sa vie : Sally s'arrêta, cueillit une fleur et l'embrassa sur les lèvres. »*

**Virginia WOOLF**
La Traversée des apparences
*« ... une eau profonde, visqueuse, se refermait sur elle... Ses bourreaux la croyaient morte, mais elle n'était pas morte du tout, elle restait pelotonnée au fond de la mer. »*

**Virginia WOOLF**
La Promenade au phare
*« ... la grande assiettée d'eau bleue était posée devant elle ; le Phare austère et blanc de vieillesse se dressait au milieu, très loin... »*

**Virginia WOOLF**
La Chambre de Jacob
*« Je progresse dans* Jacob *— le roman le plus amusant que j'aie jamais fait, je crois — amusant à écrire s'entend. »*

**Virginia WOOLF**
Années
*« — C'est inutile, coupa-t-elle... Il faut que l'instant présent s'écoule. Il faut qu'il passe. Et après ? »*